Ouvrage publié sous la direction de
Élisa Thévenet

CŒUR DE CERF

Loi nº 49-956 du 16 juillet 1949
sur les publications destinées
à la jeunesse – novembre 2022

ISBN : 978-2-3808-2246-5

www.anne-carriere.fr

Cécile Marre

CŒUR DE CERF

Éditions Anne Carrière

To S.

Je ne suis pas venue sur terre pour soupeser toute la tristesse du monde. À cela, je préfère encore rêver, encore et encore, debout au milieu de mon jardin.

Simone Scharwz-Bart,
Pluie et Vent sur Télumée Miracle

Le cœur est le plus petit cousin du soleil
Il voit et sait tout
Il entend les grincements comme les bénédictions.
La porte de l'esprit ne devrait s'ouvrir qu'à partir du cœur.
Un ennemi qui y entre encourt le risque de devenir un ami.

Joy Harjo

Prologue

D'un bond, le Cerf franchit le muret. Son corps translucide marqua la nuit d'une traînée lumineuse. Il atterrit lourdement sur le pavé humide et faillit glisser, ses pattes arrière patinant avec frénésie dans les gerbes de pluie. Derrière, les feulements se rapprochaient. Les bêtes le pourchassaient, pleines de dents, de griffes et de rage. Le cœur du Cerf bramait son désespoir. Si elles l'attrapaient, il n'y survivrait pas. Pas cette fois. Elles étaient trop nombreuses, la traque durait depuis trop longtemps.

Tout autour, la ville dormait. Il fuyait, les muscles durcis par l'effort, dans un grand roulement de sabots.

Je n'étais pas sûre qu'il en réchappe.

Je savais que s'il mourait, mon existence s'achèverait.

S'il mourait, le dernier espoir de notre peuple succomberait avec lui.

PREMIÈRE PARTIE

1

L'Ahmra

Il apparut dans ma vie comme un soleil sur la mer. Longtemps, son visage fut mon tout premier souvenir, le premier rayon dans la longue nuit d'oubli. Une chaleur féroce martelait la route plate. J'avais marché jusqu'à l'épuisement avant de m'effondrer sur le bas-côté. Mon esprit errait dans le blanc. La poussière m'emplissait la bouche, chassant jusqu'au souvenir de l'eau, et je n'avais plus faim. On dit que la faim disparaît après plusieurs jours, mais elle revient, par cycles, creusant des cavités d'angoisse de plus en plus larges. Quand il me trouva, j'avais abandonné.

Quelque chose se mit à peser doucement sur mon épaule, semblable au museau hésitant d'un animal curieux. « Madame… Vous ne pouvez pas rester sous cette fournaise. Il faut vous abriter. Madame… » La ritournelle zonzonnait dans mes oreilles comme un criquet têtu. Elle m'arracha au néant. Quand j'ouvris les yeux, je rencontrai ses prunelles noisette, claires et préoccupées. Il avait des traits réguliers, une voix grave ; il insistait pour que je ne me rendorme pas.

La crainte des soldats kétas me saisit au collet. *Liu, donne ton laissez-passer, Liu, ta place est là-bas, Liu, dépêche-toi.* Mais l'homme accroupi en face de moi était de mon peuple. Je pris conscience de sa présence en même temps que de mon corps et du monde qui m'entourait. Soif. Cailloux. Douleurs. Une forêt dense, une carriole chargée de marchandises, un ciel bleu immaculé. Il glissa son bras dans mon dos : « Je vous aide à vous lever ? » C'est ainsi que je me souvins que j'étais assise.

Nous enjambâmes le fossé pour rejoindre le large chemin de terre rouge. Partout où mon regard se posait, il n'y avait que des arbres hauts et je ne reconnaissais rien. Mes pieds me faisaient mal. Mes orteils crasseux dépassaient de mes chaussures en loques. De carrure imposante, vêtu d'habits dépareillés, l'inconnu me soutint jusqu'à la voiture. Un homme à la barbe grise assis sur le banc de conduite fumait une pipe en observant notre progression. Il s'esclaffa : « Tu ne changeras jamais, Eïvan… Quand accepteras-tu qu'on ne peut pas héberger tout Zanabé ? » Les chevaux massifs de l'attelage patientaient, broutant les touffes d'herbe dans un cliquetis de harnais. Je me sentis soudain hissée sur la plateforme du véhicule. En proie au vertige, je restai où l'homme m'avait posée, tentant de clarifier ma vision trouble et de comprendre ce qui se passait… « Pitro, il te reste de l'eau ? » demanda-t-il au conducteur. Ce dernier lui tendit une fiole et avertit d'une voix rocailleuse : « Il faut se dépêcher… Tu as annoncé la cérémonie pour la fin d'après-midi. Si nous rencontrons encore un barrage, nous serons en retard. » L'homme aux yeux noisette acquiesça, puis me sonda attentivement tandis que je vidais la gourde à longues goulées frénétiques : « Allongez-vous. Lorsque nous arriverons à l'Ahmra, je vous ferai porter à manger, et vous pourrez vous reposer. » Je n'avais pas la moindre intention de partir avec eux. Mais j'étais si faible qu'en essayant de descendre de la carriole, je m'affaissai sur le plancher.

La voiture s'ébranla avant d'adopter un rythme régulier. Sous le drap vert pâle qui servait de toit, le vent gonflait paresseusement des bosses mouvantes. À mi-voix, les deux hommes se mirent à évoquer le convoi de travailleurs forcés lius qu'ils avaient croisé, la violence qui enflait partout dans le pays, les tracas des contrôles… J'essayai d'écouter, mais leurs phrases s'embrouillèrent, s'étirèrent comme des reflets sur l'eau – et je m'endormis.

Après coup, je me suis dit qu'un tel abandon ne me ressemblait pas. Même épuisée, celle que j'étais alors n'aurait jamais baissé la garde devant un inconnu. Dans ce pays dangereux, gangrené par la haine entre Lius et Kétas, une erreur de jugement pouvait très mal tourner. Il aurait pu me vendre aux Kétas, comme main-d'œuvre ou monnaie d'échange à l'un de leurs innombrables barrages routiers. Mais Eïvan n'était pas n'importe qui.

*

Je me réveillai lorsqu'il me souleva de la charrette. Nous avions dû voyager longtemps : les rayons dorés du soleil s'allongeaient derrière les toits. Mes pieds touchèrent la terre d'une ruelle fleurie, bordée de maisonnettes en bois. La luminosité me brûla jusqu'à l'arrière du crâne. Je refermai les yeux. Il parla à quelqu'un : « Va prendre l'eau d'arnica dans mon armoire, s'il te plaît, et préviens-les que je serai un peu en retard. » Chacun de ses mots résonna dans ma tête comme un coup de masse.

« Pouvons-nous assister à ta séance ? hésita une voix, tout bas.

— Pas cette fois. Elle a besoin de calme. »

Lors du souvenir suivant, j'étais assise sur le sable. Les cimes des arbres bougeaient doucement dans le couchant. La température avait baissé. J'étais terrifiée. Par ces gens ; par ce village que je ne connaissais pas ; par lui, qui s'était agenouillé face à la forêt et psalmodiait dans une langue tout en voyelles…

Mais surtout, j'étais terrifiée parce que j'avais oublié jusqu'à mon propre nom.

Je le lui dis, dans un torrent de mots. Une confusion de poix imbibait mes pensées et un filet de sueur coulait sous ma chemise. « Je ne sais plus qui je suis. J'ai tout oublié. J'ignore comment je suis arrivée ici. » Je posai les paumes dans le sable pour en sentir le grain et m'ébrouai. Je me souvenais seulement que j'étais liu. « J'ai oublié d'où je viens. Je ne me rappelle plus rien. » Il m'interrompit doucement : « Je sais. » Je tournai la tête. Son regard était grave, d'une profondeur étrange ; il m'aspira dans sa transparence, et ma frénésie s'éteignit comme tombe le vent.

« Écoute, maintenant », dit-il.

Il parla longtemps – de patients rubans de phrases qui venaient s'enrouler autour de ma panique. On eût dit un bourdonnement d'abeilles, un murmure de ruisseau, infiniment tranquille. Bienfaisant. Ma peur se réduisit à un chuchotis. Ses mains larges dessinaient de lents mouvements circulaires au-dessus du sol. Je fermai les yeux et quand je les rouvris, le soir était au bord du jour. Je me sentais beaucoup plus calme. « Je crois que je m'appelle Taena. »

Mon prénom me revint à l'instant où je le prononçai. Tout le reste demeurait confus, morcelé. Il répondit qu'il était le guérisseur du village, et qu'il s'appelait Eïvan. Sa présence était solide comme celle d'un vieil arbre. Alors, comme il constituait le seul repère dans le chaos laiteux de ma conscience, je choisis de rester.

Voici comment j'arrivai à l'Ahmra.

*

Il est difficile de décrire l'Ahmra à ceux qui ne l'ont pas connu. Par certains côtés, c'était un village liu classique, avec ses petites maisons de bois, son arche à l'entrée, son autel dédié à la déesse Océa où les familles venaient prier le dernier jour de la semaine. On y vivait de culture et d'élevage – enfin, de ce que les percepteurs kétas voulaient bien laisser. Tandis que le pied du Concile pesait de plus en plus lourdement sur nos nuques, la préoccupation première des Lius était de feinter les soldats pour arracher quelques bribes de liberté. Mais sous les arbres géants des forêts du Centre, l'Ahmra battait au rythme de pratiques spirituelles séculaires. Il recevait beaucoup de visiteurs. La plupart des résidents étaient arrivés ici en tant qu'étudiants ou patients pour suivre les enseignements de l'homme qui m'avait recueillie. On le surnommait « le magicien du Centre ». Au début, l'épithète me faisait ricaner.

On me logea dans une maisonnette de lambris, où une petite femme ronde aux cheveux gris s'occupa de moi le temps que je retrouve des forces. « Mandine, se présenta-t-elle la première nuit. Je suis l'épouse de Pitro, qui t'a conduite ici. Je m'occupe toujours des nouveaux venus. » Le couple faisait office d'intendants au village. Deux fois par jour, elle m'apportait salaison ou poisson frais, légumes, noix, gâteaux de manioc et de miel, avec une régularité parfaite et une gentillesse suspecte. Je dévorais ses assiettes comme un animal des bois, sous son regard amusé. Elle n'avait rien de menaçant, toujours souriante et apprêtée de robes splendides et colorées. Pourtant, un soir, alors qu'elle tirait la porte en sortant, je bondis vers elle pour retenir le battant. « Je ne vous laisserai pas m'enfermer ici ! » criai-je, les poings serrés. La vieille dame recula. Ses créoles se balançaient. Elle protesta : « La clef est à l'intérieur… » Je risquai un coup d'œil au loquet. C'était vrai. Mandine descendit le porche en tenant d'une main le pan de sa grande robe, avant d'esquisser un signe d'adieu hésitant. Quand elle eut disparu dans le crépuscule, je m'appuyai contre le chambranle, le souffle court.

Elle ne m'en tint pas rigueur et continua à s'occuper de moi. Mon corps tenait à peine debout, je me sentais terriblement vulnérable. J'étais dévorée d'une incontrôlable méfiance malgré l'accueil du village – ou peut-être à cause de lui. Si j'avais tout oublié de moi-même, je n'avais pas oublié l'âpreté de la vie. L'injustice et le dénuement, la violence des Kétas et la fourberie des Lius… Mon amnésie me creusait comme un fût qu'un simple coup de pied pouvait défoncer. J'ignorais tout de mes origines, de ma famille, de mon passé. Dans la poche supérieure de ma salopette déchirée, j'avais découvert des pièces de cuivre, bien assez pour acheter des vivres, que j'avais posées en petit tas sur ma table de chevet. Rien n'expliquait pourquoi le guérisseur m'avait ramassée pratiquement morte de faim. Et j'avais eu beau retourner tous les plis de mes habits, il n'y avait aucune trace de ma médaille d'identité, ce coin de laiton attribué à chaque Liu le jour de sa naissance, indispensable pour les contrôles routiers. Sans elle, un Liu n'était qu'un vagabond. Si les gens de l'Ahmra décidaient de me jeter dehors, j'irais droit en prison. Sous mes pieds s'étendait l'abîme.

Alors, je tamisais inlassablement mes souvenirs. Chaque soir, quand la nuit gagnait du terrain en couches épaisses et douces, je me postais sur le perron, priant Océa pour que les volets de ma mémoire s'ouvrent au matin. Une symphonie frénétique montait de la forêt – criquets, grenouilles, chauves-souris. L'angoisse rugissait en moi, plus vigoureuse à chaque nouveau réveil. J'errais sans répit dans les tunnels de ma mémoire. Un jour, Mandine me découvrit sanglotant dans le salon, écrasée sous le poids de mon amnésie. Je tentai de me ressaisir avant qu'elle ne m'interroge. Mais elle déposa son plateau, vint s'asseoir près de moi et, en silence, entoura mes épaules jusqu'à ce que mes pleurs s'apaisent. Une reconnaissance incrédule adoucit ma défiance.

Quand je fus suffisamment rétablie, je pris l'habitude de sortir dans la forêt qui longeait l'arrière de ma maison. La lumière tamisée me calmait. Le sous-bois était si profond que le soleil passait à peine, touchant le sol d'un mince doigt doré. Je m'absorbais dans le ballet souple des oiseaux et leurs célébrations musicales. Je ramenais parfois des mandarines à la peau fragile, des caramboles en forme d'étoile…

Une seule fois, je sortis de jour dans le village, intriguée par le battement lointain d'un tambour et par l'étrange silence qui ensommeillait l'Ahmra. Les allées beiges étaient vides, les porches des maisonnettes désertés… En me guidant au son de l'instrument, je découvris quelque deux cents personnes rassemblées sur une place bordée d'arbres. Le tambouyé jouait au milieu ; debout à ses côtés, Eïvan dominait le public de sa haute stature. Il tendait les bras, récitant des versets dans la langue qu'il avait psalmodiée le jour de mon arrivée. Son visage était grave, son regard intense. La foule, comme envoûtée, ne le quittait pas des yeux ; certains se balançaient, criaient, pleuraient, d'autres s'étaient figés, les paupières closes… Mal à l'aise, je reculai. La plupart des prêtres lius vouaient un culte raisonnable à la déesse Océa et à Wou, le père de l'univers ; mais une minorité s'adonnait à une dévotion fanatique, prétendant même que notre asservissement aux Kétas était une volonté divine. Où avais-je donc mis les pieds ?

2

Les Coccinelles

Lettre de Tobal à Pitro, An 1 de l'Ahmra.

Cher ami, j'ai bien reçu ta dernière missive, et je suis ravi de lire que vous avez terminé la couverture de la grange. C'était vraiment un crève-cœur que de voir pourrir l'avoine depuis le début des pluies d'hivernage. J'espère qu'Eïvan s'est calmé. Je ne lui conseille pas de reprendre ses grands airs avec moi… Quand je l'ai rencontré, il n'avait pas encore de poil au menton ! Mais ne t'en fais pas : personne ne lui en veut. Je ne cherche pas à l'empêcher de grandir, j'ai juste peur de le perdre. Il a si peu de temps à nous consacrer en ce moment. Nous avons quitté les monastères pour le suivre, tu sais… Il y a trop de nouvelles têtes à l'Ahmra, je ne reconnais plus notre petit campement. Honnêtement, Pitro, je ne sais pas si ma place est toujours ici. Je ne suis pas venu pour fonder une nouvelle congrégation monastique ; j'en ai soupé, de la hiérarchie des moines. Enfin… il est trop tard pour arrêter la vague : on parle du « magicien du Centre » jusqu'à Riveterre !

J'ignore combien de temps je serais restée cloîtrée dans la maisonnette si les Kétas n'avaient interrompu ma retraite. Elle dura seize jours. Mais à Zanabé, les instants de répit ne se prolongeaient jamais très longtemps.

Tout commença par un grondement lointain, puis il y eut des clameurs, des chocs… Je prenais le petit déjeuner sur la table du séjour quand le cri rouillé du clairon de bronze retentit, et je compris qu'ils étaient là. Sous ma cuillère, la paume de ma main se couvrit de moiteur. J'aurais pu rester cachée. Mon habitation se trouvait à l'écart de la voie principale. J'aurais pu me glisser derrière la maison et gagner la forêt, en sécurité au royaume des oiseaux qui ne tourmentaient pas, ne pillaient pas. Mais la loi l'exigeait : quand les percepteurs kétas arrivaient dans un village, les Lius devaient se mettre en rang et attendre les ordres. Si la main-d'œuvre manquait, ils venaient nous débusquer dans nos logis et embarquaient quelques infortunés au hasard pour récurer les caniveaux de leurs villes. Personne n'osait s'y soustraire.

Je quittai mon refuge et m'engageai dans la ruelle, plissant les yeux. Dans cette région du pays, la luminosité du matin était aveuglante. Deux personnes se hâtaient devant moi, des voisins, que je n'avais jamais rencontrés. Je longeai leurs maisons bordées d'arbres, les os bourdonnant d'anxiété. Les soldats kétas aboyaient des ordres au milieu de l'allée principale, dans un nuage de poussière, armés de lancettes rutilantes et caparaçonnés de cuir rouge et noir… Les « Coccinelles ». J'ignorais quand et comment ce surnom paradoxal avait vu le jour, mais nous ne le prononcions jamais qu'avec dérision ou haine, et bien sûr, loin de leurs oreilles. Les percepteurs se distinguaient de la troupe par leurs vestes jaunes ornées d'un serpent noir sur un coffre. Silencieux, regard baissé, les habitants de l'Ahmra se pressaient, tentant d'éviter les sabots des chevaux et la brutalité des Kétas. Parfois sans succès. Devant moi, un groupe de soldats s'acharnait sur un malheureux à coups de poing et de pied. Il tentait de se protéger, les mains levées, suppliant. Qu'avait-il fait ? Rien, probablement. Il ne s'était pas écarté de leur chemin assez vite. Ou il s'était écarté trop vite. Il tomba soudain sur le sol, à la faveur d'un uppercut plus vicieux que les autres, et une voix de femme hurla son désespoir. Les bourreaux se mirent à le bastonner, jusqu'à ce qu'un officier les rappelle. Ils s'écartèrent du Liu sanglotant avec un regard haineux. Je m'éloignai à pas vifs, le cœur serré.

Les soldats s'étaient regroupés autour d'une grande charrette, où allait être entassé tout ce qu'ils venaient nous voler. Sous leurs casques de résille en cuir rouge, leurs cheveux étaient séparés en nattes très fines. Cette coiffure, marque du peuple kéta, nous était interdite. Un Liu qui se nattait les cheveux pouvait aller en prison. Ils exhibaient les traditionnels colliers de disques de métal, blasons familiaux auxquels chaque génération ajoutait un nouveau rang. Les chaînes des familles les plus anciennes et les plus respectées pouvaient descendre jusqu'à la taille.

Je les haïssais tant que j'avais du mal à respirer. Résistant à mon envie de fuir, je me mêlai aux autres villageois. Je ne reconnus que deux personnes : Eïvan, qui arrivait accompagné d'un groupe de jeunes gens, et le mari de Mandine, le conducteur barbu de la carriole. Pitro. Le vieil homme se tenait debout près de la charrette vide et lisait, sourcils broussailleux sous un chapeau de paille, la feuille que venait de lui tendre le percepteur. Sa main tremblait lorsqu'il brandit le papier vers le Kéta, protestant avec une indignation à peine contenue : « C'est plus que la dernière fois, et c'est encore plus tôt... Vous nous en demandez de plus en plus... Comment voulez-vous que nous y arrivions ?! » Le collecteur pinça les lèvres : « Ordre du Concile », répliqua-t-il, avant de s'éloigner vers ses collègues. Le vieil intendant le suivit, argumentant : il y avait ici vingt-trois enfants, plus de quatre cents personnes, des malades...

Qui espérait-il convaincre ? On ne négociait pas avec les Kétas. Eïvan se joignit à Pitro pour tenter de marchander. L'un des cavaliers s'interposa, sans un mot, les piétinant presque. C'était l'officier qui avait rappelé les brutes tout à l'heure. Il portait la lancette de commandement, un court épieu de chasse, dont le manche torsadé signalait le grade. Du haut de sa monture, il les toisa d'un regard bleu glacier et, sans prévenir, cingla la figure de Pitro avec sa cravache. Le vieil intendant porta la main à sa joue dans un cri de stupeur et l'officier brandit à nouveau sa badine, vers Eïvan cette fois. Le guérisseur recula précipitamment en levant les bras pour se protéger. « Vos esprits limités ont-ils du mal à saisir la phrase "Ordre du Concile", Lius ? » persifla l'officier. Les deux hommes le fixèrent sans un mot. Le Kéta avait un visage anguleux et sa peau pâle comme celle d'un mabouya[1] contrastait avec le noir profond de son

1. Lézard nocturne à la peau très blanche.

cheval impassible et de son uniforme impeccablement repassé. Il se tenait très droit, la tête légèrement renversée en arrière, la moue dédaigneuse et les paupières mi-closes. Il exhalait le mépris. Eïvan n'osait plus bouger, recroquevillé comme un enfant perdu. Pitro baissa le front en marmonnant : « Bien. » Le vieil homme se retourna, entraînant le guérisseur avec lui et, les yeux durs comme des billes, commença à distribuer les tâches : il fallait dix sacs de grain rouge. Vingt cageots d'oranges. Cinq caisses de patates douces. Trois moutons. Treize poulets… Eïvan releva soudain la tête pour observer l'officier, les sourcils froncés. Leurs regards s'aimantèrent. Une vaguelette d'incertitude passa sur le visage de marbre du soldat, bientôt remplacée par une haine glaciale.

Certains soldats zélés se mirent en tête de nous encourager. L'un d'eux, à pied, me heurta du manche de sa lancette entre les omoplates. La douleur me fit japper. Serrant les mâchoires, je me dépêchai de rejoindre un groupe de cultivateurs qui revenaient des champs. Un jeune d'une vingtaine d'années, de petite taille, aux épaules musclées, fulminait ouvertement. Ses yeux noirs brûlaient de rage. Il partit vers les entrepôts à pas si rapides que nous eûmes du mal à le suivre, et ouvrit les deux battants de la porte à la volée. Malgré son poids, elle claqua contre la paroi de torchis. La sciure du sol souleva une odeur sèche. Les autres se faufilèrent à sa suite, le surveillant du coin de l'œil. Ses cheveux frisés étaient serrés en queue-de-cheval – une coiffure dangereusement proche de celle des Kétas. « Bande de voleurs, cracha-t-il. Trois sacs de noix. La moitié de ce que j'ai récolté ces derniers jours. Et pourquoi ? Parce que c'est comme ça ! » Il lança un coup de pied dans un ballot de foin. « Vous avez vu ce que ce barbare a fait à mon grand-père ? Vous avez vu ? » Je compris qu'il parlait de Pitro. Personne ne répondit. Ni moi ni les deux autres. Il n'y avait rien à répondre. Il avait raison, et pourtant, il fallait qu'il se taise, avant que l'un des soldats ne l'entende et ne le frappe, ou pire, ne le mette aux fers. Je tentai de porter un sac de noix et ne réussis même pas à le soulever. En nous y mettant à quatre, nous parvînmes à hisser le fardeau dans une brouette. Après avoir tout chargé, chaque garçon empoigna sa cargaison pour retourner à la charrette, me laissant les suivre les bras ballants.

Les Kétas imposaient leur emprise brutale sur toutes les ruelles du village. Sur le chemin, je vis un soldat attraper le poignet d'une femme, renversant le seau d'eau qu'elle charriait. Il la déshabilla du regard. Elle se figea comme un lapin. À quelques pas, un homme qui ployait sous un sac de farine ralentit, les yeux rivés sur la scène. Mes compagnons arrêtèrent les brouettes et l'air se chargea de tension. Le Kéta nous décocha un sourire mauvais en lui palpant la poitrine, avant de relâcher sa proie.

Devant la charrette, Pitro nous aida à hisser notre cargaison, dévoilant une force peu commune pour son âge. Il pressa l'épaule de son petit-fils en chuchotant : « Contrôle-toi. Tu me feras le plaisir d'aller aux séances d'Eïvan, au moins une fois… » L'intéressé se dégagea avec humeur. Pitro serra les mâchoires et reprit la supervision du chargement, sèchement : « Citrons, dessus. Miel, à côté. Ne mettez pas les œufs en dessous, nom de Wou ! » Sa pommette gardait la marque rouge de la cravache. « Aide donc au chargement des oranges, au lieu de rester plantée là ! » m'ordonna-t-il, ses yeux gris brasillant d'une colère qui ne m'était pas destinée. Il sortit de sa poche une longue pipe au tuyau fin et la bourra en surveillant les opérations. Eïvan était toujours prostré. Il s'était réfugié sous un arbre, sa poitrine se soulevant par saccades, les paupières closes. Il avait piètre mine, le « magicien du Centre »… Je poussai un régime de bananes pour faire de la place aux oranges. Le suc blanc de la tige me colla aux mains. Le guérisseur finit par se ressaisir lorsque deux femmes approchèrent en tirant un mouton, une belle bête qui avait encore toute sa laine et qui résistait en bêlant de désarroi. Il les aida à maîtriser l'animal, puis vint charger la carriole avec nous. Il ne cessait de jeter des regards obliques à la silhouette longiligne de l'officier.

Ce manège lui aurait valu de sérieux ennuis si une voiture n'était apparue à l'entrée du village. Huit personnes s'y tassaient. Le conducteur s'arrêta net en remarquant les soldats. À l'arrière, l'un des passagers poussa un cri sauvage, dément. Une poignée de soldats se précipita vers l'attelage, lancettes au clair. « Non ! s'exclama le conducteur, il est malade ! Nous l'amenons au guérisseur ! Il est malade ! » Cette phrase tira Eïvan de son abattement. Il marcha lentement vers la voiture. Son sang-froid lui revenait à chaque pas. Il se mit à parlementer avec les Coccinelles, et l'un des gradés, agacé par les hurlements qui montaient de la carriole, leur fit signe de circuler. Il entraîna alors les nouveaux venus dans une rue adjacente.

Le tas formé par les fruits, légumes et grains dans le chariot des percepteurs nous arriva bientôt à la poitrine. Tandis que nous chargions nos précieuses denrées, je ressassais l'injustice de notre condition. Les Lius n'avaient certes pas les mêmes droits que les Kétas, mais nous aurions dû être protégés contre ce type d'abus. C'était inscrit dans le Traité. S'il fixait notre prétendue infériorité dans la loi et faisait de nous des citoyens de seconde catégorie, il était censé nous garantir en retour une certaine protection…

L'officier mabouya interrompit mes réflexions amères en tapant sur le crâne d'un habitant qui lui apportait trop lentement une cruche d'eau. Il ne s'était guère éloigné de la charrette, surveillant la collecte du haut de son cheval. Son collier ne portait qu'un seul disque, marque d'une ascendance très récente – c'était sans doute un orphelin, récupéré par un quelconque cousin au cinquième degré. Les Kétas avaient un sens absurde de la famille, qui les obligeait à s'occuper de gens qu'ils n'avaient jamais vus si leurs lignées s'étaient croisées dans une branche lointaine de leur généalogie. À cribler sans relâche ma mémoire, j'y avais découvert une connaissance étendue de Zanabé et de son histoire, tant liu que kéta. Si j'étais incapable de me souvenir de ma propre famille, je me remémorais tous les détails de la Catastrophe. La façon dont les relations s'étaient nécrosées entre nos deux peuples soixante-dix ans auparavant, jusqu'à la guerre civile ; et comment, à cette époque, le Traité avait évité de justesse l'extermination des Lius. Je pouvais citer l'intégralité de ses cinquante-six articles infamants. « *Il est reconnu qu'un Liu ne saurait en aucun cas prétendre s'élever à la culture kéta, et par conséquent les Lius sont interdits dans les villes, temples, lieux de rassemblement de tout ordre, sauf pour le service.* » « *Tous devront veiller à préserver la pureté des lignées kétas. Une séparation stricte devra être observée, et toute union contre nature sera sanctionnée.* » Je pouvais même déchiffrer les armoiries des Kétas. Celles de l'officier indiquaient une garnison du

Nord. J'essayais de déterminer son origine géographique précise lorsqu'il pivota imperceptiblement la tête et braqua sur moi ses yeux délavés. Je détournai le visage à la hâte. Mais quand je lui jetai un nouveau coup d'œil, je m'aperçus avec angoisse qu'il continuait à me fixer, avec ce dédain minéral caractéristique des Kétas. Ce regard qui clamait : « J'ai tout pouvoir sur toi et je méprise ta peur. » Mes muscles se crispèrent. J'attrapai des fruits par terre et aidai à les charger dans la carriole pour lui échapper. Le soleil tapait droit à présent, et la faible brise qui agitait les hautes branches des mahoganys ne suffisait plus à nous rafraîchir. La sueur perlait sur mon front. L'officier fit signe à un soldat et lui glissa quelques mots. L'homme – un individu épais, entre deux âges, qui sentait la transpiration – s'approcha de moi et me gifla violemment. Ma tête vola à droite. J'étais en train de coincer un panier de citrons entre deux cages où des poules caquetaient leur inconfort, et ma charge m'échappa des mains. Les citrons roulèrent sur le sol. L'appréhension me figea. « C'est un travail trop dur pour toi, Liu ?! » Il me gifla une seconde fois, et ma tête vola à gauche. Je n'arrivais plus à penser. « Tu as entendu ma question ? Tu es sourde ou juste imbécile ? » Puis il me poussa et tourna les talons, en pestant contre les Lius fainéants, incorrigibles, sales…

Il y avait du sable dans mon crâne, à cause des coups. Quand je repris mes esprits, une rage rouge m'embrasa, et je me vis fondre sur le soldat qui s'éloignait… *Fais semblant. Reste discrète,* somma une voix masculine dans ma tête. Un timbre froid, aux intonations mielleuses. C'était la première chose familière à me revenir depuis mon nom. Je me baissai pour ramasser les agrumes éparpillés. Mes mains tremblaient. Un jeune homme vint s'accroupir à côté de moi : « Ça va aller, murmura-t-il, ça va aller. » Il avait une silhouette d'adolescent maigre et les cheveux coupés ras. Il s'exprimait avec le même ton rassurant qu'Eïvan, comme s'il l'imitait. Je le reconnus : il était là le jour de mon arrivée, lorsque le guérisseur m'avait sortie de la carriole, et tout à l'heure dans le groupe qui l'accompagnait. Le jeune homme se redressa souplement et me tendit une main fine aux ongles rongés. « Ayelo. Je suis un élève d'Eïvan. » Ses yeux bruns chaleureux illuminaient son visage naïf. « Où est-il passé ? » demandai-je sans réfléchir. J'éprouvai soudain le besoin de le voir, lui ou Mandine. « Notre maître s'occupe de la famille arrivée tout à l'heure, répondit-il. Vous pourrez le rejoindre quand les Coccinelles seront partis. » Je hochai la tête. La douleur me chauffait les joues et j'avais la nausée.

Lorsque nous eûmes fini d'entasser tout ce que les percepteurs avaient exigé, il ne restait plus un cube d'air sur le chariot. L'un d'eux informa Pitro que le prochain passage était prévu dans deux mois. Le vieil homme protesta, mais plia bien vite sous les menaces des soldats. Puis ils se mirent en marche en échangeant des plaisanteries, manifestement heureux d'en avoir fini avec cette corvée. L'officier, lui, n'exprimait qu'un contentement froid. Le convoi s'ébranla et j'osai à nouveau l'observer. Il se tenait très droit sur ses étriers, sanglé dans son uniforme noir et rouge. Encore un de ces fanatiques pénétrés de leur importance kéta. J'eus pitié de son cheval.

Les collecteurs s'éloignèrent lentement ; bientôt, ils passèrent l'arche de l'entrée. Nous restâmes à les regarder disparaître, laissant monter en nous silencieusement le soulagement et la fureur... Un pillage, un de plus. Soudain, le jeune cultivateur à la queue-de-cheval ramassa un caillou, courut sur le chemin et le lança vers l'arche en hurlant : « Maudits ! Soyez maudits, Kétas ! » En un éclair, Pitro fondit sur lui. Il le ceintura, une main sur sa bouche. D'autres villageois se précipitèrent : « Dan, arrête ! Ils vont t'entendre ! Calme-toi, calme-toi... » Le jeune homme se dégagea et se prit la tête dans les mains, étouffant un hurlement de rage. « Je n'en peux plus... ! » Sa voix était rauque. « Je ne peux plus le supporter ! » Il releva le front et nous dévisagea, des larmes sous les paupières. « Nous sommes des moutons au pâturage ! Ils nous prennent la laine sur le dos et nous ne disons rien, jamais ! » Nous scrutions l'arche avec anxiété. Les soldats ne revenaient pas. « Comment pouvez-vous tous continuer à le supporter ? continua-t-il. Combien de temps encore allons-nous accepter de vivre comme... comme des intrus sur notre propre sol ? »

Sa question résonna dans le silence, puis retomba sur le sol de terre, lentement, comme une feuille morte. *Il a tellement raison,* me dis-je.

« Allez, viens », murmura finalement Pitro, et il empoigna son petit-fils par l'épaule.

*

Je n'aspirais plus qu'à me terrer dans ma petite maison et me reposer. Mais le jeune disciple qui m'avait secourue un peu plus tôt insista pour me conduire à Eïvan. Je le suivis sans entrain à l'autre bout du village, ruminant l'injustice de notre condition, tandis qu'il papotait gaiement comme s'il avait déjà oublié le pillage. Il me guida jusqu'au croisement des cuisines. Un petit groupe de villageois y était rassemblé, dans un silence absolu. Ils contemplaient respectueusement deux hommes accroupis dans une charrette : Eïvan, immobile les mains sur les cuisses, et un type décharné, en lambeaux, qui jetait des coups d'œil menaçants à la ronde. « Mince, il a commencé, chuchota Ayelo.

— Commencé quoi ?

— La séance. C'est un mangeur de champignons. Il est complètement fou. Sa famille l'a amené ici pendant le prélèvement, et Eïvan a dû renoncer à le faire descendre… »

L'homme blotti dans un coin avait l'air d'être passé sous une harde de cochons sauvages. Il était crasseux et empestait. En comparaison, le guérisseur paraissait encore plus massif, son dos large tendant le tissu de sa tunique. Il y avait entre eux une telle intensité qu'on aurait pu croire à une bagarre, si une singulière douceur n'avait émané d'Eïvan. Il n'avait plus rien du Liu craintif que j'avais vu tout à l'heure. Avançant les mains dans un geste d'invitation, il parla à voix basse : « Tout va bien. Reviens, maintenant. » Le type maigre sursauta et lança son pied en avant pour le frapper d'un geste vif. L'assistance laissa échapper un petit cri. Eïvan recula tranquillement, comme s'il s'y était attendu ; puis revint s'accroupir, le regard calme. Ceux qui consommaient trop de champignons perdaient tout sens commun, au point de voler leurs familles, de se montrer nus en public, ou même de brandir des couteaux contre leurs propres mères. Je les méprisais. Mais le guérisseur dévisageait le malade avec gentillesse et gravité – comme s'il voyait en lui un animal blessé plutôt qu'un dangereux toxicomane. Penchant la tête sur le côté, il inspira profondément, et ses pupilles se dilatèrent. Son attention, déjà tout entière fixée sur l'homme recroquevillé, sembla acquérir une densité supplémentaire. Puis il soupira et chuchota : « Tu as cru aux chants des oiseaux, autrefois. Tu as cru à la fraîcheur de la source. Tu marchais le long des chemins de carriole et tu avais onze ans. Tu t'en souviens ? »

Le squelette écarquilla les yeux et tourna son visage vers Eïvan. Pour la première fois, il le regarda en face. Le guérisseur hocha la tête : « Oui. Je crois que c'est ça. » Il fit une pause. Bougea un peu. « Tu savais écouter la sécheresse de la terre, la croissance des herbes. Tu t'en souviens », ajouta-t-il, et ce n'était plus une question. « L'amour de ton chien. Les différentes textures des heures du jour. Tu savais cela. Tu sais cela. La lumière n'a pas la même consistance le matin et à midi. Tu t'en souviens ? » Bien qu'il murmurât, tout le monde l'entendait. Son timbre chaleureux, ample, m'évoquait une large pierre chauffée par le soleil. L'homme ne le quittait plus des yeux. Sa posture se relâcha. « Voilà, l'encouragea Eïvan. Maintenant, tu viens… » Et il ouvrit les mains. « Ils te l'ont enlevé. Ils t'ont pris la musique. Qui étaient-ils ? Je me souviens avec toi de l'odeur de l'herbe sèche et du cri des corbeaux que ton cœur saluait… », poursuivit le guérisseur avec une immense compassion. « Ceux qui t'ont fait du mal sont partis. Tu as été absent si longtemps… » Et enfin, le drogué se détendit tout à fait, dénouant ses bras. Il eut un spasme ; sa bouche se plissa et soudain, il se mit à pleurer. « Voilà, approuva Eïvan en s'avançant un peu, laisse-le revenir… »

Sur la charrette, l'homme se cacha la tête dans les mains, sanglota éperdument. De grands cris rauques secouaient ses épaules frêles. Un élan de pitié balaya ma répugnance et j'eus envie de monter le consoler. Je ne comprenais pas ce qu'Eïvan venait de faire, ce qui était censé « revenir », mais l'émotion m'étreignait. Le guérisseur l'attira contre lui. Les pleurs redoublèrent, et le patient se laissa aller dans les bras de son protecteur, qui posa la main sur ses cheveux en murmurant. Cela ressemblait à une incantation, une prière, un bourdonnement hypnotique comme le son d'une ruche. L'air se resserra autour d'eux. Il parla longtemps, et nous n'entendions plus. Peu à peu, les hoquets du drogué se calmèrent. Eïvan se tut, resta un moment à l'étreindre ; puis il recula, tenant sa main. Ils échangèrent un sourire qui illumina le visage de l'homme décharné. Je repris soudain conscience du vent léger qui soufflait sur mon front, du ciel lumineux, des gens qui m'entouraient… Le public commença à remuer, chuchotant et hochant la tête, et mes oreilles se débouchèrent comme après un passage sous l'eau. Eïvan s'étira. Tous deux descendirent maladroitement de la charrette, s'aidant l'un l'autre. La foule s'écarta un peu. « N'oublie pas ce que je t'ai dit, lui recommanda Eïvan. N'oublie pas. Ce qui est à toi, plus personne ne peut te l'enlever. » Le patient dévorait des yeux son bienfaiteur, comme s'il lui avait révélé un secret fabuleux. Il jeta un coup d'œil à sa famille, puis se dirigea lentement vers les sous-bois, entre les sillons de fleurs.

Une femme âgée voulut le suivre. « Laissez-le, il a besoin d'écouter résonner ses mots », intervint Eïvan. Elle hésita, regardant son fils qui s'éloignait. « Il rentrera bientôt. Je vous le promets. » Elle scruta son visage, puis opina, encore un peu inquiète. « Il faudrait que vous vous installiez ici un moment, ajouta-t-il, ce n'est que le début. Depuis combien de temps consomme-t-il des champignons ?

— Depuis l'adolescence, bredouilla la vieille femme en baissant le regard. J'ai tout essayé pour le raisonner, mais…

— Vous n'y pouviez rien », la réconforta Eïvan. Il répéta que le traitement ne faisait que commencer, que ce serait long. Quelqu'un lui demanda ce qu'il avait fait, alors il expliqua, de son élocution lente : « Ceux qui consomment des champignons ou s'étourdissent avec les écorces macérées cherchent à renouer le contact perdu avec leur reflet. Mais les substances se mêlent à l'esprit de celui qui les consomme, et l'isolent davantage. Pourtant, quelles que soient les couches d'opacité qui enveloppent un reflet, il y a toujours moyen de le retrouver. C'est ce que j'ai fait. » La famille acquiesça poliment, mais il était visible qu'eux non plus n'avaient rien compris à son charabia. Par petits groupes, la foule s'éloigna, et il ne resta bientôt plus qu'une assistance clairsemée qui se dispersait en bavardant. Eïvan demanda à Ayelo de les loger tous les cinq, et surtout, de veiller à guider le patient quand il reviendrait.

Tout le monde finit par partir et je restai seule avec le guérisseur. Debout, il contemplait rêveusement les sillons de fleurs fraîchement plantées, les anthuriums qui ourlaient déjà leurs corolles rouges, et les balisiers qui pointaient à peine leurs premières tiges vertes. Puis il fixa ses chaussures, et glissa la main dans ses cheveux. Il avait l'air vide, maintenant, fatigué, hagard. Relevant les paupières, il m'aperçut. Son attention au monde semblait remonter des tréfonds d'un puits. Il me gratifia d'un sourire éclatant, et s'approcha : « Taena ! Tu vas beaucoup mieux. C'est merveilleux. Comment trouves-tu l'Ahmra ? »

J'avais oublié qu'il était si grand. Et pour cause : je n'étais jamais venue lui rendre visite, en trois semaines. Je ne l'avais jamais remercié de son hospitalité, et de m'avoir probablement sauvé la vie. La gêne faillit me rendre muette. Levant le regard vers lui, je bredouillai des excuses. Mon embarras fit naître un petit sourire au coin de ses paupières, et il m'interrompit : « Écoute, il y a des gens ici que je n'ai jamais vus. Ne te casse pas la tête. » J'ouvris de grands yeux. Des gens qui habitaient ce village minuscule et qu'il n'avait jamais vus ? Il secoua la tête en riant : « En fait, non. Mais tu peux bien être la première si tu veux. » Son rire était joyeux, et inattendu après la gravité de la « séance ». Je voulus prolonger cette complicité et lâchai : « L'officier kéta… vous pensez qu'on pourrait bricoler un piège pour son cheval ? » C'était une plaisanterie inoffensive, comme en échangeaient sans arrêt les Lius, mais je la regrettai aussitôt, car il se rembrunit. « Ce ne serait pas très charitable pour le cheval, répliqua-t-il. La violence est à l'opposé de mes valeurs, à vrai dire. J'essaie de ne pas y céder. Même s'il faut reconnaître que les Kétas font de leur mieux pour me faire changer d'avis… » Il tentait de réprimer son irritation. Pour rattraper mon faux pas, je changeai de sujet et l'interrogeai sur son surnom de « magicien du Centre ». Un sourire indulgent étira ses lèvres. Probablement parce qu'il apprenait aux gens à contacter leur reflet, expliqua-t-il, ou parce qu'il venait des monastères de l'Ouest. Je fronçai les sourcils. L'Ouest était l'une des plus belles régions de Zanabé. Les falaises escarpées de la frontière avec l'Erad se détachaient sur un horizon transparent, des chevaux sauvages galopaient dans les grandes vallées au milieu des fleurs roses, les aigles s'appelaient près des nuages… Et la légende voulait que la région abrite les temples de Granite, centre mythique de la sagesse liu, où les prêtres lissent leurs émotions au point de fusionner avec le bleu du ciel…

« Je pensais que les monastères n'étaient qu'un mythe ?

— Oh, ils existent, m'assura Eïvan en hochant la tête. Ils sont creusés à même la roche, sur les hauteurs des montagnes de l'Ouest.

Impossibles à trouver sans guide. C'est pour cela qu'ils ont toujours été protégés du pouvoir central du Concile.

— Et vous avez appris à vous fondre dans le ciel ? » demandai-je, un peu narquoise.

Il ne sembla même pas percevoir mon ironie. « Non… Je n'ai pas eu le temps. Mais j'y ai étudié bien d'autres pratiques, dont le Lieu de silence, que je transmets à mes étudiants. »

Tandis que nous discutions, son expression se fit plus attentive. Il me considérait avec patience, comme il avait regardé le mangeur de champignons, et j'eus l'impression qu'il cherchait quelque chose.

« Est-ce que tu vas bien ? me demanda-t-il. Est-ce que tu as tout ce qu'il te faut ? »

J'hésitai. La séance avait inexplicablement lavé mon cœur de la violence des Kétas. S'il était capable de déterrer l'esprit enseveli des drogués aux champignons, il pouvait peut-être m'aider à retrouver mon passé. J'eus soudain envie de tout lui raconter. Toutes ces semaines d'angoisse.

Face à lui, je compris à quel point j'avais peur.

Il me fixait de ses yeux noisette, attendant que je me décide. Je le revis debout, les bras dressés, la voix intense, psalmodiant devant cette foule extatique… et me tournai vers les fleurs rouges qui se balançaient au vent : « Tout va bien, merci. Si vous me permettez de rester encore un peu ici… » Eïvan acquiesça.

En rentrant, je trouvai une boucle d'oreille en or sous la table massive du séjour. Toute légère, et délicatement ciselée, elle ne pouvait appartenir qu'à Mandine. Je fis un geste pour la poser sur le buffet puis me ravisai. Elle devait valoir une fortune. Je ne pouvais pas me permettre de m'attacher à des inconnus. Avec un pincement au cœur, je dissimulai le bijou sous mon matelas.

Cette nuit-là, je n'appréciai plus autant la solitude de ma petite maison. Un besoin lancinant de compagnie me tourmentait. J'étais un animal sans meute, sans repère, sans territoire.

J'aurais pu, je crois, ne jamais m'ouvrir à la générosité de l'Ahmra ou à la magie d'Eïvan. Mais sa magie vint me cueillir, et renversa tout.

3

Magie

Journal d'Eïvan, cahier 3.

Dans les versets, il est dit que celui qui s'unit à son reflet étreint sa vérité intime. C'est ce que j'ai constaté. Le reflet est inséparable de l'être. Il varie selon les individus : il s'agit le plus souvent d'animaux. C'est notre essence, notre énergie première. L'émanation du divin que certains nomment Océa ou Wou, et que j'appelle parfois « le lac ».
Celui qui s'accorde à son reflet puise directement à la source mère. Qu'il soit leader religieux ou cordonnier, il étend alors sa présence sur le monde avec justesse et vérité. Il devient bien plus puissant – et naturellement, beaucoup plus vulnérable.

Tout bruit avait cessé depuis des heures dans l'Ahmra. Je m'éveillai au milieu de la nuit et mes pensées s'entortillèrent en nœuds de plus en plus serrés. L'abysse qu'était ma vie. La solitude. La crainte de ne jamais retrouver la mémoire. Les Kétas… Une semaine s'était écoulée depuis le « prélèvement », et les échos de leur violence résonnaient toujours dans les conversations. Pour sortir de mon oisiveté, j'avais offert mes services en cuisine et aux vergers, avant de rendre visite à Ayelo pour en apprendre un peu plus sur le village et son curieux guérisseur. Dans une grande bâtisse au bout d'une allée, l'élève d'Eïvan et une dizaine d'artistes travaillaient dans une enfilade de salles aux murs pastel, agréablement aérées par le vent. Ils fabriquaient des sculptures, des toiles, et des bibelots destinés au marché d'art liu. Je ne savais pas comment interroger Ayelo sans laisser transparaître ma méfiance, mais il se révéla un interlocuteur volubile dès qu'il s'agissait d'Eïvan. Il me décrivit des pratiques qui ressemblaient à des hallucinations, et les exploits de son maître avec les patients. « Vous verrez, c'est le plus grand guérisseur de Zanabé, assura-t-il dès ma première question. Ce qu'il fait, personne d'autre n'en est capable ! » Mon scepticisme jaillit toutes griffes dehors – teinté d'un certain amusement envers la passion du jeune disciple. « Tu peux me tutoyer, lui répondis-je. Je ne suis pas beaucoup plus vieille que toi. » La toile sur laquelle il travaillait représentait un groupe de méditants assis en rond. Elle était touchante, mais maladroite : les formes manquaient de relief. Je tendis la main vers l'un de ses pinceaux. « Je peux ? » Il hocha la tête. « Si tu veux rendre tes personnages plus vivants, tu dois reproduire les mouvements de la lumière. Regarde… » Je prélevai une touche de teinture brune, et, délicatement, ombrai le vêtement d'une silhouette assise. « Vous… enfin, tu sais peindre », nota Ayelo sur le ton d'une évidence. Je me figeai, brosse en l'air. Il avait raison. Je savais peindre.

C'était la première chose qui émergeait de mon passé. Dès lors, ma place à l'Ahmra fut toute trouvée. Je m'installai avec eux, produisant portraits, paysages ou scènes religieuses, comme la représentation traditionnelle d'Océa près de la rivière, le bleu de sa peau se confondant à celui de l'eau… J'avais une technique sûre, le sens des perspectives et des couleurs, et le plaisir que l'on éprouve à une pratique parfaitement maîtrisée. Mais pas le moindre souvenir d'avoir appris.

Je soupirai. Combien de temps cette éclipse de mon esprit allait-elle durer ? L'éclat intense de la pleine lune ourlait le bois des jalousies. J'eus envie d'une promenade nocturne. Je m'habillai, sortis sous les étoiles, me glissant dans le silence de la nuit comme on enfile une chemise moelleuse et familière. L'allée centrale traçait un ruban fantomatique qui se perdait dans le lointain. Les maisons, les terrasses et les cimes des arbres sortaient de l'obscurité en murmurant, humides de lumière argentée. Une petite brise me fit frissonner ;

un chat en vadrouille s'esquiva. Je dépassai les granges couvertes d'ombres et les écuries où les chevaux soufflaient doucement, puis arrivai, bien trop vite, sur la place bordée de courbarils qui marquait la limite nord du village. La lune brillait, ronde et farouche, illuminant le sol beige : le puits au milieu de l'esplanade formait une sculpture solennelle. De l'autre côté du terrain, adossée à la forêt, une unique habitation à un étage luisait comme de la glace. J'avais déjà vu de la glace. Pas ici, non, il ne faisait jamais assez froid. Mais j'avais déjà vu de la glace.

Je restai un moment à respirer, écoutant les stridulations des insectes, regrettant que le village soit si petit. Je ne remarquai pas tout de suite la silhouette grise qui avançait, au loin. À pas lents, un homme sortit de la pénombre. Je n'avais pas envie de parler, alors je reculai entre les poteaux des garages à charrettes. Il se déplaçait sans hâte et ses pieds faisaient crisser le sable. Quand il arriva près du puits, je reconnus le balancement caractéristique de ses épaules. Eïvan. Il s'assit sur la margelle, leva la tête vers la voûte étoilée, et ne bougea plus, semblable à une statue dans la puissante clarté. J'aurais pu sortir du hangar et aller le saluer. Nous étions les deux seuls êtres éveillés de l'Ahmra. Mais quelque chose m'en empêcha ; un pressentiment, peut-être. Ou l'envie de découvrir ce qu'il cachait. Je me recroquevillai derrière les piliers, avec l'impression d'être un hibou. Son chant grave s'éleva :

« Je ne suis pas encore rentré, tu vois…
la nuit est longue devant moi,
et je ne suis pas encore rentré…
il y avait tellement de montagnes et il y avait tant de ravines
et je n'ai presque plus de souffle,
je n'ai presque plus d'espoir,
il y a si longtemps que je marche, tu sais,
mais je ne suis pas encore rentré… »

Eïvan répéta le couplet trois fois : son timbre sonnait clair dans le silence de la nuit. À la quatrième reprise, je l'accompagnai en remuant les lèvres. Cette complainte d'errance mélancolique s'accordait à ma souffrance et à cette esplanade vide. J'avais envie qu'il continue, que la chanson se termine bien. Mais il cessa et se mit debout, levant les bras en psalmodiant : « *Elmon evolim om insa ia lima iha mioun rem om ehlé ehlia…* » Encore cette langue, qui semblait venir des profondeurs de la terre… Lentement, sans interrompre sa litanie, il joignit les paumes au-dessus de sa tête puis les descendit devant son visage. Enfin, il s'agenouilla, noua ses doigts près de son nombril, s'immobilisa et se tut.

Les feuilles des arbres bruissaient. Rien d'autre ne bougeait. Mon esprit se mit à dériver, retournant une fois de plus la pierre inerte de ma mémoire. Où avais-je vu de la glace ? Les pentes blanches des montagnes du Nord m'apparurent, avec les bouffées de cristaux exhalées de la neige, le froid dans les sommets, le glapissement féminin d'un renard, le son cristallin d'une cascade. Tout Zanabé me semblait connu, mais je ne me situais jamais nulle part. Quand je fermais les yeux, je voyais aussi les collines arides du Sud, les roches blanches et la mer de turquoise étincelante. Des cactus tendaient leurs multiples paumes dans les champs de paille, des cabris au poil rêche se contentaient de peu. Les habitants portaient de grands chapeaux de bakoua dont les bords s'affaissaient, et poussaient devant eux quelques bœufs faméliques. Dans ce territoire âpre, il n'y avait presque pas de Kétas. Que des Lius. Si l'on se rapprochait des côtes, la terre sèche devenait sable, et il fallait balayer trois fois par jour l'intérieur des rares habitations. Cactus, roches, mer, danger. Mon corps se souvenait. On me poursuivait. Il y avait des chiens. Du sable, et des chiens.

Sur la place, un mouvement furtif me ramena au présent. Je crus d'abord qu'un animal avait traversé, mais l'esplanade était toujours vide, le guérisseur agenouillé. Une sorte de brume de chaleur dansait devant lui. Je plissai les paupières pour mieux voir. Le phénomène déformait son image, comme s'il se trouvait derrière un morceau de verre bombé. Pendant que je l'observais, le miroitement s'élargit jusqu'à l'englober tout entier, puis se mit à onduler. Je reculai encore d'un pas, sur mes gardes. Que se passait-il ? Eïvan gardait la tête baissée. Les volutes semblaient émaner de son ventre. Ma curiosité grandit. Il m'avait affirmé venir des monastères de Granite, et les histoires les plus échevelées couraient sur les prodiges des moines. Je ne croyais pas en la magie ; si elle existait, notre réalité ne serait pas si impitoyable et notre peuple si impuissant. Mais la brume se densifiait. Lentement, des reflets argentés se mirent à courir sous la surface, comme des poissons de rivière, paisibles – trop paisibles pour être menaçants. Je me sentis sourire. Le miroitement nacré était en train de s'organiser, par touches délicates. Il me sembla qu'il dessinait une silhouette. Petit à petit, quatre pattes souples sortirent du brouillard, puis un grand corps… Je tendis le cou. Dans une contraction soudaine, les lignes se rassemblèrent, et je cessai de respirer.

Translucide comme une statue de verre, un grand cerf étincelait devant moi.

Je n'avais aucun moyen, à cet instant, de mesurer l'impact que cette apparition allait avoir sur le reste de ma vie. Mais tout se tut en moi. L'animal stupéfiant oblitéra toutes mes angoisses. Son encolure était puissante, sa tête fine ; sa vigueur contrastait avec la fragilité de sa transparence. Sur sa robe diaphane, la lune et le noir profond de la nuit se reflétaient comme sur la surface d'un lac. Ses cors semblaient des mains de louanges levées vers le ciel ; ils paraissaient lourds, mais le cerf les portait avec une grâce désinvolte. Lorsque les lambeaux de brume se dissipèrent, il ne resta plus que lui sur la place, campé sur ses pattes nerveuses, limpide, époustouflant. Je n'en croyais pas mes yeux. La réalité telle que je l'avais toujours perçue, amère et bornée, ne permettait pas l'existence d'une telle créature. Elle n'offrait que misère et violence. Une vie sans magie, sèche comme un os. Pourtant, le cerf était là. À travers ses flancs, je distinguais les formes de la forêt. Mémoire ou pas, j'en étais certaine : jamais je n'avais vu quelque chose d'aussi beau.

Tandis que j'essayais de graver tous les détails de ce prodige dans mon esprit, le cerf s'anima lentement. Il ouvrit les yeux, ploya le cou et son mouvement fit naître de pâles scintillements. Mon ravissement redoubla. Comment Eïvan avait-il pu se lier à une telle merveille ? Le guérisseur se remit enfin debout tandis que le cerf trépignait. La forme de l'animal transparent se superposait à son corps comme l'eau de la rivière sur les galets. Quelque chose dans l'homme avait changé. Il bougeait à présent comme un adolescent. Il mit un coup de pied espiègle dans un caillou et le cerf lança un cri profond ; il sautilla sur place, et le cerf fit une cabriole. Leur accord semblait parfait, comme s'ils se connaissaient de longue date. Ensemble, ils commencèrent à se diriger vers les arbres, et j'en ressentis un pincement de jalousie. Je ne voulais pas que le Cerf s'éloigne. Eïvan fit une halte, et j'espérai. Mais il continua, entraînant son compagnon. Trop vite, ils dépassèrent la maison pour entrer dans les sous-bois. La forêt les happa. La dernière chose que je vis fut la croupe transparente du Cerf, bondissant par-dessus les fourrés.

Je n'hésitai qu'un instant.

À pas rapides, je traversai la place pour pénétrer dans les buissons où ils avaient disparu. Je m'étais attendu à un sentier, mais il n'y en avait pas, et je suivis laborieusement la piste de branches cassées que le Cerf avait laissées sur son passage. La végétation dense m'enveloppa dans sa nasse verte. Après quelques pas, je ne distinguai plus rien. Trébuchant sur le sol irrégulier, griffée par les branchages, j'avançai à l'aveugle, obstinément, patiemment, jusqu'à ce que la moiteur s'insinue sous mes habits, malgré la fraîcheur de la nuit. Je me tordis la cheville une première fois sur une racine, mais je m'obstinai. Le Cerf était là, devant, quelque part. Peu à peu, la fatigue me gagna, mes paupières s'alourdirent. Je me tordis la cheville une deuxième fois. En grimaçant, je poursuivis ma progression, puis butai sur un enchevêtrement de lierre. L'amas végétal semblait sans fin. *Imbécile*, siffla quelqu'un dans ma tête. *Depuis quand crois-tu aux miracles ?* J'avais déjà entendu cette voix. Après un instant de confusion, cela me revint : elle m'avait parlé durant la collecte des Kétas.

Alors seulement, je m'arrêtai. Dans l'atmosphère grisâtre où rien ne contrastait, je sentis s'évanouir cette magie qui avait déplié mon univers. Je scrutai les taillis. Il n'y avait plus la moindre trace de son passage. La tristesse me gagna. « J'espère le revoir un jour », implora mon âme en une prière intense.

Je rebroussai chemin en boitant, n'aspirant plus qu'à retrouver mon lit. Au retour, la forêt me parut beaucoup plus menaçante. Les troncs épais découpaient des pans de nuit noire. Des ronces m'agrippaient. Un bruit furtif retentit au-dessus de ma tête : un oiseau dérangé dans son sommeil, ou une chauve-souris… Un criquet me fit sursauter en atterrissant sur mon bras. J'essayai d'ignorer la sensation croissante qu'une présence malveillante me suivait, mais mon malaise grandit. L'atmosphère s'était chargée d'une aura poisseuse. Je pris conscience de mon corps vulnérable, de mon cou exposé, de mes seins fragiles. De ma petite taille. La menace se rapprocha. Lorsque la silhouette d'un homme immobile se découpa entre les arbres, je réprimai un cri d'effroi. À tâtons, je cherchai quelque chose pour me défendre – une branche, une roche, n'importe quoi… Ma main tomba sur un bâton solide que je tentai de dégager d'un entrelacs de racines. Le bois craqua bruyamment, bien trop fort dans le silence de la nuit. Pendant un moment, rien ne bougea. Puis je compris que la silhouette n'était qu'un tronc brisé. Mes jambes se dérobèrent de soulagement et je m'assis sur les feuilles mortes, étourdie. *Tu es pathétique,* se moqua la voix dans ma tête. *Tu as peur du noir, à ton âge ?* Sa raillerie me laissa un goût amer, et un sentiment familier de désespoir. J'avais l'intuition d'avoir bel et bien été la proie de quelqu'un par le passé. Quelqu'un auquel je ne parvenais jamais à échapper. Qui emplissait mon corps de ténèbres.

Je repris ma marche vers le village, accablée. Je n'étais personne. Je n'avais même pas de passé. Comment avais-je pu croire que je méritais un tel miracle ? J'avais juste volé un instant de grâce. Ma solitude me donnait envie de pleurer. *Pathétique.*

Et au moment où j'allais fondre en larmes, je le retrouvai.

Il flânait, à trente pas devant moi, mâchonnant quelques feuilles. Une faible lueur argentée émanait de son corps translucide, trop tamisée pour le trahir. Elle teintait légèrement les broussailles alentour. Quand il tourna la tête dans ma direction, je m'accroupis immédiatement derrière un arbuste. Il huma le vent, les oreilles frémissantes, contempla l'obscurité. Immobile, je m'abîmai dans ses grands yeux calmes qui ne savaient pas ce qu'ils fixaient. L'innocence de son regard me toucha au plus profond. Dans ses prunelles, je vis une existence nouvelle baignée dans la pureté de sa présence. Je vis l'aube où nous serions enfin rentrés à la maison. Une paix si vaste qu'elle embrassait même les plus belliqueux des hommes. Je vis la beauté originelle, celle d'un ruisseau opalin, d'une fleur neuve, d'un ciel étoilé. Une beauté à faire reculer les ténèbres de mon passé.

Après un long moment dont la magie ne devait plus jamais me quitter, il releva la tête d'un coup de museau vif, et s'élança à petits bonds entre les taillis. Je rentrai au village, le cœur battant presque douloureusement de révérence et de gratitude, ivre de cette rencontre qui allait tout changer.

4

Transgressions

Journal d'Eïvan, cahier 3.

Nous disons « les autres ». Les autres gens. Les autres peuples. Ceux qui n'ont pas les mêmes idées ou les mêmes habitudes que nous – les autres.
Je comprends pourquoi ces distinctions se construisent. C'est le rôle de l'esprit pensant. Il classe et sépare, et ainsi nous savons que nous ne sommes pas une pierre, mais un animal, que le haut n'est pas le bas, que l'air n'est pas l'eau.
Mais l'esprit laissé à lui-même, sans le soutien du reflet, court le risque de tourner en rond. Il se détache, comme le kapok de l'arbre à coton, comme l'algue arrachée à son rocher, et se met à produire des idées posées sur des idées, posées sur des idées – de plus en plus absurdes et déracinées. Et c'est ainsi que lentement, nous finissons par haïr notre voisin, parce qu'il n'a pas les cheveux nattés.
Il faut revenir à la terre. À l'humus. Au corps. Serrez-le dans vos bras, cet autre. Sentez sa chaleur. Son souffle inquiet. Son cœur blessé. Sentez comme il y a, en lui comme en vous, le même battement d'espoir douloureux, la même aspiration à être reçu dans le monde.

Après cette nuit, le monde entama sa mue. Parce qu'*il* existait, tout commença à se mouvoir. Le lendemain, quand je m'installai aux lavoirs communs avec mon linge plein de terre, les spirales du courant dans le bassin de pierre m'évoquèrent ses reflets cristallins. Je me sentais poreuse à toute beauté : les épices violettes plantées en petits carrés derrière les cuisines, qui poussaient dans une harmonie calme ; le bleu lisse du ciel qui chapeautait les arbres éclaboussés de soleil… La pureté de la nuit dernière infusait chacune de mes respirations. Certains Lius disaient avoir rencontré la déesse. Je n'avais jamais entendu Océa décrite sous la forme d'un cerf, mais cette apparition avait quelque chose de divin.

Eïvan ne revint pas à l'Ahmra avant quatre jours. Ayelo me confia que cela arrivait souvent. Je passai ces journées à l'atelier, à peindre des cerfs transparents pour tenter de donner corps à ce que j'avais vu. Outre les toiles et sculptures, on confectionnait dans le bâtiment les objets traditionnels de l'artisanat liu : des paniers brodés avec le demi-soleil, symbole liu, des miniatures de la déesse Océa, des pendentifs de l'Arbre de vie qui représentait le dieu Wou… À la fin de l'après-midi, le sol était couvert de lambeaux de tissu et déchets de bakoua. Les copeaux de bois craquaient sous les semelles. Un parfum d'huile et de peinture flottait dans l'air. J'aimais cet endroit. Lauri, une trentenaire coiffée d'un foulard qui partageait parfois la pièce jaune paille avec Ayelo et moi, ironisa sur mon obsession pour les « animaux en verre ». Elle me décochait souvent de petites piques, aussi je ne me détendais jamais vraiment en sa présence. Ayelo, au contraire, multipliait les gestes attentionnés. Il me réservait le surplus d'essence de térébenthine, dénichait tel pigment rare, ou ramenait des cuisines du jus d'orange amère… Comme il était proche du guérisseur, je tentai de découvrir s'il avait déjà été témoin de l'apparition du Cerf.

« Tu as déjà vu une créature comme ça ? lui demandai-je en désignant mon chevalet.

— Un cerf ? Bien sûr. Il y en a partout.

— Non, un cerf transparent. » Sa bouche fit une moue taquine : « Moi non. Mais tu devrais demander à Altem. Je suis sûr qu'il en a vu souvent. »

Altem était le drogué arrivé à l'Ahmra le jour du prélèvement.

Le troisième matin, alors que nous venions d'ouvrir les grandes portes de bois, réveillant les établis encombrés et les pinceaux pendus à des crochets, j'essayai un autre angle d'attaque :

« Depuis que tu assistes aux séances d'Eïvan, tu as déjà été témoin de phénomènes inhabituels ? » Le jeune homme éclata de rire : « À peu près tous les jours.

— Mais que se passe-t-il exactement, pendant ces séances ? »

Il avait choisi une toile vierge pour la poser sur son chevalet. Ma question l'interrompit dans son mouvement : le visage réjoui, il vint s'asseoir à côté de moi.

« Nous apprenons à entrer dans le Lieu de silence.

— Le Lieu de silence ?

— L'espace en toi où s'éteignent tes explications sur le monde. Quand tu parviens à y pénétrer, tu peux aussi accéder à des vérités plus profondes, comme le reflet.

— Le reflet… » J'avais involontairement haussé les sourcils. Ces théories farfelues ne correspondaient à aucun des rituels lius ou kétas de ma connaissance.

« La présence qui vit en nous, la plus intime expression de nous-mêmes. On peut s'y incarner après des années de discipline rigoureuse. Je suis les enseignements depuis trois ans et je peux sentir mon reflet, comme tout le monde, mais pas encore y entrer. À l'Ahmra, seul Eïvan y parvient. »

Comme c'est pratique, railla intérieurement mon scepticisme.

Ayelo ouvrit les mains : « La prochaine séance est prévue cette semaine. Viens avec moi. Tu ne le regretteras pas. » Bien qu'il eût dix-huit ans, ses yeux brillaient comme ceux d'un enfant lorsqu'il parlait d'Eïvan. J'étais intriguée, mais rien de tout cela ne m'éclairait sur la présence du Cerf. Pour temporiser, je l'interrogeai : « Tu es bon, dans ces pratiques ? »

La réponse fusa : « Eïvan dit que je suis doué. » Puis le sang lui monta aux joues : « Enfin… bien sûr, il y a d'autres élèves doués… Eïvan m'a… il dit que… » J'éclatai de rire : « Si Eïvan le dit, c'est sûrement vrai. » Un sourire hésitant fendit ses lèvres.

Les explications d'Ayelo ne m'avaient pas convaincue. Elles nourrissaient au contraire la crainte réveillée par la cérémonie que j'avais surprise, quelques semaines auparavant. Le « maître Chouri » semblait avoir convaincu beaucoup de monde que le chemin de la vérité passait par lui. Mais Eïvan m'avait sauvé la vie, et il avait la confiance du Cerf… Depuis que l'animal laissait ses empreintes dans mes rêves, un espoir ténu m'effleurait, le pressentiment d'un changement. Dans le village, pourtant, personne ne saisit mes allusions à l'apparition d'un cerf magique, et cela attisa ma curiosité. Le miracle de l'Ahmra semblait vivre ignoré de ces habitants.

Quand le guérisseur reparut le quatrième jour, j'étais en train de ranger mes pastels et de nettoyer la poussière de couleur de mes doigts. « Dépêche-toi ! Une séance va commencer », me lança le jeune homme. La journée s'annonçait claire et fraîche. Il avait plu. La terre exhalait son parfum métallique. Je suivis mon compagnon d'atelier vers les huttes rituelles, surprise que mon cœur batte si fort. Les cases rondes de bois ti-baume, aux toits de chaume, étaient pelotonnées comme de gros chats sur le bord d'une petite clairière, juste avant les lavoirs. Dans la plus grande, j'aperçus par les battants ouverts une vingtaine de disciples installés sur des coussins multicolores. Dan, le petit-fils de Pitro, se tenait contre le mur du fond à l'extérieur du cercle, la mine renfrognée. Il avait donc suivi le conseil de son grand-père, mais semblait déjà le regretter. Ayelo prit place. J'hésitai sur le palier. Eïvan soliloquait en faisant des gestes lents ; il m'aperçut par la fenêtre et m'invita à les rejoindre d'un mouvement du menton. J'entrai à pas de loup, m'assis en tailleur à côté de Dan. Des brocs de thé fumaient sur des rondins de bois. Ayelo prit un tambourin, commença à le frapper doucement du plat de la main. Le guérisseur lui adressa un hochement de tête approbateur et interrogea : « Qui sommes-nous, nous les pèlerins, dans le jour ouvert ? » Personne ne répondit. Il balaya lentement la hutte de son regard grave : « Qui sommes-nous, nous les pèlerins, dans le jour qui s'ouvre ? Nous sommes… de merveilleux remous dans le fleuve de la vie… » Puis il se mit à psalmodier : « *Linom lehola etoi voum minaaa…* », la langue des monastères, avait fini par m'expliquer Ayelo. Petit à petit tout le monde ferma les paupières.

Sauf moi.

Je le dévisageai. C'était un homme solide, un colosse aux traits sereins. Que voyait donc le Cerf en lui ? Il avait mis sa chemise à l'envers et un bouton était défait, laissant deviner son ventre. Chantonnant ses conseils, il se balançait imperceptiblement, comme un arbre dans le vent, plein d'une autorité paisible, d'une paix magnétique… J'avais goûté cette paix le jour de mon arrivée : elle attirait les étudiants et les patients. Elle avait peut-être captivé le Cerf. Tandis que je le fixais, espérant l'apparition de la brume moirée, le souvenir poignant de mon regard avec l'animal cristallin resurgit. Et je compris que j'allais désormais hanter les séances, aussi longtemps qu'il le faudrait pour revoir le Cerf.

*

Lorsque le milieu de la matinée approcha, le guérisseur marqua la fin de la session. Sa voix se fit plus forte et plus rapide et, un par un, les étudiants commencèrent à s'étirer en silence. Une brise légère soufflait par les ouvertures. Eïvan soupira, et les disciples l'imitèrent. Cela m'amusa. Puis je m'aperçus que je venais d'en faire autant.

Ayelo se leva et servit à tout le monde les petits brocs du thé qui ne fumait plus depuis longtemps. Il avait un goût fruité. Certains participants s'étaient mis debout, discutant à mi-voix près des fenêtres ; d'autres assaillaient Eïvan de questions. Je n'avais pas compris grand-chose de ce qu'il avait fait, mais je ne m'étais pas ennuyée, toute à mes souvenirs du Cerf. Le guérisseur s'éclaircit la gorge et annonça qu'il avait quelque chose à dire. « Cela ne va pas être facile à entendre, prévint-il, et je m'en excuse auprès de ceux qui seront choqués. » L'entrée en matière ramena autour de lui les disciples qui s'étaient éloignés. « Nous vivons des heures difficiles, commença-t-il quand tout le monde se fut rassis. Zanabé vit des heures difficiles. J'entends monter de partout des rumeurs de tempête. Partout, la haine, la peur, la méfiance… Les persécutions du Concile envers notre peuple sont de plus en plus brutales, les réactions des Lius se radicalisent. Il y a deux semaines, Pitro a été attaqué par de jeunes Kétas alors qu'il se rendait au marché. » Il marqua une longue pause. Les étudiants tendirent l'oreille. « Comment ne pas succomber au désespoir ? Comment, alors que nous sommes en permanence menacés, ne pas nous endurcir jusqu'à la colère ? La tentation est grande. Mais en nous livrant à la haine, nous entrons dans la ronde de l'obscurité. Nous alimentons le mal, lui faisons l'offrande de notre espoir et de notre tendresse. Nous capitulons. Et moi, je vous invite à résister. Je vous invite à être plus forts que la fatalité.

Soyons la lumière quand les ténèbres s'étendent. Soyons l'amour quand la haine se déploie. Que le feu fragile de notre sensibilité croisse et attire d'autres âmes ; ces âmes, kétas et lius, qui désespèrent seules aujourd'hui de l'avancée de l'ombre. Que notre amour soit un brasier, notre espoir, un flambeau. » Il parcourut la hutte du regard. « J'ai décidé d'inviter des Kétas à participer aux séances et aux cérémonies. »

Un silence perplexe accueillit d'abord cette déclaration, puis, lentement, un brouhaha de réactions contrastées monta dans la case. Je crus que j'avais mal entendu. Kétas et Lius n'avaient pas le droit de se mélanger ; c'était le fondement même de notre société. Et aucun Liu raisonnable n'aurait envie de côtoyer ceux qui nous persécutaient. Mais Eïvan continuait, imperméable à notre confusion : « Nous devons avoir le courage de dépasser nos peurs et nos légitimes ressentiments. Accueillons les Kétas parmi nous, comme des frères. Soyons, nous l'Ahmra, le cœur battant de l'espoir de Zanabé… »

Il parlait sérieusement. Je n'en revenais pas. Comment pouvait-il exiger cela, après l'humiliation que nous avaient infligée les soldats, lors du dernier « prélèvement » ? Les étudiants s'agitèrent sur leurs coussins. Incrédulité et protestations gênées bourdonnaient autour de moi. Puis Dan bondit sur ses pieds. Sa voix vibrait d'une saine indignation :

« Tu es devenu fou, Eïvan ? Accueillir les Kétas comme des *frères* ?! Ils nous traitent moins bien que leurs animaux ! Ils pillent tous nos biens ! Ils ont maltraité mon grand-père, ton ami, sur la route… Et tu veux les faire venir ici, chez nous ? » Quand Eïvan tenta de répondre, il lui coupa la parole : « Et lorsqu'ils seront là, on leur servira de larbins comme dans leurs villes minables ? Pas question ! » Le guérisseur tendit une main apaisante : « Tu ne serviras de larbin à personne. Je t'en donne ma parole. Ils viennent ici en égaux.

— *Aucun* Kéta ne se considérera jamais l'égal d'un Liu ! cracha Dan. Tu deviens sénile, mon pauvre ! » Quelques élèves firent la grimace, et je mesurai l'adoration qu'ils vouaient à leur maître. Eïvan ne se formalisa pas. Mais il haussa le ton : « Réfléchis un peu. Réfléchis, Dan. En s'installant dans le cercle de guérison, ils se plieront aux mêmes règles que vous. Et leur enseignant sera le même que le vôtre. Moi. Un Liu. » Les étudiants échangèrent des regards furtifs.

Dan secoua la tête, ulcéré. « Tu crois vraiment que les Kétas veulent de toi comme maître ? Tu as oublié ton rang, Eïvan. Tu es un Liu. Pour eux, tu ne vaux pas mieux qu'une chèvre. » À côté d'Ayelo, une femme aux cheveux lisses intervint, pleine d'une déférence qui tranchait avec la colère de Dan : « Je... crois qu'il a raison, Chouri. Je ne pense pas que les Kétas accepteront. Ils sont plutôt... mal disposés à notre égard. Ils te jetteront en prison. » Quelques têtes abondèrent dans son sens. Mais le guérisseur répondit dans un sourire : « Détrompez-vous. Je reçois des patients kétas depuis quatre mois. Et certains attendent chez moi, en ce moment même. À l'Ahmra. Ils attendent votre décision. » Ma mâchoire se décrocha de stupéfaction. Des exclamations jaillirent, et certains regardèrent par les fenêtres, comme si les Kétas allaient y apparaître spontanément. Je tentai de les imaginer parmi nous. La seule vision qui me vint fut celle des Coccinelles menaçant de leurs lancettes.

Dan serra les poings : « Des Kétas, ici ? Maintenant ? Est-ce que grand-père est au courant ?

— C'est une simple prise de contact », rétorqua Eïvan. Il se tourna vers ses étudiants. « Me faites-vous confiance ? Zanabé est malade parce que ses enfants se détestent. Lius, comme Kétas, nous avons appris à craindre et à haïr. La loi nous impose de vivre séparés pour nous empêcher de nous connaître. Mais depuis quatre mois, ils me visitent clandestinement. Ils ont été éduqués à me considérer comme inférieur, et pourtant ils sont venus à moi. Croyez-moi, poursuivit-il d'une voix plus vibrante, leur cœur est exactement semblable au nôtre : vulnérable, lumineux, sensible. Et maintenant, ils le savent, eux aussi. Ils savent que Lius et Kétas sont les enfants de Wou, égaux aux yeux des dieux. Ils sont venus. » Eïvan leva vers nous un regard intense : « Acceptez-vous de les recevoir ? Acceptez-vous de m'aider à lutter pour l'amour ? À guérir Zanabé ? »

Il avait posé devant lui son petit broc de thé. La brise faisait bouger sa tunique. Un rejet violent monta en moi. Aimer les Kétas ? Je préférais encore aimer les mygales. Jamais. Jamais. « C'est du délire ! » protesta Dan ; et il quitta les lieux comme une furie, lançant des imprécations dans la rue. Je l'aurais volontiers suivi si je n'avais craint de me faire remarquer. Le désarroi envahit la hutte. L'énormité de ce que nous venions d'entendre était trop difficile à digérer. Puis Ayelo prit une grande inspiration et leva le menton. « Notre maître a raison. Nous sommes à la croisée de l'histoire. Zanabé peut basculer dans l'horreur à tout moment. Nous devons essayer d'empêcher la guerre. Je choisis de suivre celui qui ne m'a jamais déçu. » Il se pencha vers le guérisseur, lui toucha l'épaule. « Fais-les venir, Chouri. Je parlerai à Dan. Réunissons-nous, Kétas et Lius ensemble, guérissons notre pays. » Il toisa les autres étudiants, comme s'il les mettait au défi de le contredire. Sa loyauté tua dans l'œuf toutes les oppositions.

Eïvan observa ses élèves en silence, puis déclara : « Va les chercher, Ayelo. Ils sont chez moi. » Le jeune homme se leva immédiatement. « Révisons le verset de la présence en les attendant », invita Eïvan, comme s'il ne venait pas de renverser le monde connu. « Quelqu'un prend le tambourin ? »

*

Je n'y crus vraiment que lorsqu'ils pénétrèrent dans la hutte en file indienne. Ils étaient trois, deux femmes et un homme. Trois Kétas pur jus, avec leurs coiffures impeccables, leurs colliers de famille, leurs habits de bonne facture. L'une des femmes était très belle. Ils nous saluèrent gauchement et Eïvan fit les présentations. J'oubliai leurs noms sitôt prononcés. Je pensais que l'un des étudiants allait se lever et s'en aller comme l'avait fait Dan… Alors, j'aurais pu en profiter pour m'éclipser, moi aussi. Mais même ceux qui avaient protesté un peu plus tôt restèrent silencieux, impuissants devant les envahisseurs. Les nouveaux venus prirent place sur les petits coussins, et Ayelo récupéra son tambourin.

« Qui sommes-nous, nous les pèlerins dans le matin levant ? » lança à nouveau le guérisseur, et avec un demi-sourire : « Ni Kétas, ni Lius… Nous sommes de merveilleux remous dans le fleuve de la vie… » Ce fut sa seule référence à la situation. Après cela, il reprit ses incantations et procéda exactement comme au début de la séance. J'étais médusée. Les étudiants tentèrent d'imiter son naturel, plus ou moins à contrecœur, mais j'en étais incapable. Trois Kétas avec huit Lius. Il n'y avait rien de naturel dans cette scène. Bien sûr, il arrivait parfois que nos peuples se fréquentent en dehors du cadre rigide imposé par le Traité. Nous connaissions tous des histoires de fermiers kétas qui avaient offert du travail à des Lius, et qui au fil des ans en avaient fait des amis, ou même des membres de leurs familles… jusqu'à ce que l'armée intervienne. Nous avions tous entendu des récits de couples maudits, tombés amoureux malgré les interdits, et qui devaient s'exiler dans les déserts ou les montagnes de l'Erad pour échapper à la prison…

Mais cela n'avait rien à voir. C'était une initiative délibérée pour faire tomber le mur qui nous séparait, et des Kétas s'y associaient. Même quand nous rêvions d'une autre vie, ils ne figuraient jamais dans nos fantasmagories autrement que comme des voisins qui nous auraient enfin fichu la paix. Personne ne se les représentait partageant notre table.

Quelques habitants vinrent jeter des regards furtifs par les ouvertures. Leur traversée du village dans les pas d'Ayelo n'était pas passée inaperçue. Quand la figure courroucée de Pitro apparut dans le rectangle de la fenêtre, je crus qu'il allait interrompre cette folie. Mais il contempla l'intérieur de la hutte, les yeux exorbités, et se retira. Eïvan n'avait pas cillé.

Je tentai de me remettre du choc. La plus jolie Kéta se trouvait non loin de moi : dix-sept ans tout au plus, un visage délicat et le corps d'une athlète. Ses longues nattes lui tombaient presque aux hanches. Ses disques de famille dessinaient un quatre-mâts, et une balance de justice, symbole de la grande aristocratie kéta dont étaient issus tous les sénateurs et membres dirigeants – ce qui rendait sa présence encore plus incongrue. Elle remarqua que je la surveillais et me retourna un regard méfiant. Son hostilité me fit l'effet d'une jarre d'huile sur le feu. J'eus envie de l'éjecter de la hutte à coups de pied. Je me souvenais du même air, chez un soldat traversant des champs lius avec sa troupe. Trente chevaux et une quarantaine d'hommes à pied, piétinant les haricots à peine levés et les pousses vertes du blé, avec une jouissance froide. Les lourds sabots ferrés éclataient les légumes, brisaient les tiges, saccageaient les sillons ; hommes et femmes lius restaient debout, impuissants, serrant les poings. Maudits Kétas. Je ne voulais pas d'eux ici. La colère qui donnait des coups de tête aux portes de ma conscience fit irruption comme un taureau. Pourquoi Eïvan se permettait-il une chose pareille ? Pourquoi profanait-il ainsi le village ? Même s'il était le maître de cérémonie, il ne pouvait pas piétiner ainsi nos sentiments… Je n'avais pas quitté la jeune fille des yeux et mes dents grinçaient. Son expression vacilla devant la fixité haineuse de mon regard. Elle jeta un coup d'œil au guérisseur, comme un appel au secours ; absorbé par ses incantations, il ne la vit pas. Mais ce réflexe creva la bulle de mon aigreur. Je baissai la tête vers le tapis.

Eïvan poursuivit le rituel en appelant l'homme kéta au centre du cercle de guérison. Mince et grand, une ride d'anxiété profonde entre les sourcils, il s'appelait Mathias, et il expliqua en s'installant au milieu qu'il avait des maux de tête récurrents. Je retins un ricanement amer. Eïvan l'emmena dans les profondeurs, et à part les cheveux nattés du patient, le rituel fut en tous points identique à celui dont j'avais été témoin avec le mangeur de champignons. Quand le guérisseur se pencha vers lui et lui chuchota quelques mots, ce fut aussi poignant que ce jour-là. « C'est dans la musique que tu es né. Ne renie plus pour personne la symphonie de ton âme passionnée », murmura-t-il, et l'homme éclata en sanglots. Malgré moi, ma gorge se noua. Je n'avais aucune envie d'être émue par l'ennemi. Ils nous maltraitaient depuis trop longtemps. Ce que faisait Eïvan était injuste, il nous forçait à voir leur humanité, et cela nous rendait encore plus vulnérables. L'homme pleura en écoutant ces mots, contemplant le magicien du Centre avec incrédulité. Pour lui comme pour le drogué liu, Eïvan dissipa le brouillard ; et moi, je ne savais plus quoi penser.

5

Résistances

Journal d'Eïvan, cahier 12.

Elzer a été la première à venir. Elle était très jeune, avec le teint cuivré des habitants du Sud. Elle arriva un soir. Les étoiles brillaient dans le ciel lisse en paquets argentés.
« Il paraît que tu es le meilleur, Liu, lança-t-elle, alors tu vas m'aider. Je veux récupérer mes capacités en tournoi. »
Je ne savais pas que les Kétas me connaissaient. Je l'invitai à entrer, l'installai sur le canapé. Elle fit craquer ses doigts, rejeta la tête en arrière, refusa mon thé avec une moue de dégoût… Elle mimait la supériorité et l'arrogance avec brio, mais elle était complètement perdue. J'eus envie de la prendre dans mes bras comme l'enfant qu'elle était encore. Au lieu de ça je lui demandai :
« Eh bien… n'est-il pas d'usage, chez les Kétas, que les jeunes vouvoient leurs aînés ? »
Ma remarque la laissa sans voix.
« Tu es Liu, cracha-t-elle avec le sang qui lui montait au visage. Je n'ai pas à te vouvoyer. Fais ce que je te dis, c'est tout. »
Je sentais son cœur battre. Ses rêves et ses peurs. Sa honte de demander de l'aide à un Liu, son désespoir d'avoir perdu son habileté dans la lutte. Tous les jeunes Kétas s'engageaient dans des épreuves de quartier, où ils affrontaient

leurs pairs durant des jours, et montaient en renommée à mesure de leurs victoires. Elzer y excellait puis, sans raison apparente, elle avait commencé à perdre tous ses combats. Et aucun entraînement n'y changeait rien.

Elle n'aimait pas ces compétitions, j'en étais sûr, mais elle ne le savait pas. Elle voulait seulement plaire à sa famille. Je pris le temps de m'accorder à son énergie, doucement, cherchant à capter sa tonalité, un peu comme on tient un fil de pêche. Elle baissa les yeux, désarçonnée par mon silence.

Je ne pouvais pas l'aider sans confiance ni respect. Elle serra les mâchoires, jeta un coup d'œil vers la porte d'entrée, et je crus qu'elle allait repartir. Mais elle finit par acquiescer, d'une voix plus basse : « Très bien, monsieur. »

Elle vint une dizaine de fois. Comme je le soupçonnais, elle finit par rejeter cette tradition archaïque des tournois – elle était tout simplement trop gentille pour prendre plaisir à flanquer les gens par terre. Elle avait dû affronter le déplaisir de ses parents, mais je lui apportais mon soutien et elle surmonta cette épreuve. Un jour, entre deux rires nerveux, elle m'avoua :

« J'aurais tant aimé que vous soyez… que vous ne soyez pas… Enfin, je veux dire, que nous soyons pareils… » Depuis qu'elle venait me voir, ses idées sur les relations entre Kétas et Lius avaient beaucoup changé. Elle fut la première à qui je proposais de se joindre à nous dans les huttes.

Si nous voulons construire un meilleur futur pour nos enfants, nous devons apprendre à nous connaître. C'est impératif. La haine est comme… une fièvre. Je la vois se répandre, annihilant les intelligences, la réflexion et la compassion. Mortelle.

Mais toutes les fièvres peuvent se guérir. Toutes les blessures peuvent se soigner.

Le lendemain, la nouvelle de l'acte insensé du guérisseur s'était répandue dans le village comme une coulée de lave. Fouillant profondément dans l'encyclopédie impersonnelle qui me servait de mémoire, j'avais cherché un précédent dans notre histoire où Kétas et Lius se seraient côtoyés en égaux. Je n'en avais trouvé aucun. J'en fus seulement quitte pour un regain de frustration, devant la somme considérable de souvenirs dont je disposais, sur Zanabé, son histoire, sa géographie – sur tout et tout le monde, sauf sur moi.

L'Ahmra se divisa en deux camps. L'un admirait l'audace d'Eïvan ; l'autre, majoritaire, condamnait cette ineptie. Des querelles écorchèrent le calme coutumier des ruelles. Une famille liu arrivée la semaine précédente quitta bruyamment l'Ahmra, nous accusant d'être des traîtres et des larbins. À la cuisine, j'entendis Morita, la responsable, haranguer ses aides : « Ça me paraît évident qu'un de ces "invités" va nous dénoncer ! C'en est fini de nous ! » C'était une petite femme énergique d'une cinquantaine d'années, avec un œil qui louchait un peu. Elle tempêtait et maugréait, sous les hochements de tête approbateurs. La chaleur des feux irradiait à trente pas, et la vapeur des énormes marmites s'échappait par les fenêtres ouvertes. Morita et Dan formèrent une délégation et se rendirent au domicile d'Eïvan pour essayer de lui faire entendre raison. Dans le soir, des cris traversèrent les murs de la maison surélevée du guérisseur. On les entendit jusqu'à la place du puits…

Aucune dispute, pourtant, ne fut aussi virulente que celle qui éclata entre Eïvan et Pitro. Les deux hommes s'étaient isolés dans le bois pour éviter d'afficher leurs différends au grand jour. Je les surpris tandis que j'essayais de calmer mon anxiété en marchant dans la forêt. J'avais l'impression d'être dépossédée d'un refuge que je venais à peine de découvrir. Doucement, je cheminais entre les zamanas à l'envergure somptueuse, les arbres à pain aux fruits lourds comme des balluchons de grain, et les flamboyants à la floraison rouge et jaune cascadant le long des branches. Je cherchais des empreintes de cerf entre les feuilles mortes. Cela m'aurait consolée de retrouver ses traces. Des éclats de voix devant moi me firent ralentir. Debout sous un jacaranda, Eïvan et Pitro se disputaient.

« Tu as "oublié" ? tonnait le vieil homme, le doigt pointé, le visage furibond. Tu as oublié de me demander mon avis avant d'inviter les Kétas ?! C'est vrai, ce n'est qu'un détail. Tu décides de mettre en danger tout le village et tu "oublies" de nous prévenir ! »

Immobile contre l'arbre mauve, Eïvan se tenait les bras croisés. Je reculai pour me dissimuler derrière le tronc épais d'un vieux manguier – et me reprochai que ce réflexe me fût si naturel. Eïvan murmura quelque chose, avant d'argumenter : « Ce ne sont pas mes ennemis. Je n'ai pas d'ennemis, Pitro. Cela fait des années que je te l'explique. Et un jour ou l'autre, il faudra bien que vous l'acceptiez, tous. » Son ton était calme, mais son regard défiant. Pitro secoua la tête rageusement : « Garde tes grands discours pour tes étudiants ! Tu ne t'arrêteras jamais, hein ? Pas avant que tout Zanabé ne se prosterne devant "le magicien du Centre". Même les Lius ne te suffisent plus ! » Pitro leva les poings, comme s'il mourait d'envie d'agripper Eïvan par la chemise. Le guérisseur se rencogna contre l'arbre. « Pense ce que tu veux. Ce n'est pas vrai, Pitro. Tu sais très bien où va le monde. Je n'ai pas plus envie que toi de prendre des risques, mais ose me dire que tu ne sens pas la catastrophe arriver ?

— Bien sûr que je la sens arriver ! Ici même, quand l'un de ces Kétas va nous dénoncer ! Comment peux-tu être aussi naïf ? Ce que tu fais est illégal, nom de Wou ! Les soldats vont débarquer un jour et nous allons tous payer pour ton arrogance.

— Fais-moi confiance… Je me porte garant de ceux que j'ai invités, opposa Eïvan, dont l'exaspération montait.

— Je me fiche de ta garantie ! Tu n'as pas le droit d'impliquer tout le village sans le consulter !

— Le village ? Mais ce village n'existerait même pas sans moi ! »

Le vieil homme le dévisagea, incrédule. Il fit un pas en arrière. Une branche craqua sous son talon : « Alors peut-être que tu n'as plus besoin de moi… », répliqua-t-il d'une voix glaciale. « Je t'ai toujours soutenu, Eïvan. Dans tout ce que tu as fait. Je t'ai épaulé. J'ai toujours cru en toi. Même quand tu n'étais qu'un gamin de vingt ans qui s'enivrait de son pouvoir naissant. Même quand ta femme est partie parce que tu étais trop buté pour l'écouter. Mais là, je te le dis… » Il expira rageusement : « Tu vas trop loin. Si ma famille souffre de tes divagations de pseudo-rédempteur, tu continueras sans moi. » Il considéra son ami un moment, comme s'il allait ajouter quelque chose, puis s'éloigna d'un pas vif dans la forêt.

Muet, Eïvan le regarda partir, les traits empreints de détresse. La lumière tamisée par les fleurs teintait son visage de violet. Sa peine me toucha. L'espace d'un instant, j'envisageai d'aller le réconforter. Mais la colère de Pitro ravivait la mienne. Le guérisseur n'avait pas le droit de décider seul du sort de plusieurs centaines d'habitants. Si les Kétas venaient vraiment régulièrement, je n'étais pas sûre de le supporter. Et je n'avais nulle part où aller. Je rebroussai chemin, sans me soucier qu'il puisse m'entendre.

*

Tout le village bruissait des mêmes débats, mais Eïvan ne recula pas. Les trois Kétas qui avaient participé à la séance revinrent plusieurs fois, puis ils en amenèrent d'autres, qui en amenèrent d'autres. Rapidement, la moitié de ses séances se mit à compter au moins un participant natté. Malgré le danger et malgré le tabou, une dizaine de nos ennemis hantèrent bientôt l'Ahmra. Il devint de plus en plus habituel, en déambulant dans le village, de les croiser en petits groupes de deux ou trois, qui se détendaient après les sessions. La jeune noble kéta présente lors de la première séance devint la plus assidue. Elle se nommait Elzer. Ayelo l'initiait à nos traditions religieuses, et je les vis tous deux en prière, agenouillés devant la petite guérite qui abritait l'autel d'Océa. Un goût de bile me monta à la gorge : les Kétas ne priaient pas Océa, la déesse de la compassion ; ils l'appelaient « l'aubergine ». Ils ne reconnaissaient comme dieu que Wou, le principe fondateur du monde…

Nous étions nombreux à nous sentir blessés de leur présence et à la trouver d'une imprudence folle. Pour autant, personne ne se retourna contre le guérisseur. Je constatais l'emprise qu'il exerçait : celui qui commentait amèrement « son toupet » défendait, quelques heures plus tard, ses « intentions fondamentalement bonnes »… Mais comme personne ne fit irruption dans les huttes pour mettre les intrus dehors, il ne pouvait plus être question pour moi d'assister aux séances. J'étais surprise du chagrin que cela me causait. Ayelo me taquina : « Pourtant, tu ne t'intéresses pas à l'enseignement… Alors est-ce l'enseignant qui te manque ? » Je ne pouvais pas lui expliquer qu'Eïvan constituait mon seul lien avec le Cerf – mon seul lien avec une magie qui pouvait m'ouvrir le jour[1]. Un matin, croisant le guérisseur près des écuries, je détournai la tête à son sourire. Je m'en

1. En créole, *jou ouvè* signifie l'aube.

voulus aussitôt : l'homme qui m'avait sauvé la vie ne méritait pas ce traitement. Mais ma frustration s'empilait comme un amas de briques lourdes. J'en vins à faire de grands détours pour éviter les huttes, serrant les poings, serrant les dents, serrant les lèvres…

Je ne trouvais de soulagement qu'auprès de Dan. Dès qu'Eïvan avait invité les Kétas, le petit-fils de Pitro et Mandine s'était mis en tête de convaincre un par un les habitants du village de l'indignité de pactiser avec eux. Même s'il connaissait le guérisseur depuis l'enfance – au point de l'appeler « mon oncle » –, il ne décolérait pas. À plusieurs reprises, je le croisai, vociférant. Ses cheveux sombres étaient ramenés en queue-de-cheval et il fumait une tige d'herbes malodorantes. Il respirait la santé, la vigueur, et l'amertume chauffée à blanc. Avec lui, je pouvais partager ma frustration : « Ils n'ont aucune honte, aucun scrupule. Il ne leur vient même pas à l'esprit que nous avons besoin d'espace à nous. » Dan se lança alors dans une longue diatribe sur l'inhumanité des Kétas et le danger que nous allions courir si Eïvan les faisait entrer ici, « comme des mangoustes dans un poulailler » ! Sa harangue attisa mon indignation. Depuis les confins de mon passé, la voix cynique approuva : *TOUS les Kétas méritent de disparaître, jusqu'au dernier ! Il est grand temps qu'ils paient pour ce qu'ils nous font subir…* Ses mots me laissèrent presque nauséeuse. Je n'avais aucune envie de voir les Kétas ici, mais je ne souhaitais pas non plus les exterminer, je voulais juste qu'ils nous fichent la paix.

Mais cela n'arriverait pas. Parce que le pouvoir kéta devenait de plus en plus féroce. Parce que ses mâchoires se refermaient sur nous. La paix de l'Ahmra était illusoire. Tôt ou tard, la violence nous rattraperait… Je murmurai : « Nous devrions agir… La solution d'Eïvan est absurde, mais il a raison : la situation s'aggrave. Le Concile va nous écraser si nous restons passifs. » Dan acquiesça. Il se chargeait souvent des ventes et des achats sur les marchés, alors il était témoin de toutes les exactions, des gardes qu'il fallait payer pour passer les contrôles, des coups sans prévenir, des femmes obligées de céder aux avances… « Il faut faire quelque chose », répétai-je, martelant les syllabes, comme une incantation qui pouvait faire surgir une solution du néant. Une bourrasque leva un tourbillon de feuilles mortes et de poussière sur le chemin. Les yeux noirs de Dan se mirent à luire. « Dans un village voisin, une tisserande m'a parlé d'un réseau de résistance liu. Je vais essayer de les contacter. » Il leva un poing : « Je dois aller au marché dans deux jours, j'irai la voir. Tu as raison, il faut nous défendre ! » Un frisson d'excitation me parcourut. Je me demandai dans quoi je venais d'embarquer.

*

La saison sèche commença. Comme les Kétas, nous appelions ces trois mois « les mois brûlants ». La chaleur intenable du milieu de journée nous cantonnait à l'intérieur. Les arbres à cha-cha, dépouillés de leurs feuilles, secouaient leurs gousses dorées dans un murmure continu de petits cailloux. Le pillage des Kétas avait vidé nos dernières ressources. Les avocats ne repoussent pas à volonté sur les arbres, les choux ne jaillissent pas du sol et les poussins ne grandissent qu'à leur rythme. Finis, les pains croustillants, les gâteaux de manioc et de miel, les fromages, les confitures. Pour nourrir quatre cents bouches, il ne restait plus que les légumes racines, les fruits à pain, quelques céréales, et le poisson de notre généreuse rivière. Les cuisiniers se mirent donc à inventer des recettes à base d'épices et de patates douces, d'épices et de fruits à pain, d'épices et de choux de Chine… Comme il ne restait plus d'huile, les ignames et dachines, fondants lorsqu'ils étaient encore chauds, devenaient secs et durs en refroidissant. Pitro eut l'idée d'installer des tables et des bancs pour permettre aux familles de déjeuner à heure fixe, et l'habitude fut rapidement prise. Le soir, quelque deux cents personnes mangeaient désormais ensemble, à la lumière des torches et de plusieurs feux de camp. Les adultes devisaient, les enfants couraient entre les tables. Et deux ou trois percussionnistes, bientôt rejoints par un flûtiste et deux joueurs de banjo, prirent l'habitude d'agrémenter les fins de dîner.

Notre histoire avec la résistance liu commença lors de ces soirées. Dan avait réussi à établir le contact. Il réunit les plus déterminés d'entre nous – Lauri de l'atelier, Morita des cuisines, le fils de la couturière, un autre jeune que je ne connaissais que de vue – et nous présenta une femme d'une cinquantaine d'années aux cheveux gris.

« Emelyne est l'une des chefs de section de la Résistance », annonça-t-il. L'invitée supporta notre examen stoïquement et nous tendit une main ferme. Ses yeux verts étaient durs, ses traits fatigués. « Je n'aime pas trop parler là où tout le monde peut m'entendre », fit-elle avec une moue. Dan haussa les épaules : « La musique va couvrir nos voix. On est habitués à voir passer des étrangers, ici. » Elle examina les habitants rassemblés, l'orchestre, l'ombre profonde de la forêt environnante, puis acquiesça d'un mouvement sec. Tandis que nous attendions les derniers participants, j'aperçus Eïvan au fond, près des musiciens. Je ne l'avais jamais vu dans ces soirées. Il tourna un moment autour des tables, indécis. Son expression trahissait sa faim de compagnie, mais son grand corps était gauche. Un musicien le prit par le bras, et l'attira vers les instruments. Le guérisseur tenta de résister, mais l'homme insistait et il finit par céder, prenant place à contrecœur sur un grand tambour bèlè. Toutes les têtes se tournèrent vers lui. Leur curiosité sembla l'alourdir. Les joueurs de banjo entamèrent « Le rêve de la rivière Sinor », un morceau liu traditionnel, et tout le monde se mit à chanter, frappant les couverts en rythme, tandis qu'Eïvan tentait maladroitement de suivre la cadence. Trois cultivateurs qui travaillaient aux champs avec Dan arrivèrent à notre table, et nous fûmes au complet.

« Si vous êtes ici, c'est parce que vous avez tous exprimé votre désir d'agir contre la tyrannie kéta, expliqua alors Dan. Emelyne est en charge d'organiser une action dans notre zone. » La femme sortit d'une poche un petit papier jaune et le déplia sur la table. Il était écrit, en lettres capitales : *Ne cédez pas au désespoir, battons-nous pour offrir une vie nouvelle à nos enfants.* « Tout ce qui se discutera à cette table doit rester confidentiel », commença-t-elle en lissant le papier du tranchant de la paume. « Je viens du Nord, où la résistance liu s'est organisée il y a déjà une décennie. Ces deux dernières années, les persécutions ont pris une ampleur telle que nous avons décidé de riposter. » Elle décrivit des incendies de casernes, des attaques de convois, des sabotages… des incidents dont les rumeurs nous parvenaient parfois, mais que je n'avais jamais reliés entre eux. Tandis que toute la tablée ouvrait des yeux ronds, elle poursuivit : « Un commandement s'est mis en place, les réseaux dormants se sont activés, et nous avons commencé à frapper, partout. Chaque groupe a un nom. Le mien, c'est Turquoise. »

Je me tenais sur le bord de mes fesses, le corps penché vers elle, et buvais ses paroles. Lorsqu'elle prononça ce mot, turquoise, quelque chose se troubla dans mon esprit, comme le fond d'un cours d'eau dérangé par un poisson... Puis le limon se redéposa et je vis, pour la première fois, apparaître un souvenir dans lequel je figurais. Une enseigne métallique se balançait dans la nuit, représentant un chiot bleu avec une balle, « Au Chien Turquoise ». Les sabots de mon cheval claquaient sur des pavés luisants de pluie. Je fuyais, mon butin en poche, le triomphe et la peur se disputant en moi... C'était une ville kéta. Une ville du Sud. Un autre souvenir chassa le premier : dans une bourgade plus petite, j'espionnais une imprimerie, me faisant passer pour une Kéta, les cheveux nattés et l'accent traînant. Ainsi, j'avais déjà participé à des actions clandestines. J'avais déjà lutté contre le Concile. Et plus d'une fois. La révélation me fit tourner la tête. J'interrompis la chef de section au milieu d'une phrase : « Combien êtes-vous dans le réseau ? » Elle se tourna vers moi, jaugeant mon air exalté un moment avant de répondre : « Un millier dans tout le pays, je pense. C'est difficile à savoir, car nous maintenons un espace étanche entre les groupes. Il existe un conseil central, dont personne ne connaît les membres ni la localisation. » Il était donc possible que j'aie travaillé pour la Résistance, sans jamais la croiser. Une excitation incontrôlable m'envahit. Emelyne continua, expliquant que le réseau préparait sa première intervention d'envergure : des attaques simultanées du nord au sud, appuyées par des affiches séditieuses placardées la même nuit dans tout le pays. Elle souhaitait que nous fabriquions des tracts ici, « comme celui-là », dit-elle en montrant le petit papier jaune. Et elle avait besoin de courageux pour les coller. Je levai immédiatement la main. En aucun cas, les autres habitants de l'Ahmra ne devaient être informés de ce qui se préparait, « surtout pas le guérisseur et ses élèves », précisa la résistante aux cheveux gris.

Eïvan était à mille lieues de se préoccuper de la Résistance, pour l'instant. Ses fausses notes au tambour l'avaient dépouillé du peu d'aisance dont il disposait, et il avait fini par renoncer et joindre les mains sur le fût avec un sourire d'excuse. Je me sentis un peu navrée pour lui, puis mon attention revint à Emelyne. Elle décrivait les secteurs où nous pourrions être amenés à intervenir, si nous décidions de participer : le marché des croisées, la ville de Niro, la caserne au nord de l'Ahmra… « Je ne vais pas vous mentir, conclut-elle. À l'issue de la nuit, certains d'entre nous seront morts, ou emprisonnés. » Elle pesait ses mots, le visage grave. Des rides de tristesse encadraient les coins de sa bouche. « Mesurez bien les risques avant de nous rejoindre. C'est une vie difficile. Je n'ai plus d'existence légale depuis longtemps. Je n'ai plus de foyer. Alors, ne vous engagez pas à la légère. » Elle se tut et, pendant un long moment, les insectes de la forêt furent les seuls à lui répondre.

Quand Emelyne et Dan prirent congé, le reste du groupe resta à discuter à mi-voix de la manière de procéder discrètement… Je ne disais pas grand-chose, ballottée entre les mises en garde de la chef de section, mon subit afflux de souvenirs et une culpabilité inattendue. Je n'aimais pas l'idée de tromper le guérisseur. Là-bas, près des musiciens, Eïvan s'était levé et se balançait d'un pied sur l'autre. Je pensais qu'il allait s'attabler avec les autres convives, mais il demeura debout, hésitant. Le magnétisme et la calme autorité qui l'habitaient dans les huttes l'avaient complètement déserté, le laissant aussi démuni qu'un adolescent timide. Craignait-il les reproches des habitants vis-à-vis des Kétas ? Un villageois finit par s'approcher, se touchant la poitrine avec une grimace, et serra son cou pour signifier qu'il étouffait. Le guérisseur se métamorphosa. Son attention flottante se concentra en un puits d'écoute, tout entière focalisée sur son interlocuteur. Il posa des questions, absorba les réponses, l'assurance remplaçant l'incertitude de ses gestes. Quand l'homme s'éloigna, une femme prit sa place, montrant ses deux enfants en se tordant les mains. Ils s'installèrent à une table plus loin et Eïvan les enveloppa tous trois de sa prévenance. Il eut le temps de se servir un verre d'eau, puis une troisième personne vint lui demander conseil, et une quatrième… Le ballet des sollicitations ne prit fin qu'au moment où il s'excusa, repartant vers sa maison du bout du village. Il n'avait même pas mangé.

*

C’est ainsi que l’Ahmra devint à la fois un lieu de fréquentation entre Lius et Kétas, et un centre de la Résistance. Ma conviction que j’avais déjà travaillé pour le réseau se renforça avec l’arrivée, moins d’une semaine après la visite d’Emelyne, d’un « délégué du commandement libre » de la zone centre. Âgé d’une quarantaine d’années, il se présenta à l’Ahmra en prétextant un problème de santé. Robey avait une stature frêle, des cheveux poivre et sel et un visage ovale ; ses yeux ne se fixaient nulle part et se fermaient par intermittence, comme s’il était constamment épuisé. Pitro fut mis dans la confidence par son petit-fils et nous prépara une grange désaffectée pour installer le quartier général. « Mais laissez Eïvan en dehors de ça, avertit-il. Il est irrécupérable de toute façon. » Le vieil homme ruminait toujours sa colère. Les après-midi, Robey réunit la dizaine d’entre nous qui s’étaient portés volontaires pour l’Opération. Il nous apprit à démarrer un feu dans les casernes des Coccinelles, à saboter les roues de leurs chariots et les rênes des chevaux. À tendre des embuscades pour être sûr de tuer… Les cours se déroulaient à voix basse et toutes portes fermées, aussi transpirions-nous à grosses gouttes. Nous enflammions avec de plus en plus d’habileté les torchettes imbibées d’huile ; nous répétions, encore et encore, les gestes pour esquiver une agression ou nous débarrasser d’un garde… Je pris conscience que « la nuit des Affiches » serait considérablement plus dangereuse qu’annoncé. « Ce sont des mesures préventives », nous assura Robey, lorsque Lauri le lui fit remarquer. « Pour vous tirer d’affaire si vous êtes dans le pétrin. »

J’apprenais vite. J’étais douée. Ces réunions me semblaient la clef pour recouvrer mon identité. Mais elles me valurent aussi une dispute avec Ayelo. Il nous surprit en train de stocker des armes dans la grange. « Comment crois-tu qu’Eïvan réagirait, s’il savait ce qui se passe ici ? » me demanda-t-il dès que nous fûmes seuls à l’atelier. « Et d’ailleurs, qu’est-ce que vous mijotez ? » J’avais pour ordre, comme tous les conjurés, de ne jamais parler de l’action que nous préparions aux autres habitants de l’Ahmra, et je tentai de prétendre que le monceau de lames qu’il avait aperçu dans l’entrebâillement de la porte serait vendu sur les marchés. Le regard brun de mon compagnon se voila de déception. « Je croyais que nous étions amis, mais si tu préfères me mentir, libre à toi. » À sa place, Dan aurait quitté la pièce comme une furie, mais Ayelo se contenta de s'asseoir à son chevalet, découragé, et de me faire remarquer que la violence était en totale contradiction avec les enseignements fraternels d'Eïvan. « Il suffit de ne rien lui dire », répliquai-je, d'autant plus vertement que je savais bien qu'il avait raison. Le jeune homme pinça les lèvres.

« Tu peux peut-être t'en accommoder, mais pas moi. Je me sens sale rien qu'à l'idée de lui cacher quelque chose. C'est une trahison, ni plus ni moins.

— Et faire venir des Kétas, ce n'est pas une trahison, peut-être ? Il s'est demandé ce que nous ressentions quand il nous a imposé sa décision ? » Je posai violemment mes pinceaux sur la table. « J'ai le choix entre souffrir de leur présence ou me priver de ses cours. C'est juste, ça ? »

L'intensité de ma déception me fit prendre conscience qu'elle n'avait jamais cessé d'enfler, comme un ruisseau souterrain. Il me contempla, interdit.

« Je… je ne savais pas que tu désapprouvais à ce point leur présence. » Mon camarade n'avait sans doute jamais envisagé que l'on puisse avoir envie de suivre les leçons d'Eïvan sans partager toutes ses opinions. Il était si entier. Je me calmai.

« As-tu essayé d'en parler avec lui ? Je suis sûr qu'il trouverait une solution. T'informer de leurs jours de visite, ou… »

J'en doutais. S'il se montrait à l'écoute de ses patients, le guérisseur était loin de déployer la même attention dans ses relations quotidiennes. Un grand coup de vent s'engouffra par la porte et me rafraîchit. J'aimais cet endroit… et bien qu'il m'en coûtât de me l'avouer, je n'osais tout simplement pas protester par peur d'être bannie. J'adressai un regard à Ayelo : « Je n'aurais pas dû m'énerver comme ça. » Il avait raison. Toute cette situation était impossible. Je lui promis qu'il n'aurait plus à la subir très longtemps, que les armes quitteraient l'Ahmra rapidement. « Toujours amis ? » demandai-je avec un sourire d'excuse. Il leva les yeux au ciel. « Évidemment. »

Robey avait amené avec lui des caisses de papier. Nous commençâmes à copier les tracts. Pour opérer à l'insu de tous, il nous fallait travailler de nuit. Je dus y sacrifier une bonne partie de mes soirées, cloîtrée dans ma maison, penchée sur la table usée du séjour. La copie était une tâche abrutissante. En plusieurs heures, je ne fabriquais généralement que quelques dizaines d'affichettes. Mais œuvrer contre les Kétas apaisait ma colère, et la torpeur de ce travail permit de nouvelles réminiscences : je me souvins avoir arpenté la route d'Or en direction de Fiona, la dernière grande ville kéta du Nord, me faisant toute petite comme il convenait aux Lius. Officiellement, je cheminais pour porter des messages en échange de quelque pécule ; en réalité, j'étais en mission. J'allais voler quelque chose. J'en étais presque certaine à présent : avant de perdre la mémoire, je travaillais pour la Résistance…

Ces longues soirées me permirent également de démêler mes émotions. En traçant des cursives sur du papier de mauvaise qualité qui se trouait souvent, à la lueur frêle de ma lanterne, j'en vins à réaliser que la raison de ma frustration dépassait la simple présence des Kétas aux séances d'Eïvan. La poésie de ma rencontre avec le Cerf s'estompait. Cent fois, j'avais revécu cette nuit dans la forêt, son apparition sur la place de sable et ses gambades entre les arbres sombres. Il marchait dans mes nuits et il marchait dans mes jours. Son existence rendait le monde moins rêche, la réalité moins âpre. Mais Eïvan m'avait éloignée de l'animal d'argent en introduisant les Kétas à l'Ahmra. Faute d'assister aux séances, je ne pouvais plus espérer trouver la clef pour l'invoquer dans le fatras mystique de son enseignement… Et les activités de la Résistance venaient m'en détourner encore davantage, m'enfermant dans une réalité bien plus prosaïque. Je commençais à craindre que notre rencontre ne reste qu'une sublime et éphémère anomalie dans ma vie. L'idée me causait un chagrin intense.

Une nuit, au lieu de me mettre au lit après avoir copié mon tas d'affichettes, je sortis pour aller me poster sur la place de sable où j'avais vu le Cerf pour la première fois. Puisque le guérisseur quittait le village une fois par mois, était-il possible que la créature l'accompagne à nouveau ? Petit à petit, je pris l'habitude d'aller dormir dans l'après-midi, pour pouvoir veiller jusqu'au creux de la nuit et sortir dans le silence de l'Ahmra. Je traversais le village, sonnée par le manque de sommeil, et me postais derrière mon pilier, tendue d'espoir.

Je vis ainsi passer plusieurs lunes. Du croissant le plus fin à la face blanche et pleine, qui teintait de nacre les feuilles des arbres. La maison d'Eïvan se dressait dans l'obscurité, masse noire indistincte ; la forêt tout autour me chuchotait des invitations de merveilles et de peurs. L'ombre de la fatalité reculait de quelques pas. Lorsque le ciel pâlissait, je rentrais. Je savais que mon animal de nuit ne sortirait plus, dans la clarté trop crue pour sa beauté limpide. Je me rendormais parfois, une heure ou deux, pleine d'une douce passion dont le ressac lourd chaloupait mon cœur.

6

Envol

Journal d'Eïvan, cahier 1.

Il est un autre monde. Un monde de frémissements et de délicatesse. Un monde de douceur, où la vie pulse de tout son cœur, où l'amour s'écoule comme un fleuve calme. Battement. Pulsation. Silence.
Tout le travail de la magie, c'est d'entrer dans ce monde et de s'y déployer. Nous nous inclinons vers le sol, nous frappons les tambours, nous récitons à voix basse des chants monocordes pour inviter le silence... Et cela n'a qu'un but : pénétrer le monde sensible. L'autre monde.
Ceux qui viennent à moi en cherchant cet ailleurs tournent souvent leur regard vers le ciel. Ils croient devoir partir en quête dans un pays lointain. Mais ils se trompent. L'autre monde, c'est simplement celui-ci. Celui où nous vivons, fermés à sa présence, engoncés de pensées, aveuglés d'illusions, assourdis de paroles. Mais qui se révèle enfin, dans toutes ses vibrations, sa tendre et tonitruante splendeur, lorsque nous entrons en silence dans notre propre corps.
La magie n'éclôt que dans l'intime du corps.

Vers le milieu de la saison sèche, Eïvan annonça une cérémonie collective, et j'y vis l'occasion de découvrir son enseignement sans subir la présence des Kétas. Il officiait en plein air, dans la clairière entre les huttes et les cuisines ; il n'oserait pas les faire venir à découvert. Lorsque j'arrivai, un tambour battait déjà, sourd et lent. Le percussionniste était assis près du guérisseur, au pied du zamana bicentenaire qui se dressait à l'orée du bois. Face à eux, la foule de l'Ahmra s'amassait à l'ombre des grands arbres, sur des nattes tressées. Une centaine de personnes, dont je reconnaissais désormais la plupart des visages : une femme qui faisait des poteries à l'atelier, Morita et une bonne partie de son personnel, une famille arrivée deux semaines auparavant… Je ralentis quand je repérai, assis un peu à part sous un amandier aux feuilles rouges, un petit groupe aux cheveux nattés. Les Kétas. Les trois que j'avais vus lors de la première séance, et quatre nouveaux. Malgré la répulsion qu'ils m'inspiraient, je ne pus m'empêcher de leur concéder du courage. S'ils se faisaient prendre, leur famille entière subirait l'opprobre. Les coutumes de leur peuple voulaient que les liens familiaux passent avant tout, et cette loyauté les ligotait à leurs traditions comme des bœufs à une charrue.

En soupirant, je me dirigeai vers Ayelo et les autres étudiants regroupés près de la grande hutte, loin des intrus. Le jeune homme me tapa dans la paume de la main. « Ah ! tu es là. Parfait. Parfait. Tu dois avoir hâte ! » Ses yeux brillaient d'excitation.

« De vous voir tous envoûtés par le magicien du Centre ? Pas trop, non… » Ma plaisanterie sonna plus grinçante que je l'avais souhaité, mais Ayelo ne le remarqua pas. « Mais non, de rencontrer ton reflet… Et avec un peu de chance, ajouta-t-il d'une voix égale en se prenant le menton dans la main, tu cesseras de me poser des questions stupides… ? » J'éclatai de rire.

Le guérisseur attendait patiemment que son public s'installe. Je m'assis, de façon à ne pas voir les Kétas. Découpées sur le bleu lumineux du ciel, les branches de l'immense zamana se déployaient au-dessus de la clairière dans une architecture massive et gracieuse. « Tout le monde est là ? » demanda Eïvan au tambouyé. Le musicien fit un signe de tête et le guérisseur se leva. Une intense vague de silence éteignit les conversations, rangée après rangée. Eïvan contempla l'assistance. Ses yeux étaient deux lacs profonds. Quelque chose dans son énergie avait changé, comme s'il avait pelé des peaux d'oignon pour dévoiler un centre dense. Ayelo m'avait présenté les cérémonies collectives comme un rituel qui lui coûtait des forces, mais pour moi, il se nourrissait de la fascination qu'il inspirait.

Il fit un signe au tambouyé qui intensifia sa frappe. Puis lança : « Qui sommes-nous, nous les pèlerins, dans le jour persistant ? »

La vibration de sa voix était particulièrement puissante aujourd'hui. Elle fit sonner mes os comme un diapason. « Qui sommes-nous, nous les fils et les filles du matin ? interrogea-t-il encore. Qui sommes-nous, nous les poussières d'étoiles, lancées à travers le temps ? » Il avança un peu, son visage grave et ouvert, et répondit : « Nous sommes de merveilleux remous dans le fleuve de la vie… »

Le son du tambour enfla à nouveau, prenant un rythme régulier, hypnotique. Eïvan balaya la foule du regard. Il psalmodia : « Résonnez avec le tambour de la terre… », en joignant ses mains au-dessus de sa tête, puis il les abaissa devant lui, avec une lenteur envoûtante. « Résonnez avec le tambour de votre cœur. La magie… est dans la terre. La magie… est dans le corps. En vous existe ce reflet immuable… Allez à sa rencontre… » Dans l'assistance, ceux qui étaient encore debout s'assirent tandis que ses paumes descendaient, et je me sentis entraînée par son geste et ce timbre grave qui bourdonnait le long de ma colonne vertébrale. Je voulus y résister. J'avais trouvé si dérangeante la subjugation collective qui frappait le village. À côté de moi, le visage juvénile d'Ayelo n'affichait déjà plus qu'une concentration paisible. Soudain, Eïvan tressaillit. Je me redressai, clignant des paupières. J'étais presque sûre de l'avoir vu. Le sol avait ondulé comme sous l'effet d'une brume de chaleur, et un reflet moiré, aussi ténu qu'un voile de soie, était apparu brièvement. Le guérisseur reprit :

« Et lorsque vous sentez s'étendre la paix… vous pouvez maintenant vous demander… quelle est la forme de votre cœur ? Qui êtes-vous, au plus profond de vous ? Remous, tourbillons, embruns… »

J'avais désormais une raison supplémentaire de ne pas fermer les yeux : l'espoir de revoir enfin le Cerf. Je scrutai l'homme, guettant la moindre altération. Sa voix était somptueuse, si persuasive, et son chant si magnétique… mes paupières se fermèrent d'elles-mêmes. Je m'en agaçai, me crispai ; puis, au fond de moi, quelque chose tremblota, furtif comme un poisson dérangé dans une eau calme. C'était une sensation de fraîcheur et d'espace, un son, grave et doux, qui montait de mes entrailles : « *Mmmm chchch...* » C'était autant une sensation qu'un son. C'était bon. C'était délicieux. Elle s'amplifia. Avec un soupir, je m'y installai comme dans une barque et descendis le fil de l'eau, dans un paysage bleu pastel à peine esquissé. Toutes mes pensées demeurèrent sur la berge. Je voguai, jusqu'à ce qu'il ne reste de moi que la seule conscience d'exister.

Combien de temps dérivai-je ainsi ? « La magie est dans le corps », avait-il dit, et quand je me répétai son mantra, mes cellules répondirent par une cascade de rires. J'exultai. Je me roulai dans le délice de ces rires. Qui êtes-vous, au plus profond de vous ? Mes ailes se déployèrent. Un faucon, Eïvan. J'étais un faucon, et je m'envolai, dans une respiration, dans un battement d'ailes simple comme un cri de joie, jusqu'à me retrouver au-dessus de la clairière. Tournoyant, je contemplai les petites têtes baissées, les toits des bâtiments. Pourquoi avais-je cru un jour que mon corps était séparé du reste du monde ? Le monde était en moi, et tout autour de moi ! Voilà ce que j'étais : un merveilleux remous dans le fleuve de la vie. Je m'élevai plus haut, m'éloignant de la place et des grands arbres qui la bordaient. En dessous, les bois de l'Ahmra ne formaient plus qu'un gigantesque tapis vert. Je me laissais aller au pur plaisir de voler, du vent dans mes plumes. La forêt était verte de vie, le ciel était bleu cobalt, et la magie était dans le corps. Je pris une bourrasque, négociai un virage, me ramassai et piquai vers le sol... Je tombai contre une pierre, prenant de la vitesse à chaque seconde. C'était grisant, jouissif. Au bord des cimes, je me redressai, allongeant les ailes à nouveau : l'air s'y engouffra, bloquant sèchement mon piqué avec un son mat, me replaçant dans le courant ascendant. Je remontai en planant. La magie était dans le corps. Là-haut, tout là-haut, je lançai un cri d'extase, pur et aigu dans l'azur lisse. Je planais. Je planais dans le mystère intime du monde.

Pendant un long moment, j'oubliais tout de l'étrangeté de ma situation, de mon humanité, de l'Ahmra. Le vert de la forêt ondoyait sous le vent et semblait s'étendre à l'infini. Je volais plein nord. Ma vue était d'une clarté fulgurante. Sur la ligne d'horizon, je discernais la crête bleutée des montagnes de l'Ouest – au loin sur ma droite, l'aveuglante ligne turquoise de l'océan. De temps en temps, des villes apparaissaient en petits cubes orangés ou beiges. Les maisons se pressaient les unes contre les autres comme un troupeau de moutons apeurés. Elles se ressemblaient toutes. Je dépassais de nombreuses bourgades, volant sans but, avant d'être attirée par un mince ruban de fumée noire qui s'élevait en dansant dans le massif forestier, au sommet d'un mont. Les volutes s'enroulaient autour des bourrasques soudaines du vent, puis se dissipaient en nuages grisâtres. Sa vue m'emplit d'une appréhension inexplicable ; pourtant, je ne pus m'empêcher de m'en approcher. Réduisant ma vitesse, je descendis en cercles lents, suffisamment pour distinguer une énorme bâtisse en ruine et, sur son parvis, un feu de joie d'une belle hauteur, autour duquel s'affairaient plusieurs adolescents.

L'esplanade devant le bâtiment était très grande, mais dans un état déplorable : les herbes poussaient entre les pavés cabossés et fêlés, des statues à demi démolies gisaient par terre, noires de crasse. L'habitation elle-même – une sorte de château avec une tour centrale – était en pierres de taille à l'image de certains monuments kétas, mais des pans s'en étaient effondrés comme des osselets, ouvrant des blessures béantes. Les murs étaient couverts de suie ou de moisissures, les portes et fenêtres obstruées de lierre. Je connaissais ce manoir. J'en avais la certitude. Je savais que sa ruine n'était qu'une illusion, que certaines des portes, apparemment condamnées par la végétation envahissante, s'ouvraient en réalité parfaitement. Je savais que les couloirs derrière ces leurres menaient aux ailes habitables. Je connaissais cette maison maudite. J'y étais entrée.

Ces bribes de souvenirs me revinrent en une succession d'images incompréhensibles, de certitudes que mon cerveau de rapace ne pouvait pas traiter. La poitrine serrée par l'angoisse, je fermai légèrement les ailes pour me percher sur le pin le plus haut. La branche élancée ploya sous moi ; je m'y accrochai de toutes mes serres, jusqu'à ce qu'elle se stabilise et me supporte dans un doux balancement élastique. En contrebas, une quinzaine d'adolescents et d'enfants alimentaient le feu avec des fagots. Un adulte de haute taille surveillait la scène, un peu à l'écart. Il portait un gilet de cuir brodé et une lancette. Il était beau. D'une beauté sculpturale. Mais la crispation de sa mâchoire, dont les muscles battaient à intervalles réguliers, rendait son visage dur et sévère. J'éprouvais pour lui un mélange complexe d'émotions. Je savais qu'il était mauvais, plus mauvais que tous ceux que j'avais jamais rencontrés – et qu'il m'avait fallu des années pour m'en apercevoir. Quand le feu monta assez haut, il brandit sa lancette, et un cri de guerre jaillit de toutes les gorges des enfants : « Wor ! » Il répéta son geste, les yeux flamboyants, et ils rugirent à nouveau. Alors il désigna la bâtisse, et les quatre plus âgés du groupe se dirigèrent vers la porte d'entrée, tandis que les plus petits attendaient. Mon cœur battait comme si j'avais volé en pleine tempête. J'avais peur. Je ne voulais pas assister à ça. Soudain, l'homme leva son visage vers moi, et me fixa. Ses prunelles étaient impérieuses. Il me toisait. Parcourue d'un frisson, je me demandai s'il m'avait reconnue. Et à cet instant précis, comme pour répondre à ma question, un sourire sarcastique étira ses lèvres. Entre les murs, des hurlements de chagrin retentirent. Mes plumes se hérissèrent. Je m'envolai, déployant mes ailes, catapultée par le besoin de retrouver le bleu.

Il me fallut voler haut dans la pureté du ciel lisse pour retrouver mon calme. Le regard méprisant de l'homme à la lancette se dissipa avec lenteur. Mais les animaux vivent dans l'instant et, lorsque je revins dans les parages de l'Ahmra, le château en ruine n'était plus qu'un souvenir indistinct. Mon esprit était à nouveau libre, accordé à l'ampleur du vent. Je commençais à avoir faim, et cherchais machinalement une proie. Elles foisonnaient : tourterelles et merles dans la futaie ; lapins, rats, et mangoustes dans les feuilles mortes. Je planais souplement, portée par les bras des alizés. Puis une présence fit vibrer mon cœur, et j'oubliai ma chasse.

Le Cerf. Le Cerf était tout près.

Je l'avais attendu si longtemps. Je caquetai de joie, lançai d'incontrôlables cris de victoire et battis des ailes comme un moineau. Il m'apparut sous le dôme des arbres, dans une trouée de soleil. Son corps translucide reflétait les pâles feuilles vertes, et ses bois se dressaient, cristallins. Il mangeait une carambole à même l'arbre. Je planai quelque temps au-dessus de la trouée, décrivant des cercles de plus en plus petits. Il fallait que je me présente à lui. Visant les frondaisons, je piquai et me perchai sur une branche basse dans un bruit froissé. Le Cerf redressa la tête, tous les sens en alerte. Puis il m'aperçut et se détendit : nous étions de même nature. Il fit quelques pas dans ma direction, levant vers moi son museau diaphane. Nous restâmes un moment à nous contempler. Il était majestueux et délicat. Sa robe scintillait sous le soleil. Il émanait de lui cette douceur innocente qui avait lié mon cœur à l'Ahmra. Un amour animal jaillit en moi, inconditionnel, irrésistible. Par jeu, il tapa contre l'écorce de mon courbaril avec son sabot avant. Le mouvement fit crépiter des gerbes d'étincelles contre le tronc. Je quittai la branche d'un bond pour me percher sur son dos, et il eut à peine un mouvement de surprise avant de se tordre le cou pour me humer. Je touchai du bec la soie de ses oreilles, pinçai quelques poils de son encolure... Quand je m'accrochai à ses ramures, il essaya de m'en détacher avec espièglerie. Chacune de ses secousses faisait courir sur son corps des reflets argentés.

Je crois que j'aurais pu ne jamais revenir à l'état humain. Je me sentais tellement plus sereine, puissante et intègre dans mon corps de faucon. Et j'avais atteint l'objectif qui m'avait portée des mois durant : retrouver le Cerf. Mais alors que nous jouions, un petit courant gris s'infiltra dans ma paix parfaite. Je tentai de le repousser, fixant mon attention sur la forêt, sur mon compagnon. Le bourdonnement enfla. Il charriait des phrases, des concepts, et ne s'accordait pas du tout à mes plumes. *Où es-tu ?* demanda le flot de mes pensées, m'obligeant à me poser la question. Oui, où étais-je au juste ? *Comment est-ce possible ?* insista le courant, et je repris conscience de mes pieds, de mes mains, en même temps que de mes ailes. *Mais enfin*, vrombit le ruisseau de pensées, *tu ne peux avoir des ailes et avoir des mains !*

Et soudain, je n'eus plus d'ailes. Le Cerf disparut. J'étais assise, j'étais Taena, et je pensais. Et puisque je pensais, je ne pouvais pas voler.

Une brusque sensation de perte me serra la poitrine. La pesanteur de mon corps sur le sable me fut insupportable. Je fermai les yeux, tentant de rattraper le fil tout proche. Il me suffisait de redescendre dans le blanc, de me retourner à nouveau et de... Mais j'étais si fatiguée. Je m'en aperçus soudain. J'étais bien trop fatiguée pour m'envoler. La mort dans l'âme, je rouvris les paupières. La lumière avait pris la couleur du miel et les ombres des arbres une nouvelle épaisseur. L'après-midi touchait à sa fin. Le tambour produisait un roulement doux et bas. Les Kétas étaient toujours là, mais curieusement, je n'arrivais plus à m'en offusquer. Je percevais davantage leur fragilité humaine. Eïvan marchait lentement d'une personne à l'autre, glissant quelques mots. Il s'accroupit près d'une femme corpulente allongée non loin de moi et se mit à refermer les doigts au-dessus de son cou, comme s'il attrapait des poignées d'air. Après quelques profondes inspirations, la dame lui adressa un hochement de tête. Eïvan se releva. Il se dirigea vers notre groupe, s'arrêta devant Ayelo. Mon jeune ami avait les yeux clos, mais le visage crispé, comme s'il luttait pour comprendre quelque chose. Le guérisseur le scruta. Il plaça ses deux bras de part et d'autre de son élève, puis les écarta avec lenteur: « Et maintenant, respire... Respire et étends-toi dans l'espace... » Ayelo réagit puissamment. La chaleur semblait sourdre de lui comme d'une marmite découverte. Il se mit à transpirer et il poussa un long soupir. Eïvan sourit, approbateur. Je pensais qu'il allait passer sans m'accorder d'attention, mais il me considéra la tête penchée, et une profonde surprise se lut sur son visage. Avant que j'aie le temps de comprendre ce qu'il faisait, il tendit sa main et toucha ma tête, furtivement. Une sensation tiède coula de mon front à mon cœur, tandis qu'une brume nacrée miroitait devant lui. Il se détourna et marcha vers quelqu'un d'autre... Je le suivis des yeux, troublée. Le toucher de sa main était délicat comme le museau du Cerf.

Le monde se figea dans une stupéfaction silencieuse. Toutes mes pensées se turent, puis elles explosèrent, reliant entre eux les éléments épars que j'avais glanés ces derniers mois. Le « reflet ». Le Cerf. La métamorphose du guérisseur quand il travaillait ; l'expérience indescriptible que je venais de vivre. Si en atteignant mon être profond je devenais un faucon, alors...

J'avais cru ne jamais le revoir, et il était juste là. Dans le cœur de cet homme. À portée d'ailes.

Eïvan n'avait jamais convoqué le Cerf. Eïvan ÉTAIT le Cerf.

Dans la clairière, les participants commençaient à se lever, se réunissant par petits groupes pour discuter dans la fraîcheur du soir ; je restai par terre, ma révélation sur les genoux. Des semaines durant, j'avais enragé contre l'homme et ses décisions. J'avais aspiré à retrouver le Cerf comme on aspire à un miracle, une présence capable de clarifier le monde. Le Cerf était le reflet d'Eïvan. Non pas un esprit invoqué d'un autre monde, mais une part de lui-même – la plus intime. Quelque chose en moi résistait. Je n'arrivais pas à concilier mes sentiments pour la créature avec l'homme solide, faillible, obtus parfois, qui marchait devant moi. J'avais du mal à marier l'innocence du Cerf à l'hubris du guérisseur. L'animal translucide m'avait touchée si profondément. Mais la cérémonie avait nimbé le corps d'Eïvan d'un halo de tranquillité et de pureté. Il se déplaçait avec la même sérénité que son reflet. La vibration cristalline était enclose en lui comme une perle dans une coquille… mais elle était bien là. Eïvan était le Cerf.

À côté de moi, Ayelo ouvrit les paupières. Il remarqua mon air égaré. « Quel voyage, hein ? »

*

Le Lieu de silence : c'est le nom qu'Eïvan donnait à l'état dans lequel j'étais entrée – ce moment où j'étais devenue faucon. Pendant des mois, j'avais cru que ce terme ne désignait qu'une sorte d'état de transe. Le guérisseur m'assura que le Lieu de silence recouvrait beaucoup plus que ça – et notamment, cette conscience primordiale qu'il appelait « reflet », mon être profond.

« Mon être profond est un faucon ? » répondis-je, ennuyée de ne pas comprendre. Nous étions à l'atelier le lendemain de la cérémonie, et je ne m'attendais pas à l'arrivée d'Eïvan dans le matin pâle. La veille, lorsque j'avais finalement quitté la clairière, je l'avais fait en bâillant, en titubant presque, et une fois franchie la porte de ma petite maison, je m'étais effondrée sur le lit comme aux premiers temps dans l'Ahmra. Je m'éveillai avant l'aube, le ventre creux. À la cuisine, un apprenti aux yeux ensommeillés me servit une tasse de café chaud et des petits morceaux de noix de coco séchée. Le ciel hésitait entre le blanc et le bleu, et la lumière rasante projetait de longues ombres claires. En ouvrant les portes de mon atelier silencieux, je regrettai de n'avoir pas attrapé un rongeur ou un oiseau, la veille. J'aurais sans doute eu moins faim. Puis l'absurdité de la réflexion me frappa.

J'avais beaucoup trop de choses à assimiler. La compréhension de ce que recouvrait l'enseignement d'Eïvan. La découverte de l'identité du Cerf. La conscience de mon propre « reflet », l'envol au-dessus du village. Et puis la vision perturbante du bâtiment en ruine. Avant de commencer à travailler, je traçai une esquisse de la bâtisse qui m'avait semblé étrangement familière. Si elle existait, quelqu'un pourrait peut-être la reconnaître ? Le petit château écroulé formait un demi-cercle. Au milieu, une tour dont les étages supérieurs s'étaient effondrés, défonçant le toit d'ardoises. Je dessinai les lignes à la pointe, puis choisis le fusain pour ombrer l'éboulement des pierres. De chaque aile partait un petit muret qui encadrait le parvis, dont les couvertines et les colonnes étaient autrefois sculptées, mais que le temps avait rongées à l'os. Et l'esplanade, immense et sinistre, avec ces pavés disjoints.

J'étais tellement absorbée que je n'entendis pas Eïvan arriver. Je sentis simplement une présence derrière moi. Quand je me retournai, il était là, débraillé dans ses éternels habits froissés, rouge brique cette fois. Je ne l'avais jamais vu à l'atelier avant. Il s'assit sur l'un des tabourets. « As-tu une idée de ce qui t'est arrivé hier ? » me demanda-t-il. Je savais grâce à mes discussions avec Ayelo que j'avais rencontré mon reflet. « Exact, confirma-t-il. Dans les séances quotidiennes, nous sommes davantage focalisés sur la guérison, mais les cérémonies visent à relier la conscience des participants à leur reflet. D'ordinaire, c'est beaucoup plus progressif. Il faut des années de pratique pour arriver à ce que tu as fait hier. En te reliant à l'énergie primaire de ton âme, tu es entrée dans le Lieu de silence. »

Je restai un moment à me remémorer les sensations, la manière dont le silence avait semblé jaillir de mes profondeurs, avant de me retourner, et le dedans était soudain devenu le dehors, le contenant le contenu, et je m'étais envolée dans cette sensation. L'explication se tenait. Mais je me posais la même question depuis mon réveil :

« Hier, je suis devenue un oiseau. Je me suis envolée, et j'étais un faucon. » Eïvan approuva patiemment : « C'est simplement la forme la plus proche possible de ce que tu es profondément. Ton être profond n'est pas vraiment un faucon. Mais ce n'est pas une femme non plus. Au centre de nous-mêmes, nous n'avons pas de forme. Nous sommes, vraiment, des remous dans le fleuve de la vie. Tu saisis ? » Il me fixa : « Notre mental a besoin de donner une forme à l'énergie pure de l'existence, et il choisit la plus familière. Dans ton cas, c'est le faucon. » *Et dans ton cas, un Cerf limpide inoubliable.* Je m'inquiétai soudain qu'il vît en moi le souvenir du Cerf. C'était comme si je l'avais surpris nu par hasard. Il se pencha en avant, inconscient de mon trouble. « Écoute, Taena... Ce sont des enseignements que l'on reçoit dans les monastères après des années de pratique. Aucun de mes élèves n'a encore atteint ce stade. C'est normal que tu ne comprennes pas tout. Mais ce que tu dois retenir, c'est qu'il s'agit d'une sorte de... (il grimaça) de réalité voisine, si tu veux, comme une pièce à côté de celle-ci. Je n'aime pas cette définition, mais je ne veux pas t'embrouiller davantage. Retiens juste que c'est réel. Ce qui t'arrive dans le Lieu de silence t'arrive également dans ce monde-ci. Alors il ne faut pas le prendre à la légère. C'est une pratique sacrée, mais dangereuse. Tu ne dois pas t'y livrer sans moi. Tu m'as bien compris ? »

Le visage cruel du maître du feu me revint soudain en mémoire, et je frémis. Cet homme existait vraiment, j'en étais sûre. Mon changement d'humeur n'échappa pas au regard entraîné du guérisseur. Il fronça les sourcils : « Quelque chose te préoccupe ? » J'hésitai. J'avais envie de lui parler, mais une sorte d'interdit puissant m'en empêcha. Je haussai les épaules et lui montrai mon dessin : « Tu connais cette maison ? » Il se pencha sur le papier, l'étudia longuement. Je remarquai que sa tunique avait un accroc et, sans raison, j'eus envie de poser ma main sur son dos. Il se redressa et secoua la tête : « Non. Ça ne me dit vraiment rien. » Il se tut un moment, pour me laisser le temps d'ajouter quelque chose, mais je gardai le silence, et il n'insista pas. Je ne pus m'empêcher de relier son tact à la délicatesse de son reflet.

La brise soufflait dans la pièce jaune paille, soulevant les coins de mon dessin, et le soleil était maintenant bien levé. Eïvan resta encore un moment à me parler. « Dans le Lieu de silence, on ouvre la porte à l'extase de l'existence, mais aussi à ses terreurs. Je vais devoir t'instruire. Tu dois venir aux séances », conclut-il d'un ton docte. Il se leva pour partir, et je pensai enfin à lui poser la question :

« S'il faut des années de pratique pour atteindre le Lieu de silence, pourquoi y suis-je parvenue dès le premier essai ? » Il s'appuya dans l'encadrement de la porte, croisant les bras. Sa silhouette haute se découpait dans le contre-jour. « Il y a très certainement un lien avec ta perte de mémoire, supposa-t-il. Tu es plus légère. Tu n'es pas encombrée des mille et un souvenirs qui figent notre identité. Tu es plus libre d'atteindre ta vérité. » Intérieurement, je me fis la réflexion que j'aurais préféré être un peu plus lourde et un peu moins perdue.

La lumière tapait sur mon visage et je devais plisser des yeux pour le voir. La vision du Cerf dans la clairière tachée de soleil me revint, pleine de grâce. Soudain, le lien se fit entre l'animal et lui avec une évidence qui me frappa comme un coup de poing. Je souris. « Eïvan… ? » Il s'immobilisa. Quelque chose dans mon ton l'avait averti que je changeais de sujet. D'une voix hésitante, je demandai : « J'ai vu un Cerf, une nuit… c'est ton… être profond ? Ton reflet ? » Il fixa ses pieds un moment. Je ne distinguais pas clairement son expression. Il répondit simplement d'un ton neutre : « Oui. »

J'ouvris la bouche pour l'interroger, avant de me rappeler qu'un instant plus tôt j'avais pris conscience de sa timidité. Alors j'ajoutai simplement, avec toute l'affection que j'éprouvais pour l'animal : « Eh bien… Comme tu es beau… »

Surpris, il resta un moment figé, avant de me remercier d'un mouvement de tête maladroit. Quand il s'en alla avec un geste d'adieu, il avait tout à fait l'air d'un cerf qui s'éclipse promptement pour éviter le contact humain.

7

La nuit des Affiches

Cours d'éducation civique.

L'autorité suprême du Concile est composée des Vingt-Deux représentants des dynasties les plus éminentes de Zanabé. Les Vingt-Deux émanent des lignées anciennes, gardiennes des traditions et valeurs ancestrales. Ils accèdent à la fonction suprême par droit de sang ou à défaut par cooptation.
Sous leur autorité, on trouve : 1) les Distingués, représentants directs du Concile dans les régions et choisis parmi les grandes familles ; 2) les gouverneurs et leurs délégués, en charge de la gestion des régions et de l'administration ; 3) les maires, et bien sûr, 4) l'armée.
Les députés sont élus directement par la population kéta pour la représenter auprès du Concile, lors des assemblées plénières qui se déroulent dans la capitale Numré.

Je surmontai mon animosité envers les Kétas et finis par me rendre aux séances. Maintenant que je connaissais la vérité, le désir d'être près du Cerf l'emporta. J'avais envie de renouveler ces étourdissantes sensations du vol, et surtout besoin de comprendre ce qui m'était arrivé. La vision du château en ruine durant la cérémonie m'avait profondément troublée. Les cris de guerre des enfants résonnaient encore dans ma tête. Je voulais pouvoir comprendre ce que j'avais vu : rêve, souvenir ou vision fantasmagorique. Certains éléments me paraissaient très familiers. Le regard dominateur de l'individu, la flammèche de folie qui s'y tapissait… Comme il portait une lancette kéta, ce qu'aucun Liu ne se serait permis, il devait travailler pour nos ennemis.

Eïvan m'accueillit avec équanimité, sans faire de commentaire. Il me proposa de rejoindre les étudiants, ou même de prendre place au centre du cercle, en tant que patiente ; mais je préférai rester à l'écart, le dos contre le mur, à observer la petite troupe bigarrée qui se présentait. Les premières fois, j'eus du mal à réprimer mon envie de glousser devant les airs pénétrés des disciples et les affirmations saugrenues du maître. Il ouvrait toujours les séances avec la même phrase rituelle : « Qui sommes-nous, nous les pèlerins dans le matin ? » et parfois, y répondait lui-même, ou laissait un étudiant poursuivre : « Nous sommes de merveilleux remous dans le fleuve de la vie. » Ensuite venaient le tambourin et les incantations où tout le monde plongeait en transe, pour « s'accorder à l'énergie du reflet ». Et enfin, le « Chouri », comme ils l'appelaient, accueillait un patient qui devenait le centre de l'attention, en s'allongeant sur le tapis bleu au motif d'Océa. Au fil des jours, je vis défiler entre les parois arrondies de la hutte une femme âgée tourmentée par ses articulations ; un homme fou de chagrin d'avoir perdu son épouse ; Altem, le mangeur de champignons, qui revenait lentement à la conscience… Si les étapes de la guérison variaient, elles avaient toutes un point commun : Eïvan regardait le visiteur avec une concentration si intense que plus rien n'existait autour. Il inspirait, puis se penchait et, avec une douceur infinie, lui glissait quelques mots invraisemblables : « La chaleur est ton droit, la chaleur sèche du soleil sur la fourrure d'un chat », ou : « Tu te tiendras debout sur la montagne, car tu as l'intégrité des nuages ». Ces phrases en apparence irrationnelles prenaient vie dans l'air comme des embruns ; elles touchaient si profondément leurs destinataires qu'ils éclataient en sanglots. Ayelo appelait ça « lire les lignes de poésie du cœur ». Je me mis à noter ces « lignes » pour les transformer en œuvres d'art. Le reste du temps, j'appréciais de plonger de plus en plus facilement dans l'eau de la transe, réagissant à la mélopée et au tambourin, sans avoir l'impression qu'il se passait grand-chose. Pourtant, alors qu'aucun nouveau souvenir ne m'était revenu depuis la soirée avec Emelyne, de petites alcôves recommencèrent à s'ouvrir dans ma mémoire, le plus naturellement du monde. Je me réveillais un matin et je me souvenais du matériel de dessin avec lequel j'avais appris, enfant ; d'un balcon surélevé où je faisais mes croquis au lever du soleil devant un paysage brumeux. Je me rappelais un livre, que je lisais et relisais – l'histoire d'une famille unie de canards migrateurs. Puis je me revoyais arpenter les routes, proposant des portraits pour payer mes repas. C'étaient de petites pièces de puzzle, que je ne parvenais pas encore à relier entre elles, mais chaque découverte m'emplissait de reconnaissance. Et un soir, en délaçant mes chaussures, je retrouvai le visage de mon frère. Il avait sept ou huit ans. Des pommettes hautes, de grands yeux sombres, un sourire un peu moqueur. Je me redressai, fixant le mur de bois, extasiée. Damien. Mon frère s'appelait Damien. Je me mis à pleurer, et pour la première fois, compris pourquoi Eïvan était surnommé le « magicien du Centre ».

Peu à peu, les commentaires sarcastiques qui crépitaient dans ma tête se turent. Les disciples étaient une dizaine. Tous témoignaient au Chouri une singulière dévotion. Ils guettaient ses moindres gestes. Ayelo, en particulier, lui tournait autour avec une anxiété d'écolier. « Donc, il faut exécuter le mouvement juste avant le verbe et pas en même temps ? » demandait-il alors que je ne voyais pas une poussière de différence. Ou il balbutiait une excuse à laquelle je ne comprenais rien. « Regarde-moi, Ayelo, dit un jour Eïvan au jeune homme qui se désolait d'une erreur infime. Conviens-tu que j'ai davantage d'expérience que toi ? » L'élève approuva désespérément de la tête, ses yeux marron écarquillés. « Alors, écoute-moi quand je te dis que tu portes en toi le feu sacré. Calme-toi, et laisse-le s'embraser. »

Le guérisseur semblait trouver l'admiration de ses élèves naturelle, mais il n'en abusait pas. Quand les Kétas étaient présents, Eïvan les traitait exactement comme les autres. Ils commençaient d'ailleurs à lui vouer le même amour béat que ses étudiants lius. Je vis ainsi Elzer lui servir du thé, et Eïvan la remercier d'un hochement de tête sans interrompre sa démonstration. Je vis le Kéta Mathias, guéri de ses maux de tête, se suspendre à son cou en pleurant qu'il lui serait éternellement reconnaissant. Tous semblaient oublier dans quelle société nous vivions. Je ne donnais pas cher de leur soudaine conversion, à vrai dire. S'ils se faisaient prendre, ils renieraient sans doute leur maître plus rapidement qu'un lièvre se carapate dans son terrier. Mais, depuis la cérémonie, une partie de ma haine s'était envolée. J'arrivais à les côtoyer sans suffoquer, et je n'en voulais plus au guérisseur. La méfiance et la rancœur fondaient devant ma tendresse pour le Cerf. Découvrir la vraie nature de l'animal de cristal bouleversait ma compréhension de l'homme. Je commençais à apprécier la bonté solaire qui rayonnait d'Eïvan lorsqu'il s'occupait de ses patients, leur accordant une attention encore plus entière qu'à ses disciples. Sa présence acquérait une sorte de transparence que j'associais à l'animal. Guettant les volutes argentées, j'observais son corps massif, sa voix profonde, ses mains larges et leur danse lente au-dessus du sol…

Malgré tout, les séances ne tardèrent pas à m'ennuyer un peu. Focalisées sur l'apprentissage et la guérison, elles ne me permettaient pas d'accéder au Lieu de silence. Je ne volais pas, et je ne voyais pas le Cerf. Un jour, je résolus de confier ma nostalgie à Eïvan. J'allai à sa rencontre, sur le chemin des huttes, et lui avouai timidement que j'avais très envie de revoir le Cerf. Cette déclaration le plongea dans un long silence, tandis que nous marchions côte à côte dans l'ombre des grands arbres, puis une femme descendit de sa véranda pour lui dire qu'elle n'arrivait pas à dormir. Eïvan, comme à son habitude, s'engouffra dans la conversation, et je finis par m'éclipser, gênée. Un midi, je tentai une nouvelle approche et lui révélai mon admiration pour l'animal transparent. Le guérisseur me tapota l'épaule. « Tu dois surtout te préoccuper d'entrer en amitié avec ton propre reflet, énonça-t-il. Il n'y a pas de tâche plus sacrée pour un être humain, tu sais. C'est ce qui permet d'exprimer pleinement ce que nous sommes au monde. Et cela ne peut être atteint que par la connexion intérieure. » Ses manières évasives me décontenançaient.

*

Le signal de l'Opération arriva à la fin du deuxième mois brûlant, et me fit oublier ces questions. Quelque sept cents tracts étaient prêts, des pots incendiaires, des armes tranchantes et contondantes. Nous avions convenu de nous retrouver aux premières heures de la nuit derrière l'atelier, et je crois que je ne pris vraiment conscience du sérieux de l'affaire qu'au moment où je rejoignis mes compagnons dans l'obscurité. Une dizaine de silhouettes s'activaient sous le mince croissant de lune : Dan, Lauri, Robey, quelques jeunes qui travaillaient aux champs. À part le délégué du commandement libre et Morita, la cuisinière qui approchait la cinquantaine, la plupart des « recrues » de la Résistance étaient à peine majeures. De l'eau bouillait sur le feu allumé derrière le bâtiment. On y ajoutait des mesures de farine et de résine pour fabriquer la colle des affiches, et la verser ensuite dans les calebasses fermées d'une pièce de cuir. Les équipes s'étaient réparties en groupes de deux ou trois selon les cibles. Dan et moi partions vers la ville voisine de Niro, avec les tracts et une bombe incendiaire pour la caserne. Je l'avais choisie pour cible parce que l'officier Jamol s'y trouvait. J'avais l'intention de laver l'humiliation qu'il m'avait infligée, en ordonnant à son sbire de me frapper. Mais tandis que nous répartissions les armes dans le calme de la nuit, l'appréhension poussait en moi comme un champignon. J'avais envie de retourner me calfeutrer chez moi, et j'étais certaine que mes compagnons, qui pour la plupart n'avaient jamais fomenté la moindre action clandestine, partageaient mon effroi… Mais personne ne parla. Personne n'osa décevoir les autres.

Quand nous fûmes tous équipés, nous sortîmes les chevaux de l'écurie pour les seller. Les étoiles perçaient difficilement le voile de nuages fin. La peur pulsait jusqu'au bout de mes doigts. Ma monture était une belle jument rousse dont les muscles roulaient sous mes cuisses. Une bouffée d'exaltation submergea un instant ma peur. Partout dans Zanabé, au même moment, des résistants s'apprêtaient à écrire l'Histoire. Du nord au sud, d'est en ouest, de l'océan aux frontières de l'Erad… des Lius préparaient leurs armes, attachaient leurs chaussures, se mettaient en route chargés de textes révolutionnaires… Pour la première fois depuis la signature du Traité, nous allions défier le Concile, tous ensemble.

Après un trot prudent dans les bois, au milieu des cris d'insectes nocturnes, la ville surgit de l'ombre. Elle ressemblait à un animal endormi, avec ses habitations serrées, ses toits d'ardoises qui brillaient doucement à la lueur de la lune. Niro était une petite bourgade kéta, quatre fois plus peuplée que l'Ahmra. Les habitants travaillaient la terre et élevaient des bêtes – un style de vie modeste qui ne différait pas beaucoup du nôtre. Pourtant, en tant que Lius, nous n'avions pas le droit d'approcher sans laissez-passer. Dan et moi attachâmes les chevaux à la lisière du bois, derrière un champ de cannes dont les flèches diaphanes dansaient au vent comme des plumes argentées. Nos sacoches avaient été modifiées pour se transformer en sacs à dos. Je réglai les bretelles du mien. Mes mains tremblaient. Pas celles de Dan : le profil du jeune homme était de pierre, et ses yeux luisants d'une détermination minérale. Je m'en sentis étrangement rassurée. Il ajusta le poids sur ses épaules : « D'abord les affiches. Je prends à droite, tu prends à gauche. On se retrouve ici dès que c'est terminé. On fera la caserne en dernier. » Il marqua une pause. « Bonne chance. » Rasant le bosquet, il partit à pas prudents et rapides, sa queue-de-cheval dansant entre ses omoplates. C'était mon tour.

Je longeai une rangée d'arbres, jusqu'à une enfilade de jardinets en damier qui précédaient le premier quartier. Une petite tour ronde, plus élevée que le reste des constructions, était visible quelques blocs plus loin. Un bâtiment officiel. J'en fis immédiatement mon objectif principal. Lorsque je parvins aux premières maisons, tout était calme dans l'avenue grise pavée. Un peu de lumière sourdait des ouvertures rectangulaires de quelques persiennes. Le village semblait paisible ; mais derrière leurs volets, nos ennemis dormaient…

La première partie fut facile. La calebasse de colle dans une main, les affichettes dans l'autre, je badigeonnais les murs de la rue, plaquant le papier jaune contre les pierres larges et irrégulières. La colle dégageait une légère odeur acide. « *Non à l'oppression kéta, non à la soumission liu* », clamait le texte. Collage après collage, sondant l'obscurité à chaque pas, j'avançais rapidement vers l'intérieur de la ville, vers la tour que je voulais ajouter à mon tableau de chasse. La simplicité de l'opération commença à m'enflammer. Je placardai plusieurs dizaines d'affiches, couvrant littéralement le quartier de déclarations séditieuses. Enfin, je débouchai sur une grande place ovale, éclairée par des torches suspendues. Le bâtiment administratif que j'avais repéré de loin était de brique, à quatre étages, surmonté d'un drapeau à carreaux que je savais rouge et blanc. Mon cœur se mit à battre plus vite. Je ne m'étais pas trompée. C'était bien un siège officiel, la section locale du Concile.

Entre là-dedans. Je m'immobilisai, pinceau en main. La voix de mon passé venait de retentir dans mon crâne. Depuis que j'avais retrouvé le Cerf, je ne l'entendais presque plus. Mais voilà qu'elle couvrait mes pensées, lancinante et aiguë. *Dépêche-toi, entre là-dedans.* Terriblement repérable dans la lumière des torches, je recommençai en hâte à coller mes tracts, barbouillant grossièrement la surface. Le papier paraissait mauve et mon cœur galopait. *C'est la section locale du Concile,* insista la voix, *tu dois aller le chercher.* Je posai lentement mes affaires par terre, le souffle court.

Il fallait que j'entre dans ce bâtiment. Et je ne savais pas pourquoi.

Sur le côté gauche de l'édifice, une sorte d'impasse étroite séparait le siège du Concile de l'école voisine. Une petite fenêtre aux jalousies de bois était placée à hauteur de mes genoux : elle donnait probablement sur le sous-sol. Refusant de m'attarder sur la folie de ce que j'étais en train de faire, je m'accroupis et, prenant appui contre le mur d'en face, balançai mes deux pieds joints à toute volée. L'encadrement céda : la fenêtre se détacha dans un grand bruit de bois arraché. Je me glissai dans la pièce sombre les jambes les premières, espérant ne pas tomber de trop haut.

Le réduit sentait la poussière. Par l'ouverture que j'avais forcée, un mince filet de lumière grise tombait sur des caisses, des meubles recouverts de tissu. Il n'y avait rien, ici, que de vieux secrétaires et de vieux registres. *Tu sais bien que le sceau n'est pas là,* intervint à nouveau la voix, *il est dans le bureau du représentant du Concile...*

Je me figeai, retenant ma respiration. La vision d'un objet avec une poignée de métal arrondie venait de s'imposer à mon esprit. Le sceau du Concile. Il fallait que je vole le sceau, pour plus tard, pour fabriquer nos faux documents, lorsque le temps serait venu de... Mon passé s'agitait, juste à la lisière de ma conscience. Jamais je n'avais été si proche de me rappeler. Les sceaux, le moment. Je me répétai les mots qui avaient libéré les souvenirs. Des éclats de mémoire s'entrechoquèrent : deux ou trois premiers sceaux que j'avais déjà volés, le château en ruine sur le morne, mes pieds douloureux d'avoir trop marché... le regard écarquillé, intense, de cet homme à la beauté dangereuse. La vérité se tenait derrière le voile et je projetais ma conscience, désespérément, pour essayer de la saisir… Mais une fois de plus, mes impressions refluèrent.

Je me dirigeai vers la porte. La certitude que je devais voler cet objet pointait obstinément, dure comme une lance, dans la direction des bureaux. Silencieuse comme un chat, j'ouvris le réduit, montai des escaliers… Et tombai nez à nez avec un garde.

*

L'homme était assis dans un fauteuil au milieu de la salle d'accueil en marbre luisant, fixant la pénombre d'un air morose. Combien de centaines de nuits avait-il passées à compter les minutes poussives qui le séparaient du matin, de son lit et de sa vie ? Habitué à s'ennuyer, il s'aperçut de ma présence un instant trop tard – un instant précieux qui me permit de saisir ma petite houe. Il bondit de sa chaise avec un « Ah ! » de surprise et d'indignation, et m'attrapa au col, puis au cou, en essayant de récupérer mon arme de fortune. Sa poigne m'écrasa la trachée. La douleur déferla en mouches noires devant mes yeux, et l'air commença à me manquer. Son visage haineux était tout près du mien. Il était plus grand que moi, une quarantaine d'années, et son entraînement militaire ne me laissait aucune chance. Sans réfléchir, j'opérai un demi-tour et le heurtai de toutes mes forces. Il lâcha mon cou, mais resta debout. L'air s'engouffra dans ma gorge comme une traînée de feu. Le garde saisit mon bras droit à nouveau. La rage, la panique m'envahirent : je baissai la tête et mordis sa main de toutes mes forces, rugissant comme un animal. Puis, je le chargeai à nouveau sans attendre qu'il se ressaisisse. Cette fois, ma manœuvre réussit. Dès qu'il fut à terre, j'abattis le plat de la houe sur son crâne en hurlant, une fois, deux fois, trois fois. Il chercha à esquiver mes coups en se retournant sur le dos, alors je le frappai au front. Il leva les bras pour se protéger, je passai derrière lui et martelai le haut de son crâne. Je lui décochai un coup de pied. Puis un autre. Je cognai sa tête, encore, et encore, et encore, jusqu'à ce qu'il se recroqueville sur lui-même, ne se préoccupe plus que d'éviter la douleur, puis ne se préoccupe plus de rien.

Lorsque je stoppai, prise de vertige et couverte de sang, l'homme respirait toujours, mais il avait cessé de bouger. Il gémissait et de la salive coulait de sa bouche.

Ils n'ont aucune pitié pour nous. Nous n'aurons aucune pitié pour eux.

La voix, implacable, à la fois dérangeante et étrangement réconfortante.

Au bord de l'évanouissement, j'entrebâillai la porte principale du bâtiment et me glissai dans la rue. Mon raffut n'allait pas tarder à attirer la patrouille. Je partis en courant, sans le sceau que j'étais venue chercher. La voix s'était enfin tue.

Je suis incapable de me rappeler le chemin que je pris pour rentrer à l'Ahmra. Dans un état second, je laissai mon cheval nous ramener lentement à la maison. En moi se disputaient la fierté puissante d'avoir vaincu un ennemi, et une tristesse qui creusait un cercle de plus en plus large dans ma poitrine. Ma jument rousse n'était pas pressée : l'aurore pointait lorsque nous arrivâmes sur la place au puits, derrière la maison d'Eïvan. Je réalisai avec un choc à quel point sa réalité me semblait lointaine, à présent. Le Cerf, et le Lieu de silence. La douceur. L'amitié.

Devant l'écurie, Eïvan, Ayelo, Dan et une dizaine de personnes se pressaient autour de deux jeunes couchés par terre. L'un d'eux avait la main en bouillie. L'autre un hématome géant au crâne. Je mis pied à terre. Le sang avait durci ma chemise et le haut de mon pantalon. Eïvan me regarda avancer, les yeux écarquillés, et j'eus soudain envie de pleurer.

*

Tous nos efforts pour garder nos activités secrètes s'étaient effondrés lorsque Lauri était allée tambouriner à la porte d'Eïvan, après avoir vu l'état des deux blessés. Paniquée par le spectacle qu'ils offraient, elle n'avait même pas mentionné sa propre jambe tailladée. Le guérisseur découvrit que son village servait de base arrière à la Résistance. Une fois les derniers bandages posés, une fois tous les jeunes hors de danger et couchés, il nous demanda des explications.

La plupart des participants à l'opération s'étaient éclipsés, harassés et désireux d'éviter la scène. Dans le matin trop clair pour notre épuisement, il ne restait qu'Ayelo, Dan et moi, devant l'écurie où reposaient en tas moroses les linges maculés de sang. Eïvan nous dévisagea de toute sa hauteur : « Alors ? Que s'est-il passé ce soir ? » Il s'adressait à tous, mais j'avais l'impression qu'il ne regardait que moi. Mon cœur se serra. Sans aucun scrupule, Dan lui servit une fable à peine cuite : « Ils sont sans doute tombés sur un barrage, oncle, et les Kétas s'en sont pris à eux. Une fois de plus. » Ayelo ouvrit une bouche scandalisée par le mensonge et protesta : « Dan… » Il chercha ses mots, partagé entre la gêne de contredire son ami et la honte de mentir à son maître. Eïvan le sortit d'embarras : « Ce n'est pas ce qui s'est passé, et tu le sais très bien, répondit-il d'une voix douce. Expliquez-moi. » Puis il attendit, immobile. Ayelo ne savait rien. Dan ne dirait rien. Je m'entendis soudain tout lui raconter : l'existence d'une rébellion liu, les affiches que nous avions copiées pendant des semaines, les groupes qui s'étaient réparti les zones pour un collage simultané… Ma gorge me faisait mal, et j'étais anéantie par ce que je venais de vivre. Je gardai pour moi le nom des chefs de file, les actions plus violentes et même l'organisation de la nuit à l'échelle du pays. Mais le mépris contracta les traits de Dan. Et ma demi-vérité ne satisfit pas davantage le guérisseur.

« Ce n'est pas une affiche qui a arraché la main de Jolt », objecta-t-il. Il désigna mes habits encroûtés de sang séché. « Et ce n'est pas de la colle, sur tes vêtements. À qui appartient ce sang ?

— Je me suis battue avec un garde, dans le hall de la section du Concile, à Niro », répondis-je honnêtement. Quand la stupéfaction se peignit sur le visage de mes trois compagnons, je mesurai l'extravagance de cette phrase. Dan me dévisagea avec un respect retrouvé, mais dans le regard noisette d'Eïvan, il n'y eut rien d'autre que de l'incompréhension, et une pointe de déception. Il ne nous fit aucun reproche. « Bien, soupira-t-il. Je suppose que je n'ai pas été assez convaincant, quand je parlais de nourrir la paix plutôt que la guerre… » Il passa la main sur ses paupières. « Allons nous coucher. Nous y verrons plus clair après un peu de sommeil. Dan, je veux rencontrer les responsables de cette rébellion. Organise-moi une réunion. » Le jeune homme se dressa sur ses ergots : « Pour quoi faire ? Qu'est-ce que tu leur veux ?

— Les livrer aux soldats, évidemment ! » répliqua Eïvan dans un mouvement d'humeur. Il leva les yeux au ciel. « Puisqu'ils viennent mettre la pagaille chez moi, et se servent de l'Ahmra comme d'une base secrète, je veux au moins les connaître. Ça me semble juste, non ? » Dan céda pour en finir.

« Alors, c'est réglé », conclut Eïvan. Il nous tourna le dos et partit vers sa maison, sans un regard pour nous. Son pas était lourd de tristesse et je m'en voulais terriblement.

*

L'opération « nuit des Affiches » fut à la fois une réussite totale et un complet désastre. Je croyais la résistance localisée dans la seule région de l'Ahmra ; en réalité, d'innombrables villes, marchés et bâtiments officiels furent tapissés de tracts séditieux, et les échos des incendies et des attaques de patrouilles résonnèrent dans tout le pays. Qu'il existe une rébellion liu d'une telle ampleur me gonfla d'espoir. Le pouvoir kéta allait peut-être y réfléchir à deux fois avant de nous persécuter.

Mais tapez dans un nid de guêpes, et elles vous le feront payer cher. Dans le Nord, une quinzaine de personnes furent massacrées dans leur village, avant même de partir en mission, trahies par un informateur. Sur la côte, des razzias se produisirent presque tous les jours, entraînant des centaines d'arrestations et de disparitions. Le Concile instaura un couvre-feu : il était désormais interdit aux Lius de se déplacer à la tombée de la nuit. L'opération elle-même avait prélevé son tribut chez nous : il fallut amputer le jeune à la main mutilée par la bombe incendiaire. Et le fils de la couturière souffrait encore de son hématome crânien et peinait à tenir debout.

Dan freina des quatre fers avant d'organiser la rencontre avec les délégués de la Résistance : « Eïvan et eux ont autant de choses en commun qu'un merle et une tortue », protesta le jeune homme, tandis que nous vidions la grange qui avait servi de QG. « Que veux-tu qu'ils se disent ?! » Le guérisseur insista pendant trois semaines, puis demanda à Pitro d'intervenir. La relation entre les deux hommes s'était encore envenimée quand Eïvan avait découvert son implication, et ils en souffraient autant l'un que l'autre. Pitro sauta sur l'occasion. La réunion eut lieu dans la hutte même qui accueillait nos patients kétas. C'était le jour d'Océa. La majeure partie des habitants s'étaient rassemblés pour les prières autour de l'autel. Tous ceux de l'Ahmra qui avaient participé aux événements avaient été convoqués, et la plupart étaient présents : Pitro, Dan, Lauri, Morita... Emelyne menait la délégation de la Résistance, accompagnée de Robey et d'un grand homme roux. Elle répondit à nos saluts par de petits gestes de tête.

Eïvan ouvrit la séance sans une accusation. Il expliqua simplement qu'il aurait préféré être averti des activités de l'organisation. Dorénavant, leurs membres pourraient venir à leur guise dans le village, s'y réfugier, y chercher des vivres ou du secours : ils étaient les bienvenus. La surprise se peignit sur le visage de Dan. Le guérisseur ajouta qu'il avait trouvé cette idée de tracts très pertinente, et leur tendit quelques feuilles de papier. « Les idées doivent voyager. Que pensez-vous de ceci ? » Emelyne lut les tracts, et répondit prudemment, un pli entre les sourcils : « Heu... merci. C'est très intéressant. Ce n'est pas exactement ce que nous diffusons d'habitude, mais pourquoi pas ? » Elle les rendit à Eïvan, qui nous les distribua : « J'ai un ami qui approvisionne le marché d'art kéta. Nous pourrions faire voyager ces paroles jusqu'à Numré. » Quand les textes arrivèrent entre mes mains, je compris la circonspection de la résistante : « *Kétas et Lius, un seul pays, un seul peuple* », était-il écrit sur l'un ; « *Une mère kéta et une mère liu n'aiment-elles pas leurs enfants tout autant ?* » demandait un autre. Ou encore : « *Nous avons le même cœur. Écoutez-le battre au même rythme.* » Je réprimai un rire nerveux, partagée entre l'amusement et l'embarras. Un merle et une tortue.

J'étais en train de me dire que la rencontre tournait beaucoup mieux que prévu, quand le guérisseur changea soudain de ton. Il leur dit qu'il n'accepterait plus, en revanche, qu'on vienne dans son village faire du prosélytisme guerrier.

« Robey, qui fait partie de votre groupe, a entraîné l'un de mes jeunes à lancer des bombes incendiaires. Le petit a perdu une main. On ne prône pas le meurtre chez moi », trancha Eïvan en regardant le résistant. Robey ne broncha pas, mais la responsable de section se redressa, croisant les bras sur sa poitrine.

« Notre cause implique forcément des pertes, et parfois, des mesures extrêmes, répondit-elle avec prudence.

— Le meurtre n'est pas une mesure. C'est une infamie. »

Le visage d'Emelyne se durcit : « Ne renversez pas les rôles ! Qui assassine et persécute ? Ce sont les Kétas, monsieur ! »

Eïvan ouvrit la bouche pour répondre, mais elle insista, exaspérée :

« Nous nous battons pour vous, pour votre village, pour tous les Lius ! On m'a parlé de vos… idéaux. Vous êtes un rêveur, Eïvan, lui dit-elle en reprenant son calme. Les maîtres qui nous gouvernent n'ont pas la moindre envie de nous côtoyer. La situation actuelle leur convient parfaitement. Et ne pensez pas qu'ils vont s'arrêter là. Vous prenez des risques inconsidérés à les accueillir. »

Elle nous dévisagea. Dan bouillait de colère. Il prit une inspiration pour cracher sa rage, mais Emelyne lui jeta un regard d'avertissement. La résistante secoua la tête : « Vous avez entendu parler de ce qui s'est passé dans le village de Nilère, au sud ? Les Kétas l'ont attaqué. Ils ont attaché tous les habitants aux troncs des arbres et ont menacé d'y mettre le feu. Ils ont incendié leurs maisons et les ont abandonnés ligotés sous le soleil. »

La mâchoire d'Emelyne s'était serrée. Eïvan se prit le visage dans les mains : « Douce Océa, murmura-t-il. C'est arrivé quand ?

— Il y a trois jours, répondit Emelyne. Nous l'avons su par le groupe Opale. » Elle regarda le guérisseur d'un air las : « Et le réseau du Sud réfléchit à des représailles. Nous n'attendrons pas sagement qu'ils se mettent à calciner les gens pour agir. »

Le silence tomba dans la hutte. Pendant un instant, je crus qu'Eïvan allait leur donner raison, tant le récit l'avait ébranlé. Le chagrin voilait ses traits. Mais il secoua lentement la tête, et objecta avec douceur : « Alors, vous ne ferez que charger davantage le cœur du monde de souffrance. Et elle vous éclaboussera, inévitablement. » Il se redressa : « Écoutez-moi. Je ne suis pas différent de vous. Moi aussi j'ai parfois envie de faire payer aux Kétas ce qu'ils nous font, moi aussi je rêve parfois de déverser sur eux la colère de Wou, et que les montagnes de l'Ouest s'abattent sur le Concile… » Il fit une pause, les dévisageant avec intensité. « Mais cette violence est un feu affamé, qui prendra tout le petit bois que nous lui donnons, pour nous consumer tous. Si nous voulons changer les choses, c'est le contraire qu'il faut faire. Il faut aller chercher au plus profond de notre vulnérabilité, et reconnaître chez les Kétas ce qui est semblable à nous. La tendresse. Le besoin d'amour. Le besoin de bonheur, de guérison, de sécurité. Le reconnaître, et le toucher. » Dan renifla avec dérision, mais le guérisseur poursuivit sans ciller : « Croyez-moi. Nous ne pouvons faire souffrir l'autre que dans la distance. Si les Kétas qui ont attaqué Nilère connaissaient et aimaient ses habitants, ils n'auraient jamais pu les torturer. Infligeriez-vous cela à votre famille ? Nous devons devenir leur famille. Leur tendre le miroir de leur propre humanité. » Emelyne fronça les sourcils, troublée par la foi qui irradiait de lui comme la chaleur d'un poêle.

« Vous me reprochez d'enseigner à des Kétas, conclut-il en ouvrant les mains, mais croyez-vous que ceux qui viennent ouvrir leur cœur dans les rituels, chanter avec nous, pleurer avec nous pourraient, demain, s'en prendre de cette façon à ceux qu'ils côtoient ? »

La question resta un moment en suspens, et personne n'y répondit. Eïvan n'ajouta rien.

Le petit groupe de résistants reprit le chemin des bois. La chef de section s'attarda un peu pour serrer la main du guérisseur. Sur un ton presque blessé, elle lui dit qu'il ne devait pas les prendre pour des criminels. « Ce que nous faisons, nous ne le faisons pas de gaîté de cœur, vous savez. Il s'agit de l'avenir de notre peuple.

— Je prends toute la mesure de votre sacrifice », répondit-il avec sincérité.

Ils disparurent par les sentiers ombragés derrière les lavoirs et les jardins d'épices colorées. Dan partit avec eux. Pitro tapa dans le dos d'Eïvan. « Je comprends pourquoi tu invites des Kétas chez nous, maintenant, grommela-t-il. Au final, ça nous protégera peut-être. Tu aurais dû me l'expliquer. » L'espièglerie ourla les paupières d'Eïvan : « Voilà ce qui arrive quand tu ne crois plus en moi. »

*

S'il n'en avait rien laissé paraître devant le réseau, les événements avaient ébranlé Eïvan. Il interrompit les séances une bonne semaine, et quand il les reprit, son visage portait la marque de ses doutes. Les étudiants s'étaient installés dans un silence de plomb. Ayelo baissait la tête vers le tapis d'un air accablé. Je ne m'étais moi-même présentée qu'avec appréhension : parmi ceux qui fréquentaient les séances, j'étais la seule à avoir activement participé aux événements. Mais il ne fit aucun reproche, au contraire. « Si j'avais su ce qui se tramait, je l'aurais empêché, affirma-t-il. Mais maintenant, il est trop tard. Et puisque le mal est fait, n'ajoutons pas à la tragédie en nous divisant. » Il eut un sourire mélancolique. « Ne prenez pas cette voie, mes amis. Vous avez constaté les effets délétères de la violence et de la désunion… Il est possible que je n'aie pas pris la mesure des forces qui sont à l'œuvre. Qu'il soit déjà trop tard. Mais, si nous croyons en l'unité des peuples de Zanabé, commençons ici, maintenant. Si nous croyons en la paix, commençons par la préserver entre nous. » Il nous regarda gravement. « Ne vous élevez pas les uns contre les autres. »

Le guérisseur ne dévia pas de cette ligne, et nous traita exactement comme auparavant. Durant les sessions, il plaisantait moins, martelait sa foi avec une gravité nouvelle. Il cessa d'accueillir de nouveaux patients kétas, le temps de laisser retomber la poussière du chaos, mais refusa de renvoyer ceux qui avaient déjà intégré notre cercle de guérison. Un après-midi, mon cœur fit une embardée en apercevant le dos d'un homme assis sur la véranda d'un voisin : il portait le même gilet de cuir brodé que celui qui m'avait effrayée au Manoir. L'homme se redressa, et dévoila ses cheveux nattés. C'était le Kéta Mathias. Il venait de placer un pion sur un plateau de jeu. « Espèce d'animal », l'invectiva son adversaire liu, et tous deux se mirent à rire à gorge déployée. Après ce que j'avais vécu lors de la nuit des Affiches, la scène me donna le vertige.

Il y avait des décennies de conflits entre nous. Des siècles. Et les animosités chauffaient désormais à blanc, au point de rupture. Eïvan le savait. Seulement, il avait eu la vision d'une croisée, où l'un des embranchements menait nos deux peuples à la guerre, et l'autre à la compréhension et la réconciliation. Il refusait de dévier. J'étais beaucoup plus sensible à son espoir depuis que je connaissais la véritable nature du Cerf, plus sensible à l'homme dont il était le cœur. La pureté de son rêve faisait écho à la transparente innocence de l'animal. Mais je ne voyais pas ce que pouvait changer le fait de sympathiser avec un, deux, ou même dix Kétas… quand le Concile décidait, à des lieues de l'Ahmra, de notre quotidien à tous. Et lui aussi commençait à le comprendre.

8

Je crois en toi

Lettre de Pitro à Tobal, An 1 de l'Ahmra.

Mon vieux, je ne sais pas si je dois rire, pleurer, ou me mettre en pétard. Tu sais, l'équipe d'hydrologues que tu m'as dénichée pour aider à fabriquer les lavoirs ? Eh bien, ils sont arrivés hier, tous les six, avec leurs outils et même quelques blocs de pierre au cas où la matière première ne serait pas suffisante ici. Seulement, je n'étais pas là, et c'est Eïvan qui les a reçus. Au lieu de leur indiquer l'emplacement, il les a fait asseoir tous les six avec ses disciples et a commencé à leur expliquer les arcanes du Lieu de silence. Il paraît que ça a duré deux heures. Les bonshommes ont cru être tombés sur l'une de ces sectes ascétiques… Ils se sont dit qu'on ne les paierait jamais et sont repartis le soir sans avoir touché leurs burins !
Je t'en prie, peux-tu leur présenter mes excuses et les contacter à nouveau ? Nous ferons en sorte que je sois sur place, cette fois.

La répression kéta continua à se déployer dans tout le pays. Perquisitions et contrôles routiers se multiplièrent, violents et imprévisibles. Si l'on tombait sur des soldats zélés, le moindre déplacement pouvait virer au cauchemar – les gardes prenaient un malin plaisir à retenir leurs proies plusieurs heures sous le soleil. Pitro et tous ceux qui se chargeaient d'écouler nos produits sur les marchés en devenaient fous. L'un de nos aides-cuisiniers dut même se mettre nu, pour « prouver » qu'il ne transportait pas d'armes. La Résistance donna pour consigne de faire profil bas, et Dan nous fit suivre la recommandation.

Je luttais avec une angoisse tenace, une ombre qui s'accrochait à mes pas. La nuit, je me réveillais en proie à des cauchemars sanglants, dans lesquels le garde kéta que j'avais affronté me réduisait à sa merci ; ou au contraire, je lui ouvrais le crâne et sa cervelle s'en échappait dans une rivière qui envahissait tout le hall du siège du Concile, et montait, montait, jusqu'à me noyer… Eïvan ne me reprocha jamais ma participation à la nuit des Affiches, et j'en fus d'abord soulagée, puis, à mesure que les jours passaient, mortifiée. Il acceptait si facilement ma défection. Comme s'il s'y attendait depuis le début. Comme s'il avait vu en moi la violence qui s'était déchaînée cette nuit-là…

Le sang m'avait souillée. Je n'étais plus aussi certaine du bien-fondé de notre action. À quoi servait-elle, si tout ce qui en découlait était davantage d'oppression et de douleur ? J'avais cru que nous allions redresser le monde, mais nous ne l'avions que gauchi davantage. L'obscurité nous cernait. Eïvan avait raison : la folie enflait. Ses eaux allaient tous nous engloutir, et je ne voyais aucun salut.

Je confessai mes doutes à Dan. Il les balaya d'un revers de main. « Personne n'a jamais prétendu que la guerre était jolie, répliqua-t-il sèchement. Mais je préfère encore cela à une vie d'humiliations. Tu n'es pas obligée de prendre les armes, il y a plein d'autres tâches à accomplir pour la Résistance… » Dans l'autre camp, Ayelo était aussi peu capable de nuances que Dan. Curieusement, c'est auprès de Lauri, ma sarcastique compagne d'atelier, que je trouvai un écho à mes angoisses. Elle aussi avait été ébranlée par sa confrontation avec la violence. Acculée par deux gardes du marché où elle placardait les affiches, elle n'avait réussi à s'enfuir qu'en sautant par-dessus une table de dépeçage, non sans récolter un coup de lancette à la cuisse. « Franchement, je n'aurais jamais cru être aussi souple. La peur rajeunit ! » ricana-t-elle. Elle avait vraiment eu chaud, et n'avait pas envie de recommencer.

« Mais que faire, alors ? demandai-je. La méthode d'Eïvan ne fonctionnera pas. Et nous ne pouvons pas non plus accepter d'être écrasés comme des insectes.

— Non, et c'est pourquoi je crois toujours en la Résistance, approuva-t-elle en levant le menton. Mais je n'avais pas mesuré ce que ça impliquait. Nous sommes dans une mauvaise passe, Taena ; quel que soit le chemin que nous choisissons… »

Au milieu de ces souffrances, ma nostalgie du Cerf devenait de plus en plus aiguë. J'étais certaine que sa présence pouvait panser mon âme. Il me manquait avec une acuité lancinante, et savoir qu'il était le reflet d'Eïvan n'y changeait rien.

Alors une nuit, je cédai. Je tirai une chaise sur le perron arrière de ma maison et m'assis face à la forêt, refusant de réfléchir aux conséquences de ma transgression et à mon manque cruel de pratique. La lune était brillante. Sa lumière argentée m'emplissait, magnétique et mystérieuse. Le vol m'appelait comme le hurlement d'un loup à sa meute. Le Cerf m'appelait comme une source claire à la soif. Je fermai les yeux, m'immergeai dans le courant. Le bourdonnement doux qui annonçait la transe arriva presque instantanément, et je m'accrochai à la sensation, juste assez pour qu'elle m'entraîne. Elle s'amplifia, me portant en une vague douce et puissante… « La magie est dans le corps. » Je me souvenais de ses mots. Laisser le reflet émerger. Ne pas penser. « *Mmmmshhh* », s'éleva le murmure en moi. Les parois de ma perception se tapissèrent de soie, et l'oxygène de l'immensité traversa tous les murs. Je sentis mes ailes se déployer en même temps que la joie, et lorsque j'ouvris les yeux, planant entre deux nappes de vent, je remarquai combien la lune était proche.

J'avais réussi. J'étais passée dans le Lieu de silence.

Dans l'air frais, au-dessus de l'Ahmra où tout dormait, je poussai un long sifflement de victoire, exultant et farouche. La conscience de ma liberté vibrait jusqu'à l'extrémité de mes pennes. Je fis de larges cercles au-dessus du village, puis redescendis en tournoyant vers la place au puits. Intimement, je savais qu'il allait apparaître ici ce soir. Je choisis une branche haute, et patientai. Ma perception était d'une acuité terrible. Je discernais chaque feuille, chaque insecte, chaque odeur, je voyais chaque écharde sur les rondins sombres de la maison d'Eïvan.

Lorsqu'il en sortit, il était déjà auréolé d'une pâle lumière argentée. Il contempla la place depuis son perron, puis descendit lentement l'escalier et avança, tendant les paumes vers le sol… Mes ailes tremblaient d'excitation. Il s'assit sur la margelle du puits et je n'y tins plus : je fendis l'air, pour atterrir sur l'arceau dans un grand claquement d'ailes. Eïvan sauta sur ses pieds et pivota, la lueur qui le nimbait se rétractant aussitôt. Les yeux écarquillés, il me fixa un moment : « Taena… ! Au nom de Wou, déjà ?! » Je ne pouvais pas répondre, mais j'observai avec ravissement son halo se redéployer petit à petit devant lui. Un vent léger soulevait mon plumage. Il tendit son index et me tapota la tête. J'attrapai sa phalange dans mon bec et la pinçai, très doucement, comme j'avais pincé les oreilles du Cerf la dernière fois. Il lissa le duvet épais de mon cou, y enfouit ses doigts. Je le regardais fixement. Il palpa mes serres, et s'aventura sur mes ailes que je dépliai docilement. « Tu ne devrais pas faire ça toute seule, c'est dangereux », me dit-il en effleurant le bout de mes plumes. Puis il baissa la main, et soupira : « Tu ne me laisseras pas, hein ? »

Et sa question charriait autant d'espoir que de résignation.

Il s'agenouilla dans le sable, et je sus que la soif de mon âme allait bientôt être étanchée. En quelques respirations profondes, la transition commença. La nappe moirée qui ondulait autour de son corps s'élargit, se précisa… Petit à petit, le Cerf de cristal émergea du cœur de l'homme et se dressa, splendide, sur la place silencieuse. Je jetai un cri de joie infinie et il se tourna vers moi, répondant d'un brame. Il était encore indistinct. Mais Eïvan souriait, et dans cette conscience sans mot qui m'habitait, je sus que cette nuit nous étions devenus plus proches.

Ensuite, nous partîmes. D'abord tous les trois, puis après quelques galopades, Eïvan disparut à l'intérieur du Cerf. C'était la première fois que j'assistais à la traversée complète, jusqu'à voir l'homme se fondre dans son reflet. L'animal translucide bondissait, agile. Il s'arrêtait pour mâcher des écorces et gober des châtaignes qu'il ouvrait délicatement de ses deux pattes avant. Alors que je pensais passer la nuit à jouer avec lui dans les environs de l'Ahmra, il s'élança soudain au petit galop à travers la forêt, plein nord. J'essayai de rester à sa hauteur ; mais la frondaison me ralentissait, alors je finis par passer au-dessus. Les arbres imposants se rabougrirent tandis que je m'élevais. Les feuilles des cocotiers explosèrent en éclats de rire, les bambous se groupèrent en duvet compact. Les quelques mahoganys tutélaires qui surplombaient tout finirent eux aussi par rapetisser. Puis toute la canopée s'écrasa jusqu'à ce qu'il ne reste plus qu'un patchwork de mousse vert sombre. Jusqu'au milieu de la nuit, il galopa infatigablement sous les bois, et je volai paresseusement au-dessus de la futaie. La lune monta droit, décrivant son arc circulaire, et les étoiles s'allumèrent les unes après les autres, par paquets serrés, à perte de vue.

La forêt se dégarnit ; une bourgade plus grosse que l'Ahmra apparut devant nous, blottie dans une vallée. Le village en vue, le Cerf prit le trot, puis le pas. Après un tronçon de route, un pont de pierre menait au bourg. Je descendis pour me percher sur son parapet. Les eaux étaient immobiles, et j'y aperçus, émerveillé, la forme de mes ailes. Le Cerf s'arrêta pour grignoter quelques feuilles, puis quitta le couvert pour me rejoindre. Quand il s'immobilisa près de moi, la ligne gracieuse de son encolure et de ses bois hauts se reflétait dans le bassin en contrebas. Dans le Lieu de silence, si près de lui, la frontière entre nos esprits devenait poreuse, et je percevais ses visions autant que les miennes. Je découvris alors avec étonnement que, s'il me voyait dans l'étang, il ne se voyait pas lui-même : il ne distinguait qu'un vague halo. Je fixai la mare, interloquée, quand il me fit basculer par-dessus le muret d'un petit coup de museau joueur.

Je repris de la hauteur pour inspecter le village. Le quartier m'apparut immobile, à l'exception de deux chats qui se défiaient. Les angles des constructions basses et les ombres des trottoirs pavés se détachaient au couteau. À quelques pâtés de maisons, sur une place carrée petitement éclairée par des réverbères, deux hommes affalés sur un banc discutaient mollement, des bouteilles à leurs pieds. Un peu plus loin, je repérai de la lumière à un étage, le mouvement de chevaux dans un grand hangar. Une colonie de chauves-souris revenait s'abriter sous le toit d'un temple. Je retournai vers le Cerf et me perchai sur ses cors, lui communiquant ma vision du hameau. Il ne réagit pas. Il continua à trottiner le long des rues, tranquille, s'arrêta pour humer une enseigne, donna des coups de sabot sur les pavés pour les faire résonner, insouciant… C'est à peu près à ce moment que cela commença. Lorsqu'il obliqua dans une ruelle sombre, sa radiance argentée qui teintait légèrement le sol sembla se diluer, à la manière d'une flaque d'eau. Elle repoussa l'obscurité de plus en plus loin et finit par toucher les murs de chaque côté de la chaussée. Je battis des ailes, ravie. Il n'avait encore jamais fait ça. Quand son rayonnement atteignit les habitations, il se vaporisa en brouillard, s'infiltra entre les briques. Et ma curiosité se transforma en stupeur. À l'intérieur des maisons, quelque chose s'était mis à vibrer en réponse. Quelqu'un. Tout le monde.

Je me tenais sur le Cerf, enveloppée moi aussi de sa magie. J'en perçus tous les détails. Portées par le courant, les visions des dormeurs me parvinrent en ondes successives. Et je vis :

Dans la taverne du vieux couple, une décennie de rancœurs et de trahisons mutuelles. Tu ne m'aimes plus, *se disent-ils l'un à l'autre.* Tu me veux du mal, *pensent-ils l'un de l'autre. Ils sont si malheureux. Le Cerf de cristal entre dans leurs rêves. Ils baignent dans sa lumière argentée. Et tandis qu'il les contemple, ils voient se raviver le tissu de la bonté. Les reproches deviennent des promesses. Tout ce qu'ils avaient perdu à force de bleus aux angles de la vie est restauré, nettoyé, purifié. La vieille femme est la première à poser la main sur son cœur et à dire :* Je te crois. Je crois en toi. *Puis le vieil homme l'imite. Dans la chaumière, les querelles emmêlées comme de petites pelotes de laine se dénouent. La laine est douce, sans les nœuds, et le vieux couple retrouve au sein même de sa guerre les raisons anciennes de l'amour.*

Le Cerf dépassa la maison, ses sabots cliquetant sur le pavé. Avant même que les deux vieux aient achevé leur serment, une autre échoppe vibra à son contact, et une nouvelle scène s'épanouit :

Le contremaître dort et il rêve de son apprenti qu'il adore détester. Cela a commencé par des petites remarques humiliantes, puis le charpentier s'est grisé du mal qu'il pouvait faire. Maintenant il tape le gamin. Il déguste jour après jour cette rage qui le rend vivant, mais dévore, lentement, cette partie de son cœur qui a été enfant. Le

Cerf de cristal entre dans son rêve et, surgie de nulle part, l'idée vient au dormeur qu'il pourrait trouver un plaisir plus grand dans le bien. Les larmes lui viennent aux yeux. Il n'y croit pas. Il se déteste trop pour tout ce qu'il a infligé. L'animal attend. Le contremaître admire ses bois diaphanes. Puis il demande s'il n'est pas trop tard, et lui montre ce cœur rongé. Le Cerf souffle dessus et l'homme répond : J'y crois. Je crois en toi.

Quittant la voie commerciale, nous passâmes devant une demeure surélevée où vivaient plusieurs familles. Sa radiance enveloppa tous les étages :

Elle l'a laissé et il ne sait plus comment vivre. Elle est partie avec cet homme, et il a pensé à tout, se tuer, le tuer, la tuer, mais il sait bien qu'il ne fera rien de tout cela. Il veut juste que la douleur cesse, que sa peau cesse de chercher, glacée de vide, les contours de ce corps qui lui manque. Il veut juste qu'il soit un peu moins difficile chaque matin d'ouvrir les yeux. Quelque chose de doux, infiniment doux, entre dans son rêve. Il voit le Cerf. Sa pureté ouvre délicatement le noyau pulsant de sa peine, le touche, pour l'apaiser. L'apparition exprime une bienveillance primordiale qui le fait pleurer de soulagement. Il soupire : D'accord. Je crois en toi.

À l'étage en dessous, la confiance est restaurée entre un frère et une sœur, après une dispute.

Dans la chambre à côté, une adolescente se trouve enfin jolie.

Un bébé éclate de rire dans son sommeil.

Un vieil homme savoure le dernier rêve de sa vie, un rêve de grâce et de matin.

Je ne sais pas combien de temps cela dura. Les tableaux se superposaient, les histoires s'entrelaçaient. Une bonté, pure et douce, transformait le village. Chaque scène amplifiait mon émerveillement. Le Cerf trottait. À aucun moment il ne me donna l'impression de faire quoi que ce soit d'autre, de provoquer volontairement ces miracles. Il continuait simplement à flâner le long des maisons aux volets fermés, consolant les chagrins et redressant les torts, sans s'étonner des âmes qui s'ouvraient sur son passage. Tout arrivait en même temps, se mélangeait, formant un seul courant, et j'étais tellement bouleversée que notre arrivée sur la place éclairée du bourg me prit par surprise. Si j'avais été plus vigilante, j'aurais pu détourner le Cerf, mais il était trop tard : nous venions de déboucher à moins de dix pas des deux hommes que j'avais aperçus plus tôt assis sur leur banc, bouteilles à la main.

Je m'envolai, poussant un cri aigu, les plumes hérissées, prête au combat. Le Cerf me jeta un coup d'œil déconcerté. Il traversa le square tranquillement, frôlant les buveurs, dont aucun ne leva le regard vers lui.

Le cœur battant, je me perchai sur un lampadaire éteint et contemplai la scène sans comprendre. Ils ne le voyaient pas. Ils ne voyaient pas le Cerf de deux mètres de haut qui passait entre eux et la fontaine asséchée. Tandis que la croupe de l'animal disparaissait dans une autre rue, je traçai un arc devant leurs visages, pour constater qu'ils ne me remarquaient pas non plus. « Seuls les maîtres peuvent discerner le reflet de quelqu'un d'autre », expliqua Eïvan dans un coin de ma mémoire, et le mystère s'éclaira. Après mon premier envol lors de la cérémonie, il avait décrit la différence entre pénétrer dans son reflet et s'incarner. Battant des ailes, je m'éloignai pour rejoindre le Cerf, quand un geyser d'énergie sombre jaillit des profondeurs de ma poitrine. Il me plaqua au sol avec un bruit de roches dégringolant d'une falaise. Mes mains frappèrent les pavés. Je regardai mes pieds. J'étais redevenue humaine. Le changement de perspective déclencha une nausée fulgurante.

Mon premier réflexe fut de ramper vers le coin d'ombre le plus proche. Lorsque j'étais faucon, mon esprit ne distinguait pas les Kétas des Lius. Mais j'avais vu les pavés, je sentais leur froid sous mes paumes. Le Concile interdisait toute modernisation de nos villages : c'était donc une ville kéta. Et je n'avais pas le droit d'être là. Allongée dans le cône d'obscurité, je respirai, tentant de ralentir les palpitations de mon cœur. Lorsque le vertige s'estompa, je me dressai lentement. J'avais voulu m'expliquer pourquoi les hommes ne nous voyaient pas. Mes pensées s'étaient structurées jusqu'au langage et, redevenues humaines, elles m'avaient brutalement retournée. Posant un pied devant l'autre avec prudence pour garder l'équilibre, je m'enfonçai encore davantage dans la ruelle, laissant la place loin derrière moi. Soudain, je vis le Cerf apparaître à l'autre bout de la rue obscure, brillant comme une petite étoile dans un tunnel. Mon cœur fit un bond. Le contempler en tant que faucon était merveilleux – mais humaine, son miracle m'apparaissait dans toute sa mesure. Il trottait, superbe et fragile, puissant et délicat. Une cascade de reflets argentés courait sur sa robe translucide, des étincelles brasillaient de ses sabots… Et si je ne voyais plus la brume de bonté qui transfigurait les cœurs, je connaissais désormais la nature de sa magie.

Ma tendresse s'épanouit comme une fleur au soleil. J'éprouvai l'envie irrépressible de lui dire combien je l'aimais. Je voulus qu'il sache ma dévotion, qu'il sache que j'avais vu – que j'avais été son témoin. Que je pouvais croire, moi aussi, être transfigurée, moi aussi. Alors qu'il avançait, inconscient de ma présence, je me précipitai vers lui : « Eïvan ! »

Le Cerf hurla de terreur.

Il fit un bond en arrière, glapissant, puis se pétrifia comme une statue de glace. Je me figeai, épouvantée. Nous nous contemplâmes sans bouger. Ses grands yeux étaient arrondis par la terreur et l'écho de son hurlement résonnait dans mes oreilles. Le pauvre tremblait de tous ses membres. Mon cœur se brisa. Je l'avais surpris, et terrifié. Je tendis une main apaisante :

« Pardon… N'aie pas peur… »

Mais ce fut encore pire. Le Cerf eut un nouveau spasme et secoua la tête de toutes ses forces, le museau levé, les pattes raides. Il gémit, d'un son de gorge bas et involontaire, et sans cesser de me faire face, battit en retraite à petites enjambées.

Je restai la main tendue, consternée. Puis je remarquai l'homme à l'intérieur du Cerf : Eïvan réapparaissait. Le guérisseur me fixait farouchement, l'air choqué. Il leva les paumes devant lui et avertit : « Non. Non. » Sa voix sonnait étouffée, comme si elle provenait d'une caverne. Il ajouta : « Pars. » Je voulus lui obéir, mais mon corps avança au lieu de reculer, mes mains supplièrent – je ne te veux aucun mal, crois-moi – et le Cerf se cabra, ses antérieurs battant l'air frénétiquement, ses flancs pantelants de panique. Eïvan serra les mâchoires. Il me jeta un regard de reproche. Brusquement, tous deux se retournèrent et partirent en courant dans la ruelle sombre, vers la sortie du village. Je les regardai disparaître dans la nuit, médusée.

Les dernières lueurs argentées du Cerf se dissipèrent dans son sillage. L'obscurité redéploya sa main. Un mélange accablant de honte et d'angoisse me submergea. Je n'en revenais pas. Nous venions de passer ensemble plusieurs heures. Je n'avais rien fait que lui parler… Mon incompréhension se coupla d'un remords aigu : je n'aurais jamais dû me précipiter vers lui sous forme humaine. Je venais de gâcher une nuit magnifique, de briser notre complicité naissante. Me pardonnerait-il ?

Au loin, l'un des ivrognes beugla. L'urgence se rappela à moi : déguerpir de ce village kéta. Je secouai mon esprit muet de stupeur pour essayer de me repérer dans la bourgade déserte. Toutes les rues se ressemblaient, rubans noirs pavés et murs partiellement éclairés par la lumière de la lune. Le Cerf était parti par là. Je pris la même direction. Dans le ciel, les étoiles brillaient sur un fond d'encre. Le matin ne viendrait pas avant plusieurs heures. Lorsque je me glissai hors du bourg sur le chemin de terre, une tristesse originelle me transperça comme une lame longue. Elle accompagnait cette révélation dure et presque inconcevable : j'avais rencontré le plus bel être au monde. Et le plus bel être au monde avait peur de moi.

*

Je marchai longtemps dans la forêt, droit devant moi. Le ciel commençait à pâlir entre les arbres lorsque je m'arrêtai. L'aube pointait, et je distinguais dans la pâle lumière grise les couleurs naissantes des troncs clairs et le roux des feuilles mortes. La paume de ma main gardait le souvenir sanglant de ma rencontre avec un campêche : ces arbustes utilisés pour la construction de cabanes résistantes étaient couverts d'épines dures comme du fer. J'avais très soif, j'étais épuisée. Il me fallait redevenir faucon. Eïvan m'avait prévenue de ne pas enchaîner les escapades dans le Lieu de silence, coûteuses en énergie, mais je ne voyais pas comment faire autrement. Je ne pouvais continuer à pied jusqu'à l'Ahmra. Je m'assis contre une souche, allongeant mes jambes dans un soupir et fermai les yeux.

Le caractère désespéré de ma situation éveilla des ressources insoupçonnées. La nuit des Affiches me l'avait prouvé : je n'étais pas si facile à abattre. Très rapidement, je sombrai dans le puits de calme de la transe et l'espace se déploya en moi, me contenant tout entière jusqu'à ce que je puisse y voler. Ma fatigue se dissipa. Je sentis le Cerf, quelque part dans les bois au nord, mais après ce qui venait de se passer, je n'étais plus certaine d'être la bienvenue. Je piquai droit vers le ciel, vers le bleu et le rose, vers le blond du soleil, sifflant un cri d'adieu et de regret.

En l'air, je n'eus plus aucun problème à me repérer. L'Ahmra était là où la couverture des arbres devenait plus dense. Il suffisait de suivre le courant de la forêt, de filer vers l'endroit où il murmurait plus fort, plus frais. Je montai un peu pour capter des ascendants de vent puissants, et m'y glissai, étendant mes ailes au maximum, me laissant porter. À l'intérieur de moi, tout était lisse et simple. Paisible, et en même temps d'une précision terrible. Je distinguais chaque frange dorée des nuages éclaboussés dans le jour qui se levait, chaque oiseau extatique, chaque nervure de feuille. Ce n'était pas seulement affaire de vision, c'était aussi le silence dans ma tête qui rendait si clair le paysage autour de moi.

Je n'étais plus que vol, oxygène, et liberté.

Très loin au-dessous de moi, une petite ligne brillante serpentait dans le bois – un cours d'eau. La soif que j'avais oubliée se réveilla immédiatement, vrillant sa plainte dans mon corps. Je m'inclinai légèrement pour tourner au-dessus du courant, observant la touffe épaisse de bambous qui dansaient dans le vent, le manguier pataud, l'abricotier chargé de fruits ; puis ramenai les ailes contre moi, et atterris. Le ruisseau coulait avec vigueur, chargé de débris végétaux, de petits insectes bondissant à sa surface. Je bus à grandes gorgées, recueillant l'eau dans mon bec et levant la tête pour l'avaler. Des feuilles mortes s'y mêlaient, mais le fond sableux était propre. Je bus tout mon content, parvins à saisir un alevin argenté qui avait fui trop lentement, puis m'installai dans le courant et ouvris les plumes pour me rafraîchir. L'eau s'infiltra sous mon poitrail, délicieuse. Soudain, la peur me transperça. Là, à trois pas de moi à peine, l'homme était accroupi. Il me regardait et souriait. Un rictus cruel enlaidissait son visage parfait.

Le maître du feu.

Une respiration plus tôt, il n'était pas là, j'en étais sûre. Et c'est cette certitude, plus encore que lui, qui me glaça. Je tentai immédiatement de m'envoler ; il plongea en avant, m'attrapant l'aile droite alors que j'étais déjà en l'air. Je retombai brutalement sur l'humus. Sur le dos, je me débattis pour me redresser, piaulant. Il éclata de rire et resserra sa prise à m'en broyer les os. Je hurlai. Je parvins à me soulever à moitié du sol, mais il m'y jeta à nouveau. Mes serres patinèrent dans la terre, projetant des mottes et des fragments de mousse. Je poussai un sifflement strident. J'allais mourir. Il allait me tuer. Et je ne reverrais jamais le Cerf. Cette idée enflamma ma rage et je me lançai vers lui en décrivant un arc de cercle à partir de mon aile prisonnière, les serres en avant, visant les yeux. Surpris, il dut me lâcher pour se protéger, et cette fois je parvins à prendre de la hauteur. Malgré la douleur aiguë qui disloquait mon articulation, je fuyais le plus vite possible, tandis qu'en contrebas, l'homme hurla une promesse qui me glaça les sangs : « TAENAAAAAAAA ! TAENAAAAAAAAA !! NOUS TE RETROUVERONS, TAENAAAAA ! »

*

Le soleil du matin brillait haut quand j'arrivai à l'Ahmra. Je n'en pouvais plus. J'avais volé dans la sensation stridente d'un orage de mer – l'air était chargé de tension, menaçant d'éclater à tout moment. Mais cette tension était en moi, et je le savais.

J'atterris derrière la maison où, une éternité auparavant, je m'étais assise pour entrer dans le Lieu de silence, et me mis à évoquer des idées humaines. Mon esprit pensant me reconstruisit plus progressivement que dans le village kéta, et la transition n'eut cette fois rien de plus pénible qu'enfiler des vêtements humides. Je me retrouvai assise par terre à côté de la chaise.

Dans mon séjour, je pris les galettes de cassave que j'avais reçues pour la semaine et les dévorai entièrement. Puis je titubai jusqu'à mon lit, et à défaut d'avoir la force de me laver, lançai mes habits en tas par terre et me couchai, rompue, roulée en boule, tremblante d'épuisement. L'écho des hurlements continuait à s'entrechoquer dans mon corps, et cette conscience : *ils* me cherchaient. Je ne savais pas qui *ils* étaient. Dans une maison voisine, des enfants jouaient. La chaleur du jour chauffait mon toit. J'étais épuisée, mais je ne pus m'endormir qu'après avoir évoqué, comme un mantra, l'image d'un Cerf qui restaurait les âmes.

9

Tournants

Journal d'Eïvan, cahier 5.

Notre véritable nature est une transparence vibrante. Pas une histoire. Pas une identité. Un pur jet de lumière.
Ils viennent à moi blessés, chargés de leurs passés et de leurs souffrances. Et elles me brisent le cœur, ces souffrances. Mais en même temps, je sais qu'il y a tellement plus en eux que ce qu'ils imaginent. Femme battue, homme brisé par les échecs ; patron, fermier, boulangère ; Liu du Sud ou Kéta de l'Ouest : tout ceci n'est que l'écorce.
Leur véritable nature, c'est un reflet aussi splendide, fragile et immuable que celui du soleil dans l'eau claire d'une rivière. Quelque chose de tellement beau qu'ils en sont aveuglés. Et c'est pour cela qu'ils n'y croient pas, et détournent les yeux.
Mais moi, je les vois. Et quand ils me laissent assez de temps, je leur montre.

On sous-estime souvent ceux qui sont plus jeunes que nous. La compétence nous semble l'attribut de nos aînés. Même si j'appréciais Ayelo, j'avais toujours jugé un peu niaise sa vénération pour Eïvan. Pourtant, dans le tourment qui suivit cette journée, l'étudiant devint mon soutien le plus sûr. Quand j'arrivai à l'atelier le lendemain midi, mes émotions se bousculaient comme des roches roulées par la houle et mon sommeil ne m'avait pas reposée… Je trouvai Ayelo qui finissait un portrait seul dans notre pièce, volets à demi fermés pour se protéger de la clarté intense. Il fronça les sourcils en me voyant : « Eh bien, tu es toute grise. Ça va ? »

Alors, parce que je n'en pouvais plus de rester sur mes gardes, parce que j'avais désespérément besoin d'un ami, je lui racontai tout. Depuis ma première rencontre avec le Cerf sur la place au puits jusqu'à mon envol durant la cérémonie. Je ne cachai ni mon amnésie, ni les menaces du maître du feu ou la douleur à l'épaule que j'avais ressentie au réveil. Je lui confiai mes vols, et le reflet d'Eïvan, émouvant et translucide. Dans la touffeur de l'atelier, les yeux bruns d'Ayelo s'écarquillaient, alarmés, stupéfaits, captivés. Il écouta mon récit sans m'interrompre. Quand je lui décrivis la brume d'argent du Cerf pénétrant les cœurs dans la ville endormie, des larmes lui montèrent aux yeux. Il souffla : « Oh… ! Mon maître ! » et pour la première fois, sa ferveur ne me sembla plus si excessive. Nous restâmes un moment à nous regarder, et je tendis la main pour prendre la sienne, emplie de reconnaissance pour ce jeune surdoué qui était le seul à pouvoir saisir pleinement la portée de mon récit. Il m'écouta sans m'interrompre, puis il se tourna vers la table où je travaillais habituellement et pointa le croquis du Manoir qui y traînait toujours : « Il vit là, le type qui te cherche ? Dans la bâtisse que tu as aperçue durant la cérémonie ? » J'acquiesçai. « Dessine-le. L'homme. » Je m'installai à mon chevalet avec réticence. Je n'étais pas sûre d'en avoir envie. Ayelo insista : « Il faut que tu le sortes de ton corps. Fais-le. » Il hésita : « Je suis là, avec toi. »

Sa sollicitude, empreinte de la timidité d'un guérisseur en herbe, me décida. Silencieusement, il ouvrit un volet pour me faire plus de lumière, et le soleil s'immisça avec un peu de vent dans la pièce jaune paille. Dès que je levai mon fusain, le nom de l'homme me revint. *Colin.* Je commençai à le dessiner tel qu'il m'était apparu, accroupi au bord de la rivière, avec son sourire méchant. *Colin, le guide, ils l'appellent le guide.* Des bribes de souvenirs décousus me revenaient, remontant comme des bulles dans l'eau, et je les laissais crever à la surface en me concentrant sur mon dessin. *Il a des manies, des rituels étranges. Il fait venir les enfants dans son bureau. Je suis l'un d'eux, et nous n'aimons pas monter.* En frissonnant, j'esquissai son visage : un front haut, une bouche ourlée d'un sourire dédaigneux, l'ovale parfait et les pommettes nobles... « *Taena*, disait-il – et je revis son air faussement préoccupé –, *j'ai toujours placé tellement d'espoir en toi...* » Il avait un ton doucereux, à la fois tendre et menaçant. Je traçai l'arc de ses sourcils, au bord de la nausée, puis posai ma pointe. Soudain, je n'étais plus certaine de vouloir en savoir plus. Plus du tout. Il y avait dans ce panier de souvenirs des serpents qui grouillaient. Je pinçai l'arête de mon nez, respirant à fond les odeurs de peinture et de craie qui se mêlaient à celles de la forêt toute proche, et la main d'Ayelo se posa sur mon épaule. Quand je me retournai pour plonger dans son regard compatissant, j'expliquai : « Il s'appelle Colin. Il me cherche. » Le jeune homme hocha la tête gravement. Je ne comprenais pas comment quelqu'un pouvait à la fois être réel et apparaître de nulle part, m'appeler par mon prénom et me voir en tant que faucon... Ayelo expliqua, avec cette lenteur empruntée à Eïvan : « Le Lieu de silence fonctionne comme les rêves... Tu n'as jamais rêvé que quelqu'un t'appelait, pour constater en te réveillant qu'un coq chante à tue-tête sous ta fenêtre ? » Je fronçai les sourcils. « Ce type te cherche peut-être. Mais le plus probable, c'est qu'il représente seulement quelque chose qui te tourmente, ou un élément de ton passé qui essaie de resurgir.

— Mais j'ai mal à l'épaule, Ayelo. L'épaule droite. Et il m'a agrippé l'aile droite. Si c'est un rêve, comment peut-il me toucher ? » Une inquiétude nouvelle se peignit sur le visage de mon compagnon.

« Combien de temps es-tu restée dans le Lieu de silence ?

— Quasiment toute la nuit. (Il hocha la tête.)

— Plus tu restes longtemps dans la forme de ton reflet, plus tu t'y incarnes. Au début, c'est comme si tu existais dans deux endroits à la fois, sous deux formes à la fois. Puis, ton énergie se regroupe dans le Lieu de silence. Ton corps de faucon qui devient dominant. Tu pourras manger, dormir – et même mourir. Mais dans ce monde, les règles demeurent celles, floues et mouvantes, des rêves. Ce qui veut dire qu'un élément de ton passé ou de tes angoisses peut aussi s'incarner et t'attaquer. »

Je repris mon croquis, plongeant dans le regard de graphite de l'homme que j'avais dessiné. Dans ma mémoire, ses yeux glacials me fixaient, bien vivants, paralysants. Il existait.

Mais dans mon enfance.

Je rejetai le dessin, nauséeuse. J'en avais assez. Ayelo s'en aperçut et changea de sujet : « C'est quand même extraordinairement injuste. Nous, les élèves d'Eïvan, qui étudions depuis des années, nous commençons à peine à effleurer le Lieu de silence… et c'est toi, la cancre du fond de la classe, qui y arrives du premier coup. Est-ce que tu pourrais avoir l'air un peu contrite ? » Je souris.

*

Je n'avais gardé pour moi qu'une seule chose : la panique de l'animal quand j'étais redevenue Taena. Je n'avais pas pu me résoudre à confier la terreur absolue qu'il avait manifestée devant la présence humaine. Après la nuit des Affiches, Eïvan avait vu le sang sur ma chemise. Depuis, je craignais que son reflet n'ait senti l'ombre en moi… Cette idée m'horrifiait. Je ne voyais pas comment vivre sans le Cerf. En lui résidait le salut de ma vie morcelée. Mais sur la place au puits, il ne m'avait pas repoussée, me rappelais-je pour me réconforter. Eïvan resta absent de l'Ahmra plus longtemps que d'habitude, et mon angoisse crût. La voix de mon passé refit son apparition. Elle répétait que le guérisseur allait me chasser de l'Ahmra. *Tu te croyais chez toi, ici ?* susurrait-elle. Ses interventions traçaient toujours en moi de profonds sillages de désespoir.

L'absence d'Eïvan commença à faire jaser dans le village. Un midi, alors que je récupérais mon repas à la cuisine, j'entendis l'un des aides-cuisiniers grommeler à Morita que le guérisseur « nous avait plantés là, avec ses maudits Kétas ».

« Je ne vois pourtant aucun Kéta ces jours-ci », lança une voix réprobatrice. Je me retournai. Une silhouette ronde vêtue d'une robe turquoise brodée de blanc était apparue dans l'encadrement de la porte massive. Mon humeur s'allégea immédiatement. Depuis mon rétablissement, Mandine et moi n'avions guère plus fait que nous croiser. Elle s'était tenue à l'écart des interminables débats sur les intrus, mais elle avait souffert de l'opposition entre son mari et le guérisseur qu'elle traitait comme son fils. « Je connais Eïvan depuis des années, ajouta-t-elle à la cantonade. Quand il part longtemps, c'est que quelque chose le tracasse. Et il n'abandonnerait jamais son village. » Je ne pus me retenir d'objecter : « Mais ça fait six jours. » La vieille dame me fit un large sourire : « Il te manque à ce point ? »

Elle était venue récupérer une préparation pour soigner les parasites de ses plants de tomates. « Viens donc avec moi, Taena, me proposa-t-elle en me prenant le bras. On ne se voit plus assez. » Qu'elle l'ait remarqué me toucha. Je l'accompagnai chez elle en espérant que son mari n'y serait pas. Le logis qu'elle partageait avec Pitro était composé de multiples maisonnettes reliées par des ponts miniatures, et des allées de gazon bordées de pierres blanches. L'ensemble respirait la paix et une fantaisie débridée. « C'est mon mari qui a tout fait », déclara Mandine, satisfaite de mon admiration. Comment l'esprit d'un homme si bourru pouvait-il produire de telles merveilles ?

Pitro ne fit que passer et, comme d'habitude, m'accorda à peine un bonjour. Mandine troqua sa somptueuse robe pour une tenue de jardinage. C'était la première fois que je la voyais dans un habit sale. « Aide-moi avec le sillon, ma chérie, m'invita-t-elle en me fourrant une houe dans la main. Et toi, tiens-toi tranquille. » (Cette recommandation s'adressait à son plant de tomates.) Tandis que nous creusions des petites tranchées pour mettre la bouillie curative, elle bavardait autant avec ses plantes et ses outils qu'avec moi. Sur un ton léger, elle m'informa : « Eïvan t'aime beaucoup, tu sais. Il m'a dit que tu étais brave et pleine d'amour. » Je tournai la tête vers elle, décontenancée tant par ses propos que par cette description de moi. « Je suis d'accord avec lui », ajouta-t-elle avec un sourire doux. Les larmes me montèrent aux yeux. Je ne me sentais ni l'une ni l'autre. « Je crois que je lui ai fait peur, Mandine. J'ai fait peur à son… reflet. » Elle répondit distraitement : « Tu sais, moi, toutes ces histoires… Passe-moi la bêche. » Recueillant un peu de bouillie, elle la versa pensivement au pied d'un plant racorni et marron. « J'espère que ça va soigner cette flétrissure. Nous n'avons plus les moyens de perdre des récoltes, avec tout ce qui se passe. » Puis elle remarqua mon silence, et me tapota l'avant-bras. « Ne t'en fais pas, ma chérie… il sait très bien que ce n'est pas volontaire… »

Je restai une bonne partie de l'après-midi avec ma vieille amie. Elle me raconta des histoires de familles qui s'étaient recomposées à l'Ahmra, d'enfants adoptés et d'animaux errants recueillis par le village. Lorsque je la quittai, chargée d'un petit panier de goyaves, je souriais aux ruelles de l'Ahmra baignées dans le miel du couchant. L'affection de Mandine me guérissait de la brutalité de mon affrontement avec le garde kéta. Je repensai avec une bouffée de culpabilité à la boucle d'oreille que j'avais conservée sous le matelas depuis mes premiers jours à l'Ahmra. Il était temps de la lui rendre.

Le lendemain, je partis dans la forêt pour lui cueillir des mangues. Il y avait au nord un grand manguier ancien, prisé des enfants, qui donnait toujours plus tôt que les autres. Sur le chemin, je remarquai un châtaignier, des caféiers sauvages, une trace du serpent fer de lance… Le mâle d'une famille de petits cochons noirs me menaça en grognant et je notai mentalement d'avertir les chasseurs. Puis j'escaladai les grandes branches hospitalières du manguier, remplis ma chemise de fruits à la tige collante et repartis vers l'Ahmra, l'humeur joyeuse à l'idée de faire plaisir à la vieille dame. Le vent soufflait fort. La saison sèche finissante avait dégarni les arbres, les mahoganys semaient partout leurs fines feuilles rousses. Elles craquèrent sur ma droite, et Eïvan apparut. Mon cœur fit un bond. Il me sourit avec bienveillance, clignant des paupières. Nous marchâmes vers le village en silence. Je voulais lui dire tant de choses. À quel point j'étais désolée d'avoir effrayé son Cerf, à quel point son rejet m'avait blessée, à quel point j'avais besoin de lui… Aucun mot ne franchit mes lèvres. Il avait rendu si difficile de lui parler à force d'esquives, c'en était presque absurde. Mais comme son âme était belle… Je le regardai à la dérobée – son air rêveur, le calme émanant de son corps massif. Le soleil rasant de fin d'après-midi colorait le sous-bois de doré. Les oiseaux se lançaient quelques « bonne nuit » mélodieux. Les mots de Mandine me revinrent à l'esprit, et je compris soudain : *j'aime l'homme qui marche à mes côtés*, l'homme au cœur de cerf. *Je l'aime.* Et pour la première fois de ma vie, j'eus envie de prier. *Déesse, répare mon erreur.*

Sur la place au puits, Eïvan me demanda de venir à l'aube le lendemain, avec Ayelo, pour « commencer les cours sur le Lieu de silence ». Puis sans façon, il tendit la main et récupéra un fruit dans mes bras. Ses doigts frôlèrent ma peau et mon pouls s'accéléra. « J'adore les mangues, confia-t-il, mais les cerfs ne grimpent pas aux arbres. » Je le dévisageai, saisie, tandis qu'il s'éloignait vers sa maison. Puis la joie déploya ses ailes en moi. Il m'avait pardonné.

*

Les trois semaines qui suivirent furent parmi les plus heureuses de ma vie. Lorsque je me rendis chez Eïvan le lendemain, aux premières lueurs de l'aube, de petits présentoirs garnissaient les ruelles du village, devant chaque maison. Ils étaient dressés pour la fête du flamboyant, l'arbre aux fleurs exubérantes qui symbolisait un nouveau cycle dans le calendrier liu. Trois jours de suite, nous faisions des offrandes à Océa et Wou, et tout le monde laissait sur les tables des cadeaux pour les voisins. Je pris beaucoup de plaisir à déposer çà et là quelques miniatures d'Océa.

Le guérisseur nous reçut dans une large pièce blonde, tout éclairée de la lumière dansante de la lampe à huile. Sur ma droite, un secrétaire croulait sous les papiers et les plantes diverses ; des objets étranges parsemaient la pièce : un gong miniature, une longue plume rouge, un rond de fil et de petits cailloux entrecroisés… Le ciel pâlissait derrière les fenêtres ouvertes et Eïvan bâillait un peu. Ayelo était si impressionné qu'il faillit manquer le divan rouge en s'asseyant. Quant à moi, j'essayais de refréner mon appréhension. Mon éprouvante rencontre avec l'homme du Manoir restait présente à l'arrière-plan. Le guérisseur se laissa tomber lourdement sur le fauteuil d'en face, faisant soupirer le coussin, et démarra immédiatement, sans introduction. « Ce que vous savez déjà, c'est que le reflet ne disparaît jamais. Visible ou invisible, il est toujours présent en nous, comme le souffle, comme le sang. » Il avait servi du thé et but une gorgée avant de continuer. « Les différentes phases du voyage dans le Lieu de silence sont les suivantes : la connexion, que nous atteignons en transe ou en rêve – notre corps physique demeure où il est, mais nous sentons notre reflet. Ensuite vient l'entrée : notre corps physique passe dans notre reflet, mais ce reflet reste invisible aux gens non entraînés. Enfin, il y a l'incarnation, où tout le monde peut voir notre reflet. Il faut des années de pratique pour arriver à entrer dans son reflet, enfin… normalement, ajouta-t-il en me faisant un signe de tête amusé. Mais l'incarnation est un phénomène automatique, qui se produit chez un sujet normal quelques heures après être entré dans son reflet. » Mais pourquoi étais-je alors capable, sans aucun entraînement, de voir le Cerf à tous les stades ?

Son timbre s'était progressivement modifié, devenant plus lent et plus bas, aussi je ne fus pas surprise lorsqu'il reprit :

« Et maintenant, vous allez écouter la musique de votre existence… Là, à l'intérieur, votre reflet espère votre visite. » Il avait joint ses mains sur ses genoux. Son corps se chargea d'une densité irrésistible – une énergie centripète, qui vous enveloppait et vous entraînait vers le fond comme le tourbillon d'un ruisseau entraîne des brindilles. Je descendis sur le flot de sa voix, oubliant rapidement la pièce où je me trouvais, pour devenir de plus en plus consciente de l'engourdissement doux qui s'emparait de mes membres, et du silence qui enflait comme un ballon. C'était quelque chose qui disait : ici. Quelque chose qui disait : maintenant. Quelque chose qui disait : voilà. Voilà.

La paix lourde et lisse d'une mer d'huile. La paix d'un caillou solide. La paix de l'air attentif. Et je me retrouvai dans l'azur.

Ce qui me frappa une fois de plus, ce fut la sensation de retournement. Je ne passai pas d'un état à l'autre : je me retrouvai soudain en train de planer au creux même du silence qui m'habitait un instant auparavant. La jouissance du vol gicla dans les muscles de mes ailes, mes poumons se gorgèrent d'air frais. L'aurore teintait le ciel de rose. Une odeur de pluie venait de l'ouest, et les arbres tendaient leurs cimes d'espoir. Je tournoyais, ivre de vent, émerveillée de ma propre perfection. Le faucon en moi ne pensait pas, il percevait. Il ne commentait pas le monde en longs rubans de mots, en conjonctions infertiles – il respirait. Et pour cela, il était infiniment plus présent.

Ma joie redoubla quand je sentis le Cerf dans la forêt. Planant souplement au-dessus des bois, je fis des boucles pour le repérer, et piquai, ailes repliées, comme une pierre. Je crevai les frondaisons dans un fracas de feuilles arrachées qui le fit sursauter, animant son corps d'étincelles magnifiques. Il se tourna vers moi les yeux écarquillés, et me reconnut. Avec une indignation exubérante, il me chargea, andouillers en avant. Je le laissai arriver tout près avant de m'envoler et d'atterrir sur son dos, prenant garde à ne pas trop enfoncer mes serres dans son pelage. Il se cabra pour me désarçonner. Chaque fois qu'il réussissait à me déstabiliser, je battais des ailes pour retourner sur ses épaules. Nous jouâmes ainsi quelques minutes. Lorsqu'il tendit le cou pour attraper quelques bourgeons, je m'envolai sur une branche voisine. De jour, il reflétait les rayons du soleil, comme un clair ruisseau qui capte la lumière. J'admirai à loisir sa haute taille, la puissance de son corps translucide, la délicatesse de ses ramures. Il me considéra sereinement. La confiance dans ses yeux me donna un coup au cœur. C'était le regard d'un enfant, simple et sans mélange. La peur qu'il avait éprouvée la dernière fois ne concernait pas mon reflet.

Sans prévenir, il baissa à nouveau les cors et me fonça dessus. Je m'envolai par réflexe sur la branche supérieure, et lorsqu'il leva la tête vers moi, je lus la satisfaction facétieuse de m'avoir surprise à son tour. J'ouvris les ailes et plongeai sur lui.

Nous étions encore en train de jouer lorsque Eïvan me rappela. Dans mes expériences précédentes, mon retour au monde ordinaire s'était fait sans aide. Cette fois, je sentis distinctement quelque chose m'attirer de l'autre côté, m'extraire hors de cet espace de calme que j'habitais. Des mots et un contexte s'immiscèrent dans la perfection transparente de l'instant. Le Cerf ne réagit pas. J'essayai de résister, mais plus le monde d'en haut s'insinuait dans ma conscience, plus le Lieu de silence s'effilochait. Bientôt, la forêt s'effrita comme pourrit une feuille morte, sa texture s'affinant en nervures fragiles. À travers, je vis le salon – Eïvan, Ayelo, assis sur le canapé de toile rouge brique.

J'avais tant attendu pour revoir le Cerf : ma déception d'être si rapidement séparée de lui se transforma en colère contre Eïvan. Je secouai la tête comme un cheval rétif et lui lançai, irritée : « Pourquoi m'avoir ramenée ? J'étais avec le Cerf ! » Le guérisseur me fixa, une étincelle d'incrédulité dans ses yeux noisette, et se contenta de répondre : « Tu y es arrivée à nouveau, et sans aucune difficulté, souligna-t-il. Ton cas aurait intéressé les moines. »

Il ne fit pas d'autres commentaires sur notre rencontre dans le Lieu de silence. Il se livra en revanche à une série de mises en garde, qu'il répéterait à chaque session : le Lieu de silence exigeait de la maîtrise, car tous les courants le traversaient. Les forces négatives pouvaient nous happer. Nous étions ici pour apprendre la sobriété. J'écoutais à demi, perturbée par une envie impromptue de toucher son visage. De sentir la chaleur de sa peau contre ma paume. De lisser les marques que la fatigue avait creusées sur son front. Et ce désir de plus en plus vibrant me déstabilisait.

*

Eïvan nous convoqua plusieurs fois par semaine, toujours à l'aube. Malgré le surcroît de travail, il semblait y prendre autant de plaisir que nous, et nous accueillait souvent avec des taquineries. Dans l'intimité, il multipliait les gaffes comme un adolescent distrait. Lors de la cinquième séance, il nous servit le thé tout en bavardant et versa la carafe entière dans le gobelet d'Ayelo avant que nos cris ne l'arrêtent. Le liquide dégoulina de la table sur le magnifique tapis marron. Il engloutit son petit déjeuner sans manières, comme si la nourriture allait lui être retirée d'un instant à l'autre.

Dès qu'il se mettait à enseigner, cependant, il se transformait. Le calme infusait ses gestes et ses mots. Ses explications construisaient petit à petit ma compréhension du Lieu de silence. Je finis par saisir cette vérité première : le « monde » dans lequel nous glissions lors des transes était le même que celui du quotidien – seulement réorganisé par les perceptions de notre reflet.

Je rejoignais le Cerf à chaque séance. Après avoir passé des semaines à le guetter en vain, le côtoyer si régulièrement me paraissait miraculeux. Lui manifestait la joie simple que l'on éprouve à retrouver un compagnon. Il était totalement inconscient de sa propre beauté. Quand il se regardait dans les miroirs de l'eau, il ne voyait rien qu'une vague brume irisée.

Notre intimité grandissait, et j'aimais monter sur son dos pour pincer délicatement ses oreilles, jouer dans sa fourrure, ou me percher sur ses cors pendant qu'il cheminait dans la forêt. Mais je n'étais pas bien sûre de savoir ce qu'Eïvan, là-haut, ressentait. Il ne s'occupait absolument pas de son reflet, en tout cas pendant nos sessions. Absorbé par son enseignement, il nous interrompait souvent en plein milieu de nos jeux, et cela m'irritait, et j'avais la sensation obscure que le Cerf le regrettait aussi.

Un incident, à la fin de la deuxième semaine, renforça cette intuition. Eïvan avait ouvert la porte en m'adressant un beau sourire qui avait ruiné ma concentration, d'autant qu'il s'était ensuite assis en chantonnant les paroles d'une chanson d'amour, à la grande perplexité d'Ayelo. La chaleur qui m'avait envahie n'avait rien à voir avec la fraîche température du matin. Puis il nous conduisit dans la transe, et je rejoignis le Cerf. Sa robe était couverte de feuilles mortes. Même ses andouillers étaient chargés d'un entrelacs de brindilles et de lierre. Nous étions occupés à nos jeux habituels quand une sensation bizarre s'insinua en moi, comme une démangeaison difficile à localiser. Quelque chose réclamait mon attention. Je me perchai sur un arbre, contemplant l'animal cristallin barbouillé de terre. Autour de nous, le bois s'éveillait, vert et lumineux, paisible. Le Cerf marcha jusqu'à mon arbre et se dressa sur ses pattes de derrière, atteignant ma branche sans difficulté. Je touchai du bec son museau transparent. La sensation persistait. Je finis par comprendre ce qui n'allait pas. Dans l'autre réalité, Eïvan parlait. Plusieurs personnes parlaient.

Cette impression me tira lentement vers le haut. Le Lieu de silence s'effaça de ma conscience, le Cerf et la forêt progressivement remplacés par les conversations, l'odeur boisée de la maison et le contact du canapé en tissu. J'ouvris les yeux pour le découvrir debout dans le salon avec Ayelo, discutant avec un inconnu. Depuis combien de temps cet homme était-il entré dans la maison ?

« Doucement, Taena », me recommanda le guérisseur en me regardant de côté. Je fis oui de la tête, refermant brièvement les yeux, et respirai à fond. J'étais tellement loin là-bas que je n'avais absolument rien entendu. Après m'avoir scrutée quelques instants, il revint à son invité.

C'était un petit homme mince qui se tenait curieusement, comme s'il souffrait d'une jambe. Il avait un visage en lame de couteau, amoché par une grosse cicatrice sur la joue, et une voix aussi saccadée que ses gestes. Ses mouvements nerveux et son corps fin contrastaient étrangement avec la stature massive et paisible du guérisseur. Mais les deux hommes se souriaient avec cette confiance qui trahit les amitiés anciennes. « Tu vas devoir me raconter tes dernières aventures, Tobal, dit Eïvan. Des mois ont passé depuis ta dernière visite. »

L'homme posa un sac vert bouteille qui clinqua sur la table. « Une autre fois. Je t'ai amené de quoi faire tourner ton petit paradis, mais je ne reste pas. Tu sais que les soldats ne vont pas tarder à sortir de leurs lits pour contrôler les routes… » Il ouvrit le sac et en sortit une poignée de pièces, qu'il fit couler de ses doigts. Ayelo m'avait parlé de cet ancien disciple d'Eïvan, qui l'avait suivi depuis les monastères et se chargeait désormais de transactions pour le village. J'étais surprise de le découvrir un peu plus âgé que le guérisseur. « Ça vous aidera à remplir un peu les celliers. Je suis aussi venu chercher les tablettes avec ta poésie. La sénatrice de Numré les a tellement appréciées qu'elle a pris le risque de les diffuser parmi ses amis. Des Kétas poètes. Qui l'eût cru ? » ajouta l'homme avec un sourcil levé. Eïvan grimaça un sourire. J'avais dû mal comprendre. La sénatrice de Numré ne pouvait pas avoir apprécié les tablettes de poésie que nous fabriquions, ni aucune forme d'art liu, et pour cause : c'était l'une des vingt-deux sénateurs du Concile. Le gouvernement suprême. Les maîtres de Zanabé. Les Vingt-Deux avaient tout pouvoir, celui de nous anéantir, ou au contraire d'abolir le Traité de séparation des peuples qu'ils avaient élaboré après la Catastrophe. Au-dessus d'eux, il n'y avait que Wou. Aussi mes yeux s'arrondirent quand Tobal poursuivit :

« L'art tisse parfois d'étranges relations, mon ami… Je l'ai rencontrée parce qu'elle a mis des primes sur tous les manuscrits archaïques, kétas ou lius. Il y a quelques années, je lui avais trouvé un traité de prière d'Océa particulièrement rare et elle m'a reçu de nuit dans sa résidence, avec mon intermédiaire kéta. »

Le récit devenait de plus en plus extravagant. Même au sein de la communauté kéta, on n'obtenait rendez-vous avec les sénateurs que sur recommandation, et il fallait compter plusieurs mois. L'idée que l'un de ces seigneurs rencontre des Lius pour le plaisir ne tenait pas debout. La même confusion se peignit sur le visage d'Ayelo. « Mais c'est illégal…, objecta-t-il.

— Oui, mais elle a suffisamment de soutiens pour être tranquille, répliqua Tobal en se tournant vers Ayelo. Les autres familles nobles la prennent pour une illuminée, mais le peuple l'aime et sa famille a des ramifications partout. Elle adore les tablettes. Elle a même dit qu'en d'autres temps, elle aurait souhaité te rencontrer, Eïvan. Elle avait déjà entendu parler de toi, tu sais ?

— De moi ?

— Oui, oui. Dieu sait comment. C'est pour ça qu'elle m'a acheté ta poésie.

— Mais je n'ai jamais écrit de poésie », répondit le guérisseur en fronçant les sourcils.

Ayelo, qui comme moi avait écouté la conversation sans intervenir, lui expliqua que nous transformions certaines de ses phrases dans les séances en œuvres d'art. Je n'aurais jamais imaginé que ces tablettes se retrouvent entre des mains kétas et je m'en sentais dupée. « J'espère que cela ne t'offense pas ? » demanda au guérisseur un Ayelo soudain alarmé. Eïvan le rassura d'un sourire affectueux : « C'est une belle idée. Vous m'en montrerez une ? » Mais il n'attendit pas notre réponse et se retourna vers Tobal, grave : « Je suis prêt à la rencontrer. Où et quand ? » L'embarras se peignit sur les traits du marchand. « Elle a dit ça sans réfléchir. Je ne l'ai vue que trois fois en personne… Elle aime bien les Lius, mais comme elle aime bien les oiseaux à gorge jaune qui viennent picorer ses petits déjeuners sur son plateau d'argent… Ce ne sont que des paroles en l'air. » Le guérisseur agrippa le bras de son ami, les yeux agrandis, exalté : « Tobal, il FAUT que je la rencontre ! Elle peut m'aider à faire la paix ! Si je lui parle, j'accomplirai dix ans de progrès en quelques jours ! » Tobal le dévisagea comme s'il était fou. Il dégagea doucement son bras. « Faire la paix ? Mais… Écoute, je ne crois vraiment pas que…

— Convaincs-la. S'il te plaît, convaincs-la. Organise cette rencontre », le pressa Eïvan avec tant de ferveur que le marchand d'art finit, à contrecœur, par acquiescer. Je sentis bien qu'il n'y croyait pas une seconde, et je m'en réjouis. Je ne faisais aucune confiance à cette soi-disant noble éclairée. Et même si elle avait de bonnes intentions, l'idée de se rendre au cœur du pouvoir kéta, à Numré, était tout bonnement absurde.

*

L'Histoire nous accorda encore deux semaines, deux semaines de répit et de félicité. Désormais, lorsque j'arrivais dans le Lieu de silence, le Cerf m'attendait près de la petite clairière au ruisseau. Son corps translucide reflétait les cimes hautes des arbres et les rayons du soleil. « Le reflet est toujours là, nous rappelait Eïvan à chaque fois lorsque nous revenions dans l'envers du monde, que nous appelions désormais “le Lieu de pensée”. Le reflet est une réalité aussi tangible que vos mains et votre cœur. Même si vous pouvez passer votre vie entière sans jamais reconnaître son existence, il vit à côté de votre esprit pensant, avec sa propre conscience. »

Je m'imprégnais de ce concept. Pourtant j'étais chaque fois désarçonnée par le contraste entre le Cerf enjoué qui s'ébattait dans le Lieu de silence et cet homme secret, qui utilisait ses extraordinaires talents pour décourager les autres de trop s'intéresser à lui. Parce que c'était bien ce qu'il faisait. Je l'aimais et je l'admirais, mais j'avais passé suffisamment de mois à l'Ahmra pour me rendre compte qu'il ne vivait pas comme tout le monde. Que son investissement sans limites pour le bien-être de ses patients et son enseignement constituaient pratiquement la seule forme de relation humaine qu'il s'autorisait. Il soignait toute la journée, il brillait sur les cœurs de l'Ahmra comme un soleil radieux, mais quand venait le soir, comme le soleil il disparaissait sous la mer, et ne participait plus à la vie du village.

Si l'intimité entre le Cerf et mon faucon s'approfondissait, l'attitude d'Eïvan envers moi ne changeait que très lentement. Persuadée que nos rencontres prolongées l'avaient adouci, j'essayai un jour, après le départ d'Ayelo, de lui reparler du Cerf. Il me conseilla de ne pas accorder trop d'importance à « ces jeux d'enfants ». Ma gorge se serra. La pureté de notre relation ne méritait pas tant de dédain. Je n'eus pas envie de laisser l'homme me repousser une fois de plus. « J'aime ton Cerf, lui dis-je doucement. Je ne lui veux aucun mal. » Il s'immobilisa. Quelque chose vacilla dans son regard. Doucement, il passa son bras autour de mon épaule et m'attira contre lui. Mon souffle se raccourcit au contact de ce corps chaud et solide – sa peau, ses bras, son odeur… Mais lorsque je voulus le serrer contre moi, il s'écarta en murmurant « merci », et embrassa mon front. Et ce fut tout. Il partit vers la cuisine chercher du thé, mais la carafe était encore à moitié pleine, et il y resta trop longtemps. Je ne voyais que son dos large, sa tête baissée. Quand il revint, il avait repris ses distances. Son regard était triste.

« J'ai dix ans de plus que toi, murmura-t-il. Ce que tu découvres, je vis avec depuis toujours. Et je n'espère plus rien y changer. » J'ouvris la bouche pour l'interroger sur le sens de cette phrase, mais il me coupa la parole : « À demain, Taena. »

Je descendis l'escalier de sa maison, vexée et en colère. Le bois des marches sonnait comme un tambour. Ce n'était pas la première fois qu'il me repoussait, et je me jurai de ne plus m'y laisser prendre.

Malgré ce pas de danse incertain, je sentais fleurir en moi un bonheur neuf. Session après session, je ramenais du Lieu de silence des bribes de magie qui persistaient dans le soleil, un bien-être fugace, une union plus profonde avec le monde qui valait tous les risques de la pratique. Mon paysage intérieur se transformait, par petites touches pastel. Chaque réveil était embelli par la perspective de rejoindre Eïvan. Le ciel était encore bleu nuit, les feuilles brillaient de rosée. L'humus exhalait son parfum de joie. J'allais chercher du café à la cuisine et je revenais sur le perron de ma petite maison, une tasse chaude à la main, pour contempler les premières lueurs du matin sur mon allée. La pelouse bordait le chemin de terre. Dans sa maison de bois, Eïvan allumait sa lampe à huile et se préparait lentement… J'aimais cet endroit, ce village au cœur de la forêt où les insectes stridents s'invitaient dans ma maison. Durant ces semaines hors du temps, je pris conscience que l'Ahmra était devenu mon foyer. Que mon amnésie me tourmentait moins, que j'attendais plus patiemment le retour de mes souvenirs… Jusque-là, j'avais vécu comme une passante. Je ne restais que le temps de retrouver la mémoire, pensais-je, et puis je rentrerais « chez moi »…

Mais c'était ici, chez moi.

Ici, avec eux : Eïvan, Mandine, Ayelo…

*

Et puis tout bascula. Un soir, je travaillais seule à l'atelier tandis qu'une pluie d'hivernage tombait, lourde et insistante, frappant le toit et les murs d'un chant de cailloux régulier. J'avais amené une cruche de thé bien chaud. Par les deux fenêtres ouvertes, le vent chassait régulièrement vers l'intérieur des gouttelettes qui tombaient sur mon bras. La porte s'ouvrit, et l'apparition d'une silhouette encapuchonnée me déconcerta : c'était la jeune Kéta, Elzer. Elle baissa sa cagoule sur un visage éperdu. « Où est Eïvan ? s'enquit-elle. Il faut que je lui parle. » Ses habits étaient trempés, des gouttes tombaient de ses nattes. Elle grelottait. Elle avait galopé longtemps sous la pluie, mais n'avait pas trouvé le guérisseur dans sa maison. Elle n'osait pas s'introduire dans le dortoir d'Ayelo. « Que se passe-t-il, Elzer ? » répondis-je prudemment. La jeune fille semblait sur le point de fondre en larmes. Nous ne nous aimions pas : c'était une Kéta, et elle savait que je ne lui faisais pas confiance. Elle me scruta longuement, puis finit par lâcher : « Les soldats vont venir. Bientôt. Plein. Pas pour les prélèvements. Pour punir. » Les garnisons préparaient une attaque contre les villages lius de la région, pour mettre fin à la rébellion. L'un de ses cousins, qui travaillait dans la caserne de Jamol, l'avait prévenue. Ils seraient là d'un jour à l'autre. L'angoisse puis la colère enflammèrent ma poitrine. Je serrai les mâchoires pour contenir mon envie de lui beugler ma rage. Je lui en voulais, à elle, à son peuple tout entier. Puis, les coins de sa bouche s'affaissèrent et elle se mit à pleurer : « C'est ma faute ! C'est notre faute ! Si nous n'étions pas venus ici… Je suis sûre que Jamol a entendu parler de l'Ahmra à cause de nous. » Elle enfouit son visage dans ses mains fines, ses épaules secouées de sanglots. Je me levai, désarçonnée. « J'ai si peur qu'ils vous fassent du mal… Oh, Wou ! », hoqueta-t-elle. Ses larmes se mêlaient aux gouttes de pluie qui dégoulinaient de ses cheveux. Alors, quelque chose bougea en moi. Une pierre tomba d'un tumulus hermétiquement clos. Sans réfléchir, je lui pris les mains. « Ce n'est pas ta faute. Le lieutenant Jamol nous connaissait déjà. Il venait ici avant toi. » Elle me contempla, bouleversée, ses grands yeux noirs désemparés. « Oh, Wou. Qu'allons-nous faire ? »

Dehors, la pluie redoublait. La flamme des lampes dansait sous le verre. Faute de pouvoir répondre, je lui tendis ma tasse encore chaude, en lui promettant de prendre les choses en main. Et pour la première fois, je décidai enfin de m'ouvrir aux firmaments de la vision d'Eïvan. À son rêve de paix. Peut-être y avait-il une autre voie que la haine. Peut-être. Et si elle existait, elle commençait là, dans les yeux jeunes d'Elzer.

10

Jamol

Journal d'Eïvan, cahier 2.

Les gens viennent à moi de partout, avec tant d'histoires poignantes. Mais derrière leurs tourments résonne une seule question : Ai-je vraiment le droit d'exister ?
Et c'est le monde entier qui, à travers moi, répond à cette question. Une réponse absolue, ferme et massive comme une montagne haute : OUI. Oui. Vous avez le droit de vivre, vous en avez même le devoir. Vous avez le droit d'être aimé, vous êtes même né pour cela. Pour entendre ce OUI tonitruant, apprenez à sentir ce que vous êtes vraiment – un élément aussi indispensable au monde que le nuage nacré du crépuscule ou l'aigrette aux ailes immaculées. Ce qui vibre en vous, et qui vous fait créer, être, aimer n'est pas différent de la sève qui monte dans l'arbre.
Pensez-vous qu'un arbre maudisse sa sève ? Conteste ses feuilles ? Insulte ses racines ?
Il n'y a qu'une seule règle : n'insultez plus jamais votre sève. N'insultez plus jamais votre âme. Apprenez à écouter son murmure doux et farouche, à sentir sa bonté transparente. Vous êtes ce ruisselet du monde. Un merveilleux remous dans le fleuve de la vie. Votre âme mérite le plus profond respect ; l'insulter, c'est insulter la vie. Et qui sommes-nous pour nous permettre cela ?

Tant d'autres présences errent autour de nous, qui n'ont jamais pu s'incarner.

Les soldats arrivèrent comme la tempête, et ce fut la fin de l'Ahmra. Grâce à Elzer, nous étions prêts. Les patients kétas avaient été priés de ne plus venir jusqu'à la levée du danger, et Pitro s'était entendu avec Morita des cuisines pour soustraire au pillage une pleine carriole de vivres. La cuisinière alla se cacher dans les bois les plus impénétrables de l'ouest du village. À peine une journée plus tard, le tintamarre des clairons, glapissements et bruits de sabots éclata dans le matin tranquille. Le chaos me happa dès que je sortis de chez moi. Les Coccinelles étaient partout. Dans la maison du bout de la rue, je vis valser un coussin de prière par la fenêtre, suivi d'un ciseau à bois. Deux soldats poussèrent mes voisins au bas de l'escalier. Un peu plus loin, un bébé pleurait à pleine gorge, une femme poussait un cri d'angoisse tandis qu'une voix kéta lui hurlait dessus. En face, le cordonnier contemplait en pleurant ses outils éparpillés, son établi brisé, ses chaussures piétinées : il avait voulu résister et ces brutes avaient tout détruit.

Ils étaient si nombreux. Beaucoup plus nombreux que d'habitude.

Dans l'allée centrale, les chevaux hennissaient, les ordres claquaient. « Regroupez-vous ! Lius ! Regroupez-vous ! Par ordre du Concile ! » Les cavaliers nous pressèrent à coups de lancettes comme des moutons récalcitrants. Je me mêlai à la foule, choquée. Eïvan remontait lentement la rue ; Pitro était déjà là, à quelques pas de Dan et son front ombrageux. La haine et la peur giclèrent dans mes veines lorsque je repérai la silhouette raide du lieutenant Jamol, immobile comme une statue de sel sur son magnifique cheval noir. « Jamol va arriver, pour punir. » Les mots d'Elzer. L'officier se positionna devant ses soldats alignés et passa notre groupe en revue. À son commandement, l'infanterie se déploya tout autour de nous. Alors il demanda d'une voix traînante : « Qui est le responsable de ce poulailler ? » Tout le village encaissa l'insulte. L'intendant fit un pas en avant. Mais Eïvan le devança : « Bonjour, officier », salua-t-il de sa voix mélodieuse. Le militaire tourna la tête pour planter ses yeux délavés dans ceux du guérisseur. Eïvan soutint son regard, impassible. Il se tenait droit, mais la tension marquait ses épaules. Son intervention sembla mettre Pitro mal à l'aise. « Eïvan, grinça enfin le Kéta d'une voix qui évoquait du papier froissé, toujours adepte de tes petits tours de passe-passe ? » Un mince sourire de dérision étira ses lèvres. « Mets tes volailles en rang, que nous les comptions. Toutes », ajouta-t-il, tournant les rênes de sa monture.

Pitro reprit les choses en main. Un brouhaha anxieux s'éleva des colonnes qui se formèrent sous le soleil brutal. Pourquoi ces maudits Kétas voulaient-ils nous compter ? L'arrivée des enfants arrachés de l'école me serra le cœur. Les petits furent autorisés à rejoindre leurs parents, mais n'eurent pas le droit de les toucher. Des tables furent dressées sous les grands arbres ; deux queues se formèrent devant des préposés qui interrogeaient un par un les habitants. Je repérai dans les files Lauri, Dan, quelques étudiants et Mandine, encore plus belle que d'habitude, dans sa robe turquoise à liserés bruns chatoyants. Son élégance éclatait comme une bravade silencieuse. Je me glissai à côté d'elle. « Océa, j'ai peur pour Dan ! chuchota-t-elle. J'espère qu'il va se contrôler… » Je jetai un coup d'œil à son petit-fils. Sa posture m'apprit tout ce que j'avais besoin de savoir : il avait les mains nouées devant lui, le dos droit. Ses yeux inexpressifs jaugeaient les soldats. S'engager dans la Résistance lui avait fait du bien. « Ne t'inquiète pas, Mandine. Dan ne va pas craquer. Le réseau compte sur lui. »

Nous dûmes patienter en essuyant nos fronts. La matinée avança lentement et le « recensement » progressait à un rythme exaspérant. Abrités par la voûte des arbres, les Coccinelles n'avaient aucune raison de se presser. Pour nous qui attendions debout sous le soleil, le temps paraissait beaucoup plus long. C'était inhumain de faire subir cela à Mandine, à son âge, avec son embonpoint. Elle commença à se dandiner d'un pied sur l'autre et se plaindre : « J'ai soif. » Je sortis de la rangée pour aller chercher de l'eau. Je n'avais pas fait deux pas qu'un soldat me barra le passage avec sa lancette : « Retourne dans la queue », ordonna-t-il. Il avait la moue dédaigneuse, le visage presque imberbe : « Je veux juste rapporter de l'eau, monsieur », répondis-je avec une déférence exagérée. *Fais semblant*, me conseillait la voix de mon passé. La tête me tournait. Je n'avais pas pris de chapeau. J'avais besoin de boire, et Mandine aussi. Mais le jeune soldat me pointa la file sans me regarder. Ce crétin avait décidé que nous ne pouvions pas circuler dans notre propre village. Je réintégrai ma rangée en serrant les dents, tandis qu'un voile rouge obscurcissait mes pensées. Mandine me toucha le bras : « Ce n'est pas grave, ma chérie, dit-elle, ce sera bientôt fini. » La colère et l'humiliation enflaient en moi, incontrôlables. Je pensais à Dan, à la Résistance, à Emelyne. Ils avaient raison. Combien de temps devrions-nous faire semblant pour satisfaire ces gens ? Et pourquoi ne pas tout simplement prendre les armes et en débarrasser Zanabé ? Je fermai les yeux, pinçant l'arête de mon nez. Même l'invocation du Lieu de silence, du Cerf et de la beauté du vol ne parvenait pas à me calmer. Quelqu'un me toucha la joue. Eïvan. « Détends-toi, Taena. » Ses yeux profonds accrochèrent les miens et malgré les soldats, malgré ma soif et ma rage, malgré tout, la tension insupportable qui me vrillait les muscles se dissipa soudain. Je soupirai, inondée de reconnaissance. Il versait de l'eau à tout le monde, un broc et un gobelet entre les mains. « Je suis passé parmi les premiers, expliqua-t-il. Je voulais être libre d'aller et venir dans l'Ahmra. » Une ride profonde creusait ses sourcils. Il nous servit à boire, puis me sourit : « Ne les laisse pas te couper de ton beau reflet. » C'était la chose la plus gentille qu'il m'ait dite jusqu'à présent.

Mes yeux s'attardèrent sur sa nuque alors qu'il s'éloignait dans les rangées. « Il y a si longtemps qu'il est seul, murmura Mandine à mes côtés. Je suis heureuse que ça change enfin. » J'hésitai un instant. « Je ne sais pas s'il le veut vraiment, confessai-je. On dirait qu'il… qu'il se méfie de l'amour. Pourtant, il en offre tellement, à tant de monde ! » Elle hocha la tête avec compassion : « Il ne sait pas comment se laisser aimer, ma chérie… Pitro dit toujours que son cœur n'a qu'une seule direction, comme les fleuves : il ne peut que donner. »

Cette remarque énigmatique occupa mes pensées tout le reste de la file d'attente. Lorsque j'arrivai finalement à la table de recensement, un vieux sous-officier blasé était affalé sur sa chaise, le ventre dépassant de son uniforme. Il me détailla de haut en bas, décrivit ce qu'il voyait dans un registre et prit mon identité. Je lui servis le mensonge que j'avais concocté lors de mes premières semaines à l'Ahmra, non sans une petite angoisse. Je ne savais même pas si la famille dont je me réclamais existait. Finalement, il me fit signer le registre puis m'ordonna de tendre le bras droit. Imbibant son tampon, il le fit rouler d'avant en arrière sur mon poignet. L'encre sentait fort. Un numéro apparut : le 85. Ils nous numérotaient ! Le major grommela : « Revenez tous les deux jours. Au suivant ! » Je m'éloignai, les jambes lourdes. Tous les deux jours... Mais combien de temps avaient-ils prévu de rester ?

Mandine et moi relayâmes Eïvan, versant de l'eau aux malheureux qui faisaient toujours la queue. Le jeune soldat nous demanda d'un air mauvais de retrousser nos manches pour laisser apparaître nos numéros, puis nous laissa tranquilles. Pitro vint se joindre à nous. L'officier Jamol était reparu, pour se poster à l'ombre du zamana ; Eïvan le surveillait du coin de l'œil. Lorsqu'il ne s'occupait pas de quelqu'un de l'Ahmra, toute son énergie était tournée vers le soldat. Il allait s'attirer des ennuis. Comme s'il m'avait entendue, il baissa les paupières... Il prit une grande inspiration et pivota discrètement ses paumes en direction du Kéta. Ses épaules tombèrent. Tout son corps se détendit. Il resta ainsi un moment, dans une bulle de sérénité, comme si le chaos ne l'affectait pas. Puis il s'approcha du gradé à pas lents. Lorsqu'il lui parla, le timbre de sa voix, bas et grave, me rappela nos séances. « Officier ? J'ai quelque chose à vous dire, qui pourrait vous intéresser. Accepteriez-vous un entretien en privé ? »

Pitro tourna vivement la tête vers lui, les yeux rétrécis. Un affreux pressentiment s'empara de moi : Eïvan allait se dénoncer pour sauver l'Ahmra. Il allait révéler ses activités avec les Kétas. Voilà pourquoi il voulait emmener le soldat à l'écart. Jamol comprit probablement quelque chose de similaire, car il sortit de son silence méprisant pour incliner sèchement sa tête cerclée de résille rouge : « Attends-moi là. » Il s'éloigna pour glapir des ordres à l'un de ses sbires. Pitro en profita pour aller saisir Eïvan par le bras : « Qu'est-ce qui te prend ? Ne fais pas ça ! » Le guérisseur avait les yeux perdus au loin, sur l'horizon. Il sembla sortir d'une rêverie quand il reporta son regard noisette sur Pitro : « Faire quoi ?

— Arrête ! chuchota Pitro sur un ton d'urgence. Ne fais pas ça. Ça ne marchera pas. Laisse tomber. »

Eïvan répondit gravement : « Je dois essayer, Pitro.

— C'est un gradé kéta en mission ! Eïvan, tu n'y arriveras pas, tu vas nous attirer des ennuis. Il est complètement malade. Eïvan, ne fais pas ça. » La voix de Pitro trahissait un début de panique. Son angoisse attisa la mienne. Il avait raison : Jamol transpirait le fanatisme. La séparation des peuples était pour lui d'ordre divin et toute entorse blasphématoire. Il n'accepterait aucune main tendue. Après avoir distribué ses instructions aux soldats, l'officier talonna son cheval. Tandis qu'il approchait, le guérisseur expliqua à voix basse : « C'est un homme, et il est terrifié. Je sens son calvaire jusque dans mes os. Je t'en prie, mon ami, j'ai besoin que tu me fasses confiance. » L'intendant voulut objecter, mais Jamol s'était porté à leur hauteur et le vieil homme fit un pas en arrière. « Allons-y », ordonna l'officier d'un ton cassant. Ils s'éloignèrent, tandis que Pitro, la mine vaincue, se mordait le poing. En regardant partir le soldat raide, cette silhouette sèche, les pièces de cuir de sa tenue qui brillaient au soleil, je me demandai où Eïvan pouvait voir un homme terrifié. Je ne voyais qu'un ennemi, cruel et dangereux.

Le comptage terminé, les Kétas se positionnèrent aux points stratégiques de l'Ahmra et ne firent plus attention à nous. Petit à petit, hésitants, les gens commencèrent à regagner leur logis, la maîtresse d'école rassembla à nouveau les enfants. Dan s'approcha de Pitro qui fixait ses pieds d'un air farouche, les bras croisés sur son gros ventre : « Tu crois qu'il va lui livrer des informations ? » Pitro émergea de sa rumination : « Eïvan ? Mais non, pas du tout. Non. Il va essayer de… (il renifla) il va essayer de toucher son cœur. Pour le mettre de notre côté. Voilà ce qu'il veut faire, ce bourricot. » Je fronçai les sourcils. Toucher le cœur d'un officier kéta ? Ça ne tenait pas debout. Ayelo sourit : « Voilà ce qui distingue Eïvan. Personne d'autre que lui ne voit l'homme derrière le soldat…

— Personne d'autre n'a envie de le voir, le coupa Pitro. Ça va mal tourner. Vous avez vu le visage de ce Jamol ? Il pue la haine. » Le vieil homme tapa du pied sur le sable. « J'espère qu'il va nous le ramener en un seul morceau… »

L'intendant proposa que nous allions chercher des pois à écosser dans la cuisine, pour nous poster dans la rue, au cas où. Je ne voyais pas comment nous pourrions intervenir si Jamol décidait de s'en prendre à Eïvan, mais je ne pouvais pas rentrer chez moi en le sachant à la merci de ce sadique. Nous nous installâmes avec Dan, Ayelo et trois autres étudiants autour de deux grands baquets pleins de fèves en cosse. Les soldats nous ignorèrent, à l'exception d'un jeune planton qui vint nonchalamment piocher une poignée de haricots dans le baquet. J'eus envie de lui talonner le genou et, pour la première fois, échangeai un regard de connivence avec Pitro. « Maîtrisez-vous », nous enjoignit Dan, à ma grande surprise, d'un ton presque sévère. Je le détaillai. Son visage ne laissait transparaître qu'une froide détermination. Pitro acquiesça.

À l'ombre des grands arbres de la clairière des huttes, toutes nos pensées tournées vers Eïvan, nous entreprîmes d'ouvrir les fèves en silence. Un suc transparent suintait de l'enveloppe quand on la fendait. Notre tas augmenta rapidement, et Eïvan ne revenait pas. Mon dos commença à souffrir d'être ainsi penché sur les baquets. Les cosses s'accumulaient sur le sol ; elles iraient, plus tard, nourrir les quelques lapins et cabris que les Kétas ne nous avaient pas encore volés. « Où as-tu rencontré Eïvan ? » demandai-je à Pitro pour dissiper l'angoisse. Puis je me souvins à qui je parlais, et rentrai les épaules. L'aimable réponse n'allait sans doute pas tarder. Mais le vieil homme, taraudé par l'inquiétude, avait perdu son mordant. Il me répondit qu'il l'avait rencontré quand il sortait des monastères – « avec ses premiers disciples ».

« C'était il y a vingt-cinq ans, du côté de La Ferté. Trois hommes, deux femmes, d'une vingtaine d'années. » Pitro garda la tête baissée, ouvrant les gousses les unes après les autres avec une régularité de métronome : « Ils se sont arrêtés devant mon échoppe et m'ont demandé : "Combien pour des habits ?" Quand j'ai donné mon prix, ils ont échangé des grimaces. Ils n'avaient pas le sou, et ça se voyait. Alors, l'un d'eux a dit : "Votre chien a des vers. Si vous voulez, je peux essayer de le guérir, en échange." Comme ça, d'un seul coup d'œil.

— C'était Eïvan ? » demanda Ayelo. Pitro hocha la tête. Nous nous tournâmes une nouvelle fois vers le chemin bordé d'arbres et de maisons où Eïvan avait disparu avec Jamol. Le ruban de la route de sable était d'une blancheur aveuglante sous le soleil. Je me levai pour m'étirer le dos. Les Coccinelles s'appropriaient le village ; un petit groupe était en train de disposer des chaises et des tables entre les huttes. L'intendant libérait inlassablement les fèves et jetait les épluchures. « J'ai fini par les suivre », ajouta-t-il, décidément plus communicatif que d'habitude. « Parce que je n'avais rien de mieux à faire. La pâte vermifuge a guéri mon chien, et Eïvan s'est attaché à lui. Il le caressait toute la journée.

— Ils sont ici, les autres disciples ? » demandai-je en cherchant qui à l'Ahmra pourrait bien correspondre au profil. Mais Pitro secoua la tête : « Ils sont partis depuis longtemps. Ils ont suivi leur propre route, et reviennent le voir de temps en temps. Il y a ce filou de Tobal, que tu as vu l'autre jour… »

Nous avions pratiquement fini le baquet lorsque Eïvan et Jamol reparurent enfin au bout de l'allée. L'angoisse et le soulagement bondirent en moi. Le soldat allait à pied, tenant son cheval par la bride ; même de loin, je pouvais sentir que quelque chose avait changé dans leur relation. Le guérisseur devisait tranquillement, l'officier écoutait. Son expression reflétait un trouble intense, mais il n'y avait plus trace de la morgue qu'il affichait à l'aller. Eïvan s'arrêta soudain devant un arbre, et lui montra un nid de tourterelles dans les branches. Je ne sais pas ce que cela signifiait dans leur dialogue, mais la bouche de Jamol se mit à trembler d'émotion. Les traits de son visage se crispèrent, sa peau se colora de rose. Eïvan attendait, plein de compassion. Il hocha gravement la tête quand l'homme lui glissa quelques mots. L'officier désigna la rue et se remit en marche avec des mouvements saccadés, l'air égaré. « Ce n'est pas possible, maugréa Pitro. Il a réussi… »

Ils arrivèrent à notre hauteur sans faire attention à nous. Le guérisseur accompagna Jamol jusqu'à mi-chemin. De retour parmi sa troupe, le soldat se recomposa rapidement une autorité. Il cria quelques ordres, et six de ses hommes se remirent en selle. Jamol monta à son tour, mais au moment de s'engager vers l'arche, il se retourna vers Eïvan. Debout à quelques pas de lui, il sembla hésiter, comme s'il voulait dire quelque chose. Finalement, il le salua d'un petit mouvement de menton, puis talonna son cheval et partit au trot avec les cavaliers.

Lorsqu'ils eurent disparu, Eïvan nous rejoignit d'un pas las, le visage désarmé. Je frémis. Il n'y avait pas signe de brume argentée, mais le Cerf était là, dans sa fatigue calme, dans son expression douce. Pitro l'apostropha : « Eh bien ! Qu'est-ce que tu lui as fait boire ? Il a presque l'air humain », et il partit d'un gros rire, qui charriait tout le soulagement que nous éprouvions. Le guérisseur se laissa choir parmi nous. Il passa la main dans ses cheveux : « Océa, soupira-t-il, cet homme est en enfer. Vous ne pouvez pas imaginer. » Il avait soudain l'air très vieux, très triste. Il garda un instant le front dans sa paume, mais quand il releva la tête, un sourire amusé flottait au coin de ses lèvres : « Vous avez trouvé une occupation passionnante, apparemment. Je parie que l'idée est de toi, Pitro. » L'intéressé bougonna une confirmation, et Eïvan ajouta : « Méfiez-vous de Pitro. Ses doigts ont la bougeotte. C'est incurable. » Le vieil homme ricana. La tension qui nous avait quittés nous rendait plus légers. Pitro commença à raconter l'histoire d'un aspirant disciple qui l'avait pris pour le Chouri en arrivant à l'Ahmra, et qu'il avait enrôlé dans la construction de la cuisine. Il avait fallu plusieurs heures avant que l'élève ne comprenne la supercherie. Pendant que tout le monde riait, le regard d'Eïvan rencontra le mien, et s'y accrocha. Je fus surprise d'y lire, en un éclair, un appel désespéré et presque clandestin. Il détourna immédiatement les yeux. Pitro fit une plaisanterie sur l'officier, et le guérisseur répondit, en se rengorgeant : « Je te l'avais bien dit. Tu aurais dû me faire confiance, mon ami, tu sais pourtant de quoi je suis capable…

— Bon, bon, et quand vont-ils nous lâcher les roues ? » grommela l'intendant en désignant discrètement les soldats toujours de faction. « Est-ce que ton nouveau copain revient les chercher ? » Eïvan baissa la tête, les épaules soudain lourdes. Il lui fallut un petit moment pour se résoudre à nous confier : « Non. Ils restent. Les soldats restent à l'Ahmra. Je ne sais pas combien de temps. »

11

Occupation

Lettre de Tobal à Pitro, An 3 de l'Ahmra.

Oh, Pitro, mon ami, je regrette tellement. Si j'avais su que la discussion tournerait ainsi, jamais, jamais je ne l'aurais initiée ! Mais maintenant, il est trop tard. Les mots d'Eïvan ont dépassé sa pensée, les miens aussi. Une disciple est déjà en train de faire ses bagages pour rentrer aux monastères. Elle l'a accusé de ne faire aucun cas des autres. C'est injuste... Le problème d'Eïvan, c'est au contraire qu'il se soucie trop des autres. Et elle en est bien consciente, ou elle ne l'aurait jamais suivi. Mais il se barricade à un tel point que parfois, on le croirait de pierre. Et cette façon de se comporter comme s'il avait réponse à tout... Océa !
Je crains qu'ils ne finissent tous par partir, un jour ou l'autre. Cela m'inquiète beaucoup parce que, qu'il en soit conscient ou non, il a besoin de notre amour et de notre soutien. Le monde est trop dur pour son Cerf.

Quand sommes-nous prêts à regarder le désastre en face ? Dans les deuils, bien sûr. Mais le reste du temps, nous tentons de négocier. Toute notre existence est déjà en pièces, et nous essayons encore de maintenir les morceaux épars en serrant les mains.

Je suppose que c'est ce que je fis, la première journée de l'occupation de l'Ahmra. Ma maisonnette avait été relativement épargnée, sans doute parce qu'elle se trouvait à la lisière du village. En rentrant, j'avais trouvé les portes et fenêtres béantes, mon linge en vrac sur la table et mon coffre ouvert, mais seul mon broc en terre cuite était cassé, un reste de thé répandu en tache sombre sur le plancher. Par la grâce d'Océa, aucun soldat ne s'était installé chez moi. J'avais pu dormir dans mon lit.

Tout le monde n'eut pas cette chance.

L'armée était partout. Le lendemain matin, je n'avais pas fait vingt pas que je butai sur un quatuor en faction au milieu du chemin. Debout et les pouces coincés dans leurs ceintures, ils me toisèrent d'un air mauvais, comme si ma déambulation leur faisait offense. Le plus petit m'ordonna de « me rendre utile ». En proie à un sentiment de claustrophobie grandissant, je progressai jusqu'à la rue principale et repris mon souffle contre un arbre. Le noir et rouge avait envahi le village. Les Coccinelles grouillaient, circulaient, s'interpellaient. Je me rangeai précipitamment pour laisser passer un groupe de cinq soldats qui arrivaient, lancettes au clair. Ils s'engouffrèrent dans un vestibule comme s'ils étaient chez eux, sans s'essuyer les pieds de la poussière de sable. Mais ils n'étaient pas chez eux ! Une famille de Xtal vivait dans cette maison depuis plusieurs mois. Les parents travaillaient au tissage. Je me demandai soudain si tout l'Ahmra avait été arrêté, si j'étais la dernière. Je ne reconnaissais aucun visage, les rues pullulaient de Kétas. Puis je remarquai un couple d'apiculteurs qui apportait des victuailles à la cuisine, sous escorte, les épaules basses. La responsable des écuries bouchonnait les chevaux des occupants avec le visage fermé. Près de moi, son mari passa furtivement, les yeux par terre, un sac à la main. Nous marchions comme des ombres. Les ombres des Kétas.

Je voulus me rendre à l'atelier, dans une tentative de maintenir un semblant de normalité, et découvris que le bâtiment avait été transformé en camp militaire. Des matelas de campagne étaient roulés un peu partout, les établis poussés contre les murs. Assis par terre, appuyé contre son paquetage, un fantassin qui fumait me retourna un coup d'œil indifférent. Il avait utilisé l'une de mes toiles comme tapis de sol. Le désordre était innommable. Cette pièce qui avait accueilli tant de mes matins de paix, tant de rires… Profanée, salie. Les soldats avaient jeté quelques os de poulet dans un coin. Je rebroussai chemin, mais trop tard : l'un des Kétas m'interpella et me conduisit aux lavoirs, où d'autres habitants attendaient les ordres. Les Coccinelles nous répartirent le long des bacs et nous distribuèrent des habits. Je me trouvai à côté de Lauri. Elle avait hérité de trois pantalons et de cinq chemises, comme moi. « Enfin, mon rêve se réalise, lâcha-t-elle du coin de la bouche. Dire que j'ai gâché les meilleures années de ma vie à faire de l'art… »

Lorsque nous eûmes fini notre corvée de lessive, j'avais les mains plissées et douloureuses, et le soleil se couchait. Ils n'avaient cessé de nous apporter du linge. Je mourais de faim, et voulus me rendre aux cuisines, mais un caporal me barra le chemin en maugréant qu'elles étaient fermées jusqu'à demain. C'est à ce moment-là, je crois, que je pris conscience de la nasse qui s'était refermée sur nous.

*

Ainsi commença notre calvaire. Le bruit circula rapidement qu'une adjudante faisait traîner les choses à plaisir aux tables de recensement, et qu'il valait mieux l'éviter. Son torse imposant et ses épaules larges tendaient l'uniforme qui la serrait ; son visage n'exprimait qu'agacement et impatience. Je la vis bousculer un père qui se présentait avec son enfant, s'enflammant au point qu'un autre militaire intervint : « Que se passe-t-il, Flavelle ? » La femme pivota la tête vers lui, les sourcils froncés, et tourna sa rage vers son compatriote : « De quoi je me mêle ? » Elle s'était mise à hurler, les yeux exorbités et les doigts pointés vers le ciel jusqu'à ce que le soldat submergé recule et finisse par tourner les talons en secouant la tête.

Le quatrième jour, Pitro s'éclipsa pour relayer Morita dans la forêt, près de la carriole de vivres. Plus les Coccinelles s'attardaient à l'Ahmra, et plus la haine et l'impuissance me consumaient. J'avais honte de ma naïveté, d'avoir cru un instant que nous pouvions vivre en paix avec ces brutes. J'aurais voulu qu'Eïvan reconnaisse s'être trompé. Pour me soulager, je m'autorisai de minuscules actes de résistance : distendre les coutures de leurs pantalons pour qu'elles craquent, cracher dans les repas que nous leur préparions, ou y glisser une quantité infime de poudre de ricin… À la fin de la semaine, je commençai à fantasmer des projets d'évasion en décortiquant les noix de coco que les Kétas nous avaient fourrées entre les mains. Nous étions une dizaine à avoir été réquisitionnés près des jardins d'épices. La planche à râpe entre les jambes, j'émiettais les morceaux de chair bombée qui seraient pressés et chauffés pour faire remonter l'huile. La colère qui me faisait tenir debout avait reflué, ne laissant plus que les débris du désespoir. Maladroitement, je commençais à supplier Océa quand Dan apparut à mes côtés. Tout terreux de son travail aux champs, il s'empara d'une noix ouverte et s'assit en surveillant les soldats en faction. J'y vis une sorte de réponse à mes prières. « Tu as une idée pour les faire déguerpir de chez nous ? demandai-je entre mes dents. Un incendie, un empoisonnement général ? » Je ne plaisantais qu'à moitié. Il secoua la tête : « C'est au-dessus de nos moyens. Je me suis déjà faufilé deux nuits hors du village depuis qu'ils sont arrivés, et j'ai vu les gens de Turquoise. Ce qui se passe est plus grave que tu ne le crois. Les troupes s'installent dans tous les villages lius. »

Le sang se mit à pulser dans mes oreilles. Dan était terriblement calme, ses yeux noirs, durs, soulignés de cernes profonds. J'avais envie qu'il se taise. Je ne voulais pas de la vérité qu'il m'apportait. « Le réseau ne croit pas le moins du monde que ce soit la réponse à la nuit des Affiches, poursuivit-il, c'est trop organisé, cela a dû être préparé depuis longtemps. Ils ne vont pas partir. Ni demain, ni après-demain, ni même dans six mois. Ils s'implantent. » Je posai doucement ma planche. En face de moi, les petits jardins de plantes aromatiques poussaient, damiers de vert, de jaune, de rouge et de violet. Ils me rappelaient tout ce que l'Ahmra était pour moi. Tout ce qu'il avait représenté, durant cette année de renaissance. Mon refuge. La rencontre avec Eïvan. La découverte du Cerf. Je ne voulais pas écouter Dan, mais il avait raison. C'était fini. Ils n'allaient pas partir. Et même s'ils le faisaient, d'autres persécutions suivraient. C'était fini, l'Ahmra, le seul foyer dont je me souvenais. Déjà arraché. Si tôt, si vite. J'eus envie de pleurer.

Dan avait prévu de s'échapper avec plusieurs autres résistants. « Nous emprunterons le chemin suivi par Pitro, précisa-t-il à mi-voix, désignant les jardins d'herbes médicinales.

— Pour vous rendre où ?

— Dans une cachette, plus au nord. Les délégués se regroupent. La guerre va commencer. Tu devrais te joindre à nous », me dit-il. La proposition brilla un moment dans mon esprit. Quitter l'Ahmra occupé, laisser derrière moi les Kétas grossiers et dominateurs, recouvrer ma liberté… Prendre la voie du sang et me venger. Agir au lieu de subir les mille humiliations qui réduiraient mon âme à petit feu. Garder ma dignité.

Et quitter Eïvan. Risquer de ne jamais revoir mon Cerf.

Les images de galop sur les chemins dégagés s'évaporèrent. Le guérisseur n'abandonnerait pas son village. Les Kétas changeraient peut-être l'Ahmra en camp militaire, nous transformeraient peut-être en domestiques… Peut-être vieillirais-je sous le harnais comme les mules du Sud. Ou peut-être nous chasseraient-ils, un jour. Je pouvais au moins espérer cela. Un oiseau lança un trille aigu. Les arbres brillaient au soleil. Choisir Eïvan, c'était risquer une vie de servitude… Mais je savais déjà que je ne le quitterais pas.

Dan me communiqua un mot de passe pour rejoindre le QG si je changeais un jour d'avis. Puis il me serra contre lui : « Préparez-vous à de mauvais moments, parce qu'ils vont être furieux de notre départ. On ne se reverra peut-être jamais, ajouta-t-il avec une émotion contenue. J'ai été content de te connaître. » Je lui rendis son étreinte et lui souhaitai bonne chance. Notre époque troublée pesait sur mon cœur le poids d'une dalle mortuaire.

Deux jours plus tard, l'officier nous convoqua dans l'allée centrale au lever du jour, hurlant des imprécations. Des vivres avaient disparu de l'entrepôt. Les Coccinelles comptèrent sept prisonniers de moins. Lauri était parmi les absents. Alignés dans la rue, sous les menaces et les vociférations des soldats, nous restâmes muets, la tête baissée.

12

Eïvan

Journal d'Eïvan.

La réalité n'est pas aussi figée qu'on se l'imagine : ce sont nos commentaires sur le monde qui la fixent. Si vous vous entraînez à voir du rouge, vous ne tarderez pas à avoir l'impression que le monde entier est rouge.
Cette vérité est à la base des pratiques les plus extraordinaires auxquelles se livrent les maîtres dans les monastères de Granite. Le voyage dans le Lieu de silence n'en est que l'aspect le plus sacré… Avec une discipline impeccable, on peut pénétrer le centre brûlant de la terre, accrocher son esprit aux nuages pour traverser les contrées, ou laisser des messages dans l'esprit des autres. J'ai vu plus de prodiges au cours de mes cinq années dans les monastères que durant toute ma vie.
Toutefois, la plupart des Humas découragent ces pratiques. Elles ne servent qu'à donner l'illusion de pouvoir à celui qui les utilise. Elles l'éloignent de Wou, de l'essentiel. Et notre esprit n'est pas équipé pour une telle flexibilité. Ceux qui s'y livrent trop peuvent devenir fous.

Je me suis souvent demandé ce qui serait advenu de moi si j'étais partie avec Dan. Si j'avais laissé Eïvan et l'Ahmra.

Je me réveillai cette nuit-là, après leur départ, et me posai cette question pour la première fois. Mon esprit commença à tournoyer dans une spirale d'angoisse et je renonçai à dormir, m'asseyant sur mon lit.

Le Lieu de silence m'attirait, lancinant. Dans l'atmosphère d'hostilité que maintenaient les soldats, le Cerf et sa douceur me manquaient terriblement. J'aurais volontiers jeté aux orties les mises en garde d'Eïvan, et bravé la menace de Colin. J'avais envie de le voir, joyeux et joueur, envie de lune et de voler, de liberté et de poésie sauvage. Envie qu'ils foutent le camp. Je me levai lentement, happée par un découragement si puissant qu'il rendait ma respiration difficile. En une semaine, tout avait basculé. J'avais créé un foyer auprès du Cerf, d'Eïvan, de Mandine et d'Ayelo. L'avenir s'annonçait plein de promesses. Et aujourd'hui, l'Ahmra était occupé. L'espoir se dissolvait dans ma main comme une poignée de sel dans l'eau.

J'enfilai une longue tunique et sortis sur le perron admirer les étoiles immuables, sentir la présence massive de la forêt nocturne. Puis, sans réfléchir, je descendis l'escalier pieds nus et me retrouvai dans le chemin. Il n'avait pas plu, sans quoi j'aurais sans doute fait demi-tour pour mettre des chaussures, et alors je me serais raisonnée, et je serais restée à l'intérieur.

Mais il n'avait pas plu.

Le sable était râpeux sous mes pieds. Je m'éloignai lentement dans la ruelle. Les soldats étaient sûrement postés plus loin et je risquais de les rencontrer, mais je ne voulais pas y penser : s'ils m'arrêtaient, je leur casserais la tête. J'avais besoin du silence de la nuit. Les branches hautes des mahoganys bougeaient doucement, secouées par la brise. Je retrouvais les ombres familières des maisons, les coins d'obscurité sous les arbres, le ruban incertain de l'allée dont j'avais appris le tracé lors de mes sorties nocturnes. Je n'y voyais qu'à quelques pas. Le ciel étincelait.

J'atteignis l'allée centrale rapidement et hésitai enfin. La réalité de la situation se rappelait à moi. Les Coccinelles campaient là, près des cuisines, des entrepôts… Pourtant, j'obliquai vers la droite. Poussée par une nostalgie aiguë du temps où tout était facile, où ma seule préoccupation était de revoir le Cerf, je continuai, longeant les murs, silencieuse et invisible, dépassant discrètement les groupes de Kétas allongés autour des huttes. Je ne me souviens pas de ce que je voulais faire alors. Probablement rejoindre la place du puits.

Mais je passai devant l'écurie, et sa porte béante attira mon attention. Les chevaux qui dormaient dans les box étaient, pour la plupart, ceux des soldats. La respiration des animaux, leurs raclements contre le bois sonnaient doucement dans la nuit. Mes yeux s'étant accommodés à la pénombre, je vis soudain que quelqu'un était assis par terre en face de moi, appuyé contre les box, et que ce quelqu'un était Eïvan.

Les coudes sur ses genoux, il se tenait là, immobile, me retournant son regard calme. Son visage formait une petite tache plus pâle contre les parois noires, et le blanc de ses yeux, comme de minuscules cônes de clarté. J'eus peur de le déranger. Je murmurai : « Eïvan ?

— Taena, répondit-il doucement. Entre. Tu te promènes toujours la nuit ? »

Je pénétrai dans l'étable à pas feutrés, et m'assis à ses côtés, repliant mes jambes sous ma tunique. Je lui expliquai que la balade me calmait, que les soldats m'agaçaient, et que le Lieu de silence me manquait.

Il ne fit pas de commentaire. Il se contenta de hocher la tête et me dit : « Je me rappelle les nuits aux monastères. Je me réveillais à l'aube, juste pour voir le soleil se lever sur les contreforts. Chaque matin me rappelait ma chance d'être en vie. » Il n'avait jamais évoqué sa vie d'avant l'Ahmra devant moi. À voix très basse, je me risquai : « Tu as vraiment vécu aux monastères de Granite ? Tu étais moine ? » Il secoua la tête : « Non… Mais j'ai bien failli le devenir. Quand j'avais vingt et un ans, nous avons convenu que je serais plus utile dehors. »

Les chevaux soufflaient dans leurs box. Les grenouilles chantaient éperdument la nuit. Je m'installai plus confortablement, sentant la paille piquer ma peau nue. Dans l'étable à l'odeur musquée, Eïvan commença à me raconter ses jeunes années aux monastères de Granite. Les vallées douces au pied des montagnes escarpées, la végétation bleu-vert et les dents de rochers d'un blanc rosé… L'air y était frais sans y être froid, crissant de vent pur et d'horizon transparent. Les enrochements tortueux témoignaient d'une lointaine activité volcanique. La voie vers les monastères commençait directement sur ces empilements. « Mais dans l'ascension, il y a des embranchements à n'en plus finir, tant de leurres qui ne débouchent que sur des sentiers de bouquetins », m'expliqua Eïvan, ses mains dessinant des circonvolutions.

Ceux qui arrivaient en haut de la falaise accédaient à un immense parvis couleur pêche qui dominait la vallée. Des moines étaient en prière sur de larges coussins à toute heure du jour et parfois de la nuit. Pendus à des arches de bois brun, de gros tubes de bronze s'entrechoquaient dans la brise fraîche. Le son vibrant se répercutait dans l'espace dégagé des sommets, et dans le dédale des salles creusées à même la pierre. À l'intérieur, le quartz rose des murs brillait doucement à la lueur des torches, et à certains endroits, la transparence du cristal révélait la vie secrète de la roche, en myriades de reflets brouillés.

Eïvan était arrivé là à seize ans, amené par des novices qui l'avaient trouvé inconscient et couvert d'ecchymoses. Ceci, je le savais d'Ayelo. Eïvan me dit juste que le hasard l'y avait conduit. Mais il me raconta les aubes bleues et les crépuscules rouges, le vol des aigles royaux, et le long chant hypnotique des moines : « *Heeeeellaaaaaaa Aaaaye…* » Ils observaient une discipline rigoureuse, à laquelle Eïvan eut du mal à se plier. Le système hiérarchique, rigide, se divisait en une pyramide de sept niveaux, du novice aux Humas puis au Chouri, le guide respecté de la congrégation ; et même parmi les novices, on ne gagnait certaines faveurs qu'après avoir passé quelques paliers. « Je n'avais pas choisi d'être là, et j'ai failli en partir rapidement. J'étais comme une mangouste furieuse qui soufflait sur tout ce qui m'approchait. Les moines ont eu du mal avec moi. » Parce qu'il n'y avait rien d'autre à faire dans l'isolement des monastères, il s'était intéressé aux techniques de méditation et de guérison. « J'ai découvert le Lieu de silence. Là-bas, les groupes d'études ne dépassaient jamais trois ou quatre personnes, et nous pouvions explorer les enseignements les plus pointus. Sais-tu que certaines pratiques du Lieu de silence permettent de modifier la réalité matérielle ? » Comme je secouai la tête sans comprendre, il m'expliqua que les moines les plus avancés pouvaient changer la place d'une roche, ou le débit d'un ruisseau… Qu'ils pouvaient influer sur le cours du temps.

« Tu te fiches de moi ? » demandai-je en pouffant. Je distinguais son visage grave dans la pénombre. « Crois-moi, ce que certains peuvent faire est… stupéfiant.

— Alors, pourquoi ne viennent-ils pas en aide à leur peuple, notre peuple ? questionnai-je, sans masquer mon amertume.

— Ah… Eh bien, c'est un peu pour ça que je n'y suis plus. L'ordre refuse toute ingérence dans le monde profane. Ils estiment que le spirituel doit transcender le politique. Il y a parfois des Kétas parmi les moines, tu sais ? Lorsqu'on arrive là-bas, on oublie toutes les règles. Un novice kéta doit obéir à un moine liu plus avancé. »

Voilà donc d'où lui étaient venues ses idées saugrenues. Je ne parvenais pas à m'imaginer un tel renversement du monde.

« Et moi, après quelques années, j'ai commencé à questionner cette doctrine. Le confort de notre position surélevée, quand partout ailleurs, le peuple souffrait. »

Eïvan parlait sans s'interrompre, emporté par son récit. Il avait commencé à enseigner très vite. À vingt et un ans, il avait déjà ses propres élèves, quand les moines ne prenaient généralement pas de disciples avant la quarantaine. Lorsque la guérisseuse attitrée l'initia à l'usage des plantes médicinales, il s'y adonna avec un talent inégalé. « J'avais trouvé ma place. »

Mais plus ses compétences grandissaient, et plus l'envie le démangeait d'en faire profiter Zanabé. Les années protégées dans ce petit sanctuaire ne réussirent pas à lui faire oublier les souffrances « d'en bas », comme on disait sur la montagne. En bas, il y avait des enfants battus. Des hommes qui, impuissants, regardaient mourir leurs frères. Des femmes rongées par la maladie. Il y avait toute l'humanité souffrante, tous les animaux blessés, tout un peuple opprimé – « mon peuple ! » – qui appelait désespérément à l'aide. « Et nous, que faisions-nous ? Nous révisions pour la centième fois la chorégraphie de l'eau claire. Nous chantions pour la millième fois le verset de l'harmonie. » Eïvan vénérait ces enseignements, mais il brûlait de les partager avec le reste du monde. Il commença à prêcher contre la doctrine de non-intervention. Le groupe des élèves et novices qui l'entourait ne fit que grossir, et certains, comme Tobal, se mirent aussi à réclamer un changement dans la doctrine du célibat. Un jour où il compta soixante personnes dans sa séance de l'après-midi, il plaida avec ferveur pour que les initiés descendent apporter la consolation, et le cours dura jusqu'au crépuscule.

C'est alors que les prêtres signifièrent à Eïvan la fin de sa formation. Il lui fut demandé de retourner en bas pour transmettre, et tisser son propre fil dans la tapisserie. Le jeune homme eut l'impression que la montagne s'effondrait sous ses pieds. Il n'avait jamais envisagé de quitter les monastères, seulement d'en redescendre régulièrement pour soulager les souffrances du peuple. Mais la décision venait du Chouri, le responsable suprême de la congrégation. Elle était sans appel. Au désespoir, il fit ce qu'aucun autre novice n'aurait eu l'audace de tenter : il lui demanda une audience. Le vieil homme lui avait toujours témoigné de la bonté.

Il se souvenait très bien du moment où il était venu plaider sa cause, les yeux baissés devant le sage qui peignait calmement la vue de son balcon. Le matin était encore jeune, et ce jour-là la brume s'attardait dans la vallée, s'accrochait aux parois roses et aux arbustes bas. Il avait appris à aimer cette région de tout son cœur – la vue dégagée de la plaine en contrebas, l'air d'une pureté cristalline, les petits animaux qui s'éveillaient la nuit : serpents, fennecs, scarabées au dos moiré. Les chevaux sauvages, courts et trapus qui galopaient par dizaines dans le soir. « Je veux devenir moine, supplia-t-il. Je ne veux pas partir. » Il attendit, l'estomac serré. S'il était chassé, il devrait se faire une place dans le monde… et le monde ne lui avait jamais montré que des griffes, et des crocs.

Le vieil homme guidait délicatement l'encre diluée et, ligne après ligne, le mont commençait à prendre de la consistance. Il pressa doucement les poils noirs de son pinceau dans un linge propre et le posa sur la table ; puis il se tourna vers Eïvan qui attendait, la nuque courbée en signe de respect.

« Jeune homme, dit-il, jeune homme… Tu es ici depuis cinq ans, et j'ai eu le temps de t'observer. » Le Chouri parlait toujours bas, d'une voix douce. Ses paroles étaient guettées avec ferveur. « Tu n'es pas fait pour être moine. Ton destin est au-dehors.

— Mais je ne suis là que depuis cinq ans ! s'écria Eïvan. La plupart des frères restent toute leur vie ! Pourquoi me chasser alors que…

— Paix », l'interrompit le Chouri posément.

Eïvan se tut. Le vieux maître contourna son chevalet :

« Tu vois..., pointa-t-il, crois-tu qu'aucun autre novice aurait le front de débattre avec moi ? Et celui de remettre en cause l'un des fondements de notre ordre – le principe de non-intervention ? »

Eïvan comprit soudain ce qui lui valait son bannissement. Il avait fait preuve d'arrogance.

« Je vais arrêter », se précipita-t-il, avant de s'interrompre : au fond de lui quelque chose venait de se révolter violemment. « Enfin, je veux dire, je peux faire autrement...

— Tu as envie de rester, tu aimes ces monastères, et tu es prêt à faire des compromis pour cela, compléta le Chouri. Mais l'es-tu au point d'abandonner tes convictions, de faire taire ce qui, en toi, a tant besoin de flamboyer ? » Eïvan retint son souffle. La confusion tourbillonnait en lui. « Écoute-moi... Si je t'ordonnais de rentrer dans le rang, d'arrêter tes cours ou de ne plus questionner nos principes... tu t'y plierais... quelque temps. Puis tu recommencerais. Ou bien, tu te consumerais lentement. » Le Chouri s'approcha à pas comptés, l'observant avec tendresse. « Ce ne sont pas les traditions des monastères que tu remets en cause... c'est ta réclusion. Petit, ta voie t'appelle. Et elle n'est pas ici. Ton feu a besoin d'espace pour brûler. Tu ne pourras pas l'enfermer éternellement. »

Eïvan resta silencieux. Son cœur battait d'un mélange d'émotions qu'il n'arrivait pas à démêler. Le vieil homme posa la main sur sa tête. « Si je te gardais ici, je commettrais une faute. Une faute envers toi. Une faute envers le monde, aussi. Je ne te chasse pas, la décision finale t'appartient... Va à la rencontre de ton destin. Et si tu ne t'adaptes pas, tu pourras toujours revenir. Je te retrouverai avec joie. »

Un mois et demi plus tard, Eïvan avait choisi de partir, et il en informa les moines, ses amis et ses étudiants. À sa grande surprise, cinq de ses élèves décidèrent de quitter les monastères pour le suivre. Ils s'en allèrent donc un jour d'hivernage, alors que le matin lumineux se levait sur la vallée. Sur les contreforts du monastère, la petite silhouette sombre et nette du Chouri agita la main pour les saluer.

C'était presque vingt ans auparavant. Eïvan soupira. Le vieil homme dont il me parlait devait être mort. Nous restâmes un moment silencieux, moi à imaginer les moines sur la montagne, lui plongé dans ses souvenirs. Un vent léger se faufilait par l'ouverture de la grange. Je lui demandai s'il était retourné aux monastères. « Non, répondit Eïvan, ensuite, il y a eu l'Ahmra… Mais j'y retournerai un jour. Juste pour voir encore une fois le soleil se lever sur la vallée bleue. Ou peut-être pour devenir moine. »

Son regard fixait la nuit sans la voir. Il était tard. Nous avions parlé plusieurs heures. L'obscurité s'était épaissie, plus lourde et plus silencieuse.

« Tu te sens bien, avec nous, à l'Ahmra ? » s'enquit-il comme il l'avait fait si souvent, et comme à chaque fois, son attention me toucha. « Tu devrais rentrer maintenant, me conseilla-t-il gentiment. Demain, les soldats vont nous réveiller tôt pour le comptage. » Je n'avais pas envie de le quitter, mais je me mis à genoux pour me lever. Eïvan ne bougea pas. « Tu ne rentres pas ? » Il secoua la tête avec lenteur : « Je ne peux pas rentrer chez moi. Lokris est revenu. Jamol, je veux dire. Il s'est installé dans ma maison. Il a balancé pas mal de choses par la fenêtre et m'a dit de déguerpir », ajouta-t-il comme s'il énonçait un fait banal.

Et enfin, après tout ce temps, je compris que son humeur nostalgique prenait racine dans un désespoir écrasant. Il parlait tout bas, comme s'il ne voulait pas déranger la nuit – comme si le moindre mouvement brusque pouvait faire s'écrouler tout l'édifice de son cœur. Il m'avait laissée l'approcher parce que, ce soir, il ne pouvait plus supporter cela tout seul.

L'ampleur de sa détresse me frappa. « Eïvan, je suis désolée », lui dis-je sincèrement. Il m'écouta dans le noir. Il respirait lentement, bougeait peu.

« Je l'ai bien cherché, chuchota-t-il après un instant. Pitro m'avait prévenu. Ce n'était pas honnête de ma part, de toute façon. J'ai écouté son âme, mais mon intention n'était pas désintéressée. » Je fronçai les sourcils, sans comprendre, et il continua : « Je voulais prendre l'ascendant sur lui, pour protéger le village. Eh bien… voilà. » Il haussa les épaules. « Merci de cette discussion, Taena. Ce sont de bons souvenirs, et ça m'a changé les idées. » Il me tapota le dos : « Nous nous en sortirons, tu sais. Et nous en sortirons plus forts. »

J'aurais dû partir. Mais l'idée d'aller me coucher en le laissant seul dans cette étable me fut insupportable. La gorge serrée, je soufflai : « Viens chez moi, Eïvan… Ne reste pas dans une grange. »

Et j'attendis.

Il ne répondit pas. Son corps soudain immobile absorba ma phrase, et il ne répondit pas. Il regardait par terre. Son visage désarmé trahissait un terrible besoin d'amour. Mon cœur se mit à battre comme le tonnerre. Je ne décidai rien. Rien d'autre que de ne pas résister. Lorsque ma main se leva et toucha la joue d'Eïvan, je ne savais pas ce qu'elle allait faire. Lorsque je mis mes deux bras autour de ses épaules et l'attirai à moi, je ne réfléchissais pas. Je suivais. Un courant plus grand que moi.

Eïvan poussa un soupir, quelque chose qui venait de très loin. Je caressai ses cheveux, le serrai contre moi. Ses épaules étaient chaudes et tendues. Et enfin, ses bras se refermèrent sur moi, son corps répondit au mien, sans retenue. Ses lèvres se posèrent sur les miennes. Un rêve de cristal frémit à la lisière de ma conscience. L'émotion était si forte que j'en tremblais.

Le trajet jusque chez moi ne me laissa aucun souvenir. Je ne me rappelle même pas avoir croisé de soldats : je n'étais consciente que de sa présence, de l'amour, incommensurable, qui brisait toutes mes digues, d'une tendresse qui s'élargissait à l'infini comme des cercles dans l'eau. En cet instant, la magie des monastères coulait dans mes propres veines. Je n'avais plus aucune difficulté à y croire.

Dans l'entrée, il alluma une bougie, qu'il plaça dans la chambre. La timidité me paralysait, et je n'osais faire un geste de peur de le faire fuir. Le Cerf, invisible, emplissait son regard. J'avais appris à craindre mon propre désir. Mais il avait pris sa décision. Et ce fut lui qui s'approcha et, dans la lueur orangée de l'unique chandelle, retira ma tunique légère. Ma poitrine était fraîche et mes seins durs. Ma nudité me sembla soudain parfaitement juste. Nous étions les enfants de la nuit. Nous étions les enfants de l'humus. Comment disait-il ? De merveilleux remous dans le fleuve de la vie. Je déboutonnai sa chemise et passai mes mains sur sa peau douce, sur ses épaules, son dos, sa nuque, partout où j'avais toujours rêvé de le toucher, le réchauffer, l'emplir d'amour, et tandis que ses mains glissaient le long de mon cou, l'émotion élargit mon être jusqu'à l'horizon.

Le Cerf avait espéré cette communion. Je le sus, alors que nos désirs se mêlaient comme deux ruisseaux fervents. Mes jambes se nouèrent autour des siennes et le feu du plaisir nous fit crier. Sa voix de basse, devenue rauque, lança au ciel une prière inarticulée.

Il ne restait pas beaucoup de nuit lorsqu'il s'assoupit contre moi. Son visage paisible portait une ombre de tristesse. Je compris qu'elle ne s'en irait pas comme ça – qu'elle ne s'en irait peut-être jamais. Elle était peut-être bien plus ancienne que ces événements. Doucement, pour ne pas le réveiller, je posai ma main sur sa poitrine. Je sentis battre son cœur. Son beau cœur, qui aimait tant de gens, son cœur de Cerf.

Je finis par m'endormir. Je me souviens d'un rêve, ténu et pastel. Près d'un lac, dans un paysage que je ne connaissais pas, j'étais humaine, et le Cerf se tenait, paisible, près de moi. Le soleil se reflétait sur sa robe cristalline. Je touchais son cou, et il baissait la tête calmement pour me regarder. La vie semblait s'élargir dans ma poitrine, comme une fleur à l'aurore. Dans ce rêve, j'étais capable d'aimer autant que lui. J'eus la vision, brève et poignante, de ce que j'aurais pu être…

Les soldats nous réveillèrent au matin.

DEUXIÈME PARTIE

13

Séisme

Que ton chemin soit facile
Que ton bagage soit léger
Que les oiseaux t'accompagnent où que tu choisisses d'aller
Puisses-tu connaître la paix et la joie de ton âme

(Bénédiction d'Océa pour ceux que l'on aime)

Ils utilisaient un clairon sec, toujours le même. Son cri nous cueillit au milieu d'un rêve. Je reposais, le front contre l'épaule nue d'Eïvan, et mes muscles se contractèrent. Il resserra brièvement ses bras autour de moi et se dressa sur un coude. Ses yeux plus clairs dans le matin reflétèrent l'alarme, la confusion de nous trouver là, puis une pureté dans laquelle je reconnus le Cerf. Sa peau était moite. « Nous devons nous lever », dit-il avec douceur. Je l'attirai contre moi, refusant de laisser les soldats voler mon bonheur.

Dans la salle d'eau, le jet frais me rinça de la torpeur du sommeil. J'enfilai un pantalon et une tunique, tandis qu'Eïvan actionnait la gouttière de bambou à son tour, sans prendre la peine de fermer la porte. À la dérobée, je détaillai les formes de son corps solide, lourd. L'idée qu'il était entré en moi hier éveilla dans mon ventre une gerbe de désir qui me paralysa. *Eïvan.* Je sentis la chaleur me monter aux joues et détournai le regard. Dehors, les Coccinelles tambourinaient déjà aux portes à grands coups furieux. « Comptage ! » hurlaient-ils d'une maison à l'autre. « Comptage ! Dans la rue ! »

Eïvan s'habilla aussi vite que moi. Je bus quelques gorgées à même la carafe de terre cuite, et la lui passai. Pendant qu'il s'abreuvait, nos yeux se rencontrèrent. Je lui souris. Les Kétas me semblaient presque secondaires, ce matin. Son regard était incertain, comme celui d'un étranger qui cherche son chemin. En me rendant mon sourire, il trempa ses doigts dans le broc et me lança quelques gouttes. Nous sortîmes en vitesse, clignant des paupières dans la clarté blanche, à moitié groggy.

La plupart des habitants de l'Ahmra piétinaient déjà en ligne, harcelés par les voix rauques des soldats. Je repérai Mandine. Puis je me crispai : Jamol était là. Sur son cheval, avec son pantalon noir impeccable et ses cuirs rouges luisants, l'officier contemplait la scène, le visage aussi pâle et glacial qu'à l'ordinaire. Lorsqu'il était là, les troupes se montraient plus brutales, bousculant les Lius pour les mettre en rang. Je vis un jeune soldat jeter un homme par terre, le visage dans le sable. Un adjudant, passant dans les rangs, enfonçait brutalement le bout de sa lancette dans le dos des villageois pour les aligner. Des cris et des insultes fusaient de toutes parts. Nous entrâmes dans la file rapidement pour éviter les coups. Dans l'allée, ils nous avaient tellement serrés que nous nous marchions sur les pieds. Le soleil levant chapeautait notre mêlée malheureuse d'un voile d'or. Je fermai un instant les yeux. Le contraste entre la douceur de cette nuit et la violence de notre condition était si rude. Sur le visage d'Eïvan, je lus le même choc, la même difficulté à s'ajuster.

Et nous attendîmes. Nous formions un ruban qui occupait toute l'allée centrale puis disparaissait dans le tournant. Hommes, femmes, enfants et personnes âgées ; tous devaient se tenir immobiles selon le bon vouloir des soldats. Quand tout le monde fut en ligne et les Coccinelles postés à intervalles réguliers, le comptage commença. C'était le même cérémonial fastidieux depuis sept jours. Un sous-officier commençait par le début de la queue, et comptait rangée par rangée, la lancette pointée, accompagné d'un fantassin avec une tablette. Le première classe reportait le nombre sur son ardoise, le rang compté devait se détacher du précédent ; et ils attaquaient le suivant. Nous étions quatre cent trente-deux.

Immobiles, sans possibilité de nous mettre à l'ombre, nous savions maintenant qu'il fallait amener de quoi nous couvrir la tête, et de l'eau, avec laquelle les parents mouillaient les cheveux des enfants. Je regrettai de n'y avoir pas pensé ce jour-là. Mais lorsque le comptage arriva à la quinzième rangée, des nuages sombres se massaient par-delà la forêt et le vent fraîchit. Eïvan laissa comme moi son regard errer sur la cime des arbres, admirant le contraste intense entre le gris ardoise du ciel et le vert profond des grands mahoganys. Les rumeurs de la pluie et l'odeur de la terre humectée nous parvinrent avant les premières gouttes. J'étais là, oppressée avec mon peuple, à la merci d'une autorité malveillante ; pourtant je connus un moment de joie pure. Je résonnais de la présence d'Eïvan et de la vie immuable. L'éblouissement de notre nuit volée se déploya à nouveau dans mon esprit et je me dis que rien ne pouvait m'atteindre. « C'est un temps pour ton faucon », chuchota Eïvan. Je lui souris. L'entendre parler de mon reflet me touchait. Tant pis pour les Kétas. Ils pouvaient bien nous laisser là jusqu'à l'an prochain. Cette complicité nouvelle m'emplissait d'un bonheur vibrant. Le bruissement des feuilles réjouies chanta dans mes oreilles et les premiers grains nous frappèrent. Je pris sa main, discrètement.

Les gouttes tombèrent d'abord espacées, lourdes et épaisses, puis plus serrées, et enfin continues. Je pensais que les Coccinelles allaient suspendre leur comptage pour le recommencer plus tard ; c'est ce qu'ils avaient fait lorsqu'il avait plu deux jours plus tôt. Mais quand les soldats en charge du recensement consultèrent Jamol, l'officier ne daigna même pas remarquer leur silencieuse supplique. Il fit reculer son cheval sous l'arbre qui l'abritait. Résignés, les fantassins reprirent leur office, celui qui tenait la tablette la retournant pour éviter que l'eau n'efface les chiffres.

En quelques instants, leurs uniformes étaient trempés et pendaient, empesés. La pluie s'abattait à longs rideaux d'averses opaques, en crépitements violents et frénétiques. Je courbai le dos pour me protéger de la violence des rafales. L'eau me coulait dans les cheveux, la nuque, le dos ; je la sentais ruisseler entre mes fesses et glisser le long de mes mollets, jusqu'aux chaussures. Devant moi, tout le monde rentrait le cou. Je ne voyais pas plus loin que deux ou trois rangées tant les rafales étaient denses, et je me demandais comment les soldats pouvaient nous distinguer.

Rapidement, la fraîcheur devint inconfortable. La pluie n'était pas froide, mais les bourrasques faisaient chuter la température. Sur la route de sable, de petits ruisseaux commençaient à se former, se rejoignant pour en créer de plus gros. Je n'avais plus un carré de peau sèche et je commençai à frissonner. Bientôt, nous ne fûmes plus qu'une foule misérable, nous abritant les uns derrière les autres, priant pour que les soldats se découragent, que ce stupide comptage se termine et que nous puissions rentrer chez nous. Avec lassitude, je réalisai que j'avais laissé ouvertes deux fenêtres, dans la précipitation. Mon moral baissa. Nous étions à leur merci, et ils nous haïssaient. Eïvan bougea un peu pour se placer derrière moi. Son bras entoura mes épaules. Il me serra contre lui. À travers nos habits détrempés, je sentis la tiédeur de son ventre contre mon dos. Lentement, les chaleurs de nos corps se communiquèrent l'une à l'autre. Je fermai les yeux, embrassai doucement sa peau humide.

Lorsque le recensement se termina, il s'était bien écoulé une heure, et la pluie tombait toujours. Nous allions enfin pouvoir nous mettre à l'abri. Je vis des cavaliers se positionner de chaque côté de la file. « Amenez les carrioles ! » cria un vieux sous-officier, et il accompagna son ordre d'un coup de clairon. Cette manœuvre ne ressemblait pas à la procédure habituelle. Eïvan plissa les yeux, tentant de discerner les mouvements à travers les gouttes. « Qu'est-ce qu'ils font ? » chuchotai-je. Il posa un doigt sur ses lèvres et haussa les épaules. Les Coccinelles faisaient les cent pas, et bientôt, certains portaient des sacs, tiraient des moutons, soulevaient des brouettes. Je me retournai. Ils chargeaient une de nos carrioles. Un prélèvement. Ils étaient encore en train de piller l'Ahmra, et cette fois, ils partaient même avec nos véhicules. Je crus d'abord qu'ils allaient embarquer nos dernières ressources, puis je compris l'évidence.

Ils s'en allaient.

Aucun soldat n'accepterait de jeûner. S'ils chargeaient nos derniers sacs de grains et emmenaient nos dernières bêtes, c'est qu'ils n'avaient pas l'intention de rester. Ils partaient ! Nous allions retrouver notre Ahmra, notre liberté, nos jours paisibles et joyeux, sans le harcèlement des soldats et leur mépris glaçant, sans corvées débiles, sans numéros sur les bras… Sans la peur au ventre. Je pressai la main d'Eïvan, lui montrai la carriole. Il se retourna et suivit mon regard, mais ne s'y attarda pas, concentré sur les cavaliers qui nous encadraient.

L'averse se calma. Je commençais à y voir plus clair, et les signes d'un départ prochain se multipliaient. Aux piétinements nerveux des personnes devant moi, je devinai que je n'étais pas la seule à avoir remarqué les mouvements. Dans les rangs, des têtes se tournaient de tous côtés, une folle lueur d'espoir au fond des yeux. Le temps passa lentement. Nous étions debout dans la rue depuis le petit matin, la pluie nous cinglait continuellement, et les premiers éternuements se firent entendre. Mais l'espoir de voir les Kétas partir nous rendait patients. Bientôt, nous serions libres. Ils pouvaient bien prendre tout ce qu'ils voulaient. Nous mangerions des écrevisses de rivière et des racines sauvages. Lentement, Jamol remonta la colonne, drapé dans son mépris habituel. Mon cœur se mit à battre plus fort. De chaque côté de la file, les soldats firent pivoter leurs chevaux, puis au cri du gradé, nous ordonnèrent de nous retourner en direction de l'arche. L'ordre me décontenança. Certains s'y plièrent quand d'autres, comme moi, restèrent interdits. Les Kétas donnèrent des coups de crosse au hasard dans les rangées : « Retournez-vous ! Allez ! En avant ! » Dans la confusion, nous obéîmes, pivotant. Le visage d'Eïvan était à la dérive, et derrière moi, les gens se mettaient à pousser. Nous mîmes un pied devant l'autre à l'aveuglette, pour ne pas nous piétiner. Un horrible soupçon commença à poindre. Tout à l'heure à l'arrière de la file, Eïvan et moi étions désormais à l'avant, à cinq rangées seulement des premiers. Devant, les carrioles chargées de nos provisions et des affaires des Kétas, une douzaine de cavaliers, une quinzaine d'hommes à pied, et Jamol, qui ouvrait la marche, majestueux sur son éternel étalon lustré, indifférent à la pluie qui tombait désormais en fines gouttes tranquilles.

Les soldats nous refoulaient toujours plus brutalement en direction de l'arche, et bientôt toute notre troupe se mit en branle entre deux lignes de Coccinelles. Je me dis qu'ils allaient s'arrêter. Qu'ils allaient nous laisser. Qu'ils allaient partir. Certains habitants commençaient à gémir d'angoisse. Une petite fille se mit à pleurer. Quelqu'un cria : « Mais enfin, qu'est-ce que vous faites ? » Loin derrière moi, un rugissement de rage jaillit, suivi d'un bruit de bagarre. Je me retournai pour apercevoir à quelques trentaines de pas une mêlée de sept ou huit silhouettes lius et kétas. Eïvan voulut intervenir, mais les fantassins distribuèrent des volées de crosse, pour nous forcer à nous éloigner. Je trébuchai, poussée par ceux de l'arrière. Océa, que se passait-il ?

La colonne se remit en branle, et nous dépassâmes l'entrée du village, puis la procession s'engagea sur la route qui descendait vers le sud. Je jetai un coup d'œil par-dessus mon épaule. L'arche de l'Ahmra se détachait sur le ciel gris, alors que les derniers marcheurs et cavaliers passaient dessous. Les soldats traitaient avec une violence immédiate la moindre velléité de ralentir. Eïvan fixait le sol. Ses yeux reflétaient l'évidence du désastre. Alors seulement j'admis ce qui était en train d'arriver. Ils nous enlevaient. Ils nous arrachaient à l'Ahmra. Le choc et la peur me submergèrent, et je me mis à sangloter. Ils ne nous avaient pas laissés prendre nos affaires, rien du tout. Ce n'était pas possible. Nous n'avions pas mangé. Je n'avais pas fini mon tableau du Cerf pour Ayelo. Tout cela n'avait aucun sens.

Mais notre marche ne s'arrêtait pas et peu à peu, le silence s'abattit sur nos rangs. La pluie diminua, puis cessa complètement. La chaleur commença à remonter de la terre, tandis que l'eau s'évaporait en volutes de vapeur. Prenant de grandes inspirations, je freinais la litanie de mes pensées (*je n'ai pas fermé les volets de la maison ; qui va s'occuper de mon basilic ; Eïvan n'a pas l'air bien ; j'ai soif ; j'espère qu'ils ne vont pas abîmer l'atelier*), et je me forçais au calme. Il y avait sûrement une raison derrière cette absurdité, et nous finirions par la découvrir. *Respire*, me répétais-je. La voix froide et métallique que je craignais tant, la voix de Colin, résonna en moi. Pour une fois, j'accueillis son ton glacial avec gratitude. *Pense comme une guerrière*, me dit-elle, laissant dans son sillage ce relent de cendres froides et de moisi. *C'est la guerre. Celle que nous attendions*. Les battements de mon cœur ralentirent, et je redevins consciente de mon corps, de mon environnement. Nous montions sur la route du sud. Une colonne de quatre cent trente-deux Lius, à pied, terrorisés, encadrés par quelque soixante-dix soldats kétas d'infanterie et de cavalerie. Les chiens du village qui nous avaient suivis se mêlaient à la marche, secouant la queue et aboyant leur curiosité. Les bois du Centre encadraient la route. Tout l'Ahmra se trouvait là, du plus petit nouveau-né au plus vieux d'entre nous.

Tous, sauf Pitro.

*

Je passai les heures suivantes à me demander ce qu'ils allaient faire de nous. Lorsque le soleil fut à son zénith, la chaleur nous accabla. Eïvan marchait à côté de moi. Je percevais son odeur, la présence de son grand corps – et le fait que quelque chose n'allait pas. Il avançait de façon mécanique, la tête légèrement penchée vers l'avant, le buste lourd, comme engourdi. Il respirait à petits coups. Quelqu'un d'autre aurait pu croire qu'il méditait... Pour bien des habitants de l'Ahmra, Eïvan était juste le sage. Un maître imperméable à nos tourments ordinaires.

Mais je reconnus dans les mouvements rétrécis de l'homme, dans ses prunelles fixes et la sueur qui perlait à son front, la terreur de l'animal d'argent. Eïvan était au bord de la panique.

Je voulais l'aider et je ne savais pas quoi faire. Faute de mieux, je glissai mon bras sous le sien et lui pris la main. Il me jeta un regard opaque. Sa paume était moite. Je la pressai doucement, en essayant d'imiter la bienveillance qu'il mettait dans son sourire, cette expression qui semblait dire « je suis là » à tous ceux qui souffraient. Puis après quelques pas, je chuchotai : « Tout ira bien. Tout ira bien. » Il me retourna un hochement de tête automatique et reporta ses yeux vers le sol. Je ne savais même pas s'il m'avait entendue. Ma nullité me consterna.

La marche se poursuivit en direction du sud, puis nous obliquâmes vers l'ouest, sur une route secondaire de terre rouge qui serpentait entre les bois, les champs et quelques hameaux kétas. Le soleil nous tapait dessus comme un marteau sur une planche, impitoyablement, implacablement. La poussière que nous soulevions asséchait nos narines. Nous n'avions rien bu, rien mangé depuis le matin. Une migraine jaune vif pesait sur mes yeux. En chuchotant, Eïvan répétait pour lui-même : « Tout vient d'Océa et tout retourne à

Océa. Tout vient d'Océa et tout retourne à Océa. Tout vient d'Océa et tout retourne à Océa… » Les Lius utilisaient ce mantra pour se réconforter. En fin d'après-midi, nous croisâmes quelques Kétas qui s'arrêtèrent pour nous regarder passer comme si nous étions une caravane de cirque. Je surpris de la pitié chez un couple d'itinérants qui avait dû garer sa carriole sur le bas-côté, pour laisser passer notre massive procession. Mais ils ne dirent rien. Enfin, les soldats nous conduisirent vers un terrain vague un peu en retrait de la route, qui devait servir aux foires et aux tournois pendant la saison sèche. Ils nous regroupèrent au centre. Certains d'entre nous, épuisés, s'effondrèrent par terre, enlevant leurs chaussures en gémissant. Je n'osai pas bouger tant que les Coccinelles manœuvraient. La plupart montraient la même méfiance : debout, tendus, en alerte, nous observions les fantassins se déployer, les sous-officiers donner des ordres, sous le regard impénétrable de Jamol. Nous étions arrivés au point où ils voulaient nous emmener. Et maintenant, qu'allaient-ils nous faire ?

Ils sortirent d'une carriole des paquets de grillage et des pieux. Ils durent s'y mettre à dix pour les déposer par terre dans un grand fracas métallique. Pendant ce temps, d'autres soldats commencèrent à planter les piquets, à intervalles réguliers, tout autour de nous. Je me dis que je rêvais. Je me dis que ce n'était pas possible, que cette scène absurde allait éclater comme une bulle de savon, que ce monde ne pouvait pas être si déraisonnable. Mais ils continuèrent leur besogne, martelant les piquets autour de nous, puis déroulant le grillage petit à petit.

Ils nous mettaient sous enclos, comme du bétail.

Quand les prisonniers comprirent ce qui se passait, des protestations éclatèrent, des cris de colère, et quelques groupes se détachèrent pour avancer vers l'armée. La révolte se répandit comme une vague. Je crois qu'à ce moment, nous aurions pu nous enfuir, les submerger, reprendre notre liberté. Nous étions plus nombreux. Il aurait suffi que la vague enfle encore un peu, et que tous ensemble nous attaquions. Mais Jamol cria : « Armes au clair ! » et les militaires dégainèrent leurs lancettes. Il cria : « En joue ! » et ils pointèrent leurs lancettes. Il cria : « À l'assaut ! » et ceux de l'Ahmra qui étaient les plus proches des Coccinelles rencontrèrent les pointes de plein fouet. Tout le monde se mit à hurler en même temps, battant en retraite vers le centre, les mains en avant, tentant de parer les lames dans le fracas… La troupe marcha sur nous. Il y eut des coups de feu. Les fusils étaient si rares que je ne me souvenais pas en avoir déjà vu. Alors que je reculais moi aussi, l'odeur âcre de la poudre me piqua les narines. Jamol ordonna : « Arrière ! » et la troupe se replia. Suppliants, en larmes, nous nous pressâmes les uns contre les autres comme des moutons harcelés par des chiens. Deux personnes gisaient par terre. D'autres se tenaient à genoux, blessés aux bras, aux jambes, au ventre. Les enfants se serraient contre leurs parents, un glacis d'horreur dans leurs yeux écarquillés. Il y avait du sang sur l'herbe.

Les soldats reprirent leur tâche là où ils l'avaient laissée. Ils redressèrent le grillage qui avait été déformé dans la bousculade, et recommencèrent à le fixer aux piquets. Ils travaillèrent avec méthode et efficacité. En un tournemain, c'était fini. Lorsqu'ils refermèrent la clôture, il apparut rapidement que nous aurions peu d'espace. Nous étions parqués dans un enclos à chèvres, quatre cents personnes tassées les unes contre les autres, hébétées, affamées, assoiffées.

*

On ne passe pas facilement d'une vie normale à la détresse la plus crue. Le matin même, nous dormions dans nos maisons paisibles. Il nous fallut un long moment pour sortir de notre hébétude. Puis, les familles des blessés avancèrent vers ceux qui étaient tombés, se mirent à genoux, se lamentant doucement, et la gangue se brisa. Eïvan et les élèves guérisseurs convergèrent vers eux. Un homme était mort, un coup de lancette en plein cœur. Certains se relevaient péniblement, les traits décomposés, inspectant leurs entailles ; d'autres ne bougeaient pas du tout. L'un des aides-cuisiniers de Morita gisait, inconscient, et saignait à profusion de l'abdomen. Horrifié, Eïvan souleva délicatement sa chemise trempée de rouge. Son épouse commença à sangloter et le guérisseur les contempla, un instant démuni, avant de se ressaisir et de se pencher vers son patient. Sous le tissu, le ventre de l'homme était criblé de petits plombs, et la poudre avait laissé un halo noir autour des trous suintants. Il gémissait, les yeux mi-clos. Les élèves formèrent un cercle autour de leur maître. Ayelo s'agenouilla. C'était la première fois que je le revoyais depuis que les Kétas nous avaient mis en ligne, ce matin. Il était si choqué, les yeux boursouflés, qu'il avait l'air d'un enfant de dix ans. Eïvan leva la tête : « Regroupez les blessés », ordonna-t-il. Et à Ayelo : « Il nous faut des amandes de bois-caïman ou de l'aloès, et de l'eau, de quoi le bander. Va voir si quelqu'un a ça, s'il te plaît. » Le visage du jeune homme trahit sa panique et il se couvrit la bouche : « Je suis venu sans rien pour le recensement, je ne savais pas qu'ils allaient nous emmener, je n'ai pas...

— Personne ne pouvait prévoir ça. » Les inflexions du guérisseur s'étaient faites apaisantes. « Mais va et demande quand même. Va. » Ayelo bondit sur ses pieds. Il se faufila entre les groupes en quête des médicaments. Je me dis qu'Eïvan se berçait d'illusions, ou bien qu'il cherchait à occuper le jeune homme...

J'avais perdu de vue Mandine dans la bousculade. Mes membres, comme engourdis, bourdonnaient douloureusement des restes de terreur qui s'attardaient dans mes veines. Quand je retrouvai la vieille dame, elle était seule, le visage dans les mains, assise à même la terre, sa robe mauve tachée de boue soigneusement repliée autour d'elle. J'avais jusqu'ici gardé une certaine maîtrise, mais à la découvrir ainsi, mon cœur se brisa. Elle n'aurait pas dû être là. Elle aurait dû être dans son petit jardin de fleurs, avec son mari, dans son village. « Oh, Mandine ! Mandine, je suis désolée ! » dis-je en m'accroupissant pour la serrer contre moi. Son visage s'affaissa. Nous nous étreignîmes, pleurant à chaudes larmes. « Quelle folie », murmura-t-elle. Au-dessus de nos têtes, les nuages se frangeaient de rose et d'orangé. Elle s'inquiétait pour Pitro. Je ne savais pas quoi répondre. J'y avais moi-même pensé souvent au cours de la journée.

Sous le ciel flamboyant, la foule de l'Ahmra commençait à se résigner, s'asseyant en petits groupes dans l'espace étroit de notre prison à ciel ouvert. La scène avait quelque chose d'irréel. Ayelo revint bredouille. Avec angoisse, je vis alors Eïvan marcher lentement vers la clôture. Il prit une grande inspiration, hésita un instant, puis posa sa main sur la grille de fer et appela les militaires qui établissaient leur campement. De nombreuses tentes beiges étaient déjà dressées. « Tais-toi ! » jappèrent un ou deux soldats. Sans se laisser décourager, il expliqua, patiemment, qu'il lui fallait de quoi soigner les blessés, qu'il ne demandait que des plantes et de l'eau...

Il insista tant qu'un caporal chauve lui jeta un regard mauvais, et grommela : « Je vais chercher l'officier. »

Je ne reconnus pas immédiatement Jamol lorsqu'il s'avança. Il allait à pied. Je l'avais vu si souvent en selle que j'avais fini par l'associer à son cheval. Son visage anguleux, d'ordinaire impassible sous le casque de cuir rouge, laissait paraître une vive agitation. Ses yeux pâles flamboyaient de colère. Il haussa un sourcil vers Eïvan. « Lokris », le salua le guérisseur avec une familiarité qui me laissa pantoise. « Nous avons des blessés. J'ai besoin d'eau, de bandages et de plantes. On ne peut pas les laisser mourir. »

Je ne sais pas si Eïvan s'attendait à de la compassion. L'officier kéta rejeta la tête en arrière, serrant les mâchoires à s'en casser les dents. Tout à coup, il se précipita en avant, cognant sa lancette contre le grillage, de toutes ses forces. Les mailles s'enfoncèrent dans un bruit métallique. Eïvan fit un bond en arrière. Le choc se répercuta le long de la clôture. « LIU…, articula Jamol en heurtant à nouveau la clôture en rythme, Liu… ne t'avise plus JAMAIS de me déranger pour tes petites affaires… Elles m'intéressent AUTANT que le biEN-être des EScargots. As-tu comPRIS ? » Sa voix oscillait du cri au chuchotement et il avait la mâchoire si crispée qu'elle semblait en marbre. Je priai frénétiquement pour qu'Eïvan n'insiste pas. Mais Jamol avait fini. Il fit demi-tour et marcha vers le camp d'un pas vif, sans se retourner, suivi du soldat qui gardait la tête baissée. Je remarquai que les autres Coccinelles s'écartaient prudemment sur son passage. Tous percevaient la folie de l'officier.

Eïvan demeura debout, fixant le sol, la respiration rapide. Je voulus m'approcher pour le réconforter, mais il repartit vers les blessés. S'agenouillant à nouveau près de l'aide-cuisinier dont l'abdomen saignait, il tendit les mains au-dessus de son corps, ferma les paupières, et lança une incantation. Un sentiment de dépossession me creusa la poitrine. Notre rencontre amoureuse me paraissait si lointaine à présent.

Lorsque tout le monde se fut installé de son mieux, le désespoir de notre situation se leva comme la lune sur la mer. Nous avions soif et nous n'allions pas boire. Nous avions faim, et nous n'allions pas manger. Les blessés n'auraient pas de soins. Ils nous avaient parqués là sans se soucier de nos besoins les plus élémentaires. Alors que le crépuscule tombait sur notre assemblée misérable, les criquets entamèrent leur chant enthousiaste. Eïvan se faufila au centre de l'enclos et appela : « Vers moi… Tout le monde… Venez vers moi… » Lentement, ceux qui étaient sur les bords de l'enceinte commencèrent à s'approcher, par petits groupes. Mandine ne voulut pas bouger. Il réitéra son appel et, les uns après les autres, nous vînmes nous asseoir au centre, les quelque quatre cents que nous étions, levant vers lui des visages affligés. Le soleil couchant le découpait à contre-jour, éclaboussant ses cheveux de doré, et derrière son dos, l'horizon s'assombrissait. Je l'aimais tant que j'en avais mal. Il nous contempla silencieusement. Ferma les yeux. Prit une grande inspiration. Et dans le silence de la plaine, sa voix s'éleva, grave et vibrante, comme elle s'élevait dans les cérémonies de l'Ahmra :

« Qui sommes-nous, nous les pèlerins, dans le jour finissant ? »

L'émotion m'envahit, si puissante que les larmes coulèrent à flots sur mes joues. À côté de moi, quelqu'un se mit à hoqueter. « Qui sommes-nous, nous les fils et les filles de la terre ? » poursuivit Eïvan, la voix rauque de défi et de chagrin. « Nous sommes de merveilleux remous dans le fleuve de la vie. Et rien ni personne ne pourra *jamais* changer cela. »

14

Regroupement

Journal d'Eïvan, cahier 5.

Parfois, je me dis : seule la tendresse peut. Seule la tendresse. Oh, il y a tant de douleur et de désespoir. De longs ruisseaux d'affliction, profonds et furieux, coulent intarissables sous la peau du monde. Et parfois, je n'en peux plus. La souffrance a frappé mon cœur, il y a longtemps, et l'a laissé ouvert comme un cristal fendu par la foudre. C'est cela qui fait de moi un guérisseur. Le ruisseau de la peine entre en moi et je n'ai plus qu'à remonter la source. Être attentif. Ce n'est pas difficile. Être un diapason.
Pour soigner, certains utilisent des mots, des drogues ; ils montent un théâtre où les patients peuvent repeindre leur vie. D'autres guérisseurs interrogent jusqu'à ce que le verbe s'amarre aux racines les plus profondes du malheur, et le déterre.
Moi, je ne sais qu'ouvrir les bras, et dire à la douleur : « Repose-toi, maintenant. » Je ne sais pas vraiment faire autrement. Ce ne sont même pas vraiment mes bras. Ce n'est même pas vraiment moi.
Juste la tendresse.

Ce soir-là, Eïvan n'emmena personne dans le Lieu de silence. Ce n'était ni l'endroit ni le moment. Mais sa voix nous apaisa et nous ancra dans le souvenir de ce que nous partagions à l'Ahmra. La cohabitation entre la sérénité du rituel et la brutalité du jour que nous avions vécu était si bouleversante que les cœurs se brisèrent. Certains sanglotèrent jusqu'à ce que les étoiles apparaissent. Avec nos pleurs, un peu de peine s'en allait du groupe. Un peu de paix y entrait à la place.

La nuit était tombée lorsque, contrastant avec le murmure doux et discontinu des chuchotements dans l'enclos, des voix fortes retentirent à l'extérieur. J'étais revenue auprès de Mandine. Je me redressai, en alerte : une dizaine de soldats se pressaient autour du grillage, certains en garde, d'autres ouvrant un pan de clôture. Que nous voulaient-ils, encore ? La peur m'empoigna. Je ne pensai qu'à une chose, mettre le plus d'espace entre eux et moi, et je me levai doucement, offrant mon bras à Mandine, avec l'idée de nous fondre dans la foule. L'un des Kétas m'interpella : « Viens ici ! » Comme je m'immobilisais, il se tourna vers quelqu'un d'autre : « Viens prendre ça ! Toi aussi ! Dépêchez-vous, on n'a pas toute la nuit ! » Par l'ouverture pratiquée, deux fantassins faisaient entrer une auge lourde, de la taille d'un adulte. J'entendis clapoter de l'eau. « Prenez ça ! » gronda encore le premier Kéta. Enfin, parmi nous, trois hommes réagirent, et empoignèrent le bac pour l'amener un peu plus loin à l'intérieur, tandis que les soldats en déposaient trois supplémentaires. Autour, les conversations se mirent à bourdonner et les prisonniers s'approchèrent, hésitants… « De l'eau ! » Je me demandai d'où sortaient ces auges. Puis je compris qu'il s'agissait probablement des abreuvoirs de leurs chevaux.

Tant pis. Autour des baquets, les habitants de l'Ahmra commencèrent à s'agglutiner, ceux qui étaient debout réveillèrent leurs familles endormies, et la nouvelle se répandit comme le vent. Un mouvement convergea vers les abreuvoirs. Les fantassins laissèrent tomber un sac par terre. L'un d'eux lança à la cantonade : « Vous direz au guérisseur que c'est là. » Puis ils refermèrent le grillage et nous laissèrent. La soif qui m'avait tourmentée depuis midi se réveilla, furieuse, et je dus me retenir pour ne pas bousculer les autres. Une file commença à s'organiser vaguement ; je pris ma place avec Mandine. Eïvan inspecta le paquet jeté par les soldats. Dans le noir, je le vis déplier avec satisfaction les bandes de tissu et les plantes réclamées à Jamol plus tôt dans la soirée. Il surprit mon regard et me retourna un sourire fatigué.

*

Le lendemain matin, les Kétas nous réveillèrent beaucoup trop tôt. Tirée du sommeil en sursaut, je contemplai le camp de prisonniers, encore plus choquant dans la lumière du jour qu'il ne l'avait été dans la nuit. Les Coccinelles démontaient le grillage. Eïvan était debout, ses vêtements beiges maculés de terre. Ce fut Ayelo qui, le premier, montra l'horizon du doigt et avertit : « De nouvelles troupes ! » Je me levai.

Une foule se dirigeait vers nous. Une masse de plusieurs dizaines – non, plusieurs centaines de personnes – soulevait des nuées de poussière dans le lointain. Je plissai les yeux. Quelques petites silhouettes plus hautes suggéraient des cavaliers en formation organisée. « Que se passe-t-il ? » interrogea une voix pleine d'appréhension à côté de moi.

« Je ne sais pas. Des gens viennent. »

Les Coccinelles roulèrent la clôture, la chargèrent dans les carrioles. Dans le groupe qui progressait, trois coups de trompette éclatèrent, et la peur me saisit. Une armée entière s'approchait. Jamol apparut, remontant nos rangs au petit trot. Il cria : « Poooooosition ! » et les soldats s'alignèrent tout autour de nous, lancettes au clair. Et nous attendîmes. Les Kétas, en formation militaire ; nous, dans une autre forme, étrange, de garde-à-vous. Tourné vers l'ouest, tout le monde regardait en silence la foule massive qui arrivait lentement, ourlée par le soleil levant, se demandant si elle apportait notre fin.

Il fallut longtemps à la horde pour arriver suffisamment près afin que j'en distingue les détails. Des bannières flottaient. Les cavaliers et l'infanterie qui bordaient la colonne étaient des Coccinelles, semblables en tous points à ceux qui nous surveillaient... Mais au milieu marchaient des Lius. Femmes et hommes, enfants et vieillards : des prisonniers lius, comme nous, sales et dépenaillés, portant sur les épaules une détresse familière. J'entendis quelques exclamations chuchotées : « Ce sont des Lius ? D'où viennent-ils ? Qu'est-ce qu'on leur a fait ? » Puis les questions se turent alors qu'ils avançaient dans la lumière douce du matin, et que s'avançant ils nous ressemblaient de plus en plus, avec leurs visages marqués de fatigue, leurs yeux baissés, leurs lèvres closes. Ils étaient nombreux, beaucoup plus nombreux que nous.

Des prisonniers. Enlevés de quel village ?

Lorsque la horde arriva à proximité, des hommes montés se détachèrent et vinrent au galop à la rencontre de Jamol. Un officier reconnaissable à sa lancette de commandement lui tendit une feuille roulée. Ils hochèrent la tête, puis Jamol nous désigna, montrant le chiffre quatre. L'autre officier indiqua le sud. Ils restèrent ainsi un moment à échanger, nous pointant du doigt, réglant notre sort comme si nous étions des animaux. Quand ils eurent achevé leurs apartés, ils distribuèrent des ordres, chacun dans leur camp, et nous firent mettre en rang, nos deux groupes séparés par la dizaine de carrioles chargées des victuailles qu'ils nous avaient pillées. Nous allions repartir. Avec nos pieds couverts d'ampoules, nos jambes endolories, nos estomacs vides : nous allions repartir. Des enfants se mirent à pleurer à pleins poumons, des adultes à sangloter doucement. Au milieu de la troupe, le vieux major empâté qui avait supervisé les premiers recensements s'approcha à cheval et, portant un clairon à sa bouche, nous promit de la nourriture à l'arrivée ce soir.

*

Et la marche reprit, sur la route du sud, nous éloignant toujours plus de l'Ahmra. Dans le matin encore frais, alors que les rayons montaient rapidement à l'assaut des arbres, notre cortège s'ébranla péniblement. Les cimes dansaient dans le bleu éclatant du ciel. Avec la confusion du départ, je ne pus rester avec Eïvan : il s'éloigna pour demander que l'on place les blessés sur les carrioles, mais les soldats lui rirent au nez. Imitant l'autre groupe que nous avions vu arriver avec des brancards de fortune, des hommes enlevèrent alors leurs chemises, les nouèrent ensemble, et les adultes se relayèrent pour porter l'aide-cuisinier criblé de plombs et une femme d'une quarantaine d'années, dont l'abdomen avait été ouvert par un coup de lancette. Au bout d'un moment, celle-ci voulut marcher pour soulager ses porteurs, mais elle s'effondra alors que la matinée avançait. Je dus prendre mon tour pour la porter. La tension de son poids tirait mes bras vers le sol. La douleur se propagea de mes poignets à mes avant-bras, puis mes épaules et mes omoplates, jusqu'au cou. Je ne la connaissais pas et je n'avais aucune raison de souffrir pour elle. Brûlant d'un ressentiment sombre, je pestais intérieurement. *Peut-être devrais-je moi aussi faire semblant de tomber, pour être portée le long du chemin !* Je serrais les dents. Puis quelqu'un me relaya. La température commençait à monter. Nous marchions, soulevant la poussière, menacés et frappés par les soldats au moindre ralentissement.

Alors que nous nous éloignions des forêts du Centre, la végétation se fit moins dense. Notre route se mit à serpenter entre les parcelles en damiers des champs cultivés et les bosquets de forêts. Les cultivateurs s'arrêtaient de travailler pour nous regarder passer, les habitants des fermes kétas, aux murs de pierre et aux toits rouges, sortaient sur le perron avec curiosité. Nous avions dépassé Léto, nous n'allions donc pas en ville pour y être emprisonnés. Je ne savais pas ce qu'ils allaient faire de nous. La voix de Colin me chuchotait des commentaires amers. *Oh, ils ont le cœur sur la main, ces Kétas, hein ? De vrais agneaux...* Nous marchions. Les enfants pleuraient par intermittence – quand ils voyaient où ils étaient, quand la faim, la fatigue et la peur les y obligeaient –, puis ils cessaient, quand les fantassins menaçaient leurs parents, ou quand ils comprenaient que leurs pleurs ne servaient à rien.

Mon cœur béait d'accablement.

La matinée s'écoula, une averse nous rafraîchit, puis midi arriva, et le soleil nous martela tous. Les soldats se renfrognèrent. Les couleurs sombres aggravaient la chaleur, et je me réjouis du petit inconfort que devaient leur procurer ces uniformes noirs. Jamol était flanqué d'un aide de camp qui l'abritait d'une ombrelle. Eïvan marchait loin devant. Il prenait plus que son tour pour porter les blessés. Sa constitution le rendait plus résistant que beaucoup à ce type d'effort, mais il ne pourrait soutenir ce rythme indéfiniment. Je n'arrivais pas à me rapprocher de lui ; les cavaliers nous empêchaient de quitter nos places.

Lorsque vint le début de l'après-midi, des marcheurs s'effondrèrent d'épuisement, de privations. Les soldats les obligèrent à se relever. Notre horde quitta la route de terre pour emprunter une voie pavée commerciale, bien plus large. Les arbres se firent plus rares et notre supplice plus grand. De grands bâtiments à l'activité fourmillante apparaissaient à intervalles réguliers. Nous longions des murets de brique rouge et les Coccinelles nous pressaient sur les côtés pour laisser passer les caravanes. En respirant l'odeur forte d'une tannerie, je compris que nous nous trouvions sur la route d'Or, l'une des voies principales de Zanabé (et la plus ancienne), qui traversait le pays du nord au sud.

Le faible espoir que notre enlèvement ne soit qu'un caprice de quelques officiers s'évanouit. Une diligence ornée de frises rouges et d'un toit en pagode manqua de percuter l'un des cavaliers. Le cocher tira les rênes et s'excusa, mais la fenêtre s'ouvrit brusquement et un visage furibond apparut. L'homme d'une soixantaine d'années réclama bruyamment l'officier de la troupe. Il portait tous les signes d'un dignitaire kéta : ses disques de famille étaient dorés, et retenus par un lacet blanc, ce que seules se permettaient les familles les plus riches et influentes. À l'intérieur du coche, j'aperçus une femme et des enfants. Jamol se présenta devant eux, d'abord agacé, puis lorsqu'il vit à qui il avait affaire, pressant et humble. Il descendit de cheval et s'inclina profondément devant l'homme qui éructait : « Qu'est-ce qu'ils font là ? Qu'est-ce que vous faites ? » Autour de lui, nous avions tous cessé de marcher et je vis d'autres prisonniers guetter comme moi l'échange, pleins d'une espérance folle. Je n'entendis pas la réponse de Jamol, mais la voix forte du notable moucha mon rêve : « Ils n'ont rien à faire là ! hurla-t-il. Ils pourrissent le paysage ! Vous savez très bien qu'on ne doit pas utiliser les voies principales pour l'opération ! » Jamol murmura quelque chose. Il s'inclina devant une porte claquée, et la diligence repartit.

À l'embranchement suivant, les soldats nous firent quitter la route d'Or pour retourner sur les sentiers de terre. Jamol supervisait le transfert, tendu comme un arc. Eïvan croisa son regard. Au lieu de détourner les yeux, il lui sourit. Le sourire d'un enseignant à son élève. Le sourire d'un père à son fils. Du guérisseur à son patient. Bienveillant, encourageant, compréhensif. Jamol le dévisagea, intensément troublé, puis fit un bref hochement de tête et s'éloigna.

Les états d'âme de Jamol m'importaient peu. « L'Opération ». C'est ainsi que le notable avait appelé notre marche.

*

Le soir tomba et je crus qu'ils allaient nous obliger à marcher jusqu'au matin. Tout mon corps me faisait mal – mes pieds surtout. De nouvelles ampoules s'étaient formées sur le dessus de mes orteils et au talon, là où frottait le cuir. Je me dis que je ne pourrais pas le supporter. Mais ils nous firent quitter le chemin de terre, et cheminer un bon moment à travers champs, nous informant que nous étions proches du point de halte. Une petite ville se devinait au loin. À force d'avancer, nous découvrîmes des arbustes, et derrière, une petite rivière, large de deux bras, qui coulait puissamment. Des exclamations de joie retentirent, et tout le monde se précipita pour boire dans le ruisseau sans attendre la permission. Je m'accroupis comme les autres, avalant de longues gorgées du délicieux liquide froid. Il n'y eut pas trop de bousculade : la rivière était longue, sa trajectoire circulaire semblait entourer notre groupe. Pendant que nous étanchions notre soif, les soldats commencèrent à déballer leur grillage. Je remarquai avec amertume que cela ne provoquait déjà plus en moi la même révolte que la nuit précédente, tant j'étais soulagée d'avoir de l'eau et de pouvoir enfin m'asseoir…

Le pré était beaucoup plus large que le terrain de la veille. C'était heureux, car nous étions trois fois plus nombreux. Tandis que les Coccinelles montaient leur cage, le vieux major ventru fit jouer du clairon et annihila toute réflexion en moi. « Par ordre du Concile ! clama-t-il. Nous allons vous distribuer de la nourriture. Par ordre du Concile ! »

La foule des prisonniers se précipita vers lui. Une file d'attente se constitua tant bien que mal le long de l'enclos, tandis que l'énorme marmite, sous bonne garde à l'entrée de la clôture, cuisait beaucoup trop lentement notre premier repas depuis deux jours. Notre soumission m'écœura, mais je n'en pris pas moins ma place dans la file avec Mandine. La vieille dame était si fatiguée que ses yeux se fermaient. Lorsque je fus enfin servie, mes jambes commençaient à trembler, l'odeur salée qui montait de mon écuelle me poussa au bord de l'évanouissement. Je patientai pourtant, le temps que Mandine reçoive sa part, et que nous retournions nous asseoir près de la rivière, comme un minuscule acte de dignité. Océa seule sait ce qui serait advenu s'il n'y avait pas eu assez de nourriture pour tous. Peut-être la colère aurait-elle finalement débordé, peut-être nous serions-nous révoltés ? Mais il y en eut assez. Seuls les récipients manquaient, et ceux qui avaient été servis en premier durent les ramener au cuisinier pour qu'ils servent les autres prisonniers.

Les Coccinelles nous avaient fourni les calebasses, mais pas les couverts : nous dûmes manger avec les doigts. Je remarquai que certains prisonniers des autres villages avaient pu prendre la route avec quelques affaires : ils sortaient fourchettes et couteaux de leurs besaces. Dans les années fastes, les Lius auraient sans doute jugé pauvre ce repas de légumes racines et de cochon… mais depuis l'intensification des prélèvements, nous nous étions contentés de bien moins. La viande salée et la graisse avaient imprégné les ignames. Deux jours de famine et de marche forcée ouvraient l'appétit. Je dévorai en plongeant la main dans le récipient. Je n'y aurais pas prêté attention si mes yeux n'étaient tombés sur la moue désapprobatrice de Mandine. Elle baissait les yeux en mangeant et tenait l'écuelle le plus loin possible de sa robe. Le tissu mauve portait les traces boueuses des deux jours que nous venions de passer dehors. La fatigue et la poussière avaient surligné les rides de son visage rond et la faisaient paraître plus vieille que d'habitude, plus fragile. Le nez froncé, elle me dit : « Ma maman et ma tante m'ont toujours dit : les bonnes manières, c'est ce qui protège le caractère. » Mandine portait toujours son collier favori d'or et de rubis, mais elle avait pris un coup de soleil là où sa robe ne la protégeait pas, sur les épaules et le cou. Je réalisai que je ne lui avais jamais rendu sa boucle perdue. Le bijou se trouvait encore sous mon matelas. Le chagrin m'envahit.

« Je t'aime, lui dis-je. Je suis désolée que tu sois ici.

— Je t'aime aussi, ma chérie, me répondit-elle. J'aurais tellement voulu que Pitro sache où nous nous trouvons… »

Sa voix était frêle. Elle rinça nos deux bols dans la rivière, puis étendit ses pieds devant elle et entreprit de se déchausser. Je réprimai une grimace. Ils étaient gonflés, la peau à vif sur les orteils.

« Si nous continuons à marcher demain et que tu souffres toujours, il faudra essayer d'ouvrir le bout de tes chaussures, lui conseillai-je. Pour réduire les points de friction.

— Je veux bien, mais avec quoi ? » demanda-t-elle en faisant la moue ; et notre dénuement me frappa de plein fouet.

Après le repas, elle partit assister les parents dont les enfants supportaient mal la situation. Elle les prenait contre elle ou s'asseyait avec eux et leur parlait jusqu'à ce qu'ils s'apaisent. Je lui enviais ce talent qui lui permettait d'avoir quelque chose à faire, au lieu de subir passivement la situation, comme moi. Je partis à la recherche d'Eïvan. Nous n'avions pu nous parler de toute la journée. En traversant notre prison à ciel ouvert, je tentai d'évaluer notre nombre. Mille personnes, peut-être plus. C'était impensable. L'enclos bruissait de conversations tristes, fourmillait de mouvements harassés et d'odeurs de négligence. Sous l'unique arbre près de la rivière, je distinguai enfin la grande silhouette d'Eïvan, puis celle d'Ayelo. Ils étaient en train d'installer une sorte de campement de blessés. Et, incroyablement, ils se disputaient. « Je ne suis pas prêt ! » criait le jeune homme avec un désarroi bordé de colère. « Tu te trompes. Tu te trompes ! » Je n'avais jamais vu Ayelo contredire Eïvan, et encore moins sur ce ton. La scène était si inhabituelle qu'elle me causa un léger malaise. Eïvan n'avait pas l'air fâché, il expliquait d'une voix plus basse, raisonnable : « Je ne veux plus te donner des choses à faire, c'est tout. Tu es capable de savoir toi-même ce dont nos patients ont besoin. » Ayelo secoua la tête et répéta : « Tu te trompes… Je ne suis pas… je n'ai pas… je ne peux pas… » Le guérisseur sourit à demi. Son visage las reflétait toute l'affection qu'il portait au jeune étudiant lorsqu'il répondit : « Tu es et tu as. Tu sais, tu peux et tu dois. » Puis, comme le front d'Ayelo se chargeait d'outrage, il ajouta plus sérieusement : « De toute façon, si les choses continuent comme ça (il fit un geste vague vers l'enclos), je n'aurai plus le temps d'enseigner.

— Mais je… », protesta encore Ayelo.

Le guérisseur l'arrêta d'un geste. « Assez. Je n'ai plus besoin d'élèves : j'ai besoin de collègues. Tu es un guérisseur, maintenant. Ton apprentissage est terminé. Aide-moi à aider ces gens. » Il lui tapota l'épaule, et s'éloigna avant qu'Ayelo puisse ajouter quoi que ce soit. Le jeune homme resta un moment planté là, les bras ballants. « Il est fou… ! Tu as entendu ça… ? Il est devenu fou », me lança-t-il quand je m'approchai. « Mon apprentissage ne peut pas être terminé… J'ai à peine vingt-deux ans ! » Je ne savais pas quoi lui dire. Ayelo m'avait toujours paru le plus doué de tous, mais en présence d'Eïvan, il avait l'assurance d'un levreau.

« Eïvan aussi avait à peine vingt-deux ans quand il a commencé, lui fis-je remarquer doucement.

— Ce n'est pas pareil ! C'est Eïvan ! Moi, j'ai encore plein de choses à apprendre ! Et puis il n'y avait pas… » Il se tut, regardant autour de lui, cherchant à qualifier la situation. « … ça », conclut-il simplement, accablé. La masse sombre des souffrants attendait. Certains gémissaient et se retournaient, d'autres pleuraient. Comme pour donner raison à Eïvan, on amena d'autres blessés, sous la conduite d'une vieille dame toute maigre et d'un homme chauve. La vieille femme portait une besace de guérisseur, et ne cessait de grommeler contre ceux qui tenaient les civières de fortune, contre les soldats, et même les alités. L'homme n'y prêtait pas attention, se contentant d'aider les brancardiers. Ayelo se secoua pour lui prêter main-forte. « Je suis Ayelo, de l'Ahmra. Voici Taena.

— Barry, répondit l'autre. Je vous ai vu réunir les blessés. Tu es un apprenti ? Qui est le guérisseur de votre village ? » Ayelo désigna son mentor avec rancœur, à une vingtaine de pas : « Il est là. Je suis son élève. Vous êtes les bienvenus. » Eïvan les remarqua et vint se présenter.

« Ah, ça me fait plaisir de vous voir ! répliqua l'homme. On a besoin de toutes les forces. Ces barbares nous ont massacrés. Ils nous ont embarqués au village. Les gens ont voulu se révolter, et les soldats ont taillé dans la masse. Et ils nous ont obligés à partir quand même, avec les blessés ! »

Exactement comme nous. « Êtes-vous également guérisseur ? » l'interrogea Ayelo. Son interlocuteur hocha la tête : « Oui. Et Geltie aussi. » Il désigna la femme qui caquetait sans répit autour des malades et des étudiants désarçonnés. Le soulagement du jeune homme ne m'échappa pas. « C'est une vieille peau, reprit l'homme, mais elle connaît son affaire. Je viens de Tinol, à l'est. Geltie arrive de plus loin, de Riveterre. Il n'y avait pas de blessés dans son groupe, les Coccinelles les ont eus par la ruse. »

Je fronçai les sourcils. Tinol et Riveterre étaient distants de plusieurs jours de marche. « Vous voulez dire qu'il y a deux villages dans votre groupe ? » L'homme tourna sa tête ronde vers moi. « Quatre. Les gens de Riveterre ne sont pas nombreux, à peine une cinquantaine. Ils marchaient déjà depuis quatre jours quand les Coccinelles les ont réunis avec les habitants de Lumiol, puis il y a deux jours de cela avec ceux d'Ital, et enfin avec nous. »

La révélation nous laissa sans voix. Cinq villages ? Qu'un ou deux soient expulsés pouvait s'expliquer… mais cinq… Les Kétas ne se contentaient pas de faire un peu de place pour leurs colons. Ils vidaient, méthodiquement, les villages lius de la région.

« Que se passe-t-il donc… », murmura Ayelo en secouant la tête.

Le silence se prolongea et la détermination grandit en moi, minérale.

Nous allions survivre. À tout prix. J'y mettrais toutes mes forces.

Eïvan souffla, les épaules soudain basses : « Pauvre Pitro… » J'imaginai le vieil homme en train d'attendre en bordure de l'Ahmra, sans personne pour le prévenir de notre disparition… Quand nos regards se croisèrent, je sus que nous venions d'avoir la même idée.

*

Il mit longtemps à me rejoindre, s'occupant des blessés. J'errais dans le camp. Çà et là, des petits groupes se formaient timidement sous les étoiles. Deux ou trois familles s'étaient rassemblées en cercle et priaient, les yeux fermés, se tenant les mains. Ce n'était pas des gens de l'Ahmra, mais des autres villages. Les affaires qu'ils avaient pu emporter gisaient en tas derrière eux : sacs, chapeaux, petit matériel, savon… Une sorte de détermination froide vitrifia mon corps. Je ne réfléchis pas : en passant à proximité, je me baissai et fourrai un petit couteau sous ma ceinture. Personne ne m'avait vue. Je m'éloignai, le cœur battant. Un sentiment mêlé de honte et de triomphe me serrait la gorge. *Pour Mandine*, me répétais-je. *Pour Mandine…*

Quand Eïvan vint enfin s'asseoir à mes côtés, il étendit les jambes et lâcha : « Je ne suis pas certain que ce soit une bonne idée. C'est trop dangereux. » Je n'avais pas oublié ses mises en garde, mais je ne pensais qu'au vol, au Cerf. « Encore plus après de pareilles journées, reprit-il, toutes les nuances de la fatalité se peignant sur son visage. Seulement je n'ai pas trouvé d'autre solution, j'ai fait le tour du parc, ils ont mis des gardes partout et…

— Je sais, l'interrompis-je. Je t'attendais.

— Tu n'as même pas conscience du danger ! J'irais moi-même si je le pouvais, continua-t-il, sans m'entendre.

— Mais les cerfs ne grimpent pas aux grillages. »

L'ombre d'un sourire passa sur ses lèvres. Je poussai mon avantage : « De toute façon, j'essaierai toute seule si tu refuses de m'aider. »

Il me dévisagea longuement, puis acquiesça en silence. M'asseyant en tailleur, je joignis mes doigts pour me préparer au *voyage*… Mais quand il s'installa à son tour, ses traits se craquelèrent de chagrin. « Taena, je crois que je me suis trompé ! J'avais tort… J'aurais dû aider la Résistance ! » Et il se mit à pleurer. Désarçonnée, je restai un moment sans réaction, puis je l'attirai contre moi. Il enfouit sa tête entre mes bras, secoué de larmes. « Les pires sont au pouvoir, ils se moquent bien de notre bonne volonté… J'ai cru que nous pouvions changer les choses… J'ai vraiment cru… Mais que reste-t-il, alors, si la haine gagne ? » Il appuya sa joue contre mes cheveux. Je le tins serré longtemps, tant pour le réconforter que pour le cacher aux autres. Je ne voulais pas qu'ils voient le magicien du Centre dans cet état. Puis il poussa un grand soupir. Au-delà des grillages, des rires gras montaient de la troupe installée pour la nuit. J'aurais tant voulu que les Kétas se montrent à la hauteur de la compassion d'Eïvan. *Et tu voudrais peut-être aussi que les pierres te parlent et qu'il pleuve du chocolat ?* me susurra la voix. La brutalité de ces derniers jours donnait raison à mon cynisme. Mais je n'en ressentais aucun triomphe, juste un chagrin lourd. « Mon pauvre Pitro », souffla-t-il. À cela au moins, j'avais une réponse : « Je vais le prévenir. Envoie-moi là-bas. » Il essuya ses paupières gonflées, se remit en tailleur, et hésita : « Quand tu seras dans le Lieu de silence, est-ce que tu pourrais… » Je l'interrogeai des yeux. Il prit une inspiration, ouvrit la bouche, se ravisa. Il essaya à nouveau, puis baissa les yeux. Muet. Son visage exprimait un besoin intense qu'il ne parvenait pas à formuler. Je reconnus la jeunesse de son regard et je demandai sans réfléchir : « Tu t'inquiètes pour ton Cerf ? » Il hocha la tête, puis finit par chuchoter comme un enfant pétrifié de timidité : « Peux-tu passer le voir ? »

Sa requête me désarçonna. Comment pouvait-il en douter ?

15

Pitro

Lettre de Pitro à Tobal, An 5 de l'Ahmra.

Vieux brigand,
Pour les rubis que je t'ai demandés, ne t'occupe pas du prix. Le 50e anniversaire de Mandine approche et je veux lui faire la parure dont elle rêve depuis longtemps.
PS : Eïvan recommence à trop travailler. Je pense qu'il ne va pas tarder à plonger, alors ne pars pas trop loin.

Ce fut une transe mouvementée. J'étais horriblement consciente des prisonniers autour de nous, des Kétas au-delà du grillage, du danger, et je peinais à entrer en moi-même. Je savais que mon corps physique allait être absorbé par mon reflet, mais durant la période transitoire, il serait sans défense. Eïvan me fit allonger par terre et toucha mon front : « Je vais monter la garde, détends-toi. » Il reprit ses incantations au-dessus de ma tête et je finis par fermer les yeux. Incongrues, des pensées sensuelles vinrent alors me déranger dans ma concentration, et rouvrant les paupières, je vis dans le regard plus intense d'Eïvan qu'elles étaient communicatives. Sans se laisser distraire, il enserra nos vibrations érotiques dans le filet de son envoûtement, balançant légèrement son corps d'avant en arrière : rapidement, la chaleur et le bourdonnement du désir s'amplifièrent, puis se transformèrent en une conscience physique dense, immédiate, la conscience du faucon, la pure jouissance de l'existence animale. Mon reflet émergea dans le doux treillis de sa voix. Et c'est ainsi que je me retrouvai oiseau dans le vent, dans un vol plus puissant qu'il ne l'avait jamais été. J'étais libre.

Instantanément, ma vision du monde se simplifia. Les forêts et plaines de Zanabé s'étendaient sous mes ailes, sombres et vastes. L'air frais des hauteurs emplissait mes poumons. Il allait pleuvoir : l'orage s'accumulait dans le ciel. Je volais sur l'air moelleux, presque immobile, savourant la sensation du vent qui glissait sa main fraîche sous mon corps. La perfection de l'instant avait remplacé l'épuisante inquiétude des derniers jours. Lorsque les premiers éclairs fendirent l'horizon gris, je criai de joie, saluant la beauté. Les nuages percèrent pour laisser tomber la pluie. Les gouttes frappèrent mon dos, les bourrasques me chahutèrent ; je jouai avec elles, me délectant des brusques décrochages, des rafales que je défiai, de ma vitesse accrue. J'étais libre, libre comme la pluie et le vent, libre comme le tonnerre…

Lorsque je redescendis, j'aperçus le pré où nous étions détenus. Vu de haut, le spectacle des centaines de personnes parquées était encore plus perturbant. Il y avait trop de monde, grouillant. Leurs têtes noires penchaient dans la nuit comme des fleurs fanées. Au-delà du grillage, les tentes se serraient les unes contre les autres sous les arbres. Mal à l'aise, sentant mon énergie se scinder en deux, je donnai un brusque coup d'aile et repris le vent ascendant. Je ne voulais plus les voir. Et surtout, je ne voulais plus vivre dans leur cage.

L'insouciance du vol m'emporta loin. Je savais que j'avais une mission, que je retournais à l'Ahmra pour une raison précise, mais quelque chose en moi se révoltait à l'idée de briser cette extase farouche. Il fallut l'image d'un vieil homme seul pour que je me décide à prendre la direction du village. Quand je repérai son campement au nord-ouest de l'Ahmra, j'atterris sur les feuilles mortes. Le monde commença à se gondoler autour de moi comme un tableau trop humidifié. Mes perceptions se réorganisèrent. Je me retrouvai assise sur le sol spongieux. Prenant de grandes inspirations, j'attendis que le décor se stabilise.

Dans la nuit sombre, les nuages cachaient toute lumière de lune. La découverte du camp de Pitro m'emplit de confusion. On eût dit que toute une famille vivait là depuis des semaines. Au-dessus de deux chevaux et de la carriole de nourriture, un toit souple de feuilles de bananier protégeait la zone des intempéries. Une hélice de bois plate tournait paresseusement dans le vent, près d'une hutte triangulaire plus haute qu'un homme. Un réseau de bambous amenait l'eau de pluie à des récipients stratégiquement disposés. M'approchant de la hutte, j'appelai doucement. Pitro sortit sur le seuil, les sourcils froncés et la barbe en bataille. Il me regarda un moment sans comprendre. « Taena. Que se passe-t-il ? »

*

Nous nous installâmes en face du foyer sur des petits sièges de sa confection et il m'offrit de partager le reste de son repas. Je me ruai sur le fruit à pain cuit au sel, l'engloutis en quelques bouchées et tendis avidement ma gamelle vers Pitro. Après deux jours de marche forcée et de famine, j'acceptai avec gratitude une seconde portion, puis une troisième, en parcourant des yeux les aménagements que le vieil homme avait apportés à ce camp de fortune. « Il faut bien que je m'occupe, ou je vais devenir fou », expliqua-t-il en haussant les épaules devant mon air ahuri.

Il ranima le feu pendant que je lui racontais ces deux journées délirantes. Nos blessés, les soldats, le grillage, l'occasion de nous enfuir que nous avions manquée… L'eau dans les abreuvoirs, Jamol, et la jonction avec les autres villages. Je lui expliquai où nous nous étions arrêtés, approximativement, et que je m'étais éclipsée en passant par le Lieu de silence. « Je ne sais pas ce qu'ils vont faire de nous », avouai-je. À mesure de mon récit, le visage de Pitro s'était assombri, mais quand j'arrivai à Mandine et à ses pieds meurtris, il se décomposa. « Elle a toujours eu du mal à cicatriser. Et elle a du mal à marcher, aussi, ses jambes la font souffrir. Douce Océa ! » Sa voix se fêla et il se couvrit le visage. Je tendis la main vers lui, instinctivement, avant d'interrompre mon geste. Avec son caractère, il allait m'envoyer promener… Ses habits étaient sales, ses cheveux ternes, ses épaules voûtées. Il m'avait toujours intimidée, mais en cet instant, je ne voyais plus qu'un vieil homme misérable et seul. Je lui touchai timidement l'épaule. Il releva la tête. Des plis soucieux abaissaient les coins de ses lèvres : « Nom d'un chien. Nom d'un chien. Je n'aurais jamais cru qu'on en arriverait là. » Il prit sa pipe et la bourra avec lenteur. Quand il l'alluma, le tabac rougit dans l'obscurité. « Il faut que je voie Dan. La Résistance doit être prévenue. Ensuite, j'irai rejoindre Mandine, je ne peux pas la laisser seule dans cette situation. » Un brandon éclata dans le feu, avec un bruit sec. Il se tourna vers moi : « Et toi, que vas-tu faire ? Rejoindre la Résistance ou essayer de rentrer chez toi ? » *Chez moi.* Il n'y avait plus personne, chez moi. « Non, je retourne au camp. » Pitro m'observa. J'étendis mes jambes vers le petit feu, gênée. Autour de nous, la forêt bruissait, les insectes et les grenouilles chantaient à pleins poumons. « Alors, préviens Mandine que j'arrive, exigea-t-il. J'en ai pour trois ou quatre jours, le temps de les retrouver. Et demande à Eïvan de bien s'occuper d'elle, en m'attendant. Elle aura besoin de soutien. Elle aura besoin de remèdes, et d'eau, et de… Ah ! » Sa voix s'enroua à nouveau. Je lui promis. Je savais qu'elle n'aurait rien de tout cela, mais je lui promis. Le silence s'installa. Le vent charriait par intermittence des odeurs d'humus et de bois brûlé. La fumée sortait en bouffées de la pipe de Pitro. Il aurait mieux fait de retourner dormir à l'abri au village ce soir, plus rien ne l'en empêchait. « Tu l'aimes, comprit-il soudain. C'est pour ça que tu y retournes. » Dans le noir, je grommelai une confirmation embarrassée. Je n'avais aucune envie de parler de mes sentiments à Pitro. Mais il n'attendait pas de réponse. « Tu as vu son Cerf », ajouta-t-il simplement. Je me tournai vers lui, ravie : « Toi aussi ? » Il se pencha vers le feu, le tisonnant avant de me répondre. Son gros ventre tendait les coutures d'une salopette tachée de boue. Sa voix se fit plus douce : « Il y a longtemps. Eïvan était encore jeune, au début de l'Ahmra. Le Cerf aussi. À peine plus qu'un faon monté en graine. Un daguet. Il avait deux petits cors en velours sur la tête. Transparent. Il était… » Pitro écarta les mains, mimant son impuissance à décrire ce spectacle. Je tentai d'imaginer le Cerf dans sa jeunesse et me sentis sourire. « J'ai su immédiatement que c'était Eïvan. J'étais dans la forêt, pas très loin d'ici, en train d'installer des nasses dans la rivière pour attraper les poissons. J'ai relevé la tête en entendant des feuilles craquer… En amont du ruisseau, ce cerf cristallin était en train de boire. Incroyable. » Il leva les sourcils : « Parfois, je me dis que c'est la raison pour laquelle je ne parviens pas à l'abandonner, même quand il m'horripile...

— Est-ce qu'il a... (J'hésitai.) Est-ce qu'il t'a vu aussi ? »

Pitro tourna vers moi un regard entendu. « Oui. Il a hurlé, a bondi hors du ruisseau et s'est enfui à fond de train. Complètement paniqué. Eïvan a disparu pendant dix jours. Dix jours que j'ai passés à me ronger les sangs. » Un grand soulagement m'envahit. La réponse de Pitro m'apaisait. Je n'avais jamais cessé de craindre que le Cerf ait été effrayé par la noirceur de mon âme.

« Pareil pour moi, confiai-je avec empressement. Eïvan n'arrive même pas à évoquer le Cerf avec moi. » J'étais si reconnaissante de pouvoir enfin me décharger de ce poids que j'en aurais embrassé le vieil homme. Pitro grogna une confirmation entendue.

« Il est tellement secret..., soupirai-je.

— Fermé à double tour ! » Il ramona l'embout de sa pipe. « C'est un drôle de bonhomme, c'est sûr. Mais ne doute jamais qu'il fait de son mieux, Taena, ajouta-t-il. Il a vécu des choses très difficiles, alors il se protège. Tu te souviens de Tobal ?

— Le marchand d'art ?

— Oui. Tobal et lui étaient novices en même temps aux Monastères. Il m'a raconté que le père d'Eïvan le battait, que sa mère était morte... Et aussi que la première sortie du Cerf s'était très mal passée. Un érudit qui détestait Eïvan a vu le reflet du faon avant tout le monde, et il en a profité pour lui faire du mal. Il l'a écrasé contre un mur, épinglé comme un papillon. Ne me demande pas comment, avertit Pitro, je n'en sais rien et ne veux pas le savoir. Toujours est-il que le faon a été incapable de se défendre, et le temps que les moines interviennent, les dommages étaient faits. Eïvan n'a plus jamais laissé voir son Cerf. » Pitro se mit à cogner la terre du talon. « De toute façon, je n'ai jamais aimé cette affaire de "Lieu de silence". Le monde est déjà assez compliqué comme ça... Bref. Tu vas devoir le surveiller, Taena. Il est beaucoup moins solide qu'il en a l'air. » Sa mise en garde assombrit encore mon humeur.

Le feu rougeoyait dans l'obscurité, déclinant. J'avais les bras froids et je les frottai pour les réchauffer. Tout ce qui comptait dans notre vie avait été dispersé comme des cendres au vent. Nous restâmes quelques instants à regarder les braises, sans plus échanger une parole. Il fallait que je retourne dans le Lieu de silence. La perspective me causa une tristesse inattendue… Je n'avais pas envie de laisser Pitro tout seul. Je l'avais mal jugé. Tout le temps de l'Ahmra, je l'avais évité, sa brusquerie me prenait à rebrousse-poil, et je m'en méfiais comme on se méfie d'un cheval méchant. Mais il n'était pas méchant. Il était plein d'amour pour les siens, férocement loyal…

Nous prîmes congé. Le vieil homme me regarda partir, seul devant sa construction de fortune, le point rouge de sa pipe brasillant dans le noir. Le couvert de la forêt bloquait le gros de l'averse, mais les gouttes froides amassées par les arbres me tombaient sur la nuque.

16

Cauchemars

Lettre de Pitro à Tobal, An 5 de l'Ahmra.

Tobal, je t'assure que ce n'est pas normal ! Je veux bien qu'Eïvan ait des « marées basses » comme tu dis, mais là, la marée ne remonte pas ! Cela fait des semaines qu'il ne mange plus. Bien sûr, il travaille toujours, mais sa tristesse est tellement lourde que je la sens à l'autre bout de l'allée. Mandine l'a entendu plusieurs fois pleurer dans sa maison, et quand elle frappe à la porte, il prétend que tout va bien. Il m'inquiète.

Je voulus dire au revoir à l'Ahmra avant de regagner le Lieu de silence. Mais quand j'arrivai enfin, mes douleurs aux pieds s'étaient réveillées et le spectacle du village désert me fut si pénible que je me dirigeai directement vers ma maison, ignorant les flaques d'eau, avec la détermination de repartir au plus vite. Personne n'avait allumé les torches. Les habitations étaient vides, les cuisines béantes. Ombre silencieuse dans un lieu immobile, je ne croisai que quelques chats et pintades oubliés. Le village ne tarderait pas à présenter les premiers signes de décrépitude : dans cette région de Zanabé, un lieu abandonné ne résistait pas longtemps. Il y aurait bientôt des mousses verdâtres sur les bois, de la rouille sur les gonds des portes… Dans mon salon, j'allumai la lampe à huile, et la vision familière des deux pièces faillit me briser de nostalgie. Je ne voulais pas pleurer, parce que pleurer eût été admettre que quelque chose de vraiment grave était en train d'arriver. Je rangeai mon petit séjour, fis mon lit, récupérai la boucle d'oreille de Mandine que j'avais cachée sous le matelas. La sphère délicate luisait dans ma paume. Je fermai soigneusement tous les volets. Puis je dis au revoir à ces murs qui avaient été mon refuge. Tout était propre et paisible sous la lumière orange.

Dehors, la pluie avait cessé. Au pied de l'escalier d'Eïvan, un amoncellement de détritus attira mon attention. Il m'avait dit que Jamol avait balancé ses affaires, cette nuit-là (deux nuits auparavant, rectifia mon esprit, mais cela me parut irréel). L'armoire aux fioles et le secrétaire jonchaient le sol, avec les herbiers que le guérisseur avait mis des années à élaborer. Je fouillai dans les débris boueux. Un carnet était encore relativement intact malgré l'auréole d'eau qui tachait le coin inférieur. Eïvan y avait dessiné une abeille et détaillait les vertus des différents pollens. La suite rappelait ses sermons dans les huttes :

> *Explique-nous encore la pousse de l'arbre, me demandent mes élèves. Explique-nous comment l'esprit arrive à devenir, un jour d'incroyable chance, bois, feuilles, écorce, sève… comment l'esprit arrive à devenir chair, os, sang…*
> *Et je leur réponds : pour le savoir, il n'y a qu'une manière. J'écoute la voix de la terre qui parle en moi. J'écoute le sang de la vie qui coule en moi. Descendez le long de vos propres racines et sentez qu'elles sont le point d'échange entre votre corps et celui de la terre. L'eau. L'humus. Les matières minérales qui nourrissent. Transmutation. Des milliers de capillaires qui attirent à eux les bienfaits du limon et le changent en sève, qui grandit en tige, et forcit en bois, et se déploie en feuilles, et jouit en fleurs…*
> *Voilà comment vous pourrez comprendre la pousse de l'arbre. L'incarnation. Le miracle simple et suprême de l'incarnation.*

Luttant contre le chagrin, je mis le carnet sous mon bras et repartis. Le jardin de Mandine avait été saccagé. Un coq esseulé dormait dans les branches du carambolier. L'une des maisonnettes, celle dont la porte était ornée de petits cailloux de verre, abritait une statuette d'Océa et un autel. Délicatement, je posai le bijou de Mandine dans la main ouverte de la déesse bleue, et rangeai le cahier d'Eïvan sur l'autel. *Prends soin de tout, Océa, prends soin de nous*. J'effleurai la statue du doigt. Nous allions revenir. Quoi qu'ils manigancent, nous allions revenir, et nous reprendrions notre vie à l'Ahmra, tous ensemble.

Je m'envolai pour le Lieu de silence, laissant à terre la lourde tristesse de ma nature humaine.

*

Eïvan m'avait fait promettre d'aller voir le Cerf, mais je n'eus pas besoin de le chercher. Alors que je me dirigeais sans hâte vers notre prison, sa vibration cristalline fit tinter mon cœur. J'inclinai mon vol dans sa direction. Il s'était arrêté non loin de notre cohorte, dans un grand bosquet. Quand je le saluai d'un cri perçant, il leva sa belle tête vers le ciel et me regarda. Les reflets liquides étincelèrent sur sa robe. Je descendis en rond, puis, écartant les ailes, je me posai doucement sur ses bois transparents. Il arqua le cou. Il m'avait tellement manqué que j'en pépiais de joie. Autour, la nuit était obscure, et les ombres plus épaisses, plus noires que d'habitude. Je pinçai tendrement ses oreilles de soie, picorai ses andouillers, jouai dans sa fourrure. Je mis un moment à m'apercevoir qu'il ne réagissait pas, qu'il ne jouait pas avec moi. Qu'il respirait à peine, terriblement immobile, les muscles de son dos durs comme de la pierre.

J'allai me poster sur un arbre pour l'examiner. Le bel animal ressemblait à une étoile dans le brouillard ; il n'émettait plus qu'une petite lueur terne. Campé sur ses quatre pattes, il scrutait l'ombre, tétanisé. Ce qu'il craignait se trouvait dans les bois, ou au-delà, dans les plaines. Je laissai échapper un sifflement inquiet. Il me jeta un coup d'œil puis reporta son attention sur les fourrés. Les arbres bougeaient, leurs ombres dessinant des formes sombres au gré du vent. Son angoisse dense, contagieuse, me fit battre des ailes nerveusement. Je retournai me percher au-dessus de lui. Progressivement, les criquets et les grenouilles cessèrent leurs chants. L'air autour de nous sembla se compresser. Un bruit de grognements nous parvint au loin. Sous moi, le Cerf se mit à trembler…

Une créature de la taille d'un grand félin sortit lentement de l'obscurité. Le poil rare sur un cuir gris, de longues griffes au bout de larges pattes, elle braqua sur nous un regard orangé dont la méchanceté n'appartenait pas au règne animal. Son apparition aplatit les contours de la forêt. Avant que je puisse même assimiler sa présence, elle fut rejointe par une deuxième créature, puis une troisième, puis une dizaine, qui nous encerclèrent, obscurcissant le sous-bois. La peur me submergea. Les bêtes convergèrent vers nous en silence. Elles guettaient le Cerf avec une hostilité monolithique. En quelques instants, nous fûmes cernés. Alors que je pensais le voir s'enfuir au galop, se mettre à hurler, il releva la tête et les toisa de toute sa hauteur, sa ramure fière dressée vers le ciel. Je poussai un cri de défi strident, la tension du combat irriguant mes muscles jusqu'à la pointe de mes serres.

Et l'affrontement commença. Une bête bondit en grondant, les crocs dénudés. Le Cerf déploya toute son énergie pour ne pas reculer. Au lieu d'attaquer, la créature se faufila dans les fourrés et disparut. Une autre, en face, s'avança en se ramassant pour lui sauter dessus, puis elle se coucha. Une troisième jaillit, son regard vissé sur le Cerf qui baissa ses cors précipitamment pour se protéger, mais elle dévia sa course au tout dernier moment. Immédiatement, un quatrième monstre sortit des buissons, grondant, la gueule largement ouverte sur des canines massives. Le Cerf chargea. La bête recula.

Ces semi-attaques durèrent une éternité. Le Cerf se mettait en garde dès que l'un des prédateurs bougeait ; au bout d'un moment, j'eus la sensation très nette que ce ballet les réjouissait, qu'ils étaient satisfaits de le forcer à quitter son immobilité digne. À chaque fois, ils approchaient un peu plus près, et reculaient un peu moins loin, si bien que leur cercle se resserrait. Ils étaient rapides, mais lourds, dangereux et sans grâce. Ils sentaient la sueur, comme des humains. Soudain, l'un d'eux fondit comme l'éclair et mordit le Cerf à l'épaule. Il hurla de douleur. La rage hérissa mes plumes, et je plongeai toutes serres dehors vers le crâne de la bête. Je parvins à lui lacérer le cuir avant qu'elle ne me déséquilibre, claquant des dents tout près de mon aile.

Du sang coulait de son épaule. Une lumière argentée sourdait de la blessure. Le spectacle sembla exciter davantage les monstres qui se rapprochèrent encore, leurs langues pendant de leurs gueules ouvertes. Il baissa les andouillers. Ils reculèrent.

Le cauchemar dura. Je perdis le sens du temps. Mon épuisement nerveux et celui du Cerf se mêlèrent dans un désespoir grandissant. Les monstres ne le craignaient pas et n'avaient pas davantage peur de moi : ils se délectaient de sa peur, ils voulaient briser son courage superbe. Je glapissais ma haine et ma terreur, les maudissant, leur promettant les pires douleurs…

Enfin, inexplicablement, ils commencèrent à se retirer. Un par un, ils cessèrent leurs gambades cruelles, reculant dans les fourrés, disparaissant dans les ombres. Ils partirent, sans panique, comme s'ils s'étaient lassés du jeu.

Nous restâmes seuls, dans l'obscurité de nouveau immobile. La nuit reprenait sa brillance, mais je ne parvenais pas à croire que les prédateurs fussent vraiment partis, et visiblement lui non plus. Il ne cessait de scruter anxieusement les taillis. Il appuya son flanc contre l'arbre, pour se reposer. Je finis par venir me poser sur son dos. Je lus dans ses souvenirs qu'ils s'éclipsaient parfois de cette façon, pour mieux revenir. J'appris ainsi avec horreur que le Cerf les avait déjà rencontrés. Qu'ils l'avaient déjà attaqué. Qu'ils hantaient sa vie depuis des temps immémoriaux. Par quel miracle avait-il survécu ? Ses souvenirs de souffrance et de terreur me firent claquer le bec de détresse.

Ce n'est qu'avec le retour du chant des grenouilles qu'il commença à se détendre. Il se détacha de l'arbre, et fit quelques pas, ses cors lourds tirant sa tête vers le sol. Le soulagement et la prostration lui donnaient une envie de dormir presque irrépressible. Il commença à chercher un coin pour se coucher, mais je l'incitai à se mettre à couvert. Plusieurs fois, il voulut s'arrêter. Je voletais devant lui pour l'encourager, agaçais ses empaumures, jusqu'à ce qu'il se décide à repartir, mettant un sabot devant l'autre, machinalement. Son épaule ne saignait plus, mais elle était douloureuse. Il boitait légèrement. Nous cheminâmes ainsi jusqu'à trouver enfin un petit creux entre une grosse pierre et un buisson d'épineux. Le Cerf avança les pattes raides et il se coucha contre la roche. Il me jeta un dernier coup d'œil harassé, puis lova son museau contre son flanc et ferma les yeux.

Tandis qu'il s'endormait, la lueur argentée se redéploya doucement à l'intérieur de son corps translucide, teintant le sol moussu. Je le regardai, écrasée de tendresse et de peine. Mon esprit d'oiseau ne pouvait donner un sens à l'assaut que nous avions subi – qu'*il* avait subi. Je ne comprenais pas qu'on ait envie de lui faire du mal. Il était si innocent. Il était tout ce que la vie avait jamais voulu enfanter…

*

Je dus combattre mes instincts les plus sauvages pour reprendre le chemin du camp et réintégrer cette foule encagée. Mais si le Cerf m'attachait au Lieu de silence, ma famille de l'Ahmra me liait au Lieu de pensée. Dans le ciel noir profond, la ligne d'horizon bleuissait légèrement, et le soleil se lèverait bientôt. Les prisonniers dormaient en petits paquets serrés les uns contre les autres. Je repérai Eïvan au pied du monticule où je l'avais laissé, à la bordure extérieure de l'enclos. Il sommeillait couché sur le ventre. Ayelo s'était allongé près de lui, à quelques pas des autres étudiants. J'atterris sur un piquet en ouvrant les ailes et contemplai leur disposition. Instinctivement, ils s'étaient réunis autour de lui comme la volée autour de l'oiseau de tête.

La masse sombre des prisonniers dégageait une odeur de détresse. Avant d'être rattrapée par la tentation de m'enfuir, je me posai près d'Eïvan et abandonnai mon corps libre. Le sol tangua, longuement, tandis que je réintégrais le Lieu de pensée, et je dus patienter pour retrouver mes repères, sentir l'herbe sous mes paumes, distinguer le grillage. Tandis qu'un léger vent séchait la transpiration sur mon front, la nausée s'atténua. J'écoutai le silence traversé de ronflements, de gémissements bas. Nous étions près d'un millier, me dis-je, encore incrédule. Près d'un millier. Eïvan respirait fort. Il avait sans doute voulu veiller en m'attendant, mais s'était assoupi. « *Ce qui arrive dans le Lieu de silence se produit en miroir dans le cœur* », nous expliquait-il toujours en ouvrant les séances, tandis qu'Ayelo jouait du petit tambourin. Était-ce son cœur que j'avais vu cette nuit, assailli de tous côtés par ces bêtes abominables ? Il n'y avait pas trace de crocs sur son épaule. Mais que se serait-il passé si les monstres avaient blessé le Cerf plus gravement ?

S'ils l'avaient tué ?

Un frisson me parcourut. L'étrangeté du Lieu de silence, pour un temps, me submergea, et je ne fus pas loin de donner raison à Pitro. M'allongeant, j'entamai une prière à Océa, mais j'étais si fatiguée que je sombrai avant d'avoir terminé.

17

Morita

La Gazette de Numré, *éditorial.*

Les incidents du mois dernier, où un groupe d'habitants excédés ont saccagé la devanture d'un relieur liu installé trop près de la ville, démontrent s'il en était besoin combien la loi est sage. Il n'est dans l'intérêt de personne que les deux peuples se côtoient. Ce n'est évidemment pas bon pour les Kétas, que la proximité avec les Lius tend à rabaisser vers leurs instincts les plus primaires ; ce n'est pas non plus l'intérêt des Lius, qui se trouvent ainsi exposés à la juste colère de nos concitoyens, et qui risquent, à nous fréquenter, d'oublier leur juste place.

Le soleil dardait ses premiers rayons quand les psalmodies me réveillèrent. Mon regard tomba sur des familles qui faisaient leur toilette dans la rivière, puis sur les grillages, et enfin les Kétas. Je me dressai sur les coudes.

Leurs tentes étaient déjà démontées, posées à plat par terre, les chevaux harnachés. Les soldats ne s'occupaient pas de nous : face à un officier qui présentait ses deux paumes au ciel, ils chantaient une prière à Wou, levant les bras un rang après l'autre, dans une vague d'une surprenante harmonie. Nous avions notre propre variante de cette oraison, où se mêlaient la gloire de Wou et celle d'Océa, et nous levions les bras, tout comme eux. J'avais du mal à admettre que les Kétas puissent prier avec tant de grâce.

Mandine regardait la liturgie qui se déroulait de l'autre côté de la clôture. Son embonpoint, ses cheveux gris et la fatigue de ses épaules me remirent en mémoire la supplique de son mari. Je dissimulai mon inquiétude dans un sourire : « J'ai vu Pitro. Il va bien. Il m'a confié un message pour toi : il part prévenir Dan et il te rejoint. » Elle me regarda comme si elle n'avait pas compris, puis des larmes embuèrent ses yeux et elle me prit les mains : « Oh, merci, merci, ma chérie. Ça me soulage tellement. » Elle avait les chevilles bandées, et j'avais découpé le cuir au bout de ses chaussures, comme pour les miennes. Ses orteils écorchés allaient cicatriser à l'air libre. Elle me fit lui raconter par le menu la situation de Pitro, ce qu'il m'avait dit, ce qu'il prévoyait de faire, puis, ragaillardie, alla s'asseoir à la rivière pour nettoyer les liserés de sa robe.

Les soldats avaient fini leur prière et commençaient à se diriger vers les grillages, pour les démonter. Eïvan nous rejoignit près du cours d'eau : je leur conseillai à tous les deux d'arroser leurs habits avant de partir. « Ça vous donnera une heure de fraîcheur. » Il réagit avec un soulagement intense aux nouvelles que j'apportais. « Pardon de t'avoir mise en danger, dit-il en me serrant contre lui. Je compte sur toi pour éviter le Lieu de silence, maintenant. Tu as fait beaucoup trop d'allers-retours pour ton niveau de pratique. » Sa prévenance me toucha. Le souvenir des créatures écumantes couvrit ma peau de chair de poule. Je savais de quoi il parlait, à présent. « Ton Cerf est caché dans le sous-bois, répondis-je. L'attaque l'a épuisé. » Le regard d'Eïvan vacilla. « Océa ! Pourquoi ces monstres en ont-ils après toi ? demandai-je. Tu aurais dû me dire qu'ils te traquaient. » Il mit un doigt sur ses lèvres : « S'il te plaît. » Son visage s'était fermé. J'ouvris la bouche pour lui demander des explications puis me ravisai. Une dispute était la dernière chose dont nous avions besoin. Je le contemplai enlever sa chemise, la plonger dans la rivière… Il la tendit vers moi dégoulinante : « Mouillée comme ça ? » Je hochai la tête. Il l'enfila et alla rejoindre ses patients. Je me tournai vers Mandine et explosai : « Mais qu'est-ce qui lui prend ? C'est lui qui m'a demandé d'aller voir son reflet ! » La vieille dame était en train d'arroser son corsage avec ses mains en coupe. « Ah, ma chérie… personne n'aime être vu en mauvaise posture, et lui moins que quiconque. Laisse-le, ça lui passera », me conseilla-t-elle.

Et nous repartîmes. Désormais trois fois plus important qu'au départ de l'Ahmra, notre groupe se mit en branle dans un silence pesant, chargé d'un millier de pensées sombres. Le matin transparent annonçait une journée chaude. Les champs vallonnés semblaient sans fin. Je marchais aux côtés de Mandine ; Eïvan et les autres guérisseurs encadraient toujours les blessés un peu plus loin, avec les étudiants. L'étroitesse de la route obligea d'abord les Kétas à nous surveiller sur une grande longueur ; puis, vers le milieu de la matinée, les officiers se concertèrent et nous firent couper à travers champs pour rejoindre une voie de terre plus large. Notre cohorte se répandit sur le chemin, pieds martelant le sol, yeux baissés. Le soleil pesait comme un casque lourd. Midi n'était pas encore arrivé que mon ventre criait famine, et j'enviais ceux qui portaient des gourdes.

Le désespoir soufflait sur nous comme un vent de fond.

Volontairement ou par lassitude, les soldats relâchèrent un peu la consigne de silence. Petit à petit, certains d'entre nous commencèrent à échanger quelques mots discrets, puis, voyant que les Coccinelles n'intervenaient pas, discutèrent plus ouvertement.

« Tout est calculé… », lança à la cantonade un homme mince qui avançait dans ma rangée. Il se tenait droit, comme si la fatigue n'avait pas de prise sur lui. « On nous a traînés sur la route, on nous a fait crapahuter pendant deux jours avant de nous donner la moindre nourriture. Ensuite, encore deux jours. » Il pinça les lèvres : « Ce n'est pas par négligence. »

Il portait une sorte de chapeau, fabriqué à partir d'un gilet. Son visage fin reflétait une assurance un peu docte. « Dans quel but, alors ? » lui demandai-je. « C'est simple. Ils affaiblissent notre esprit. Ils sont en train de nous dresser à obéir sans discuter, comme nous éduquons nos chevaux à rentrer à l'étable en leur donnant du grain. Ils nous apprennent que si nous sommes bien sages et continuons à nous laisser conduire comme un troupeau docile, nous aurons à manger. Et le reste du temps, ils nous épuisent pour nous empêcher de penser. » Il se tut, observant les champs qui s'étalaient devant nous, à perte de vue, les bosquets de forêts et le ciel bleu brillant. De la sueur perlait à son front. « Ce n'est pas bête, il faut le reconnaître », ajouta-t-il.

Autour de moi, un millier de personnes avançaient sans protester vers une destination mystérieuse, sans eau et sans nourriture. Nous avions été arrachés à nos foyers et plus les jours passaient, plus la distance se creusait. Nous suivions. Nous nous soumettions. La peur des lancettes et de la violence des Kétas refermait le piège. L'inconnu avait raison. « Quand nos deux groupes se sont réunis, lui dis-je, nous aurions pu les déborder. Mais ils nous ont promis à manger, et nous avons attendu. » Il me jeta un coup d'œil : « Vous avez compris. »

Il se nommait Maker, et c'était l'instituteur d'Ital. Il était convaincu que les mêmes scènes se reproduisaient ailleurs. « Avant qu'ils ne nous enlèvent, un colporteur de matelas est passé, il m'a prévenu qu'il se tramait des choses louches. Les Coccinelles avaient envahi un bourg à l'est du nôtre, et il était passé prudemment à l'écart… »

Pour la centième fois, je me demandai ce qui se passait.

La chaleur finit par nous faire taire. Quand l'après-midi arriva, la route avait obliqué vers une zone irrégulière de pâturages, où chèvres et bœufs s'éparpillaient sur l'herbe jaunie. Les évanouissements commencèrent. Je regardais avec envie l'ombre inaccessible des arbres autour de nous. L'horreur dont j'avais été témoin cette nuit dans le Lieu de silence me lancinait comme une plaie ouverte. Je redoutais que le Cerf ne soit, en ce moment même, acculé par les monstres, comme nous l'étions par les soldats. Peut-être Eïvan craignait-il de les exciter en les évoquant, alors que tout s'effondrait autour de nous.

J'y distinguais une logique floue, mais j'étais trop épuisée pour comprendre.

La chaleur faisait miroiter l'air sur l'horizon. À mes côtés, Mandine soufflait comme un cheval, trébuchait, le visage déformé par la souffrance. Le réconfort de savoir Pitro sain et sauf s'était érodé devant l'épreuve. Elle laissait échapper de temps à autre des lamentations, comme un petit enfant. Je la soutenais en passant son bras par-dessus mes épaules. Elle pesait lourd, et mon effort l'aidait peu, mais c'est tout ce que je pouvais faire. Je résolus de confectionner une gourde, ou de la voler. Les coups de soleil de la veille me brûlaient. Le moindre caillou faisait souffrir mes plantes de pied. Je marchais, un pas après l'autre, les yeux par terre, et je m'aperçus en percutant un dos que le convoi s'était arrêté. Je relevai la tête, hébétée. Mandine vacilla légèrement. Devant, à quelques pas, des gens commençaient à s'accroupir. Les rangs suivants en firent autant, puis ceux d'après. « Il doit y avoir une pause », dit quelqu'un, et tout le monde s'assit autour de nous. Je poussai un soupir, aidai Mandine à se baisser et me laissai tomber sur la route. « Je n'en peux plus », gémit-elle. Mes cuisses crièrent leur soulagement avec une intensité douloureuse.

Les cavaliers arrivèrent au galop. « Ici ! » désigna un fantassin, la lancette à la main. « Ceux-là ! » Il montrait un groupe qui s'était installé au milieu du chemin. Les soldats montés entrèrent sans façon dans la file, forçant les prisonniers sur leur chemin à se lever brusquement. Quelqu'un hurla quand le sabot d'un cheval lui écrasa le pied ; l'un des animaux, effrayé par les reculs précipités, se cabra, heurtant deux personnes à la poitrine et à la tête. La foule poussa des cris de panique. « Debout ! » aboyèrent les militaires sans prendre garde au chaos. Jamol leva sa cravache et distribua des coups au hasard. J'obtempérai péniblement, mais des rebelles se roulèrent en boule. L'officier supérieur interrompit la bastonnade. Il avança vers les prisonniers pelotonnés sur le sol : « Vous, par terre ! Qu'est-ce que cela signifie ? » Lentement, ils se déplièrent. Ils étaient une vingtaine. Je reconnus Maker, mais aussi Morita, notre cuisinière, certains de ces aides. Le visage fin de l'instituteur était sombre, comme sculpté dans le silex. « Nous nous arrêtons, dit-il d'une voix nette. C'est tout. Nous allons tous nous arrêter ici. »

Les moments qui suivirent s'étirèrent comme du plomb fondu. L'officier supérieur évalua le groupe depuis sa monture. Il était plus corpulent que Jamol, plus « normal » aussi ; il dégageait une impression d'autorité plutôt que de folie. Mais je ne pus lire nulle compassion sur son visage carré. Les prisonniers commencèrent à s'approcher de la scène, tentant de comprendre ce qui se passait. J'aperçus le visage d'Eïvan. Par terre, Morita regardait l'officier, le menton levé, et en un éclair me revinrent les souvenirs de l'Ahmra, sa façon de mener sa cuisine où personne, même pas Pitro, n'avait droit de cité.

Mais nous n'étions pas à l'Ahmra.

Le capitaine contempla les contestataires, et fit un geste alambiqué. Aussitôt, tous les soldats, à pied ou à cheval, dégainèrent leurs lancettes dans un mouvement fluide. L'un d'eux était à cinq pas de moi. L'effilé de sa lame brillante me gela les sangs. « Vous allez tous vous lever, énonça le Kéta parfaitement calme, ou nous tranchons la gorge de ceux qui restent assis. » Certains des rebelles commencèrent à se mettre debout, mais Maker rétorqua promptement : « Vous allez trancher la gorge de tout le monde ? Combien sommes-nous, monsieur ? » Sa voix était rauque d'appréhension. « Huit cents ? Mille ? Cela fait beaucoup de gorges. Restez assis ! cria-t-il à la cantonade. Ils ne feront rien !

— Donnez-nous au moins de l'eau ! supplia une voix derrière le groupe. Vous ne pouvez pas nous traiter comme ça ! » Des cris d'assentiment jaillirent de part et d'autre, mais Maker secoua la tête d'un air réprobateur. L'officier supérieur mit fin au débat : « Très bien, je propose que l'on commence par toi », dit-il platement. Deux soldats s'approchèrent de l'instituteur. Le premier le hissa par le col et l'autre pointa la lancette sur son cou. Les yeux de Maker s'agrandirent d'effroi, mais il plissa les lèvres, refusant de céder. « Il a raison ! clama Morita. Ne cédez pas ! Restez solidaires ! Nous ne sommes pas seuls, les nôtres se regroupent pour se battre, nous ne sommes… » Une soldate la souleva brutalement par les cheveux, la forçant à se mettre sur les genoux. Morita cria. Il me fallut quelques instants pour reconnaître les épaules larges et le rictus rageur de celle qui tenait les tables de recensement au village. Comment s'appelait-elle ? Flavelle. Au fil des jours, leurs uniformes bicolores et leurs maudites armes avaient fini par se fondre en une masse menaçante que j'appelais « les soldats » ; mais certains étaient encore plus dangereux que les autres. Morita tenta d'attraper le poignet de son agresseur et de dégager ses cheveux. Elle se tordit en clamant à pleins poumons : « Vive la Résistance ! » Au moment même où elle lançait ces mots, je sus ce qui allait arriver. Flavelle lui renversa la tête et, d'un mouvement presque doux, lui trancha la gorge de part en part. Le cri de Morita se termina en une gerbe de sang. La foule hurla. Morita s'effondra en agrippant sa gorge à deux mains, sa blessure nette produisant un horrible gargouillis qui trempa sa tunique d'écarlate. Sa tête cogna le sol. Son corps s'immobilisa. Et ses yeux qui fixaient le ciel ne fixèrent plus rien.

Le soldat qui menaçait Maker baissa lentement son épée, hypnotisé. L'air s'était solidifié autour de nous. Le sang sortait en bouillons de plus en plus lents de sa gorge ouverte, épongé par la terre. Quelqu'un vomit. Un prisonnier étouffa un sanglot et des « Ô Déesse ! » jaillirent de partout. « J'espère que vous avez compris ! » plastronna l'officier, comme s'il avait ordonné le meurtre de Morita. « Maintenant, on repart ! Dépêchez-vous ! » J'étais statufiée d'horreur. Personne ne réagit. Puis les révoltés se levèrent comme des somnambules, les uns après les autres. Eïvan s'accroupit, prenant la main de Morita, cherchant son pouls contre toute logique. Autour de lui, tout le monde s'était résigné à repartir. « Debout ! » ordonna encore le capitaine. Eïvan leva le visage vers lui. « Je ne la laisserai pas dans la poussière comme un billot de bois, annonça-t-il d'une voix sans timbre. C'était ma responsable des cuisines. » Je m'approchai de lui, la bouche sèche, et chuchotai son nom. Il me considéra du même regard vitreux et répondit, sans parler à personne en particulier : « Je vais l'enterrer. »

Une hésitation passa sur les traits de l'officier. La tradition kéta autant que la tradition liu honorait les morts d'une cérémonie d'adieu. Il sembla considérer la requête, mais finit par secouer la tête : « Pas le temps. Elle n'avait qu'à obéir. Allez ! » Il fit reculer son cheval et les prisonniers se tournèrent lentement vers le chemin. Eïvan se mit debout. Je lui pris le poignet, pour le guider vers la route. Il se dégagea doucement et partit en direction du champ le plus proche. Là, il fouilla les herbes, souleva quelques roches… en trouva une, pointue et plate. Alors il revint vers nous et, tremblant, commença à creuser la terre.

Mon cœur s'arrêta.

Personne ne bougea, ni Kétas ni Lius, unis dans une même sidération ; puis Maker alla chercher une pierre et vint s'agenouiller pour bêcher aux côtés d'Eïvan. Jamol réagit le premier. Il aboya : « Liu ! Debout ! En marche ! » Il ne parlait pas à Maker. « Je dois l'enterrer, Lokris », répondit Eïvan en griffant le sol. Il avait employé sa voix de guérisseur, si incongrue dans cette situation, et appelé le Kéta par son prénom devant tout le monde. Le lieutenant réagit en abattant de toutes ses forces le manche sur le dos d'Eïvan. Il bascula en avant dans un cri rauque. « Debout ! » hurla Jamol. J'arrêtai de respirer. Le guérisseur resta un instant à quatre pattes, les yeux fermés, luttant contre la souffrance… Puis il rebascula sur ses genoux. Récupéra lentement son outil de fortune. Et recommença à creuser. Jamol le fixa, les yeux exorbités. Quelque chose m'amena aux côtés d'Eïvan, quelque chose qui n'était ni du courage, ni de l'amour, plutôt une sorte de fatalité qui m'entraînait comme une pente de glace. J'utilisai mes mains, récupérant la terre qu'ils excavaient. L'officier ne fit pas plus attention à moi qu'à Maker : il abattit à nouveau son bâton sur Eïvan en éructant : « DEBOUT !!! » Le coup fit un bruit mat. Eïvan grimaça et poursuivit sa tâche. La détresse qui marquait son visage était tenue en respect par une obstination morose. Dressé sur ses étriers, Jamol perdit alors tout contrôle, hurlant, rouant Eïvan d'une volée de coups furieux qui rendirent même son étalon nerveux. La rage m'envahit. Les poings serrés, les muscles tendus, je me dressai entre lui et le guérisseur, menaçante, dérisoire. Jamol fit tournoyer sa lancette et me frappa à la tempe, m'envoyant valser dans les herbes. Un rideau noir piqueté de jaune obscurcit ma vision. Le temps que je retrouve mes sens, Eïvan pressait mes épaules contre le sol : « Ne bouge plus ! » chuchota-t-il, impérieux. D'un regard, il me cloua au sol et se releva lentement. Puis il retourna auprès du corps de Morita… s'agenouilla… prit la pierre… et continua à élargir le trou.

Le silence dans le cortège s'épaissit. Personne ne semblait croire ce qu'il voyait. Jamol se ressaisit. Je me couvris les yeux quand le bâton martela à nouveau le dos d'Eïvan, dans un bruit sec à peine souligné par les cris étouffés du guérisseur. Jamol le frappa encore et encore, avec hargne, avec méthode, déterminé à le briser.

Mais rien n'y fit.

Eïvan encaissa les coups. Il haletait de douleur, des larmes coulaient sur ses joues… Mais il ne lâcha pas sa pierre. Jamais. Lentement, la rage de Jamol laissa place à une sorte de panique. Il espaça ses coups, il semblait hésiter. « Debout ! » ordonna-t-il pour la centième fois, d'une voix où perçait l'incompréhension. Deux prisonniers vinrent s'agenouiller autour de la fosse en silence. Puis une troisième. Je parvins enfin à me mettre debout pour me joindre à eux, recueillant des poignées de terre sèche entre mes mains en coupe. Jamol ne nous accorda pas un regard. Il leva sa lancette au-dessus d'Eïvan, les mâchoires serrées… Je vis les épaules du guérisseur se tendre. Mais le lieutenant laissa retomber son bras. Il resta un moment à fixer la scène, égaré, son poing tellement crispé sur le manche de son arme que les jointures en blanchissaient. Alors, Eïvan leva la tête et le regarda. Et tandis qu'il considérait celui qui venait de lui donner une vingtaine de coups, il n'y avait sur son visage qu'une dignité calme et une singulière douceur. L'assurance de Jamol se lézarda. Je crus qu'il allait tuer Eïvan. Je crus qu'il allait se jeter à ses pieds pour lui demander pardon. L'officier supérieur qui, à quelques pas, avait assisté à la scène avec une fascination morbide posa sa main sur l'épaule de Jamol : « Puisqu'ils ont déjà bien avancé, on peut les laisser finir, qu'en pensez-vous ? » L'intéressé se retourna et sembla découvrir son supérieur, les autres soldats, le millier de prisonniers debout sous le soleil. « Bien, capitaine », lâcha-t-il dans un soupir. Le soulagement ruisselait sur son visage pâle.

*

Cette nuit-là, Mandine craqua.

Les Kétas avaient dressé le campement sur un terrain vague. La terre était nue, irrégulière, creusée d'ornières par les sabots des chevaux. Ils désignèrent une cinquantaine de Lius pour aller puiser de l'eau sous bonne escorte – ils n'avaient pas l'intention de nous nourrir, en représailles à notre « rébellion ». Lorsqu'ils refermèrent le grillage, nous étions déjà tous assis. Le meurtre de Morita nous avait sonnés. Il me semblait même qu'une certaine morosité s'était propagée chez les soldats. Teintant l'horizon de rouge, le crépuscule tombait. J'étais assise avec Mandine auprès des guérisseurs, et la vieille Geltie houspillait sans discrimination les étudiants et les blessés. Notre groupe avait repris la disposition de la veille : les plus mal en point allongés au milieu. Il y avait davantage de patients, et aussi plus de volontaires, attirés par la réaction d'Eïvan sur la route. Maker en faisait partie : il ne l'avait pas quitté et lui obéissait comme s'il avait trouvé en lui le général en chef des Forces lius libres.

Il aurait bien le temps de déchanter. Eïvan ne prendrait jamais les armes. Sa non-violence face aux coups de Jamol en était la preuve. Ce n'était pas une provocation, c'était une démonstration, pour leur prouver la puissance de la bonté. *Tant de naïveté…*

Les étoiles apparaissaient en grappes dans le ciel noir, et un quartier de lune se levait, projetant une lumière pâle. Je m'étais assise dos à dos avec Mandine, et tentais de lui remonter le moral en observant les constellations. À la nuit tombée, nous aperçûmes des petites silhouettes derrière la clôture, qui chuchotaient avec excitation. Des enfants. Je n'en avais aperçu aucun parmi les soldats. Puis je compris : c'étaient les Kétas de la ville voisine, venus en bande regarder les prisonniers. Ils avancèrent d'abord avec circonspection, puis s'approchèrent des grillages et lorgnèrent franchement. Le manège dura un certain temps, avant que l'un des soldats ne s'irrite et ne les chasse.

En cage. Nous étions en cage. La nostalgie du vol revint me tarauder. Une odeur âcre de transpiration flottait – la mienne, celle de Mandine, celle de tout le monde. Nous portions les mêmes habits depuis notre départ. Des bagarres commençaient à éclater entre prisonniers pour accaparer les maigres biens ; alors Mandine avait dissimulé son collier dans une poche de sa robe. Un chagrin soudain m'envahit quand j'admis que nous ne reverrions peut-être jamais notre Ahmra. Que le village pourrirait sans nous. J'ignore si mes pensées sombres se communiquèrent à mon amie, mais aux secousses de son dos, je compris qu'elle pleurait. Ses larmes, d'abord retenues, se transformèrent en sanglots convulsifs. Je me retournai pour la prendre dans mes bras, et elle bégaya un « excuse-moi, ma chérie », et le chagrin fracassa ses remparts. Elle se prit la tête dans les mains, hoquetant, essayant d'étouffer les bruits dans sa robe. « Mais pourquoi ? lâcha-t-elle entre deux spasmes. Pourquoi, Déesse ?! Pourquoi ? » Quand je compris qu'elle n'allait pas pouvoir se ressaisir, je demandai à un étudiant d'aller chercher Eïvan. « Mandine, suppliai-je, impuissante, sentant les larmes ruisseler sur mon propre visage, on va s'en sortir. La résistance s'organise, Pitro va venir te chercher. » J'aurais pu continuer à dire n'importe quoi, mais Eïvan arriva enfin. Il s'accroupit près de la vieille dame, l'enlaça, sans un mot. Ses sanglots redoublèrent. Par-dessus son épaule, il m'adressa un coup d'œil rassurant. « Ça va aller », murmura-t-il, autant pour elle que pour moi. Ayelo était apparu à ses côtés. « Je veux mon mari », s'étrangla-t-elle, et je dus essuyer mes joues. Elle finit par se calmer, d'épuisement peut-être. Eïvan lui conseilla de s'allonger. Elle s'endormit rapidement. Le guérisseur la veilla. « Parfois, il n'y a rien à faire, nous dit-il d'une voix douce. Il faut juste que la douleur sorte. »

Nous restâmes tous les trois auprès d'elle, reprenant silencieusement nos esprits et puisant des forces dans nos compagnies mutuelles. Puis ils examinèrent ses pieds, sans la réveiller. Ayelo s'en était occupé seul, la veille. « C'est bien, ça, chuchota Eïvan en découvrant son travail, c'est très bien… Tu as pratiqué l'induction de cicatrisation ? » Ayelo acquiesça. « Très, très bien… » Le jeune homme, qui guettait autrefois si avidement l'approbation de son maître, accepta le compliment avec simplicité.

*

Je dormais lorsque Eïvan vint enfin me rejoindre. J'étais en train de rêver du Cerf, un rêve doux-amer dans lequel nous profitions d'un instant de répit, précieux, mais trop bref avant le retour des prédateurs. Je me réveillai et, ouvrant les bras dans un demi-sommeil, murmurai sans réfléchir : « J'ai peur pour le Cerf… » Il se cala contre moi sans rien dire. Puis il chuchota : « C'est moi, le Cerf. Je suis là. Je vais bien. » Je le serrai contre moi. Il avait chaud, il était fourbu. J'aurais voulu le croire. Mais à l'Ahmra, nos sessions dans le Lieu de silence m'avaient prouvé qu'il n'était pas très attentif aux besoins de son reflet. Je risquai une question : « Que représentent-elles, ces bêtes ? Les Kétas ? » Il se mit à rire tout bas. « Mais non… », et n'ajouta rien.

Il me fit asseoir pour examiner ma tempe tuméfiée. « Tu sais que les choses auraient pu très mal tourner, tout à l'heure, murmura-t-il en m'effleurant. Ne te mets plus en danger, s'il te plaît. J'ai déjà perdu trop de monde. » Son visage harassé était ombré par un début de barbe. Il s'était exposé bien davantage que moi. Je soupirai : « Comment peux-tu supporter ce Jamol ? Nom de Wou ! Je voudrais qu'il tombe raide mort. » Il hésita. « Lokris est… tourmenté. Vide. Personne ne l'a jamais aimé, jamais… »

Avec raison, pensai-je férocement. Je me fichais complètement des « tourments » de ce margouillat cruel, et je n'arrivais même pas à comprendre comment Eïvan pouvait s'en soucier. « Tu n'as pas trop mal ? » demandai-je en passant la main là où la brute l'avait frappé. La lune pâle frangeait ses cheveux d'argent. Il haussa les épaules, un peu suffisant : « J'en ai vu d'autres. » Son petit accès de fierté m'attendrit. J'approchai ma bouche de la sienne et l'embrassai doucement. Ses lèvres étaient chaudes, si douces qu'elles me firent oublier où nous étions.

La pluie nous réveilla à l'aube. Je pensai immédiatement à fermer la fenêtre : à l'Ahmra, le vent chassait parfois les gouttes à l'intérieur. Mais il n'y avait aucune fenêtre à fermer. En quelques instants, nous fûmes trempés. Le sol devint rapidement froid, humide, l'eau s'infiltrant sous les herbes longues. L'averse cessa aussi brusquement qu'elle avait commencé. Blottis l'un contre l'autre, frissonnants, nous contemplâmes les étoiles qui disparaissaient, les carrés de bleu qui s'ouvraient, les oiseaux dans leurs premiers vols. Eïvan parla le premier. « Il y a des choses que j'ai du mal à dire, murmura-t-il. Même du mal à entendre. Elles sont trop… compactes. Tranchantes. Surtout quand le monde s'écroule autour de nous. C'est comme être assailli de l'intérieur et de l'extérieur, tu comprends ? » Je le serrai un peu plus fort. « Les bêtes sont… le mal. Celui qui est en moi. Celui qui est au-dehors. C'est le même. » Il déglutit, et tenta de retrouver un ton de professeur : « Les courants du bien et du mal sont toujours en lutte. La création, la destruction. L'amour, la haine. En nous et dans le monde. Le fleuve sombre attend que je faiblisse pour… » Il lâcha un soupir, comme si tout était trop compliqué à expliquer. Puis, il reprit d'une voix encore plus basse, presque atone : « Mon Cerf a peur de toi parce que tu le vois. » Une pause. « Mais il a… j'ai besoin… de toi… pour tenir. » Je levai vivement mon visage vers le sien, pour ne rencontrer que ses paupières fermées, son profil figé dans l'effort. Mon cœur se serra. Je l'aimais, mais je savais si peu de choses de lui. « Je suis là, soufflai-je, je serai là. Même s'il a peur. »

Ses traits se détendirent. Il ouvrit les yeux. Son regard se perdit dans le ciel vaste et un peu de la douceur cristalline émanait de son corps allongé. La fragilité de son âme me bouleversa. Les autres ne voyaient que sa force, un pilier sur lequel prendre appui dans la tourmente. Mais son rêve de paix s'était fracassé comme une cruche de verre sous le sabot d'un cheval, et sa sensibilité le rendait aussi peu armé pour notre époque que le Cerf translucide face aux monstres.

*

Le lendemain, les soldats nous interdirent à nouveau de discuter pour éviter toute nouvelle révolte. Personne n'essaya. La faim et la faiblesse nous privaient de tout répondant et notre marche fut un long calvaire. Notre « punition » prit fin lorsque nous arrivâmes au point de halte du soir, et qu'ils nous servirent du riz et des haricots rouges avec quelques lamelles de bœuf dans une interminable file d'attente. J'avais si faim que je me débrouillai pour passer devant une quarantaine de personnes. Il fallait survivre, désormais. La réalité m'avait rattrapée. *C'est eux ou toi*, approuva la voix froide qui accompagnait à nouveau mes jours. J'éprouvai beaucoup moins de remords à faire le tour de l'enclos pour me glisser plusieurs fois dans la queue. Les Kétas nous pensaient si dociles qu'ils se contentaient de séparer le camp en deux, d'un côté ceux qui étaient servis, de l'autre ceux qui attendaient encore. Se faufiler entre les groupes était un jeu d'enfant et ce soir-là, je réussis à récupérer deux portions supplémentaires pour mes amis et moi.

Après avoir mangé, Mandine rejoignit le carré des blessés pour se faire bander les pieds, et je m'éloignai en quête d'un endroit où m'allonger. Je tassai le sol à coups de poing. Il n'avait pas beaucoup plu aujourd'hui, la température nocturne était agréable. Le sol, en revanche, était couvert de bosses inconfortables et de foins irritants, et les insectes y pullulaient. Je m'allongeai, au-delà de l'épuisement, essayant d'ignorer le garçonnet qui pleurait, inconsolable, à quatre pas de moi, et l'angoisse qui me creusait la poitrine. Au-dessus de ma tête, les étoiles scintillaient, innombrables. Leurs myriades me réconfortèrent. Le ciel était un peu à moi, maintenant que j'étais à moitié faucon ; et je pouvais toujours le rejoindre si les choses devenaient intolérables ici-bas…

C'est à ce moment, tandis que je m'installais pour la nuit, que mes pieds commencèrent à s'éloigner. Je les sentais à des lieues de moi. J'étais couchée sur le sol inégal, agacée par des piqûres d'insectes, et mes pieds étaient… ailleurs. La sensation fut si forte que je me redressai pour les frotter l'un contre l'autre. Je pouvais les bouger. Je me rallongeai en essayant de penser à autre chose, attribuant ce malaise à notre marche forcée… Mais il s'amplifia, monta le long de mes jambes jusqu'à englober mon corps tout entier. J'étais sur l'herbe, et je voyais Eïvan. J'étais certaine d'être couchée sur l'herbe, de sentir cette démangeaison au bas de mon dos. Mais j'étais aussi certaine que mon corps était ailleurs. Un ailleurs si familier, qui sentait le moisi. La panique commença à me gagner. « Là-bas », je percevais des présences autour de moi. J'entendais une voix. Je sentais le courant d'air qui s'échappait d'un vitrail cassé. Puis une sorte de blizzard s'engouffra entre mes « deux corps », traversé de spectres sombres et affamés. Je pressai mes mains contre ma poitrine en hoquetant d'angoisse. *Arrête, calme-toi, il n'y a rien.* Le vent claqua sur mon visage avec un bruit de linge humide. Je me sentis absorbée comme de l'eau dans un siphon.

Avant même d'ouvrir les yeux, je savais où j'étais. L'odeur de moisi et de cendre ne pouvait me tromper. Je savais, et je serrais les paupières, assise sur ce banc, les mains immobiles sur le pupitre. Je ne voulais pas être là. Mais sa voix claqua, amère : « Ce que j'explique ne t'intéresse pas, Taena ? » J'ouvris les yeux. J'avais douze ans et je balbutiai : « Pardon, Guide Colin. » À mes côtés, mes camarades n'osaient pas me regarder. Ils savaient que j'allais avoir des ennuis.

18

Les ombres du passé

Journal d'Eïvan, cahier retrouvé.

Le voyage dans le Lieu de silence n'est pas une pratique anodine. Les moines ne s'y adonnent qu'après de longues années de méditation. S'immerger dans son reflet clarifie la personnalité et la débarrasse de ses entraves. C'est l'objectif ultime : ouvrir grand le canal de notre âme. Ressentir le lac de la présence éternelle. Y plonger les mains. Rêver…
Mais le processus peut être extrêmement dangereux. Tout s'y retrouve en miroir, le bon comme le pénible. Avant d'arriver au cœur, le Lieu de silence va peler l'oignon de la personnalité. Chaque couche est chargée d'histoires, de peurs et de peines. Et tout comme il existe une source de chaleur, saturée d'amour et de beauté, il existe une source froide, de peur et de haine, où toutes les expériences douloureuses du vivant se sont coagulées. Chacune de vos souffrances peut être le filet d'eau qui vous entraînera dans cette rivière fatale. Nous l'appelons « l'espace entre les mondes ».
C'est pourquoi, avant d'entrer dans le Lieu de silence, il faut acquérir la sobriété.

Sa baguette frappa le haut de mon crâne. La douleur se propagea en onde brûlante sur ma tête, et je baissai les yeux, reprenant précipitamment le porte-plume que j'avais laissé tomber. Sous mes paumes, le texte que nous calligraphions prouvait mon indignité : il s'arrêtait au milieu d'une phrase, orné d'une tache d'encre brune. « Le papier est précieux », répétait toujours Guide Colin. Je l'avais gâché. Ma honte redoubla quand il fit remarquer d'un ton acerbe : « En dépit de tout ce que je te dis, Taena, tu ne t'améliores pas. Tu persistes à refaire les mêmes erreurs, encore et encore. N'as-tu donc aucune considération pour tes camarades ? Aucune considération pour *moi* ? »

Oh que si, j'en avais, et j'aurais voulu le lui crier, le supplier de me croire : j'éprouvais pour lui une adoration sans limite. Le chagrin et la peur teintaient ma dévotion, mais elle était sincère, et comme tous les autres enfants ici, je ne rêvais que de le lui prouver. Je m'appliquais à faire exactement ce qu'il disait, à m'instruire du mieux possible entre les murs sombres de l'ancien manoir, pour préparer le grand jour. Lorsque je me conduisais bien, j'étais récompensée par un sourire sur son visage, un mot gentil. Je me sentais alors spéciale, pour quelques jours ou quelques heures… avant de le décevoir à nouveau.

Guide Colin était souvent fâché. Nous faisions trop de fautes. Nous n'étions pas dignes d'être les élus de Zanabé. Lorsque sa baguette s'abattit une nouvelle fois sur mon crâne, je savais que je la méritais. Je n'osais pas regarder les feuilles de mes douze petits camarades, dont les têtes fixaient obstinément les pupitres, mais ils devaient être bien plus avancés que moi dans la dictée. Une fois de plus, j'avais laissé mon imagination m'emmener ailleurs, et j'avais manqué à mon devoir. Mon incapacité à me concentrer m'emplit d'un désespoir trop familier. J'avais beau me promettre de mieux faire, il y avait toujours un moment où tout m'échappait. « C'est très décevant », dit Guide Colin en traversant la salle à grandes enjambées. Le plafond haut, décoré d'enluminures effacées, répercutait sa voix. J'aurais préféré mille coups de baguette à la douleur de sa déception. « Maintenant, nous allons devoir retourner en arrière, à cause de Taena qui ne prend pas son travail au sérieux, qui ne ME prend pas au sérieux, poursuivit-il d'une voix suave. Nous allons reprendre à : pour parvenir à notre but, il faut être déterminés. Les Kétas nous ont volé notre juste place. Point. » Il fit une pause et du coin de l'œil, je vis les autres élèves écrire. Je m'aperçus alors que je n'avais manqué qu'une seule phrase. Écrivant aussi rapidement que possible, je rattrapai mon retard.

« Et même si nous croyons à tort que tous les Kétas ne sont pas mauvais, que faudra-t-il faire quand la guerre éclatera ? » demanda-t-il à la cantonade. Je connaissais la réponse, mais je ne me risquai pas à lever la main. Guide Colin ne pardonnait pas si facilement. Un jour, il m'avait frappée de son silence pendant toute une saison. J'en avais tellement souffert que j'avais pensé à sauter de la tour.

Nous n'avions que lui.

Quand la classe fut finie, Guide Colin envoya tous les enfants, quel que soit leur âge, faire des exercices de tir, sauf moi, car j'étais punie. Je dus empiler les nouveaux bocaux dans la réserve et mettre en sac les patates. Je relayais ainsi un garçon puni avant-hier, et qui venait d'y passer deux jours. Il avait pas mal avancé. Il était à peine plus jeune que moi et me lança un regard de soulagement et de culpabilité mêlés, lorsqu'il quitta la réserve. La pièce était vaste, froide, sombre et sale. Les tubercules entassés sur le mur allaient pourrir rapidement s'ils n'étaient pas isolés. Une paillasse gisait sur le sol. Je n'avais pas envie de rester là, toute seule, mais il n'y avait pas à discuter. Au moins je n'aurais pas à aller au tir : je détestais tuer les oiseaux. Mais j'allais aussi manquer les cours de dessin et d'histoire, mes préférés.

Guide Colin ferma la porte, et tourna la clef.

Le cœur lourd, je commençai à trier les patates. Elles étaient froides et humides entre mes mains. L'hivernage était là. J'avais déjà vécu quatre ou cinq saisons des pluies ici. Ou était-ce six ? Il y avait eu un avant, une maman et une maison plus agréable, mais leur souvenir s'était effacé. Guide Colin refusait de répondre aux questions sur nos familles : s'attarder sur le passé n'était pas digne du destin éclatant qui nous attendait. Nous étions infiniment plus importants que les petits Lius des villages. Séparant les tubercules couverts de terre, je me mis à imaginer ce que serait le futur quand nous aurions gagné. Nous habiterions les palais de Numré, et mangerions dans de la vaisselle en or. On nous acclamerait. Guide Colin, sauveur des Lius, serait transporté dans un trône spécial, et porterait une couronne. Il sourirait tout le temps et nous féliciterait. Surtout moi. Il me dirait à quel point il avait toujours eu confiance en moi. Il me dirait qu'il m'aimait, que j'étais son enfant préférée, et la tendresse passerait dans ses beaux yeux verts. Il ne serait plus jamais fâché. Nous serions heureux. Toute à ma rêverie, je ne vis la grosse araignée qu'au moment où elle se mit à courir sur ma main. Je criai en secouant mon bras, et commençai à sangloter, puis me tus. « Bien fait, me dis-je férocement. Ça t'apprendra à rêvasser. Ne te relâche jamais. »

*

Quand la nuit tomba, j'avais fini deux sacs, mais mon moral s'était effondré. Je les avais remplis juste devant le tas de tubercules, et maintenant ils me gênaient pour continuer mon travail. Et bien sûr, ils étaient trop lourds pour que je puisse les bouger toute seule. Dans la réserve, la lumière qui filtrait par deux petites fenêtres, tout en haut, avait baissé ; il faisait presque noir, mais mes yeux s'étaient accoutumés. Je tirai sur la toile de jute, m'escrimai, en vain, sentant le désespoir m'envahir. J'avais encore failli, encore été distraite – j'allais encore décevoir Guide Colin. Ma nullité me donnait envie de pleurer.

Je me serais peut-être mise à pleurer pour de bon, si Damien n'était apparu avec une lampe à huile et une assiette de nourriture. Mon cœur s'allégea. Damien était mon frère. Il avait un an de moins que moi, les joues lisses et des yeux profonds. Parfois, nous mentions l'un pour l'autre, même si c'était difficile. Il souriait tristement dans la lumière dansante de la flamme. « Pauvre Taena. » Comme nous tous, il avait passé du temps dans la resserre. « Viens m'aider à tirer les sacs, lui dis-je. Je les ai mis devant, je n'ai pas réfléchi. Guide Colin ne sera pas content s'il voit ça. »

Damien posa la lampe et l'assiette près de la paillasse, et vint s'arc-bouter à côté de moi. À quatre, nos petites mains firent l'affaire : le sac de patates glissa légèrement sur le sol. Damien se plaça de l'autre côté et se mit à le pousser « Ho hisse ! Ho hisse et ça glisse ! Ho hisse et ça glisse ! » Je pouffai. Il avait toujours de ces expressions. « Ho hisse la saucisse ! » continua-t-il avec un sourire hilare. Je tirai de plus belle, chantant avec lui : « Ho hisse la saucisse ! Ho hisse la saucisse », et centimètre par centimètre, riant aux éclats, nous réussîmes à déplacer le sac dans le fond, à côté des autres. Nous procédâmes de la même façon avec le second, et je frottai mes mains, soulagée. « Il faut que je remonte », grimaça Damien. Je le savais. S'il restait trop longtemps, Guide Colin viendrait voir ce que nous faisions, et se mettrait en colère. Il n'aimait pas nous voir gais, parce que cela prouvait que nous ne le prenions pas au sérieux, que nous ne prenions pas au sérieux notre mission. Je pris Damien dans mes bras et lui fis un bisou sur la joue. « Merci. J'étais bête, avec les sacs.

— Bêêêête. » Je gloussai. Il redevint sérieux : « J'espère que tu ne resteras pas trop longtemps. » Une fois, un enfant avait passé quinze jours dans la réserve. Je haussai les épaules et soupirai. « Je l'ai mérité. » Les yeux de Damien se mirent à flamboyer, et sa bouche se serra : « Tu parles. Il cherchait juste une excuse pour punir quelqu'un, comme d'habitude.

— Damien, ce n'est pas vrai… » Je n'aimais pas l'entendre parler comme ça. Il baissa la tête, honteux. « Parfois je trouve qu'il exagère, quand même.

— C'est pour notre bien, le sermonnai-je, pour le bien de Zanabé. Notre tâche est sacrée. » Il acquiesça gravement. Il avait une belle bouche incurvée, qui dessinait une virgule quand elle souriait. Il capta mon regard et me tira la langue. Au-dessus de nous, dans les escaliers, la voix forte de Guide Colin retentit : « Damiiiiiiiieeeeeennn ! » Le garçon me jeta un regard d'excuse et s'enfuit rapidement : « Fais de beaux rêves, et pas du tout de cauchemars », chuchota-t-il, tandis que Colin insistait, impatient : « Damiiiiiiieeeeeeen !!! » Et quand il referma la porte, me laissant seule dans la resserre sombre, je ressentis une bouffée de fureur contre cette voix nasillarde qui ne nous laissait jamais en paix. J'aurais tant voulu qu'elle se taise…

Puis je m'en voulus. C'était Guide Colin. Il nous aimait. Pour me punir, je me forçai à remplir un nouveau sac avant de m'autoriser à dîner. Cela prit du temps, d'autant plus que je me méfiais désormais des araignées.

Quand j'eus terminé, je m'assis enfin sur le tabouret, et entrepris de manger. Trois fois ma cuillère plongea dans l'écuelle, et trois fois je la portai à ma bouche, essayant de mastiquer la nourriture. Il y avait un problème avec le repas. Je pouvais humer l'odeur du ragoût, je sentais même le goût sur ma langue, mais je n'arrivais pas à mâcher. Je tentai à nouveau, perplexe. J'avais tellement faim. J'avais désespérément envie de croquer dans ces haricots en sauce. Sur mes genoux, le récipient était encore tiède. Ma frustration enfla alors que je regardais mon assiette : elle semblait se dissoudre, devenir fine comme du papier. Guide Colin avait-il trouvé une nouvelle punition ?

Je levai la tête et eus un coup au cœur. Sur le mur du fond, un cerf transparent me fixait. Mon souffle s'accéléra et mes pensées se mirent à tourner à toute vitesse. En une seconde, je perdis le sens du temps et de l'espace : ma conscience explosa comme un miroir brisé. Chaque éclat fila vers le fond du monde en emportant une partie de moi.

Eïvan

Colin

Mandine

Puis les éclats se mirent à tourbillonner : *Il faut que je raconte ça à Damien, le Cerf s'approche, une araignée m'a piqué le bas du dos...*

« Taena », chuchota le Cerf dans ma tête. Ses mots interrompirent la déflagration. « Taena. Taena. Taena. » Les morceaux épars de mon esprit se rapprochèrent, et je réalisai combien Ayelo m'avait toujours rappelé mon frère. La belle lumière du Cerf pénétra la cave tout entière. « Taena. Taena. Taena. » La voix d'Eïvan, grave, patiente et douce, si différente de celle de Colin. J'avais envie de mourir, pour ne plus jamais retourner au Manoir. Je voulais tout oublier. Il n'y aurait jamais d'évasion, je le savais maintenant. Les murs étaient entrés en moi. C'était plus facile de renoncer à tout. Mais je le laissai m'emmener, malgré Damien et malgré les patates que je n'avais pas triées et malgré l'obscurité qui allait dévorer mon cœur dès que je serais de l'autre côté. Je le laissai m'emmener parce que je l'aimais, lui. Eïvan.

Les fragments de ma conscience se soudèrent péniblement. Certaines de mes larmes tombèrent sur le sol humide de la cave et d'autres sur la terre sèche de l'enclos. Je sentais l'odeur de l'herbe. La faim. La démangeaison dans mon dos. Je sentais Eïvan, qui me tenait, et Damien – non, Ayelo. « Taena », répétait inlassablement le guérisseur. « Taena. Taena. » J'inspirai et levai la main vers sa joue. « Miséricorde », murmura-t-il dans un souffle, tandis qu'à ses côtés Ayelo soupirait en enfouissant son visage dans ses mains. J'étais revenue. Ils m'avaient ramenée.

*

Ayelo avait été le premier à donner l'alerte. En me voyant allongée, le visage flasque et la bouche entrouverte, son dos s'était couvert d'une sueur froide. Son mauvais pressentiment avait viré à la panique quand il s'était approché de moi.

Il m'avait crue morte.

« Tu étais complètement raide et tu ne respirais plus. J'ai écouté ton cœur. Il ne battait plus. J'ai appelé Eïvan. » Le guérisseur avait tout de suite compris. Mon esprit n'était pas assez fort pour tant d'allers-retours entre le Lieu de silence et le Lieu de pensée, et les énergies sombres m'avaient happée, profitant d'un espace vide entre les deux réalités. Eïvan avait plongé dans mon cauchemar pour me rattraper, et il avait tout vu : Colin et son emprise, la cave, mon désespoir.

Il me fit mettre debout, me tenant fermement les avant-bras. Ma tête tournait, mais il refusa de me laisser asseoir, longtemps, jusqu'à ce que les illusions de l'autre monde se dissipent totalement. J'avais quitté le Manoir. J'étais libre. « Je suis libre », dis-je à Eïvan, et cela le fit sourire : « Je suppose que tout est affaire de perspective », répondit-il. Ayelo pouffa nerveusement.

La mémoire m'était revenue. Je me souvenais des dortoirs frisquets, de la salle de classe au plafond haut. Nous avions grandi dans ce manoir en ruine, quelque part dans la forêt, au nord. Un groupe d'orphelins, ou d'enfants volés ? Certains partaient, d'autres arrivaient. Guide Colin prétendait former la future élite de Zanabé. Il nous donnait des cours d'écriture et de mathématiques, d'histoire et de dessin, mais surtout, il nous apprenait la guerre et la haine. « Oh Eïvan, si tu savais… », soufflai-je. J'avais passé un an à courir après mes souvenirs, mais maintenant, je les aurais volontiers renvoyés au néant. L'odeur de la cendre froide et le désespoir interminable avaient un goût atrocement familier. Colin nous maintenait sous une pression constante, donnant son approbation rarement et sa colère bien plus souvent. Toutes nos journées étaient rythmées par son obsession : anéantir les Kétas. Il nous apprenait à tromper l'ennemi en nous faisant passer pour eux. À crocheter les serrures. À saboter les roues. À voler. À tuer…

La nausée m'envahit alors que les souvenirs remontaient. Il nous avait forcés à jeter le corps d'un petit Kéta dans le feu. Pour nous endurcir. Antanon. Le garçon s'appelait Antanon. Je me pliai en deux. Un grand bûcher sur le parvis défoncé, la lancette pointée de Guide Colin et ses yeux exorbités… L'enfant, une cagoule sur la tête, était déjà mort, mais c'était atroce, l'odeur de la chair brûlée, les plaintes d'un autre petit garçon. J'avais pleuré et Colin m'avait frappée au visage. « Ils n'ont pas de pitié pour nous, n'ayons jamais pitié d'eux », avait-il psalmodié, acclamé par les plus durs des adolescents.

Cette nuit-là, Damien s'était enfui.

« Oh Eïvan, si tu savais… » Le guérisseur m'enveloppa de ses yeux calmes : « Mais je sais. »

*

Je dormis le reste de la nuit d'un sommeil étonnamment profond. Au matin, les Kétas me réveillèrent à nouveau avec la prière d'honneur à Wou, qu'ils chantaient en touchant le sol entre chaque couplet. C'était l'un des cinq hymnes fondateurs de la religion kéta, un hymne de gratitude à la beauté du monde qui jurait d'une manière insultante avec ce qu'ils nous imposaient. J'étais désormais capable d'en réciter tous les versets. Sans réfléchir, je m'approchai du grillage et me mis à fredonner. Plusieurs prisonniers se retournèrent pour me jeter un coup d'œil surpris. Je n'y prêtai pas attention, jusqu'à ce que Mandine apparaisse pour me saisir le bras : « Chut, chut, arrête », me pressa-t-elle, partagée entre l'amusement et l'inquiétude. « Quelque chose ne va pas, ma chérie ? Tu as décidé de devenir kéta ? »

Le moment d'hésitation qui me traversa fut aussi un moment de révélation. Durant les premières semaines à l'Ahmra, j'avais évité tout le monde, gardant pour moi mes petits secrets, pleine d'une incontrôlable méfiance… La rencontre avec le Cerf avait ouvert mon horizon et m'avait permis d'aimer Mandine, Ayelo, l'Ahmra – d'aimer Eïvan. Mais là s'arrêtaient les frontières de mon cœur. Je n'avais jamais pu partager ses rêves de paix. Je ne croyais pas au pouvoir rédempteur de la bonté. La vie était traître, toujours en embuscade, les hommes indignes de confiance… Ces pensées amères avaient façonné mon univers année après année. Colin les avait vissées dans nos jeunes esprits à coups de brimades et de discours. Il maniait si bien le chaud et le froid. Quand il n'était pas fâché, nous avions l'impression d'être les « guerriers d'élite » d'un pays merveilleux qui n'attendait que nous pour être libéré… Puis il frappait, imprévisible comme le serpent. Je n'avais confiance en rien parce que je croyais le monde entier façonné à son image…

Mais je ne voulais plus lui laisser ce pouvoir. Résolue, je me tournai vers la vieille dame : « J'ai appris ça quand j'étais enfant, lui dis-je. L'homme qui m'a élevée avait des connaissances incroyables. Seulement, il m'a… fait beaucoup de mal. Il nous formait – non, il nous dressait – à penser, haïr, frapper comme des Kétas. »

Les soldats pivotèrent vers le sud, et entamèrent une nouvelle oraison. Là, face à eux, je racontai tout à Mandine. Tout ce dont je me souvenais. Le Manoir et Damien, Guide Colin, mes parents perdus, le cauchemar de la nuit dernière. Ce que je savais, ce que j'ignorais et ce que je croyais. « J'aimais ses cours, tu sais. S'il n'avait pas été dingue, il aurait fait un excellent professeur. J'ai appris tant de choses. » Mandine me dévisageait avec douceur. Sa compassion rendait les confidences faciles. « Une douzaine d'enfants, tu dis ? murmura-t-elle. Et de nouveaux chaque année ? Où sont-ils aujourd'hui ? Et lui ? » Je secouai la tête. Il me manquait de larges pans de souvenirs. De nouvelles questions sortaient de l'œuf à chaque instant, comme des bébés tortues sur le sable d'une plage.

« Je ne me rappelle pas encore où se trouve le Manoir, ni comment je l'ai quitté.

— Et ta famille ? »

Je haussai les épaules.

« Ils sont morts, je suppose…

— Viens ici, ma chérie », dit-elle en me tendant ses bras. Une émotion subite me submergea. Même à Eïvan, je n'en avais pas confié autant. Elle mit sa main sur ma joue : « Qu'importe celui qui t'a élevée et ses idées infectes, tu es des nôtres, maintenant. » Je la regardai, la gorge serrée, incapable de parler.

19

Le Distingué

Lettre du maire de Léto au Concile.

Très estimés Sénateurs et Sénatrices,
Par la présente, je vous demande de l'aide. Notre ville souffre de la désorganisation provoquée par le départ des Lius ; c'est que, voyez-vous, ils travaillaient dans les vergers et ramassaient les ordures ! Loin de moi l'idée de mettre en cause la sagesse de votre décision, mais pourriez-vous, je vous prie, m'envoyer des soldats de première classe afin que nous évitions la prolifération des rats ?

La marche reprit – un jour, deux jours, six jours, toujours plus au sud. Les Kétas nous donnaient maintenant de l'eau et de la nourriture tous les soirs, et mon organisme commençait à s'habituer à ce rythme : je souffrais moins des jambes et des reins. Mais mon pantalon ne tenait plus et le soleil pelait ma peau à vif. J'avais régulièrement des crampes.

Nous avancions comme les bœufs à l'attelage tracent leur sillon. Obstinément. Mécaniquement. Toute cette folie nous asphyxiait. Il n'y eut plus de tentative de révolte ; pas même quand deux nouveaux groupes de prisonniers rejoignirent le nôtre, portant notre horde à presque deux mille. Petit à petit, nous abandonnions sur le bord du chemin ce qui faisait de nous des habitants de quelque part. Sans logis et sans liberté, nous devenions un troupeau. Eïvan semblait concentrer autour de lui toutes les âmes perdues et toutes les bonnes volontés, mais il n'avait qu'un nombre limité de tâches à leur confier. Pour nous autres qui n'étions pas guérisseurs, le quotidien se dénudait jusqu'à l'os. Mandine ne pouvait plus veiller au bien-être de ses gens de l'Ahmra. Les cuisiniers n'avaient plus rien à préparer, les palefreniers n'avaient plus de chevaux à soigner. Je n'étais plus peintre. Nous n'étions plus rien.

Nous apprîmes à économiser nos forces, à suivre les pieds qui traçaient le chemin devant nous. À mâcher des feuilles ou d'occasionnelles graines. À ramasser des poignées de terre humide ou d'argile pour nous protéger le visage et les bras du soleil. Les champs plats se succédaient à perte de vue, la route poussiéreuse s'étirait, interminable, le bleu du ciel se voilait si rarement de nuages. Bien sûr, il y avait de la beauté. J'en apercevais parfois, dans une flèche de canne gracieusement pointée vers le ciel, dans le jaune des tournesols ou le vol des oiseaux qui traçaient une ligne souple au-dessus des champs… mais comment l'apprécier quand la haine et la misère nous entouraient, quand la soif et la douleur nous accablaient ?

Nous avions perdu le droit de manger quand nous avions faim. De boire quand nous avions soif. De planifier, décider, jouer un rôle dans notre propre vie. À la fin de la journée, plus personne ne levait la tête.

À l'arrivée, je rassemblais mes dernières forces pour inspecter le camp, repérer la moindre herbe ou baie comestible. Les connaissances accumulées sous la férule de Colin avaient fini par m'être utiles. Je savais identifier ces tout petits champignons orange vif qui poussaient le long des écorces. Je savais que la tige de ces fleurs, cassée, donnait quelques gouttes précieuses de sève sucrée. Et je savais faire semblant de trébucher près d'un couple, pour me relever avec un foulard dans ma manche ou un bout de ficelle. La honte de voler les miens s'évaporait sous la réalité impitoyable, mais je m'étais fixé deux règles : ne jamais rien dérober à ceux de l'Ahmra, ni aux enfants. J'aurais préféré m'en prendre aux Kétas, bien sûr. Depuis que j'avais découvert mon passé, mon animosité envers eux me laissait un goût amer, tant j'y reconnaissais la marque de Colin. Mais plus les jours passaient, et plus la haine brûlante de Guide Colin me semblait rationnelle.

Ne méritaient-ils pas de mourir pour ce qu'ils nous faisaient subir ?

Quand j'avais terminé mes maraudes, j'attendais qu'Eïvan me rejoigne. Avec tous ces nouveaux patients, il venait de plus en plus tard. Malgré les soins, les pieds de Mandine ne guérissaient pas. Elle perdait du poids et se plaignait beaucoup. Après le meurtre de Morita, elle ne sembla plus capable de faire face à la situation. Pitro n'arrivait pas ; elle avait cessé de le guetter… Elle n'essayait plus de rendre un semblant d'apparence à sa robe qui pendait désormais, informe et sale. Elle pleurait fréquemment, dormait le plus possible pour oublier, et grondait Ayelo et Eïvan quand ils s'occupaient de ses pieds trop longtemps. J'avais peur pour elle. Un soir, je surpris Ayelo effondré dans un coin de l'enclos où nous avions été parqués pour la nuit, la tête dans les mains. Il venait de la soigner et s'accablait de reproches : « Si j'avais su voir à temps que son moral flanchait, me dit-il, elle n'en serait peut-être pas là. C'est difficile de la faire revenir, maintenant. Et la tristesse est mauvaise pour la guérison ! » Ses cheveux qu'il gardait toujours ras au village commençaient à pousser, et il était désormais barbu comme tous les hommes du camp. Les angles de son visage se creusaient. Pas seulement à cause du manque de nourriture. Il gagnait en assurance, mais ses nouvelles responsabilités le changeaient rapidement. « Et que pourrais-tu donc à cette tristesse ? répondis-je. Regarde où nous sommes. Pitro lui manque. L'Ahmra lui manque…

— Elle est sous ma responsabilité », me coupa-t-il, la voix étranglée. Et il enfouit son visage dans son coude, sanglotant. Oh, comme elles étaient loin, nos matinées dans la maison d'Eïvan, sa naïveté, son enthousiasme juvénile. J'étais bien incapable de le consoler… mais je n'essayai pas. J'apprenais, moi aussi. Nous craquions tous, les uns après les autres. Deux jours auparavant, j'avais découvert que les soldats venaient chercher des femmes lius la nuit. L'impuissance d'Ayelo faisait écho à celle que nous ressentions tous. Je le pris dans mes bras et le laissai pleurer tout son saoul, sans bruit. L'espace se resserrait autour de nous. Trop de souffrances s'accumulaient.

Dans l'après-midi du dixième jour, nous dépassâmes La Ferté, la seconde métropole du pays, la porte du Sud. Sa tour blanche était si haute qu'on l'apercevait de très loin. Un millier de maisons roses se massaient à ses pieds. Par le passé, La Ferté avait contesté à Numré son statut de capitale, car les plus anciennes familles kétas y étaient nées. Le siège du Concile de La Ferté abritait le manuscrit original du Traité de séparation. Mais le pouvoir était à Numré, les sénateurs, ainsi que le commerce.

Si la marche continuait dans la même direction, la soif allait nous tuer. Les terres qui s'étendaient après La Ferté étaient les moins hospitalières du pays. Rien n'y poussait que des cailloux et des cactus, rien n'y vivait que des reptiles et des scolopendres. En début d'après-midi, les premiers signes de la désertification apparurent : les champs cultivés cédèrent peu à peu la place à une colline minée de chiendent épineux. Des Marie-honte. Leurs feuilles se rétractaient sur notre passage, comme apeurées. Je vis les guérisseurs se courber pour en ramasser les petites fleurs jaunes. Interminable, le ruban de notre multitude monta entre les ronces vertes et le ciel bleu… J'arrivai à mon tour au sommet. Une bourrasque frappa mon visage, séchant ma sueur. Puis je baissai les yeux et en restai le souffle coupé.

En contrebas s'étalait un camp aussi vaste qu'une ville. Plusieurs milliers de prisonniers grouillaient, semblables à une fourmilière. Je n'avais jamais vu autant de monde entassé. Une rivière serpentait au milieu de la plaine jaune bordée de lointaines montagnes… et, à l'extrémité ouest, des tentes bleu et or. La marque d'un haut représentant du Concile.

Nous allions enfin être fixés sur notre sort.

*

Notre arrivée dans le cantonnement ne suscita aucune curiosité, à peine quelques regards las. Le camp avait visiblement été conçu pour nous enfermer tous : il était clôturé de métal et de bois, parfois même de briques, et après notre entrée, il restait encore de l'espace. Un tapis doré d'herbes longues rendait la plaine presque hospitalière, mais il était abîmé par des piétinements innombrables. Au-delà des grillages, le ciel était pâle sur la vallée et des collines ondulaient à l'horizon. À l'intérieur se jouaient toutes les scènes de notre dérive. Je vis trois hommes qui se ressemblaient se disputer debout à voix basse, le front baissé, la bouche amère. Une femme donnait le sein à son enfant, le regard perdu, des cernes profonds sur son visage. Un couple s'étreignait, les yeux fermés comme s'ils essayaient de se soustraire du camp. Des enfants pleuraient, des adultes criaient. Des petits groupes de prière imploraient la Déesse.

Eïvan fit installer les blessés près de la rivière et je partis explorer l'enceinte, tentant d'évaluer notre nombre. Devant cette masse de Lius, des rêves de rébellion me reprenaient. Nous aurions pu nous libérer. Bien sûr, les soldats étaient nombreux, armés… mais nous étions une foule…

Ils nous servirent à manger peu avant le crépuscule, et mes rêves de révolte tombèrent comme des feuilles mortes. Trois points de ravitaillement furent installés. Je fis la queue avec Mandine, la soutenant comme je le pouvais. Les épines des Marie-honte avaient réduit à néant les soins des guérisseurs. Ses pieds avaient tant gonflé qu'elle s'était déchaussée ; ses plaies ne cicatrisaient plus. Elle tenait difficilement debout. Après une longue attente, le repas nous fut servi : une mixture de céréales humidifiées et de coco défraîchi, fade et difficile à mâcher. J'enfournais ma troisième bouchée, avec les doigts, lorsqu'un garçon se mit à pleurer non loin, et son père à crier : « Maudits !!! Maudits ! Comment osez-vous ? » Un couple dans la vingtaine s'éloignait rapidement, le bol du petit entre les mains. Mon cœur se tapissa de pierre. *Ne te relâche jamais.* « Il n'y en a pas assez pour tout le monde ? » demanda Mandine à une femme qui se tenait près d'elle. La femme, qui portait un tablier presque en lambeaux, haussa les épaules : « Pensez-vous ! Ceux-là ont déjà mangé. Ils mangent d'abord et ensuite, ils essaient de voler les rations des autres. » Mandine regarda le père qui donnait son propre repas à son fils. « Ah non ! Sommes-nous donc des animaux ? » s'écria-t-elle. Et dans l'immobilité générale, elle boitilla vers eux et tendit au père son bol où il restait quelques bouchées. « Ce n'est pas beaucoup, mais ce sera toujours ça », l'encouragea-t-elle de son sourire doux. En un éclair, je la revis dans ma petite maison de l'Ahmra, m'apportant des plateaux, faisant tournoyer sa robe, et avant même d'y avoir réfléchi, je donnai moi aussi le reste de mon repas à l'inconnu. Puis, quelqu'un s'approcha de derrière et en fit autant… et une quatrième personne. Le père se mit à rayonner de gratitude et Mandine hocha la tête. Quelque chose en moi, dur et serré comme un poing, s'ouvrit.

Dans le carré des blessés, elle s'installa dignement, sa robe en corolle autour d'elle. Je ne l'avais pas vue sourire depuis des jours. Je m'assis, sentant mes jambes pousser leur familier cri d'épuisement… Mais à peine étais-je à terre que je me relevai : on réclamait Eïvan au grillage. « Moi ? », questionna le guérisseur. Le souffle court, je me précipitai à ses côtés. Ils allaient lui faire payer Morita, j'en étais sûre. « Que se passe-t-il ? » s'inquiéta Ayelo. J'ouvris les mains en signe d'ignorance alors que nous nous éloignions.

Une petite escouade attendait au grillage. Eïvan confirma son identité et ils ouvrirent le passage. Je me pendis à son bras. L'un des fantassins voulut me repousser, mais l'autre intervint : « Edgar, laisse-la. Il a dit seul ou avec son groupe. » Dans ma main, la paume d'Eïvan était moite. Il respirait vite. « J'ai peur », murmura-t-il, et mon cœur se brisa. Les soldats nous conduisirent à travers le dédale de tentes, sous l'œil indifférent des Coccinelles qui étendaient leur linge, bouchonnaient leurs chevaux et jouaient aux cartes. Ils étaient des centaines. Leurs marmites qui chauffaient sur les feux dégageaient une odeur de haricots rouges. L'escouade nous amena en bordure du camp, vers la grande tente bleu et or du représentant du Concile, et de la sueur perla à mon front. À l'entrée, aussi droit que les piquets qui maintenaient immobiles les pans de toile immaculés, Jamol nous attendait : « Ne fais pas l'imbécile, Liu, si tu veux sortir vivant d'ici. » Eïvan lui jeta un coup d'œil interdit, puis le remercia d'un signe de tête. Jamol venait-il vraiment de le prévenir d'un danger ? Il nous poussa dans la tente, et j'oubliai tout.

De l'extérieur, le chapiteau était remarquable ; de l'intérieur, il était spectaculaire. L'espace vaste et rectangulaire était aménagé comme un palais, avec des meubles massifs et d'épais tapis de sol. Il grouillait de monde. Des ordonnances surveillaient chaque angle. Trois hommes devisaient sur un large canapé garni de coussins azur, en dégustant des petits gâteaux et du thé qui fumait sur une élégante console. Dans le fond, des soldats examinaient une grande carte de Zanabé. L'un d'eux était l'officier supérieur de haute taille qui avait finalement accepté que l'on enterre Morita. « Ils sont là, Distingué », annonça Jamol dans notre dos, avant de rejoindre les gradés autour de la table. L'un des hommes sur le divan esquissa un signe pour montrer qu'il avait entendu. Je reconnus à son gilet vert émeraude le représentant du Concile. De taille moyenne, barbu, mince, ses disques de famille si longs qu'il devait les porter en plusieurs rangées. Il ne nous accorda pas un regard, mais s'extirpa de sa langueur lorsque l'un des officiers qui examinait la carte l'appela : « Gastar, nous pouvons peut-être tenter par là ? » Un gâteau à moitié mangé à la main, le notable passa devant une sculpture en marbre représentant la flèche kéta, presque aussi haute que moi. Les soldats avaient dû bien transpirer à la charger et la décharger des carrioles…

Debout sur un tapis brodé d'or, nos plantes de pieds endolories par une journée de marche, nous attendîmes donc de savoir ce que l'on nous voulait.

Les militaires dressèrent l'inventaire de leurs ressources. Ils se plaignirent de leur difficulté à nourrir des prisonniers si nombreux. Ils se plaignirent des dommages infligés aux roues des carrioles. Ils se plaignirent des insolations de leurs soldats, des bottes qui s'usaient, des fers des chevaux qui s'amenuisaient… de tous les petits tracas logistiques qu'engendrait la tâche de nous déporter, nous affamer, et nous massacrer. La rage grandissait en moi, et je me réjouis de la sentir couvrir ma terreur. Ils parlaient de nous comme de meubles. Je risquai un coup d'œil vers Eïvan, mais ne rencontrai que son profil serein. L'attente lui avait permis de se ressaisir. Ses mains discrètement croisées devant lui, il posait sur les soldats un regard curieux, sa respiration ralentie. Je compris ce qu'il faisait : il s'était mis à l'écoute de leurs cœurs. J'eus presque envie de rire. Cet homme était fou. *Il a raison*, susurra la voix de Colin. *Examine-les. Cherche leurs points faibles*. Mes vieux réflexes prirent le dessus, et je les observai un par un. Le représentant du Concile – « Gastar ». Avec sa silhouette molle, il n'avait sans doute jamais rien soulevé de plus lourd qu'une fourchette. Il parlait aussi fort qu'il riait, plein de l'arrogance d'un Kéta de haute naissance. Le simple fait qu'il impose à ses soldats de transporter son canapé, ses statues et ses coussins en disait long : il n'aurait pas la moindre pitié pour nous.

L'officier supérieur, presque aussi grand qu'Eïvan. Il aurait fait un meilleur représentant du Concile que Gastar : une mâchoire carrée et des épaules droites, il était plus digne, moins démonstratif. Mais tout aussi impitoyable.

Les hommes qui gravitaient autour du Distingué étaient des courtisans. L'un minaudait en offrant de l'alcool ; l'autre faisait semblant de réfléchir, l'air pénétré… Ils ne comptaient pas davantage que les ordonnances. Le troisième militaire, celui qui tutoyait le représentant du Concile, était plus intrigant. Des cheveux fous s'échappaient de ses nattes mal faites. Son uniforme était plus négligé et il s'appuyait sur la table sans cérémonie ; pourtant c'était le plus gradé, si j'en croyais les barres de la lancette qui pendait à son flanc. Un général, peut-être. C'était aussi le seul qui semblait avoir conscience de notre présence. Une cicatrice barrait son visage mat en lame de couteau sans parvenir à l'enlaidir, et Gastar s'adressait à lui plus souvent qu'aux autres, en l'appelant par son prénom, Namiel. Ses disques de famille m'intriguaient. Un aigle s'en détachait nettement – un aigle royal, de ceux qui planaient près des Monastères, l'emblème de la lignée Desportes. Dans ma mémoire encyclopédique, la liaison s'opéra. Se pouvait-il que l'homme soit un descendant du Namiel de Borderive ? Pendant la Catastrophe, une grande bataille avait eu lieu à Borderive entre Kétas et Lius, et elle avait mal tourné pour nous. Les Kétas avaient acculé les révoltés sur la jetée, et les repoussaient lentement vers la mer. Il y avait des centaines de combattants, presque autant de Kétas que de Lius. L'apogée de trois années d'horreur où les deux peuples s'étaient affrontés dans une escalade de violence. La vie aurait peut-être été différente si les Lius avaient gagné ce jour-là… Mais au moment où le général était arrivé sur le site, nos troupes se faisaient décimer. Namiel Desportes avait tué de ses propres mains une dizaine de Lius, et pris le contrôle de la bataille en obligeant ses compatriotes à déposer les armes. Sans son intervention, les Coccinelles se seraient probablement livrés à un massacre dans tout Zanabé… D'une certaine façon, le Kéta Desportes avait sauvé notre peuple ce jour-là.

C'était il y a plus de soixante ans. J'avais peut-être son descendant en face de moi.

Tandis que je le scrutais, il me retourna un coup d'œil bref, et je baissai les yeux en vitesse.

Enfin, il restait Jamol. Entouré de ses supérieurs, le lieutenant me faisait un peu moins peur, mais il dégageait toujours le même fanatisme glacial. Il se tenait sur la chaise comme il se tenait à cheval, très droit, les lèvres pincées, remuant à peine. Seuls ses yeux pâles reflétaient la pression intense qui l'habitait. Notre présence – ou plutôt celle d'Eïvan – le mettait mal à l'aise. Craignait-il qu'on lui reproche l'insubordination du guérisseur ?

« Voyons ce que ces deux-là ont à nous dire », décida soudain le représentant du Concile. Les six hommes vinrent s'installer dans le salon bleu, verre à la main. Gastar croisa les jambes, nous considérant de haut en bas. Mon cœur se remit à battre la chamade.

« Alors, Tad, que s'est-il passé avec ces deux-là ? demanda-t-il au capitaine qui était intervenu dans la rébellion de Morita.

— Ils étaient plus nombreux que ça, mais c'est surtout lui qui mène la danse, répondit Tad en désignant Eïvan. Il y a eu un incident et il s'est rebellé. Jamol a pourtant tout fait pour le remettre dans le droit chemin », persifla-t-il avec un petit rire.

L'intéressé n'eut pas l'air d'apprécier l'humour, mais il acquiesça d'un hochement de tête, mâchoires serrées. Impénétrables, les six hommes nous dévisagèrent. Je me sentis minuscule. « Tu sais que selon les lois du Traité, je suis en droit de te mettre à mort, Liu ? » demanda le Distingué à Eïvan. Ma vision se troubla et mon souffle s'épaissit. Ce n'était pas vrai, rien dans le Traité n'indiquait de tuer un Liu qui avait simplement désobéi à un ordre. Il mentait. Il mentait. Il aurait dû punir la soldate pour son meurtre, elle était en tort, ça, le Traité le disait clairement… Eïvan expliqua calmement : « L'incident dont parle l'officier, Votre Hauteur… c'est le meurtre de ma responsable des cuisines. Elle résidait depuis dix ans dans le village où j'enseignais. J'ai voulu l'enterrer. Rien de plus. » Un silence appréciateur suivit cette déclaration. Le général Namiel Desportes fronçait les sourcils, et je compris que tout le monde n'était pas au courant des détails. « C'est ce que Jamol m'a expliqué, confirma Gastar. Qui a tué cette Liu ? » Jamol répondit : « La soldate Flavelle. Elle lui a tranché la gorge.

— Tu as l'air d'oublier à quoi se livrait ta responsable des cuisines juste avant qu'on ne s'occupe d'elle, Liu », lança sèchement Tad à Eïvan. Il se tourna vers le représentant du Concile : « Elle a organisé une rébellion, Distingué, et s'est revendiquée de la Résistance au vu de tous.

— Le guérisseur ne faisait pas partie de cette révolte», objecta alors Jamol, rigide comme une lance. Le notable grogna. Peu intéressé par leur dispute, il gardait les yeux fixés sur Eïvan. Puis il passa à moi : «Et elle ?» Comme aucun des hommes présents ne pouvait répondre, Eïvan le fit : «Elle n'a rien fait. C'est juste l'une de mes étudiantes.

— Et elle ne sait pas parler ?» répliqua Gastar. Son mépris ralluma ma colère, et j'eus envie de lui montrer le contraire par une volée d'insultes colorées. «Je m'appelle Taena», dis-je simplement, et je m'accrochai mentalement à ma colère. (*Sale ordure bichonnée.*) Il sourit à demi, me détaillant de haut en bas, lentement, d'un air appréciateur. Je sentis la gêne me monter aux joues. (*Sale porc bichonné.*) «Si tu veux venir m'étudier, madame Taena, je trouverai un peu de temps pour toi», ajouta-t-il d'une voix mielleuse. (*Oui, et je t'arracherai les yeux avec mes serres.*) Je me forçai au calme, mais le Distingué avait fini de s'amuser avec moi. Il reporta son attention sur Eïvan. «Alors, tu enseignes quoi ?»

La grossièreté du notable avait accablé Eïvan. Il mit une seconde de trop à lui répondre. «J'enseignais… j'enseigne comment entrer en contact avec son reflet. Avec la source de notre être, authentique et pure», continua-t-il, en se tournant imperceptiblement vers le général Desportes. Puis, il s'emballa. «Bien sûr, il faut de l'audace pour surmonter nos préjugés. Les rôles que nous endossons sont autant de jalons dans notre histoire, qui nous rassurent. Mais nous sommes tellement meilleurs que cela. Si vous prenez le temps d'oublier votre statut pour vous connecter à votre reflet, votre noblesse s'éveillera, votre élan d'amour. Hommes, femmes, riches et pauvres, Kétas et Lius… Nous sommes tous de même nature. C'est cela, que j'enseigne.»

Quand Eïvan se tut enfin, je sus qu'il venait de signer son arrêt de mort. En niant si clairement la séparation des peuples, il violait plusieurs lois du Traité d'un seul coup. Le représentant du Concile le dévisagea, impavide. Il tendit la main vers le plateau de petits gâteaux et en enfourna un : «Tu es bien atteint, toi», commenta-t-il, la bouche pleine. Puis il se détourna pour prendre à témoin ses courtisans, écartant les mains. Les deux hommes s'esclaffèrent, et Gastar se frappa le front de la paume en pouffant : « Quelle bouillie verbale ! Nous sommes tous de même nature, minauda-t-il en reprenant les mots d'Eïvan. Wou me pardonne, il est marrant ! » Et il se mit à hululer de rire. L'hilarité se propagea à tout le groupe ; puis, quand ils eurent repris leur sérieux, le représentant du Concile haussa les épaules. « Jamol avait raison : il n'est pas dangereux, juste cinglé, trancha-t-il. Bon, Liu, dorénavant, si tu veux éviter les ennuis, tu fais ce qu'on te dit. Parce qu'à la prochaine incartade, je te fais traîner sans chaussures derrière mon carrosse. Compris ? »

Eïvan lui retourna un regard impénétrable : « Oui, Distingué. » Le représentant du Concile ne perçut pas l'irrévérence de son acquiescement, mais la nuance n'échappa pas à Jamol, dont le corps se durcit d'une nouvelle couche d'immobilité. Gastar s'apprêtait à nous congédier lorsque Eïvan l'interrompit : « Messieurs, dit-il, nous avons de nombreux blessés. J'ignore où vous nous emmenez, mais nous avons besoin de remèdes et de nourriture pour continuer. Nous sommes sous-alimentés depuis des jours. Il nous faut des plantes, de la nourriture, du repos. »

Un silence abasourdi accueillit cette requête. Même les ordonnances tournèrent vers nous des yeux ronds. La fureur envahit le visage du Distingué, et je me glaçai. « Mais bien sûr, susurra-t-il, et si tu veux, on peut même vous faire porter du rhum ? » D'un geste vif, il jeta son verre sur Eïvan. Le calice heurta le guérisseur. Secoué, il porta la main à son torse. « Mais pour qui te prends-tu ? hurla l'homme barbu, se dressant à demi sur le divan. Tu es abruti, ma parole ?! Tu sais à qui tu parles ? » Il resta ainsi, à demi dressé, à nous dévisager. Dans la tente, plus personne n'osait faire un geste. Puis il se rassit. Il réclama un autre rhum à une ordonnance, et, s'adressant à Tad : « Non mais, vous me le sortez d'où, celui-là ? Ce n'est pas possible. » L'officier supérieur haussa les épaules. Jamol s'était transformé en statue de marbre. Le représentant du Concile avala une gorgée d'alcool, puis se tourna vers Eïvan : « Je te ressers ? » Tad éclata de rire, aussitôt suivi par les autres. L'atmosphère se détendit. Je réalisai que j'avais cessé de respirer. Eïvan n'avait pas bougé. Sa chemise empestait l'alcool, le liquide dégouttait lentement le long de son pantalon, formant une tache marron. Quand le notable eut fini de ricaner, il se tourna à nouveau vers nous. « Tu penses que nous vous emmenons en promenade, petit prêcheur ? interrogea-t-il en se grattant la barbe. Tu penses que c'est une excursion aux frais du Concile… ? » L'homme réclama la carte d'un claquement de doigts. « Poussez la table », ordonna-t-il à ses courtisans. Il jeta la carte par terre. Le général Desportes tenta d'intervenir : « Gastar, je ne sais pas si c'est bien prudent de…

— Penses-tu, le coupa l'autre. C'est un demeuré, tu le vois bien. Dépliez-la, vous autres », lança-t-il. Ses aides de camp déroulèrent la carte de Zanabé, superbement dessinée et aquarellée. J'eus mal de la voir ainsi par terre, maltraitée par ce goujat, et depuis longtemps au vu des taches, des croix et des trous qui la défiguraient. Notre beau pays s'étalait là : au nord, les montagnes bleutées qui signalaient le froid ; au centre, les magnifiques forêts humides, qui s'asséchaient à mesure que l'on descendait vers le sud pour se terminer en jaune, les déserts. Le bleu de l'océan, à l'est, avec la rangée de villes portuaires, et à l'ouest, les sommets qui formaient la frontière avec Erad. Chaque ville, chaque route avait été minutieusement reportée, et même les sources et fleuves. Dans une puérile manifestation de nostalgie, j'essayai de repérer l'Ahmra, avant de réaliser que je ne pouvais pas le trouver.

C'était une carte kéta. Il n'y avait pas le moindre village liu. Dans ce monde-là, nous n'existions pas.

« Tu vois cette carte… ? reprit Gastar en désignant la toile. Les croix rajoutées dessus, à la craie… ce sont vos villages. Là où il y a des Lius. Et depuis quinze jours, toutes les poches de Lius sont systématiquement vidées. Nous avons tracé une ligne ici, précisa-t-il en désignant approximativement la ville de Bourg-Croisé au centre de Zanabé. Ceux qui sont au nord de cette ligne partent vers le nord. Ceux qui sont au sud partent vers le sud. Tu es dans la charrette du sud, ajouta-t-il avec un sourire carnassier. Et vous allez… » Il fit descendre la lancette jusqu'en bas, vers les déserts les plus arides. « Là ! » Il tapota la zone. « Et pas seulement vous. Tous les Lius au sud de Bourg-Croisé. Tous. » Il releva la tête, fixant Eïvan avec des yeux fiévreux. « C'est la décision prise par les Vingt-Deux, à la majorité absolue. Plus de Lius à Zanabé. Pfffui ! cracha-t-il avec un petit geste de la main. Quand vous arriverez dans les déserts, on construira des murs, on laissera des postes de soldats, et… au revoir, bon vent ! Il est plus que temps de nettoyer notre pays. » Il posa la lancette et se rassit, satisfait.

Le choc nous figea dans une consternation muette. J'essayai un instant d'imaginer l'ampleur des mouvements de troupes dans tout Zanabé, le nombre de convois qui grossissait chaque jour, les misérables cohortes… Bien sûr, nous avions envisagé cette hypothèse, au cours de la longue marche. Mais l'entendre ainsi mise à plat, avec tant de morgue… À côté de moi, Eïvan poussa un lourd soupir, me tirant de ma stupeur. *Ne dis rien*, le suppliai-je intérieurement, *ne dis rien de plus*. Il ne pouvait pas être coupé de la réalité au point d'imaginer que ces gens feraient cas de son opinion… Mais il n'entendit pas ma prière muette. Il secoua la tête d'un air désolé, et interrogea d'une voix douce le représentant du Concile : « Et vous croyez que quand nous serons dehors, tous les problèmes de Zanabé seront résolus, Distingué ? Dans l'histoire, d'autres peuples ont fait cette erreur. Quand l'habitude de la haine se prend, elle s'installe. » Il ouvrit les mains : « Demain, la violence dévorera vos enfants… »

Jamol bondit de son fauteuil, lancette au clair. « Maintenant, ça suffit ! » jappa-t-il. Il frappa l'épaule d'Eïvan d'un coup violent, et le fit reculer vers la sortie : « Nous avons assez entendu de superstitions lius pour aujourd'hui. Tais-toi ! » Puis, se tournant vers le Distingué : « Puis-je remettre ces arriérés aux plantons ? » Les lèvres de Gastar se retroussèrent en un rictus mauvais : « Je vais peut-être lui faire couper la langue avant… » La terreur écrasa mes pensées. Puis le notable balaya l'air de ses doigts : « Débarrassez-moi de ça. » Jamol appuya le manche de son arme sur le torse d'Eïvan et, le regard fou, grommela entre ses dents un « Mais ferme-la, Liu ! » avant de nous propulser hors de la tente.

Une fois à l'extérieur, les soldats nous reconduisirent à l'enclos. Les battements de mon cœur peinaient à se calmer. J'agrippai la main d'Eïvan, pour éviter qu'il ne retourne prêcher l'amour et la fraternité dans le chapiteau. Il regardait tristement devant lui, comme assommé par tout ce que nous venions d'entendre, par la folle haine du Distingué et le sort qu'on nous réservait.

Dans la nuit, les premiers cas du Mal sec se déclenchèrent.

20

Le Mal sec

Message d'Emelyne à Romain, urgent :

Dan de l'Ahmra nous a rejoints. Une recrue inestimable ! Il nous a amené des gens et de précieux renseignements. Son grand-père est arrivé hier avec des nouvelles catastrophiques du Centre : c'est encore pire que nous le pensions. Je sais que toutes les cellules de la Résistance ne sont pas prêtes, mais il faut déclencher le Plan rouge, avant qu'il ne soit trop tard.

De Romain à tous :

Plan rouge activé. Rejoignez les positions prévues. Qu'Océa nous garde.

Nous dormions sur l'herbe souple, si épaisse qu'elle formait presque un matelas. Il s'était allongé le visage contre mon épaule, sur le ventre, et s'était endormi. Je me réveillai parce que son bras pesait lourd sur moi, et que des cris de souffrance résonnaient dans le camp. Rauques, inarticulés, ils percèrent le silence de la nuit. Un homme désespéré appela à l'aide, quelque part sur ma droite. Les étoiles brillaient encore dans le ciel. Eïvan s'assit en balayant le camp d'un regard égaré, tentant de localiser les cris, puis se leva et partit dans leur direction. D'autres gens se redressaient, alertés par les hurlements.

Nous découvrîmes une jeune femme qui se tordait de douleur sur le sol. Sa mère se tenait à ses côtés, gagnée par la panique, pleurant sans parvenir à se contrôler. Un homme se mordait le poing d'impuissance. « Océa, Océa, Océa, aidez-nous… ! » Nous ne les connaissions pas. Eïvan s'approcha, les mains tendues : « Calmez-vous. Je suis guérisseur. Je vais l'examiner.

— Elle vomit depuis le coucher du soleil, expliqua la mère, elle a de la fièvre. Oh je vous en prie, aidez-la, c'est ma fille, ma petite fille… » Eïvan s'accroupit. Passant ses doigts au-dessus du corps de la jeune souffrante, il s'adressa à elle : « Où as-tu mal ? » Elle eut un gémissement rauque d'agonie, et croassa : « Au ventre… à la tête… la gorge… » Doucement, Eïvan la palpa, et ausculta ses pieds où des taches noires apparaissaient. Je le vis réprimer un rictus d'inquiétude. Il se tourna vers moi : « Taena, réveille Ayelo. J'ai besoin de dépuratif. Dis-lui de voir si Geltie ou Barry en ont encore. » Je partis en courant. Au carré des blessés, les guérisseurs avaient été eux aussi réveillés par le vacarme. Geltie récupéra un peu de poudre dans sa besace désormais bien vide. Nous retournâmes auprès d'Eïvan.

La jeune femme était morte.

Elle était allongée au même endroit, le corps recroquevillé dans un dernier spasme. Sa mère à demi couchée sur elle sanglotait à fendre l'âme : « Patou ! Patou non ! non ! ma fille ! » tandis que le père lui caressait le dos, le visage défait. Je murmurai : « Mais Eïvan… ? » Le guérisseur était toujours agenouillé devant la malade. Il me retourna un regard choqué. Son décès si rapide semblait irréel. « Je suis arrivé trop tard », dit-il d'une voix blanche.

Au loin, une longue plainte se mua en gémissement. Eïvan bondit sur ses pieds et fouilla l'obscurité des yeux. Avant de s'élancer, il se retourna, hésitant, vers le couple brisé de chagrin. Ayelo le poussa légèrement : « Vas-y. Je m'en occupe. » Le guérisseur lui adressa un regard reconnaissant et partit en courant. Je lui emboîtai le pas, suivie par Geltie. Barry avait disparu.

Un homme entre deux âges se roulait par terre de douleur. Trois personnes s'agitaient autour de lui, lui épongeaient le front, essayaient de le faire boire. « Ça a commencé quand ? » s'enquit Eïvan en s'agenouillant. « Il faisait déjà nuit », répondit l'une d'elles.

« Symptômes ? » Le malade avait commencé à vomir, et à se plaindre de douleurs d'estomac, puis ses pieds avaient enflé et une fièvre intense l'avait gagné… « Une autre personne un peu plus loin est dans le même état », ajouta un spectateur en pointant vers la gauche. La mâchoire d'Eïvan se serra. Geltie ouvrit sa besace et en sortit de l'extrait de gingembre, ainsi qu'un coui[1]. Elle alla le remplir d'eau de rivière et y versa la poudre, faisant tourner le récipient avec de petits mouvements secs. « Ça devrait être infusé », grommela-t-elle ; mais elle approcha la calebasse des lèvres du malade, et lui souleva légèrement la tête. Eïvan prit une grande inspiration, et commença : « *Ehhhhhh limé om nido nirel lomeeenn…* »

La litanie s'éleva, nous prenant tous dans ses filets. Geltie observait Eïvan, les sourcils froncés. Le décès subit de la première malade semblait avoir asséché le flot de paroles de la vieille guérisseuse. Peu à peu, un petit cercle se forma autour de nous. J'entendis quelqu'un commenter le drame survenu un instant plus tôt. La plupart des gens dormaient encore, mais le bruit commençait à se répandre qu'un mal véloce comme la foudre frappait les prisonniers… Une femme s'approcha d'Eïvan et tendit la main vers lui. Je la retins juste à temps, la tirai en arrière en chuchotant : « Ne le dérangez pas. Pas maintenant.

— Mais mon fils a…

— Chut ! » lui intimai-je, et je l'emmenai à l'écart. Puis je la reconnus. C'était l'une des artisanes de l'Ahmra, qui fabriquait des bibelots à l'atelier. Comment s'appelait-elle ? Diane ? Non, Ania. Elle avait un enfant. « Mon fils…, dit-elle plus bas. Il a de la fièvre. Il faut qu'Eïvan vienne. J'ai peur que ce soit la même chose. » Je jetai un coup d'œil au guérisseur, profondément concentré. C'était impossible. Je ne pouvais pas l'interrompre maintenant, je savais trop l'énergie que cela lui coûtait. « Je lui dis dès qu'il a fini. Dès qu'il remonte. » Elle me considéra un instant, hésitante. « Promis. » Elle acquiesça à contrecœur.

Il fallut plus de temps que d'habitude à Eïvan pour apaiser le malade. Mais il y parvint. Les convulsions s'espacèrent, le patient se détendit peu à peu et se laissa emporter par la mélopée du guérisseur.

1. Bol fait à partir d'une calebasse.

Eïvan la ponctuait désormais d'instructions, lui demandant de « purifier la source », de « respirer le bon de la terre ». « Laisse le fleuve de la guérison t'emmener jusqu'à sa berge », murmura-t-il, et il conclut par une longue oraison, les mains tendues au-dessus de son corps, avant de fermer les yeux et de se taire.

Le ciel était toujours noir, mais l'horizon pâlissait. Nous avions basculé de l'autre côté de la nuit. La séance avait duré plus d'une heure. Je n'avais aucune envie de demander à Eïvan de tout recommencer. Les rides sur son front s'étaient creusées. Il se déplia péniblement et fit ses recommandations à la famille : le surveiller, lui donner à boire le plus possible. « Quelque chose l'empoisonne, dit-il. Je l'ai senti dans son sang. Je ne sais pas si c'est une maladie ou… » *Ou quelque chose qu'il a mangé*, conclut chacun de nous.

Je lui parlai de l'enfant. Il hocha la tête. « Conduis-moi au petit, et va voir s'il y en a d'autres. »

*

Il y eut trois autres cas, en plus du garçon. Eïvan parvint à stabiliser le premier, mais les deux autres moururent avant même qu'il n'arrive. Barry était de ceux-là. Sentant venir la fièvre, il avait essayé de se soigner lui-même, s'isolant de notre groupe pour retourner près de la rivière. Nous l'avions trouvé sans vie, le lendemain matin. Allongé sur l'herbe, une main dans la rivière.

À la lueur du jour, il fut rapidement évident que la déshydratation était l'une des principales conséquences du mal mystérieux. Les circonstances étaient toutes similaires : le malade souffrait du ventre et vomissait, puis ses pieds enflaient et une fièvre énorme s'installait. Faute d'intervention, il mourait en une demi-journée, tandis que ses extrémités se couvraient de taches noires. Eïvan et Geltie n'avaient jamais traité cette affection auparavant. Ils la baptisèrent le Mal sec.

Les trois survivants furent allongés près de la rivière, avec les blessés, sous surveillance constante. Par précaution, Eïvan les replongeait régulièrement en transe. Alors qu'il en attaquait une autre, la guérisseuse de Riveterre s'approcha d'Ayelo, Mandine et moi en désignant Eïvan. « Il est incroyable, votre guérisseur. Ce qu'il a fait cette nuit est stupéfiant. » Elle remuait la tête comme un oiseau.

« Je n'avais jamais assisté à ce type de transe. C'est drôlement efficace. Votre gars sauve les gens ! Je croyais que seul le magicien du Centre était capable de ce genre de miracles. » Sa réflexion nous laissa interdits. Elle secouait le menton en observant Eïvan, parfaitement sérieuse. J'échangeai un regard avec mes amis et Mandine pouffa. Le magicien du Centre. Geltie n'avait pas fait le rapprochement. Incongrue dans ce contexte, mais si revigorante, une fierté joyeuse monta entre nous : « Mais c'est lui, révéla Ayelo… Nous sommes de son village… » La vieille femme fit la moue. « Non ? C'est lui dont tout le monde parle ? » Elle se tourna vers lui, Eïvan poursuivait ses incantations : « Mais c'est un gamin ! » Nous éclatâmes de rire – un rire franc comme nous n'en avions pas connu depuis l'arrivée des Kétas. Totalement absorbé, le « gamin » faisait des passes lentes au-dessus d'un patient, en fredonnant ses conseils. Geltie finit par glousser avec nous, répétant : « Ça alors. »

*

Vers midi, des marmites chauffaient à l'extérieur des grillages. Le ciel était uniformément bleu et la luminosité du soleil rendait les herbes jaunes presque blanches. Les malades de la nuit faisaient de nouvelles crises. Entre eux et les blessés, Eïvan n'avait pas un instant à lui. Il était au chevet de l'un des patients lorsque les trompettes annoncèrent la distribution du repas. Je lui montrai les chaudrons, et il ouvrit les deux mains dans un geste d'impuissance.

La file d'attente s'étira rapidement sur des centaines de pas. Résignée, je m'y glissai avec Mandine. Elle avait un peu retrouvé de son allant en nous aidant à hydrater les malades, mais la lassitude se lisait sur son visage. Nous progressâmes dans la foule en piétinant sous le soleil, jusqu'à arriver en vue de l'énorme marmite où un soldat au nez pointu servait des louches en toisant les Lius. La panique de la nuit nous avait privées de sommeil. « Je n'ai jamais vu des gens tomber malades aussi vite, soupira la vieille dame. Pourvu que ça s'arrête, je n'aime pas ça du tout.

— Moi non plus. J'ai cru qu'Eïvan ne parviendrait pas à sauver le jeune palefrenier. Il ne respirait presque plus… »

Le cuisinier me servit des haricots rouges, le visage inexpressif. Il tendit un autre bol à Mandine et nous fit signe de circuler. Un gradé s'avança : « De quoi parlez-vous ? » Je reconnus le vieux major ventru qui avait coordonné l'évacuation de l'Ahmra avec Jamol. Ses camarades l'appelaient Nedo. « D'une sorte de fièvre, expliquai-je. Les malades se dégradent très rapidement et ils meurent si l'on n'intervient pas. » Les Kétas échangèrent un regard, puis le major reprit : « Leurs pieds deviennent noirs ? Ils vomissent ? » J'acquiesçai. « Et tu as quelqu'un là-dedans qui arrive à les soigner ? » insista-t-il, avec une grimace dubitative. Je hochai la tête à nouveau et tentai ma chance : « C'est un guérisseur. Il est resté à leur chevet. Est-ce que vous m'autorisez à emporter une ration pour lui ? » Le fantassin s'apprêtait à refuser, mais le major ordonna : « Sers-lui un bol, Ric. Double portion. » Je sentis un grand sourire se dessiner sur mes lèvres tandis que le soldat remplissait à ras bord un nouveau coui de haricots rouges fumants. « C'est le gars qui a énervé l'officier Jamol sur la route, c'est ça ? m'interrogea Nedo. Le guérisseur du village de l'Amar ?

— Oui. » Je ne rectifiai pas.

« OK, circulez. »

À la fin de l'après-midi, une colonne entière de Kétas pénétra dans l'enceinte, lancettes au clair, pour venir chercher Eïvan. Il avait réussi à s'assoupir un peu et ils le réveillèrent. La terreur me saisit. Je vis l'instituteur Maker se lever, prêt à en découdre. Mais le vieux sous-officier conduisait l'escouade, et il ouvrit une main rassurante : « Guérisseur, suis-nous. On a besoin de toi. » Eïvan réprima un bâillement. « Que se passe-t-il ?

— Le général est malade. Il vomit et il a les pieds noirs, comme eux, répondit le soldat en lui tirant le bras. Il paraît que tu peux le soigner. » Eïvan marqua un temps d'arrêt, puis hocha la tête : « Laissez-moi ausculter mes patients avant. » Ayelo surveillait toute la scène avec appréhension. « Tu sais quoi faire, lui murmura Eïvan. Beaucoup d'eau. Si quelqu'un a une crise aiguë avant que je ne revienne, tu m'envoies chercher. Ou tu prends les choses en main. » Puis le guérisseur se retourna vers Nedo : « Pouvez-vous laisser des instructions, monsieur, pour que l'on me prévienne si mes malades ont besoin de moi ? » Le vieux soldat accepta et le poussa impatiemment vers la sortie. Eïvan lui emboîta le pas ; toute la troupe fit demi-tour dans la lumière déclinante du jour. Avant peu, ils eurent franchi l'enclos, et disparurent entre les tentes. Le ciel s'assombrissait entre deux traînées de nuages dorés. Un silence anxieux s'installa entre nous. « La situation doit être sacrément grave pour qu'ils aient recours à un guérisseur liu », lâcha Ayelo.

Ils le ramenèrent au milieu de la nuit, épuisé mais rassuré, avec une besace pleine de plantes que Geltie ouvrit en poussant des cris de joie. « Namiel va mieux, il est hors de danger », nous confia-t-il, comme si la santé du général kéta nous importait. Les Coccinelles avaient perdu quatre soldats, le dernier juste avant l'arrivée du guérisseur. Eïvan avait réussi à en sauver cinq. « Ils ont peur. Ils ne connaissaient pas non plus cette maladie, et ils détestent dépendre de moi. » Un médecin kéta voyageait avec le convoi. Il s'était emporté quand on avait amené Eïvan au chevet du général. Tout le temps de l'incantation, il avait fait les cent pas dans la tente, fulminant et menaçant Nedo de représailles… puis il était parti discrètement dès que le haut gradé avait donné les premiers signes de stabilisation. « Ensuite, je me suis occupé des autres, expliqua Eïvan. Ça les a secoués. Ils étaient vraiment perdus avant que j'arrive. En sortant, j'ai entendu deux gardes se demander si la maladie n'était pas la punition de Wou pour le traitement qu'ils nous infligent… Ah !

— Au moins, maintenant, on sait qu'ils ne nous ont pas empoisonnés, commenta Geltie, déclenchant quelques ricanements.

— Ils ont plein de remèdes, reprit Eïvan. Avant de partir, j'ai convaincu Namiel qu'il m'en fallait pour les patients de l'autre côté. » Il me sourit : « Et cette fois le Distingué n'était pas là pour me traiter d'abruti. »

Il fit la tournée de ses malades, marchant lentement le long des rangées. Aucun n'avait eu de rechute. Il n'avait pas dormi depuis l'avant-veille. « Va te coucher, Eïvan », lui conseilla enfin Mandine. « Je veillerai sur eux », promit Ayelo. Eïvan s'allongea au pied d'un arbuste. Déjà à moitié assoupi, il me chercha des yeux, et la vision du Cerf se pelotonnant dans la clairière jaillit dans mon esprit. Je m'adossai au tronc mince et posai ma main sur sa tête. Il s'endormit comme une pierre se décroche d'une falaise.

*

Les Coccinelles nous prêtèrent des pelles pour creuser la terre sèche et enterrer nos morts. Les familles choisirent le coin le plus éloigné de l'enceinte pour les tombes, afin de s'y recueillir en paix. Les pelles restèrent près des sépultures, comme autant de menaces.

Les cas continuèrent à se déclarer, un par jour environ, endigués plus facilement par Eïvan qui avait perfectionné sa technique. Il se mit à faire des allers-retours réguliers entre les camps, ramenant chaque fois des remèdes et des anecdotes sur le général Desportes, qui semblait l'avoir pris en amitié. Maker l'écoutait avec une immense perplexité évoquer ses incursions comme s'il s'agissait de visites de courtoisie. Un jour, le guérisseur confia à Ayelo qu'il avait pu s'isoler un moment avec Jamol, pour calmer ses angoisses.

« Jamol ? interrogea l'instituteur, les yeux ronds. Le type qui vous a battu comme un chien sur la route ? » Eïvan tourna vers lui un regard interdit, puis eut un geste de la main : « Oh, ça. Il s'est excusé », répondit-il, comme si cela n'avait aucune importance.

La réputation et l'identité du magicien du Centre s'étaient propagées dans le camp. Les nouvelles se répandaient avec la même vélocité que les rumeurs. On racontait qu'une bande de « rebelles » faisaient échapper des Lius à la nuit tombée. La moitié des prisonniers était persuadée que les Kétas avaient empoisonné notre repas, l'autre que les calamités qui nous frappaient étaient une condamnation d'Océa pour notre manque de piété. Moi, je me réjouissais surtout que la marche n'ait pas repris. Puis, un matin, de nouveaux cas se déclarèrent en cascade.

Mais Eïvan était de l'autre côté.

*

Ce fut Geltie qui s'inquiéta la première. Elle croyait avoir remarqué que la toux était l'un des premiers symptômes de la maladie, avant même les douleurs ou les vomissements. Une toux sèche et répétitive comme le martèlement d'un pic-vert. Elle avertit Ayelo en grimaçant : « Je ne suis pas sûre… mais si j'ai raison, ça va barder : il y a plein de gens qui toussent comme ça. » Lorsque son diagnostic se confirma, elle envoya tout le monde sillonner le camp à la recherche de ceux qui présentaient les premiers symptômes. Et tout le monde revint avec des malades. Nous les installâmes près de la rivière, à côté des convalescents de la veille. Leur nombre grossissait à vue d'œil. L'un d'eux, un adolescent, arriva en titubant, soutenu par sa famille. Geltie se mit à parler toute seule en préparant des remèdes, Ayelo blêmissait en les aspergeant pour faire baisser la température. Ils étaient au moins une trentaine. « J'ai mal ! » cria l'adolescent en se tenant le ventre, et il commença à vomir. Non loin, une femme l'imita. « Quelqu'un peut-il aller chercher Eïvan, s'il vous plaît », supplia Ayelo ; et je filai vers la grille.

Sur place, j'observai l'activité du camp militaire dans le matin clair. Un groupe de soldats faisait la lessive. Il me fallut insister longtemps pour que l'un d'entre eux se lève et crie : « Mais elle nous casse les pieds, celle-là ! Qu'est-ce qu'elle veut ? » Je réclamai Nedo en baissant les yeux, suppliante. Le soldat grommela et partit le chercher.

Dans l'allée formée par les tentes, le soleil monta peu à peu, raccourcissant les ombres des piquets. Je guettais l'apparition d'Eïvan. Les rayons me tapaient sur la tête. Mandine passa me voir en boitillant, les traits tirés. En fin de matinée, les soldats se rassemblèrent pour un entraînement au-delà du camp, en rectangle parfait dans la plaine, lancettes étincelantes sous le ciel sans nuages. Eïvan n'était toujours pas revenu.

Je finis par m'asseoir sur l'herbe brûlée. Le clairon sonnait midi quand Ayelo vint à son tour aux nouvelles. Son regard était un gouffre d'angoisse. « Je ne sais plus quoi faire, me dit-il. Leur état s'aggrave. Ils vont mourir. » Il posa son front sur la clôture. Ses mains tremblantes s'agrippèrent aux mailles. Après un moment à scruter le camp kéta, il serra les paupières et hoqueta : « Déesse, Déesse… donnez-moi la force… » Des larmes perlaient au coin de ses yeux. Je ne l'avais jamais vu aussi bouleversé. Quand il se détacha finalement du grillage, je décidai de l'accompagner jusqu'aux malades. Le jeune homme fixait le sol en marchant. Je l'encourageai : « Ça va aller. » Il me retourna un sourire frêle.

À l'approche du carré des blessés, des familles de malades l'encerclèrent, le suppliant de faire quelque chose – pour leur fils, leur femme, leur sœur… Calmement, il se dégagea, les rassura, leur promit qu'il ferait de son mieux pour tout le monde… Les patients gémissaient au bord de la rivière. Geltie l'observa avec anxiété : « Eïvan n'est toujours pas là ? » Ayelo secoua la tête et s'assit près d'une femme aux pieds noircis. « Empêchez-les de me déranger », pria-t-il. Et, tendant les mains devant lui, il commença les incantations. Le sang se retira de mon visage. « Océa. » Sa voix jeune et claire s'éleva dans le camp. « *Om niman mané padiba lamo…* » Il chanta, droit comme un bambou dans la tempête, lui qui trois semaines auparavant n'était encore qu'un étudiant timide. La vieille Geltie le regardait, hébétée, mordillant ses ongles. « Il en a sauvé un tout à l'heure. L'adolescent. Ça lui a pris des heures. Mais il l'a sauvé. » Alors que je cherchais des yeux les autres élèves, j'en vis un baisser la tête, et aller tremper un linge dans la rivière. Aucun n'osait imiter Ayelo. Je n'avais aucune compétence utile, aucune aptitude, et je le regrettai amèrement – pour la première fois, mais pas la dernière. Après avoir tourné en rond un moment, je repartis vers la grille attendre Eïvan.

Nedo ne le ramena pas avant la fin d'après-midi.

En refermant le grillage derrière Eïvan, le vieux soldat évita mon regard, et je compris qu'il n'avait jamais fait la commission. L'indignation me coupa le souffle. Le guérisseur avait l'air éreinté. « Je crois que je les ai tous soignés », glissa-t-il avec un petit sourire. Il plaça son bras sur mon épaule, s'appuyant sur moi pendant que nous repartions vers le camp. Il portait une nouvelle besace pleine de médecines. Je ne savais pas comment lui annoncer la nouvelle. « Eïvan… », commençai-je. Mais Ayelo nous avait aperçus depuis le carré des blessés. Il se dressa, chancelant, et se mit à pleurer. « J'ai tout essayé, Eïvan, dit-il, je suis désolé… J'ai tout essayé, je te jure. Le petit de Diane. Il a fait une rechute. Il est mort. »

*

Le petit garçon était là où nous l'avions étendu, à l'ombre des arbustes, tout près de la rivière. Son corps amaigri s'était figé dans la douleur, ses mains et ses pieds enflés, couverts de taches noires.

Agenouillée près de sa couche, sa maman avait tellement pleuré que ses paupières étaient boursouflées. Les larmes traçaient des sillons marron sur ses joues. Je me souvenais d'elle, à l'Ahmra. Elle élevait son fils seule. Elle n'avait plus rien, maintenant, ni enfant, ni foyer, ni travail. Les Kétas en avaient fait un fantôme en loques.

Eïvan avança vers elle à pas lents, et elle revint progressivement à la conscience. Le guérisseur découvrit le désastre, le spectacle des malades gémissant, innombrables, les morts… « Mais pourquoi ne m'a-t-on pas… ? » souffla-t-il, horrifié. Ania se leva. Eïvan ploya sous le poids de la pitié et lui tendit les bras. Mais au lieu de s'y réfugier, elle eut un mouvement de recul, et pointa sur lui un doigt tremblant. Le visage déformé par la souffrance, elle gémit : « Il est mort… Mon fils est MORT ! Pendant que tu sauvais tes amis kétas ! » Elle se frappa la poitrine, sa voix montant dans les aigus dans un hululement blessé : « C'est ta FAUTE ! » Et elle le maudit, lui souhaita d'attraper le Mal, de mourir. Le guérisseur reçut sa rage en plein cœur. Son corps sembla se tasser et de longues larmes silencieuses coulèrent sur ses joues. Loin de la calmer, le spectacle de sa détresse la fit redoubler de reproches. Personne ne réagissait. Je revis le cercle des monstres acculer le Cerf. Et enfin, parce que l'assaut de la jeune femme me rappela cette nuit, je demandai aux étudiants de l'emmener loin, de la faire taire.

Je n'avais aucune raison de leur donner des ordres, et ils n'avaient aucune raison de m'obéir. Mais en cet instant, la confusion était si forte qu'ils furent juste soulagés que quelqu'un réagisse.

Un calme douloureux retomba sur l'assemblée. Tous les malades dévisageaient Eïvan. Il y avait bien quarante patients, entre ceux du Mal sec et les blessés de la déportation. Ils l'attendaient avec un espoir si fragile, si respectueux, qu'il aurait pu être un demi-dieu. Lentement, Eïvan parcourut des yeux la foule suppliante, comme s'il adressait à chacun un serment muet, profond et inviolable. Une brume argentée miroita devant lui.

21

Mandine

Message du Distingué Gastar Foko au Concile,
dicté au 15ᵉ jour de l'Opération.

Très Estimés Sénateurs, cette maudite épidémie nous fait perdre de précieux jours. Nos troupes ont été durement frappées, une dizaine de soldats sont morts en quelques jours et nous avons encore énormément de malades. Il serait bon de nous envoyer du renfort.
Je ne sais pas qui vous a rapporté ces fadaises, mais aucun Liu ne soigne nos soldats. De telles rumeurs sont outrageantes ! Je les démens formellement.

Eïvan essaya de rattraper le temps perdu. Il enchaîna les séances sans répit ni pause. Après le sixième patient – la responsable de nos écuries –, il leva la tête pour regarder les malades alignés qui gémissaient. Il en restait encore quatre. Une expression de détresse et de détermination mêlées creusa son visage. Il chercha un endroit où s'installer le plus confortablement possible et, adossé à un arbre, commanda qu'on transporte désormais les personnes jusqu'à lui pour gagner quelques précieux instants.

Mais cela ne suffit pas : un autre homme mourut, tandis qu'il conduisait sa neuvième conjuration. Le soleil s'était couché.

Ayelo reprit du service, épaulant Eïvan. Il pratiquait des incantations sur les malades en rémission, pour éviter les rechutes. Quand son mentor était revenu en fin d'après-midi, le jeune homme s'était d'abord effondré, hoquetant : « Je t'avais prévenu ! C'était trop tôt, trop vite ! Des gens sont morts à cause de mon inexpérience...

— Combien en as-tu sauvé ? » le coupa Eïvan. Trois. Il en avait sauvé trois. « C'est trois de plus que tout le monde ici. Remets-toi au travail. »

Mon rôle se bornait à m'inquiéter du surmenage d'Eïvan, à repousser les prisonniers paniqués qui l'assaillaient de questions, et à amener de l'eau du ruisseau. D'ordinaire, Mandine me secondait, mais ce soir elle n'était pas là. Je ne l'avais pas vue de la journée, remarquai-je, depuis qu'elle m'avait rejointe près des grillages ce matin. L'angoisse me saisit.

J'attendis qu'Ayelo eût terminé sa série de passes, et je l'avertis en chuchotant. « Elle est probablement juste allée utiliser les fosses », répondit-il sur le même ton. Mais il se ravisa, secouant la tête : « Non, tu as raison. Elle a disparu depuis un moment. Dans la panique, je ne m'en étais pas aperçu. »

Nous partîmes à sa recherche. La nuit tombée ne nous facilita pas les choses. Le camp était immense et les prisonniers innombrables, assis ou allongés par petits groupes, et il était difficile de discerner les visages. J'allais proposer à Ayelo de nous séparer lorsque je l'aperçus soudain, à une quarantaine de pas devant nous. Le soulagement gonfla ma poitrine. Elle marchait en tenant un pan de sa robe comme elle avait l'habitude de le faire à l'Ahmra, pour éviter de se salir. Le vêtement était pourtant en piteux état : taché, déchiré, et les jupons en lambeaux laissaient apparaître ses jambes... Ayelo l'appela : « Mandine ! » Je fixai ses pieds, ses chevilles enflées et violacées, et mon soulagement se mua en terreur. Nous étions arrêtés depuis presque dix jours.

Ses pieds n'auraient pas dû être violets.

« Mandine », appela encore Ayelo, dont la voix s'était mise à chevroter.

La vieille dame était debout devant un groupe qui arrachait des herbes pour confectionner des matelas. Indécise, elle piétina un moment puis décida de faire demi-tour. Quand elle se retourna, j'eus un choc. Elle s'arrachait les cheveux. Captive d'un cauchemar invisible, elle sanglotait en silence, ses lèvres murmurant d'inaudibles paroles. Ayelo se précipita, la prenant par le coude : « Mandine, l'arrêta-t-il avec douceur, qu'est-ce que tu fais ici… ? » Elle leva vers lui un visage sillonné de larmes, mais je ne crois pas qu'elle le reconnut. Ses yeux étaient profondément cernés. « J'ai mal au ventre », dit-elle soudain d'un ton plaintif.

*

Nous la ramenâmes péniblement au carré des blessés. Eïvan marchait le long des rangs, inspectant les malades. Quand il nous vit arriver, il se pétrifia. Son visage se décomposa et il se précipita vers nous : « Océa… Oh, Mandine ! » Il la prit dans ses bras pour l'allonger et posa la main sur son front. La vieille dame déroulait à voix basse une litanie de plaintes déchirantes : elle parlait à Pitro, à Dan, à Eïvan ou à moi, expliquant que « les soldats n'étaient pas raisonnables, ça non, les gens ne devraient pas être aussi méchants les uns avec les autres ». Elle brûlait de fièvre et commençait à crier de douleur. Depuis combien de temps était-elle malade ? Sa robe était souillée, elle avait vomi. Elle avait donc dépassé le premier stade du Mal sec, et peut-être même le deuxième. « Allons-y, pressa Eïvan. Dépêche-toi, Ayelo, pour l'amour d'Océa… » Le guérisseur s'agenouilla et tendit ses mains. « *Om touné livo liahaha liom…* » Entre les Kétas et nous, il n'avait cessé d'enchaîner les rituels depuis le matin ; ses traits étaient ravagés par la fatigue. Ayelo tendit les paumes à son tour et mêla son chant à celui de son mentor. Je me tordis les poignets, je regrettais de n'avoir pas suivi davantage ses cours. Mais j'avais été élevée pour haïr, pas pour aimer ; pour détruire, pas pour guérir… Prenant la main de Mandine, je lui fis le serment silencieux de changer. Elle se calma peu à peu. Dans l'eau profonde de la transe, son reflet luttait pour soigner son corps.

La lune se levait, presque pleine, éclairant notre terreur.

*

Longtemps après qu'ils eurent terminé le rituel, j'essayai de convaincre Eïvan de venir se reposer un peu. Mandine dormait profondément. Même Ayelo avait fini par s'assoupir, mais lui n'arrivait pas à quitter son chevet. Il ne se levait que pour ausculter les autres, et revenait auprès de la vieille dame entre chaque patient. « J'ai peur, me souffla-t-il. Si quelqu'un mourait pendant que je dors ? » Je le lui expliquai, encore et encore, que nous entendrions les cris, et un étudiant proposa de monter la garde ; alors seulement il finit par s'allonger à mes côtés. « Mandine s'est occupée de moi à chaque crise de ma vie. Lorsque ma femme m'a quitté, il y a longtemps, c'est elle qui m'a empêché de sombrer, chuchota-t-il. Je ne tenais plus debout. J'ai continué à travailler comme si de rien n'était. Mais je ne mangeais plus. C'est à cette époque qu'elle a pris l'habitude de venir m'apporter mes repas. » En recevant ses confidences, je mesurai combien la situation le bouleversait.

À l'aube, quelqu'un vint le réveiller pour lui dire que le général Namiel Desportes le réclamait à la grille. « Je viens avec toi », imposai-je en lui prenant la main. Le général était bien là. Il avait maigri depuis notre entrevue dans la tente du Concile ; son visage déjà fin ressemblait désormais à celui d'un oiseau, avec son nez en forme de bec et la cicatrice qui balafrait la moitié de son visage. Mais comparé à nous, il avait l'allure d'un sénateur.

C'en était presque un, d'ailleurs, dans la noblesse kéta ; et tandis que je m'approchais, je me dis que seul Eïvan pouvait bâtir de pareils ponts. Quand il fut à portée de voix, Namiel déclara : « Guérisseur, je marche. » Eïvan hocha la tête gravement, le détaillant de haut en bas : « N'oublie pas de boire. » Je frémis en l'entendant tutoyer le militaire. Celui-ci ne tiqua pas. Il contempla Eïvan un long moment, une émotion indéfinissable sur le visage, puis il lâcha : « Tu m'as sauvé la vie. Je ne l'oublierai pas. » Eïvan attendit. Le gradé baissa la voix : « Je ne suis pas d'accord avec ce qui se passe. Je te l'ai dit. Mais je dois servir le Concile. Et je ne peux rien faire d'autre qu'alléger ton sort, à toi et à ceux que tu aimes », ajouta-t-il en me regardant. Le visage d'Eïvan se ferma. J'attendais le moment où il allait congédier le général kéta pour retourner s'occuper de ses patients. L'homme avoua enfin : « Nous levons le camp dans quelques heures. Nous repartons plein sud. Je voulais te prévenir pour que tu aies le temps de te préparer. » Eïvan écarquilla les yeux, puis il explosa, désespéré : « Non ! Namiel ! J'ai encore plein de malades ici ! Man… Mandine est malade ! Ils ne sont pas en état de marcher, pas en état de supporter le soleil ! Vous allez les tuer ! » Il agrippa la grille à deux mains : « Vous n'avez pas le droit ! » Son éclat attira l'attention des soldats en faction. Namiel leva la main, l'expression sévère : « Liu ! Tu oublies à qui tu parles ! » Il avait haussé le ton lui aussi : « Respecte mon rang ! » Eïvan lâcha le grillage. Son regard se voila. Il fit un demi-pas en arrière, le corps chargé de défaite. Plus doucement, le général reprit : « Cette décision n'est pas la mienne, Eïvan. J'ai plaidé pour ta troupe, j'ai obtenu que des charrettes soient mises à votre disposition pour transporter vos blessés. Nous partons tout à l'heure. Je suis venu te prévenir. Ne me le fais pas regretter. »

Face à lui, Eïvan ressemblait à un enfant battu. Il insista pourtant : « Mais, général… et s'ils font des crises ? » Namiel soupira, décroisa les bras et regarda autour de lui la foule des prisonniers. Quand il reprit la parole, sa voix était lasse : « J'essaierai de faire ordonner des pauses. Mais je ne peux rien te promettre. Ce n'est pas moi qui décide, et Gastar n'est pas très raisonnable. Tu comprends ? » Le guérisseur gardait la tête baissée. « Eïvan… Je ne fais pas les lois de Zanabé, insista le général. En m'opposant trop souvent au Distingué, je m'oppose au Concile, et à force, je perdrai mon influence. » Il commença à s'éloigner et ajouta avec un mouvement du menton : « Dors un peu. Tu as une mine épouvantable. »

*

Le clairon retentit un peu plus tard dans la matinée, trois coups longs que nous n'avions pas entendus depuis dix jours. Les soldats replièrent leurs installations, commencèrent à démonter une partie du grillage, rangèrent le matériel dans les carrioles et attelèrent les chevaux. Comme promis, des charrettes furent amenées devant l'enclos. Il y avait quatre plates-formes et juste assez de place pour tout le monde. Nous y allongeâmes les malades, le plus confortablement possible. Eïvan étira jusqu'à sa limite la patience du major Nedo, en posant des paillasses sous les alités, puis des toiles tendues sur des branches au-dessus. Il ramena ensuite de l'eau du ruisseau et en aspergea Mandine pour faire baisser sa température. La vieille dame semblait mieux, elle nous reconnaissait. Alors que des dizaines de marcheurs nous dépassaient de chaque côté, Nedo commença à s'énerver. « Descends, mon petit chéri. Je vais bien, conseilla Mandine en lui touchant la joue. Descends avant qu'ils ne te fassent du mal. »

Et l'exode reprit. Plein sud. D'une taille monumentale désormais, la horde des prisonniers s'étirait à perte de vue, soulevant des nuées de poussière. Nous progressâmes d'abord sur le même sol couvert d'herbes jaunes et lisses, et les chevaux peinaient à tirer les charrettes qui s'y enfonçaient. Puis, alors que le soleil de midi commençait à taper, le terrain devint plus praticable, avant de rejoindre une piste qui s'élançait à l'ouest vers une plaine immense. À l'horizon se dessinait la silhouette sombre de la dernière forêt importante du Sud, une pinède. Au-delà, il y avait le lac Boga, sans doute plusieurs semaines de marche, puis une steppe qui se muait progressivement en désert.

Il faudrait bien encore deux mois pour atteindre notre destination finale. Et sur place, les conditions de vie ne nous promettaient qu'une lente agonie…

Comme Eïvan l'avait prédit, la chaleur déclencha des convulsions chez les patients. Dès la première, il grimpa sans façon sur la charrette et commença ses passes, accroupi. Quand le début d'après-midi arriva, nous n'avions toujours pas fait de pause, et la chaleur nous accablait. Les malades commencèrent à avoir des crises de plus en plus rapprochées. Mandine se mit à crier et à se tordre de douleur. Eïvan se dressa debout sur la charrette et interpella Nedo, qui chevauchait devant nous, couvert de poussière : « Officier ! Il nous faut de l'eau. Ils doivent boire, ou ils vont mourir ! » cria-t-il en oubliant toutes les conventions. Nedo lui retourna un coup d'œil furibond : « Je m'en occupe, guérisseur. Maintenant, ferme-la ! »

Le major quitta le peloton pour diriger sa monture vers la tête du cortège. Eïvan essayait de calmer Mandine. La peur qui se lisait sur son visage décupla mon angoisse. Je ne l'avais jamais vu perdre son sang-froid en séance, il conservait toujours cette sérénité qui apaisait le patient. Quand Nedo revint avec une dizaine de gourdes, il l'informa qu'il avait le droit de stopper la charrette un moment, mais qu'il faudrait ensuite avancer deux fois plus vite. Ayelo sauta à son tour dans la carriole et entreprit de faire boire les alités, tandis qu'Eïvan tendait les mains au-dessus de Mandine et lançait ses oraisons. Je me félicitais que seuls les gens de l'Ahmra marchent près de nous. D'autres auraient sans doute tenté de s'emparer de l'eau.

En dépit de tous leurs efforts, le long trajet sous le soleil réduisit à néant les progrès de la veille et, quand les soldats stoppèrent enfin le convoi, tous les malades déliraient. « Dans quoi t'ai-je embarquée, maman Dine ? » interrogea Eïvan en lui baignant le front. Ayelo et lui attaquèrent les incantations sans tarder. En les voyant s'agenouiller après une journée de marche forcée, alors que nous étions tous affamés et harassés, je me sentis submergée de chagrin. Geltie s'occupa des autres patients. Les soldats sonnèrent le clairon du repas et j'allai faire la queue pour ramener de quoi manger et boire.

Nous mangeâmes parce qu'il fallait tenir. Mais je pense qu'aucun d'entre nous ne se souvint du goût du repas. Mandine ne reconnaissait plus personne. Eïvan était allé s'occuper d'un mourant, et Ayelo resta à son chevet, relançant encore et encore de longs rubans de transe pour la stabiliser. Depuis quelques jours, deux étudiants s'étaient rapprochés de lui et le secondaient. Couchée sur le dos, la vieille dame avait les yeux fermés et dodelinait de la tête, doucement, continuellement. Des larmes perlaient de ses paupières. Elle dit à Pitro qu'il devait arrêter de faire peur aux nouveaux venus. Je ne pus retenir un sanglot tandis que je tenais sa main brûlante. Cela ne pouvait pas arriver. Pas Mandine. Le monde ne pouvait pas s'écrouler à ce point. Mandine s'était occupée de moi quand je n'osais pas sortir de ma maison. Elle avait été autant qu'Eïvan le pilier de mon nouvel univers. « Elle n'a jamais guéri facilement, chuchota Eïvan quand il put revenir. Elle fait partie des gens qui ont un mauvais sang. À l'Ahmra, quand elle tombait malade, elle mettait toujours plus de temps à s'en remettre que les autres… » Nous contemplâmes notre impuissance en silence.

Eïvan poussa un profond soupir. « Allons, les amis. Nous sommes les magiciens du Centre ? » Ayelo le dévisagea, la vénération illuminant ses traits comme au temps de l'Ahmra. Ils tendirent les mains au-dessus de la vieille dame, prirent une grande inspiration : « *Em mani lévé irol matam yédo…* » Je finis par me joindre à leurs contrepoints, balbutiant des phrases réconfortantes.

*

La lune venait de se lever sur la plaine. Elle était ronde, et jaune comme un thé léger ; son large disque montait juste en face de nous, nimbant le paysage d'une clarté douce, une lumière de songe que j'avais longtemps associée au Cerf. Les Coccinelles n'avaient pas complètement clôturé le camp. Nous étions trop nombreux, et il n'y avait pas assez de grillage. Les soldats en armes montaient la garde.

Après une longue transe qui avait enfin permis d'apaiser la vieille dame, les guérisseurs étaient retournés au chevet des autres malades, et j'étais restée auprès de Mandine, appuyée contre un arbre. Sa voix m'appela faiblement : « Taena. » Je me tournai vers elle : « Mandine ! » Elle avait les yeux ouverts et me souriait : « Peux-tu me redresser ? Je voudrais regarder la lune. » La soutenant par les épaules, je l'aidai à s'adosser au tronc. Sa température était plus basse et son regard plus vif. Je souris dans la pénombre. Ensemble, nous admirâmes la vaste plaine, la lointaine forêt de pins dont les cimes accrochaient les étoiles, et même les montagnes de l'Erad qui se devinaient, au loin. La vision était d'une perfection poignante. Elle s'y absorba longtemps, en silence, puis soupira : « Que c'est beau… Merci, ma chérie. »

Elle se rendormit en ronflant doucement. Quand Eïvan et Ayelo vinrent s'allonger à côté de nous, je leur chuchotai la bonne nouvelle. Le guérisseur me serra contre lui. Sa peau était chaude et il avait besoin d'un bain.

Le silence de la nuit gagna peu à peu le camp, et dans mon demi-sommeil, j'oubliai presque notre condition. Eïvan disait que les reflets venaient du lac lumineux de la présence éternelle. J'aurais aimé voir celui de Mandine. Il devait être doux, et espiègle – une jument, peut-être ?

Elle s'y réfugia pendant la nuit. Lorsque les soldats firent sonner le clairon le lendemain, annonçant la reprise de l'exode, son corps était raide et ses yeux ouverts. Elle serrait dans sa main le collier de Pitro.

22

Chute

Journal d'Eïvan.

Oui, il y a parfois de la colère. Pourquoi suis-je le seul ici à essayer de maintenir vivantes les libellules de l'amour ? Où sont-ils, les rêveurs, les aimants, les audacieux ? Pourquoi baissent-ils les bras si vite ?

Je ne garde qu'un souvenir brumeux de ce jour-là. Je me rappelle que la masse des prisonniers ressemblait à une colonie d'insectes gris débusqués sous une roche, que le soleil brillait déjà haut dans le ciel et que quelque chose s'était brisé en Eïvan. Je n'avais même pas besoin de lui parler. Je ressentais distinctement son âme tomber comme une pierre au fond d'un puits, ses dernières résistances céder, sa foi sombrer. Il avait regardé le corps de Mandine, touché ses cheveux emmêlés… Un sanglot sauvage monta du fond de ses entrailles et il pressa ses poings contre sa bouche. Des larmes s'échappèrent en cascade de ses yeux fermés. Puis il se tut, les épaules tremblantes, ses pleurs étouffés, comme interdits. Nous enterrâmes la vieille dame, dans un brouillard de chagrin et de stupeur. Un prêtre d'Océa trouvé dans le camp accepta de célébrer les rituels funéraires, tandis que les Kétas démontaient la clôture. Je pleurai durant toute la cérémonie, incapable de contrôler la douleur qui me submergeait. Mais pas Eïvan. Eïvan ne pleura pas. Il fixa la tombe le visage mou, les yeux morts, respirant à peine. *Le Lieu de silence reflète en miroir le Lieu de pensée,* répétait-il toujours. De l'autre côté du monde, je sentais le Cerf mugir sous l'assaut des prédateurs.

Ayelo, les paupières rougies par le chagrin, dut superviser tout seul l'installation des malades sur les carrioles et le départ. Le guérisseur ne pouvait plus rien faire. Il ne cessait de se retourner pour regarder la tombe de Mandine, et je devais le tirer par le bras. Nous repartions sans elle. C'était inconcevable.

Je garde le souvenir de la marche reprenant, des bannières bleu et or du Concile qui claquaient dans le vent. De la poussière et des oiseaux sur la plaine. Mandine était morte. L'exode se poursuivait, toujours plus au sud vers les déserts inhabitables. S'il m'était resté un fragment d'espoir, ce matin-là m'en dépouilla. Nous avions perdu. L'histoire s'achevait pour nous les Lius et je ne l'admettais que maintenant.

Je garde le souvenir du soleil brûlant mon visage. De la soif. Du choc sous mes plantes de pieds. De la lointaine forêt de sapins, et du lac dont les reflets commençaient à se deviner. Le ruban de bannis s'étalait sur la piste. Je détestais la plaine superbe, le bleu lisse du ciel. J'avais besoin que tout s'arrête, cette procession maudite, ces morts et ces malades, cette peine et cette peur ; que Mandine revienne, que l'on retourne à l'Ahmra, qu'Eïvan aille mieux et que le Cerf s'ébroue librement dans les forêts humides. Plusieurs fois, je ne pus retenir mes sanglots, noyés par le martèlement des milliers de pas. Je n'aurais pas dû baisser les bras, il ne resterait qu'Ayelo, et comment pourrait-il aider Eïvan et les malades tout seul ?

Le jeune apprenti vint près de moi. Les soldats chantaient le Don, le chant patriote vantant les beautés de Zanabé. Je mis un bras autour de ses épaules et il m'étreignit. Les larmes avaient dessiné des rigoles sur sa peau sale. En quelques mois, il était devenu mon frère. Marcher ensemble nous réconforta un peu. Nous nous rapprochâmes d'Eïvan, sans lui parler. Nous savions tous deux qu'il ne se laisserait pas consoler.

Je garde le souvenir du ciel virant lentement à l'orange, tandis que le soir tombait et que nous arrivions à la nouvelle zone de halte près d'un cours d'eau. J'eus envie de dormir comme on a envie de mourir.

La douleur perforante de la perte de Mandine s'était fondue en un magma de désespoir boueux où d'étranges pensées surnageaient.

Sur les carrioles, les malades gémissaient, criaient, se débattaient dans les affres du Mal sec. Ayelo était blême de panique. Une dizaine de nouveaux cas s'étaient déclarés dans nos rangs, fulgurants et simultanés. L'un des patients convalescents mourut avant même d'être débarqué.

Et je garde le souvenir d'Eïvan surmontant enfin sa stupeur pour s'occuper des patients. J'eus la sottise de m'en réjouir.

*

Comme une punition divine, le Mal sec décima les rangs ennemis. De notre côté de la barrière, des familles entières se présentèrent dans le carré de guérison. Eïvan les prit en charge les unes après les autres, enchaînant les séances qu'il n'avait pu réaliser dans la journée. La nuit passa dans une confusion et une angoisse extrêmes. L'aube glissa lentement vers le matin, et les malades continuaient d'arriver. La marche ne reprit pas. À l'Ahmra, le guérisseur ne conduisait jamais plus de quatre rituels par jour. Lorsque le soleil se leva, il avait dépassé le vingtième. Des gouttes de sueur ruisselaient de ses tempes, la migraine fronçait ses sourcils, son visage était gris d'épuisement. Les étudiants lui amenaient à boire, et j'humidifiais ses cheveux. Il me faisait l'effet d'une casserole d'eau laissée trop longtemps sur le feu. « Combien de temps peut-il tenir, à ton avis ? » demandai-je à Ayelo, vers le milieu de la matinée. Les traits du jeune homme portaient les séquelles de ses propres efforts, ses yeux étaient cerclés de noir, sa bouche molle… Il observa le guérisseur. « Je n'en sais rien. N'importe qui d'autre aurait déjà craqué, mais lui… »

Quand les soldats vinrent le chercher à la mi-journée, Eïvan n'avait toujours pas dormi. Ils pénétrèrent dans l'enceinte, en formation triangulaire… Nedo se détacha de sa petite troupe et avança seul vers nous. Eïvan était en pleine invocation. Le vieux major l'interrompit pour lui demander de les suivre. Il n'était pas impoli, et même plutôt cordial, mais le sous-officier ignora totalement la jeune femme en proie aux affres du Mal sec qu'Eïvan essayait d'apaiser. Le soldat brisa la concentration du guérisseur. Je sentis une corde se rompre en lui, dont l'un des bouts le cingla tandis que l'autre claquait sur la malheureuse. Eïvan leva les yeux et s'écria : « Je suis occupé. J'essaie de sauver cette femme. Est-elle invisible ? » Ses mots figèrent le major. Je le vis osciller entre la confusion et l'irritation ; finalement, il haussa les épaules : « Il y a d'autres cas chez nous, guérisseur. Je suis désolé, mais leurs vies ont plus d'importance… »

Eïvan se leva brusquement pour lui faire face. Son regard s'était chargé d'une intensité inquiétante. Il avait les poings serrés, les muscles durcis, et le souffle court. Je me rendis compte qu'il était en colère. Non, pas juste en colère : furieux. Hors de lui. Il s'approcha de Nedo, les mâchoires contractées, et pendant un instant, je crus qu'il allait le frapper. Je repris conscience de sa stature, de la largeur de ses épaules. L'atmosphère se remplit d'orage. Les fantassins qui se tenaient à l'écart firent quelques pas vers le major ; l'un d'eux mit la main sur sa lancette. « Aucune vie n'a plus d'importance qu'une autre, articula Eïvan d'une voix glaciale. Vous n'avez pas tenu votre promesse la dernière fois et un enfant est mort. Vous n'avez pas écouté mes suppliques et Mandine est morte. Vous n'avez aucune humanité. Je ne vous aiderai plus. »

Sa déclaration claqua dans l'air. Une farouche jubilation monta d'abord en moi : enfin, Eïvan se révoltait ! Enfin, il envoyait promener cette engeance égoïste et cruelle, qui ne répondait jamais à sa main tendue que par des coups de pied !

Mais immédiatement après, j'en éprouvai surtout un chagrin immense.

Ils avaient brisé sa foi.

Nedo considéra Eïvan comme s'il était une roue de charrue défectueuse. Je crus qu'il allait ordonner de l'assommer et le faire porter par son escouade. À la place, il changea de tactique : « Il t'a réclamé, affirma-t-il. Le général Desportes. » La colère irradiait toujours du corps d'Eïvan, mais une hésitation traversa son visage : « Il a rechuté ? » Nedo acquiesça. J'étais sûre, j'étais certaine que le général Namiel Desportes allait très bien. Mais Eïvan baissa les yeux sur la jeune femme qui haletait, entre veille et coma, se tourna vers les autres malades… Finalement, il céda : « D'accord. D'accord. Mais je finis avec elle. Je ne resterai pas longtemps avec vous. J'ai trop de monde ici. C'est ma condition. » Nedo hésita.

« Maintenant, laissez-moi », soupira Eïvan en s'écroulant lourdement par terre. Le vieux soldat fit demi-tour, non sans l'avoir menacé de venir le chercher à coups de lancette s'il tardait trop. « *Om lerim liurt leyetouam...* », répliqua le guérisseur en tendant à nouveau les mains au-dessus de sa patiente.

Nous dûmes l'escorter jusqu'au grillage. Trop de gens voulaient lui parler. Lorsqu'ils refermèrent la clôture derrière lui, il patienta les yeux fermés en inclinant la tête, comme si elle était devenue trop lourde pour qu'il la tienne droite. En relevant le front, il m'adressa un bref coup d'œil inexpressif. Je le regardai s'éloigner, réprimant mes larmes, haïssant mon impuissance, haïssant les Kétas, haïssant la maladie...

Lorsqu'il revint vers le milieu de l'après-midi, il se remit immédiatement au travail, et je réprimai un gémissement. Il n'avait pas dormi depuis que nous avions découvert le corps de Mandine, un jour et demi auparavant. Pourtant, il continua à officier jusqu'au soir venu, et ce ne fut qu'une fois le dernier cas stabilisé qu'il se leva finalement, alla à la rivière pour boire et s'asperger les cheveux. Il resta un moment ainsi, le visage dans les mains, tandis que l'eau lui dégoulinait sur les tempes... Je m'avançai, écrasée de compassion. Il allait enfin dormir. J'allais le prendre dans mes bras. Le réconforter. Il quitta la berge du ruisseau pour passer le long des malades alignés, et voyant que tous dormaient profondément, se dirigea du côté des autres patients, ceux que tout le monde avait un peu oubliés devant la fulgurance du Mal sec – les blessés des bagarres avec les Kétas, ou de la marche.

Et là, il s'agenouilla à nouveau. Je n'en crus pas mes yeux quand il tendit les mains au-dessus de l'aide-cuisinier qui avait été mitraillé le premier jour, et qui s'était suffisamment remis pour marcher de temps en temps. Je résolus de patienter, mais quand il eut fini, il glissa sur les genoux jusqu'au patient suivant, et recommença. Il continua ainsi, une transe après l'autre, avec des gens qui n'en avaient absolument pas besoin... Ayelo se mit à le scruter, un pli interrogateur entre les sourcils, et cela me décida. J'interceptai Eïvan entre deux rituels, alors qu'il se traînait sur les genoux jusqu'à la femme qui avait pris un coup de sabot dans le thorax. Elle le regardait, à moitié endormie.

« Viens, Eïvan, lui dis-je. Il faut que tu dormes un peu, maintenant. Cela fait trop longtemps que tu travailles. Viens. »

Il me considéra. Derrière un rideau brumeux de fatigue, ses yeux semblaient avoir du mal à distinguer mon visage, à comprendre ce que je disais. « Je ne peux pas, soupira-t-il enfin. Il faut que je m'occupe d'eux. Je ne veux pas que quelqu'un d'autre meure. » Mais personne n'allait mourir d'un coup de sabot ou d'ampoules aux pieds. Je le lui rappelai, doucement, et il acquiesça. Encouragée, j'ajoutai : « Nous n'avons plus de nouveaux cas de Mal sec. Viens te reposer. » Il se détourna subitement, comme s'il avait entendu quelque chose au loin ; puis, sans me répondre, il baissa la tête vers sa patiente… et tendit les mains au-dessus de son corps. Je l'interrompis tandis qu'il commençait : « *Om emina lotem mani…* », posant la main sur son épaule : « Non, arrête. Elle n'en a pas besoin, tu le sais bien… »

J'aurais peut-être dû sentir son changement d'humeur. Mais j'étais moi-même percluse de souffrance, le cœur mutilé par la perte de Mandine. Quelque chose bascula soudain. Eïvan chassa ma main brutalement, s'écarta et me toisa. « Et qui es-tu pour me dire ce dont les patients ont besoin ? cingla-t-il. Tu es devenue guérisseuse, maintenant ? » Son regard était glacial, exigeant une réponse que je n'avais pas. « Depuis que tu es à l'Ahmra, tu ne fais que me tourner autour. Qu'est-ce que tu me veux, à la fin ? Laisse-moi ! » Le choc siphonna les mots dans ma gorge. Il se leva et fit un pas vers un autre patient, grondant : « Je n'ai pas le temps. Quand tu seras guérisseuse, reviens me voir, tu pourras te rendre utile. En attendant, fiche-moi la paix. » Et il se retourna vers le blessé.

Je restai un instant sonnée, incapable de faire un geste, puis je m'écartai de lui en le fuyant presque, les jambes raides. Mes pensées s'étaient complètement gelées. Ayelo qui avait assisté à la scène s'approcha de moi, consterné, mais je le repoussai doucement, incapable d'émettre un son, et m'éloignai du carré des malades. Quand je fus assez loin, je m'assis par terre pour reprendre mes esprits. J'essayai de m'expliquer son comportement. Il n'avait pas voulu dire ça. Le travail l'avait éreinté. La mort de Mandine avait entamé sa foi. Il était accablé… Il craignait de ne pas y arriver, de voir les gens mourir malgré ses efforts. Je me le répétai encore et encore, parce que c'était vrai. Il avait bien des raisons de vaciller. Mais ses phrases cliquetaient dans ma tête comme des ciseaux. Cette cruauté était beaucoup trop proche de celle de Colin. Ayelo fit une nouvelle tentative et je le laissai s'asseoir à mes côtés. « Je suis désolé, murmura le jeune homme, plein de sollicitude. Tu avais raison, en plus. Il… n'aurait pas dû te dire ces choses-là, je ne sais pas ce qui lui a pris. Il va s'en mordre les doigts, tu verras. » Le désarroi d'Ayelo, tiraillé entre son amitié pour moi et sa loyauté envers Eïvan, dissolut la gangue qui m'enveloppait. Je pus enfin pleurer, tandis qu'il me tenait contre lui.

La nuit était profonde, sans étoiles. C'était le vingtième jour de notre déportation.

*

Nous restâmes deux semaines entières dans le nouveau camp. Deux semaines épaisses comme de la boue. Je compris rapidement qu'Eïvan n'avait plus l'intention de dormir – de venir se coucher, et de s'octroyer une nuit complète ou même quelques heures. Il se contentait de petits repos entre les séances, quand il le pouvait, des siestes qui ne duraient jamais très longtemps au vu du nombre de malades des deux côtés du grillage. Les patients du Mal sec avaient des cycles de demi-journées : ils flottaient dans un coma déshydraté, puis venaient les vomissements et les douleurs. Eïvan intervenait dès les prémices d'une crise, et profitait de la moindre accalmie pour consolider les autres patients. Il enchaînait les séances, revenant plusieurs fois sur la même personne. Ses mains se mirent à trembler en permanence et ses yeux étaient injectés de sang.

La peur me cernait comme une fumée de charbon.

Il avait demandé à rassembler les malades kétas et lius, mais bien sûr, les Kétas avaient refusé ; alors, il faisait des allers-retours réguliers entre leur campement et notre prison. Nedo le conduisait comme un cheval de trait, la tête baissée et le pas lourd. Eïvan ne résistait pas et ne communiquait plus avec personne. Il réservait chaque parcelle d'énergie pour ses patients. Les spirales s'amplifiaient dans son regard. Sa peau se parcheminait. J'essayai de le ralentir à nouveau, mais il m'envoya promener encore plus brutalement que la première fois, et sa cruauté chirurgicale me laissa exsangue. Plus personne ne pouvait lui parler. Même Ayelo essuya une colère, pour s'être trompé dans le dosage d'un remède. Le jeune homme se mura dans le silence pendant plusieurs heures. À l'Ahmra, conscient de l'impact qu'avait sur lui chacun de ses mots et expressions, Eïvan avait toujours traité son étudiant avec une patience infinie, le rassurant, le complimentant, répondant sans cesse à son besoin affamé d'approbation… Je me remémorais l'avertissement de Pitro : *Tu devras le surveiller. Il est beaucoup moins solide qu'il en a l'air.* Cela m'avait paru absurde. Pourtant, il était bel et bien en train de sombrer.

Je résolus d'en parler avec Ayelo. Nous faisions la queue pour la distribution des repas, et après une semaine, le sol portait déjà les stigmates de milliers de pieds, dessinant une longue blessure brune que nous suivions sans même y penser.

« Il faut aider Eïvan avant qu'il ne bascule complètement dans la folie », déclarai-je. Au lieu d'acquiescer, Ayelo pouffa comme si je venais de faire une plaisanterie. Puis devant mes sourcils froncés, il me rassura : « Eïvan ne basculera nulle part. Il est surmené, c'est tout.

— Mais tu vois bien qu'il n'est plus lui-même. »

Ayelo balaya mon objection d'un geste indifférent. « Ce n'est pas un signe de folie. Seulement d'épuisement. » Je dévisageai mon jeune ami. Ses cheveux qui poussaient dru lui donnaient l'air de sortir du lit, mais ses yeux bruns étaient sérieux. « Taena, insista-t-il, Eïvan est le plus fin connaisseur de l'esprit humain que j'aie jamais rencontré. S'il perdait pied, il serait tout à fait capable de le sentir lui-même.

— Ce n'est pas l'impression qu'il me donne ! Il ne dort même plus, bon sang. Il donne l'impression de… se punir, pour je ne sais quoi.

— Il est occupé à sauver des gens, voilà tout », répliqua Ayelo.

Je cherchais mes mots pour le convaincre quand un homme dans la file se retourna. « Le guérisseur est formidable ! Il a guéri mon fils, vous savez. Je lui serai redevable jusqu'à la fin de mes jours. » L'homme avait un visage si maigre que ses pommettes saillaient, mais ses traits rayonnaient de reconnaissance. « Tu vois », renchérit Ayelo en levant les sourcils. Je secouai la tête. Le danger m'apparaissait aussi évident que l'écrasant soleil blanc au-dessus de nos têtes, mais personne ne le voyait. Je lançai amèrement : « Et lui ? Peu importe s'il dépérit ? » La file avança de quelques pas. Ayelo me serra l'épaule : « Tu le sous-estimes. Il est plus coriace que tu ne le crois. » Le jeune homme me fit un sourire encourageant : « C'est le magicien du Centre, non ? »

Parce qu'il était le magicien du Centre, les familles des malades ne lui laissaient aucun répit. Elles le suppliaient. Elles se disputaient pour attirer son attention. Une mère implorait pour sa fille adolescente, un mari pour son épouse, des frères pour leur cadet. Ils voulaient tous être prioritaires. Ils ne voyaient pas ce qu'ils faisaient peser sur lui. Je le vis essayer de calmer deux parents en larmes qui s'accrochaient à lui. Geltie, Ayelo et les autres étudiants intervenaient souvent, raisonnant les familles et leur expliquant qu'Eïvan n'oublierait personne, que le harceler réduisait son efficacité... Ils écoutaient, une demi-journée. Jusqu'à la prochaine poussée de fièvre et l'apparition des taches noires...

Au début de la deuxième semaine, sa magie commença à perdre de son efficacité : il lui fallait désormais revenir plusieurs fois de suite sur le même patient pour obtenir le même résultat. Puis, le guérisseur se mit à faire des erreurs dans les associations de plantes, déclenchant des vomissements incontrôlés chez une femme qui se remettait à peine du Mal sec, ou l'essoufflement d'un patient âgé. Ayelo et les autres étudiants commencèrent à passer discrètement derrière lui pour vérifier les décoctions.

Un incident grave finit par révéler au grand jour ce que j'étais la seule à remarquer. Eïvan tentait en vain d'enrayer l'agonie d'un homme depuis le matin, mais son état empirait. Alors que midi approchait, il mourut en plein milieu de la transe d'Eïvan. Un chœur de désespoir s'éleva parmi ses proches. Le guérisseur se mit à califourchon sur sa poitrine et la pressa par à-coups, violemment, longuement, jusqu'à ce que l'homme finisse par rouvrir les yeux, plongeant dans ceux d'Eïvan, qui le prit immédiatement dans le filet de ses incantations. La litanie était d'une intensité telle que je vis les gens alentour dodeliner de la tête. Il prolongea l'oraison au point que le malade se débattit pour échapper à l'emprise magique. Des gouttes de sueur tombaient du front du guérisseur sur la figure du patient, et Eïvan avait fermé les paupières, dans une concentration qui ressemblait bien plus aux marches forcées que nous imposaient les Kétas qu'à quoi que ce soit qu'il enseignait dans les huttes de l'Ahmra. Enfin, il conclut la séance, s'asseyant par terre et laissant le malade remonter à la surface. Celui-ci se redressa péniblement, ahuri, désorienté, et se mit debout. Pendant qu'Eïvan le suivait des yeux, l'homme s'éloigna de lui avec méfiance, comme on s'éloigne d'un animal dangereux. Mais il marchait. Il vivait. Et de toute évidence, il était guéri. Une salve d'applaudissements éclata parmi les malades, les familles et bientôt les élèves. Le guérisseur porta une main à son front, fronça les sourcils... puis lentement, bascula sur le côté.

Je poussai un cri et me précipitai vers lui. « Eïvan ! » Il gisait sur le flanc, en chien de fusil, la bouche entrouverte. Il ne réagit pas lorsque je le pris par les épaules. Ayelo et Geltie accoururent, tâtant son pouls, touchant son front. Ses lèvres étaient blanches, sa respiration imperceptible. « Il a de la fièvre, mais pas assez pour que ce soit le Mal sec », murmura Ayelo. Mais Geltie mit la main sur sa gorge, l'autre sur sa poitrine, avec une moue contrariée : « Son cœur est irrégulier. Il manque des battements, prévint-elle. Il ne s'est pas endormi, il s'est évanoui de fatigue. » Elle se releva. « Il faut qu'il se calme, votre guérisseur, là. Il va y rester. C'est n'importe quoi. » Et elle s'éloigna en grommelant pour fourrager dans sa besace.

Nous le portâmes à l'ombre, près de la rivière. Ainsi couché, les yeux fermés, il semblait avoir vieilli de dix ans. Je ne pus retenir mes sanglots tandis que je versais doucement de l'eau sur son front, caressant son visage cireux et ses cheveux rêches. Ayelo, enfin, laissait paraître ses doutes.

*

Eïvan refusa de parler de ce qui lui était arrivé. À peine revenu à lui, il s'ensevelit à nouveau sous le travail. Geltie le tança sur le respect qu'un guérisseur devait à son propre équilibre. Il l'envoya paître en la traitant de dilettante. « Allez faire la leçon à d'autres, lâcha-t-il de toute sa hauteur. Vous savez qui je suis, madame ? » La vieille femme n'en fut pas spécialement émue : « Ne lève pas le ton avec moi, gamin ! rétorqua-t-elle. Tu es surtout un petit arrogant qui croit que le sort du monde repose sur ses épaules ! » Eïvan lui adressa un regard si furieux que je crus qu'il allait la charger, mais il se contenta de tourner le dos, et de s'en aller.

Avant midi, un nouvel incident éclata dans le carré des blessés. Ayelo alignait des écorces médicinales de cannelle sous des petits cailloux, pour les faire sécher. Il n'y en avait presque plus, et il le signala à Geltie. La vieille femme leva les mains au ciel dans un signe d'impuissance. Eïvan, qui venait de terminer avec un patient, soupira soudain : « Tomas, je t'avais dit de faire attention avec les réserves. Nous n'avons pas le temps de descendre en cueillir d'autres.

— Pardon ? » interrogea doucement Ayelo. Le visage du guérisseur se contracta lorsqu'il se tourna vers lui : « Je suis sûr que tu l'as fait exprès pour te venger. Tu me haïras jusqu'à la fin de tes jours, Tomas ? » Ses yeux noisette flamboyaient. « Mais je ne m'appelle pas... », protesta le jeune disciple, mais Eïvan l'interrompit : « Ce n'est pas ma faute si Fadler a été banni. Je te l'ai déjà dit mille fois. Il est le seul responsable de ce qui lui est arrivé. Ce n'est pas ma faute. Ce n'est pas ma faute ! » Il criait presque. Ayelo resta muet, les yeux ronds. Devant moi, le jeune homme bascula. Ce fut lent, et pénible. Il contempla Eïvan et vit pour la première fois ce corps qui tenait à peine debout, cette peau parcheminée et ces orbites creuses... La gravité de la situation le fit vieillir en un instant. D'un ton apaisant, il s'adressa à l'homme égaré, éreinté, qui lui faisait face : « Tu as raison, Eïvan. Je sais que tu n'y es pour rien, ne t'en fais pas. » Son maître plissa les yeux, méfiant, puis il porta la main à son front, se frotta les paupières. « Je... je ne sais plus trop où nous en sommes, confessa-t-il à voix basse.

— Ce n'est pas grave, répondit Ayelo. Pourquoi ne te reposerais-tu pas quelques instants ? »

Eïvan secoua la tête, et se remit au travail sans faire de commentaire. Après un moment, Ayelo recommença à placer les écorces sous les cailloux. Ses doigts tremblaient un peu. Sa poitrine se soulevait à un rythme rapide. Quand il eut fini, il me fit signe de m'éloigner avec lui.

Nous marchâmes jusqu'au point le moins fréquenté, près des tombes. Des gens le saluaient de la tête, et je réalisai que le jeune guérisseur s'était construit sa propre notoriété. Lorsque nous fûmes enfin seuls, Ayelo s'adossa aux grillages. La maille ploya légèrement. Depuis que nous nous étions arrêtés, les Kétas s'étaient installés plus confortablement, tendant de grandes toiles dans les allées pour en faire des aires abritées où ils pouvaient jouer aux cartes ou bavarder. Le calvaire d'Eïvan m'avait presque fait oublier notre condition, mais les soldats nous tenaient toujours. Ayelo soupira profondément : « Il va vraiment mal, hein ? » énonça-t-il. Je regardai mon ami. Ses habits étaient sales d'un mois de poussière. Je ne savais pas comment lui dire.

« J'ai vu son Cerf, dans le Lieu de silence, au début de l'exode. Quelque chose essaie de le détruire. Eïvan va mourir si nous ne l'aidons pas. »

Les phrases que j'avais crachées, enfin sorties des abysses de ma terreur, creusèrent un fossé de silence entre nous. Je les vis entrer en Ayelo, éclore en lui comme d'horribles œufs, et commencer à le ronger à son tour. J'eus envie de hurler. « Raconte », m'invita-t-il d'une voix douce.

Je lui décrivis tout ce à quoi j'avais assisté : les monstres, leurs attaques, leurs empreintes dans le passé du Cerf. Sa lumière argentée qui s'écoulait des blessures, dont elles se repaissaient. Eïvan, me disant qu'elles surgissaient chaque fois qu'il ne parvenait pas à réparer le monde. J'avais mis longtemps à comprendre que le Lieu de silence et le Lieu de pensée se reflétaient en miroir : que ce qui arrivait dans l'un amplifiait ce qui se passait dans l'autre… Mais à présent je n'avais plus de doute. « Il faut que j'y aille », annonçai-je finalement, me rendant à l'inévitable et angoissante conclusion. « Il faut que je retourne dans le Lieu de silence. »

*

Comme pour lever mes dernières hésitations, je rêvai la nuit même du Cerf assailli par les bêtes. Pleines de crocs et de griffes, elles se jetaient sur l'animal cristallin pour le mettre en pièces. Il était tout ce qu'elles voulaient anéantir. L'espoir, la bonté et la beauté dont elles voulaient purger le monde. Le Cerf pleurait. Son désespoir aurait dû fendre le sol, si Océa s'était vraiment souciée de nous, s'il y avait vraiment eu une déesse… Mais personne ne veillait sur nous, et il allait mourir.

Je me dressai en sursautant. C'était l'aube et la vision imprimée dans ma rétine faisait cogner mon cœur à grands coups. Je me levai, mue par le besoin irrésistible de le voir, de m'assurer qu'il était encore en vie, que son corps, au moins, était encore intact.

Je le découvris près de la rivière. Le ciel était pâle sur les franges, l'immense camp encore plongé dans l'obscurité. Tout le monde dormait encore. Il avait enlevé sa chemise et d'un geste lent s'aspergeait le torse. Subitement me revint le matin à l'Ahmra où je l'avais vu dans la cabane de bambous, après notre nuit d'amour. Comme son corps était lourd sur le mien, et combien je l'avais aimé… Il avait tellement maigri, porté tant de civières, que ses épaules saillaient. De petites lésions parsemaient ses flancs et son dos.

Ce jour-là, en le voyant tendre les mains vers un patient avant les premières lueurs du jour, sentinelle solitaire et désespérée, je compris enfin. Il mettait toutes ses forces dans la bataille pour tenir le mal en échec. Tenir en échec la mort, la déchéance, la haine – les bêtes du Lieu de silence. Seulement, par un horrible renversement, ses efforts étaient en train de le tuer. Quelque chose s'était emparé de lui. Il ne s'arrêterait pas, admis-je enfin, pas tant qu'il restait un seul être à souffrir dans le camp. Il ne pouvait plus s'arrêter. Peut-être Mandine aurait-elle pu lui faire entendre raison… mais Mandine était morte, et sa perte l'avait rendu fou.

Quand la nuit tomba, je m'allongeai à une cinquantaine de pas du carré des malades, Ayelo posté non loin pour intercepter tout éventuel gêneur. Même s'il ne pouvait pas m'accompagner complètement dans le Lieu de silence, il avait promis de m'aider. « Notre lien me permettra de veiller sur toi. » J'avais décidé de traverser le soir même, avant que notre résolution ne faiblisse. Je refusais de me demander si Ayelo pourrait me sortir de l'espace entre les mondes, « le Lieu des cauchemars », si je m'y disloquais. Je refusais de me demander si Eïvan s'apercevrait seulement de ma disparition.

Dans le ciel, la lune était grosse, et les étoiles apparaissaient lentement. Le sol irradiait encore de la chaleur du jour. Je jetai un coup d'œil à l'homme que j'aimais. Il était en train de faire boire un malade. Je me rendis compte que durant tous ces jours, j'avais espéré qu'il se réveille de sa folie brûlante, et vienne me dire que nous allions faire face à nouveau, ensemble.

J'avais espéré qu'il nous sauve, lui et moi, au tout dernier moment. N'était-ce pas ce qu'il faisait toujours ?

Mais il ne le pouvait plus.

Prenant une grande inspiration, je fermai les yeux et invoquai tout ce qu'il m'avait appris à l'Ahmra, tous ces matins de bonheur. Je plongeai. Quelque chose frémit en moi, qui était de la joie. Durant nos longues semaines de désespoir, j'en avais presque oublié le goût. J'avais envie de voler, envie d'être libre, envie de retrouver le silence de l'être et le battement simple de l'existence…

Ce fut incroyablement facile. Le calme enfla en moi, du tambour de mon ventre au tambour de la terre, du tambour de mon cœur à l'appel de la lune ; je respirai, je glissai, le temps se fit lisse et je laissai sur le sol toutes les souffrances, toutes les peurs, toutes les horreurs de ces semaines interminables… Bientôt, je ne fus plus liu, ou prisonnière, ou même femme, mais pure vibration qui étendit avec délice ses ailes glorieuses. Je m'élevai au-dessus de l'enclos sur une bourrasque de vent frais, et criai ma jubilation, sans mesure, sans prudence, un long *piiiiii* de délivrance qui résonna dans toute la plaine… et que seul Eïvan entendit.

Agenouillé, il leva brusquement la tête. Je fis quelques ronds au-dessus de lui pour le saluer. Son visage affichait un tumulte d'émotions que mon esprit de faucon ne pouvait décrypter, mais il me regardait pour la première fois depuis des jours. La lune projetait une ombre derrière sa silhouette. Elle devint de plus en plus petite tandis que je montais vers le ciel.

23

Ennemis et alliés

Journal d'Eïvan, cahier retrouvé.

Parfois, je crains d'être dévoré par ma propre noirceur. Ou par celle du monde. C'est la même, de toute façon. Tout ce qui est dans le monde nous traverse. Cette violence, omniprésente, cette interminable douleur. Cette rage.
Je les sens à l'affût, avides de me consumer, me submerger, jusqu'à écraser mon âme.
L'amour est la seule défense. Je dois aimer. Sinon, je vais tomber. Ne plus aimer serait reconnaître ma défaite. Admettre qu'ils ont gagné, que le mal a gagné.

Dès que j'eus glissé dans le Lieu de silence, la pureté de la vie explosa dans ma poitrine. Je partis droit devant moi, ouvrant mon cœur à la présence du Cerf. Un grand lac miroitait derrière la plaine, bordé d'une pinède. Le paysage nocturne défilait sous mes plumes et les contours de la vie s'épurèrent. La brillance de la lune sur les cimes des pins m'habitait. La qualité de l'air. Les battements de mon cœur m'habitaient. Mais les inquiétudes, qui m'alourdissaient depuis des semaines, s'évanouirent dans les nuages. Je m'en voulais d'être restée captive de ces illusions qui m'éloignaient de la vérité simple de l'existence. Les Lius étaient prisonniers ? Ils ne l'étaient que par lâcheté. Depuis longtemps ils auraient pu se libérer – ou accepter leur sort. Eïvan ne me parlait plus ? La belle affaire. Le

Cerf de cristal, sa vibration unique était là dans le monde. Elle était partout autour de moi, dans le velours profond de la nuit, dans le vent frais, dans le parfum des fleurs sur les cimes… tout comme l'était celle de Mandine, qui m'attendait de l'autre côté des nuages.

Non loin du camp, je sentis le Cerf dans la forêt de pins, et j'inclinai mon vol pour descendre vers lui. Il dormait, pelotonné dans un boqueteau de fougères, son corps transparent en partie dissimulé par le feuillage, luisant doucement dans son sommeil. Je trouai la futaie souplement, me perchant sur une branche fine pour le contempler. Sa robe reflétait les nuances sylvestres de la nuit ; sa ramure qui dépassait des fougères accrochait quelques rayons de lune. Il était le miracle de la forêt, son plus beau secret. J'eus envie d'aller le réveiller… mais je me retins. Il avait maigri. Son corps autrefois puissant m'apparaissait aujourd'hui presque frêle. Sa lumière avait terni. J'atterris près de lui, le cœur gonflé de tendresse et de peine, catastrophée par tout ce qu'il avait subi ces dernières semaines. Les prédateurs le traquaient sans relâche. Il essayait de survivre au jour le jour ; il dormait et mangeait quand il le pouvait.

Je m'installai près de lui pour me reposer. La menace imprégnait tout.

*

Les bêtes brisèrent la paix de la forêt dès le lendemain. Elles arrivèrent alors que le Cerf cherchait de la nourriture. Il marchait lentement, essayant de trouver des pommes de pin. Le sous-bois en était jonché, mais il en manquait la plupart. Je ne savais pas pourquoi il peinait désormais à repérer la nourriture, ou l'eau, même quand elles se trouvaient devant son museau. La faim l'affaiblissait et il sursautait au moindre bruissement. Un grondement sourd retentit. Il dressa promptement la tête, les yeux et les naseaux élargis par la peur. Avant que j'aie le temps de comprendre ce qui se passait, il bondit comme un ressort et se mit à galoper de toutes ses forces. Je le suivis aussi vite que possible, m'élevant à peine au-dessus de la futaie pour rester près de lui. Les bêtes apparurent derrière nous. Elles étaient si nombreuses qu'une vague sombre parut avoir englouti le sous-bois. Je sentis la panique me gagner. Le Cerf fuyait à toute allure par-dessus les fourrés, franchissant plusieurs talus d'un seul saut, véloce comme un éclair. Je ne compris pas comment elles parvinrent à le dépasser. Mais alors qu'il dépassait un arbre couché, quatre d'entre elles se dressèrent devant lui. Sa lueur se rétractant avec la promptitude d'une corne d'escargot, le Cerf pila net, et fit un écart stupéfiant de vivacité, les évitant de justesse pour reprendre sa course sur la droite. Les prédateurs se jetèrent à sa poursuite, les mâchoires ouvertes. Il était si vif, si vif qu'il aurait pu leur échapper, si de nouvelles créatures ne lui avaient barré le chemin avec un rugissement. Le Cerf tenta alors d'obliquer vers la gauche et se précipita sur ceux qui le poursuivaient déjà. Ils fondirent sur lui tous en même temps : l'un d'eux le happa à l'encolure, un autre lui attrapa la patte postérieure, un troisième lui mordit la croupe... Le Cerf glapit de douleur, tentant de se dégager tandis que le reste de la meute chargeait. Sa terreur explosa dans mon cœur. Sifflant ma rage, je fondis toutes serres dehors sur le monstre le plus proche, visant les yeux. La créature battit en retraite, mais une autre prit sa place. J'attaquai. Je griffai. Je tailladai. Mes ailes frappaient frénétiquement. Alors que je commençais à faiblir, les bêtes semblèrent desserrer l'étau et, apercevant une ouverture, le Cerf bondit en avant pour leur échapper. Je volai après lui, soudain pleine d'espérance. Mais elles surgirent à nouveau de nulle part, en face de lui, et se jetèrent sur lui avec une ardeur renouvelée. Il se mit à pleurer de désespoir. Je replongeai dans la mêlée en criant ma révolte à la nuit indifférente.

Je ne sais combien de temps dura notre combat. Mais je sais que nous perdîmes. Je reçus quelques bons coups de dents, et les prédateurs le harcelèrent jusqu'à l'épuisement, jusqu'à ce qu'il se couche, vaincu, livrant son corps transparent à leur sauvagerie. Sa lumière argent sourdait de dizaines de plaies, et les bêtes se bousculaient pour la laper, grondant et montrant des dents. Si je n'avais été reliée à lui, j'aurais juré qu'il était mort. Il avait les yeux mi-clos, voilés, un filet de salive coulant de sa bouche. Il voulait mourir.

Elles finirent par s'en aller. Elles détalèrent comme des ombres dans les fourrés, sans un regard. Sur la robe du Cerf, les reflets de la lune se mêlaient au sang. Une idée me vint : j'allais les pister.

J'allais débusquer leur tanière, essayer de comprendre leur nature, de trouver leur point faible.

Le vent ouvrit mes ailes. Malgré sa prostration, le Cerf paniqua en me voyant les suivre – m'envoyant en pensée des avertissements frénétiques. Son inquiétude était si vive que j'hésitai. Mais il était trop tard. En partant toutes ensemble, les créatures avaient levé un vent de fond dont il me fut impossible de m'extraire, et je me sentis charriée comme un tronc dans un fleuve. Je m'éloignai à toute vitesse. Les prédateurs me tirèrent vers le nord comme un animal en laisse, la forêt défila sous moi. Ils couraient en meute, sans le moindre bruit. À l'approche d'une large clairière ornée d'allamandas, l'emprise se relâcha enfin. Je me mis à planer au-dessus d'eux. Ils couraient maintenant en cercle, formant une masse de plus en plus compacte et rapide. Lorsque leur ronde eut atteint sa pleine vitesse, le centre se dilua en une tache vert-de-gris indistincte. Tous mes instincts me criaient de fuir, mais je ne pus me détacher de l'anomalie. La spirale malsaine se mit à absorber les bêtes qui flottaient sur le dos dans une extase suspecte. Plus elle se dilatait, plus elle dégageait l'odeur d'une charogne.

J'aurais dû faire attention. J'aurais dû me douter que cette énergie maléfique, qui recouvrait petit à petit le brun des aiguilles tombées et les pétales jaunes des allamandas, grimpait aussi vers la cime des arbres. Il y eut un horrible bruit de succion. L'attraction fut immédiate, et je commençai à couler avant même de comprendre ce qui m'arrivait. Je résistai, me débattant pour remonter à la surface, mais je fus entraînée par le fond. Alors, j'essayai de retenir mon souffle. La tornade me secouait. Au bord de l'asphyxie, incapable de m'en empêcher j'inspirai une goulée d'ombre. Elle pénétra chacune de mes cellules avec une joie malsaine, imbiba ma chair, suça mes os… Mon être disparut et je fondis dans le cauchemar d'Eïvan.

Tristesse.

Le Cerf marchait dans un champ gris jonché de corps, de malades et de mourants. Les contours du paysage ne cessaient de se modifier ; un brouillard bas couvrait le sol boueux sans horizon. Rien de tout cela n'était réel, et je le savais : ici, je lisais dans le cœur d'Eïvan. Ce désastre. Hommes, femmes, enfants : tous tendaient vers lui des mains suppliantes. Le Cerf était affamé, assoiffé, épuisé ;

sa lumière pulsait faiblement comme une étoile mourante. Il tenait à peine debout. Pourtant, il allait d'une personne à l'autre, touchant leurs fronts de son museau. Celui ou celle qu'il effleurait commençait à guérir, mais il y avait tant de personnes à soigner. Le pays tout entier était malade. Et il était si fatigué.

Par-dessus une mer de corps qui agonisaient, il aperçut un ruisseau et sa soif enfla brutalement. De l'eau, quelques écorces peut-être, du repos… Il pencha sa tête cristalline vers la rivière et une fois de plus, ce qu'il y vit ne ressemblait pas du tout à la réalité. Cette fois, il ne s'agissait plus d'une brume vague, mais d'une créature contrefaite et abîmée – aux orbites laiteuses, au corps couturé de cicatrices, aux bois brûlés, rompus. Il ferma les yeux pour ne pas voir ce reflet. Après avoir arraché quelques feuilles à un fourré, il posa ses deux genoux à terre, s'endormant déjà. Immédiatement, le chœur des complaintes s'amplifia. « *Eïvan*, criaient-ils, *Eïvan… Aide-nous…* » Le Cerf essaya de résister. Il savait qu'il avait dépassé les limites de son organisme. Qu'il devait se reposer. Mais les voix redoublèrent, entêtantes, implorantes, et le Cerf se releva péniblement. Il repartit en boitant vers la personne la plus proche. Lorsqu'il céda à l'appel, je perçus le triomphe des prédateurs comme une vague féroce, et je compris : ils se servaient de sa bonté contre lui. C'étaient eux qui amplifiaient les voix des patients, eux qui lui faisaient croire que tout le monde allait périr, eux qui l'empêchaient de dormir, de se nourrir… Plus le Cerf était faible et plus il était facile à attaquer – plus ils l'attaquaient, plus il était sensible à leurs mensonges. C'était un cercle sans fin.

Je voulus l'avertir, m'envoler vers lui. Mais l'air ici n'en était pas, et lui-même n'était pas vraiment là. C'était l'espace entre les mondes. En remuant, je trahis ma présence : le chagrin de la scène se referma sur moi. Je descendis en spirale vers des abysses de plus en plus opaques. Les ténèbres cherchèrent à me noyer dans une série de visions déchirantes : le lointain passé d'Eïvan s'accrochait au malheur d'aujourd'hui pour revenir le torturer.

Un petit garçon de cinq ans serre le tronc d'un manguier de toutes ses forces, et sanglote. Son père l'a battu une fois de trop, tout son dos le fait souffrir. Sa mère a disparu depuis longtemps. Il est complètement seul.

Un jeune garçon de dix ans, au chevet de son institutrice mourante. Elle lui fait la classe dans une école au bord du fleuve, et il a besoin d'elle, mais elle va mourir, et il ne peut pas l'empêcher.

Une femme aux yeux en amande. Elle le quitte. Elle croise les bras comme pour se retenir de les tendre vers lui. « Je t'aime, Eïvan. Plus que je n'ai jamais aimé. Mais je n'arriverai jamais à te toucher, tu es une montagne inaccessible. Je n'en peux plus d'essayer. »

Plus tard, aux Monastères, un maître essaie d'annihiler le merveilleux reflet de l'adolescent – son daguet, encore tout jeune, qui se montre aux autres pour la première fois. Le faon essaie de s'enfuir, mais l'homme le capture. Il l'écrase d'une haine si intense que l'âme d'Eïvan se brise sous son regard.

Tellement de violence. Tellement de tristesse. Chaque vision alourdissait mes os et m'entraînait vers le fond, toujours plus bas. J'avalais une nouvelle goulée. Le vortex se mit alors à mélanger mes propres malheurs à ceux d'Eïvan, comme s'il cherchait la meilleure combinaison pour m'abattre.

Le souvenir de la solitude infinie entre les murs du Manoir s'engouffra dans mon cœur. Les nuits sèches comme la pierre, le désespoir de brume, l'hostilité tapie dans les couloirs. Combien de soirs à fixer le plafond du dortoir ? Comment pouvais-je vivre avec ce fantôme en moi ? Le flux me rejoua la mort de Mandine. La perte de l'Ahmra. La guerre qu'Eïvan avait tant voulu empêcher, les souffrances qu'il voulait tant apaiser. Sa propre solitude, comme une haute muraille. Comment pouvait-il vivre avec cette peine en lui ?

Puis tous les malheurs du monde fondirent sur moi : les mères, humaines ou oiseaux ou biches ou léopards qui avaient perdu leurs petits, les malades rongés de douleur, les hommes qui mouraient à quarante ans d'une vie courbée par le travail… les enfants, livrés au mal. Je criai, écrasée par le chagrin. Le flot rocailleux changea mon sang en boue.

Cette fois, je faillis me noyer. Mon être se vida presque entièrement, et à une plume près je périssais.

Mais dans le tourbillon furieux, je sentis distinctement une main passer sous mon ventre et me stabiliser. Son soutien me permit de replier mes ailes, de rentrer le cou, offrant moins de prise. Je crus que c'était Eïvan – c'était Ayelo. *Le fleuve sombre te ment,* jurait-il. *La bonté existe. Il existe des alliés.* Il était là, quelque part dans l'autre réalité, sentinelle d'amitié dorée. J'étais déjà si désespérée que je voulus le repousser ; lui aussi, il allait mourir, et le soulagement qu'il m'offrait serait arraché de mon âme à pleines poignées. Mais il persista. *Bats-toi. Cherche le bien.* Il refusait de me laisser couler. Si je disparaissais, je le laisserais seul dans la tempête face au naufrage d'Eïvan, à l'extermination de notre peuple, et il n'était pas sûr d'y arriver. Le découragement – le fleuve sombre – insinuait déjà ses doigts dans son esprit. J'eus peur de l'entraîner avec moi.

Alors, pour lui, je commençai à remonter à contre-courant. Sur la terre désolée soufflait le vent âpre du manque d'amour. J'étais sûre qu'il n'y avait rien d'autre. Mais je découvris, dans un recoin de mon enfance, une touche de mauve, minuscule fleur d'une herbe sans nom. Je cueillis, non pas la fleur, mais la couleur, la sensation, que je serrai contre mon cœur. Quelqu'un m'avait aimée. Avant Colin et le Manoir, quelqu'un dont j'avais oublié le nom, qui était toujours heureux de me voir. Aiguillonnée, je redoublai d'efforts. Le vortex tenta de m'aspirer à nouveau, mais je résistai, et je nageai, ou je volai, cherchant les alliés. Un bleu vibrant m'attira. Une nuit au Manoir. Au-dessus du balcon de la tour, la lune était entourée d'un pâle halo. L'épaule de Damien pesait contre la mienne. Je savais que même si nous étions séparés un jour, notre lien formerait toujours une réalité solide et puissante sur laquelle nous adosser. Bleu roi, l'amour de Damien, qui ne mourrait jamais.

Plus tard, dans ma vie, une femme enchantée me serrait contre elle. Je venais de peindre son portrait. Carmin, la joie de voir mon art apprécié. Un cheval me poussait du museau, affectueux. Beige clair. Mon corps qui dansait, soudain libre, dans une fête foraine : rose. L'odeur des cannes à sucre dans le soir : caramel.

Peu à peu, j'accumulai les filaments de bonheur, et le fleuve opaque perdit de sa puissance. Je sentis se diluer le gluant de sa texture, et je remontai lentement à la surface. Le contact d'Ayelo s'effilocha, il s'était épuisé à me soutenir. Il chuchota : *Eïvan*, et disparut dans le tissu épais du réel. Mais j'avais compris. L'espoir qui naquit dans mon cœur créa de puissants remous dans le courant. Si je pouvais ressentir les souffrances de celui que j'aimais, je pouvais aussi récolter ses joies.

Nageant frénétiquement, je partis à la recherche des alliés d'Eïvan.

Je découvris d'abord un chat dans la vie du petit garçon. Un chat errant qu'il retrouvait quand il allait à l'école, auquel il donnait des morceaux de viande ou de poisson subtilisés lors de ses repas. Le chat ronronnait comme un four, frottant sa petite tête ronde sur ses chevilles. Son amour était pur. J'en cueillis la chaleur, jaune orange comme un feu de camp, et je continuai. Aux Monastères, la gentillesse du Chouri rayonnait en violet, comme le crépuscule sur les contreforts. Le regard bienveillant du vieil homme apaisait délicatement, presque à son insu, les stupeurs d'une enfance aberrante. Je pris la sensation violette entre mon bec, goûtant sa fraîcheur avec reconnaissance.

Pitro, me dis-je soudain, tandis que sa personnalité explosait comme un éclair dans le magma au-dessus de moi. Presque en riant, je volai de toutes mes forces vers lui, vers son inaltérable loyauté, sa farouche volonté de protéger Eïvan – et je ramassai une pleine poignée de rouge, de corail, de vermeil étincelant. *Voilà pour le Cerf*, pensai-je, *voilà contre les monstres*. Puis j'évoquai Mandine. Je n'étais pas sûre de la trouver, mais elle était bien là. Une tendresse ivoire, lumineuse, sereine – un amour qui plongeait des racines aussi profondes et anciennes qu'un mahogany. J'en cueillis la sensation, et j'en pris quelques filaments pour moi aussi, et leur douceur fit reculer l'ombre de plusieurs empans. Enfin, je retrouvai Ayelo. Seul conscient de mes efforts, il m'attendait au bord du monde. Il m'apparut curieusement sous la forme d'un ours. Des bulles dorées pétillantes d'humour, de joie et d'affection éclatèrent autour de lui. J'en récoltai pour moi – et pour Eïvan je ramassai la couleur turquoise de son admiration, de sa dévotion.

Nous avions des alliés. Nous en avions tant.

Le visqueux du fleuve s'était presque entièrement dissous ; les émotions dans lesquelles je flottais étaient devenues inoffensives. Avec dégoût, le vortex me cracha comme un noyau sur la terre ferme. Je tombai en vrac sur les aiguilles mortes, sans plus savoir si j'étais femme ou faucon. Le tapis souple craqua. Il faisait jour. J'avais passé la nuit à me débattre. Dans la contemplation du bois, dans l'odeur de résine, dans le chant des oiseaux, je retrouvai petit à petit mes serres et mes plumes. Je me dressai sur mes pattes et battis des ailes avec lourdeur, tenaillée par le besoin de m'éloigner au plus vite du gouffre sombre. Depuis le faîte d'un sapin, je vis la tache olivâtre se rétracter et disparaître complètement, pour ne laisser que le lichen et la forêt ensoleillée.

Le Cerf était couché où je l'avais laissé. Il gisait sous un filao monumental, ses bois écrasant un pied de basilic sauvage. Son corps transparent reflétait les rayons chauds du soleil. Je savais qu'il était conscient, mais il ne bougeait pas du tout, comme s'il ne voulait pas revenir. Tout son corps le faisait souffrir. Je percevais son accablement derrière l'épais brouillard de ses douleurs. Il n'avait plus la force de se relever. Il n'avait plus la force de vivre.

Quand j'atterris près de lui, il ne réagit pas davantage. Je me perchai d'un coup d'aile sur ses bois, et déversai sur lui toutes les bribes de couleurs et d'amour, de bienveillance et de protection que j'avais arrachées au fleuve. Ses flancs frémirent. Derrière le mur de sa torpeur et de sa douleur, je le sentis surpris tandis que l'amour pleuvait sur son corps. *Alliés !* Les rubans pansèrent sa transparence. Il s'endormit, réconforté, sous un arc-en-ciel de promesses qui infusaient doucement.

*

Les jours suivants, il ne parvint pas à se redresser, alors je m'occupai de lui. Je chassais des aiguilles jeunes, des pommes de pin et des morceaux d'écorce que j'arrachais tant bien que mal… Il mangeait pelotonné. Je recueillais dans mon bec de l'eau d'un ruisselet voisin et la versais directement dans sa bouche. Il me fallait faire d'innombrables vols pour étancher sa soif. Si les rubans avaient chassé ses humeurs les plus sombres, il restait très faible. Il acceptait mes soins avec passivité et une reconnaissance brumeuse. Le quatrième matin, je déposai devant lui un brochet encore vivant et trempé : son amusement dégoûté quand le poisson frappa le sol, battant la queue et projetant des gouttes d'eau, fut le premier signe de son rétablissement. Il poussait fréquemment les couleurs du museau, comme s'il voulait vérifier qu'il n'avait pas rêvé. *Alliés.* Il éprouvait une gratitude touchante à l'idée que cet amour lui appartienne vraiment.

Autour du cinquième ou sixième jour, il réussit à se mettre debout, et alla directement au ruisselet pour y boire tout son saoul. Je l'observais baisser la tête vers le courant lorsqu'un grondement sourd monta au loin, semblable à une avalanche de roches. Je le reconnus immédiatement. Les prédateurs. La terreur obscurcit un instant ma vision. Ils apparurent, babines retroussées, les yeux luisants d'une haine implacable, et le Cerf se mit à trembler, bien trop fatigué pour fuir. Alors, dans sa fourrure, les « rubans » de nos alliés se mirent à briller. Je les avais presque oubliés tant ils s'étaient mêlés intimement à sa transparence. L'amour féroce que lui vouait Pitro se mit à rayonner alors que les bêtes approchaient, la pure dévotion d'Ayelo, la douce tendresse de Mandine, la reconnaissance inaltérable de tant de patients qu'il avait soignés à l'Ahmra… Grognant, les bêtes reculèrent. Rouge, parme, doré, vert, bleu… Elles se mirent à tourner en rond, comme désorientées. Cela suffit pour que le Cerf puise en lui la force de bondir entre les fougères, les semant complètement. Ma joie perça en un long *Piiii* de victoire.

Dans le bois redevenu paisible, il tituba vers un taillis. La lumière dorée se reflétait sur sa robe tandis qu'il se roulait en boule, exténué. Je me perchai sur une branche haute et montai la garde une bonne partie de l'après-midi. Quand je fus sûre que les bêtes ne reviendraient pas, je me posai près de lui. Il était chaud. Alors que je me blottissais contre son flanc, il ouvrit un œil, puis l'autre, et se mit à m'inspecter avec une franche curiosité. De minuscules étincelles se mirent à danser devant mes yeux, comme de la poussière dans un cône de lumière, puis je sentis quelque chose de très léger me toucher. Sa radiance m'enveloppa. Tout doucement, elle pénétra mon corps et fit tinter mes cellules. Elle me toucha comme un rayon de soleil un jour de grand froid… comme une brise légère un jour de grande chaleur… comme une eau pure. Mon cœur harassé s'allégea, plein de gratitude, tandis qu'elle s'infiltrait dans mon souffle et en chassait les dernières volutes de l'ombre. Sa gentillesse étancha une soif immémoriale.

24

Le feu

Journal d'Eïvan, cahier 5.

Nous grandissons dans les mensonges. Alors que nous aspirons à l'harmonie, nous recevons la discorde. Alors que nous aspirons à la bonté, nous recevons la haine.
Il y a en nous une présence pure et simple, mais, rudoyée, cette présence se recroqueville. Nous la protégeons par une « personnalité » – tous ces mensonges qui nous aident à survivre en ce monde.
Je ne veux pas être aimé, je veux du pouvoir. Je ne veux pas être accepté, je veux être riche.
Je ne veux pas que mon être le plus fragile, le plus vrai, brille enfin à la surface du monde – d'ailleurs il n'existe pas – non, ce que je veux, c'est la gloire.
Nous mentons. Mais notre aspiration à la vérité est inextinguible. Et l'appel, tout au fond de nous, continue à retentir.

Quand je me résolus à quitter le Cerf pour rejoindre la horde des prisonniers, il avait repris des forces. Ses blessures guérissaient. Il voyait mieux la nourriture sur les arbres ou le sol, et son éclat brillait à nouveau de l'intérieur. Les bêtes étaient revenues et avaient dû reculer une fois de plus, devant les rubans des alliés. Elles étaient beaucoup moins nombreuses. Je savais que nous l'avions échappé belle, lui et moi, qu'il s'en était fallu d'un rien pour qu'ait lieu l'attaque de trop, l'agonie de trop, et que le Cerf ne relâche dans l'azur la lumière de son âme. Mais il avait survécu et le répit semblait durer. Mon soulagement n'était tempéré que par ses souvenirs : au cours de sa vie, les créatures avaient toujours trouvé un moyen de resurgir.

Pour l'heure, en tout cas, il allait mieux, et les rubans brillaient doucement sur sa robe. Je lui dis au revoir en fourrageant dans le crin de son cou. Nos âmes se saluèrent en se touchant avec la timidité, la délicatesse de petits poissons, puis se mêlèrent dans une danse lisse. Avec tout mon amour, je lui promis de revenir. *Je te serai fidèle jusqu'à la mort.* Ses oreilles frémirent. Il me suivit des yeux tandis que je m'éloignais.

Je retrouvai la horde juste avant le lac : ils m'apparurent d'abord comme un simple bandeau brun puis, alors que je m'approchais, comme un serpent boueux qui ondoyait sur la prairie. Encadrée par les caravanes bleu et or des soldats aux lancettes étincelantes, c'était une foule immense. Elle soulevait de la poussière sur plusieurs lieues. Les odeurs, des effluves de malheur et de peur, me parvinrent portées par la chaleur du sol… Je survolai la cohorte, cherchant Eïvan et les autres dans cette foule de misère, cet océan de têtes sales. Leurs cheveux étaient gris, noirs, roux, blonds, leurs peaux plus ou moins foncées, mais ils se ressemblaient tous. Ils étaient maigres, brûlés, en loques ; des restes d'humains réduits à presque rien. Les os de leurs clavicules pointaient, leurs bras étaient comme des bâtons, leurs pommettes saillaient. Leur passivité me révolta : je me mis à crier dans le ciel, un caquètement de défi, pour les inciter à se battre. *Libérez-vous !* piaillai-je. Pas un ne réagit. Je m'inclinai, et planant au-dessus de leurs épaules, je renouvelai mon appel, dans une série de glapissements secs qui finirent par attirer leur attention. Sous moi, quelques personnes levèrent des visages émaciés, badigeonnés de terre pour se protéger du soleil. Je les encourageai. *Libérez-vous ! Libérez-vous !* D'autres marcheurs me remarquèrent. Enfin, ils m'écoutaient. *Libérez-vous !*

Le chuintement me prévint juste à temps : d'un brusque crochet dans le ciel, j'évitai une flèche tirée sur ma gauche. Elle alla se perdre dans la prairie. Je lançai un cri de colère, et virai de bord pour repérer mon agresseur. Il se tenait sur un cheval et encochait un autre carreau, les yeux baissés. Je piquai, me redressant au dernier moment pour présenter mes serres, et lui labourai le crâne avec furie, laissant de profondes estafilades entre ses nattes. Il brailla, lâcha l'arc, portant les mains à sa tête pour se protéger. *Voilà comment on fait pour se défendre*, lançai-je aux prisonniers, *par le sang !* Je remontai à tire-d'aile alors qu'un homme hurlait aux soldats de « tuer cette maudite buse »…

Depuis les nuées, le ruban de marcheurs zébrait de marron la prairie vert pâle. Lorsque l'air pur m'eut suffisamment apaisée, je redescendis en spirale, tentant à nouveau de repérer Eïvan. Je lançai des appels aigus, prenant soin de rester hors de portée des flèches. Enfin, je finis par le localiser. Il marchait en soutenant une femme, son visage barbu brûlé par le soleil. Il tourna la tête vers moi. La limpidité de son regard noisette me transperça.

Par précaution, je décidai d'attendre la nuit tombée pour me poser. Mais les étoiles apparurent, et la horde avançait toujours. Deux personnes s'effondrèrent. On les laissa par terre. Ce n'est qu'en atteignant la bordure ouest du lac Boga que le cortège s'arrêta. Il fallut encore de nombreuses heures avant que le campement ne soit installé : les caravanes du Concile s'établirent le long des berges, les soldats encerclèrent les captifs dans la prairie. J'essayais de ne pas perdre Eïvan de vue au milieu de la masse grouillante. Il rassemblait des gens autour de lui, organisait le nid. Des toiles de tente fleurissaient un peu partout, même du côté des déportés. Les soldats désignèrent des dizaines de prisonniers pour amener à boire dans chacune des zones du camp, et quelques feux furent allumés pour la cuisine. Sous la lumière de la lune, sans couverture boisée, j'y voyais comme en plein jour. Il n'y avait pas d'arbre où je puisse me percher, alors je planai au-dessus du groupe ; puis, fatiguée, je filai vers un îlot que j'avais aperçu au milieu du plan d'eau. Quelques arbustes bas y poussaient, et un ragondin plongea souplement dans le lac en me voyant arriver. Un crabe n'eut pas cette présence d'esprit. Je m'en saisis avant qu'il ne puisse regagner son trou et, d'un coup de bec, cassai sa coquille bleue. Sa chair était sucrée et chaude. J'en attrapai trois avant d'être rassasiée et attendis, pelotonnée derrière un buisson. Le vent ridait doucement la surface étale et noire de l'eau. Des mouvements lents sous la surface trahissaient de gros poissons. Je m'endormis peut-être. Le ciel blanchissait, l'aurore naissante se mirait sur le lac quand l'activité cessa enfin dans l'immense camp sur la berge. Je pouvais tenter mon entrée.

Eïvan veillait assis au milieu des nôtres. J'atterris à l'écart, en faisant le moins de bruit possible, derrière un groupe compact de cinq ou six dormeurs qui ronflaient serrés les uns contre les autres. Après avoir vérifié que personne ne me regardait, j'entamai le retour dans le Lieu de pensée. Je dis adieu à la liberté, adieu à la sauvagerie et au vol, adieu à la dignité. Je replongeai dans l'enfer de notre condition, avec une amertume et un regret dont l'intensité me surprit. Lorsque je sentis mon dos sur le sol, je m'accordai quelques instants, yeux fermés, pour m'habituer à la texture de ma peau, à mes doigts plus souples que les serres, mais si fragiles, à la puanteur de cette gigantesque prison à ciel ouvert. Je faillis repartir, je jure que je faillis. La vibration saine des forêts me semblait irrésistible, tellement plus vraie ; l'intégrité du faucon, tellement plus juste. Puis je perçus un mouvement près de moi. Lentement, je me mis debout. Eïvan se tenait là. Son front et son nez avaient pelé, ses lèvres étaient craquelées et ses yeux cernés de noir. Il avait tellement maigri. Il me contempla sans rien dire, le visage triste, et pendant un instant, j'eus peur. J'eus peur que tout mon voyage n'ait servi à rien, que son esprit soit toujours pris dans l'étau du malheur, comme la patte d'un animal dans un piège à mâchoires. Mais il inclina la tête et, d'un ton aussi doux qu'une caresse, me dit : « Qui sommes-nous, nous les pèlerins, dans le matin levant ? » Je sentis monter dans ma gorge un sanglot de soulagement. J'avais cru ne plus jamais l'entendre. Entre mes larmes, je balbutiai : « De merveilleux remous dans le fleuve de la vie.

— Oui. » Il s'approcha de moi, me prit dans ses bras : « Je m'en souviens à présent. » Sous mes mains, je sentais les muscles de ses épaules et ses omoplates. Son cœur battait. Tout désir de repartir m'abandonna. « Nous allons sûrement mourir, tu sais. Retourner au fleuve », ajouta-t-il très bas, sa voix grave presque cassée. Je le serrai fort. Nous restâmes debout dans l'aube bleue, au cœur de la folie dévastatrice de notre époque.

*

J'avais passé trois semaines dans le Lieu de silence. Trois semaines. J'avais défait le plus grand danger contre lequel Eïvan nous mettait en garde – ce courant d'énergie sombre, l'espace entre les mondes –, et désormais je pouvais m'y rendre sans crainte. Avec le ciel à portée de serres, je peinais à me réinstaller dans la servitude humiliante de notre quotidien. Le campement s'étendait au soleil, immense et misérable. Le sol de sable et d'herbe drue était uniformément plat. La cage, la promiscuité des milliers de prisonniers, notre incroyable passivité m'étaient insupportables. Une dizaine de personnes, dont l'instituteur Maker, avaient réussi une évasion quelque temps après mon envol, mais tous les autres restaient prostrés. Ils erraient dans l'enceinte comme des fantômes, les yeux caves, les visages tannés. Leurs habits loqueteux pendaient sur eux. « Pourquoi ne les attaquons-nous pas ?! explosai-je, devant Eïvan. Pourquoi nous laissons-nous mener à la mort ?! » Le guérisseur sourit tristement : « C'est le faucon qui parle en toi. » Il pratiqua quelques passes pour ancrer mon esprit. L'appel des cieux faiblit. Mais la cage resta.

Le plus difficile, sans doute, fut d'accepter l'idée que je ne reverrais jamais Mandine. Le Lieu de silence n'avait pas effacé sa mort, et mon esprit humain avait beaucoup plus de mal à l'accepter que mon esprit animal. Je ne cessais de la chercher, aux côtés d'Eïvan, d'Ayelo, au chevet des blessés… Son départ avait laissé dans mon cœur une plaie béante qui ne guérirait que très lentement… Mais elle guérirait. Pour moi comme pour Eïvan. La douleur intolérable qui l'avait supplicié avait cédé le pas à un chagrin plus humain, plus supportable. Il allait mieux. Il travaillait toujours trop, il s'occupait de tout le monde, mais il allait mieux. Ayelo me le confirma : « Il est redevenu lui-même. Il dort, il mange, et il n'aboie plus. » La description m'arracha un sourire. Le jeune guérisseur m'avait serrée contre lui, soulagé de me voir revenir alors qu'il m'avait pensée perdue. Le fléau du Mal sec avait disparu à mesure que la caravane s'éloignait des lieux de l'épidémie. « Geltie pense que c'était dû à l'eau du ruisseau, près de La Ferté. Des soldats ont parlé d'un mal semblable dans certaines villes où les caniveaux ont débordé. Quand nous avons quitté le site, les cas se sont raréfiés. »

L'exode ne reprit que vers le milieu de l'après-midi. À l'approche des déserts, les Kétas s'épargnaient les heures les plus chaudes en ordonnant les départs quand la température baissait, et poussaient les prisonniers jusqu'au petit matin. Cela évitait les insolations. Mais comme la nourriture se faisait de plus en plus chiche, les plus faibles mouraient sur le bord du chemin. Eïvan et Geltie installèrent les blessés dans les carrioles. Cela se passa calmement, sans la frénésie et la panique des premiers jours. En cette fin de journée venteuse, l'immense troupe s'ébranla vers la grande forêt de pins au sud. Il nous faudrait probablement plusieurs heures pour dépasser le lac Boga. C'était le plus grand de Zanabé : une histoire pour enfants racontait qu'un géant avait recraché ici toute l'eau du désert. Derrière la pinède, les montagnes de l'Erad dessinaient une lointaine aquarelle. Partout, des soldats et des carrioles militaires ruinaient la vue.

Profitant qu'Eïvan soit occupé avec les blessés, je racontai mon périple à Ayelo – le calvaire du Cerf, les prédateurs qui l'attaquaient, le puits du Mal et les rubans des alliés. Il écouta mon récit avec intensité, compassion, angoisse, n'ayant perçu, de ce côté-ci de la réalité, que mes sentiments et mes sensations. Quand j'évoquai son reflet, il se tourna vers moi brusquement, ému. « Un ours, murmura-t-il, mon reflet est un ours… Tu es sûre ? » Puis, avant que je puisse répondre : « Mais bien sûr… je l'ai toujours su… » Il sourit, les larmes aux yeux. « Il est là. Comme Eïvan nous l'a toujours appris. Je viens de le sentir. Juste là… »

Les semaines dans le Lieu de pensée n'avaient pas été de tout repos non plus. Eïvan avait fait un second coma, encore plus effrayant que le premier. Mais une fois revenu à lui, le guérisseur s'était assis en tailleur et leur avait demandé de l'encadrer pour qu'on ne le dérange pas. « Il est resté longtemps tranquille, les yeux fermés, puis il a porté ses mains à son cœur et je l'ai vu respirer profondément, comme dans les huttes. Quand il s'est relevé, ses yeux étaient calmes. Ouverts. Il avait l'air épuisé, mais soulagé. » Nos regards se tournèrent vers lui : il encourageait une femme, souriant chaleureusement. Je n'avais pas vu cette expression depuis des semaines. Je le contemplai, pleine de respect pour cette magie séculaire – cette réalité en miroir. *Ce qui se produit dans le Lieu de silence se produit aussi dans le Lieu de pensée.* Ayelo n'avait aucun doute sur la nature des prédateurs : désespérance, culpabilité, peur… un pot-pourri d'énergies destructrices qui assaillaient le guérisseur lorsque l'horreur le submergeait. Pour avoir vu les bêtes de trop près, j'avais du mal à y croire. Elles mordaient. Elles griffaient. Elles pouvaient même tuer. Mais les « rubans de couleur » avaient fonctionné, exactement comme me le décrivait Ayelo, et Eïvan était redevenu lui-même.

« Donc, lui demandai-je, quand les prédateurs terrassent le Cerf, Eïvan succombe au désespoir ?

— Et quand il succombe au désespoir, les prédateurs terrassent le Cerf, oui. Ça marche dans les deux sens. »

Eïvan nous rejoignit et nous eûmes le bon sens de changer de sujet. Il n'aurait pris aucun plaisir à nous entendre évoquer son supplice. Il en prit beaucoup, en revanche, à écouter Ayelo me demander pour la quinzième fois de décrire son ours. Le guérisseur posa ses mains sur nos épaules : « Merci, souffla-t-il timidement. Je sens votre amour pour moi, à présent. C'est lui qui m'a ramené. Sans vous, je ne serais pas là. » Ayelo le contempla. « Tu nous remercies de t'aimer ? Mais de rien », s'esclaffa le jeune homme. Le ciel se teintait de doré, renvoyé par le miroir poli de l'eau. Des canards bleu irisé se poursuivaient sur la surface, le cou dressé ; et de petits hérons blancs croisaient des oiseaux pêcheurs au plumage brun. Au loin, la tête de la horde avait déjà dépassé les bords du lac. Je commençais à fatiguer. Après trois semaines dans le Lieu de silence, j'avais perdu l'habitude des marches forcées. Notre rangée quittait à son tour les berges pour longer la forêt lorsque les soldats commencèrent à allumer les torches. Au loin, les grands pins balançaient leurs cimes fines au vent. Il n'y avait pas de pins à l'Ahmra. J'avais mal aux pieds. Je ne voulais pas céder au découragement, pas si vite, pas alors qu'Eïvan allait mieux, mais à l'idée de peiner jusqu'au petit matin, mes pensées se raccourcissaient. Je levai les yeux vers le ciel assombri, où s'éveillaient les premières étoiles. Si seulement je pouvais voler…

Eïvan me toucha le dos, et je me rappelai que j'avais un dos. « Non », murmura-t-il, son regard plein de compassion. Je lui adressai un pauvre sourire. Je ne prêtai pas attention aux premiers cris quand ils éclatèrent devant nous : des démêlés avaient eu lieu tout l'après-midi avec les Coccinelles, qui entraient matraquer les prisonniers sous n'importe quel prétexte. Mais les cris s'élevèrent à nouveau, plus fort, à l'avant du cortège. Une clameur, bientôt suivie d'une autre, et l'appel d'un troupier : « ATTAAAQUE !!! » Les clairons de bronze sonnèrent les uns après les autres, se répercutant le long des lignes. Précipitamment, les fantassins sortirent leurs lancettes et se mirent en garde.

Ensuite seulement je vis les ombres surgies de la forêt.

Innombrables, des cavaliers et des rangs d'hommes à pied fondaient sur nous. Des silhouettes ourlées par la lumière de la lune, dont la plus grande masse affluait vers les caravanes de tête en hurlant. Des coups de feu percèrent la nuit, assourdissants, dessinant de brèves traces rouges dans l'obscurité, mais ces coups de feu venaient des attaquants. Ils touchèrent des soldats montés qui s'effondrèrent. Que se passait-il ? Au cri de « Libertééééé !! », la déferlante des assaillants atteignit les gradés qui voyageaient à l'avant, frappant à coups de lances ou de dagues. Autour de moi, toutes les Coccinelles commencèrent à courir vers la zone où se concentrait l'attaque. Un tollé de douleur et de rage explosa partout. L'assaut, féroce, rapide, prit les militaires au dépourvu… et nous aussi. Eïvan, Ayelo et moi reculâmes pour nous éloigner des combats. Tout le monde recula. Seul le Concile disposait d'une telle puissance de feu, de tant de combattants…

Un homme qui s'était jeté en arrière me percuta durement au front. Je manquai de tomber. D'autres fantassins continuaient à remonter rapidement de la queue du cortège, visages féroces ; les cavaliers kétas passaient, lancettes au clair, sans se préoccuper des prisonniers sur leur chemin. Devant, la bataille s'amplifia, une bataille d'ombre, dans un vacarme de beuglements, jurons, gémissements mêlés au choc métallique des armes. Il me fallut un moment pour m'apercevoir que les attaquants ne portaient ni nattes ni colliers de famille, et ne frappaient pas les Lius.

Ils n'étaient pas là pour nous massacrer. Peut-être étaient-ils des nôtres. Je regardai mes compagnons. Leur expression trahissait la même surprise.

Une caravane prit feu et l'odeur du bois incendié se fondit à l'âcreté du sang et de la sueur. Des soldats kétas prenaient la fuite, tandis que d'autres se reformaient en bataillon pour faire face aux attaquants nocturnes. « PAR LÀ ! hurla quelqu'un, PAR LÀÀÀÀ ! » et je ne sus pas de quel camp provenait la voix. Les Lius n'avaient jamais gagné une bataille contre les Kétas, jamais dans toute notre histoire. Nos ennemis avaient les armes, le nombre, l'expérience militaire. Ils nous avaient toujours massacrés. Mais cette fois-ci, l'impensable était en train de se produire. Les Lius s'étaient procuré des fusils. Des détonations continuaient de retentir dans la plaine, de rapides flammes crevaient la nuit, et des Coccinelles tombaient comme des cannes coupées. Un puissant souffle d'espoir me traversa soudain : nous étions plus nombreux. Nous pouvions les déborder.

Nous pouvions nous échapper.

La révélation m'étourdit. Eïvan et Ayelo, à quelques pas de moi, surveillaient le chaos avec méfiance. Je bondis vers eux et leur secouai le bras, désignant les arbres, la plaine illuminée par la lune : « Venez ! Il faut courir ! Allons vers la forêt ! C'est la Résistance qui vient nous délivrer ! » Tous deux me décochèrent un regard vide. Je ne savais pas si c'était vraiment la Résistance, mais je m'en fichais. Une telle occasion ne se représenterait pas. Tout à coup, un homme se détacha du convoi des prisonniers en tenant par la main sa femme et son fils, se précipitant vers la masse sombre des pins au loin. Il fut bientôt suivi d'une autre personne, puis de trois, cinq, dix… Une vague de captifs commença à fuir vers l'orée du bois. Les gens avaient compris. « Venez ! » criai-je encore, ma voix cassée par la tentative de couvrir le tumulte ; et je fis quelques pas en leur faisant signe de me suivre.

Il y avait quelque mille pas entre le cortège et les premiers pins, deux mille tout au plus. Quand je me retournai, ce fut pour voir passer bon nombre de gens de l'Ahmra – un étudiant, l'aide-cuisinier qui avait guéri de son tir de chevrotine, l'institutrice avec sa famille… Mais Eïvan n'avait pas bougé. Ayelo se tenait à quelques pieds devant lui, regardant en arrière, vers les carrioles des blessés. « Taena, cria-t-il, nous ne pouvons pas laisser les blessés ! » À l'avant, l'incendie flambait haut, projetant des langues orange dans la nuit, et la bataille redoublait d'intensité. Je revins sur mes pas, sentant une révolte rouge s'emparer de moi. *Suffit*, protesta le faucon de mon âme. On ne pouvait pas mépriser la vie à ce point. J'allais les tirer par le col s'il le fallait, les traîner derrière moi comme une chatte traîne ses petits.

Une voix hurla soudain dans la caravane de tête : « Protégez le Distinguéééé ! » Je crus reconnaître le général Desportes. Les résistants attaquaient la caravane du Distingué. Férocement, je priai pour qu'il tombe sous leurs coups. Jamais quelqu'un ne l'avait davantage mérité. Tout autour de moi, dans l'obscurité et la confusion, des gens me bousculaient en se précipitant vers la forêt ; mais Eïvan et Ayelo, eux, revenaient en arrière, vers les blessés. C'était insensé. Remontant la foule à contre-courant, je courus vers eux. Puis, un mouvement sur ma gauche attira mon attention : à pied et à cheval, une trentaine de soldats revenaient de la tête du cortège, lancettes au clair. Leurs lames reflétaient des couleurs de l'incendie. Ils se jetèrent furieusement sur les prisonniers qui s'échappaient. Une escouade de résistants s'interposa. Ils exhortaient : « FUYEZ ! Fuyez, mes frères ! » Devant moi, l'un des combattants à cheval, un homme lourdement charpenté, fit tomber son sabre à la verticale sur un Kéta à pied et ouvrit sa tête comme un coco. Je bénis la nuit qui voilait le spectacle de la cervelle éparpillée. Un soldat attrapa l'un des résistants montés et le désarçonna, mais le cavalier, visiblement harnaché à son cheval par la ceinture, resta accroché à la selle qui tourna sur elle-même. Il se retrouva les pieds en l'air, le crâne cognant par terre, et son assaillant l'acheva d'un coup de dague en pleine gorge. Le fantassin s'éloigna et tomba à son tour, quelques pas plus loin, sous le fer d'un Liu. Le cheval ruait, dérouté par les rebonds de son cavalier mort.

Dans ce capharnaüm, il me fallut un moment pour le reconnaître. Vêtu d'une tenue noire qui se fondait dans la nuit, sur une monture tachetée, Dan distribuait des coups de sabre avec une efficacité brutale. Son front était crispé par l'effort, luisant de sueur, ses yeux durs ; il était l'un de ceux qui répétaient : « Nous sommes venus vous délivrer ! Fuyez ! » et il poussait les gens du plat de son arme vers la forêt. Il coupa le bras d'un soldat d'un seul geste. Le troupier s'effondra à genoux tandis que le sang jaillissait de son épaule. Je criai son nom, et le jeune homme se retourna, saisi. Un sourire éclaira brièvement son visage lorsqu'il nous reconnut tous. « Océa soit louée », lâcha-t-il d'une voix rauque. Dirigeant son cheval vers celui qui portait encore le mort bringuebalant, il coupa sans façon la ceinture qui retenait le corps à la selle. L'homme s'effondra en tas sur le sol. « Montez, ordonna Dan. Fichez le camp. Nous n'allons pas tenir longtemps. Droit vers la forêt. Des frères vont vous aider. » Il n'accorda pas davantage de temps aux retrouvailles. Un peu plus loin, un résistant était aux prises avec deux Kétas. Il s'élançait déjà quand Eïvan l'arrêta : « Dan », et sa voix sonna comme un gong malgré le fracas alentour. Le jeune homme tourna la tête vers le guérisseur, vers son regard sans fond. « Je sais », dit-il à Eïvan. Puis, dans un coup de menton : « Grand-père est avec la Résistance. Fuyez vers la forêt, on vous conduira à lui. Allez-vous-en ! » Et il tourna les rênes, galopant jusqu'à la mêlée.

Eïvan pivota lentement vers les pins. Je sentis son esprit osciller, considérer la fuite, l'hypothèse de la liberté. Il y eut un moment de pure immobilité entre nous. Au sein de cette tornade de violence, le temps s'étira, dense de son hésitation.

Aurait-il fini par prendre une décision si Jamol n'était apparu à ce moment-là ?

Et laquelle ?

Seul, à cheval, l'officier kéta remontait les rangs au trot, comme s'il cherchait quelque chose. Lorsqu'il nous vit, il s'arrêta net. Le désespoir m'envahit. *Non. Pas maintenant. Pas si près du but.* Il fixait Eïvan d'un air farouche, la bouche tremblante. Le guérisseur leva vers lui un visage épuisé. Tout mon corps se tendit, prêt à bondir si Jamol sortait sa lancette – j'avais encore assez de faucon en moi pour ne plus craindre son rang. Mais le soldat mit pied à terre et fit signe à Eïvan de prendre le licol.

« Va-t'en, Liu. » Il recula de quelques pas. Mon cœur se mit à tonner dans ma poitrine.

« Eïvan, dit encore Jamol d'une voix étranglée. Va-t'en. »

Les yeux d'Eïvan s'emplirent de larmes. Il avança lentement et saisit les rênes en tremblant, sans le quitter du regard. Le cheval ne broncha pas. Les deux hommes se contemplèrent, et le guérisseur inclina la tête. « Merci, Lokris. » Puis il ajouta, avec la douceur poignante qu'il réservait à ses patients : « Je ne sais pas si nous nous reverrons. N'oublie jamais ce que je t'ai dit à l'Ahmra… Tu es le bienvenu sur cette terre. Nous le sommes tous, du plus petit des œufs au plus haut des arbres. » L'officier kéta prit une inspiration hachée, ses yeux bleus brillants comme des billes dans son visage de marbre – et il se fondit dans le chaos.

La scène s'était déroulée très vite. Eïvan le regarda partir en retenant le cheval par les rênes. Il sembla ensuite se rappeler où il était et se tourna vers nous : « Allons-y. » La joie bondit en moi. Il me confia la bride, puis marcha d'un pas décidé vers celui qu'avait libéré Dan, redressa et resserra la selle avec une caresse rassurante sur l'encolure de l'animal. « Prends celui-là, Ayelo », commanda le guérisseur. Il m'aida à enfourcher la monture de Jamol avant de s'installer derrière moi. Deux mois auparavant, un cheval aurait souffert à supporter mon poids en plus de celui, conséquent, d'Eïvan. Mais nous avions tellement maigri.

Nous partîmes vers la forêt au petit trot. La libération était si proche. Sur la plaine, des Kétas arrêtaient les fuyards de tous les côtés, distribuant des coups de lancettes. Les victimes tombaient en hurlant de douleur et de désespoir : mais nous, nous avions un cheval, cet étalon noir que j'avais fini par détester à force de l'associer à son cavalier. À mi-chemin, je me retournai pour voir Ayelo. Il n'était nulle part parmi les fugitifs. Je me tordis le cou pour le chercher pardessus l'épaule d'Eïvan. Il n'avait pas bougé. Sa monture piétinait nerveusement ; et il lui avait lâché la bride, nous tournant le dos. La confusion m'envahit. Il me fallut un moment pour comprendre qu'il avait choisi de partager le sort des prisonniers. J'ouvris la bouche pour crier son nom, avertir Eïvan, lui demander de faire demi-tour…

Mais je la refermai.

Là-bas, les pins nous tendaient les bras, l'ombre de la forêt, notre délivrance. Eïvan ne partirait jamais sans Ayelo. S'il s'apercevait que son ancien élève s'était sacrifié, il renoncerait. Derrière nous, la scène changeait, la bataille s'achevait. Beaucoup des résistants repartaient, pourchassés par les soldats ; les corps jonchaient le champ de bataille. Une seconde carriole flambait, occupant les Kétas, mais ils reprenaient progressivement le contrôle du camp. Dans quelques instants, plus personne ne pourrait s'enfuir.

Je jetai un nouveau coup d'œil en arrière. L'ombre d'Ayelo s'était fondue dans le magma de la nuit. Je dus me mordre les lèvres pour ne pas hurler, tandis que nous passions au galop, nous éloignant toujours plus. Je ne voulais pas le laisser. J'avais déjà perdu Mandine. Mais Eïvan secouait les rênes, faisant l'inespéré : fuir, fuir pour sauver nos vies. Son souffle était rapide alors qu'il luttait pour garder son assiette, ses bras pressaient mes flancs... Le salut n'était plus qu'à trois cents pas quand un soldat à pied se dressa devant nous, lancette au clair. Le cheval fit une embardée. L'homme jura. Toute ma douleur explosa lorsque je lui décochai un coup de talon en pleine face.

Nous atteignîmes l'orée du bois, pénétrant sous les pins. Des combats sporadiques s'y déroulaient toujours, mais ils se raréfièrent à mesure que nous avancions sur le sentier étroit. À intervalles réguliers, des résistants armés nous faisaient signe de continuer droit devant. Nous arrivâmes à une petite croisée : un groupe d'une dizaine de Lius brandissait des torches. Eïvan ralentit et s'enquit de Pitro ou de Dan. « Continuez tout droit, répondit une femme en agitant un sabre en direction des bois. On s'occupera des regroupements plus tard. » Des coups de feu résonnèrent dans le lointain. Eïvan talonna à nouveau le cheval, et prit le petit trot. Il n'avait toujours pas remarqué l'absence d'Ayelo. Son torse était chaud contre mon dos ; il sentait la sueur et la fumée. Je l'aimais sans mesure. Le chemin était plongé dans une obscurité quasi totale. J'espérai qu'Ayelo ait changé d'idée et soit en train de nous rattraper ; j'espérai que les résistants nous envoient plus loin, encore plus loin, suffisamment loin pour qu'Eïvan ne puisse pas faire demi-tour et retourner dans la gueule du loup. Quelle cruauté gouvernait notre pays, pour nous contraindre à de pareils choix ? Mais le Cerf allait peut-être survivre. Il échapperait peut-être aux crocs des prédateurs... *Quand Eïvan sera en sécurité, je reviendrai chercher Ayelo*, me promis-je, pour museler ma peine.

Nous chevauchâmes loin dans la forêt sombre, jusqu'à ce que je nous croie perdus. Des voix nous parvenaient parfois, au-delà du rideau de pins. Puis, sur la gauche, apparut une palissade haute, qui courait parallèlement au sentier. Un groupe armé nous barra le passage. Ils étaient une dizaine, vêtus de noir, les visages couverts de suie. Lames au clair, regards froids, ils nous firent signe de mettre pied à terre. Nous descendîmes de cheval, et l'un d'eux nous ordonna sèchement de lever les mains. « Nous sommes… », tenta Eïvan. On le fit taire d'un aboiement. Leur dureté me glaça. Leurs accents étaient lius, mais leur hostilité puait le Kéta. Trois d'entre eux nous maintenaient en joue pendant que d'autres inspectaient notre monture. Une barbe broussailleuse mangeait le visage de celui qui donnait les ordres. « C'est bon, grommela l'un des hommes en rabattant les pans de la selle. Le cheval est kéta, mais pas eux. Ils peuvent entrer. » Les lames s'abaissèrent. Le chef se tourna vers nous : « Bienvenue dans le Zanabé libre, mes amis. Belle bête ! C'est une sacrée prise. Pardonnez la frayeur. » Il esquissa un sourire las : « Entrez et ne faites aucun bruit. »

25

La fuite

Journal d'Eïvan.

De mon enfance, je ne me rappelle pas grand-chose. Une chaleureuse sensation d'amour et de sécurité dans la case ventilée, l'odeur de la cuisson des petits pains au fromage, la voix de ma mère, son histoire de la mangouste aux yeux violets. Dehors, allongé dans l'herbe verte, je regarde les montagnes et soudainement, je me sens résonner avec elles, avec les nuages blancs, avec tout. Mon âme s'élargit et je connais un lumineux bonheur.
Mais rapidement, les instants de grâce se font rares. Ma mère a disparu et c'est avec lui que je reste.

Nos premiers pas dans le Zanabé libre se déroulèrent dans un silence irréel. Plusieurs centaines de personnes s'affairaient dans une immense clairière, fourbissaient leurs armes, abreuvaient leurs chevaux, mais le vent dans les cimes faisait plus de bruit que leurs murmures. Je marquai un temps d'arrêt, frappée par l'étrangeté de la scène. Il y avait des dizaines de huttes et de tentes dont les bords brillaient d'argent ; le sol semblait violet, les ombres prune. Deux petits feux de camp rougeoyaient, des marmites fumaient. Beaucoup de prisonniers évadés sillonnaient le camp, reconnaissables à leur allure égarée et leur maigreur. Eïvan scrutait leurs visages et mon cœur se serra. Il cherchait Ayelo.

Les chevaux étaient regroupés dans un coin. Un petit homme aux sourcils fournis promit en chuchotant de s'occuper du nôtre et nous complimenta pour sa beauté. Eïvan fit une dernière caresse au brave animal qui nous avait tirés de l'enfer. Sa robe noire était moite de sueur. Je n'arrivais pas à comprendre l'acte de Jamol. « Le Kéta t'a sauvé la vie. Pourquoi ? » Eïvan posa une main sur ma joue. Sa voix était rêveuse : « Parce que nous nous connaissons depuis plus de vingt ans. » J'ouvris des yeux ronds. « Je l'ai rencontré en quittant les Monastères, avec mes disciples, précisa-t-il en penchant la tête. Nous l'avons trouvé blessé dans la plaine au pied de la falaise. Fracture du fémur, traumatisme crânien. Battu par des camarades, ou tombé de cheval, on ne l'a jamais su. » Il soupira. « On a failli remonter, mais c'était un soldat, alors on l'a soigné sur place, pour préserver le secret des Monastères. Il refusait de nous parler parce que nous étions lius. J'étais le seul auquel il a fini par faire – un peu – confiance. Mais dès qu'il a retrouvé l'usage de ses jambes, il nous a faussé compagnie. C'était mon premier patient. Tu vois..., ajouta-t-il gravement, les gens sont tellement plus riches que ce qu'ils prétendent... » Je secouai la tête. Les comportements erratiques du soldat s'éclairaient enfin...

Nous avançâmes lentement, entre les souches de pins qui pointaient çà et là. Personne ne fit attention à nous. Une quinzaine de personnes discutaient autour du foyer principal, des sabres et des couteaux à leurs ceintures. Quelques-uns levèrent les yeux à notre approche, dont une femme aux cheveux gris tirés en queue-de-cheval. La lune lui sculptait un casque d'argent. Je reconnus immédiatement Emelyne. En proie au vertige, je me rappelai notre dernière conversation, à l'Ahmra, après la nuit des Affiches. Eïvan essayait de nous convertir à sa vision, elle lui prédisait le chaos. Depuis, notre monde s'était renversé. Quand elle nous aperçut, son visage fatigué se fendit d'un sourire, puis elle se dressa et contempla Eïvan, amaigri dans ses habits troués... « Eh bien, guérisseur, murmura-t-elle tristement, ils ne t'ont pas épargné... »

La grosse marmite dégageait un fumet de lapin. Ils nous servirent à manger. La chair fibreuse était délicieuse. Des morceaux de patates douces à la saveur sucrée nageaient dans le fond de sauce. Emelyne avait repris ses conciliabules avec les autres, et ils parlaient de retraites, d'escadrons et de regroupements, en pointant une carte grossière dessinée sur le sol. Tout autour, les prisonniers évadés attendaient, incertains. « C'est incroyable ce que vous avez fait, apprécia Eïvan lorsqu'il eut fini de manger. Je crois que plusieurs centaines de prisonniers ont pu s'enfuir… » Emelyne lui fit signe de baisser la voix. Le feu lançait des étincelles dans la nuit. « Beaucoup d'évadés sont partis dans l'autre direction, confirma-t-elle. Nous avons un autre camp plus au sud pour les accueillir. Nous vous avons vus longer le lac, et nous attendions le moment propice pour attaquer. » Je n'aurais jamais cru les rangs de la Résistance si fournis. Les paupières lasses d'Emelyne se plissèrent d'amusement à la faible lumière du feu, et elle chuchota : « Et pourtant, même chez vous, des gens se sont échappés, n'est-ce pas ? Les Kétas nous ont sous-estimés… Dès que les premiers déplacements ont commencé, nous nous sommes regroupés et nous avons activé tous nos réseaux dormants. »

J'acquiesçai. Pendant l'occupation de l'Ahmra, Dan s'était enfui avec mon ancienne camarade d'atelier, Ariane, et d'autres jeunes du village. Toute cette époque me semblait si lointaine. À la mention du petit-fils de Mandine, Eïvan demanda : « Va-t-il revenir ici ? Dan ?

— S'il a survécu, oui », lâcha Emelyne. Eïvan tiqua. Elle n'avait même pas voulu être brutale. Avant qu'il ne puisse répondre, quelqu'un vint prévenir la chef de section que les Kétas avaient presque repris le contrôle de la bataille. « Il est temps de partir… Les Coccinelles vont se pointer ici dès qu'ils auront maté les prisonniers. » La responsable soupira, haussa les épaules : « Bien. Démontez le reste des tentes. On lève le camp. »

Alors que les résistants répercutaient l'ordre de repli, nous scrutâmes alentour, en quête de visages connus. Un homme coiffé d'un chapeau apparut entre deux tentes. Sa silhouette de boule de neige avait fondu de moitié et sa barbe poivre et sel était devenue entièrement blanche. Il avançait d'un pas prudent. Pendant un battement de paupières, je ne le reconnus pas. Mais ses yeux gris restèrent braqués sur nous, pleins d'un soulagement douloureux, et son visage s'éclaira d'un sourire bourru. Eïvan lui sauta au cou. « Ah, gamin ! pleura Pitro en le serrant contre lui. Au nom d'Océa ! J'ai cru t'avoir perdu. J'ai cru vous avoir tous perdus... » Il répéta son nom en hoquetant, posant la main sur sa tête... Ils restèrent ainsi un moment à s'étreindre, puis Pitro tendit le bras vers moi. La reconnaissance m'envahit, une chaleur comme je ne pensais plus en ressentir un jour et qui me fit presque tourner la tête. Je l'étreignis. À chaque personne de l'Ahmra que nous retrouvions, c'était comme si nous sauvions des bribes de notre vie d'avant. Sa présence ici était un miracle. Je les regardai se serrer l'un contre l'autre, et Eïvan sortit lentement le collier de sa poche.

Quelqu'un n'allait pas nous rejoindre. Ne nous rejoindrait jamais.

Les traits de Pitro se craquelèrent de chagrin. Il tendit la main : les mailles d'or et de rubis se nichèrent en tas précieux dans sa paume. Il les porta à ses lèvres, fermant les paupières dans un sanglot. L'absence de Mandine nous unit. Si le Mal sec ne nous l'avait pas enlevée... si elle n'avait pas perdu l'espoir de revoir son mari... elle aurait tenu, j'en étais sûre, malgré le rythme inhumain que nous imposaient les Kétas. « Pardon, Pitro, gémit Eïvan. Pardon. J'ai tout essayé, je n'ai pas réussi... » Il se couvrit le visage. Le vieil homme réprima ses pleurs pour scruter le guérisseur. Il recula puis toucha rudement la joue de son ami : « Arrête, gamin, gronda-t-il. Je t'interdis de t'excuser. Ce sont ces barbares qui ont assassiné ma femme, pas toi. » Il savait déjà tout. Un groupe s'était échappé de notre convoi, avec quelqu'un qui nous connaissait ; Maker, d'après sa description. Les larmes de Pitro se perdaient dans sa barbe et il renifla. Je mis un moment à identifier son expression quand il prit Eïvan par la nuque. De la pitié. Il martela chaque syllabe, en l'obligeant à le regarder dans les yeux : « Mandine n'est pas morte par ta faute. Tu n'es pas responsable de sa mort. Tu m'écoutes ? » Le guérisseur avait le regard trouble. « J'ai tout fait pour vous rejoindre, pour rattraper le cortège, ajouta Pitro. Je me suis fait prendre et on m'a envoyé dans un autre groupe. Pendant tout ce temps, avant que la Résistance ne nous libère, je me disais : “Au moins, Eïvan est auprès d'elle.” Je suis content qu'elle soit morte près de toi, plutôt que toute seule dans quelque convoi du Nord. » Le vieil homme poussa un gros soupir. « Ah, Eïvan... Nous en reparlerons. Il faudra tout me raconter. Mais pas maintenant, préparez-vous à marcher. Nous partons. »

*

La plupart des tentes étaient démontées, les civières et les sacs à dos rassemblés au centre de la clairière quand Dan revint du champ de bataille avec un groupe de cavaliers. Ils étaient neuf et pénétrèrent dans l'enceinte ensemble au petit trot, causant un certain émoi : ils étaient couverts de sang, du sommet de leurs têtes jusqu'à la robe de leurs chevaux brûlants de fatigue. Un petit homme aux cheveux grisonnants nattés comme ceux des Kétas me parut familier. Robey, le résistant qui nous avait aidés durant la nuit des Affiches ! En atteignant le centre du camp, il brandit quelque chose et s'immobilisa, le temps pour nous de bien voir ce qu'il tenait. C'était une tête coupée. Sous les regards sidérés, il annonça d'une voix sonore :

« Mesdames et messieurs, je vous présente le représentant du Concile. Nous avons eu le représentant du Concile ! » Chhhhhhhh ! intima la moitié du camp, tandis que l'autre moitié explosa en acclamations. D'un grand geste, il lança la tête sur le sol. Gastar Foko, me dis-je, au bord de la nausée, en regardant la tête qui roulait puis s'immobilisait de guingois près du feu. Sa bouche était figée dans un rictus qui laissait voir ses dents couvertes de terre. Ses yeux étaient vitreux. Je le revis jeter un verre de rhum sur Eïvan. Je l'avais haï, j'avais souhaité sa mort tant de fois durant la longue agonie de nos marches… Mais je ne ressentis qu'une sensation de fatalité. Eïvan avait raison, la violence était toujours odieuse. Le guérisseur fixait la tête coupée avec répulsion. « Bien, finie la fête, interrompit Dan. Les Coccinelles sont en train de rassembler leurs troupes. Il faut partir. » Il mit pied à terre pour se concerter rapidement avec Emelyne, puis distribua les tâches avec une autorité naturelle. Le reste des vivres fut empaqueté à la hâte, les charges réparties, les blessés placés sur les civières… Les feux éteints à coups de pied. Dan s'arrêta brièvement devant nous, et nous fit un signe. Il expliqua aux évadés qu'ils allaient être conduits en sécurité dans une zone plus au nord près des montagnes, et qu'ils seraient ensuite libres d'aller où ils voulaient. « En réalité, vous êtes déjà libres, se reprit-il, mais je vous conseille de rester sous notre protection pour le moment. Nous savons où aller pour éviter les Kétas, et nous pouvons vous défendre. » Malgré la lassitude d'un après-midi de marche forcée, malgré nos muscles endoloris, personne n'émit la moindre objection.

Enfin, la troupe s'ébranla. Seuls les reliefs des foyers et les dents des arbres coupés témoignaient de notre passage. Nous partîmes aussi vite que possible, en file indienne – plusieurs centaines de fugitifs muets, sur un sentier étroit à l'odeur de résine. À chaque pas, l'espoir soufflait un peu plus fort en moi, comme un grand vent agitant les hauts pins. Eïvan marchait à mes côtés. Hier, il n'y avait qu'une seule route devant nous, tout droit vers notre mort ; elle venait de se ramifier en dizaines de nouveaux chemins. Il allait vivre. Nous allions vivre. Dans la pénombre, je ne distinguais que le ruban noir de la piste. La consigne de mutisme avait été renouvelée, aussi la fuite se déroula-t-elle dans un silence presque total, ponctuée par les cliquetis des armes et le bruissement des étoffes. Je ne voyais plus Pitro et Dan, mais je savais qu'ils chevauchaient devant, avec les combattants. Le tapis d'aiguilles absorbait nos pas, les fers des chevaux. La souffrance irradiait dans mes mollets. Les enfants n'avaient même pas pleurniché… comment pouvaient-ils tenir ?

Les Kétas nous avaient brisés. Mais nous étions libres. Cette marche-là n'avait pas le même goût. Au bout de trois ou quatre lieues, je ne savais plus si j'étais éveillée ou si je rêvais. Malgré la nuit, il faisait chaud dans la forêt touffue et j'étais couverte de sueur. Nous dûmes nous arrêter parce que deux des montures renâclaient à aller plus loin : leurs cavaliers les cravachèrent, maîtrisant leur fatigue. J'eus de la peine pour elles. Un oiseau de nuit lança un hululement profond et un rongeur détala. Encore émerveillée de nous savoir là, je regardai Eïvan, sa haute silhouette immobile tournée vers les bois. Ses traits à peine visibles trahissaient des émotions trop intenses : espoir, épuisement, peur, tristesse. Il remarqua mon examen et me prit la main. « Ayelo », chuchota-t-il, et les larmes me montèrent aux yeux. J'étais incapable de mentir. « Je crois qu'il est resté là-bas. » Quelle ironie. Jamais, quelques mois auparavant, le jeune disciple n'aurait désobéi à un ordre de son mentor. Nous restâmes à nous contempler, accablés à l'idée que le jeune homme demeure aux mains de nos bourreaux. Le blanc de ses yeux ressortait dans l'obscurité. « Je voulais vous sauver tous les deux, confia-t-il soudain d'une voix rauque, j'aurais dû nous faire évader avant. » Il m'attira contre lui : « Je voulais être loyal envers les gens de l'Ahmra… puis envers les malades… envers tout le monde… et en fin de compte, c'est vous que j'ai abandonnés. J'aurais dû fuir avant, emmener Mandine, et Ayelo… » Il étouffa un sanglot contre mon épaule, me serrant trop fort. Je lui rendis son étreinte. « Eïvan, protestai-je après quelques instants, tu étais aussi prisonnier que nous… Tu as fait de ton mieux… Combien seraient morts, sans toi ? » Au milieu de la foule qui piétinait dans le noir, il m'écouta sans répondre, puis se calma en contemplant les étoiles rares. « Je ne sais pas », répondit-il. Puis il baissa les yeux en serrant mes épaules comme un étau : « Mais toi, tu ne mourras pas. Toi, tu vas vivre. » Son corps était trop chaud. Je pouvais sentir ses côtes. « Tu es si maigre, dit-il, comme un écho, mais tu vas vivre, parce que je t'aime. Par la grâce d'Océa, tu vivras. »

En d'autres occasions, j'aurais sans doute été transportée de l'entendre me dire qu'il m'aimait. Les événements nous avaient volé notre intimité, nous n'avions jamais eu le temps de nous parler. Mais cette nuit était déjà trop pleine. Comme un fleuve en crue débordant sur les berges, ma joie se mêla rapidement à toutes ces émotions contradictoires, et seule une gratitude immense demeura – envers lui, envers Océa, envers la vie. J'avais cru le perdre. Je nous avais crus condamnés à une mort lente. J'avais craint que la merveille de son Cerf ne s'éteigne en emportant avec lui tout espoir. Mais l'espoir renaissait, timide, et pourtant si éclatant…

Quand il fallut avancer de nouveau, un gémissement s'échappa de centaines de lèvres. Eïvan laissa sa main dans la mienne ; mes mollets, mes pieds et mes cuisses m'adressèrent des cris de protestation. Une sueur poisseuse coulait entre mes omoplates. À deux reprises, les éclaireurs vinrent nous avertir de ralentir le pas ou de changer de sentier. La tension se propagea dans la cohorte, et les résistants tirèrent leurs armes, mais quel que fût le danger, nous réussîmes à l'éviter. Je ne sais combien de lieues nous couvrîmes encore. Je trébuchai après des heures de fuite, mes jambes se dérobant sous moi. L'obscurité de la forêt semblait ourlée d'écarlate. Les lucioles allumaient de minuscules feux dansants dans les branchages. En levant la tête, je vis la petite bande de ciel noir délimitée par les pins, la lune, éclatante, qui restait accrochée aux plus hautes cimes.

Le trajet s'étira jusqu'à l'aube. Lorsque les résistants arrêtèrent notre cortège, le jour pointait au-dessus de la pinède. Ils nous firent quitter le sentier pour nous enfoncer profondément dans la forêt. La clarté grisâtre qui sourdait dans le massif laissait deviner un sous-bois pauvre, où ne poussaient que quelques fougères. Le terrain semblait uniformément plat. Enfin, ils désignèrent une zone plus clairsemée et nous donnèrent quelques consignes : nous allions dormir ici une partie de la matinée, puis reprendre la route. Quand ils distribuèrent des galettes sèches et de l'eau, un couple à mes côtés pleura de gratitude. Tout le monde s'éparpilla à l'intérieur du périmètre défini, entre les troncs collants de résine. Sans même chercher à m'installer confortablement, je me laissai tomber sur le sol et allongeai mes jambes. Elles étaient si lasses que le repos réveilla une série de nouvelles douleurs. Un couteau fouaillait mes reins. Dormir.

« Je vais voir les blessés, je ne sais pas s'ils ont un guérisseur », chuchota Eïvan. Je soupirai. Comment trouvait-il la force ?

Mais il n'en avait plus. Il revint rapidement, boitant, tenant à peine debout, et se coucha à mes côtés sur le carré de mousse. Je caressai sa joue mangée de barbe. Ses yeux noisette peinaient à rester ouverts. L'amour que j'éprouvais pour lui battait dans mon sang comme une marée. Je n'avais jamais vécu plus belle nuit de ma vie, ni plus terrible. Cette évasion grandiose dans le silence argenté, cette fatigue, ces pertes qui perforaient mon âme, et la houle de l'amour : tout se mélangeait en un flot puissant. Je ne savais pas ce qui nous attendait. Mais nous étions libres. Nous étions libres, et Océa, que l'aurore était douce…

TROISIÈME PARTIE

26

Guérisons

Du général Namiel Desportes au Concile.

Très estimés Sénateurs et Sénatrices,
Voici le bilan final de l'attaque qui a coûté la vie au Distingué Gastar Foko : quarante-trois victimes dans nos rangs, une centaine de blessés, plus d'un millier d'évadés. Nous avons affaire à une organisation très structurée, inédite chez les Lius.
Je ne pense pas judicieux d'exercer des représailles envers les prisonniers. La priorité me semble pour le moment de restaurer le calme, et cette mesure risquerait de déclencher de nouveaux troubles. Afin de m'assurer de la docilité des Lius, j'ai pour l'instant pris l'initiative de stopper la marche, dans l'attente de la séance extraordinaire du Concile prévue à la fin de la Hora.
Je me remets de ma propre blessure, merci de vous en être inquiétés, et je n'ai pas besoin d'être relevé.
Un dernier mot pour vous signaler qu'un jeune guérisseur liu a offert ses services pour aider à soigner nos troupes. J'ai pris la liberté d'accepter, car je dois la vie à son maître. Avant de succomber à son tour à la maladie, il a sauvé nombre de nos soldats pendant la crise du Mal sec quand nos propres guérisseurs échouaient.

Nous marchâmes vingt-sept jours, essentiellement de nuit, pour sauver nos vies. En apparence, rien n'avait changé : nous cheminions en guenilles, encadrés par des hommes en armes, de longues heures qui nous laissaient au bord de l'épuisement. Nous allions au nord-est au lieu de descendre plein sud, au même rythme effréné. Les rations étaient plus riches mais l'eau manquait.

Et pourtant, tout avait changé. Cette fuite à marche forcée me permit de comprendre comment fonctionnait la magie d'Eïvan, comment panser l'âme pouvait guérir le corps. Nous avancions vers l'espoir, et soudainement, la douleur qui faisait boiter s'apaisait. La migraine qui aveuglait jusqu'à l'évanouissement se dissipait. Les dos se redressaient, les visages s'éclairaient. J'avais toujours des crampes, mais j'avais retrouvé mon allant.

Comme si nous sortions d'un long sommeil, nous commençâmes à nouveau à remarquer notre environnement, découvrant la taille fine des pins, les crosses des fougères qui se dépliaient dans le matin clair, le hululement d'un hibou et le cri d'un renard… La nuit, il fallait marcher et la consigne de mutisme restait absolue : aussi, c'était à l'aube, lorsque nous nous installions pour dormir de guingois entre les troncs, sur un sol de plus en plus accidenté, que nous commentions notre évasion. Qui avait survécu ? Qui était resté là-bas ? Contre toute logique, Eïvan et moi avions sillonné les groupes d'évadés à la recherche d'Ayelo. Nous avions trouvé une dizaine de personnes de l'Ahmra, mais pas lui. Son absence donnait à notre libération un goût amer. Pourquoi avait-il fait ce choix stupide ? Je devinais au pas lourd d'Eïvan qu'il se reprochait de l'avoir laissé en arrière.

Nous pûmes enfin dire adieu à Mandine, en improvisant une cérémonie traditionnelle. En cercle, tête baissée et à voix basse pour ne pas déranger ceux qui s'endormaient, nous évoquâmes ses derniers jours. Pitro pleura, Dan encaissa le récit stoïquement jusqu'aux tout derniers instants, puis il se couvrit la figure. La coutume voulait que chacun adresse des remerciements à la disparue pour le rôle qu'elle avait joué dans notre vie. À la fin de la ronde, Eïvan conclut : « Nous allons prier. Océa, accueille ton enfant dans les bras de ton amour. Son âme est la rivière qui retourne à la mer. Veille sur elle et sur ceux qui l'ont aimée. » Nous reprîmes en chœur les phrases rituelles.

D'ordinaire, nous aurions dû faire sonner une conque de lambi avant l'oraison… il y aurait eu des pétales de fleurs et des branches d'orangers… mais il nous restait encore l'ombre des sous-bois, le chant du pipiri, et la liberté. Eïvan, qui n'avait pas pu pleurer dans le camp de prisonniers, s'abandonna contre mon épaule. Les aiguilles sèches craquaient sous nos pieds, la chaleur du jour montait doucement. Nous n'étions pas encore tirés d'affaire. Mandine ne reviendrait jamais. Mais lorsque la cérémonie fut terminée, un soupir s'échappa de nos poitrines : la douleur avait des bords un peu moins coupants.

*

Notre progression se déroula sans encombre à travers la forêt de pins puis sur les sentiers de montagne, jusqu'au début de la deuxième semaine. La voie était aussi sûre que possible : la grande majorité des soldats suivaient les convois de déportation. Mais pas tous. Le terrain s'était fait irrégulier, truffé de roches où se réfugiaient des petits crabes et des araignées poilues. Juste avant l'aube, sur un promontoire, l'un des évadés se mit à hurler. Se tenant la tête, il poussa de longs cris inarticulés, et sa voix partit vers le ciel comme une flèche. Le temps que les gens autour de lui parviennent à le faire cesser, il était trop tard. Une trompette claironna dans notre dos, toute proche, et une autre lui répondit sur notre flanc droit. Immédiatement, ce fut le chaos. Des soldats fondirent sur nous. Les résistants tirèrent leurs armes et l'acier clinqua dans l'aurore à peine grise. Le sang rouge imbiba les rochers. Pendant un long moment, je ne sus qui l'emportait, puis je vis que les nôtres étaient plus nombreux, bien plus nombreux. Il n'y avait qu'une vingtaine de Coccinelles. Quand ils voulurent se replier, les résistants les poursuivirent. Il fallait empêcher les fuyards de nous signaler, bien sûr, mais les supplications des fantassins mutilés me retournèrent l'estomac. Je n'étais pas sûre d'apprécier ma nouvelle empathie à l'égard des nattés.

L'assaut nous coûta deux vies (un résistant et un évadé qui s'était jeté dans la mêlée) et ajouta six blessés supplémentaires sur les civières. Eïvan qui s'était figé durant toute la bataille ne prononça plus un mot avant la nuit suivante. Il nous fallut marcher plus longtemps que d'habitude, la peur au ventre.

L'homme qui s'était mis à hurler ne fut pas le seul à se conduire bizarrement cette semaine-là. Plusieurs évadés craquèrent. Ils s'effondraient, donnaient des coups de poing dans les troncs ou déchiraient ce qui leur restait de vêtements. Eïvan prit l'habitude d'anticiper les crises en parcourant la cohorte. Les résistants semblaient déjà avoir eu affaire à ce genre de phénomènes, et ils commencèrent à venir le chercher dès qu'ils sentaient quelqu'un flancher. « C'est normal, me dit-il quand je l'interrogeai au moment de dormir. Nous avons tellement souffert. Et c'est seulement maintenant qu'ils commencent à réaliser ce qui est arrivé. Ce qu'ils ont perdu. »

Je n'avais pas remarqué ce que ces semaines de calvaire nous enlevaient, petit à petit. Maintenant que nous marchions aux côtés de gens libres, le contraste était saisissant. Les résistants n'avaient pas l'air riches ni joyeux, mais ils étaient… vivants. Ils parlaient, bougeaient, se regardaient. Les évadés, eux, avaient l'air de chiens battus. Leurs regards étaient hantés. Ils allaient où on leur disait, s'arrêtaient où on leur demandait, les bras le long du corps. Passifs comme des vestes au rebut.

Est-ce à cela que je ressemblais, moi aussi – ces restes d'hommes ?

Notre univers s'était renversé. Notre vie avait été pelée, mise à vif comme un lapin dépecé.

*

Après l'affrontement avec l'escouade kéta, Eïvan demanda à intégrer le conseil de la Résistance. Le guérisseur s'était libéré de l'obsession brûlante qui avait failli l'emporter dans les camps, mais ses efforts surhumains l'avaient laissé meurtri. L'intimité lui était douloureuse. Un instant, il se serrait contre moi ; le moment d'après, il m'évitait. Pitro le surveillait comme le lait sur le feu. Un émissaire vint rejoindre le cortège, au crépuscule de la deuxième semaine – une petite femme avec des cheveux nattés, qui voyageait en se faisant passer pour une Kéta et amenait une carriole de vivres. Emelyne nous fit appeler auprès des trois autres délégués de section. Assis sur des ballots, les meneurs mâchonnaient de la viande séchée. Dan et

Pitro étaient présents. « Il paraît que vous avez été “invités” dans la tente du Concile ? » demanda Emelyne. Je gardai pour moi les propos séditieux d'Eïvan, l'odeur de rhum sur sa chemise, et l'attitude ambivalente de Jamol, et leur racontai plutôt le discours du Distingué sur notre déportation et la carte qu'il avait étalée par terre. Ils échangèrent des regards entendus. Foko nous avait dépeint une opération implacable, où les Lius étaient mis en sac comme des billes ; mais les choses s'étaient déroulées tout autrement. Outre les résistances spontanées des villages durant les rafles, près d'un tiers des prisonniers avaient été libérés grâce à des attaques éclair comme celle que nous avions connue.

« On ne sait donc pas pourquoi le convoi s'est arrêté », nota la femme émissaire avec un accent chantant du Nord. Je tournai la tête vers elle. Notre convoi ? Elle hocha la tête : « Quand nous avons éliminé le Distingué, c'est le général Desportes qui a pris le pouvoir. Il a ordonné que la marche rebrousse chemin pour s'installer près du lac Boga. Il a fait distribuer de l'eau, de la nourriture… Il aurait refusé d'exercer des représailles, et même de reprendre l'exode, sans un ordre exprès de la plénière du Concile. Or, celle-ci n'est pas prévue avant la fin des célébrations de la Hora.

— C'est dans un mois et demi ! » s'exclama un homme chauve.

Emelyne confirma : « Et cela nous donne un répit inespéré pour nous concentrer sur le convoi du Nord. » Elle regarda Eïvan d'un air songeur : « Dan m'a dit que vous avez eu personnellement affaire à lui ?

— Oui, lors de l'épidémie. Namiel était malade, je l'ai soigné », répondit-il, rayonnant d'une joie calme. Il avait pu raser sa barbe, et ses joues étaient plus claires que son front tanné par le soleil. Devant l'incompréhension des résistants, je précisai : « C'est son prénom. Le général Desportes. » Emelyne fit la grimace : « Vous appelez un général kéta par son petit nom ? Vous avez la tête dure, guérisseur, après tout ce qu'ils vous ont fait subir.

— Nous avons sympathisé, expliqua Eïvan en haussant les épaules. Je pense qu'il peut devenir notre allié. Il y a beaucoup d'humanité en lui. Il n'était pas mûr, quand nous y étions, mais la graine était prometteuse. Et maintenant qu'il est seul en charge, elle va pousser.

— Bien, bien, Eïvan. Je n'en doute pas une seconde», répondit Emelyne, sans donner l'impression d'y accorder beaucoup de crédit.

La conversation reprit sur les épidémies de Mal sec qui se déclenchaient dans les villes où les caniveaux n'étaient pas nettoyés, sur la jonction des cohortes du Nord empêchée à deux reprises par les résistants… Le plus haut responsable du réseau, un certain Romain, convoquait une réunion au QG central. « Pour la phase deux, précisa la femme aux meneurs. Si nous décidons d'attaquer Numré, il souhaiterait profiter de la présence des sénateurs à l'assemblée plénière du Concile. Vous pensez pouvoir nous rejoindre à temps ? »

J'essayai un moment d'imaginer à quoi pouvait ressembler une attaque de la capitale par des Lius. Rien ne me vint à l'esprit qu'un désastre de feu et de sang. Les résistants discutaient des délais et des modalités lorsque Eïvan les interrompit doucement. « J'aimerais participer à cette réunion. Vous rencontrer, tous ensemble. » Emelyne et Dan échangèrent un bref regard ; puis Pitro hésita : « Pour quoi faire, Eïvan ? J'irai, moi, mais… Nous allons parler de bombes et de meurtres et de violence. Tout ce que tu détestes.

— J'espère vous convaincre de procéder autrement», répondit Eïvan.

Jusqu'à ce que la nuit tombe et qu'il nous faille reprendre la fuite sous les étoiles, le guérisseur tenta de les persuader. Il leur expliqua que pour gagner la guerre, on pouvait s'appuyer sur ceux qui, comme Namiel, nourrissaient des doutes et des scrupules. Des justes qui se cachaient, probablement désespérés, et qui se révéleraient au grand jour en découvrant qu'ils n'étaient pas seuls. « Sans vous, nous ne serions pas là. Mais si vous suivez les Kétas sur la voie de la guerre, notre pays ne s'en relèvera pas. Pour lutter véritablement contre la furie du Concile, il faut remettre en question l'énergie qui l'anime. Il faut, dès à présent, faire de votre incroyable réseau une alliance de fraternité. Une puissance de paix. Liu et kéta. »

Les meneurs refusèrent.

*

« La paix… ! » railla Dan lorsqu'il m'accosta à l'arrivée de l'étape le lendemain matin. « C'était déjà trop tard pour la paix quand il invitait des Kétas à l'Ahmra… Quand comprendra-t-il ? Notre époque est celle de la guerre. Ça va pour Emelyne et moi qui le connaissons, mais les autres l'ont pris pour un illuminé ! »

J'avais très peu discuté avec le jeune homme depuis qu'il nous avait tirés des griffes des Kétas. Il nous adressait parfois des gestes de la main dans le cortège, mais il était toujours occupé, et je n'osais le déranger. Les autres résistants ne venaient pas faire la conversation avec lui, ils venaient demander conseil. Recevoir des ordres. Son visage avait changé ; son regard, surtout, d'une fixité dérangeante, tandis qu'il patrouillait le long du cortège en alerte permanente. Il était brusque, impatient, cassant. Il ne prenait même pas de gants avec son grand-père. Je ne savais pas ce que la guerre allait faire de lui.

La proposition d'Eïvan m'avait laissée tout aussi dubitative, mais je ne l'avais pas rejetée avec le même cynisme que d'habitude. Quelque chose s'adoucissait en moi. Je n'avais pas le temps d'y réfléchir, mais j'étais sûre que cela avait à voir avec ma nuit dans le vortex. Les douceurs que j'avais arrachées pour survivre au courant sombre persistaient. Elles se diffusaient dans mon cœur comme les rubans dans la fourrure du Cerf. Si la bonté existait dans une vie comme la mienne, alors indubitablement, elle pouvait exister partout ailleurs. Je me surpris à défendre Eïvan : « Il a raison, Dan. C'est possible d'amadouer les Kétas. Je l'ai vu faire. Nous avons pu nous enfuir parce qu'un officier kéta nous a donné son cheval ! » Le jeune résistant marqua sa surprise, puis haussa les épaules : « De toute façon, pour rejoindre le QG du Nord sans se faire capturer, il faut voyager déguisés en Kétas. Tu crois qu'Eïvan en est capable ? Il va faire son plaidoyer à chaque passant… Il vit dans un monde imaginaire. »

Je baissai la tête, incapable de le contredire là-dessus.

Eïvan n'avait pas l'intention de renoncer : « La Résistance ne pense pas au futur. Il faut monter un plan de paix, réfléchir à une organisation nouvelle de la société, acceptable pour les Kétas comme pour les Lius. Je vais insister pour accompagner Emelyne au

QG du Nord. » Il marqua une pause. « Je comprendrais si tu préférais suivre les autres au refuge des Pitons. As-tu réfléchi à ce que tu veux faire ? »

Seule la timidité de sa voix empêcha mon cœur de se briser. J'avais surtout besoin de repos. Mais pas sans lui. « Est-ce que je peux te convaincre de changer d'avis ? » interrogeai-je. Il me contempla avec un sourire d'excuse. « Tu sais bien que non.

— Alors tu connais ma réponse. Je viens avec toi. »

*

Quelques nuits après, alors que nous longions une rivière étroite, une nouvelle vague de désespoir frappa les évadés. Des douzaines de personnes se mirent à fondre en larmes, contaminées par une épidémie de chagrin aussi virulente que le Mal sec. Dès que les premiers arrivaient à se reprendre, d'autres craquaient, et cela dura, suffisamment pour que les résistants ordonnent une pause. Le guérisseur proposa d'organiser une cérémonie collective. « Ils n'arrivent pas à donner un sens à ce qui leur est arrivé », expliqua-t-il. Les résistants hésitèrent, craignant que cette cérémonie ne nous fasse repérer. Dan trancha : « Si tu le fais, je ne veux pas un bruit.

— Non. Je vais juste chanter… Réciter. Cela ne sera pas plus bruyant que nos pas. » Ceux qui restaient prostrés sur le sol semblaient de toute façon trop découragés pour continuer. Eïvan réunit les rescapés autour de lui, tandis que les combattants armés se postaient à l'extérieur du cercle. La plupart des spectateurs affichaient des mines sceptiques. Sa voix grave s'éleva dans la nuit : « *Om kalem lomi kushi keuveu liveu…* », et son murmure se déploya sur les centaines de personnes assises. Je me demandais si les derniers rangs entendaient quelque chose – mais je savais maintenant que les syllabes avaient moins d'importance que les vibrations de sa voix. Dans l'obscurité, sa silhouette sombre entourée de lucioles se détachait entre les troncs hauts. J'avais décidé de me tenir loin du Lieu de silence. Les terreurs de la dernière fois m'avaient suffi. Mais je ne pus résister aux inflexions d'Eïvan, et à la faim de voler… En un rien de temps, je plongeai au creux de cette vague douce et me renversai, faucon planant dans la nuit. Le Cerf était là, ses reflets liquides enveloppant l'image d'Eïvan, ses andouillers transparents dressés vers le ciel. Il contemplait calmement le groupe qui ne le voyait pas. Même s'il n'était pas complètement présent, je pouvais constater qu'il avait repris de la vigueur, à son port de tête, à ses pattes bien campées sur le sol, à sa lumière, qui luisait comme une étoile du matin. Je le saluai d'un sifflement léger, et ses oreilles frémirent en réponse. Quand je compris qu'il n'avait pas l'intention de bouger, je me posai sur une branche. La brise fraîche soufflait sur le faîte des arbres et balançait leur houppe.

Dans le halo du Cerf, le guérisseur chantonna longtemps : « *Om luma shikiveu otim lea…* » Son murmure se mêlait au bruissement des aiguilles et aux stridulations des insectes. Progressivement, tout le monde finit par s'immobiliser. Les évadés fermèrent les yeux ; les résistants qui montaient la garde s'apaisèrent, leur respiration ralentit. Des ondes s'élevèrent de l'assistance, d'abord sporadiquement, puis par dizaines. Sans ma perception de faucon, je n'aurais rien remarqué, je le savais. Il ne s'agissait pas vraiment de sons, mais du chant intime des émotions. Les notes grinçaient, cacophoniques, pleines d'accablement et de peur, de trouble et de colère. Alors, levant la tête vers le ciel, le Cerf poussa un brame profond. Une étonnante mélodie, harmonieuse et musicale, se déploya sous les arbres. Elle fit naître dans son sillage toute une série d'émotions oubliées dans les épreuves. Le bonheur. La tendresse. Le plaisir de l'amitié, la vitalité des enfants. La vie lumineuse qui pulsait sous la peau du monde. Frappés d'émerveillement, les évadés assis sur le sol se turent pour écouter. Puis chacun reprit sa propre musique avec une ardeur renouvelée, pour accrocher ses notes à celles de l'animal. Pitro s'y accorda le premier. Adossé à un tronc, il semblait pourtant hermétique à ce qui se passait : il attrapait des pommes de pin à tâtons et retournait les pétales pour trouver des pignons. Mais sa complainte rauque de chagrin et de rage se lova dans le chant du Cerf comme un poisson dans le courant d'une rivière. Plusieurs des évadés joignirent leur douleur à la sienne. Dan y mêla son battement de révolte violent, intense. La voix du Cerf enfla encore, incluant toutes leurs émotions. Il ne les changeait pas : il les purifiait. Il leur donnait une place dans la musique du monde. Ensemble ils chantèrent, une symphonie qui célébrait la fragilité et le courage des survivants. Et je ne pus m'empêcher de chanter à mon tour, à pleine gorge, toute mon adoration.

*

Après cette séance improvisée dans les bois, les incidents cessèrent complètement. Quand l'un des rescapés se sentait faiblir, les autres l'entouraient, lui rappelaient que notre histoire avait un sens. Bientôt, malgré les deuils et les échos de la violence, malgré le danger persistant et les armes aux flancs des combattants, une forme d'allégresse s'installa dans notre cohorte en loques qui progressait vers le salut. Une énergie douce. La fraternité.

« On dirait que vous avez relié tout le monde, fit remarquer l'un des meneurs à Eïvan.

— Oui, approuva le guérisseur. J'ai fait de mon mieux, en tout cas. »

« Je veux être intégré au conseil, » insista-t-il encore, deux jours plus tard.

Et cette fois, ils acceptèrent.

27

Une conspiration de cœurs purs

Journal d'Eïvan, cahier 13.

À chaque rencontre, nous plantons une graine dans le cœur de l'autre.
Dans la plupart des milieux, nous avons été éduqués à nous percevoir comme des entités irrémédiablement isolées – étrangères au monde, malvenues même. Nous pensons devoir nous battre pour être acceptés par les autres.
Mais la réalité est toute différente. Dès que nous sommes mis en présence, le flot de la vie qui coule en vous et celui qui coule en moi se mêlent sans la moindre intervention. Et quand nous parvenons à réduire au silence les mensonges interminables qui construisent nos réalités, nous découvrons que la force qui joint nos deux fleuves n'a qu'un nom. Amour.

De tout temps, des Lius courageux s'étaient fait passer pour des Kétas afin de duper les postes de contrôle. Dans la pratique, ce n'était pas si difficile : se tresser les cheveux, s'affubler de colliers de famille et de nippes bien propres, imiter l'accent légèrement nasillard des Kétas… On ne voit souvent que ce que l'on s'attend à voir. Un Liu natté portant des disques de famille, cela n'existait pas – donc ceux qui les portaient ne pouvaient qu'être kétas. La vraie difficulté venait de l'intérieur : la peur, la servilité inculquée. Et la nuée de petites divergences culturelles – notre déesse, leurs dates de célébrations particulières, nos habitudes culinaires… Quand des Kétas se présentaient, par exemple, ils précisaient toujours qui étaient leur père et leur grand-père. Si en fuyant, nous étions passés par les zones désertes de l'Ouest afin d'éviter les soldats, mais en allant plein est, nous allions très rapidement rejoindre les villes. Il nous faudrait être prudents.

« Tu as bien compris, Eïvan ? avait questionné un Pitro plein de doutes. Tu vas devoir te faire passer pour un Kéta.

— Oui, je vais devoir me faire passer pour un humain, répondit distraitement le guérisseur. Ça devrait tromper un œil non entraîné. »

C'est donc affublés de fausses nattes et de disques de famille que nous partîmes. Trois Kétas marchands, prétendument épouse, mari et père. Dan et Emelyne nous avaient assuré qu'ils arriveraient avant nous au quartier général du Nord, « mais par une voie trop dangereuse pour des civils ». Nous prîmes la route aux rênes de la carriole, avec ordre de vendre les marchandises sur le trajet pour financer la Résistance. « Je m'en chargerai », nous rassura Pitro. Mais je me revis, à peine adulte, nattée, troquant des fers à chevaux contre une chemise de lin chez un tailleur. Je n'étais pas novice à ce petit jeu.

Les premiers jours, pourtant, chaque fois que nous croisions un Kéta sur les routes parsemées de petites fermes, je me crispais. Si j'avais confiance en mes capacités, je doutais de celles de mes compagnons. L'accent de Pitro sonnait faux : qui pourrait s'y laisser prendre ? Qui ne remarquerait pas le visage brûlé d'Eïvan, notre maigreur ? Les longes des chevaux étaient trop élimées pour un attelage kéta. Les fresques de Wou sur les flancs de la charrette trop ostentatoires. J'entendais presque les reproches de Colin : *Je n'ai jamais vu autant de négligence crasse, de lamentable amateurisme…* Lorsque nous croisâmes la première patrouille de soldats, je sentis mon souffle se raccourcir. Les Lius étaient instruits depuis leur plus jeune âge à s'effacer devant les Coccinelles, à descendre de voiture et baisser la tête pendant leur passage. Et depuis la déportation, la crainte qu'ils nous inspiraient naturellement se doublait de celle d'être démasqués et renvoyés dans l'horreur des convois. Mais Pitro dévia tranquillement notre voiture sur la gauche dans un parfait dosage de respect et d'assurance, et salua du traditionnel « Une bonne journée, au nom de

Wou ». Peu à peu, je me détendis. Son toupet et son sang-froid compensaient ses petites fautes techniques, et il suivait mes conseils : « Les Kétas qui roulent leurs manches de chemise relèvent toujours la droite un peu plus haut que la gauche, regarde bien… » Eïvan semblait imperméable au danger qui nous guettait. Il regardait autour de lui avec curiosité, distribuait des sourires, échangeait avec les passants, complimentant une mère sur son enfant radieux, un cavalier sur son cheval lustré…

À l'issue de la première semaine, nous dûmes nous résoudre à dormir dans les auberges. Nous étions trop engagés dans le centre urbain pour coucher dans les fossés sans nous faire remarquer. La route s'était élargie, faite de pavés lisses d'un blanc rosé. Nous arrivâmes à Bourg-Croisé, la principale ville de négoce, à l'intersection des deux voies commerciales du pays. Une place de vente immense marquait l'entrée, sous de majestueuses arches en forme de cygnes. Nous réservâmes deux chambres dans le relais le plus proche, puis repartîmes immédiatement sur le marché investir un box pour vendre nos babioles. L'aire faisait trois fois la place de l'Ahmra. Des tamariniers vénérables déployaient leurs branches noueuses sur toute la superficie, offrant une ombre bienfaisante. Autrefois, nous expliqua Pitro, les artères étaient si fréquentées qu'il était difficile d'y circuler. Aujourd'hui, la moitié des emplacements étaient vides.

Le soleil matinal annonçait une belle journée. Pitro remplit l'abreuvoir des chevaux puis partit flâner dans les travées. Une dizaine de personnes vinrent fureter dans nos petites tasses, bibelots et sachets d'épices… Je me chargeai des transactions, tandis qu'Eïvan papotait avec tous nos clients. Il traînait un peu sur les voyelles comme un Kéta ; pour le reste, il était parfaitement lui-même, curieux et chaleureux. Je gardai une oreille en alerte, mais au fil de la matinée, je me coulai dans le rôle. Une mère de famille avec sa fillette me remit en mémoire la précarité de notre position. Elle me demanda si nos poteries venaient de Foudol ou de Tela. Je n'avais jamais été très douée en géographie. « Tela », balbutiai-je au hasard, et elle fronça les sourcils : « Mais les poteries de Tela sont toujours marquées d'un oiseau. Êtes-vous sûre qu'elles sont authentiques ? » La femme souleva le petit couvercle, et l'inspecta avec méfiance. Je haussai les épaules, en quête d'une réponse rapide. Où était donc passé Pitro ? « C'est en tout cas ce que nous a certifié celui qui nous les a vendues », intervint Eïvan de sa voix profonde. Il sourit et choisit l'une de nos plumes ornementées pour l'offrir à la petite fille : « Évidemment, si la qualité ne vous convient pas, nous pouvons vous proposer autre chose, ou une réduction. »

Elle acheta deux exemplaires à moitié prix, et s'éloigna avec un sourire satisfait, son enfant sur ses talons. Je m'assis, le souffle court. Eïvan passa sa main dans mon dos : « Détends-toi un peu… elle cherchait juste à marchander… », me dit-il doucement. Je posai mon front contre son ventre.

Pitro revint avec des galettes de pommes de terre chaudes et des tamarins ramassés sur le chemin. Il prit le relais des ventes. Le vieil homme semblait y prendre plaisir ; dès que l'acheteur s'éloignait, il marmonnait : « La Résistance vous remercie de votre soutien. » Au bout du troisième client, je repris le refrain en chœur avec lui, et même Eïvan s'y mit en riant. J'essayai de m'exercer à la vision du guérisseur : pas des Kétas, des clients, juste des clients – et je vis à ma grande surprise que cela marchait. Colin, bien sûr, ne nous avait jamais suggéré cette hérésie quand il nous envoyait en « mission ». Il aiguisait notre haine. Je ne parvenais toujours pas à me souvenir de toute ma vie d'avant. Mais savoir que j'avais si souvent pratiqué le camouflage me rassurait : si j'avais survécu jusqu'ici, je m'en sortirais encore cette fois.

Nous étions en train de réapprovisionner l'étal vers la fin de l'après-midi quand la clameur nous parvint. Un tumulte lointain, puis des cris rythmés, des tambours. L'appréhension nous gifla comme une tempête de sable. Cela venait de la route d'Or. « Ne bougez pas, grommela Pitro, observez vos voisins et faites exactement comme eux. » À ma droite, à deux stands de là, un couple regardait, l'air vaguement inquiet, en direction du vacarme qui montait derrière les tamariniers. Le bruit enfla en s'approchant, des exclamations jaillies de dizaines de gorges. Un marchand nous interpella : « Vous savez ce qui se passe ? » Je secouai la tête en signe d'ignorance. Dans l'un des stands, une famille commença à rassembler ses affaires.

La clameur se rapprocha encore et je parvins à en distinguer le rythme. Cela sonnait comme des prières, des phrases cadencées :

« Non au…. À… E… les Lius ! » Je plissai les yeux, comme si le fait de mieux voir me permettrait de mieux entendre. Une foule mouvante commençait à apparaître. Des soldats encadraient les contestataires et des exposants se rapprochaient pour les voir. Ils portaient des panneaux, scandaient au rythme des percussions. Ils avancèrent encore, rangées colériques éclaboussées par le soleil doré de la fin de journée, et leurs mots devinrent audibles. Me coupant le souffle.

« Non-aux-massacres-des-Lius ! Les-Lius-sont-chez-eux ! Non aux massacres ! »

Ils étaient près d'une centaine, criant à pleins poumons. Et ils étaient tous kétas. Quand je pus à nouveau inspirer, j'avais la chair de poule. Puis Eïvan tourna la tête vers nous et se mit à sourire. Un sourire exultant de triomphe, de bonheur pur, d'espoir fou. Il rayonnait comme si le Cerf allait jaillir de lui immédiatement.

Au lieu de quoi, il bondit de notre stand et se mit à marcher à grandes enjambées vers la manifestation.

Pitro réagit avant moi : il se lança à sa poursuite. « Eïvan, attention, rappelle-toi où nous sommes », souffla-t-il tandis que j'arrivais à leur hauteur. Le guérisseur hocha la tête, sans quitter des yeux la foule, aimanté. Les manifestants avaient été bloqués à l'entrée de la ville par un cordon de Coccinelles et une rangée de curieux se formait le long de la route. Certains soldats avaient dégainé leurs lancettes et regardaient les jeunes protestataires d'un œil mauvais, comme s'ils mouraient d'envie de distribuer quelques coups. Nous parvînmes au niveau des badauds. « Traîtres ! » beugla une femme sur ma droite, et je reconnus l'une de mes clientes de la matinée. Un homme reprit son insulte, puis un autre, levant le poing. « Vendus ! » cria un petit garçon qui tenait la main de son père ; et dans le cortège, un jeune manifestant répliqua à la cantonade : « Vous n'êtes que des lâches ! Les tueries ne vous font rien ? Honte au Concile !

— Honte au Concile ! » reprirent en chœur tous les contestataires, couvrant les invectives des spectateurs. Les soldats se placèrent stratégiquement entre les deux groupes, comme pour éviter les frictions, et cela m'étonna : depuis quand le Concile tolérait-il que l'on s'oppose à lui aussi vigoureusement ? « Honte au Concile, non aux massacres des Lius ! » chantèrent-ils de plus belle alors que leurs tambours accéléraient le rythme. Une jeune fille superbe fendit la foule. Elle avait une pancarte à la main et les cheveux dénattés – pendant un instant, je crus qu'il s'agissait d'une Liu. Puis j'aperçus ses colliers de famille. « C'est Elzer », indiqua Eïvan, pensif. Je reportai mon regard sur elle.

Elzer. C'était bien Elzer.

Je ne l'avais pas revue depuis cette lointaine nuit à l'Ahmra, où elle avait bravé l'orage pour nous prévenir.

Elle s'arrêta juste en face de moi, les yeux écarquillés. Sa surprise se mua en allégresse lorsqu'elle découvrit Eïvan à mes côtés. Le guérisseur rayonnait d'une fierté paternelle. Tous les désastres possibles défilèrent dans mon esprit : elle allait nous parler, embrasser Eïvan, nous attirer dans le cortège… Si les soldats nous voyaient avec elle, nous serions suspectés. Jamais notre piètre camouflage ne résisterait à une enquête sérieuse. Elle leva un visage radieux vers le guérisseur, puis son sourire gela sur ses lèvres. Elle avait compris. Elle détourna la tête. « Lius, Kétas, peuples frères ! » lança-t-elle d'une voix claire, le poing dressé. Autour d'elle, les manifestants commencèrent à reprendre la strophe. « Lius, Kétas, peuples frères ! » Les batteurs s'ajustèrent au rythme, galvanisés par le regard enflammé d'Elzer. Même sans ses nattes, elle gardait une allure de reine. « Ce sont tous des enfants de la haute », dit un homme à côté de moi. Je me tournai vers lui. Il contemplait la scène, les bras croisés.
« Ces braillards ? demandai-je, forçant sur le mépris.

— Oui, et ils vont partout le long de la route d'Or. Même à Numré, des fois. Personne n'ose les toucher. » Il renifla. « Paraît même qu'il y a le fils d'une des Vingt-Deux avec eux. Si c'était moi, ils prendraient quelques bons coups de bâton ! »

Le soleil glissa derrière les arbres, obscurcissant la scène, et peu à peu, l'intérêt des badauds faiblit. Les gens s'éloignèrent, commentant l'imbécillité des jeunes, leur ingratitude, l'inaction du Concile. De temps en temps, un commentaire détonnait : « Il paraît qu'ils ont tué tous les Lius, à La Racinière. Même les enfants. C'est horrible quand même…, grommela un marchand à sa femme. Et puis, je ne dis pas que les Lius étaient bons pour le pays, mais depuis que l'épuration a commencé, c'est la pagaille. Tous les prix ont explosé. » Je n'entendis pas la réponse. Pitro nous pressa discrètement de regagner notre stand avant qu'on nous vole quelque chose. À regret, après un dernier coup d'œil aux manifestants, Eïvan nous suivit. Il marchait le dos droit, une braise dans le regard. Pitro commença à pousser quelques poteries pour préparer une collation du soir, du poisson séché dans du pain, et nous mangeâmes en silence sur les bancs, emplis d'un bien-être que nous n'avions pas ressenti depuis des mois. Tout le monde ne voulait pas notre mort. Des Kétas se battaient pour nous. Enfin. Je sentais combien mon cœur s'était craquelé sous la brûlure de la haine. « Tes graines ont poussé, Eïvan », murmura soudain Pitro dans le soir qui tombait.

*

Quand la nuit s'installa, que les marchands eurent enfermé leurs produits dans les abris prévus, Eïvan voulut aller voir Elzer. Les jeunes contestataires avaient dressé des tentes à l'entrée de la ville et allumé des feux de camp. Quelques rumeurs de conversations nous parvenaient. Pitro trouvait cela trop dangereux, mais j'étais d'accord avec Eïvan : je voulais savoir ce qui se tramait. « Nous ferons attention, mon ami », promit le guérisseur. Le vieil homme céda : « Je vous attends dans la chambre. Si vous n'y êtes pas dans deux heures, je viens vous chercher par la peau du dos. »

Derrière les arbres, la lune dessinait des cônes d'argent. La place était vide et obscure entre les stands fermés. Nos pas firent craquer quelques coques de tamarin. Eïvan me prit la main.

Quelques Coccinelles montaient vaguement la garde autour du campement des jeunes ; ils s'étaient assis sur les bancs et jouaient aux cartes à la lumière d'un brasero. Aucun ne nous interpella lorsque nous passâmes leurs lignes, marchant lentement entre les tentes à la recherche d'Elzer. Les protestataires étaient assis par terre tout le long de la route et sur une aire de parcage, mangeant, buvant, débattant de politique, cheveux dénattés… Jamais auparavant je n'avais vu un Kéta sans cette coiffure, c'était la marque même de leur supériorité sur nous. Ils étaient si jeunes, pour la plupart, et pourtant ils avaient violé tous les tabous de leur peuple, affirmé que nous étions leurs égaux, défié le Concile…

On nous indiqua la tente d'Elzer. À l'intérieur, la jeune Kéta écrivait, seule, dans un cahier posé sur ses genoux. Quand elle nous vit entrer, elle se jeta dans les bras d'Eïvan. « Quel miracle de vous voir ici ! J'ai failli vous trahir tout à l'heure ! Je vous demande pardon ! » Elle se tourna vers moi, le regard intense, la voix rauque : « Taena… Oh, Eïvan… Oh, Wou… Est-ce vrai ? demanda-t-elle en reculant. Comment vous êtes-vous échappés ? Où est Ayelo ? Est-ce que tout le monde va bien ? » Elle parlait de plus en plus vite, posant une salve de questions sans nous laisser le temps d'y répondre. « Est-ce qu'on vous a fait du mal ? » Et elle éclata en sanglots. « Dans quelle époque horrible vivons-nous ?… Ce qu'ils vous font est monstrueux. Je suis tellement désolée ! » Elle se couvrit le visage, pleurant entre ses doigts. Eïvan la serra dans ses bras : « Oh petite, tu n'y es pour rien… tu n'y es pour rien. Ayelo est dans le camp du Sud. Chuut… calme-toi… » Il la tint contre lui, une paume sur sa tête, lui répétant que tout irait bien… J'avais les larmes aux yeux, moi aussi, et je ne tentais pas de les dissimuler. Dire que j'avais haï cette jeune fille. Jusqu'au dernier moment, je m'étais méfiée d'elle, même la nuit où elle était venue nous prévenir… Ses affaires se limitaient à une paillasse mince et une couverture, une gourde d'eau, une bougie et un sac à dos. La petite flamme nous éclairait faiblement, dansant contre les parois de toile. Eïvan la fit se rasseoir, tenant sa main fine avec gravité. « Raconte-moi tout, comment es-tu arrivée ici ? » Elle était retournée au village quelques jours après sa visite nocturne et avait découvert l'Ahmra vide, les maisons béantes, les affaires abandonnées. Elle avait alors harcelé son cousin jusqu'à ce qu'il lui avoue la vérité sur « le déplacement des Lius ». Horrifiée, révoltée, elle avait pris la décision radicale qui allait changer le cours de sa vie : révéler à tous ce qui se tramait. Elle était persuadée que l'ignorance de ce qui se passait vraiment nourrissait la passivité de ses compatriotes ; alors elle s'était postée devant le bâtiment des autorités de Niro avec deux amis et un slogan : « Le Concile assassine les Lius. » Elle avait parlé, expliqué, décrit, jusqu'à s'en casser la voix, tout ce qu'elle savait sur les rafles, les marches forcées et les convois de milliers de personnes jetées sur les routes dans le plus grand dénuement. Plus d'une dizaine de fois, on l'enferma pour trouble à l'ordre public ; elle dut curer les caniveaux de tous les quartiers avec des panneaux d'infamie accrochés au cou, travailler aux champs… Pendant les premières semaines, elle et ses amis ne récoltèrent que des regards curieux des passants, des sourcils froncés et des conseils de « rentrer chez eux s'occuper utilement ». Leurs parents intervenaient pour les libérer. Ceux d'Elzer, des nobles de Niro, désespéraient de la dérive délinquante de leur enfant ; mais à la fin, elle parvint presque à convaincre son père de l'injustice du Concile, et son influence les protégea. Au bout d'un mois et demi, d'autres rebelles se joignirent à eux, à mesure que les nouvelles commençaient à circuler. Un matin, ils furent cinq sur la place à manifester. Un jour ils furent dix. L'après-midi, quinze. Alors ils décidèrent de marcher le long des rues, de diffuser l'information dans les quartiers de la ville, porte après porte. Ses compagnons n'étaient pas tous de familles nobles, l'un d'entre eux était même orphelin – fait rare chez les Kétas –, le plus vieux avait cinquante-cinq ans et buvait trop, mais tous avaient en commun d'avoir côtoyé de près des Lius, en tant qu'amis, amants, partenaires de commerce ou voisins… Mathias, l'un des premiers Kétas à avoir fréquenté les huttes de l'Ahmra, s'était joint à eux dès le début. « Il anime toujours un groupe à Niro », précisa-t-elle.

L'émotion brillait dans le regard d'Eïvan.

Petit à petit, leur nombre avait grossi, et le récit de leur contestation voyagea. Dans d'autres villes, on commença à les imiter – de petites bandes, souvent menées par des jeunes. Certains commerçants, perturbés par les conséquences économiques et sociales des rafles, les regardaient avec indulgence. « À Numré, décrivit la jeune Kéta, les quartiers sont régulièrement privés d'eau parce que les écluses et les robinets se dégradent. Toute l'équipe des eaux de la capitale était liu ! Aujourd'hui, on ne sait même pas où ils sont. » La plupart des bandes se disloquaient après la deuxième incarcération. Le Concile avait donné des ordres stricts pour éviter la contestation, et, en parallèle, imprimait des petits journaux dans lesquels le sort des Lius était évoqué en termes flatteurs : nous étions regroupés dans des prétendus « villages protégés », des campements verdoyants où nous pouvions élever nos enfants dans la sérénité, sous la « bienveillance du Concile ». J'en suffoquais d'indignation.

La majorité des Kétas ne demandaient qu'à croire ces fariboles. La vérité était trop dérangeante, elle les aurait obligés à remettre en question trop de choses. Elzer et ses amis s'épuisaient à répéter ce qu'ils savaient, les marches sous le soleil, les morts par centaines, l'exode et la cruauté… Mais depuis qu'ils avaient appris les desseins du Concile de nous expulser vers les déserts ou les glaces, leur croisade avait pris une tournure plus désespérée. La voix de la jeune fille s'étrangla. « Ils comptent vous tuer tous, n'est-ce pas ? demanda-t-elle.

— Sans doute », répondit Eïvan avec douceur. Son regard noisette soutint calmement les yeux noirs, horrifiés, de la jeune Kéta, et quelque part, sa réponse m'étonna. Il était facile, pour Pitro et moi, pour Dan, de croire le guérisseur naïf ou trop idéaliste pour voir la vérité en face… Mais il savait. Il prit une inspiration : « Mais rien n'est perdu, tu sais. Des âmes courageuses se lèvent contre la folie, des âmes comme la tienne. Ce que tu as réussi à faire ici est remarquable. Vous êtes soudés. Vous formez un réseau. Il y a toujours des gens pour refuser la haine, mais ils arrivent rarement à se réunir. C'est cela que nous devons faire si nous voulons gagner : former un réseau aussi puissant que le leur, une résistance de la bonté. Kétas et Lius, tous ensemble… » Un espoir hésitant passa sur les traits de la jeune fille. Eïvan réfléchit un moment. « Tu m'as parlé de ton père… Y a-t-il, parmi vous, des familles influentes ? Des gens qui pourraient changer les choses de l'intérieur ?

— Nous avons Lee ! s'exclama Elzer immédiatement. C'est l'un des fils de Sama Antonin. La sénatrice de Numré, la dignitaire du Concile. »

C'était donc vrai. Le fils de l'une des Vingt-Deux marchait avec eux. Eïvan se tourna vers moi, un sourire aux lèvres : « La fameuse sénatrice de Numré. Nous avons eu vent de ses lectures subversives…

— Elle est de notre côté, confirma Elzer. Elle a toujours été pour l'égalité avec les Lius. Lee m'a même dit que son prénom venait de là. »

L'arrivée de Lee dans la troupe des protestataires avait changé beaucoup de choses. Non seulement il amenait avec lui une quinzaine d'amis et de cousins de la capitale, mais en plus, sa présence garantissait leur impunité. Dès que son rôle fut connu, de nouvelles forces affluèrent de toutes parts, et quelqu'un émit l'idée de patrouiller d'une ville à l'autre. « Et voilà comment la route d'Or est devenue ma maison, conclut-elle en montrant la tente. Maman est désespérée que j'aie dénatté mes cheveux, elle me dit que c'est comme si je me promenais toute nue dans les rues.

— Vous êtes la lumière de notre temps, répondit Eïvan. Vous sauvez l'honneur de ce pays. Dans les siècles à venir, les livres d'histoire vous prendront comme exemple. Je suis tellement fier de toi. » La jeune fille en perdit la voix. Ses longs cils s'abaissèrent sur ses larmes. « Vous avez changé ma vie. C'est grâce à vous que j'ai pris conscience de ma valeur, dit-elle finalement. C'est à vous que je pense chaque fois que je reçois une insulte dans la rue, à vous et à Ayelo. »

Elle sortit un moment pour chercher Lee et revint flanquée d'un jeune homme de petite taille, vif comme quelqu'un qui n'a pas de temps à perdre. « Merci pour votre courage », le salua Eïvan, mettant tant de poids dans sa voix que le garçon se tortilla, décontenancé. Nous lui racontâmes notre exode, les privations et les épreuves, les dignitaires kétas que nous avions rencontrés – ceux qui avaient conservé leur humanité comme le général Namiel, et ceux qui l'avaient perdue, comme le Distingué. « Pensez-vous que nous puissions rencontrer votre mère ? Elle me connaît de nom, et souhaitait me rencontrer avant les événements. » Eïvan mentionna l'histoire des tablettes de poésie. « Ah, c'est vous, s'esclaffa Lee. Oui, elle m'a cassé les oreilles un bon moment avec vos vers ! » Il avait une voix aimable. « Elle fait déjà tout ce qu'elle peut pour influencer le Concile, vous savez, mais elle est très minoritaire. Certains cherchent même à la révoquer.

— J'imagine, répondit Eïvan. Je veux construire un réseau. Elle pourrait en devenir la clef de voûte, faire le lien avec les autres sénateurs. Si je peux leur parler, je suis sûr d'arriver à les sensibiliser… » Je retiens à grand-peine une objection. Il avait à peu près autant de chances de toucher le Concile qu'une tourterelle de susciter la compassion des chats. Lee fronça les sourcils, secoua la tête, et Eïvan leva ses paumes en signe d'apaisement : « Je sais… Je sais que ça paraît impossible. Mais croyez-moi, lorsque nous parlons avec la sincérité de notre reflet, nous touchons des sensibilités que la raison n'atteindra jamais. » Il y eut un moment de silence, puis Elzer effleura le poignet de Lee : « Moi, j'y crois. Fais-lui confiance. » Lee finit par hausser les épaules. Il nous donna un nom à contacter à Numré.

« Continuez à relier toutes vos bonnes volontés, reprit Eïvan en le remerciant. Pour que tous ceux qui désespèrent de l'humanité voient à quel point nous sommes nombreux… » Soudain, Elzer se redressa, comme frappée par une idée. Ses yeux s'agrandirent. « Se relier… À votre avis, combien de temps faudrait-il pour rejoindre à cheval le camp d'où vous vous êtes échappés ? demanda-t-elle.

— Je ne sais pas, une semaine ou deux », répondis-je. Je ne comprenais pas le sens de sa question. Eïvan eut l'air inquiet : « Non, ce n'est pas ce que je voulais dire… Les enfants, ne faites rien qui vous mette en danger… » Mais Elzer éclata de rire et elle regarda Lee : « Dis… Tu penses que tu peux nous avoir une centaine de chevaux ? Très rapidement ? » Le jeune Kéta arqua les sourcils, puis ses lèvres s'étirèrent en un fin sourire. « Oh que oui ! » répondit-il. Ils firent claquer leurs mains droites l'une contre l'autre, avant de les fermer en un poing commun – le salut des joutes. La jeune fille se retourna vers nous, exaltée : « Personne ne nous touchera, Eïvan. Nous sommes kétas. Si quelqu'un levait la main sur nous, nos familles seraient obligées de voler à notre secours, jusqu'au plus obscur cousin de province ! Le plus grand campement de prisonniers est celui où se trouve Ayelo, vous m'avez dit ? Celui au sud, près du lac Boga ? Eh bien, nous allons y aller. Nous serons vos boucliers humains. »

Elle sourit en montrant les dents : « On verra s'ils osent vous massacrer avec une centaine d'entre nous mélangés aux vôtres. »

28

L'espoir

Missive au Haut Sénateur Mirol Delahousse.

Cher collègue, avec tout le respect dû à votre position (qui je vous le rappelle est une fonction ÉLECTIVE), votre injonction à « tenir mon fils » me semble particulièrement déplacée. N'est-ce pas votre propre héritier que l'on a dû envoyer en pension, non pas une mais bien trois fois, pour désordre sur la voie publique en état d'ébriété ?
Il est vrai qu'il a de qui tenir !

Sama Antonin

Nos adieux furent chargés d'émotion. J'avais du mal à embrasser pleinement la portée de cette révolution, mais je sentais combien mon univers se réorganisait en profondeur. Ces jeunes n'avaient aucun intérêt à se battre pour nous, ils auraient pu rester à l'abri dans leurs traditions et leurs palais… Mais ils étaient là, à dormir par terre – et d'ici quelques semaines, si leur plan réussissait, ils parviendraient peut-être à perturber la déportation.

Nous n'étions plus seuls.

Elzer avait accepté de porter nos messages à Ayelo. « Abruti, avais-je écrit, tous les guérisseurs sont-ils aussi bornés ? Prends soin de toi, mon frère, je veux te revoir pour te botter les fesses. » Assis en tailleur, Eïvan, lui, avait rédigé une longue lettre.

Notre retour vers l'auberge se fit à pas lents, dans l'obscurité. Le vent agitait doucement les feuilles minuscules des tamariniers. Eïvan échafaudait à voix basse des hypothèses rocambolesques. « Namiel va profiter de l'arrivée des jeunes pour stopper la déportation dans le Sud, même si le Concile lui donne l'ordre inverse, j'en suis sûr. Et Sama pourra organiser une réunion avec les sénateurs. Je les convaincrai, tu verras, je les convaincrai. Nous pouvons éviter le pire, dévier la roue de l'histoire. »

Dans la tente, la jeune Elzer l'avait regardé comme un prophète. J'étais plus sceptique. J'avais vu le Cerf assailli, Eïvan brisé, noyé dans la spirale de ténèbres qui engloutissait notre monde… Il ne pourrait pas arrêter ce raz-de-marée en se tenant debout sur la plage les mains levées. Mais j'étais désormais prête à me battre à ses côtés. Après tout, qui aurait pu prédire la trajectoire d'Elzer ? La semi-rébellion de Namiel ?

Et puis son entrain me ravissait. Quand il avait tendu sa missive à Elzer, un voile s'était levé de son cœur. Il irradiait d'une jubilation presque palpable, aussi visible que la brume argentée du Cerf un soir de pleine lune. Soudain, il me souleva par la taille et me mit debout sur un banc. Je posai mes mains sur ses épaules, contemplant son visage espiègle. Sa gaîté m'emplissait d'un bonheur indescriptible. « Ah ! Je suis plus grande que toi, maintenant », lui dis-je.

Il sourit et me fit basculer dans ses bras. Je me retrouvai allongée sur le banc, et ses doigts glissèrent sous mes habits. Mon cœur se mit à battre plus vite. Ses mains caressantes remontèrent le long de mon torse et enveloppèrent mes seins. Le contact prit mon souffle, changea mon sang en lave. J'agrippai ses épaules en haletant. Il commença à ouvrir ma chemise et, submergée par la crainte d'être vus et un désir qui déferlait comme une horde de chevaux sauvages, je bredouillai : « Eïvan, pas ici.

— Ici, alors… ? » Sa bouche se mit à courir sur mon cou. Je gémis sans pouvoir me contrôler, touchant la peau chaude de sa nuque, luttant contre toutes les fibres de mon corps qui résonnaient de lui, et réussis à repousser sa tête en gloussant. « Arrête… Je n'ai aucune envie d'être surprise par des promeneurs !

— Ils apprendraient que Lius et Kétas font l'amour de la même façon, répliqua-t-il. Quelle révélation ! » L'hilarité nous gagna et il cacha son visage contre mon ventre. « Viens », dit-il en me tirant par la main.

Il m'entraîna en courant vers l'auberge tandis que je tentais de retenir les pans de ma tunique déboutonnée. Pitro nous attendait dans notre chambre. Le lit étroit trônait au milieu d'une pièce mansardée, garni de draps blancs et d'oreillers volumineux. Une large fenêtre s'ouvrait sur la rue. Eïvan retrouva un moment son sérieux pour lui rapporter ce qui s'était passé, ce qu'Elzer nous avait dit – Lee, Sama, le projet des jeunes de rejoindre le camp du lac… Pitro arrondit la bouche : « Alors ça, s'exclama le vieil homme, ça pourrait vraiment faire une différence.

— Il faudra prévenir Dan, avertit Eïvan. Qu'ils n'aillent pas me les tuer, c'est compris ? » Pitro acquiesça d'un air absent, comme s'il essayait de mesurer les implications de ce qu'il venait d'entendre. Puis il m'avisa, dans le coin de la pièce, gênée par ma chemise ouverte et mon désir violent. Son regard glissa vers Eïvan et il sourit. « Bien, bien, bien… je vais dormir. Allez dans la bénédiction de Wou, nous lança-t-il, moqueur, en se levant, mais n'oubliez pas que les murs sont fins. » La porte claqua.

Eïvan me pressa contre la paroi, les yeux étincelants, et son baiser me brûla. La vitalité renaissante déferlait dans ses veines. Nous étions nus avant même d'atteindre le lit. Son corps était plus maigre que lors de notre première nuit à l'Ahmra, une éternité auparavant, la peau de ses bras était parcheminée par le soleil, mais c'était toujours lui, mon rêve inattendu. L'amour explosa dans mon cœur avec la violence d'un ouragan, avec la douceur d'une fleur, avec la joie d'un éclat de rire. Je criai dès qu'il entra en moi, et sa grande main couvrit ma bouche pour en étouffer les sons. Mes dents happèrent son doigt. Il bougea en râlant, vibrant d'ardeur.

Notre plaisir célébra la vie.

*

Quand je m'éveillai au milieu de la nuit, désorientée dans cette chambre d'auberge inconnue, la bougie s'était éteinte. Par la fenêtre, la lueur d'un lampadaire éclairait faiblement le visage assoupi d'Eïvan. Il respirait fort, et je me demandai si le Cerf courait dans son âme, jouissant de l'espoir retrouvé.

Je posai délicatement ma main sur son torse. Il sortit du sommeil malgré mes précautions. Ses yeux calmes me contemplèrent, et j'y vis la profondeur, la limpidité de l'animal d'argent. « Tu ne dors pas ? » chuchota-t-il. Il me tendit les bras. Sa peau était chaude et j'eus à nouveau envie de lui. Ses doigts me firent oublier mon nom. Quand nos battements de cœur ralentirent, il me demanda : « Tu te souviens de cette nuit, dans le village, avec le Cerf ?

— Évidemment. Comment l'oublier ? » Il me jeta un coup d'œil hésitant, puis, comme s'il venait de prendre une décision, il tourna brusquement la tête vers le plafond : « Raconte-moi. Raconte comment c'est, de l'extérieur. Quand je fais ça. Je ne sais pas à quoi ça ressemble. »

Alors, lentement, parce que je craignais de ne pas trouver les mots justes… parce qu'il acceptait enfin de parler du Cerf… lentement, je commençai à lui décrire la beauté qui illuminait mon âme depuis le jour où je l'avais surpris à l'Ahmra. Je détaillai sa transparence solaire, et la douce lueur argentée qu'il diffusait la nuit. Je lui racontai comment elle s'était déployée comme une aurore sur les âmes du petit village, lavant la glaise collante de la haine, ravivant les couleurs de la tendresse, atténuant les peurs. « Il y avait ce vieillard, je crois qu'il avait cessé d'aimer quoi que ce soit depuis des décennies. Le monde lui était une brûlure permanente. Il t'a vu, et il s'est souvenu de la crique bleue de son enfance. Du garçonnet d'une ancienne voisine, qui lui posait des petits bouquets sur sa véranda. Il s'est aperçu que son palefrenier l'accueillait toujours avec le sourire… Chaque cœur touché par ta radiance s'épanouissait, se dénouait, se calmait… » Je marquai une pause, transportée par l'évocation. Cette nuit avait été si belle, aux antipodes de la laideur qui nous avait happés ensuite. Je lui campai la puissance de son encolure fière et l'agilité de ses pattes nerveuses. La hauteur gracile de ses bois, l'innocence poignante de son regard. Eïvan ferma les yeux, et je le sentis vaciller au bord de la timidité. Au fond de moi, je savais que j'aurais dû me taire, mais je ne pus m'empêcher de continuer, si avide que j'étais de lui montrer sa propre beauté. « Tu illumines le monde », chuchotai-je dans l'obscurité de la pièce confinée. « Pour un peu, je croirais que tu es l'envoyé d'Océa. » Il partit dans un rire tonitruant. Je ne sus si je devais me sentir vexée ou ravie. « Tu ne crois pas si bien dire, commenta-t-il en me touchant le nez, d'ailleurs, mon corps ne repose pas vraiment sur le lit, il lévite juste un peu au-dessus. » Je pouffai. « Ne me mets pas sur un piédestal comme les autres, reprit-il avec douceur. Tu sais bien que je dois parfois résister à la tentation de… prendre l'ascendant sur les gens. De toucher sans être touché. » Je n'avais pas oublié la brutalité de son rejet, ou son talent pour esquiver les questions. Il se remit sur le dos. « Quant au Lieu de silence, oui, il se passe quelque chose, la vibration s'étend… Mais je ne fais pas de miracles. Tu me vois juste par les yeux de l'amour, Taena », ajouta-t-il gentiment. J'ouvris la bouche pour protester… Il m'interrompit avec un petit rire : « Ce serait trop simple, si cela marchait ainsi. Je pourrais régler d'un coup tous les problèmes de Zanabé. »

Je le contemplai un moment, son visage rêveur, ses yeux qui interrogeaient la nuit… Son aveuglement me semblait d'une cruelle injustice. Lui, si prompt à dénicher la beauté dans le plus laid des hommes – et en moi, l'enfant de la haine et de la guerre –, ne la voyait pas dans son propre reflet. Je me souvenais de l'infinie tristesse qui avait manqué de nous broyer dans le vortex. On lui avait fait du mal. Tellement de mal qu'il ne savait plus qui il était.

« Tu ne peux pas te voir…, chuchotai-je, mais moi je te vois, Eïvan, et un jour, je trouverai le moyen de te le montrer. »

Il soupira. Puis l'espièglerie se glissa sous ses paupières : « Gastar n'avait pas l'air très sensible à ma somptueuse aura. » J'éclatai de rire.

29

Une ancienne route

Journal d'Eïvan.

Nous ne savons pas faire face à l'émerveillement et au désastre.
Nous résistons autant à nos scintillants reflets qu'à nos accablants chagrins.
Il est si petit, l'esprit qui nous maintient en une seule pièce.
C'est une cage, au fond. Quand quelque chose arrive qui dépasse ses limites, tout l'édifice s'écroule, et notre premier réflexe est de chercher à reconstruire notre enclos.
Alors vient la souffrance.
Il faut respirer. Patienter. Accepter le chaos et l'incompréhension, pour bâtir quelque chose de plus grand.

Après Bourg-Croisé, la route vers le nord remontait le long des bourgades et des champs, nous révélant dans quel état d'abandon se trouvaient désormais les cultures. Nous longions des plantations de haricots racornis par le soleil, des laitues flétries, des giraumons qui rampaient et débordaient sur les autres parcelles…

« Si c'est pas malheureux… », commenta un jour un passant alors que nous examinions, atterrés, un verger de goyaviers ruiné par les merles. Les oiseaux avaient festoyé sur les petits fruits jaunes, se gorgeant de la pulpe pour ne laisser que la peau épaisse qui pendait, évidée, au bout des tiges. « Ils n'auraient pas pu y penser avant d'expulser les travailleurs lius ? Toute cette bonne nourriture qui se perd ! »

Le manque soudain de main-d'œuvre menaçait des récoltes entières. Des brigades de volontaires se constituaient pour aider les fermiers, mais ils n'étaient pas assez nombreux pour pallier l'énorme vide laissé par les Lius. Nous n'engagions pas la conversation, mais quand on nous parlait, nous apprenions pas mal de choses. Les étals avaient d'abord été inondés de produits à bas prix grâce au pillage de nos villages lors de l'Opération, puis la pénurie avait commencé et les tarifs flambaient. Les auberges connaissaient des difficultés d'approvisionnement. Sans rien à vendre ou échanger avec nous, les marchands de légumes, de fruits et de bétail manquaient de liquidités pour acheter aux manufacturiers… Les manufacturiers dont les ventes s'effondraient ne pouvaient plus payer leurs ouvriers…

En trois mois, notre déportation avait complètement désorganisé Zanabé. J'en conçus une joie sauvage.

« Qu'ils crèvent dans la merde de leurs égouts, exultait Pitro, qu'ils s'empoisonnent de leur nourriture avariée ! »

Rasséréné par la stabilité d'Eïvan, le vieil homme laissait libre cours à son chagrin. La douleur du deuil enflammait sa haine des Kétas et son humeur était exécrable. Il fulminait. Tous les soirs, il se lançait dans une diatribe contre leur monstruosité, leur indifférence, leur manque d'humanité… La vie continuait pour eux, malgré les pénuries. Ils riaient, mangeaient, buvaient ; ils nourrissaient leurs enfants quand les nôtres pleuraient de faim ; ils honoraient leurs aînés quand nous enterrions les nôtres… Sans partager sa colère, il m'était parfois difficile de ne pas éprouver du ressentiment. Pitro n'aurait pas supporté que l'on prenne leur défense, mais lorsque nous étions seuls, Eïvan me répétait : « Ils ne savent pas ce qu'on fait aux Lius, tous ces gens. Regarde-les bien. » Je les observais dans leur quotidien. Ils nous ressemblaient douloureusement. Il y avait en eux ce qu'il y avait en nous : des lames de cruauté aveugle, et des clairières de bienveillance. À leur place, aurions-nous réagi différemment, ou aurions-nous détourné la tête, nous aussi ?

Nous avancions vers le nord, et je couvais dans le nid de mon cœur le bonheur de ma relation avec Eïvan. J'apprenais son corps, ses élans et ses hésitations. L'exubérante vitalité qui jaillissait parfois de lui, m'emportant comme un torrent et me laissant à peine respirer. J'apprenais son irrésistible, insondable douceur ; l'ombre qui se déployait parfois à l'arrière de ses yeux et le rendait inerte, sauvage. Ses élans d'intimité, ses pulsions de solitude. Il pouvait être si différent d'une heure à l'autre. Vulnérable ou impérieux, concentré, tendre, espiègle, distant… je tentais d'écouter, de suivre, et rêvais à une vie entière pour apprendre toutes les notes de son être.

*

Au début de la troisième semaine de voyage, nous atteignîmes Seyte. La ville de l'Ouest était connue pour son arche majestueuse en forme d'arbre, dont l'effet était un peu gâché par le monceau d'ordures à ses pieds. Je frissonnai en passant dessous. La bourgade avait été le théâtre de l'une des plus sanglantes battues anti-Lius à l'époque de la Catastrophe. Ivres et enragés, les habitants kétas s'étaient livrés à un lynchage, débusquant tous les Lius dans leurs maisons en périphérie de la ville, pour les crucifier sur la place centrale, jusqu'à ce que le sang coule en rigoles dans les caniveaux. Cette nuit-là, quelque cent cinquante personnes étaient mortes.

Aujourd'hui, la furie meurtrière avait laissé place aux fanions colorés et aux orchestres. Seyte se préparait à célébrer la Hora, la victoire de Zanabé sur l'Erad. Nous cherchions déjà un emplacement sur la place des marchands ambulants lorsqu'une cohue attira notre attention : un important détachement de Coccinelles se déployait au carrefour suivant, là où étaient installés les artistes. Les militaires avaient stoppé les ventes, et établi un cordon de sécurité autour des échoppes qui proposaient des statues de guerriers et autres colifichets patriotes. Ils contrôlaient les passeports, avec une minutie suspicieuse. « C'est la troisième descente cette semaine ! se plaignait un vendeur de beignets à nos côtés. À chaque fois, ça dure des heures !

— Qu'est-ce qu'ils cherchent ? » s'enquit Pitro. L'homme replet leva les bras au ciel : « Des rebelles. Paraît que des Lius ont infiltré nos villes. »

L'appréhension alourdit nos gestes. La moindre précipitation aurait suscité la méfiance, aussi Pitro nous conseilla d'acheter des fanions pour notre carriole, des tourtes et des sucres d'orge avant de repartir. Eïvan fixa un peu trop longtemps les Coccinelles qui virevoltaient à une centaine de pas, et se tourna vers nous, ravi : « Il y a un homme que j'ai soigné du Mal sec. Ça fait plaisir de le voir sur pied. » Toutes les nuances de la fureur déformèrent les traits de Pitro lorsqu'il nous intima l'ordre d'embarquer dans la charrette. Nous reprîmes donc le chemin de l'arche, à un rythme péniblement tranquille, saluant les chalands comme nous l'avions fait à l'aller. Jusqu'au coucher du soleil et notre bifurcation vers les montagnes, je redoutai d'entendre le galop des soldats. Nous nous enfonçâmes aussi loin que possible sous le manteau de la nuit, à travers les champs puis les bois. Le silence nous enveloppa enfin.

« Dorénavant, nous éviterons les voies commerciales, annonça le vieil homme. Ça rallonge le voyage, mais au moins, nous aurons une chance d'arriver à destination. »

Le lendemain, le chemin forestier nous entraîna dans la mauvaise direction, et je me demandai si nous n'allions pas nous perdre. Après une journée morose, nous nous installâmes pour dormir dans un sous-bois caillouteux. Les auberges kétas me manquaient, avec leurs chambres propres – et séparées. Eïvan me jeta un coup d'œil frustré. « Allez-vous-en, nous lança Pitro par-dessus son épaule. Je veux dormir en paix. Les bois sont assez grands, au nom d'Océa, allez dormir plus loin ! »

Deux couvertures sous le bras, j'entraînai Eïvan à tâtons. Il se cogna à un arbre, je me pris les pieds dans une racine et m'étalai par terre, des branches nous cinglèrent les bras et nous pataugeâmes dans une flaque avant de trouver un coin à peu près confortable où nous enlacer, pouffant de rire comme des enfants. « Tu sais qu'il fait semblant d'être méchant, n'est-ce pas ? » chuchota-t-il dans mon cou tandis qu'il me serrait contre lui. La chaleur de son corps me coupa le souffle, et son odeur, sa voix de basse, ses mains. Notre étreinte fut douce, drôle… et terriblement inconfortable.

Lorsque je me réveillai le lendemain, couverte de piqûres d'insectes, Eïvan était debout complètement nu, et fixait intensément la forêt. Il se retourna vivement. « C'est là ! s'exclama-t-il sans préambule. Je suis sûr que c'est là ! »

Je souris en le découvrant maculé de boue et de feuilles mortes. « Qui est-ce qui est là ? »

Il pointa le doigt vers une ancienne route qui se dessinait vaguement dans le bois : « Le passage ! dit-il. C'est l'itinéraire que nous avons pris en sortant des Monastères. »

La forêt s'était partiellement refermée sur la route. Mais c'était bien celle-là, confirma Pitro. « Celle que nous avons suivie à l'époque, avec tes disciples. Ça alors. J'aurais aimé la retrouver la dernière fois… j'aurais gagné un temps fou. » Nous allions pouvoir rallier le quartier général de la Résistance sans traverser de villes kétas, précisa le vieil homme.

Notre voyage fut dès lors beaucoup plus tranquille. La voie était totalement déserte, envahie par les herbes, ses portions les plus étroites mangées par la forêt qu'il nous fallait ouvrir à coups de lames. Nous n'entendions que le bruissement du vent dans les arbres et les trilles des oiseaux. Au bout du troisième jour passé sans croiser personne, nous abandonnâmes l'accent kéta pour nous contenter de parler à voix basse. Alors que nous progressions vers le nord, la végétation commençait à ressembler à celle de l'Ahmra : de hauts arbres, une humidité bienfaisante. Pitro et Eïvan évoquaient leurs souvenirs des débuts du village, les maisons à construire, les familles qui arrivaient… Un soir, alors que nous venions de nous installer pour la nuit, ils se rappelèrent les essais de transe qui avaient mal tourné. La technique qu'avait utilisée Eïvan pour endiguer le désespoir des évadés s'appelait *le bateau de la musique*. Lors de son premier essai en solo, le guérisseur avait oublié la moitié du rituel de retour pour rendre leurs voix humaines aux disciples. En essayant de parler, tous n'avaient produit que des sons allant du caquètement d'une poule d'eau au feulement d'une mangouste. Ils n'avaient jamais autant ri.

Assis contre la carriole, nous surveillions la cuisson du fruit à pain que nous venions de décrocher d'une branche. J'étais blottie contre lui, et je le sentis gigoter dans mon dos à l'évocation des transes. Il soupira et retira son bras de mes épaules. « Je dois vous laisser, ce soir, annonça-t-il. Il y a trop longtemps que je… n'ai pas passé un peu de temps dans le Lieu de silence. Ça me manque. » Pitro grogna un acquiescement indifférent, mais mon cœur se serra. Il allait laisser sortir le Cerf. Et il ne souhaitait toujours pas que j'y assiste. Même maintenant. J'affectai un ton désinvolte : « Fais attention à la meute.

— Elle se tient à distance, sourit-il. Bonne nuit, tous les deux. » Et les bois sombres se refermèrent sur lui. Il n'avait même pas mangé. Je scrutai la forêt, pleine de nostalgie. L'animal transparent allait apparaître, splendide et émouvant, et je ne le verrais pas. Personne ne le verrait… pas même lui. « Il a besoin de cette solitude, l'excusa Pitro. Ça a toujours été ainsi. Ça n'a rien à voir avec toi. » L'eau bouillonnait à bas bruit dans la casserole. Si nous survivions à la guerre, j'aurais bien le temps de m'inquiéter de tout ça. Pour le moment, il allait mieux. « Il va mieux. Mais c'est Eïvan, petite, m'avertit Pitro. Ses gouffres ne sont jamais loin de ses pics… Nous devons rester vigilants. »

Le vieil homme servit le repas. Les lanières de bœuf séché avaient salé le fruit à pain. Il m'expliqua que quand Eïvan était marié, il quittait le village sans arrêt, il jouait au guérisseur itinérant. Il aimait sa femme… mais il n'arrivait pas à rester près d'elle. Un jour qu'elle le lui reprochait, il lui avait lancé au visage : « Tu veux garder le Cerf pour toi seule. C'est ce que tout le monde veut, de toute façon. Le posséder. Et vous appelez ça "aimer". »

Il y avait tant de cynisme et de détresse dans cette réflexion que j'en restai sans voix. « Mandine m'avait prévenue », murmurai-je finalement. L'évocation de la vieille dame nous mit les larmes aux yeux. Pitro ne m'avait jamais fait aucun reproche, pas plus qu'à Eïvan. Nous nous en faisions assez. « Elle me manque tellement », gémit-il, fixant le feu.

*

Lorsque je me réveillai le lendemain matin, Eïvan dormait à mes côtés, et nous reprîmes notre voyage sans une allusion à son escapade. La route finit par déboucher sur l'arrière-pays liu. Nous traversâmes d'abord des prés où des troupeaux de chèvres redevenues sauvages partirent en courant. Des bananiers étaient couchés, rompus par le vent, leurs régimes verts pourrissant sur la terre. Au loin, des bâtiments firent leur apparition, signalant un village. Pitro nous intima de reprendre l'accent kéta et de rester sur nos gardes. La première alerte fut une odeur pestilentielle. Elle s'amplifia à mesure que nous progressions. Le vieil homme souffla en secouant la tête et je me bouchai le nez. Juste avant l'arche d'un petit pont de pierre, une forme sombre apparut sur le sol, une patte dressée vers le ciel. Un bœuf mort. Sa panse avait éclaté au soleil et des fluides imbibaient la terre. Je détournai les yeux pour ne pas voir les asticots qui grouillaient dans la grande carcasse. Nous dépassâmes le cadavre, mais l'odeur s'amplifia malgré le vent de face. Pitro fronçait les sourcils, et conduisait de plus en plus lentement. Le bourg se dévoila à mesure que nous approchions. Il avait abrité une cinquantaine de maisons. La plupart étaient réduites à quelques murs calcinés, des poutres de charpente qui se dressaient au soleil comme des moignons noircis, des fenêtres qui pendaient par leurs gonds, arrachées. J'arrêtai notre carriole sur ce qui avait dû être la place communale. Des meubles et des déchets avaient été empilés au centre, avec deux chiens morts. « Monfève, murmura Pitro, songeur, ce village s'appelait Monfève, je crois. »

Lentement, nous explorâmes les ruines, muets. Par une porte béante, j'aperçus un chat blanc décapité. Là, une armoire renversée et deux petits lits souillés d'un liquide huileux. Au bout du village dont les herbes folles mangeaient déjà la rue principale, l'odeur de mort était insoutenable. Il y avait un enclos derrière les maisons, sur la gauche. « Océa », souffla Eïvan. Je suivis son regard. D'abord, je crus que des gens nous épiaient.

Puis je me détournai pour vomir.

Une dizaine de corps étaient attachés debout à des piquets, pourrissant dans des postures disloquées. Leurs visages n'en étaient déjà plus.

Après un long moment, Pitro et Eïvan trouvèrent le courage de s'approcher, mâchoires serrées. « Ils ont été tués », murmura Eïvan ; et, quand Pitro le regarda comme s'il était demeuré, le guérisseur précisa : « Ils ne sont pas morts de soif. Ils ont été égorgés. » Il y avait quatorze Lius, hommes, femmes et enfants. L'odeur était lourde et âcre. Je demeurai à bonne distance, incapable d'affronter ce qui se trouvait là ; et sans comprendre comment, je me retrouvai à sangloter dans les bras d'Eïvan.

Faute de pouvoir les enterrer, nous installâmes un bûcher funéraire. Je coupai des petites branches. Eïvan et Pitro s'étaient attaqués aux plus gros rondins, démantelant ce qui restait d'une véranda, le regard fixe comme des miroirs tournés vers l'intérieur. La tâche nous prit pratiquement toute la journée. Il fallut disposer le bois autour des malheureux, jusqu'à la taille. J'avais tiré ma chemise sur mon visage, et je m'efforçais de ne pas regarder, mais je vomis à nouveau. Le souvenir du petit corps que Colin nous avait obligés à brûler me hantait.

Lorsque nous eûmes allumé le brasier, Eïvan fit une courte prière dans la langue des monastères. Je me retournai pour ne pas voir l'œuvre du feu mais ne pus préserver mes oreilles des craquements et des explosions.

Il faisait presque nuit quand nous quittâmes Monfève, écrasés d'horreur.

*

Ce fut le premier des « villages-cimetières », comme nous les appelâmes. Nous en découvrîmes trois autres dans les jours suivants. Il était facile de deviner ce qui s'était passé : les Coccinelles chargés du regroupement n'avaient pas souhaité s'encombrer de prisonniers. Ils s'étaient dit que le Concile n'en saurait jamais rien…

Selon notre estimation, nous étions désormais exactement au-dessus de l'Ahmra, à trois ou quatre journées de marche. Si nous étions redescendus vers le sud, nous aurions fini par rejoindre nos terres. Mais il nous fallait continuer nord-est, gravissant le flanc d'un mont qui se couvrait d'une verdure de plus en plus drue. Il devenait difficile d'avancer rapidement, tant les sous-bois étaient denses. Les roues de la carriole dérapaient sur le sol tendre. L'avantage, c'était que les parages étaient trop sauvages pour être habités.

Nous cheminions en silence, la tête baissée, écrasés sous une chape de désespoir. Même après avoir subi les camps, cette confrontation directe avec le mal avait quelque chose de glaçant. Nous nous étions échappés, certes, mais Zanabé tout entier était devenu un camp de prisonniers. Je sentais s'effriter en moi, à peine acquise, cette vision toute neuve d'un monde plus bienveillant. Pitro conduisait la carriole, la mâchoire bloquée par une rage volcanique… Et en regardant Eïvan, j'avais envie de crier. Il s'éteignait à nouveau, mon amoureux malicieux, mon fervent prêcheur de paix qui lançait au ciel ses idées folles – il se recroquevillait devant l'atrocité.

Plusieurs jours passèrent sans que nous rencontrions de nouveaux cimetières. Nous allions toujours vers le nord. Lorsque les découvertes macabres cessèrent, Eïvan brisa notre silence traumatisé. « Plus jamais, jura-t-il, sa voix vibrant dans le silence. Je vais rencontrer la Résistance. Je vais rencontrer le Concile. Nous allons réunir tout ce que Zanabé compte de cœurs bons, d'esprits libres – kétas, lius – et nous allons surmonter la haine. Nous allons gagner. »

J'avais tant besoin d'y croire.

*

Arriva un moment où la pente fut trop raide et la terre trop meuble pour continuer à traîner la voiture. Malgré nos précautions, l'une des roues s'enfonça dans la boue et il fallut soulever la charrette en nous y mettant tous les trois. De l'eau remonta dans la cavité. Pitro répartit ce qu'il put du chargement entre nous, dans les sacs à dos et sur les sacoches des chevaux ; il laissa le reste dans la carriole au pied du plus haut des cocotiers, espérant retrouver le matériel plus tard. Puis nous repartîmes à pied, tenant les chevaux par la bride. Les sacs à dos pesaient lourd sur nos épaules, les bretelles nous tirant en arrière tandis que nous peinions sur le chemin de plus en plus escarpé. Il y avait autant d'humidité dans l'air que dans la terre. Pitro nous avait prévenus que le QG se trouvait tout en haut de la montagne, et qu'il avait l'avantage de permettre un accès relativement rapide à Numré, tout en étant difficile à trouver. Je comprenais pourquoi, à présent. Je rêvais d'un thé chaud tandis que la température rafraîchissait et que les feuilles des arbres nous gouttaient sur le crâne.

La côte s'accentua encore et les arbres disparurent progressivement, au profit d'une mousse verte spongieuse et de plantes grasses trapues. Un aigle cria dans le ciel. En contrebas, on distinguait désormais une vallée où des nuages glissaient avec lenteur. La brume nous enveloppa alors que nous montions. Je portai la main à mes cheveux : ils étaient aussi mouillés que si je les avais lavés. Un frisson désagréable me saisit. La chemise de Pitro, détrempée, laissait goutter sa teinture bleue le long de son pantalon. Eïvan éternua. Une grosse roche plate marqua la fin de notre ascension ; après elle, le chemin s'élargit et nous débouchâmes sur un plateau.

« Enfin », soupira Pitro en guidant les chevaux sur l'herbe plate.

Je regardai la plaine. Des nappes de brouillard blanc estompaient les contours du bâtiment au loin. Elles glissaient en limaces paresseuses le long du parvis. Mais une partie de la bâtisse se dressait suffisamment haut pour percer leur épaisseur : une tour noirâtre, à demi effondrée, et des toits d'ardoise luisants.

Tous les mois passés depuis mon amnésie, et toutes les années avant elles se percutèrent en moi, chassant l'air de mes poumons. Le Manoir se dressait devant nous, aussi délabré que dans mes souvenirs.

30

Le QG du Nord

Sur la montagne d'Ouvra, le temps s'est arrêté.
N'a jamais commencé, il n'est jamais passé.
Sur la montagne d'Ouvra, les nuages figés
Imbibent pour des années le fond de la vallée.

(Comptine)

Pitro se demanda si les colliers de famille allaient rouiller. Eïvan se demanda si nous allions rouiller. Je les entendis de loin, derrière le roulement de tambour qui battait mes oreilles. Ils avancèrent sur le parvis et je les suivis, les membres gourds, emplie uniquement de bourdonnements et de cette phrase qui tournait en boucle : *Il m'a retrouvée. Il m'a retrouvée.* Ces mots ne charriaient aucune émotion. Sur la tourelle, un homme siffla en signe de reconnaissance, dérangeant les pigeons qui roucoulaient au-dessus de sa tête. Pitro le salua. J'aurais dû parler, mais je ne savais pas quoi dire. Ma voix fuitait par mes talons. Mon esprit dérivait dans le brouillard.

Comme dans mes souvenirs, les dalles du parvis étaient disjointes. Une tache noirâtre s'y devinait encore, reste des feux de joie de mon enfance. Les sept portes frontales du Manoir étaient toujours condamnées. Je suivis mes compagnons derrière le bâtiment jusqu'à l'entrée en trompe-l'œil. Rien n'avait changé. Devant la structure rectangulaire entièrement recouverte de lierre qui dissimulait l'étable, Pitro et Eïvan débarrassèrent les chevaux de leurs sacoches. Je restai debout, les contemplant, incapable d'esquisser le moindre geste. L'odeur de la terre mouillée, toujours – cette odeur que j'aimais. Eïvan dégrafait le licol ; il s'interrompit, les sourcils froncés par-dessus l'animal qui secouait la queue : « Taena ? » Pitro me jeta un coup d'œil à son tour. J'essayai de remuer les lèvres pour leur répondre. Elles étaient molles. « C'est le Manoir, croassai-je. Ça va aller. Il me faut juste un peu de temps. »

Eïvan me dévisagea et ses yeux s'écarquillèrent. Il contempla la bâtisse délabrée : « Océa ! dit-il. C'est ici que tu as grandi ? » Je hochai la tête. Mes sensations commençaient à revenir, une détresse enfantine qui fracassait mon cœur, le souvenir de ses yeux verts, sa mâchoire serrée… « Parfait, tu connais le propriétaire dans ce cas », répondit Pitro.

Le propriétaire. Alors, Colin était là.

Eïvan vint se poster devant moi et passa sa main devant mes yeux. Le drap gris du choc se replia lentement, à mesure que mon esprit se dégageait de sa torpeur. Je revins au présent. Il y avait des fourmillements dans le bout de mes doigts. Son regard noisette, attentif et soucieux… ce regard qui m'avait sortie du néant. Il me demanda : « Tu veux m'attendre dehors pendant que je vais rencontrer les résistants ? Ensuite, nous pourrons dormir ailleurs. » Je secouai la tête : « Il n'y a rien ici. Rien que le Manoir. Regarde. » Au-delà du parvis, on ne discernait que la pente verte, la vallée tachée de brume et la main de la forêt qui se refermait sur la cheville du mont. Eïvan se retourna vers moi. « Alors, je suis là, murmura-t-il finalement. Ne l'oublie pas. Et rappelle-toi les ailes du faucon. » Elles se déployèrent dans ma tête et cela me permit de respirer plus librement.

Dans l'étable, je longeai les box, caressant les robes soyeuses des animaux.

*

Eïvan mit son bras par-dessus mon épaule tandis que nous traversions couloirs et antichambres, en suivant Pitro. Mon angoisse à l'idée de revoir Colin grandissait à chaque pas. Tout était à la fois familier et différent. Dans les vestibules où nous accrochions autrefois nos manteaux de pluie, des armes étaient suspendues aux patères. Des résistants gardaient pratiquement toutes les portes. Pitro nous conduisit vers un hall sombre au plafond élevé, où une trentaine de personnes s'affairaient dans un brouhaha conséquent. La présence de Dan et Emelyne allégea quelque peu mon humeur. Ils avaient réussi à arriver avant nous ! Puis, je réalisai avec un choc, en contemplant les grandes colonnes qui soutenaient les arches et le sol de pierre patiné par les ans, que nous nous trouvions dans la salle de classe. Elle était méconnaissable. Jamais, au cours des innombrables heures passées ici, je n'avais entendu parler quelqu'un d'autre que Guide Colin. Mes yeux se portèrent spontanément vers l'estrade et le tableau noir. Quelqu'un y écrivait. Le professeur se retourna et je pus recommencer à respirer : j'avais reconnu la silhouette mince et bancale, la joue traversée d'une cicatrice. Tobal. C'était Tobal. « Ça alors, s'exclama-t-il, le visage radieux, mais vous êtes plus résistants que du chiendent ! » Eïvan en perdit la voix. La première fois que je l'avais rencontré, le marchand d'art venait chercher les « tablettes de poésie » à l'Ahmra. Les trois hommes s'étreignirent entre rires et pleurs, tandis que j'essayais de renouer les deux fils séparés de ma conscience – la Taena qui avait usé des porte-plume dans cette salle mal éclairée, et celle qui avait suivi des cours de magie dans une pièce blonde, à l'Ahmra…

Dan et Emelyne nous rejoignirent. Pitro raconta notre trajet, et provoqua des sifflements appréciateurs en décrivant la manifestation des jeunes Kétas et le plan qu'ils avaient conçu pour empêcher les massacres dans le camp du Sud. « Vous comprenez pourquoi je dois essayer de parler au Concile, maintenant ? » pontifia Eïvan. Les deux résistants échangèrent un regard entendu, puis Emelyne haussa les épaules : « Romain arrive dans la soirée. Nous lui proposerons. Je n'ai pas d'objection, personnellement, mais c'est surtout lui que tu devras convaincre, guérisseur. Et je te préviens, il n'est pas très patient… »

Tandis qu'ils discutaient, je m'éloignai, attirée par mes souvenirs. Le grand tableau noir surplombait une estrade et un large bureau de bois aux teintes brunes, devant lequel Colin nous faisait réciter à voix haute. Un résistant au teint pâle y déversait un filet de poudre dans un petit fût, les sourcils joints par la concentration. Une poignée de combattants l'entouraient en retenant leur souffle. Les hautes fenêtres verdies de mousse ne laissaient filtrer qu'une lumière chiche. Dans le coin le plus sombre du hall, on avait rassemblé tous les pupitres en un seul îlot pour y entreposer des habits, des armes, des outils… Je fis le tour des petites tables usées par des décennies de cours. Les pieds de métal étaient piquetés de rouille. Pouvais-je retrouver mon ancien pupitre ? J'y avais, très discrètement, écrit le D de Damien sur le bord. Un jour, j'avais renversé un encrier ; et la tache m'avait valu trois jours à la cave. J'inclinai légèrement une écritoire, lorsqu'un rugissement monta de l'autre côté de la salle. Je l'aurais identifié entre mille.

« Maudits soient leur sang et leur race ! cria Guide Colin. Que tous les Kétas périssent sous notre talon ! » Sa voix, aiguë et puissante, se réverbéra dans la voûte. Précipitamment, je me tapis derrière une armoire bancale. Il était là, dans l'encadrement de l'immense porte, avec son éternelle lancette kéta, ses yeux verts embrasés, sa colère inextinguible.

Je le haïssais. Je l'aimais.

Et je le reconnaissais à peine.

Ses cheveux noirs qu'il coiffait avec tant de soin avaient disparu, remplacés par quelques touffes grises sur un crâne presque chauve. Sa bouche pendait d'un côté. Son visage autrefois si beau semblait fait de pâte à pain, déformé et flasque. Je ne pouvais pas être partie assez longtemps pour qu'il se transforme en vieillard – il devait avoir l'âge de Pitro, ou même moins. Quelque chose n'allait pas.

Il houspillait la salle bruissante d'activité : « Je vous ai déjà dit que je ne voulais pas de bruit ! Taisez-vous ! » Les résistants lui retournèrent un regard indifférent. Alors il s'assit face au mur, dans le grand fauteuil qu'il avait toujours occupé, et je ne vis plus que le dossier éventré de son siège.

Lentement, je repris mes esprits et rejoignis mes compagnons. « Il est un peu fou, et ça ne s'arrange pas, expliquait Dan en désignant Colin. Mais il nous laisse utiliser le bâtiment comme QG. » Seul Eïvan avait remarqué mon trouble. « Y a-t-il un endroit où nous reposer ? » demanda-t-il. On nous indiqua les dortoirs. Le guérisseur me prit le bras et m'entraîna. Je le suivis comme le faucon suit les courants chauds.

*

Les dortoirs étaient ceux de mon enfance : une trentaine de lits étroits sur deux rangées. Les portes des grandes armoires aux pieds sculptés ne fermaient toujours pas, le bois était gonflé par l'humidité. Une odeur de moisi imprégnait les draps. Dès que nous fûmes seuls, Eïvan se tourna vers moi. « Tu me racontes ? » invita-t-il. Ses yeux, pleins de douceur. Je ne savais pas par où commencer. « Il était notre enseignant. Nous étions… son armée. Il nous apprenait à écrire, à compter, il nous apprenait l'histoire… et à tuer des oiseaux, à voler, à tricher. Il nous préparait pour la guerre contre les Kétas. J'avais douze ans. C'est lui qui me poursuit dans l'espace entre les mondes. » Eïvan hocha la tête. Il s'en souvenait. « On l'appelait Guide Colin. Il disait qu'il allait renverser le Concile. » Des pans entiers de souvenirs me manquaient toujours. Je me voyais partir et revenir avec les sceaux des différentes villes – ceux que nous allions voler dans les bâtiments administratifs, et qui servaient à authentifier les ordres officiels. Comment avais-je pu seulement oublier ? C'était l'obsession de Guide Colin. Il s'en servait pour fabriquer de faux documents. Il parvenait ainsi à détourner des convois de soldats de leurs destinations, se faire livrer des armes, saboter l'organisation du Concile avec des ordres contradictoires. Un jour, nous disait-il, il aurait assez de sceaux pour déclencher la guerre et libérer les Lius… J'entendais bien ses diatribes exaltées… De quoi me souvenais-je ? Nous étions une douzaine d'enfants, le plus petit avait cinq ans et le plus âgé dix-sept. Durant mon séjour ici, des nouveaux étaient arrivés, des anciens étaient partis. Et Damien, bien sûr, qui s'était enfui à quatorze ans. Nos journées étaient rythmées comme une armée – l'armée qu'il formait, contre le pouvoir kéta. Lever au son d'une cloche. Regroupement dans la salle de classe pour la prière, avant même le petit déjeuner : « Accorde-nous, ô Wou, la force et la grandeur de combattre l'ennemi… » Les rituels parsemaient la journée, innombrables, interminables, et souvent changeants. Réciter le nom des familles kétas les plus influentes, pour les mémoriser. Rester en rangs les bras levés pendant de longues minutes, pour « s'endurcir ». Frapper des pantins de chiffons censés représenter les Kétas à chaque fois que nous entrions dans une pièce, et avant d'aller dormir, pousser des cris de guerre… Je me tournai à demi. Un lit, au fond. Celui de Damien.

Dans le dernier souvenir que j'avais de Colin, racontai-je à Eïvan, nous étions sur le parvis et il m'envoyait en mission, chercher l'un de ces sceaux. Il avait toujours ce visage aristocratique, ce maintien royal, ces habits impeccables. Même si j'avais erré dix ans depuis cette scène, ce qui me semblait improbable, il n'aurait pas dû se métamorphoser autant… « Qu'est-ce qu'il a, à ton avis ? demandai-je au guérisseur. Il a l'air malade. » Eïvan baissa les yeux, réfléchissant : « Quand tu étais enfant, est-ce qu'il parlait tout seul en votre présence ? Est-ce qu'il était parfois très énervé, et parfois totalement morose ? » Ses questions firent remonter dans ma mémoire des scènes que j'avais oubliées. Oui, Colin parlait tout seul, souvent. Nous craignions ses crises. Il brisait des chaises, envoyait voler des assiettes, tapait les enfants. Il pouvait entrer dans des rages inimaginables. Et ne descendait plus pendant plusieurs jours. Il restait cloîtré dans son appartement. Eïvan secoua la tête : « Je pense que des fragments de l'espace entre les mondes ont infiltré son mental, depuis très longtemps. » Je fronçai les sourcils. « Tu te mets à voir des choses qui ne sont pas là, expliqua-t-il. Et vu son visage, la paralysie de son côté gauche, il a dû s'énerver une fois de trop. » Eïvan me regarda : « Je peux l'aider, si tu le souhaites. » Je restai un instant bouche bée. L'idée ne m'avait pas traversé l'esprit une seule seconde. Pouvait-il guérir Colin ? Pouvait-il réussir ce que nous nous étions épuisés à essayer de faire, nous les enfants : l'apaiser ?

Bien sûr qu'il le pouvait. Il était le magicien du Centre.

Mais lentement, je secouai la tête, soudain consciente que le bien-être de Guide Colin ne m'importait plus – bien moins, en tout cas, que celui d'Eïvan. Je ne voulais pas que cet homme le touche. Je ne voulais pas qu'il s'approche d'Eïvan. Je ne voulais surtout pas qu'il s'approche du Cerf.

*

Le soir venu, tout le monde se retrouva dans l'immense salle à manger ornée d'enluminures délavées. Le temps les avait déjà presque effacées quand j'étais petite. J'avais vécu ici, pourtant je ne savais pas grand-chose de cet endroit. On l'appelait le Manoir d'Ouvra, en référence à la montagne du même nom où il se trouvait.

La salle se remplit petit à petit. Nous étions trente, mais la table de bois massif, patinée par les ans, aurait pu sans problème accueillir une centaine de personnes. Au début du repas, le commandant de la Résistance n'était pas encore arrivé, et Eïvan entreprit d'expliquer ses intentions. « Je ne suis pas venu vous convaincre d'abandonner la lutte. Je suis venu vous épauler. Vous avez sauvé un grand nombre des nôtres. Permettez-moi de faire ma part. » Le guérisseur commençait à déployer lentement les filets de sa magie sur le groupe ; sa voix ralentissait et l'espace entre ses mots se chargeait de magnétisme. Les combattants qui jouaient des couverts étaient de plus en plus nombreux à l'écouter. J'échangeai un regard avec Pitro. Eïvan prenait cette affaire de rencontre avec le Concile beaucoup trop à cœur.

L'ambiance du réfectoire ne ressemblait en rien à celle de mon enfance. J'y avais enduré d'interminables repas silencieux sous la férule de Guide Colin et de son pesant cérémonial. Mais aujourd'hui, les convives se tapaient sur l'épaule, échangeaient des encouragements énergiques. Quand Colin fit son entrée, personne ne le remarqua. La tête penchée, longeant le mur en scrutant notre assemblée, il n'avait plus rien du seigneur qui traversait son domaine le menton levé, l'air distant, ses bottes claquant sur les pavés… Il ressemblait à un garde-chiourme suspicieux et méchant. Je sentis mon cœur s'emballer. J'étais adulte, mais j'avais peur. Qu'allais-je répondre à ses inévitables questions ? Que je m'étais « perdue » pendant des années ? Mais il parcourut la table des yeux pour trouver une place et ne sembla même pas me voir. J'étais à la fois soulagée et déçue. Entre deux phrases, Eïvan remplit mon verre et posa son avant-bras sur le dossier de ma chaise dans un geste protecteur. Prenant une grande inspiration, je m'attaquai à mon repas de pois d'angole et de jambon braisé. « Comment avez-vous mis la main sur du jambon ici ? » demandai-je à Dan et Emelyne. Le jeune meneur rit, puis se lança dans la description théâtrale de l'attaque d'une réserve kéta.

Colin ne me remarqua pas. La soirée était déjà bien avancée et la tension m'avait quittée quand le commandant en chef arriva enfin. Romain était un homme barbu, à peu près de l'âge d'Eïvan, dont les traits anguleux étaient creusés par la fatigue et la colère. Il se laissa tomber sur la lourde chaise qu'on lui avança, répondit aux salutations d'un geste vague, et demanda à boire d'une voix éraillée. Le silence se fit dès qu'il ouvrit la bouche. « La camarade de Numré m'a communiqué une information alarmante, commença-t-il sans préambule. J'ai préféré attendre la confirmation. Voilà pourquoi je suis en retard. » Il posa ses coudes sur la table et contempla l'assemblée, les mains jointes devant sa bouche. Son regard s'arrêta brièvement sur Eïvan et moi. « Il n'est pas très patient », nous avait prévenus Emelyne. Mais je lui trouvais surtout l'air hanté. Il annonça que la plénière du Concile était toujours prévue dans trois jours, mais que sa nature avait changé. « Ce sera une réunion extraordinaire. Le Concile a décidé d'en finir. Les contestations internes prennent trop d'ampleur. Plus de camps, plus d'expulsions, plus de marches. » L'homme marqua une pause. « Ils ont décidé de massacrer tous les Lius, purement et simplement, dès cette semaine. »

*

Les nuits de tempête, le vent qui s'engouffrait dans les corridors du Manoir produisait un gémissement sourd. C'est à cela que ressemblait le son qui monta de la table. *Il se trompe*, protesta frénétiquement mon esprit. *On ne peut pas tuer autant de monde.* J'imaginai un monceau de cadavres haut comme une montagne, des dizaines de milliers de morts. Romain se trompait. C'était beaucoup trop monstrueux.

Et puis, je revis les villages-cimetières. Les maisons calcinées et les tombes creusées à la hâte dans les camps. Je revis Mandine, Morita, et le visage de tous ceux qui étaient tombés sur le bord de la route, à cause de la soif, ou du Mal sec, ou sous leurs lancettes…

Bien sûr qu'ils pouvaient nous tuer tous.

Ils avaient déjà commencé.

*

Il fallut un moment aux résistants pour se remettre de l'annonce, pour cesser de murmurer des prières à la déesse ou des malédictions aux Kétas, et sortir de la sidération. Trois jours. Il n'y avait plus assez de temps pour déployer l'armée liu en cours de formation, même plus assez pour envoyer les troupes rejoindre les camps de prisonniers. La seule solution était de frapper le Concile au cœur, pour l'obliger à rapatrier ses soldats et à se défendre, au lieu de massacrer les prisonniers. La seule solution était d'attaquer maintenant, quelles que soient les pertes dans nos rangs.

Quelqu'un parla de faire exploser les ponts de Numré. Je crois que c'était Dan. On proposa de placer des charges de poudre dans le palais même du Concile, le soir de la plénière. L'assemblée extraordinaire permettrait de toucher des Distingués, des gouverneurs, peut-être même des sénateurs… L'artificier, l'homme au teint pâle que j'avais vu doser la poudre, assura que les charges seraient prêtes, même s'il devait travailler sans s'arrêter, au nom de Wou. Il était à moitié Kéta, d'après Emelyne. Son père s'était marié clandestinement à une Liu, et tous deux avaient été déportés. Il ajouta qu'il fallait trouver un moyen de faire entrer les charges dans le bâtiment, et les activer…

Robey se proposa. « Ma sœur et ma mère sont déjà mortes. Mon père a disparu. Je n'ai plus rien à perdre. »

La discussion reprit sur les ponts, seule voie d'accès à Numré dont le centre était une petite île adossée à l'océan. Si les résistants tentaient de pénétrer dans le palais, ils ne pourraient plus faire demi-tour. Guide Colin interrompit un moment les échanges en contournant la table pour se placer devant l'âtre éteint. « Les Gardiens sont des lignées de traîtres ! lança-t-il à quelqu'un qu'il était le seul à voir. Pas question d'aller à La Ferté ! » Il brandit sa main droite, la seule qu'il semblait pouvoir encore utiliser. « Répétez après moi ! rugit-il, projetant des postillons de son repas. La guerre ! La guerre ! La liberté ! La liberté ! Répétez ! » Autrefois, tous les enfants se seraient dressés pour hurler avec lui, frappant des couverts sur la table et levant les poings. Mais les résistants ne lui retournèrent que des regards agacés. Quelqu'un sortit de table pour le prendre par le coude et lui tapota le dos : « Oui, oui, c'est la guerre, nous savons. Venez. » Il se laissa conduire à sa chaise, l'air bougon, avant de se rasseoir et de fixer le vide.

La soirée avançait. Dan s'était proposé pour coordonner l'attaque suicide du Concile, mais Emelyne avait refusé d'un ton sans réplique : « C'est moi qui irai, jeune homme. » À mes côtés, Eïvan poussa un gémissement en couvrant son visage de ses mains. Après l'annonce de Romain, il s'était tu. Son charme solaire s'était replié, mouché comme une bougie. Il releva la tête. « Alors, c'est la guerre, constata-t-il. L'équilibre ne peut plus être restauré. » Qu'il parlât haut ou non, sa voix avait toujours eu cette texture particulière qui la faisait résonner. Elle interrompit les résistants dans leurs débats. Dan contra : « Ce n'est pas nous qui l'avons commencée, Eïvan.

— Bien sûr que si…, répondit le guérisseur. Et une fois de plus, nous allons nous entretuer pour des illusions, des ombres dans le théâtre, pour des… Ah ! » Il leva les mains en un signe d'abdication. « S'il vous plaît, écoutez-moi. Laissez-moi tenter quelque chose, avant votre offensive. Il est trop tard pour parlementer avec le Concile, mais… » Il hésita, cherchant ses mots. « Je peux transformer les énergies. J'ai la capacité de… Je vais dans le monde spirituel et je… » Il eut un geste vers Pitro et Tobal. « C'est difficile de l'expliquer en quelques phrases. Je peux transformer à la racine les ombres qui génèrent la haine. Je peux les faire changer d'avis sur nous, sans même leur parler. Laissez-moi aller à Numré. » Les résistants s'agitèrent autour de la table. Romain se pencha vers Emelyne et elle lui murmura quelques mots à l'oreille. À contrecœur, Pitro confirma : « Au moment où nous parlons, une centaine de jeunes nobles kétas marchent sur le lac Boga pour empêcher le massacre, grâce à lui. En revanche… » Il se tourna vers Eïvan. « Ne t'avise pas de jouer les martyrs… »

Le guérisseur sourit tristement : « Mais c'est la guerre, Pitro. »

31

Le choix

Lettre de l'officier Tad Cramer au Concile.

Très estimés Sénateurs et Sénatrices,
Je me dois de vous rapporter la situation suivante : depuis l'assassinat du Distingué dans le camp du Sud, le général Namiel Desportes qui a pris la suite désobéit ouvertement aux ordres du Concile. Mon supérieur a d'abord fait stopper la marche, s'installant sur les berges du lac Boga ; il a ensuite ordonné la distribution de rations supplémentaires aux prisonniers. Il autorise maintenant la construction d'abris ! Cette scandaleuse mutinerie a des répercussions sur nos troupes : j'ai surpris hier un soldat jouant aux dominos avec un groupe de Lius ! Inutile de dire que j'ai immédiatement mis l'impudent aux arrêts !

Pitro et Tobal acculèrent Eïvan dans un couloir.

La réunion s'était terminée tard, et les résistants s'étaient éparpillés, avec ordre de se retrouver le matin dans la « salle de guerre » – la salle de classe. Nous regagnâmes tous le dortoir. Eïvan m'avait tourné le dos et je le suivais à pas lents, submergée par une peur grandissante. Tobal l'arrêta sur le palier du deuxième étage, entre les lampes suspendues qui empestaient l'huile. « J'aimerais comprendre ce que tu proposes, mon ami. Quel est ton plan à Numré ? »

Il parlait d'un ton raisonnable, engageant, presque comme s'il essayait d'approcher un animal méfiant, mais Pitro n'eut pas la même patience ; il fit face à Eïvan, les poings sur les hanches : « Explique-toi, et vite. » Eïvan écarta les mains. « Je vais dissoudre la haine du cœur des habitants. Avec mon reflet.

— Personne ne peut faire ça, contra Pitro. Tu te fous de nous.

— Moi je peux. Taena l'a vu, une fois, dans un village. Je n'y croyais pas moi-même, mais pendant que nous cheminions tous les trois, je suis parti essayer. Je suis sûr que je peux y arriver à Numré. »

Tobal marqua une pause puis hocha la tête : « Je t'ai vu faire ça, aux Monastères. Tu as stupéfié tout le monde. Mais ça t'a valu ton départ, je te rappelle. Et puis, cette maudite ville compte au moins dix mille habitants.

— Oui. »

Tandis que j'essayais d'imaginer combien de temps il lui faudrait, Tobal se décomposa. « Non… c'est insensé… Tu as perdu l'esprit ! » Il attrapa Eïvan par le bras, comme s'il voulait le retenir. « Même un Chouri n'y arriverait pas !

— Tu me fais mal », protesta le guérisseur. Tobal le lâcha et nous prit à témoin, la voix hachée : « Le reflet peut infléchir le Lieu de pensée, mais c'est dangereux. Il appartient au Lieu de silence. L'utiliser dans ce monde attire toutes sortes de forces contraires. C'est comme… saigner dans la mer, au milieu des requins. Et c'est strictement interdit depuis… » L'ancien disciple secoua la tête. « Tu seras dévoré avant même de pouvoir toucher le dixième de cette ville. »

Eïvan détourna les yeux vers le parquet aux lames fendues. Autrefois, il était entretenu, mais plus personne ne s'en occupait. Nous attendîmes sa réponse.

Elle ne vint jamais.

« Mais tout ceci, tu le sais déjà, n'est-ce pas ? » murmura Tobal.

Les battements de mon cœur ponctuèrent son silence. Un froid terrible me gela les entrailles. Je jurai : « Jamais ! Eïvan, il n'en est pas question…

— Comment oses-tu ? explosa Pitro en même temps. Des résistants se sont battus, des hommes sont morts pour vous sauver… Eïvan, regarde-moi ! »

Le guérisseur recula vers le mur. Il fixait obstinément ses pieds. « J'ai perdu Mandine, rugit Pitro, dont la voix résonna dans le grand corridor. J'ai perdu ma femme ! Je ne peux pas te perdre aussi ! » Il se détourna, des sanglots montant bruyamment de sa gorge. Eïvan se ranima enfin. Il toucha l'épaule de Pitro, mais son bras retomba et il prit son visage dans ses mains. « Je vous aime, dit-il simplement, la voix fêlée. Je suis désolé. Je n'en peux plus, il faut que ça cesse. »

Mon envie de le bousculer s'évanouit. Je connaissais cet épuisement.

C'était celui du Cerf.

« Va te coucher, Eïvan, conseilla finalement Tobal. Nous y verrons plus clair demain. » Le guérisseur s'éclipsa dans le dortoir sans demander son reste. Il ne m'avait pas regardée une seule fois depuis la fin de la réunion.

« Océa, soufflai-je. Qu'allons-nous faire ? »

*

Nous redescendîmes dans la salle de guerre désertée pour éviter de discuter près de la porte. Les braseros y brûlaient toujours et l'obscurité s'étalait en couches poussiéreuses sous les pupitres. La cheminée était éteinte. Nos corps pesaient des tonnes sur les fauteuils anciens. « Tu es sûr qu'il n'a aucune chance d'y arriver, Tobal ? » demanda Pitro.

« Pas la moindre », garantit l'ancien disciple. Il nous expliqua que dans le Lieu de silence, le reflet ne pouvait faire de distinctions sociales. Il voyait tous les êtres humains à l'identique, incapable de différencier un Kéta d'un Liu, un pauvre d'un riche. Je l'avais constaté moi-même. Même si Eïvan espérait toucher les sénateurs en séance, il ne pourrait pas les reconnaître et les cibler. Il devrait donc essayer, encore et encore, jusqu'à…

La réalité me saisit au collet comme un chien de chasse. « Il va se sacrifier », chuchotai-je. Tobal hocha la tête. « Mais pourquoi ? » Pitro pressa mon avant-bras. Le chagrin avait creusé ses rides dans la broussaille de sa barbe. « Il pense que tout est fichu…

— Ce n'est pas une raison pour… » Je m'interrompis. Je ne sais pas qui j'essayais de convaincre. J'avais vu le Cerf, son insondable lassitude, les visions de charnier que lui imposaient les monstres. Je savais très bien pourquoi Eïvan craquait. Tobal secoua la tête :

« Je ne sais pas s'il mesure ce qu'il s'apprête à faire. La capacité de jeter des ponts physiques entre le Lieu de silence et le Lieu de pensée est tellement rare que les Monastères n'ont enregistré que trois exemples dans toute leur histoire. Le dernier doit remonter à deux cents ans, et ça a tellement mal tourné qu'ils ont pris la décision de ne plus jamais intervenir dans le monde profane. » Tobal plongea dans ses souvenirs. « Avant, ils descendaient régulièrement de la montagne et mettaient leurs compétences au service de tous... Mais le Chouri de cette époque-là était exceptionnel, il a découvert cette capacité et il a manqué de prudence. Son reflet était celui du tisserand. C'était un constructeur. Il aidait les villages à sortir de terre en un rien de temps tandis que les moines l'assistaient dans l'envers du monde. Je crois qu'on lui doit une partie des marches qui mènent aux Temples... Sauf qu'à force, des fragments de l'espace entre les mondes ont trouvé le moyen de s'immiscer au cœur des constructions. Les villageois devenaient fous, empoisonnés par leurs habitations. Et les moines eux-mêmes ont commencé à prétendre qu'il y avait des morceaux de glaise et de roche sous leur peau. Ils mouraient en quelques jours. » Je frissonnai en imaginant le mal enclos dans les murs, ou sous ma propre peau.

« À ma connaissance, Eïvan est le premier à être capable de ça en tant que guérisseur, continua Tobal. Dès que la congrégation a repéré son talent, ils ont préféré interrompre sa formation. Ils affirment que les *voyageurs,* comme ils appellent les gens comme lui, ne peuvent s'empêcher de vouloir *recoudre le monde.* » Il secoua la tête : « Quand nous remontions des Monastères vers l'Ahmra, il ne pouvait pas croiser un oiseau tombé du nid sans essayer de le retaper. Alors un ordre d'extermination...

— Voilà ce qui arrive à force de se croire tout-puissant ! s'écria Pitro en frappant l'accoudoir du plat de la main. Je me fous de ces légendes poussiéreuses. Je ne le laisserai pas mourir. Soit on trouve une solution, soit je l'enferme à double tour. Et je suis sérieux. » Il se tourna vers nous, prêt à en découdre. Ses yeux gris nous défiaient. J'objectai doucement : « Ça ne marchera pas. On ne peut pas l'envoyer dans sa chambre comme un enfant...

— Ah bon ? C'est ce qu'on va voir, jeune dame. J'ai trente ans de plus que lui. » Des larmes lui montèrent aux yeux qu'il essuya rageusement. « Il est presque mon fils. Alors il ne mourra pas. Qu'est-ce que vous proposez ? »

Nous passâmes en revue les possibilités. Lui parler, essayer de le convaincre ? Il était le maître de l'esquive. Le secouer ? Nous venions de voir le résultat. « Je pourrais retourner dans le Lieu de silence », proposai-je. Tobal réfléchit un instant, contemplant sans le voir le sol de pierre poli par l'âge, puis secoua la tête. « Non. Tant qu'Eïvan ne voudra pas de notre aide, les solutions seront toujours temporaires.

— Alors ? demanda Pitro. Vous m'aidez ou pas ? »

À court d'options, nous étudiâmes donc les possibilités de l'enfermer, « au cas où ». La cave ? Non, j'aurais encore préféré y retourner moi-même. Il n'y avait qu'un seul autre endroit fermant à clef, à ma connaissance : les quartiers de Colin, au deuxième étage. Si nous devions en arriver à cette extrémité, Eïvan ne pourrait pas sauter par la fenêtre, et il serait, au moins, installé confortablement. Il faudrait juste déloger le maître des lieux. Pitro renifla : « Si c'est le seul problème, je m'en charge. Allons voir. »

Dans le silence du Manoir, je les guidai jusqu'à la porte ouvragée à deux battants dont j'avais tant redouté et désiré l'ouverture quand j'étais petite. La crasse avait noirci le bois de la poignée. Depuis quand Colin était-il devenu si négligent ? Dans mon enfance, il nous imposait de longues heures de ménage, tout devait être parfaitement propre. Je poussai doucement le loquet. Des bancs de velours brun attendaient les visiteurs dans l'antichambre assoupie, comme autrefois. La porte suivante donnait sur l'étude. Je reconnus les murs de pierre, le secrétaire de courbaril massif, la cheminée… et un sentiment de détresse me creusa la poitrine. Enfant, il me fallait rester debout ici, à l'écouter discourir en faisant les cent pas, et me montrer de vieux bouquins. Tous les enfants y avaient droit, le soir, à tour de rôle. Toujours la même séquence. Sa diatribe, les livres, et puis la conclusion exaltée : « C'est le secret le mieux gardé de Zanabé ! Quelle chance tu as d'être choisie. »

Mais la chance, c'était de pouvoir redescendre dormir avec les autres…

Était-ce la raison pour laquelle j'avais fini par tout oublier ?

Les deux amis se mirent à fouiller les appartements à la recherche des clefs. Malgré la pleine nuit, la chambre de Colin était vide : le vieillard était probablement toujours dans la salle à manger, en train de réprimander les ombres et de déchiqueter les légumes de son assiette. L'endroit avait peu changé : tapissée de bordeaux, avec son lit à baldaquin au milieu, son coffre, les tentures de velours… Des souvenirs aussi ténébreux que les créatures qui attaquaient le Cerf me firent lentement reculer vers la porte. Tout était poisseux de saleté. « Océa, il va adorer ça… », gémit Tobal.

Les clefs n'étaient nulle part en vue. Nous fîmes un nouveau tour des pièces. Un tableau d'Océa était accroché au-dessus du bureau, les yeux mutilés par Colin. Il ne priait que Wou car il jugeait la déesse faible – comme les Kétas, ironiquement. Tobal s'en approcha en sifflant : « Eh bien. Il ne tourne vraiment pas rond, celui-là… », et je me souvins de la cache, derrière. Colin y rangeait les précieux sceaux qu'il nous envoyait voler. Je décrochai le tableau pour révéler la trappe. Elle était plus étroite que dans ma mémoire. « Il y a une espèce de cachette, ici. Il garde des livres et des vieux trucs. » Tout au fond se devinaient les formes de plusieurs pochettes. Mon bras n'était pas assez long pour les atteindre, et mes épaules d'adulte ne me permettaient plus d'entrer dans le trou. « Quand j'étais enfant, c'est nous qui allions ramper là-dedans pour récupérer ses affaires. Il faut un crochet.

— Pourquoi irait-il cacher ses clefs ? » demanda Tobal. Pitro haussa les épaules : « Il est fou à lier. »

Nous démontâmes la tringle à rideaux. Tandis que Tobal grimpait sur le meuble, j'ouvris l'un des cahiers posés sur le sous-main. Je m'étais toujours demandé ce qu'écrivait Colin des nuits durant… et la réponse me consterna. Un enchevêtrement illisible de phrases et de ratures s'étalait sur les pages, entre des gribouillis qui pouvaient passer pour des dessins, et des flèches qui partaient dans tous les sens. *Fou à lier.* Pour la première fois, j'appréciai la chance d'avoir toute ma tête, malgré une enfance sous sa tutelle.

Tobal arracha du conduit trois sacs sales qui tombèrent sur le bureau en le maculant de terre. Deux d'entre eux ne contenaient que les livres anciens, et une vieille sculpture en bronze qu'il nous montrait toujours ; mais dans le troisième, il y avait des sceaux, et des clefs, et elles fermaient bien l'entrée.

« Je pense qu'il est temps de sortir les moines de leurs études bienheureuses, marmonna Tobal alors que nous redescendions dans la salle, chargés des sacs qu'il voulait examiner. Je vais envoyer des pigeons. On verra bien s'ils assument de laisser tout le peuple liu et l'un de leurs prophètes se faire exterminer, pendant qu'ils s'adonnent à leur troisième méditation de la matinée… »

32

Face au ciel

À l'attention de Son Éminence le Chouri 53e.

Cette prière formulée avec humilité et crainte, que j'espère digne de votre sagesse.
Le Concile des Kétas, à Numré, s'apprête dans les prochains jours à commettre le crime le plus irréparable de toute l'histoire : l'extermination totale des Lius.
C'est pourquoi je m'adresse à vous, conscient de mon indignité, pour vous supplier de rompre la doctrine de non-intervention. La survie même du peuple dont sont issus nombre des plus éminents Chouris est en jeu aujourd'hui.
J'ajoute qu'il y a une trentaine d'années, votre prédécesseur a placé sous ma protection l'un des élèves les plus prometteurs des Monastères, Eïvan, dont le reflet est le cerf d'eau claire. Vous trouverez trace de son passage dans les livres d'heures.
Il se dresse seul aujourd'hui contre les courants sombres, et court un grave danger. Pour l'amour d'Océa et de Wou, venez-nous en aide.

Moine Tobal

Je me souviens de tous les détails de ce rêve. J'étais faucon, et je volais au-dessus du Manoir. Malgré sa silhouette unique de tours délabrées et de toits défoncés, je ne reconnus pas la bâtisse immédiatement, parce que le Cerf était là.

Sa présence avait chassé l'aura d'accablement et de solitude ; ou alors, je ne voyais que l'animal transparent, sa beauté diaphane et les reflets argentés qu'il jetait sur les pavés disjoints. Il avançait vers les enfants, les sabots légers.

Ils étaient douze garçons et filles, assis en rond sur le parvis, immobiles. Ils ne jouaient pas. Ils ne se parlaient pas. Ils restaient simplement assis et regardaient leurs mains, visage baissé. Le désespoir qui émanait d'eux était insupportable. Des enfants sans mère, sans père ; sans personne pour les protéger ou les aimer ; et, parce que personne ne les aimait, le brouillard gris du Manoir tapissait leurs cœurs. Ils étaient vides.

Je tournoyai au-dessus des tuiles brisées. Je vis le Cerf trotter à leur rencontre. Il s'arrêta à une trentaine de pas, ses fines pattes bien droites, ses bois dressés vers le ciel parcourus d'éclairs liquides. La plus jeune des fillettes fut la première à le remarquer. Elle l'aperçut en levant la tête, et écarquilla les yeux. Un garçonnet suivit son regard. Sa bouche forma un O, puis un sourire de pur ravissement étira ses lèvres. Tous les enfants s'animèrent, hoquetant de joie, s'exclamant, et se mirent debout les uns après les autres…

Ils s'approchèrent, à pas comptés. « Doucement, doucement, ne lui faites pas peur », suppliait le plus âgé. Mais le Cerf n'avait pas peur. Quand ils le rejoignirent, je réalisai à quel point il était grand : le garçon le plus élancé lui arrivait tout juste à l'encolure. Ils l'entourèrent, extatiques. L'un d'eux se mit à pleurer en lui touchant le flanc. D'autres riaient aux éclats. Ils se pressèrent contre lui, l'enlacèrent – et l'animal farouche, loin de paniquer, semblait y prendre plaisir. Une petite fille se mit sur la pointe des pieds pour tenter d'empoigner un andouiller : le Cerf baissa obligeamment la tête, livrant son front à leurs doigts curieux. Ils restèrent longtemps ainsi à chahuter. Sa brillance argentée les nimbait et ils faisaient scintiller sa robe de leurs caresses. Vu d'en haut, leur groupe brillait comme une étoile dans un ciel noir. Les petits rayonnaient d'un bonheur qu'ils n'avaient pas connu depuis des années.

Ils auraient pu rester là toute la nuit, mais au bout d'un moment, venu de la montagne et du Manoir, le grondement des prédateurs parvint à mes sens affûtés. Je planai vers le Cerf et lançai un cri d'alarme. Il leva la tête. Mon anxiété lui suffit pour comprendre.

Doucement, il se dégagea de l'étreinte des gamins, tandis que je faisais des cercles de plus en plus rapides au-dessus de lui… Il posa son museau sur chacune de leurs têtes, s'attardant quelques instants contre la plus jeune… Et enfin, il s'élança d'un bond vers la vallée. La trace argentée de son galop persista sur l'esplanade. Quand je m'envolai à sa suite, je jetai un dernier coup d'œil aux enfants, et ce que je vis occulta un instant la peur que je ressentais pour le Cerf. Ils rentraient calmement dans le Manoir, à la file, et en chacun d'eux un petit soleil combattait désormais l'ombre.

Je m'éveillai dans le dortoir. Eïvan reposait contre mon bras, son corps chaud, son visage paisible dans le sommeil.

*

La dernière journée de préparation nous donna l'impression de tomber d'une falaise.

La salle de guerre bourdonnait d'une activité frénétique. Sur le tableau noir était dessiné un croquis plus ou moins réussi de Numré, de son Concile et des trois ponts, avec le nom des assaillants. Les armes étaient rassemblées sur les pupitres. Les résistants s'affairaient à fabriquer des tenues kétas en nombre suffisant et répétaient à haute voix les rôles à tenir face aux gardes de la ville. Vers midi, des cris et des applaudissements éclatèrent : l'artificier, Caper, présentait à ses camarades fascinés une dizaine de petites boîtes d'où dépassaient des queues huilées. Les bombes. La plupart d'entre nous n'en avaient jamais vu.

Au milieu de toute cette agitation, Pitro, Tobal et moi avions l'impression d'évoluer au ralenti, pris dans la gangue de nos tourments personnels. Eïvan refusait d'entendre raison. Au cours de la matinée, il vint relancer la Résistance : « Laissez-moi essayer avant de tout faire sauter. » Il s'attira un coup d'œil agacé de Romain. « Nous déciderons tout à l'heure, après dîner, lui assura Emelyne. Mais en attendant, nous devons nous préparer. » Elle lui parlait gentiment, comme à un enfant venu déranger les adultes. Pitro passa derrière pour demander à son petit-fils de ne pas donner suite. Si la

Résistance lui cédait, nous devrions donc mettre notre plan à exécution dès la nuit. J'en avais mal au ventre.

L'état-major nous mit à contribution. Nous avions réuni quelques-uns des pupitres près d'une fenêtre pour bénéficier de la maigre lumière ; Tobal encrait de faux laissez-passer, et je cousais un uniforme de Coccinelle avec Pitro et deux autres résistants. Je ne prêtai d'abord pas attention au tapotement. Mais le bruit persista et je levai les yeux de la bande de tissu noir – pour plonger droit dans ceux de Guide Colin. La peur me figea.

Il m'avait reconnue.

Il était assis à une dizaine de pas. Frappant sa lancette sur son accoudoir, à coups réguliers. Depuis combien de temps me dévisageait-il ? « Viens ici, Taena », commanda-t-il. Ses jambes étaient croisées, le menton posé sur sa paume, dans une posture nonchalante et arrogante. Quand il agita les doigts dans ma direction, les sourcils sévères, j'eus l'impression qu'il m'actionnait comme un pantin, et j'allai m'asseoir près de lui. Son regard vert me transperçait avec la même intensité que jadis. J'étais incapable de calmer mes pensées frénétiques. *Je lui avais désobéi. Je l'avais abandonné. Il allait me punir...*

« Je suis heureux de te revoir, Taena, dit-il, doucereux. Tu es restée longtemps sans nous rendre visite. Je me suis terriblement inquiété, comme tout le monde ici. As-tu au moins ramené le sceau de Niro ? As-tu trahi notre communauté... ? notre cause sacrée... ?

— Bien sûr que non. Guide Colin, j'ai eu... » Je cherchais comment lui raconter mon amnésie, l'exode ordonné par les Kétas, l'Ahmra... Les explications moururent dans ma gorge. Il n'acceptait aucune excuse quand nous étions enfants. Son esprit malade ne s'intéressait pas à la réalité. Seul importait son pouvoir sur nous. « Tant d'années à m'occuper de toi... à te donner le gîte, le couvert, l'éducation... »

Tandis qu'il commençait à dérouler ses reproches, je vis lentement se rapprocher en moi les pièces du puzzle. Comme ses idées avaient fait battre nos jeunes cœurs... Renverser le Concile, libérer les Lius. Débarrasser Zanabé de la peste kéta. Une révolution pour le bien de tous, dont il serait le porte-drapeau... Il nous faisait miroiter un pays neuf, vibrant de liberté et d'égalité.

Mais aucun de ces plans grandioses n'avait jamais dépassé les murs de notre salle de classe.

Je me souvenais, à présent. Les doutes, de plus en plus stridents, qui me rongeaient chaque fois que je partais en mission… Hors du Manoir, moi et les autres « soldats » de Colin n'entendions jamais les récits de convois détournés, de sabotages administratifs, de rébellion. Nous n'entendions jamais parler des hauts faits d'armes qu'il se vantait d'avoir réalisés grâce aux sceaux que nous lui rapportions.

Non, la seule chose qui avait fini par nous revenir, c'était qu'un homme se présentait dans les villages et ordonnait aux familles de lui remettre leurs enfants « sur ordre du Concile ». Que ces rapts étaient validés par des documents officiels.

Que les enfants ne revenaient jamais.

Il nous avait été facile de faire le rapprochement. Les parents lius, qui avaient appris à ne jamais compter sur la justice du Concile, avaient probablement renoncé à porter plainte.

Colin tapota mon épaule du manche de sa lancette, pour réclamer mon attention. Il n'avait jamais supporté que nous rêvassions. La colère me saisit en contemplant ses traits. Ce bourreau. Ce malade. Cet homme qui avait, avec une cruauté consommée, une démence calculatrice, rendu à moitié fous des dizaines d'enfants, les enrôlant dans son armée imaginaire. Nous n'avions jamais été en sécurité avec lui. J'eus envie de le jeter sur le sol de pierre.

Je me dressai, lentement. Eïvan, à l'autre bout de la salle, surveillait notre échange, prêt à intervenir. L'homme que j'aimais, avec sa bonté simple, aussi paisible qu'un arbre centenaire. C'était si facile de choisir la paix, en les voyant tous deux. Tous les doutes de ces derniers mois se levèrent. Je ne ferais plus jamais partie de l'armée de Colin.

Je m'éloignai sans prêter attention aux ordres criards de mon ancien mentor. Je marchai vers Eïvan. Il me prit dans ses bras et sans réfléchir je soufflai : « N'y va pas. C'est du suicide. Ne me laisse pas. Tu es la lumière de ma vie. » Il enfouit son visage dans mes cheveux, étouffant un sanglot, sans répondre.

Il y eut encore un repas dans le réfectoire, d'autres vêtements à coudre et d'autres armes à fourbir. Guide Colin patrouillait en distribuant des ordres que personne n'écoutait. Tout mon corps se crispait dès qu'il passait près de moi ; quand il s'approchait, je lui criais de me laisser. Il fronçait le nez, montrait les dents, grommelait des malédictions… puis il s'éloignait.

Dans l'après-midi, Eïvan vint me chercher. « Viens, allons dans un endroit tranquille. » L'espoir fit battre mon cœur. Mes suppliques avaient-elles réussi à ébranler sa détermination ? Il me fit grimper l'escalier de pierre en colimaçon de la tour centrale, pour arriver à un petit balcon qui s'ouvrait sur le val. « Regarde comme c'est beau, ici. » Je faillis éclater de rire. J'y avais passé tant de matins, apprenant à peindre, en cachette, avec du matériel dérobé dans la salle de classe… Nous regardâmes un moment le paysage gorgé d'eau, le ciel bleu et les oiseaux qui se poursuivaient bruyamment. La vallée verte était le berceau des nuages. Le parvis s'étalait sous nos pieds, vaste, avec ses pavés disjoints, ses murets branlants, ses statues brisées. En son temps, ce château avait dû être splendide. Je pensais à mon rêve, le Cerf et les enfants, ensoleillés par sa douceur. Je ne savais pas qui étaient ces enfants. Pourtant, je les connaissais comme je n'avais jamais connu personne. Ils étaient mes compagnons de misère au Manoir, ils étaient moi-même, ils étaient le petit Eïvan – ils étaient tous ceux que la vie avait roulés comme des cailloux dans un torrent, de violence en misère, brisant leurs cœurs à l'infini.

Ils étaient « les enfants ». Le Cerf les avait consolés. Et j'aurais dû laisser mourir cet être-là, à cause des quelques notables sanguinaires qui nous gouvernaient ?

Doucement, je lui racontai mon rêve. Il me prit la main et nous restâmes là, respirant l'odeur de la terre humide. À l'horizon, le soleil commençait à disparaître derrière le morne, ses rayons obliques qui teintaient de doré les franges des nuages bas. J'avais laissé ma main dans celle d'Eïvan et je respirais, pleine d'amour et de reconnaissance. Il était si calme, ses gestes étaient si lents que je m'y laissais prendre. Puis il soupira : « Je vais tout faire pour revenir. Je te le promets. »

Et je compris finalement qu'il n'avait pas changé d'avis. Que ces gestes doux, cette discussion face au ciel étaient un adieu. Je protestai : « Je ne te laisserai pas mourir, Eïvan. » Ses épaules se tendirent.

« Ce n'est pas mon intention. Fais-moi confiance. Je peux y arriver.

— Et s'ils te dévorent ? »

Je me tournai vers lui. Le gris qui parsemait ses cheveux avait gagné du terrain, décoloré par le soleil. « Je ne peux pas l'accepter. Aucun d'entre nous, dis-je encore. Je t'aime, tu sais. Pitro t'aime. Tobal t'aime. Dan. Elzer. Ayelo… » Des sanglots commençaient à monter dans ma gorge. Je les refoulai avec rage. Ce que j'avais à lui dire, il devait l'entendre calmement. « Ce monde est dur, Eïvan, repris-je d'une voix plus ferme, mais sans toi, ce sera encore pire. Je sais que tu ne me crois pas… mais tous ceux qui te connaissent le savent. »

Le soleil qui se couchait dans la vallée faisait miroiter la brume. L'herbe drue et verte qui poussait ici m'avait toujours donné un sentiment d'éternité. Je m'en étais souvent désolée, enfant, mais aujourd'hui, j'aurais souhaité que ce fût vrai. Eïvan passa son bras par-dessus mon épaule, et m'attira contre lui. Je me blottis dans sa chaleur. Comme nous avions changé depuis l'Ahmra. Il me serra et posa son menton sur ma tête. « Tout le monde doit être protégé, murmura-t-il. C'est bien ça le problème. La beauté que tu discernes en moi… elle est en vous tous. Et je dois faire mon possible pour la défendre. »

Il était si fervent, si intense, si convaincu. J'eus envie de l'embrasser, de l'insulter. J'eus envie de le secouer, pour qu'il comprenne enfin qui il était vraiment, et pourquoi le sacrifier serait un crime envers la vie elle-même. Mais mes émotions retombèrent en une flaque lourde. Je me dégageai de son étreinte : « Eïvan, tu ne peux pas infliger ça au Cerf.

— Le Cerf, c'est moi, répéta-t-il une fois de plus, avec lassitude. Et ce que je vais faire n'est rien d'autre que l'essence de ce que j'ai toujours fait : guérir. Ma décision est prise, Taena. » Il lâcha le parapet, et sa main vint essuyer les larmes sur mes joues. « Même si je meurs, ce sera comme dans ton rêve. Les enfants ont emmené en eux une part de mon Cerf. Ce sera pareil pour toi. L'amour survivra », conclut-il en se détournant vers la plaine.

Je restai paralysée, mon cœur chutant comme une pierre, révoltée par la désinvolture avec laquelle il évoquait un futur sans lui, par sa façon de me tourner le dos comme s'il n'y avait plus rien à ajouter. L'ampleur de son incompréhension me frappa comme une gifle. Il parlait de mes sentiments comme d'un linge à essorer. Il ne comprenait rien. Je l'aimais en tant que femme, oui, mais je l'aimais en tant qu'animal, aussi. Et cet amour-là était inconditionnel, hors du temps. Pur et minéral. Il ne pourrait jamais être remplacé.

Un geai s'envola de la pelouse, bleu somptueux sur le vert sombre. Est-ce lui qui me donna du courage ? « Tu te réfugies dans l'amour de tous, mais tu as peur de nous laisser t'aimer, toi ! » m'écriai-je. Je lui lançai à la figure des vérités que je n'aurais jamais pensé formuler : « Tu as peur de m'aimer ! C'est pour ça que tu vas te sacrifier. Parce que tu ne te crois pas digne de vivre, parce que les prédateurs t'ont meurtri ! »

Le visage du guérisseur se figea. La honte m'éclaboussa, brûlante. Mais le faucon en moi tint bon. J'attendis qu'Eïvan se détourne, se ferme. Qu'il s'en aille. Il resta simplement à me dévisager, et je vis les émotions se succéder en lui. Choc, trahison, colère… puis, plus ténues, plus vastes… compréhension. Compassion. Elle emplit ses traits comme au temps de l'Ahmra, lumineuse et douce. Il me chuchota : « Tu ne lui appartiens plus. Tu es adulte, maintenant. » Je hoquetai. Ses mots étaient trop proches de mes angoisses, mais je ne voulais pas le laisser détourner la conversation : « J'appartiens au Cerf. Je ne veux pas vivre sans lui. » Il prit une inspiration. L'espace bourdonna autour de moi et je m'enfonçai dans une torpeur familière. La magie. Je ne vis plus que ses yeux noisette. « Tu crois que le mal t'a marquée », chuchota-t-il, tout près d'une plaie de mon âme que je n'avais jamais sondée. Son regard s'approfondit encore. « Tu penses que le Cerf est ta rédemption, ta porte vers le bien. » Il inclina la tête de côté, et me revint en un éclair la première séance dont j'avais été témoin à l'Ahmra. « Mais le bien vit aussi en toi, murmura-t-il. C'est ça le reflet. Te souviens-tu que l'infini patiente dans ton corps ? »

Une sorte de voile se déchira et sans raison, une vague de joie m'envahit, si inattendue. Le décor réapparut. Le geai s'était perché sur une branche haute. Le soleil couchant bordait les nuages de doré. Les yeux d'Eïvan, profonds et calmes, me contemplaient.

*

Durant une bonne partie de la soirée, je gardai en moi la transparente sensation que m'avait léguée Eïvan, sur ce balcon. Je voyais toujours la saleté du Manoir, mes années de désespoir – je n'avais pas oublié le projet d'Eïvan ou les plans funestes du Concile. Mais une douce légèreté cohabitait avec toutes ces sensations, et je me répétais : *Le bien vit aussi en moi. Le bien est dans le reflet.*

Eïvan, le magicien du Centre.

Qui voulait transmuter une ville entière.

À l'extérieur, la lumière baissait, et de lourdes gouttes de pluie se mirent à marteler les vitres. Il vint nous souhaiter une bonne nuit, et je montai avec lui au dortoir, pour le serrer contre moi, absorber sa présence par toutes les fibres de mon être. Il me laissa faire, plein d'une douceur éreintée. Je le savais sujet à ces épuisements soudains, ces moments où il devait s'isoler absolument.

Quand je redescendis dans la salle, je trouvai Tobal en train de parcourir les vieux ouvrages que nous avions ramenés de chez Colin. Il lisait avec une étrange intensité, penché sur l'un des grands livres. Dans la salle de guerre, des applaudissements saluaient à nouveau un Caper épuisé, qui venait de livrer les dernières bombes. Quelqu'un fit circuler du feu pour allumer les chandeliers, les bougies et les braseros qui parsemaient la pièce. Le marchand releva la tête et me dévisagea sans me voir. Ses yeux louchaient un peu. Il souleva avec difficulté le lourd volume pour me le montrer : « Qu'est-ce que c'est que ça ? » D'aussi loin que je me souvienne, Colin avait toujours possédé ces livres. Dans celui que tenait Tobal, les phrases étaient formées dans un style et une graphie qui me semblèrent très anciens.
« Ça a l'air de dater, remarquai-je. Aussi ancien que la Catastrophe.

— Beaucoup plus ! répondit Tobal. Ça parle de la guerre avec l'Erad ! » L'émotion du marchand d'art m'amusa. Tobal semblait avoir complètement oublié notre situation. Je fouillai négligemment dans les sacs, jusqu'à dénicher cet étrange objet de bronze auquel Colin accordait une importance maniaque. Je le soulevai, curieuse d'examiner avec mes yeux d'adulte ce qui m'avait toujours paru une antiquité décrépite quand j'étais enfant. Mais il était toujours insignifiant : tordu, oxydé, l'objet représentait une flèche dans une coupole avec des rayons – un soleil. Après un instant de confusion, je réalisai qu'il fusionnait les deux symboles de Zanabé : le demi-soleil d'Océa, et la flèche de Wou. Le symbole liu, le symbole kéta. Intriguée, je regardai les soudures. Pas étonnant que Colin l'ait caché. Un tel objet pouvait lui valoir la prison immédiate. Pourquoi avait-il fabriqué un pareil artefact, lui qui détestait tant les Kétas ?

« Au nom d'Océa ! » s'exclama Tobal. Le marchand avait relevé la tête du livre et fixait le vide, les yeux hagards. Il respirait si fort que sa poitrine se soulevait comme s'il venait de courir, et ses doigts se crispaient sur le volume. Avisant soudainement l'artificier, il l'interpella : « Le Kéta ! Le Kéta ! Viens ici ! » Dans le groupe qui discutait autour du tableau noir, les conversations s'interrompirent, les têtes se tournant vers le marchand, et « le Kéta » le considéra un moment, désarçonné. Tobal lui fit signe : « Oui, toi… Caper ! Caper, viens, viens voir, s'il te plaît », ajouta-t-il en recouvrant un semblant de politesse.

L'intéressé s'approcha. Il était musclé comme un guépard et en avait la démarche. Tobal se dressa à demi, lui montrant une page dans le volume. Ses bras tremblaient. « Regarde ça. Ça te paraît authentique ? Ce sont de vrais symboles kétas ? » Caper attrapa le livre massif par sa couverture de bois capitonné et l'inclina difficilement vers une chandelle, pour mieux voir. Il scruta un instant la page puis hocha la tête : « Oui. C'est kéta. Pas de doute. Ce sont les armoiries de la famille Tibelle. » Le marchand le dévisagea avec intensité, comme s'il voulait lui ouvrir le crâne pour y siphonner les connaissances. « Tu es *vraiment* sûr ? Et ça, tu le reconnais ? » Il tourna plusieurs pages. À nouveau, Caper se pencha. « Affirmatif. Les armoiries de la famille Assier. L'une des Vingt-Deux, soit dit en passant. Qu'est-ce que… ? » Tobal referma doucement le volume, inspirant à grandes goulées. Il avait l'air sidéré. « Au nom d'Océa. Les peintures. L'architecture. Ce truc… » Il loucha vers le symbole de bronze et se prit la tête dans une main. « Mais comment est-ce possible… Comment cela aurait-il pu… » Il se leva brusquement. Assis un peu à l'écart des autres, Romain et Emelyne conversaient à voix basse. La chef de section montrait des chiffres dans sa paume, encore et encore, et le commandant secouait la tête, le front buté. Tobal les interrompit : « J'ai quelque chose à vous montrer », dit-il.

Romain grimaça : « Nous sommes en train de régler un problème. Emelyne, je comprends ton point de…

— Il s'agit de l'histoire de Zanabé, le coupa Tobal. Nous venons de mettre la main sur les documents les plus anciens de notre histoire. Et il y a à l'intérieur d'incroyables révélations. Selon ces textes, à l'époque de la guerre d'Erad… Lius et Kétas n'auraient formé qu'un seul peuple. Séparé artificiellement. » Le commandant s'immobilisa. « Tout est écrit, tout ce qui a mené à la situation d'aujourd'hui. »

Ils s'extirpèrent de leurs fauteuils, et vinrent, pleins de doutes, consulter les ouvrages. Quand ils relevèrent les yeux, Tobal les fixa un moment. Des gouttelettes de sueur perlaient à son front. Puis il se retourna vers les groupes éparpillés dans la salle et cria : « Venez ! Venez tous vous asseoir ! Nous avons fait une découverte capitale ! » Son timbre habituellement traînant et moqueur était cassé par l'émotion. Près du tableau, les résistants hésitèrent. « Approchez-vous, appuya Emelyne. Il nous faut tirer quelque chose au clair. » Ils finirent par s'avancer, se rassemblant dans la lueur malingre des chandelles. Certains tirèrent des chaises. Le marchand d'art se rassit et ouvrit le lourd volume sur ses genoux. « Ce qu'il y a entre ces pages, commença-t-il en tapotant le livre ouvert, c'est monumental. Ça voudrait dire qu'on nous a toujours menti. Sur des générations et des générations. » Il inspira. « Il est écrit que Zanabé n'a jamais compté qu'un seul peuple. Qu'à l'origine, à l'époque de la guerre d'Erad… Kétas et Lius n'existaient pas. La séparation est une invention politique. » Il fit une pause. « Je n'arrive pas à y croire moi-même. Seulement, je crois que c'est un authentique ouvrage de l'une des familles de l'époque. » Sa voix s'étrangla. « Je crois que c'est vrai. »

33

Les secrets du Manoir

Note issue du livre d'heures du 52ᵉ Chouri,
lue en séance à la suite de la requête de Moine Tobal.

« Le jeune voyageur Eïvan a été ce jour relâché dans le monde comme discuté entre les Humas, sages de la lumière violette. J'ai bien entendu les réserves exprimées quant à sa fragilité. Le jeune homme porte cependant en lui un grand pouvoir, né précisément du courage avec lequel il embrasse sa propre vulnérabilité. Il ne me semble pas opportun de l'en priver. J'ordonne, néanmoins, que soit étendue sur sa personne la protection des Monastères, durant toute la durée de son existence, et que les sages interviennent en cas de nécessité. J'ai parlé. »

La nuit tomba lentement derrière les vitres opacifiées du Manoir. Je me rappelle la faible lueur orangée, les dalles usées par les ans, les pieds de chaises qui raclaient le sol. Pitro vint s'installer près de la table avec des morceaux de cuir à coudre. Tobal commença à lire des passages du volume qu'il avait sur les genoux et ceux qui étaient restés debout s'assirent au fur et à mesure. Pitro cessa de s'agiter. Je me rappelle que nous étions trente, et que plus personne n'alla en cuisine.

L'ouvrage avait été écrit par un Kéta qui vivait deux cents ans plus tôt, et prétendait faire partie d'une organisation secrète luttant contre la falsification de l'Histoire. Il présentait une longue lettre recopiée par l'un de ses ancêtres, qui avait été transmise de génération en génération depuis des temps immémoriaux. L'original avait été rédigé par un certain colonel Yang : il remontait à la guerre avec l'Erad. C'était la première fois que j'entendais parler d'un témoignage direct de cette époque. Elle était enseignée dans nos écoles comme l'événement glorieux et fondateur de notre pays, le plus ancien de l'histoire de Zanabé… mais si lointain et si vague qu'il en était presque mythologique. Le texte d'origine pouvait donc remonter à… quatre cents, cinq cents ans ?

Au fil des pages, le groupe plongea dans un profond silence. Le colonel Yang ne donnait pas beaucoup de détails sur la guerre. L'histoire qu'il racontait était tout autre : il prétendait qu'au début de sa vie, Zanabé ne comptait qu'un seul peuple. Puis, alors qu'il était encore jeune homme, la guerre avait éclaté et la nation s'était divisée. Certains voulaient négocier avec l'Erad ; d'autres appelèrent à combattre. Les partisans de la guerre étant majoritaires, Zanabé avait combattu. Et Zanabé avait vaincu. L'histoire aurait pu s'arrêter là, dans l'allégresse de la victoire… Mais la violence s'était infiltrée dans le pays. Ceux qui avaient prôné la guerre et l'avaient gagnée se retournèrent contre ceux qui avaient choisi la paix. Les pacifistes furent accusés de traîtrise, et traduits en justice.

« *La période dite de l'Écrémage dura près de quarante ans*, racontait le colonel Yang. *Les procès contre les pacifistes – des individus, des familles, des villages entiers parfois – se tenaient dans les arènes des villes. Le peuple se massait pour assister à ces honteuses pièces de théâtre et réclamait bruyamment des condamnations. J'ai vu ces procès plus souvent qu'à mon tour, et je garde jusqu'à aujourd'hui un profond dégoût pour la moutonnerie dont a fait preuve la majorité. Mais bien sûr, il était dangereux de se démarquer. La peur régnait. Trois dénonciations anonymes suffisaient à provoquer une arrestation…*

Les jugements obligeaient les coupables à accoler à leur nom de famille la mention d'infamie "Lié" – lié à l'Erad. Ils les dépossédaient en même temps de leurs terres, leurs maisons et leurs biens. Combien de personnes furent ainsi spoliées ? Les quelques-uns qui s'élevèrent contre cette folie furent rapidement réduits au silence. Le plus féroce avocat de l'Écrémage était un héros de guerre : le général Toxa de La Ferté. Son charisme, la richesse de sa famille et le nombre incroyable de soldats qui lui vouaient une loyauté sans bornes lui permirent de se hisser jusqu'à la plus haute marche du pouvoir. Devenu dignitaire en chef, il fit voter par le Congrès la mise au ban définitive des "Liés". Certains emplois, certains lieux, mais aussi les vins les plus fins, les viandes les plus prisées étaient désormais réservés à ceux que l'on appelait de plus en plus souvent les "Kétas", en référence à la tour du même nom où nous, les dirigeants de l'armée, avions juré de combattre l'Erad ou de mourir. Désormais, notre peuple était officiellement coupé en deux : les Kétas étaient les "bons" citoyens de Zanabé, les "Liés", des traîtres. Et faute de sanctions, les deux groupes ne devaient plus se mélanger. Lorsque dans une même famille on trouvait les deux, les Liés furent priés de changer de nom. J'affirme ainsi, solennellement, que les Liés Passier de Niro sont les cousins germains de la famille Assier de Numré. Avant l'Écrémage, ils vivaient tous dans la même rue à Numré.

Afin de parachever son crime, le Congrès ordonna la destruction des archives antérieures à l'Écrémage. Tout notre passé, toute l'histoire de notre pays bien-aimé disparut dans les flammes. Baptisés "cérémonies de la renaissance", ces gigantesques bûchers attiraient des milliers de personnes. Le peuple se pressa sans méfiance, chantant et dansant, célébrant le "nouveau Zanabé"... Nombre des parvenus du Congrès avaient accru démesurément leurs richesses en spoliant les familles accusées de traîtrise, et tenaient à détruire les preuves. Pour beaucoup, l'Écrémage ne fut qu'un gigantesque pillage sous couvert de représailles politiques.

J'arrive désormais au soir de ma vie, et je mesure mes fatales erreurs. Je suis un soldat, j'ai servi loyalement dans l'armée, j'ai mené mes hommes dans les gorges des montagnes de l'Ouest à seulement vingt ans, et infligé de sévères défaites à l'Erad... Je n'ai pu me résoudre à frapper Toxa, un supérieur, un concitoyen, un frère d'armes. J'aurais dû. Fût-ce au péril de ma vie et de ma descen-

dance. Oui, je le dis, alors que mes tempes sont blanches et mes muscles malingres, et je pèse toute la gravité de mes propos, que mon fils me pardonne. Je sais qu'il comprendra, car lui aussi ressent tout l'outrage infligé à notre pays. Nous avons décidé de lutter contre l'oubli. Nous sommes vingt-trois. Des résistants, des justes, qui ont fait le serment de préserver coûte que coûte la vérité. Soldats, prêtres, artistes, issus des familles déchues comme des familles élues, déterminés et prêts à mourir. Le même récit a été écrit par chacun d'entre nous, et sera conservé dans nos familles, le temps qu'il faudra pour que le vent tourne, que nous trouvions une solution ou que la raison recommence à régner sur notre pays de Zanabé – qu'il soit béni, d'Océa et de Wou. »

Tobal se tut après ces dernières lignes, et nous observa, silencieux. Il nous fut difficile de revenir dans la grande salle, dans le présent de Zanabé, alors que les mots écrits quatre cents ans plus tôt résonnaient dans nos esprits. Puis un résistant fit bouger sa chaise, quelqu'un d'autre se frappa le front et une troisième balbutia : « Ça ne peut pas être vrai. » Je crois que c'était l'une des couturières. Pitro grommela dans sa barbe qu'il s'agissait « d'un ramassis de contes ». Avant que les objections ne devinssent plus vigoureuses, Tobal inclina l'ouvrage pour nous le montrer. Après la page où s'achevait le texte du colonel Yang, il restait les trois quarts du volume. « Il y a des documents, dit le marchand. Je les ai regardés, je les ai montrés à Caper. Venez voir par vous-mêmes. » Il posa le lourd manuscrit sur une chaise, et se recula un peu afin de permettre à Romain puis à nous tous de venir les examiner. La faible luminosité nous obligea à nous pencher pour déchiffrer les lignes. Les murmures baissèrent tandis que nous tournions les feuillets. Entre les pages de peau se tenait la plus impressionnante série de documents historiques – ou de faux – qu'il m'ait été donné de voir. Un inventaire de presque un millier de noms établissait les lignages entre les familles « liés » et kétas. Les comptes rendus de procès s'étalaient sur quinze ans, indiquant parfois la liste des juges, des condamnés et des biens confisqués… Il y avait des copies de décrets : celui qui avait imposé aux familles pacifistes d'accoler la mention « lié » à leurs noms ; celui qui leur ordonnait de changer de patronyme ; celui qui leur interdisait les temples et les conseils de village, les congrès ou les tournois... Il y avait même un décret original, vieux de quatre cent trente ans, cousu sur vélin, fendillé, jauni, mais encore lisible, et qui dans une graphie ancienne et presque indéchiffrable établissait l'interdiction pour les « Liés » de participer au choix des dirigeants.

Si cet ouvrage était un faux, quelqu'un s'était donné vraiment beaucoup de mal.

Mais je connaissais l'histoire kéta, grâce à Colin. « Personne ne doit jamais les voir », répétait-il, dans mon enfance, en brandissant ces livres. Et la fulgurance de la révélation traversa quatre siècles pour me frapper au cœur.

Ces documents étaient authentiques.

J'avais reconnu les noms des notables cités par le colonel Yang – ceux qui s'étaient enrichis grâce à « l'Écrémage », et dont les familles, aujourd'hui encore, possédaient bel et bien les terres qu'il nommait. J'avais reconnu les Kétas dans la liste des familles séparées, et les armoiries soigneusement dessinées à côté. Certains noms ne me disaient rien : les lignées avaient sans doute disparu. Mais la plupart existaient toujours. Certaines siégeaient même au Concile des Vingt-Deux. Les sceaux du « Congrès » d'alors qui officialisaient les décrets étaient les mêmes que ceux du Concile d'aujourd'hui.

« Les documents sont vrais », murmurai-je. L'artificier Caper hocha la tête.

Je passai en revue les faits qu'avait décrits le colonel Yang. Comment notre histoire aurait-elle pu s'effacer à ce point de nos mémoires ? Un seul peuple, fendu en deux par le fanatisme et l'appât du pouvoir, et personne n'en aurait le moindre souvenir ? Et puis je me rappelai. Quatre cents ans. Il n'en avait fallu qu'une soixantaine pour oublier les détails de la Catastrophe. La plupart des gens de ma génération n'avaient qu'une connaissance sommaire des événements qui avaient précédé le Traité...

À leurs regards fixes, à leurs visages ébahis, je vis que d'autres résistants parvenaient lentement à la même conclusion. Emelyne était de ceux-là. « Mais Océa, comment est-ce possible ? » interrogea-t-elle, résumant notre sentiment à tous. « Comment ont-ils pu annihiler notre passé ? » Sonnés, nous allâmes nous rasseoir autour de Tobal, le contemplant comme s'il avait le pouvoir de tout expliquer. Il se contenta de rouvrir le volume sur ses genoux, caressant la couverture avec révérence. La lumière des bougies dansait sur son visage. Je pensai à Eïvan. Il fallait qu'il descende, qu'il entende. Je me levai pour aller au dortoir – mais Pitro qui m'avait devancée me fit signe de me rasseoir. « Continuez », pria Romain.

Il y avait une vingtaine de textes en tout. Les témoignages des descendants du colonel Yang, hommes et femmes qui, d'une génération à l'autre, relataient le lent ensevelissement de la vérité, les tourments politiques – un coup d'État renversant le « Congrès », un deuxième instaurant le Concile… Au fil du temps, les « Liés » étaient devenus des « Lius ». L'un des écrits relatait les premiers « prélèvements ». L'auteur, une certaine Ursula, témoignait depuis la montagne d'Ouvra où nous nous trouvions. À l'époque, ses flancs étaient cultivés par des Lius que la noble avait pris sous son aile.

« Après avoir détruit les livres, les archives et les objets qui nous rattachaient au passé, le Concile s'est attaqué aux temples, écrivait la femme. *Les temples de marbre blanc, ouverts aux quatre vents, où nous venions déposer les offrandes d'eau et de fruits pour Océa, brûler les feuilles du cyprès sacré… Ces fous, ils ont détruit les temples… Ils ont décidé que seul Wou convenait à notre pays, le dieu mâle, le guerrier – et qu'Océa, la mère, la douce, était une déesse indigne de leurs prières. Ils ont séparé en deux le symbole sacré de notre religion, le soleil et la flèche, qui réunissait les principes masculins et féminins de direction et d'accueil. Seuls les Lius prient désormais Océa. Mon époux me presse de couvrir les enluminures sacrées au plafond de la grande salle, où nos Dieux sont encore réunis, mais je ne peux m'y résoudre. Elles sont peut-être les dernières de tout Zanabé… »*

Je sus immédiatement de quelles enluminures elle parlait : enfant, j'avais passé beaucoup de temps à essayer de déchiffrer le plafond presque effacé de la salle à manger. Mais il fallut qu'Emelyne les mentionne à voix haute pour que tout le monde comprenne. « Nous sommes dans le château d'Ursula ! » Cette révélation déclencha une série de commentaires excités et le groupe quitta la salle de classe pour la salle à manger. Nous levâmes le visage vers le plafond plongé dans l'ombre, tentant en vain d'y discerner quelque chose à la lueur des chandelles. Pitro revint dans la salle sans Eïvan. « Il dort », répondit-il par un haussement d'épaules à mon regard interrogateur.

Comme ses aïeux, Ursula joignait à son texte une série de preuves historiques : les ordres de destruction des temples, les nouvelles ordonnances réglementant la séparation des peuples... Il était interdit à un Liu de posséder quoi que ce soit dans une ville kéta, de se natter les cheveux... « *La séparation est désormais aussi profonde dans notre pays que les racines d'un châtaignier,* déplorait Ursula. *Plus personne ne se souvient d'un autre temps. Victimes d'un siècle et demi de mépris, les Lius eux-mêmes ont intégré leur "infériorité" vis-à-vis des Kétas...* »

Son texte s'accompagnait de lettres des autres « Gardiens », comme ils se surnommaient à présent – des originaux, conservés par ses descendants, et dont la lecture nous fit frissonner. Tobal nous aida à les déchiffrer, en nous interdisant d'y toucher. Signées d'autres familles, émanant d'autres régions de Zanabé, elles étaient toutes accablantes.

Les textes révélaient également les difficultés des Gardiens du château d'Ouvra à sauvegarder l'héritage du colonel Yang. Plusieurs témoignages s'interrompaient en plein milieu, ou faisaient état de perturbations dans la lignée. Certains descendants du colonel semblaient souffrir d'égarements, ce qui conduisait la demeure et ses secrets à passer de main en main, de cousin en cousin, titubant parfois au bord de l'oubli. Et si la cachette qu'ils avaient creusée dans le mur protégeait les documents des soldats, elle ne pouvait rien contre les champignons et les cafards. J'étais bouleversée. J'avais vécu ici. J'avais rampé dans ce conduit. Mais jamais, jamais, je n'avais eu connaissance du passé glorieux du Manoir et de sa lignée de Gardiens... « C'est le secret le mieux gardé de Zanabé », répétait mon ancien maître en brandissant le symbole de bronze – et au moins sur ce point, il avait raison. Par quel malheur les secrets des Gardiens et leur château avaient-ils finalement échoué entre les mains malveillantes, détraquées, belliqueuses de Colin ?

Lorsque Tobal parvint au dernier des trois ouvrages, la frustration nous envahit : plus d'un siècle manquait entre les récits. Le troisième livre était d'une facture bien plus récente, écrit par un homme qui relatait l'époque de la Catastrophe, soixante-dix ans auparavant.

« *J'ai ce jour reçu trente-quatre Lius,* racontait le nouveau narrateur. *Je les ai répartis dans le dortoir que nous avons construit à la va-vite. Je m'appelle Divoni. Je suis le fils d'Erwin et Lucille. Ma grande sœur qui devait hériter du château a dû être enfermée, car sa folie empirait. Je ne sais ce qu'il faut imputer à la maladie ou aux abominables événements dont nous sommes témoins, cependant. Depuis les derniers récits de mes parents, ce qu'ils craignaient est arrivé : Zanabé sombre peu à peu dans le chaos et la souffrance. Des raids frappent régulièrement les villages lius, sous couvert de représailles. Les Lius se révoltent et en ont bien le droit, à mon humble avis.*

Ceux que nous avons cachés n'ont jamais fait de mal à personne : ce sont de simples fermiers, établis sur la montagne d'Ouvra depuis des décennies. Des groupes d'agités kétas qui se sont proclamés "Purificateurs" sont montés d'Ixal à deux reprises et ont tué sept personnes avant d'être mis en fuite. Ces "Purificateurs" ne sont pas des soldats, mais des civils. Ils sont de plus en plus nombreux et se targuent de "défendre le peuple kéta des agressions lius". De semblables exactions ont lieu partout dans le pays. Pendant que la situation s'envenime, nos dirigeants se réunissent et parlent, parlent et se réunissent, et nous attendons en vain des actions... »

Divoni relatait, par bribes, la dégradation du climat politique, les massacres et les clivages, jusqu'à la signature du Traité. Il expliquait à quel point ses espoirs avaient été déçus :

« *Le Traité est entré en vigueur. Il clôt le chapitre que l'on appelle désormais "la Catastrophe", avec une lucidité inhabituelle pour ce pays d'aveugles. Sa lecture m'a suffi pour comprendre que nous avions atteint le summum de la honte : l'infériorité de la condition liu y est décrite en toutes lettres, par moult détails, tous plus humiliants les uns que les autres... Une fois de plus, mon gouvernement ne m'inspire que du dégoût. Mais au moins, il n'y a plus de massacres. Je crois que tout le monde a vraiment eu peur, après la bataille de Borderive.*

Mes parents ont choisi de rejoindre nos propriétés de La Ferté pour échapper aux troubles, et aussi dans l'espoir que l'air plus sec fasse du bien à ma sœur. Il est vrai que le brouillard dans la vallée pousse parfois à la mélancolie... Mais que les aubes sont belles, quand l'horizon devient rose et que le soleil évapore la brume en myriades de gouttelettes brillantes... J'ai pris l'habitude de me poster dans la tour avec mon chevalet. Mes ancêtres ont contemplé le même paysage des siècles durant. Le château est notre fierté, le dernier vestige d'un passé lointain où le peuple de Zanabé était un. »

Avec talent, Divoni avait entrecoupé son récit de dessins et d'esquisses. Tobal fit une pause pour nous permettre de venir les regarder. Pitro déclina d'un geste las, mais je me levai pour contempler avec émotion ces visages du passé. Il y avait ses parents et sa sœur, un croquis envoûtant où l'on voyait la salle à manger pleine des Lius qu'il avait accueillis, un portrait d'enfant... Je m'empressai de tourner les pages pour les voir tous. Le dernier dessin me tétanisa.

Appuyé contre le balcon de la tour, Colin me dévisageait.

C'était le Colin de mon enfance, avec sa mâchoire carrée, son nez droit et ses yeux verts... une trentaine d'années, trente-cinq tout au plus. Ce visage parfait que j'avais adoré et craint me regardait droit dans les yeux. Je restai sonnée, incapable de comprendre ce que je voyais, comment il avait pu être dessiné soixante-dix ans plus tôt... Puis je notai les petites différences. Son expression d'abord, qui n'était pas arrogante et cruelle, mais plutôt douce et triste. Sa stature plus fine. Ses oreilles plus petites. Sa bouche plus pleine... Ce n'était pas Colin. C'était Divoni, comme le précisait la note sous son autoportrait.

La bougie que je tenais en main faillit couler sur la page. Je pense qu'au fond de moi, au bout d'un lointain couloir de pensée, la conclusion s'était déjà formée plus tôt dans la soirée, et qu'elle avait avancé, pas à pas, lentement, pour sortir de l'ombre. Mais le choc n'en fut pas moins brutal. Colin n'avait pas « récupéré » le château d'Ouvra, et les archives de la lignée de Gardiens…

Il en était le dernier représentant.

*

Après la série de croquis, il ne resta plus grand-chose à lire du trésor caché du Manoir. Divoni n'avait plus écrit que de manière sporadique, de plus en plus désenchanté et sibyllin à mesure du temps. Il racontait la pauvreté grandissante, la solitude, la souffrance qu'il éprouvait à ne plus recevoir de nouvelles des Lius qui habitaient autrefois la montagne… Puis, à un moment, il avait griffonné : « *Le brouillard, je crois, a eu raison de mon âme.* » Et ce fut la fin de son récit.

Lorsque Tobal referma le dernier volume, les questions en suspens se déposèrent sur notre groupe comme une poussière de sable. Puis un grand silence envahit la salle. Nous étions trente. Quatre cent soixante ans d'histoire reposaient entre nos mains. L'émotion faisait trembler nos jambes.

34

Décisions

Journal d'Eïvan, cahier retrouvé.

Ils m'appellent « le magicien du Centre ». Le faiseur de miracles. Force est d'admettre que j'en fais parfois, des miracles. Je me souviens de l'époque de la grippe rouge, lorsque je me disais : encore un patient. Juste un de plus. Un de plus.

Il y en avait toujours un de plus car au final, qui suis-je pour décider de la vie et de la mort ? Pour tracer cette ligne arbitraire dans le sable, entre la souffrance et la santé ?

Ils m'appellent le magicien du Centre, mais quelle ironie : toutes ces années après, c'est toujours dans l'eau que j'aperçois le reflet du seul que je n'ai pu guérir.

Caper fut le premier à se lever. Il se dirigea vers la cheminée. « Il fait nuit noire. On peut se permettre un feu, non ? Personne ne verra la fumée. » Dan acquiesça d'un air absent. Je me frottai les avant-bras. L'emprise du récit se dissipant, l'air frais et l'humidité nous faisaient à nouveau frissonner. Nous aurions dû aller nous coucher, mais personne n'avait envie de dormir. L'artificier s'agenouilla pour disposer les brindilles, puis les bûches dans le foyer. Rapidement les flammes s'élevèrent, dispensant leur lumière à cinq pas. Nous rapprochâmes les chaises de l'âtre. « On aurait pu faire ça plus tôt, maugréa quelqu'un. On y voit quand même plus clair. »

Des étincelles se perdaient dans le conduit de la cheminée. La chaleur nous réconforta rapidement tandis que nous tentions d'assimiler ce que nous avions appris. Tobal avait installé les livres et le symbole sur une chaise à côté de la sienne, et les volumes aimantaient nos regards. Ce qui reposait entre ces pages était d'une telle importance que je ne pouvais penser à rien d'autre. Dans mon passé, lors de ma première mission, quelqu'un m'avait dit que Colin était kéta… Qu'il se faisait passer pour un Liu, et que seule son ascendance noble lui évitait la visite des Coccinelles…

« Je n'en reviens pas, dit enfin Emelyne, brisant la sidération. Qui aurait pu imaginer une chose pareille ? » Elle insista, comme nous l'avions fait tout au long de cette soirée : « Tobal, tu es sûr que ça ne peut pas être une espèce de fiction écrite par le propriétaire des lieux ? » Je me penchai en avant pour répondre à la place du marchand. Il était temps de partager mes connaissances : « Colin est incapable d'écrire quelque chose d'aussi structuré. Je le sais, parce qu'il m'a élevée. Il possédait déjà ces ouvrages, et ce symbole quand j'étais enfant. »

Je leur décrivis les classes de mon ancien maître, les choses qu'il nous apprenait, qu'aucun Liu n'aurait pu connaître.

« C'est le dernier descendant de cette lignée de Gardiens, leur révélai-je. Il a beaucoup vieilli, mais si vous en doutez, examinez l'autoportrait de Divoni. » L'intense consternation du groupe m'apprit que personne n'avait encore tiré cette conclusion – à part peut-être Pitro qui, affalé sur son siège, conservait un air morose. Dan secoua la tête, les sourcils froncés : « Mais ça n'a pas de sens…, objecta-t-il. C'est une lignée kéta… Et Colin ne parle que de les brûler, de les massacrer, depuis que nous sommes arrivés.

— Je n'en sais rien, répondis-je. Il y a longtemps qu'il a perdu la tête. »

L'ironie d'avoir établi le quartier général de la Résistance liu dans un manoir kéta n'échappa à personne. Les échanges se poursuivirent encore un moment, puis Romain les interrompit : « Bon. Tout ceci est troublant… Mais ça ne change rien, les amis. Nous avons besoin de repos. Nous ne sommes plus à l'époque de la guerre d'Erad, même pas à celle de la Catastrophe : nous sommes maintenant, et c'est aujourd'hui que notre peuple court le plus grand danger de son histoire. » Il fit une pause, comme s'il voulait nous laisser le temps de remonter les siècles. « Il ne nous reste plus que quelques heures pour finaliser la riposte. Demain soir, le Concile donnera l'ordre de massacrer notre peuple, et ce n'est pas cette histoire vieille de quatre cents ans qui y changera quelque chose… Allons prendre un peu de repos. »

À regret, encore chargés des révélations de la nuit, nous commençâmes à nous lever, raclant les chaises sur le sol de pierre. En moi resurgit la conscience de ce qui nous attendait, et la peur pour Eïvan, que ces révélations avaient réussi à tenir à distance quelques heures. Oui, il fallait aller se coucher. Rien n'avait changé. Nous étions toujours à la veille d'un génocide. Je me mis lentement debout. La voix de Caper m'arrêta – nous arrêta tous.

« Attendez ! » Il se dressa devant la cheminée, levant les paumes. « Vous vous trompez ! Ces écrits changent tout. Tout. Ils peuvent littéralement arrêter cette guerre ! » Ses mains tremblaient. « Vous le savez, je suis à moitié kéta… Nous tenons quelque chose de crucial. » Ses yeux étincelaient de ferveur. Dan et Emelyne hésitèrent, puis se rassirent. Romain les imita. « Parle, réclama le commandant. J'en doute vraiment, Caper. Mais je t'écoute. »

Je le vis prendre une grande inspiration dans la lumière jaune. Il expliqua ce que j'avais entendu mille fois dans les cours de Colin : pour la morale kéta, les valeurs de la famille prévalaient toujours. Elles passaient avant la religion, avant la loi. « Qu'une personne de votre famille soit en difficulté, et vous voilà obligé de la soutenir, même si elle a commis un meurtre atroce, indiqua Caper. Et par famille, je n'entends pas uniquement les frères, sœurs, parents. J'entends les arrière-petits-cousins. Les grands-oncles par alliance. La famille, jusqu'à la millième génération s'il le faut : dès qu'un lien de sang est établi ! Ceux d'entre vous qui ont fréquenté notre société le savent », dit-il en nous prenant à témoin. J'acquiesçai.

« D'accord, répondit Emelyne, mais où veux-tu en venir ? » Caper se tourna vers elle : « À ça : si le Concile avait connaissance de ces documents, il ne pourrait plus donner l'ordre d'extermination. En tant que Kéta, on ne peut pas tuer sa famille. » Il fit une pause pour vérifier si nous avions bien compris. Comme la plupart des expressions restaient interrogatives, il continua : « Nous avons la preuve, en toutes lettres, que les Lius sont des membres de nos familles. Littéralement. La famille Assier siège encore au Concile : les Lius qui lui sont rattachés sont les Passier. On peut le prouver. » Tobal ouvrait déjà le livre à la recherche des armoiries. Caper souleva le volume et nous le montra, pages tournées vers nous : « Voilà. Ce sont les armoiries de la famille Assier, et le nom de ses "Liés" à côté. Croyez-vous que le sénateur Assier puisse ratifier l'ordre de tuer les Passier sans y perdre son honneur ? »

Ma respiration s'accéléra. Je pensai à toutes les familles influentes de Numré listées dans ces volumes, avec leurs lignages lius. Caper avait raison. Nous pouvions les forcer à admettre qu'ils s'apprêtaient à massacrer leurs propres familles. Nous pouvions arrêter cette guerre sans une goutte de sang. Nous pouvions… empêcher Eïvan de se sacrifier. Ces révélations allaient le convaincre.

Mais Romain prit la parole : « Ils ne voudront jamais écouter. Le Concile ne va jamais avaler ça.

— Je suis désolée, renchérit Emelyne, mais je suis d'accord avec Romain. Il ne faut pas se bercer d'illusions. Sans compter que nous serions morts avant même d'atteindre le bâtiment du Concile. »

Caper se tut un moment, puis reposa le livre sur la chaise. Sa voix était devenue presque métallique de tension. « Bien sûr qu'ils ne vont pas accepter la vérité facilement… Ce n'est pas ce que je dis. Nous en discutons depuis des heures et nous avons encore du mal à y croire. Mais camarades… c'est la VÉRITÉ ! Il nous faut juste retenir l'attention d'un seul des membres du Concile… un seul… Ils ne pourront pas nier les faits. Nous avons les preuves !

— Ils vont se contenter de brûler les bouquins et d'abattre les émissaires, objecta une voix désabusée.

— Et alors ? » interrompit soudain Pitro. Surprise, je me tournai vers lui. C'était quasiment la première fois qu'il parlait depuis le début de la soirée. Le vieil homme était toujours affalé sur sa chaise ; il se redressa et regarda les autres d'un air farouche. « Qu'est-ce qu'on a à perdre ? Ils ont déjà prévu de nous tuer… et s'ils brûlent les livres, eh bien tant pis. À quoi servent-ils de toute façon dans un vieux château bouffé par le lierre ? » Tobal posa une main protectrice sur les ouvrages, mais Pitro insista : « Ils ont été écrits précisément pour empêcher ce qui est en train d'arriver… Nous allons tous prendre des risques demain. Moi, je dis que ça vaut le coup d'essayer. Ce n'est plus dangereux que de faire sauter des ponts. »

La salle s'agita. Le soutien de Pitro transformait l'idée farfelue d'un seul homme en quelque chose de plausible. Dan regarda son grand-père avec intensité, et je le vis réfléchir. « Bon, bon, dit Romain en levant les mains pour faire cesser le brouhaha. Imaginons qu'il y ait une chance de convaincre le Concile. Imaginons. Comment leur faire parvenir les ouvrages ? Il nous reste un seul jour. »

Tobal soupira : « J'avais un intermédiaire pour accéder à la sénatrice Sama Antonin. Mais je l'ai prévenu qu'il risquait d'y avoir du grabuge et il a quitté la capitale depuis trois jours.

— Ça règle la question, alors, estima Emelyne. C'est la seule au Concile qui nous aurait prêté la moindre attention.

— Mais Eïvan a un autre contact, indiquai-je. Nous avons rencontré le fils de Sama Antonin, et il nous a donné le nom d'une femme. » L'excitation remonta en moi. Grâce au propre fils de la sénatrice, nous pourrions faire mieux que de confier les livres à quelqu'un, nous pourrions la rencontrer en personne… « Eïvan, c'est le guérisseur, c'est ça ? » s'enquit Caper en le cherchant dans le groupe. « Où est-il ?

— Il dort », rétorquai-je, au moment où Pitro lâchait d'une voix morne : « Il est parti. » Je me tournai vers lui, croyant avoir mal entendu. Tobal se récria : « Comment ça, parti ? » Mais Pitro ne répondit rien.

La peur m'écrasa, envahit les moindres recoins de mon être. « Pitro ! protestai-je auprès du vieil homme qui m'avait caché la vérité. Pitro ! » Il leva les yeux vers moi, et je les découvris vitreux. La peur se changea en torrent. Je remarquai à quel point il avait évité mon regard toute la soirée, figé de douleur, incapable de s'intéresser à notre extraordinaire découverte. « Pitro ! » suppliai-je une troisième fois. Il secoua la tête, les traits déformés par le chagrin. Je m'entendis gémir quelque part, derrière le fracas assourdissant qui roulait entre mes oreilles – *Non, Océa, non.*

Parce que mon cœur refusait l'évidence, il me fallut aller voir par moi-même : les membres gourds, je pris l'escalier qui menait au dortoir, espérant follement le trouver dans la pièce obscure, encore endormi, en sécurité. Mais tous les lits étaient vides et j'eus beau fouiller la pièce, le cherchant dans les ombres et les recoins, il n'y était pas. J'arpentai les couloirs, j'ouvris toutes les portes. Je montai à l'étage dans les appartements de Colin, où le vieillard désorienté me regarda passer en trombe. Je grimpai l'escalier de la tour, tâtonnant dans le noir – *Océa, fais qu'il soit là*… J'eus l'impression de le voir, à l'endroit où il avait touché mon âme pour la dernière fois ; mais sur la petite avancée de pierre, il n'y avait que le cône argenté de la lune.

Alors, je m'appuyai sur la balustrade. Les nuages masquaient les étoiles. Des ombres menaçantes rampaient sous les murets du parvis. « Eïvan », chuchotai-je. Je me mis à pleurer, face au ciel.

*

Quand je descendis rejoindre mes compagnons, une silhouette bancale m'intercepta dans le couloir du premier étage. Je sursautai. Tapi dans l'ombre, avec sa bouche déformée et ses yeux étincelants de méchanceté, Guide Colin sortait tout droit d'un cauchemar d'enfant. « Viens dans mon bureau », ordonna mon ancien mentor. Je n'eus même pas la force de lui répondre. Je m'engageai dans l'escalier et il m'interpella derechef : « Nous devons parler de ton comportement ! Pendant des années je t'ai nourrie, soignée, protégée… et tu t'es enfuie comme une voleuse ! » Je descendis une marche de plus. Il avait raison : je m'étais enfuie. J'avais réussi à m'extirper de ce lieu maudit. Mais il m'avait fallu si longtemps pour surmonter sa vision du monde torturée, simpliste… Ma lucidité était encore fragile. Elle s'effondrerait si le Cerf devait périr. Je pensai à tout ce que Colin nous avait infligé, les coups et les séjours à la cave, les discours incessants sur notre indignité – et tout ce que je refusais de me rappeler. Je n'avais plus de temps pour lui. Eïvan seul comptait, et il était parti. Je levai la tête vers le vieillard. « Ne me parlez plus. Je ne vous ai pas trahi. Vous nous avez trahis. » À cause de lui, j'avais perdu mon frère. Le mépris me gagna. « Je suis libre, maintenant. Allez-vous-en. » Si j'avais eu tant de mal à croire en la bonté, c'est qu'il ne nous en avait jamais témoigné. Je n'étais pas sûre que je pourrais un jour me débarrasser de mes souvenirs… mais je pouvais me débarrasser de lui. Je me détournai, l'abandonnant dans le couloir.

*

Le temps que j'arrive en bas, le vieux fanatique avait repris sa place dans les arrière-chambres poussiéreuses de mon esprit. Pitro quitta le petit groupe rassemblé devant les flammes orangées de la cheminée pour me serrer contre lui. Je faillis éclater en sanglots. Il y avait dans ses yeux la même peur qu'en moi, le même chagrin ; mais autre chose aussi : l'ombre de la défaite. Une part de lui avait commencé à envisager la mort du guérisseur. Je raffermis ma voix pour annoncer : « J'ai le contact. Elle s'appelle Sanaël. Je sais comment la joindre. » À travers la douleur qui m'obscurcissait l'esprit, j'essayai de reconstituer la discussion. Ils semblaient avoir conclu qu'il fallait tenter la chance avec les livres, mais se disputaient sur la nécessité de suspendre ou non la riposte en attendant. Caper, tendu comme un arc, arguait qu'il serait impossible de convaincre le Concile si nous faisions sauter son palais en même temps. Il avait raison, bien sûr. Mais il était à moitié kéta, et malgré son implication dans la Résistance, il serait toujours suspecté de vouloir épargner les siens.

La discussion nous prit jusqu'au matin. L'épuisement aidant, l'unité se fissura et des disputes éclatèrent. Robey menaça de partir avec les charges sans l'accord des leaders, Emelyne accusa Dan de se laisser aveugler par son affection pour nous, Pitro envoya tout le monde se faire voir cent fois… Mais nous parvînmes finalement à un accord et il fut décidé que Caper, Pitro, Tobal et moi partirions immédiatement pour tenter de rencontrer la sénatrice, et que l'équipe de la riposte attendrait les décisions de la plénière du soir pour passer à l'action. La plupart des dignitaires et sénateurs des provinces éloignées dormiraient dans le palais – si l'assemblée donnait son ordre d'extermination, il serait toujours temps d'agir.

Lorsque je fus désignée, j'acceptai sans un mot. Pendant que la Résistance délibérait des actions à mener, un autre débat s'était tenu en moi. Lentement, au fil des heures, le choc de la disparition d'Eïvan s'était mué en refus. En colère. Une colère qui avait crû au cœur de mon chagrin, devant les yeux morts de Pitro, une colère contre le guérisseur, contre son obstination, sa folie. Contre le sort qui nous l'enlevait, juste au moment où nous avions enfin l'espoir de sauver notre peuple. Et j'avais pris ma décision : s'il me fallait perdre l'homme que j'aimais, je n'allais pas me rendre sans me battre. Je n'allais pas lui faciliter la tâche. Il ne quitterait pas ma vie ainsi, sur la pointe des pieds. Non.

Lorsque nous eûmes épuisé tous les sujets de discussion, l'aube se devinait par les fenêtres de la grande salle. Les bougies avaient fondu sur les pupitres. Les résistants s'éparpillèrent en bâillant, le teint grisâtre. Personne ne songea à remettre les chaises en place. Nous avions besoin de repos, mais nous n'avions pas le temps. Je me rapprochai de Caper, Tobal et Pitro pour les informer que j'allais partir de mon côté à la recherche d'Eïvan, et les rejoindrais plus tard dans la ville. Tobal et Pitro devinèrent immédiatement mon intention. Une étincelle d'espoir s'alluma dans les yeux de Pitro. Si ténue. Il fallait un peu moins d'une journée pour arriver à Numré à pied. Eïvan y était sans doute déjà. « Tu pars quand ? » demanda Pitro.

Mais je n'avais pas besoin de marcher. « Tout de suite », répondis-je.

35

Numré

Prédiction du Chouri au Novice Eïvan,
telle qu'entendue et retranscrite par la Huma Sino.

« Petit, dans ta vie, tu provoqueras des loyautés indéfectibles. Tu voudras guérir les autres, mais c'est pour toi que l'on s'inquiétera. Les gens t'aimeront et voudront te protéger. Ils seront prêts à mourir pour toi. Mais n'oublie jamais que c'est à cause du Cerf. »

Le parvis s'étalait devant moi, noirâtre, humide de rosée, et au-delà, la vallée mangée par la brume. J'avais accompli une dernière tâche avant de monter sur le balcon, dans l'aurore hésitante : prévenir Emelyne de la véritable nature de Colin. « Si vous quittez le QG, emmenez-le. Ne le laissez pas sans surveillance. » Je lui avais raconté les sceaux, les faux documents, les enfants arrachés à leurs familles… Je lui avais révélé que, deux fois, dans mon enfance, il nous avait fait brûler le cadavre d'un garçon, un capuchon sur la tête. Un Kéta, disait-il, un ennemi. Mais le lendemain, nous ne pouvions nous détourner du lit vide dans le dortoir. La résistante s'était couvert la bouche, les yeux ronds, atterrée : « Océa… ! Je te promets. »

La vallée humide s'éveillait lentement. Tant de choses m'échappaient encore, tant de détails et d'années oubliés ; mais j'en savais assez pour comprendre ceci : ma vie n'avait vraiment commencé que le jour où

Eïvan m'avait trouvée sur la route, à moitié morte. Les quelques mois passés à l'Ahmra, à baigner dans la bonté transparente du guérisseur et la gentillesse de ses habitants, sous les grands arbres éclaboussés de soleil, contenaient plus d'authenticité et d'amour que toute ma vie d'avant. D'une certaine façon, j'étais née à l'Ahmra.

Jetant un dernier coup d'œil au ciel qui pâlissait, je fermai les yeux et m'envolai.

*

Numré apparut devant moi en début de matinée. J'avais laissé la forêt verte pour viser le point clair de la capitale adossée au turquoise de l'océan. Le soleil monta au-dessus de la mer, et le point grossit. Je distinguai d'abord les lignes du port et les grandes artères, le fleuve qui coupait la ville en deux, puis, alors que j'entrais dans le ciel de la cité, les petits cubes des maisons empilées le long de rues arachnéennes, les squares, les bâtiments, les canaux... Sur les quais, les flots étincelants venaient frapper des digues de pierre. Les passerelles des bateaux crachaient un filet constant d'hommes et de femmes. Je n'avais jamais vu une ville aussi grande. Au-dessus des rues grouillantes, je réalisai encore mieux l'imprudence d'Eïvan. La beauté du Cerf allait se noyer dans cette multitude.

Je survolai les maisons et les hangars, les ruelles et les avenues, tentant de capter la résonance transparente que j'aimais tant. Il y avait des chevaux. Il y avait des poules. Des écureuils dans le parc verdoyant ; des lapins dans les jardins. Il y avait des soldats qui tournaient en rond dans une cour, des voitures tirées par des montures lancées à vive allure. Des enfants. Des gens. Tellement de gens.

La lumière de midi éclaircit les couleurs. Je me mis à planer de plus en plus bas, jusqu'à raser les toits. Une irritation grandissante me faisait claquer du bec, contre les gens qui me masquaient la vue, contre moi-même qui n'arrivais pas à le trouver. Les pigeons s'envolaient en désordre quand mon ombre les surplombait. Un chien aboya en levant la tête. Les humains ne me voyaient pas encore, je n'étais sans doute pas pleinement incarnée. Le soleil s'éleva à la verticale, puis redescendit côté montagne. J'allai jusqu'à la mer. J'allai jusqu'au fleuve. Je retournai vers les collines où étaient accrochées les belles demeures de marbre.

Mais je ne trouvai pas le Cerf.

Dans toute cette fourmilière, je ne captai pas une seule étincelle de l'animal d'argent, comme s'il avait disparu de Zanabé.

À bout de ressources, je criai dans le ciel, un long *piiiiii* de frustration. Par-dessus les toits où personne ne m'entendait, je l'appelai, encore et encore, dans toute la ville, désespérément.

Lorsque le soir délivra ses derniers rayons obliques derrière les collines, je ne l'avais toujours pas trouvé. Je me souvins finalement que mes compagnons humains m'attendaient au crépuscule sur la rive ouest, près de l'un des ponts, et j'y volai. Ils étaient assis dans une calèche au plafond de verre, garée sur la plus grande avenue que j'aie jamais contemplée, ses deux voies séparées par une allée d'arbres et de massifs fleuris. Un rat prit la fuite ventre à terre quand j'atterris, les serres en avant, dans une impasse. Sur le sol souillé, au milieu de caisses éventrées, je réintégrai péniblement le Lieu de pensée.

Il me fallut quelques minutes pour tenir sur mes pieds. Le souffle court, je m'engageai sur les pavés gris-rose. Les derniers piétons pressaient le pas. Pitro guettait anxieusement par la fenêtre de la calèche. Dès qu'il m'aperçut, il se pencha pour lancer un mot au cocher, un homme habillé de pied en cap qui, croyant avoir affaire à des nobles kétas, m'ouvrit la porte avec obséquiosité. Les armoiries gravées sur les portes et un dauphin porteur d'une branche de palme m'apprirent qu'il s'agissait de la voiture de la sénatrice. Les bancs de velours bleu roi rembourrés étaient plus confortables que les lits du Manoir. « Alors ? » me demanda Pitro, les yeux cernés de fatigue et d'inquiétude.

La tête me tournait. Toute l'angoisse que j'éprouvais pour Eïvan me submergea.

« Je l'ai cherché toute la journée, articulai-je. Océa, je ne l'ai pas trouvé… » Je fondis en larmes, rompue de peur et de fatigue.

*

La voiture traversa la ville vers le morne qui surplombait la cité. La nuit s'installait. Quelques rares traînées rouges zébraient le ciel assombri. Je racontai ma quête infructueuse, sous le regard interloqué de l'artificier kéta qui ne comprenait rien à mon récit de vol et de Cerf. « Il n'est pas mort, assura Tobal, répondant à ma crainte inarticulée. Je t'assure. C'est impossible. Cela aurait résonné en chacun de nous. » Il me pressa l'épaule. « Et s'il a la force de se cacher, alors ça veut dire qu'il est encore en parfaite santé. »

Les cloches de Numré-Haut sonnèrent le couvre-feu. À nos pieds reposait le sac qui contenait cinq cents ans de l'histoire de Zanabé. La voiture ralentit devant un bâtiment aussi grand que le Manoir, et bien plus avenant : sur ses cinq étages, de larges fenêtres vitrées, et des balcons ornés de statues aux angles et de fleurs aux balustrades. Un parvis couleur crème luisait doucement à la lumière des torches. Pitro resta bouche bée devant le palace, incapable de détacher son regard des moulures ciselées. Tobal lui donna un discret coup de coude quand un majordome vint nous chercher. L'employé nous conduisit vers un escalier de marbre brun, presque rouge. Les armoiries de la sénatrice étaient sculptées à l'or sur la rambarde de bois sombre. Tandis que nous montions, écrasés par le regard altier de portraits plus grands que nous, le découragement m'envahit. Au Manoir, l'idée de présenter les livres à la sénatrice nous avait semblé judicieuse… Maintenant, dans ce luxe extravagant, elle paraissait farfelue et puérile. Jamais sa propriétaire n'accepterait de nous écouter. Nous étions trop insignifiants. Notre entreprise était vouée à l'échec.

Nous arrivâmes au troisième étage, dans une pièce vert pomme aussi vaste que la salle à manger du Manoir. Des livres couvraient tout un pan de mur. De grandes cages à oiseaux ouvertes pendaient un peu partout, pleines de fleurs. Une dame d'une soixantaine d'années vêtue de voiles noirs et roses fit irruption en s'exclamant : « Tobal, Tobal, mon chéri ! Te voici de nouveau ! » Sa voix tirait vers les aigus. Le marchand s'inclina profondément, la main droite contre son cœur. « Très estimée Sénatrice. Nous vous sommes infiniment reconnaissants de nous recevoir. » Caper et moi l'imitâmes aussitôt et, après un instant d'hésitation, Pitro s'y essaya également. « Allons, allons, dit-elle en agitant ses bracelets multicolores s'entrechoquant. Nul besoin de ses fariboles. Venez, Tobal, venez, mes enfants… Paulin ? ajouta-t-elle en se tournant vers le majordome. Du thé et quelques-uns de ces délicieux petits gâteaux à la noisette, veux-tu ? » L'homme s'éclipsa, tandis que la sénatrice, papillonnant d'un coin à l'autre, nous présentait ses toiles de maîtres d'une facture magnifique, puis une tapisserie, une paire de boucles d'oreilles… Des chats musaient partout dans la pièce, somnolant sur les canapés et les tapis. Pitro, Caper et moi échangeâmes des regards perplexes. Alors qu'elle nous montrait de tout petits livres, pas plus grands que le pouce, deux nouveaux domestiques entrèrent, chargés de plateaux où fumaient des cruches de cristal. Ils les posèrent sur le balcon, et la sénatrice les congédia en leur commandant de « préparer la voiture pour la plénière ». Elle nous servit elle-même. Une brise fraîche nous caressait.

« Très estimée Sénatrice, commença Tobal…

— *Tss tss tss*. Appelez-moi Sama, mes chéris. Et goûtez-moi donc ces gâteaux. Les noisettes ont été ramassées et écalées ce matin ! Je ne laisse même pas mes oiseaux en avoir, c'est dire… Savez-vous que les meilleurs sont obtenus en utilisant non du beurre mais de la crème, et une pincée de cannelle ? » Obéissant, je me servis et bus une gorgée de thé, en proie à un sentiment d'irréalité qui ne tarda pas à se changer en colère. Que faisions-nous ici, avec cette aristocrate écervelée ? À discuter de petits gâteaux à la noisette tandis que mon Cerf était sur le point de se sacrifier ? Un coup d'œil à Pitro m'apprit qu'il n'était pas loin d'exploser. Mais la sénatrice finit le biscuit qu'elle avait grignoté à petits coups de dents, se tapota les lèvres d'une serviette, et lâcha soudain : « Mes chéris, nous vivons la période la plus sombre de l'histoire de Zanabé. J'ai honte d'appartenir à ce peuple. » Et je reposai ma tasse lentement. Elle venait de se métamorphoser : son sourire joyeux s'était éteint, ses gestes s'étaient alourdis, même sa voix était devenue plus grave. Les coudes posés sur la table, elle nous contemplait, les larmes aux yeux. « Je sais qui vous êtes. Mon fils vous a rencontrés. Je sais que votre village abritait le guérisseur poète. Oh, Wou, comme j'ai chéri son art… » Le désespoir emplit ses prunelles marron : « Mais je ne peux plus rien. J'ai jeté mes dernières forces dans la bataille : j'ai mis ma démission en balance. Aucun sénateur n'a jamais démissionné dans toute l'histoire de Zanabé. J'ai dit que j'y étais prête, si le Concile votait cette loi scélérate. » Elle secoua la tête. Le thé fumait dans les tasses étincelantes. « Ils n'ont pas cédé. Ils ont voté le massacre, "l'Épuration", comme ils l'appellent, à dix-neuf voix contre trois, dont la mienne. La plénière de ce soir va entériner leur décision. C'est fini, mes enfants. » Elle baissa le front.

En contrebas, sur le parvis lisse, un domestique préparait une voiture encore plus impressionnante que celle qui nous avait conduits. Même les chevaux portaient des costumes d'apparat, des crêtes bleues dans leurs crinières. J'avais mal jugé Sama. La sénatrice n'était pas futile : elle était inconsolable. Un chat vint se frotter contre ma jambe et je le caressai machinalement, cherchant du réconfort. Pitro s'adossa à son siège. Caper ouvrit la bouche : « Très estimée Séna...

— Sama, coupa Tobal en posant le sac de livres sur la table. Ne désespérez pas. Nous vous avons amené de quoi tout changer. »

*

Sama Antonin, la sénatrice kéta, régente de ce palais de marbre, la dignitaire la plus aimée du peuple de la capitale, l'une des vingt-deux personnes les plus puissantes du pays, nous écouta sans flancher. Les mains jointes sur la table et le corps immobile, elle laissa Tobal lui donner lecture des cahiers des Gardiens, puis elle se mit rapidement à poser des questions précises. Combien restait-il de lignées ? Où se trouvaient-elles ? Y avait-il quelque part une liste des familles « liés » et de leurs branches kétas ? Tobal tenta de répondre au mieux, feuilletant fiévreusement les trois volumes en même temps. Il finit par se placer derrière elle pour pointer les documents du doigt. La sénatrice les examinait, concentrée, inconsciente de l'espoir fou qui enflait en nous comme la crue d'un fleuve.

« Oui, je vois..., disait-elle en faisant courir son doigt sur une ligne. C'est bien ça... La famille Lista, vraiment ? Hum. Non que je sois très étonnée. De la mauvaise graine, je l'ai toujours dit... »

Comme moi, Pitro et Caper osaient à peine respirer. Elle continuait son examen, commentant ici ou là. « Tiens, cette famille du Congrès n'a pas disparu... Son nom s'est transformé quand la dernière fille s'est mariée... Et là... » Elle tournait la page : « Il est écrit que les Finiol possèdent la moitié de Xinatsu, à l'est. Ils ont chassé impitoyablement les Lius. Comme c'est intéressant... »

Quand elle finit par refermer les ouvrages, elle nous contempla longuement. Nous attendîmes, le souffle court, que tombe son verdict. « Depuis combien de temps détenez-vous ces livres ? demanda-t-elle.

— Hier. Nous les avons trouvés hier», avoua Pitro. Il fit une pause, hésitant. « Nous savons que ça a l'air invraisemblable, mais…

— Tout est vrai, mon chéri, le coupa Sama. L'histoire est l'une de mes passions. »

Mon cœur se mit à battre à grands coups dans ma poitrine. Caper se prit le visage dans les mains, réprimant un sanglot de soulagement, et les yeux de Pitro s'adoucirent soudainement.

Elle nous croyait. Elle nous croyait. Si facilement, sans une hésitation. Avant que l'un d'entre nous ait pu se reprendre, Sama se dirigea vers son impressionnante bibliothèque, tirant un petit tabouret pour atteindre l'un des casiers les plus hauts. Elle en sortit un mince cahier de cuir, retenu par des nœuds. « Cette merveille est dans ma famille depuis des générations. Depuis mon arrière-arrière-grand-père, je crois. Il y était déjà fait mention d'une rumeur selon laquelle Kétas et Lius ne formaient autrefois qu'un seul peuple. » Elle remit le cahier à sa place. « Je sais reconnaître des documents authentiques quand je les vois. Ceux que vous m'apportez sont irréfutables. »

Nous tournant soudainement le dos, elle alla tirer un cordon au mur, puis un autre. Ce dispositif, installé dans les grandes maisons nobles, servait à appeler les domestiques. Puis elle se resservit du thé debout en nous contemplant sévèrement, une main sur la hanche : « Vraiment ! Pas question de vous présenter devant la plénière comme ça. Vous êtes accoutrés comme des paysans ! » Tobal ouvrit la bouche : « Nous présenter à la plénière ? Sama, nous sommes…

— Très estimée Sénatrice ! le reprit-elle vivement. Savez-vous à qui vous parlez ? » Le marchand se figea. « Vous allez m'accompagner. Je veux que vous assistiez au moment où ils devront affronter leur ignominie. » Tandis que nous restions muets, consternés, les domestiques entrèrent. « Je suis désolée, dit-elle aux serviteurs, il semble que nous ne dormirons pas, cette nuit. Convoquez une réunion publique au marché couvert demain à la première heure. C'est moi, en personne, qui la tiendrai. Je veux que tout Numré y assiste ! Qu'elle soit annoncée dans tous les quartiers dès l'aube. Dites que la sénatrice Sama Antonin a des révélations à faire au peuple de Zanabé. » Elle fit une pause, droite comme un I, les yeux embrasés : « Il est l'heure, mes enfants, de renverser l'Histoire. »

36

Sauver Zanabé

Règlement intérieur des séances extraordinaires.

Les prises de parole de l'assemblée sont autorisées mais soumises à des règles strictes. Toute personne souhaitant s'exprimer doit se signaler à l'huissier, qui inscrit son nom, puis attendre de recevoir le bâton de parole circulant dans la salle. Toute infraction sera punie d'expulsion, sauf si un sénateur l'a expressément autorisé. En revanche, tout un chacun peut, au cours de la séance, applaudir ou manifester sa désapprobation dans les limites du raisonnable.

Par la suite, la réunion plénière du Concile fut connue sous le nom de Sommet de la nuit. Un grand nom, qui ne reflète pas le désordre extraordinaire et la confusion qui régnèrent jusqu'au matin. Un nom qui reflète encore moins la laideur sordide de bon nombre des propos qui y furent tenus.

Tout ce que Numré comptait de puissants avait pris place dans l'amphithéâtre au plafond décoré de peintures guerrières. Grâce aux cours de Colin, j'identifiai certains des participants : dans les rangs du bas, les plus proches de l'agora centrale et de la table des Vingt-Deux, les familles ou les invités des sénateurs – dont nous étions. Plus haut, les Distingués, Gouverneurs, Généraux ou Colonels, et les familles nobles influentes. Puis dans les dernières rangées, les responsables « mineurs » de régions, de villes, délégués d'antennes locales ou hauts fonctionnaires. Malgré toute ma formation, je tremblais depuis l'instant où j'avais posé le pied dans le bâtiment, le cœur même de la machinerie qui planifiait notre éradication. Sama avait dit que nous n'aurions probablement pas à intervenir, et j'espérais qu'elle ait raison. Je ne me sentais pas capable d'ouvrir la bouche devant une telle assemblée. Mais c'était le seul espoir de sauver Eïvan, et s'il avait fallu pour cela que je m'asseye à la table des sénateurs, je l'aurais fait.

La plénière commença par un long discours du haut représentant sur le caractère historique des décisions qui allaient être entérinées ce soir. Les sénateurs occupaient la fonction suprême à tour de rôle. Cette année, le haut représentant se nommait Mirol Delahousse. C'était un homme d'une soixantaine d'années, au corps lourd, au visage avenant et aux cheveux presque blancs. Sa famille était propriétaire d'une bonne partie des terres au sud de Numré. Il était aussi complètement saoul. Cela fut évident dès qu'il quitta sa chaise, pour tituber en zigzag jusqu'au pupitre. Il faillit tomber en montant sur le petit podium. Pitro étouffa un gloussement. Il était le seul parmi nous à boire parfois jusqu'à l'ivresse.

Vêtu comme les autres sénateurs d'une toge rouge et or au tissu brillant, l'homme dressa d'une voix pâteuse la liste des décisions que la plénière aurait à prendre ce soir – en premier lieu l'ordre d'« Épuration », puis l'organisation future de la société. Le discours laborieux fut salué d'applaudissements, et quand ils s'éteignirent, l'orateur eut un geste qui se voulait gracieux en direction de la table ovale où siégeaient ses collègues : « Mais tout d'abord, notre estimée Sama a demandé la parole en ouverture de session. Je pense que nous savons tous ce qu'elle a à nous dire. » Des rires moqueurs éclatèrent dans l'auditoire, et il y eut quelques sourires entendus autour de la table. La sénatrice garda une pose impassible. Il me revint qu'elle avait annoncé sa démission. L'homme poursuivit d'un ton plus irrité : « Avant de vous céder la parole, très chère, il me faut cependant partager une nouvelle fâcheuse avec cette auguste assemblée… On m'a informé tout à l'heure qu'une dizaine de jeunes nobles kétas, menés par le fils de notre estimée collègue, avaient rejoint le camp de prisonniers du Sud, près du lac Boga, pour perturber les opérations. » Des exclamations consternées s'élevèrent, tandis que je réprimais à grand-peine un sourire. Ils avaient réussi ! Elzer, Lee, et les autres ! Ils étaient arrivés avant l'ordre d'extermination ! L'homme mentait sur les chiffres : ils n'étaient pas « une dizaine ». Elzer et Lee avaient prévu une centaine de chevaux. Ils devaient être bien plus nombreux. L'ivrogne coula un regard vers Sama. La sénatrice le fixait droit dans les yeux. Il haussa les épaules : « C'est une complication malvenue. Il nous faudra récupérer chacun de ces jeunes idiots et leur mettre une bonne fessée. » Il y eut des rires complaisants. « Mais bien entendu, nous ne sommes pas à une semaine près. Ceci n'est donc qu'un désagrément mineur. Sénatrice, faites votre annonce », conclut l'homme avec un salut railleur, avant de regagner difficilement sa place.

Sama reçut de ses mains la lancette dorée de commandement, et avança lentement jusqu'au pupitre, les épaules droites, les pans de sa toge formant une traîne majestueuse dans son dos. Elle offrait un contraste saisissant avec le doyen imbibé qui lui avait cédé la place. Sur l'estrade, elle leva le sceptre, défiant les quelque trois cents notables qui la fixaient avec hostilité. « Il est heureux que nous soyons ici en si grand nombre, commença-t-elle d'une voix forte. Nous vivons probablement la nuit la plus importante de toute l'histoire de Zanabé… Et ce que j'ai à vous révéler la rendra plus capitale encore. » À son signal, les huissiers déposèrent à côté du pupitre une console et un coffre ouvragé. Elle l'ouvrit lentement et en sortit avec révérence le plus ancien des ouvrages que nous lui avions amenés. Des murmures de curiosité se firent entendre. Un fascinant ballet commença alors, dont nous étions les seuls à pouvoir apprécier le sel et l'enjeu : solennellement, Sama Antonin fit venir plusieurs de ses collègues sénateurs et certains dignitaires pour constater dans les ouvrages à quel point leurs lignées étaient antiques et vénérables, remontant à plusieurs siècles. Les nobles se succédèrent sans méfiance pour authentifier leurs armoiries, s'étonnant de l'ancienneté des livres et se rengorgeant… Elle choisissait les plus haut placés, et ne les laissait repartir qu'après leur avoir fait constater, à voix haute, la conformité de leurs blasons. Le manège se reproduisit pour une dizaine de notables, jusqu'à ce que l'assistance manifeste les premiers signes d'impatience. Alors, le regard de Sama nous frôla. Elle prit une grande inspiration. Puis elle se lança.

Elle se mit à expliquer que les ouvrages n'établissaient pas seulement l'ancienneté de nombreuses lignées vénérables, mais également qu'elles étaient apparentées, sans aucun doute possible, à des familles lius. Elle cita les patronymes de ceux qu'elle avait fait venir, et les noms de leurs cousins lius. Un brouhaha stupéfait monta du public. Elle dut forcer la voix. À chaque nom cité, des commentaires de plus en plus scandalisés fusaient comme des cailloux depuis les travées. Enfin, elle cria pour couvrir le vacarme qu'il n'y avait jamais eu ni Kétas ni Lius, que les Lius n'étaient autres que des Kétas spoliés par une décision politique vieille de quatre siècles – et le public explosa. Des fonctionnaires se levèrent, secouant la main au-dessus de leur tête, la traitant de blasphématrice. Quelqu'un lança : « C'est une honte ! Les Lius ne sont pas nos cousins, mais des termites, qui dévorent notre pays ! » Des sifflets et des huées nous assourdirent. Sur l'estrade, les sénateurs eux-mêmes s'agitaient de plus en plus. L'une de celles qui étaient venues authentifier ses armoiries protesta debout, à grand renfort d'effets de manches, que « cette folle aurait depuis longtemps dû être démise de ses fonctions » !

« Elle devrait être traduite devant les tribunaux », renchérit quelqu'un sur ma gauche avant de se rappeler que nous étions ses invités, et de nous considérer avec dégoût.

Sama fixa la salle agitée. « Suffit ! » commanda-t-elle. Sa voix claqua dans l'hémicycle, se répercutant jusqu'au plafond enluminé. « Sommes-nous devenus si rustres que vous vous permettiez de couper la parole à une sénatrice ? » Elle faisait face à l'auditoire bruyant, frêle silhouette raide de colère, le regard flamboyant. « J'essaie de sauver l'honneur du peuple kéta ! J'essaie d'éviter à notre assemblée de commettre le plus atroce, le plus terrible des blasphèmes : massacrer nos propres familles ! » Le brouhaha retomba face à l'admonestation. Elle se tourna vers les sénateurs. La vingtaine de nobles la dévisageaient avec des expressions allant de la haine pure à la compassion, mais la plupart ne manifestaient qu'une consternation affolée. « Je réclame la présence d'un historien pour authentifier ces documents, ordonna Sama. Ici, maintenant, devant toute l'assemblée. Je ne mens pas, très estimés collègues, distingués, généraux. Tout est là. Tout est authentique. Ce sont nos propres cousins que vous vous apprêtez à massacrer ! » Le tapage reprit, et Sama se rapprocha de la table, brandissant la lancette dorée. « Moi, Sama Antonin, sénatrice de Numré, membre de droit du Concile, héritière de l'une des plus anciennes et respectables lignées de notre pays, je réclame la venue d'historiens avant le vote sur l'Épuration. Ici et maintenant ! »

Ils commencèrent par refuser, mais elle resta debout sur l'estrade, énumérant les exemples où, dans l'histoire du Concile, de telles requêtes avaient été acceptées – les dates, les noms, les occurrences exactes et les alinéas –, jusqu'à ce qu'à bout de patience, ils cèdent pour qu'elle laisse la plénière se poursuivre.

Dès que l'amphithéâtre se calma, de longues heures de fastidieux débats commencèrent sur les questions secondaires : l'intendance de la déportation, l'approvisionnement des marchés, le manque de petit personnel domestique des familles nobles, les routes qui se dégradaient… Ils discutèrent du dernier ravitaillement des soldats dans les convois, estimant qu'il suffisait de nourrir les prisonniers un jour sur trois pour garantir leur docilité, avant l'arrivée des renforts pour l'Épuration. « Pourquoi gaspiller de la nourriture pour des morts en sursis ? » Ils évoquèrent un conflit entre deux familles nobles du Nord qui s'étaient approprié des terres lius et s'interrogèrent sur l'attribution des villages qui avaient été vidés. À chaque prise de parole, je sentais ma détresse s'alourdir. Un homme tout de noir vêtu soumit une idée pour résoudre l'épineuse question du manque de personnel d'assainissement : « Le problème avec les Lius, c'est celui de la reproduction, n'est-ce pas ? Si nous en conservons quelques-uns, et qu'ils se reproduisent, alors il nous faudra recommencer tout le processus ! » Des murmures d'acquiescement montèrent. « C'est pourquoi, conclut l'individu, je propose de ne conserver que les mâles. Ou les femelles. Juste le temps de trouver une nouvelle organisation. »

La nuit avança lentement. Les historiens n'étaient pas encore arrivés. J'avais perdu tout espoir. Comment avions-nous pu croire que les livres changeraient quelque chose ? Ils parlaient de nous anéantir avec un tel naturel. Ils nous détestaient avec une telle ferveur, sirotant leur thé, discutant des détails de notre extermination comme s'il s'agissait de ranger des rondins de bois… Leur haine monolithique était une montagne de pierre qui emplissait l'agora, et m'aplatissait contre mon siège. Pitro avait fermé les yeux depuis longtemps, comme pour leur signifier son mépris ; Caper et Tobal fixaient le sol, respirant à peine. À la table, Sama gardait le regard rivé sur les ouvrages, sans prendre part aux conversations. Lorsqu'un Distingué évoqua en riant les exécutions sommaires qui avaient eu lieu dans les villages du Nord, elle se prit la tête dans les mains. Comme elle avait dû souffrir, sentinelle isolée devant la montée de la barbarie…

La séance fut suspendue, pour permettre aux sénateurs et au public de se restaurer. Le haut représentant Mirol Delahousse demanda à aborder la question principale – « l'Épuration » – mais Sama et deux autres sénateurs rappelèrent la promesse de faire venir les historiens. « Alors qu'ils se dépêchent, nom de Wou ! » répliqua-t-il avec humeur. La pause lui permit de se détendre un peu – probablement grâce à quelques gorgées d'alcool, car il revint un peu plus chancelant. La plénière reprit. Le Concile continua à expédier les affaires courantes. Plusieurs représentants de régions purent exposer les problèmes d'intendance créés par le départ des Lius, et la façon dont ils essayaient de les résoudre… Nous avions traversé le pays, et nous avions bien vu la désorganisation causée par l'exode de la moitié de la population. Pourtant les intervenants minimisaient les dégâts, et les sénateurs ne semblaient que trop heureux de les laisser mentir. Lorsque l'homme en noir obtint à nouveau le bâton de parole, la bile me monta à la gorge. Qu'allait-il proposer, cette fois ? De castrer les Lius mâles ?

« Très estimés Sénateurs, il y a également un problème dont je voudrais vous faire part, commença-t-il, hésitant. Dans mon district, un vieillard liu a été oublié chez lui par les soldats. En revanche, sa famille a été emportée. Or, il n'est plus en mesure de se nourrir, et peut à peine marcher. Puis-je être autorisé à lui faire porter à manger ? »

La surprise me fit tourner la tête si rapidement qu'une douleur fusa dans mon cou. Le dignitaire se tenait debout, l'air embarrassé mais déterminé. Autour de lui, les notables paraissaient aussi interloqués que moi. « Contentez-vous de le livrer, enfin ! » répliqua un délégué en haussant les épaules. Plusieurs de ses voisins approuvèrent.

L'homme en noir pinça les lèvres : « C'est un ancien ! Il ne fait de mal à personne !

— Jeune ou vieux, un termite reste un termite ! » glapit une femme dans l'une des rangées du haut. Quelques clameurs d'approbation s'élevèrent. Mais celle qui, à ma gauche, nous avait tout à l'heure regardés avec suspicion se leva à son tour et protesta : « Je pense qu'il faut arrêter de comparer les Lius à des termites ! Ce sont des êtres humains, pas des insectes ! Ces propos sont indignes de nous ! » dit-elle d'une voix forte, sans avoir demandé la parole. À mes côtés, Pitro ouvrit un œil. Sama quitta les livres des yeux pour l'observer avec intérêt, les sourcils arqués. La femme se rassit et se renfonça dans son fauteuil, les bras croisés, la moue boudeuse. Au milieu de la salle, un gouverneur à la barbe blanche s'exprima à son tour, après avoir réclamé le bâton, mais sans attendre qu'il lui parvienne : « Pendant que nous y sommes, dit-il, je voudrais vous faire part d'un ennui similaire. J'ai cinq enfants lius en détention dans ma ville. Ils ont été trouvés lors du deuxième passage, et je suppose que leurs parents les avaient cachés. Mais ça me pose problème de laisser des enfants en prison… Puis-je avoir, exceptionnellement, l'autorisation de les scolariser avec nos élèves les moins doués ? » Quelqu'un beugla qu'on se fichait complètement de l'éducation des Lius… Éduquait-on ses poules ?? Seulement, autour du gouverneur, plusieurs personnes acquiescèrent, et la femme près de moi se retourna en secouant la tête : « Pauvres petits ! Quand sommes-nous devenus si cruels ? » L'étau sur ma poitrine se desserra un peu. Je pris une grande inspiration. Quelques personnes ici avaient donc conservé leur humanité.

Sur l'estrade des sénateurs, Mirol Delahousse montra la lancette : « Messieurs-dames ! Messieurs-dames ! Ce n'est pas un marché aux poissons ici ! Vous ne parlez pas sans y être autorisés ! » Il se leva lourdement de sa chaise et gagna le pupitre en titubant. Évidemment. Le haut sénateur allait les faire taire. Il n'allait pas permettre que les voix de la compassion, jusque-là silencieuses, s'expriment. La compassion ne faisait pas les affaires de ce gouvernement de criminels.

« Je pense qu'il est temps de se re… prendre, dit-il, la voix pâteuse, après avoir levé la lancette à demi. D'après ce que vous me relatez, il est possible que nous ayons manqué de subtilité. Peut-être devrions-nous revoir la question de l'Ép… Épuration elle-même. Après tout, il y a aussi des enfants dans les camps. »

Je me redressai sur mon siège. Pitro ouvrit les deux yeux. Le silence tomba sur l'agora comme un marteau sur un clou. En face de nous, Sama fixa l'orateur, éberluée… Un des sénateurs assis à la table se reprit le premier et approuva : « Ma foi, Honorable, nous y sommes disposés ! Débattons, tout de suite ! » Et à côté de lui, deux autres sénateurs donnèrent leur accord, puis une troisième.

La confusion m'envahit. Autant je pouvais comprendre que quelques timides voix s'élèvent en notre faveur, autant ce qui venait de se passer ne tenait pas debout. Et la suite ne fut pas plus logique. Dans la salle, après avoir accueilli cette proposition par un silence stupéfait, le public explosa en commentaires pour et contre. Les « mort aux termites » se mêlèrent aux cris de joie, aux protestations et aux applaudissements… Un petit groupe de trois personnes au centre de l'agora se mit même à scander, debout : « Sau-vons les Lius ! Sau-vons les Lius ! » et au pupitre, le haut sénateur hocha la tête, les yeux troubles, souriant vaguement. Sama contemplait l'amphithéâtre comme si un groupe de chats ailés venait d'apparaître. Je me tournai vers mes compagnons, en quête d'une explication. Pitro scrutait son verre d'un air soupçonneux, comme s'il contenait une substance hallucinogène. Caper s'illuminait lentement, sidéré par ce retournement de situation. Et Tobal murmura, les larmes aux yeux : « Eïvan. Ah, Eïvan… »

Et je compris.

Le Cerf était là.

37

Sauver Eïvan

Journal d'Eïvan.

Parfois, ils le voient. Le Cerf. Quand ils naviguent encore plus profondément que moi dans le Lieu de silence, comme les sages des Monastères. Ou quand je le laisse voir, par imprudence ou par nécessité. Au fil des ans, le besoin d'être vu est devenu de plus en plus impérieux. Mais la peur d'être vu, elle, n'a jamais décru.
C'est finalement dans le travail que je parviens à le montrer un peu, dans les transes et les cérémonies. Là, quand tout le monde est absorbé par son propre reflet, il peut gambader en toute sécurité d'une âme à l'autre, et dans la rivière qui coule entre nous, ceux qui partent avec moi peuvent sentir la douceur d'un petit garçon joueur, la souffrance d'un cœur solitaire, la rage de mon âme contre les horreurs du monde… Ils sentent mais ne s'y attardent pas, et cela me suffit. Parfois.

Je le sentais à peine tant sa présence était ténue. Une fine bruine de douceur, un lointain parfum – le reflet d'un reflet dont je ne percevais qu'un infime scintillement. Mais il était là. Tobal avait vu juste. C'était bien sa radiance qui venait de provoquer cet invraisemblable retournement de situation. Eïvan marchait quelque part dans la ville, au nord du Concile.

Je portai les mains à mon cœur, comme si je pouvais retenir sa magie. Elle m'échappait. La musique de son âme déjà presque inaudible baissa encore, et je compris que j'allais le perdre. Il ne venait pas vers nous, il s'éloignait. Je chuchotai à mes voisins : « Pitro ! Tobal ! Nous devons y aller ! » Les deux hommes ne posèrent pas de questions. Tobal fit signe à un huissier qui porta à Sama un mot rédigé à la hâte. Nous n'avions pas le temps d'expliquer ce qui se passait à Caper ou à la sénatrice. Il nous fallait partir le plus vite possible, avant que le fil d'argent ne se rompe. Sama nous regarda, sourcils froncés, puis elle se fit amener une plume. Rapidement, elle griffonna quelque chose et tamponna des bouts de papier que l'huissier nous transmit. Des laissez-passer pour circuler malgré le couvre-feu. Elle n'avait même pas cherché à savoir où nous allions. Une vague de gratitude m'envahit. Plus tard, si j'en avais l'occasion, il faudrait que je lui dise à quel point je l'admirais, à quel point son courage, sa lucidité, sa bienveillance me serviraient d'exemple dans le futur…

Mais pas maintenant. Maintenant, il fallait retrouver le Cerf.

Nous partîmes tous les trois, calmement pour ne pas éveiller la suspicion des soldats qui quadrillaient le quartier. J'aurais voulu décoller directement du palais, mais des dizaines d'escouades de Coccinelles y patrouillaient. Quand la présence militaire s'allégea un peu, j'indiquai à mes compagnons l'endroit où je sentais la présence d'Eïvan : là-bas, au nord-est, près des quais. Ils se mirent aussitôt en marche. Je m'assis dans le cône d'ombre d'une statue de guerrier et, avec ferveur, avec frénésie, appelai en moi le Lieu de silence. Il me fallut plus longtemps que d'habitude pour trouver la porte du calme. Mais quand mes ailes se déployèrent dans la nuit, la note du Cerf sonna, haute et claire.

La nuit s'offrit à mes sens. Je dépassai deux petits humains qui avançaient lentement – mes amis. Je dépassai des factions de soldats. Je dépassai un couple qui marchait, bras dessus, bras dessous malgré le couvre-feu. Je filai, droit vers le port, retrouver l'animal d'argent.

À mi-chemin, je perçus la présence des prédateurs. Mais lorsque j'arrivai à destination, au port de Numré où flottaient les grands bateaux endormis, ils n'y étaient pas. Le Cerf détalait seul sur la jetée, limpide, sa lumière teintant le sol à dix pas autour de lui. Il portait toujours les rubans de ses alliés, mais affadis, usés. Les étoiles se reflétaient sur sa robe transparente comme le croissant de lune se reflétait, fragmenté, sur la mer – et ses ramures délicates montaient haut vers le ciel d'encre. Il était si beau. Ma gorge lança un *piiiiii* d'émotion. Un imperceptible mouvement de tête m'apprit qu'il m'avait entendue. Le port était désert.

Je me postai sur le mât d'un petit bateau qui se balançait et tentai de me rappeler pourquoi nous étions là. Le Cerf voulait toucher la ville de sa radiance – de cela, je me souvenais, mais il ne touchait ici que quelques rongeurs occupés dans les cordages, et une tourterelle endormie qui avait fait son nid dans une barque abandonnée. Il s'arrêta soudain. Devant mes yeux, sa lumière se rétracta. Elle se concentra dans son corps, dessinant une ombre blanche dans sa transparence. La forme gagna en définition, en contours, et progressivement la silhouette d'Eïvan apparut. Il se tenait debout, à l'intérieur du Cerf. Il n'avait pas plus de substance qu'un fantôme, mais il était bien là, immobile, les deux mains posées sur son bas-ventre et les paupières closes. Mon amour redoubla, mi-femme, mi-faucon. Il lui fallut un moment pour ouvrir les yeux. Des cernes profonds creusaient ses orbites, des rides de fatigue marquaient son visage. Son regard était plus sombre et plus opaque que la mer nocturne qui clapotait derrière lui. Je crus qu'il était redevenu humain pour me chasser. Mais ce fut à peine s'il me jeta un coup d'œil. Il tourna la tête, comme s'il cherchait quelque chose, considéra un moment les bateaux qui tanguaient doucement, puis les rues noires qui menaient au centre de la ville. Il soupira. Ses épaules tombèrent, et il se mit en marche vers le lointain bâtiment du Concile, l'homme et le Cerf avançant de conserve avec la grâce fluide d'une rivière claire.

Dès qu'ils atteignirent les premiers quartiers, l'animal étendit sa lumière autour de lui. Dans les maisons assoupies, je sentis les habitants s'ouvrir sur son passage comme des boutons de fleurs. Ils se réveillèrent à demi, émus par une douceur qui venait consoler leurs souffrances. Chacun avait la sienne : une maladie qui n'en finissait pas ; la solitude, comme un mur de terre usé ; la peur de perdre un commerce et de ne plus pouvoir nourrir sa famille… Mais l'influence s'arrêta là. Il fallut attendre qu'Eïvan disparaisse pour que la magie opère totalement. L'image de l'homme devint plus ténue, et s'évapora. L'auréole du Cerf se déploya alors et les murmures des cœurs étonnés s'amplifièrent, émanant de toutes les maisons à la fois. Des quartiers entiers intoxiqués par la peur, la haine, la culpabilité, respirèrent soudain un air plus pur. *Je crois en toi*, dirent les dormeurs de la rue des Commerces – puis ceux de la rue Oliver, puis ceux de l'avenue Rumi. *Je crois en toi*, murmurèrent les cœurs du pensionnat de Wou, où des dizaines d'étudiants, sur plusieurs étages, firent ensemble l'expérience de la joie. Le Cerf avança dans les rues obscures, son trot faisant naître des étincelles sur le pavé. Il se dressait dans leurs rêves, présence argentée d'innocence et de bonté, et lorsqu'ils l'avaient suffisamment admiré, lorsqu'ils s'étaient assurés qu'il existait vraiment, ils pouvaient croire en leurs propres âmes.

Je planais au-dessus de lui, percevant tout. J'étais si absorbée par le miracle qu'il opérait que j'en oubliais totalement pourquoi j'étais là, pourquoi mes amis couraient dans la ville. Une soudaine densité de l'air me tira de ma rêverie. Je tournai la tête et je les vis. À quelques croisements de là, les prédateurs se ruaient vers nous. Ils étaient une horde entière. Ils convergeaient du sud, transformant la nuit paisible en un magma d'obscurité rougeoyante. Je criai de panique. Sous moi, le Cerf fit une embardée. Sa lumière se rétracta promptement. Il venait de les sentir, lui aussi. Après une hésitation, il s'élança au galop pour échapper aux monstres. Il fila, sautant par-dessus un banc, obliquant à un carrefour, galopant d'une rue à l'autre comme un éclair de lumière, à une telle vitesse que les créatures me semblèrent perdre du terrain. Les rubans pulsaient faiblement dans sa fourrure, comme des braises projetant leurs dernières lueurs. Volant au-dessus du Cerf, je l'encourageai de mes cris. Il retraversa entièrement la ville en sens inverse. Au fur et à mesure qu'il fuyait, le grondement des bêtes s'atténuait. L'animal courait avec une telle vélocité qu'il parvint aux limites de l'agglomération, et s'engagea sans ralentir sur l'un des ponts aux statues de marbre qui enjambait le fleuve. Brillant comme une étoile filante entre les deux bras de mer, il déboucha de l'autre côté, sur les grandes esplanades couvertes de pelouse. Alors seulement il s'arrêta. Droit sur ses pattes fines qui tremblaient d'épuisement, ses flancs pantelants, il scruta la nuit. Au loin, plus rien ne bougeait. Les ombres n'étaient plus visibles. Les avait-il semées ?

Je lançai un cri interrogateur. Il fit un petit tour sur lui-même, puis alla se poster sous un arbre. La pluie commença à tomber. Dans son corps cristallin, les éclairs d'argent qui ondulaient se rassemblèrent, et Eïvan reparut. Il ouvrit péniblement les yeux, regardant autour de lui. Soupira. Et repartit en direction du Concile.

Sur ma branche, je restai un moment figée, incapable de comprendre ce que je voyais. Pourquoi retournait-il vers les monstres ? Je l'appelai. Il avança sans me prêter attention, alors je me mis à voleter autour de lui, passant devant son visage pour qu'il retrouve ses esprits. Eïvan continuait à marcher vers le pont, fixant la ville. Je piaillai de frustration et de peur. Il cessa enfin de m'ignorer et murmura : « Je dois essayer », sans ralentir le pas. Sa voix me parvint comme étouffée. Parce que j'avais déjà dû revenir moi-même dans le Lieu de pensée afin de retrouver mon chemin, je savais ce qu'Eïvan faisait : il rappelait l'homme en lui pour se repérer. Avec sa maîtrise, il n'était pas obligé de changer complètement d'état comme moi, il pouvait se maintenir à la lisière des deux, en équilibre. Mais en forçant le Cerf à retourner vers les prédateurs, il allait à l'encontre de ses instincts les plus élémentaires.

Impuissante, je le suivis à nouveau le long des rues endormies, assistai à nouveau au miracle de sa lumière d'argent et des cœurs qui s'éveillaient sur son passage. Cette fois, il ne parvint même pas en vue du palais. La meute déboula en hurlant d'une lointaine avenue, roulant vers nous comme un lahar[1] mortel.

D'un bond, il franchit un muret. Son corps translucide marqua la nuit d'une traînée lumineuse. Il atterrit lourdement sur le pavé humide et faillit glisser, ses pattes arrière patinant avec frénésie dans les gerbes de pluie. Les bêtes le pourchassaient, pleines de dents, de griffes et de rage. Son cœur bramait de désespoir. Si elles l'attrapaient, il n'y survivrait pas. Pas cette fois. Elles étaient trop nombreuses, la traque durait depuis trop longtemps.

Tout autour, la ville dormait. Il fuyait, les muscles durcis par l'effort, dans un grand roulement de sabots.

---

1. Coulée de roches et de boue d'origine volcanique.

ois encore, il réussit à les semer, et termina sa course au

Un chien traversait la jetée en quête de nourriture. Tout était calme. Après une courte pause, le temps pour le Cerf de reprendre haleine, tête basse, Eïvan reparut. Il regarda autour de lui… et reprit le chemin de la ville.

Combien de fois avait-il déjà répété ce cycle depuis son arrivée à Numré ? Il n'allait plus tenir longtemps. Je le vis recommencer trois fois, fuyant tantôt vers les quais, tantôt vers les ponts, sous la pluie battante. Les rubans pâlissaient à chaque nouvelle tentative et la colère montait en moi. En désespoir de cause, je tentai de harceler Eïvan : dès qu'il réapparaissait, je plongeais sur lui et volais devant son visage en criaillant. Il me chassait d'un geste de la main, sans dévier de sa route, chaque fois un peu plus las, un peu plus accablé ; alors, je finis par renoncer.

Il venait de disparaître une nouvelle fois à l'intérieur du Cerf, devant le portail d'un pavillon, lorsqu'en face de nous surgirent Pitro et Tobal. Les deux hommes étaient dépenaillés, couverts de sueur et trempés. Ils passèrent sans nous voir. Indécise, je fis des cercles, tandis qu'ils se pressaient, ignorant notre présence. Il fallait qu'ils m'aident à stopper le cycle suicidaire d'Eïvan. Faute d'une meilleure idée, je piquai sur eux, ralentissant au dernier moment en ouvrant largement mes ailes, et plantai mes serres dans le cuir chevelu de Tobal. Le marchand porta la main à son crâne en poussant un petit cri de douleur. Pitro le regarda, dérouté, et fronça les sourcils : « Il y a quelque chose au-dessus de ta tête… » Je me mis à voler devant leurs visages, sifflant de plus belle, battant des ailes frénétiquement. Alors, Tobal s'exclama : « C'est Taena ! Je la vois ! Je vois un oiseau ! » Je persistai dans cet exercice de moineau jusqu'à ce qu'ils me suivent des yeux, puis fis plusieurs boucles, une fois, deux fois… Enfin, Pitro comprit : « Elle veut que nous la suivions. Eïvan doit être par là. » Tous deux se mirent à courir dans la nuit, leurs colliers de famille rebondissant sur leurs poitrines.

Le Cerf s'était éloigné vers le centre de la ville, mais il marchait lentement, épuisé par ses infernales courses-poursuites. Les deux hommes courant de toutes leurs forces le rattrapèrent assez vite et le dépassèrent. L'animal transparent s'était arrêté un moment, profitant d'un croisement pour étendre sa lumière dans toutes les directions à la fois. J'y vis ma chance. Me posant par terre, j'entrepris de revenir dans le Lieu de pensée à la vitesse de l'éclair, me concentrant sur mes pieds, mes mains, ma stature humaine. La transition fut violente. Assise sur le pavé, je luttai contre la nausée, apercevant à travers mon regard brouillé mes amis éberlués – et le Cerf, à quelques pas, dont les yeux commençaient à s'arrondir de peur. Je levai un doigt tremblant : « Il est là ! Juste là, au coin ! Encerclez-le ! » Pitro se rapprocha de la maison que j'indiquais, à l'angle, tandis que j'essayais de me relever. Tobal plissa les yeux et son visage s'illumina : « Oui ! Je distingue quelque chose ! » et il se précipita vers le Cerf. Comme la vision de Tobal n'était pas claire, l'animal ne paniqua pas, il recula seulement contre le mur, méfiant. Mais quand je parvins à les rejoindre, il rua, cogna les briques, sans réussir à franchir notre barrière circulaire.

À mi-voix, pour ne pas l'effrayer davantage, j'expliquai à mes amis ce qui se passait, ce qu'Eïvan faisait. Je racontai les monstres et ses allers-retours dans la ville, son épuisement croissant... Tobal fronça les sourcils. « Tu l'as vu traverser combien de fois ? » me demanda-t-il. Puis, sans attendre la réponse, il houspilla le vide : « Eïvan, es-tu devenu fou ? As-tu oublié les enseignements ? Tu sais très bien que multiplier les voyages est dangereux. » Devant moi, le Cerf ne donna aucun signe de compréhension. Il me fixait avec effroi, en tremblant. Parlant tout doucement, le visage tourné vers le sol, je tentai : « Tu peux arrêter, Eïvan. Nous étions au Concile. Ça a marché ! Lorsque nous sommes partis, ils envisageaient d'annuler l'ordre des massacres », ajoutai-je, tirant un peu sur la vérité. Pitro ne distinguait qu'un miroitement, mais il surenchérit : « Ils étaient déjà en train de discuter du rapatriement des Lius. Et nous avons dévoilé des faits historiques qui ont tout renversé. Ta sénatrice, Sama, les a présentés au Concile... Tu peux arrêter. Tu peux revenir avec nous. »

Nous attendîmes, nous tenant les mains pour empêcher le Cerf de s'en aller. À l'intérieur de sa robe translucide, un frémissement annonça le retour d'Eïvan, et l'espoir fit battre mon cœur. Peut-être avions-nous réussi à le convaincre. Après tout, c'était bien ce qu'il ue les sénateurs changent d'avis. Il aurait le temps de … plus tard que nous avions un peu anticipé. La forme se dessina, s'organisa lentement – cela prenait à chaque fois un peu plus de temps – et le guérisseur finit par apparaître. Son visage était une ruine de fatigue. Ses yeux à nu de désespoir, d'épuisement – d'irritation aussi. Mon moral s'effondra. Il ne nous croyait pas. À l'expression de mes compagnons, je sus qu'eux aussi le voyaient, et qu'ils étaient parvenus à la même conclusion. « Écoutez-moi, dit Eïvan, la voix étouffée dans une sorte de tunnel métallique. Vous ne comprenez pas comment ça marche. Vous ne comprenez rien. » Il prit une inspiration, fermant les paupières comme s'il souffrait de migraine. « Même si les sénateurs ont changé d'avis, cela ne durera pas. Pas tant que cette ville entonnera la chanson de la haine. » Il releva les yeux et nous contempla. Sa colère avait disparu. Sa lassitude était immense. « Vous ne faites que compromettre mes chances. Et celles de Zanabé. Le danger se rapproche à chaque pas, chaque instant passé est perdu. Si je n'ai pas réussi à toucher davantage de monde, avant demain la balance aura rebasculé de l'autre côté. C'est une question de… » Il hésita. « De masse critique. De nombre. Pour que la rivière de l'amour teinte la rivière de la haine, il faut qu'elle soit plus puissante. Sinon, lorsqu'elles se mêlent, c'est le contraire qui se produit. Vous saisissez ? »

Je l'avais vu en action : je compris très bien ce qu'il voulait dire. Les notes de beauté qu'il faisait naître changeaient, une à une, la « chanson » de la ville. Oui, s'il y en avait suffisamment, la haine ne reprendrait pas le dessus, la bonté triompherait dans les cœurs et se répandrait, insufflant l'esprit commun de Numré.

Mais je savais aussi que la ville comptait dix mille âmes, et qu'il n'en avait touché que quelques centaines. Sans doute moins de trois cents. Que les prédateurs se rapprochaient inexorablement, et qu'il succomberait avant d'avoir créé un simple ruisselet. Il n'avait pas la moindre chance. Je lançai : « C'est toi qui ne comprends pas. Tu sais que tu n'y arriveras pas. Tu vas mourir, Eïvan… Ils vont tuer le Cerf. Ils vont te tuer. » Instinctivement, Pitro et Tobal se rapprochèrent de lui, raffermissant leur prise pour former un barrage hermétique. Alors que j'en faisais autant, le Cerf rua, criant de peur.

Mais à l'intérieur, Eïvan nous adressa un sourire triste. Et il disparut, Cerf et homme.

Stupéfaite, je fixai sans comprendre l'espace vide où il s'était tenu l'instant d'avant, ce mur de briques rouges, ces pavés gris. Pitro se retourna, perplexe. Tobal, lui, se prit la tête à deux mains : « Eïvan ! cria-t-il dans la rue vide. Imbécile ! Tu as tout oublié des enseignements du Chouri ! Arrogant ! » Dans la ville endormie, sa voix résonna comme un clairon. « Comment a-t-il disparu ? » demanda Pitro, le visage décomposé. L'ancien disciple se tordit les mains : « Il est passé entièrement dans le Lieu de silence. C'est ce que l'on fait quand… on meurt. Seuls les Chouris peuvent, d'une manière exceptionnelle, y parvenir en restant en vie, mais très brièvement. Si on s'attarde, on ne revient jamais. » Il secoua la tête. « Il est complètement fou ! Ça va l'affaiblir encore davantage… » Les yeux de Tobal s'emplirent de larmes tandis qu'il fixait la nuit, et il s'essuya le visage du revers de la main. « On ne peut plus le sauver, les amis. C'est fini. »

*

Ses propos annihilèrent toute réflexion. Pendant un instant, la douleur fut si forte que je ne pus réagir, remuer le moindre muscle – rien, que suffoquer. Comme s'il était déjà mort.

Mais le faucon en moi secoua ses plumes. *Non. Pas déjà.* En même temps, Pitro se retourna vers Tobal : « Hors de question. » Le vieil homme avait l'expression courroucée des mauvais jours, celle que j'avais crainte à l'Ahmra. Je m'en réjouis intensément. « On ne laisse pas tomber, Tobal. Tu étais moine. Tu peux bien le rattraper dans l'autre monde, le Lieu de machin, là… Ne le laissez pas partir comme ça ! » Tobal eut un rictus amer : « J'en suis totalement incapable, mon frère. J'ai abandonné ces techniques-là depuis vingt ans. Je ne sais même plus comment on procède.

— Essaie, Tobal. Je t'en prie…

— Et même si je le pouvais, ça ne servirait à rien, coupa l'ancien disciple. C'est très difficile d'intervenir dans le Lieu d'un autre.

ors, à quoi vous sert tout ce tralala ?! protesta Pitro. à l'abandonner ! Il ne peut pas mourir ! Pas lui ! » Sa eut un geste de rejet et commença à se détourner de que vous voulez, ou rien ! Moi, je vais foutre le feu maudite ville ! » Mais Tobal le rattrapa par le bras. « Attends ! J'ai une idée. » Le marchand se mit à chercher fiévreusement un endroit où s'asseoir. « Je vais essayer de contacter le Chouri, dit-il en se laissant tomber contre un mur. Je vais l'appeler au secours. Quand j'étais aux Monastères, j'étais vraiment, vraiment très bon pour cela. Je pouvais faire naître des images dans n'importe quel esprit. Le Chouri a dû recevoir mon message, maintenant… il saura de quoi il s'agit. » Tobal croisa les jambes et plaça ses deux mains en coupe près de son ventre. « Vous allez devoir m'attendre un peu, précisa-t-il. Il faut que je rentre en transe. » Et il ferma les yeux abruptement, sans autre commentaire.

Je le contemplai, interdite. Eïvan n'avait jamais mentionné cette technique. Pitro dévisageait son ami avec un espoir vacillant qui me brisa le cœur. « Je vais y retourner, murmurai-je. Dès qu'il a fini. Je vais essayer de l'aider de l'autre côté. Je trouverai bien quelque chose. » Le vieil homme croisa les bras sur sa poitrine, comme pour se réconforter : « Et moi, je vais retrouver nos camarades et on va tout faire sauter. Ça touchera peut-être ce qui le poursuit. » J'examinai son visage ravagé par l'inquiétude, le pli anxieux de sa bouche, les habits de noble kéta ruinés par la sueur… et secouai la tête. « Ça ne servira à rien, Pitro. Rien qu'à compromettre les chances de Sama. Ce qui le chasse est impalpable. Ça appartient au Lieu de silence. » Le vieil homme me regarda d'un air farouche et beugla au ciel : « Malédiction de Wou ! Ce n'est pas vrai ! C'est insupportable ! »

Il criait si fort que je lui fis signe de se taire, avant que quelqu'un ne prévienne la garde, puis j'entendis un bruit de pas rythmé contre le pavé. Des bottes aux talons cloutés se rapprochaient de nous. Le temps d'une respiration, les Coccinelles étaient là, menées par un sergent aux épaules larges. Les pensées s'entrechoquèrent dans ma tête : *Ils vont nous tuer. Ne pas montrer de peur. Nous sommes kétas…* « J'espère que vous avez une bonne raison pour enfreindre le couvre-feu », gronda le sergent, et je m'apprêtais à inventer une course pour la sénatrice quand Pitro rétorqua d'une voix rageuse :

« Et toi, qu'est-ce que tu fais là, inutile ? Vous n'avez rien d'autre à faire que persécuter les citoyens ? Il n'y a pas quelques rats à chasser dans le port ? Quelques *termites* ?? » Je tournai la tête vers le vieil homme, stupéfaite. Il les dévisageait, l'œil mauvais, comme s'il allait leur sauter dessus. L'officier dégaina lentement sa lancette et les soldats se déployèrent. Pitro leva le menton, et mit les poings sur ses hanches, méprisant... Je compris qu'il était en train de sombrer. Son impuissance et toutes les horreurs entendues cette nuit l'avaient rendu fou. Désespérément, je m'interposai : « Messieurs, je vous prie d'excuser mon père. Nous sommes très fatigués et notre ami ici a eu un malaise, ajoutai-je en désignant Tobal qui, assis sur les pavés, les yeux clos, semblait complètement ailleurs. Nous sommes des connaissances de la sénatrice Sama Antonin. Nous sortons à l'instant du Concile extraordinaire et nous...

— Laissez-passer », coupa sèchement le sergent, tendant sa main libre. Je m'empressai de sortir le document de la poche de ma tunique. Le visage hostile, Pitro en fit autant. Le sergent s'empara des papiers sans le quitter des yeux. « Nous sommes en mission pour la sénatrice, ajoutai-je, obséquieuse. Nous sommes partis nous enquérir des historiens que le Concile a réclamés.

— Et lui ? demanda le sergent en désignant Tobal, toujours assis en tailleur, les paupières closes. Je veux son laissez-passer. » Le marchand était complètement immobile, je ne savais pas s'il avait fini, et j'essayai de gagner du temps : « Il a le même, croyez-moi. Nous étions tous trois à la réunion du Concile et...

— Écoutez-moi, m'interrompit à nouveau le sergent. Je veux le laissez-passer de ce type qui fait la sieste par terre. Et s'il ne le montre pas, je vous colle une amende, que vous soyez de la grande noblesse ou pas ! » De toute évidence, il en brûlait d'envie, et cela me décida. Je jetai un regard d'avertissement à Pitro en le laissant seul face à l'escouade. J'essayai de récupérer le sauf-conduit de Tobal et son collier de famille sans le déranger, mais l'ancien disciple ouvrit des yeux las. « C'est bon, Taena », soupira-t-il en se levant. Il alla porter lui-même le papier au militaire, marchant lentement, comme s'il s'était accordé à un rythme différent du nôtre. Le sergent l'examina puis le lui rendit. Il leva la main pour mettre sa troupe au repos. Reculant de quelques pas, il nous considéra d'un air dégoûté. « La noblesse ! cracha-t-il. Incapable de respecter les soldats qui sont morts pour exécuter vos plans… N'oubliez pas de verser une petite larme sur nos camarades tombés… Et bien sûr, pas le moindre regret pour le FOUTOIR que vous avez créé ! » Il fit une pause, tandis que je me demandais si j'avais bien entendu. « Vous êtes bouffis d'orgueil, à me conseiller d'aller chasser des rats… Savez-vous ce que je chasse, au lieu d'être dans mon lit avec mon épouse ? Des terroristes ! De maudits terroristes lius qui rôdent dans cette ville, et qui planifient de tuer des innocents parce que vous avez ordonné de déporter les leurs ! Alors messieurs-dames, je ne peux pas vous mettre en prison… » Il s'approcha de Pitro, rengaina sa lancette… « Mais je peux faire ça ! » Et il lui balança un crochet du droit. Le vieil homme tomba lourdement par terre. Je me précipitai pour le protéger, mais le gradé en avait fini avec nous. Il fit signe à sa troupe qui se reforma, et tous disparurent dans la nuit, à pas rythmés.

À terre, Pitro se redressait, se tenant la joue. « Ma foi, je suppose que je l'ai mérité », dit-il en faisant jouer sa mâchoire. « Douce Océa, mais qu'est-ce qui t'a pris ? » demandai-je. Il secoua la tête.

Tobal avait eu le temps de lancer l'appel, projetant une image claire d'Eïvan et du Cerf vers la chambre aux murs blancs du Chouri, mais les soldats l'avaient interrompu au moment où il se mettait à l'écoute de la réponse. « Eh bien, recommence », lui suggéra Pitro. Je m'apprêtais à l'y encourager lorsqu'un cri de douleur me transperça l'âme. Dans la nuit de Numré, le Cerf hurlait. Comme un animal que l'on dévore vivant, comme un animal qui va mourir. « Eïvan ! » criai-je à pleins poumons. Je tournai comme une girouette pour tenter de le repérer : « EÏVAAAAAAN !! » Mes amis s'affolèrent : « Qu'est-ce qu'il y a ? » Un habitant ouvrit ses volets, l'air furieux, pour réclamer le silence. Le Cerf hurlait. Hurlait. Je tourbillonnai, nord, sud, est, ouest, sud, tendant les bras. Je ne le trouvai pas. Il hurlait. Sa plainte stridente me vrillait les nerfs. Enfin, je le sentis, à l'opposé de la ville. Je me mis à courir dans cette direction en sanglotant. « Ils l'attaquent, lançai-je à mes amis par-dessus mon épaule. Ils l'ont eu. Ils sont de l'autre côté. Près du fleuve. » Mon cœur se tendit vers lui et, sans cesser de courir, je m'envolai. Ma dernière vision fut les visages terrifiés de mes compagnons et l'air héberlué de l'habitant réveillé.

38

Entre les mondes

Journal d'Eïvan.

Quoi qu'il arrive, la réponse est dans le flot de la vie. Nous pouvons intervenir sur presque tout. Nous pouvons détourner le lit d'une rivière, couper un arbre, faire pousser des légumes sur les terres les plus arides, nous pouvons élever des bâtiments, utiliser le vent, dresser les animaux.
C'est notre bénédiction. C'est aussi notre malédiction.
Parce que nous en sommes venus à croire que nous pouvions TOUT contrôler, jusqu'au flot du temps, et ce qui nous arrive, et ce qui arrive à autrui.
Je ne suis pas exempt de ce péché, bien sûr. Sans doute encore moins que les autres.
Mais le prix de l'illusion est toujours élevé, car la réalité, un jour ou l'autre, nous frappe en pleine face : un cyclone, une récolte qui périclite, la discorde entre les hommes…
Et il faut réapprendre l'humilité. La réponse n'est pas en nous, elle est portée par la vie.
Même si l'arbre tombe, la forêt prospère. Même si la forêt brûle, la colline se dresse. Même si la rivière se tarit, la mer balaie le rivage. La joie demeure, éternelle.

La ville s'étalait sous mes ailes, indifférente, hostile. Les flammes des réverbères la tachetaient d'orange. La nuit avait pris une consistance pâteuse.

Je volais vers le Cerf. Je volais vers notre fin. Ses cris continuaient de fissurer mon cœur, leur intensité faiblissait. Je savais qu'il n'y survivrait pas – et je n'étais pas certaine d'y survivre non plus.

Je ne voulais pas d'une vie sans le Cerf.

Dans mon univers d'oiseau, il emplissait tout le fond du monde, comme un gigantesque soleil, il en formait l'armature même. Il en était le sens, le rêve, la pulsation. Lui disparu, ce qui m'attendait serait de l'étoffe des cauchemars. Et la femme en moi pouvait bien objecter que rien ne se résumait à un seul être, que le monde était vaste et la vie plus encore… l'animal ne voulait rien entendre. Son amour avait toujours été plus fort, plus entier.

Je volais vers ma fin. Portant le regret infini de laisser Ayelo, Pitro, Dan ; mais aussi la reconnaissance, immense, de les avoir connus. D'avoir connu autre chose que le Manoir. D'avoir rencontré mon propre reflet.

Alors que je repérais, juste sur le pont, la masse grouillante qui encerclait le Cerf, je compris que c'était cela, qu'avait vraiment fait Eïvan : déblayer le chemin qui menait à mon âme. Il avait raison : il n'était pas ma rédemption. Je n'avais jamais eu besoin de rédemption. La source du bien était en moi.

Je piquai droit vers nos ennemis, avec un suraigu cri de guerre.

Ils étaient une trentaine, le mordant aux pattes, aux flancs, au cou. Pressés d'anéantir celui qui ouvrait aux autres les chemins de la joie. Le Cerf se débattait frénétiquement, ruait et donnait des coups de cors. Il était épuisé. Sa robe translucide était mitée aux endroits innombrables où il avait été meurtri, et les rubans avaient complètement disparu. J'atterris dans la mêlée, griffes en avant, les ailes grandes ouvertes, et le combat commença. Je griffai et piquai, lacérai et tailladai, sans faire reculer cette marée grondante de crocs et de bave. Le Cerf souffrait de tant de blessures. Nous ne pouvions pas gagner. Nous n'avions jamais eu aucune chance : l'époque leur appartenait. Ils semblaient remplis d'une énergie inépuisable, et je me demandai si nous allions nous battre jusqu'au matin. Soudain, deux monstres se suspendirent à son encolure. Et je sus, à la vague de haine glaciale qui monta de leur multitude, qu'ils avaient fini de jouer.

Le Cerf tenta de se cabrer, avec un gémissement étranglé. Les bêtes resserrèrent leur prise. Ma peur monta d'un cran. Il étouffait. Sentant leurs dents s'enfoncer dans sa chair et son souffle se raccourcir, je fendis des museaux et crevai des yeux, jouai du bec et des éperons avec l'énergie du désespoir.

Si au moins elles s'étaient retournées contre moi…

Finalement, il tomba lourdement sur le flanc. Ses assaillants le lâchèrent dès qu'il se fut immobilisé. De sa gorge ouverte, la lumière argentée coula sur le pavé, et les ombres se bousculèrent pour laper. Je criai mon désespoir à pleine gorge, l'injustice, le chagrin abyssal. Il me regarda, mon Cerf transparent, la tête posée sur le sol, et dans ses yeux candides je crus voir une lueur d'excuse. Puis je compris qu'il me disait adieu. D'un coup d'aile paniqué, j'allai me percher sur ses bois en m'y agrippant de toutes mes serres. Si le monde permettait que disparaisse son plus précieux miracle, je ne voulais plus de ce monde. Les créatures commencèrent à se diluer et à flotter autour de nous, gavées de son essence, repues, retournant au mal d'où elles étaient issues. Elles se liquéfièrent, se mélangèrent jusqu'à former cette espèce de boue tourbillonnante qui m'avait déjà piégée une première fois. Une peur écœurante m'empoigna. Rien, rien n'aurait pu me convaincre de retourner dans cet horrible vortex de souffrances agglutinées… rien d'autre que ma fidélité. Il fit un ultime effort pour se débarrasser de moi, secouant sa tête. Je resserrai ma prise. Je crus entendre la voix d'Eïvan qui disait : « Va-t'en, pour l'amour d'Océa ! » Mais Eïvan n'était pas là, et le tourbillon prenait de la vitesse… La tornade gagna en épaisseur, ses flots verdâtres montant autour de nous, nous masquant progressivement la ville, le pont et les eaux. J'avais si peur que j'en pépiais, mon cœur de rapace battant à toute allure dans ma poitrine étroite. Je levai la tête, toujours accrochée aux bois du Cerf. Comme du fond d'un puits, je ne voyais plus qu'un rond de ciel étoilé. Au moment où la trombe se referma sur nous, les souvenirs visqueux de mon passé s'infiltrèrent en moi. Ou bien était-ce le passé d'Eïvan ? Tout était mélangé, confus, illisible. Seule la tristesse prévalait. Elle avait creusé dans nos cœurs une brèche si profonde que nous tombions à présent, nous tombions, et nos larmes tapissaient les parois.

Chaque couleur s'éteignit. Chaque sensation.

Nous mourions.

La chute devint vertigineuse. Avec une soudaineté bouleversante, je compris que je souhaitais vivre, en dépit de tout, avoir encore un peu de vent et de soleil, sentir encore circuler en moi la splendeur des matins. Je perçus alors, distinctement, la poigne d'Eïvan interrompre notre glissade. Avec une tension terrible, le guérisseur parvint à s'accrocher à un bord de la vie. Il me retint avec lui. Le choc fut si brutal qu'il me désossa l'esprit.

Je perdis conscience. Toutes les consciences. Celle du faucon, de l'enfant, de la femme.

Gouffre blanc.

Lorsque revinrent les formes et les sensations, j'étais humaine, mais tout était différent. L'air était gris et suffocant. Il y avait des corps partout. L'horizon était incurvé comme si nous nous trouvions à l'intérieur d'un verre de lampe. Eïvan gisait dans la boue, non loin de moi… En s'appuyant sur les coudes, il essayait de se mettre debout, mais sa tête, son corps semblaient trop lourds. Il resta un instant à respirer lentement, à quatre pattes, puis ramena ses genoux sous lui et, dans un effort qui me sembla immense, parvint à se redresser, au ralenti.

Ses yeux, flous comme ceux d'un homme qui se réveille, parcoururent le panorama lugubre. Puis il me vit. « Oh, Taena… », dit-il seulement. Son visage se froissa et il se mit à pleurer.

Je me levai péniblement. Il était si difficile de bouger. J'avais l'impression qu'une mélasse épaisse paralysait mes membres. Des cadavres encombraient le chemin. J'avais déjà vu ce champ de bataille, mais je connaissais le paysage, cette fois : c'était l'Ahmra. Ses maisons étaient brûlées, ses habitants agonisaient dans les rues, ses arbres avaient été coupés à la hache et laissés à pourrir par terre. Le paysage ne cessait de changer, comme dans les rêves. Je reconnus Morita, la cuisinière. Elle sortait du bâtiment pour vider un seau d'eau, comme elle l'avait toujours fait, mais sa gorge était tranchée et son tablier écarlate de sang. Le fils d'Ania, les membres pourris par le Mal sec, jouait avec des soldats de bois. Mandine était couchée par terre, le visage figé dans un rictus de chagrin, sa main implorant le ciel…

Au milieu de ce cataclysme, l'image d'un Cerf fantomatique clopina brièvement, opaque comme une vitre sale, les yeux laiteux, un bois cassé qui pendait. « Où sommes-nous ? » interrogeai-je. Mais je le savais déjà.

« Dans l'espace entre les mondes. Le mien. » Nous étions à l'intérieur de son cauchemar.

Je voulus lui demander comment je pouvais me trouver là, et la phrase entière me prit le temps d'un discours dans le monde réel. Sa réponse mit autant de temps à me parvenir. « Tu allais mourir… avec moi. Nous ai rattrapés. Tu dois partir. »

Je rejoignis Eïvan au prix d'un labeur intense. Autour de nous, tout était enfumé. Le sol, les arbres. Le ciel. Je n'y voyais pas à plus de vingt pas. Il me serra contre lui. « Il faut que tu t'en ailles », répéta-t-il. Sa voix sonnait à la fois assourdie et caverneuse, mais si lente. Je levai la main pour le toucher, observant avec une fascination morbide mes doigts monter vers son bras à la vitesse d'un escargot. Je l'imitai et réduisis mes phrases à leur plus simple expression : « Pas sans toi. » Son regard impérieux vint se planter dans le mien. C'était la seule chose dotée de quelque vigueur dans cet univers de cauchemar. « Suis bloqué. Pas toi. » Comme j'ouvrais la bouche pour protester, il rassembla ses forces et ajouta, plus vite que moi : « Si tu restes, nous mourrons tous les deux. Arrête, maintenant. »

À ce moment, comme pour lui donner raison, des voix s'élevèrent en masse du sol, et les agonisants commencèrent à l'appeler au secours, tendant vers lui des bras faméliques. L'ombre qui étouffait l'Ahmra rampa sur le sol, jusqu'à englober tout le pays de Zanabé. La fumée voilait les forêts abattues, les maisons rasées, les animaux éventrés… Des mourants criaient leur détresse, tandis que d'autres l'accablaient de reproches. « Le magicien du Centre, vraiment ? ricanait une femme à laquelle il manquait un œil devant l'une des huttes rondes. Tu as bien trompé ton monde ! » « Tu ne vaux rien », grogna un homme attaché à un poteau, de la même manière que dans le village-cimetière. Eïvan les contempla, horrifié. « J'arrive », lança-t-il faiblement, et il marcha dans leur direction d'un pas chancelant. Quand il arriva au niveau des mourants, ils disparurent et d'autres se dressèrent, plus loin. Un homme très grand, que je reconnus sans jamais l'avoir vu. Son père. « Petite merde, éructa-t-il, transpirant de colère et d'alcool, la mâchoire désossée. Tu me pourris la vie ! » Une femme s'éloignait, je ne voyais que son dos voûté ; elle lui jeta un coup d'œil déçu, puis se tordit de douleur, les cheveux en feu. Eïvan tomba à genoux, gémissant de chagrin. Je l'avertis avec difficulté : « Ne… regarde… pas… Ce n'est… pas réel. » Mais c'était comme si je n'avais pas été là. Il ne sembla même pas me remarquer. Il continua de ramper vers la femme, pleurant en silence. Quand il atteignit ses pieds, elle s'évanouit. D'autres silhouettes surgirent, encore plus loin, les bras tendus. Il essaya de se redresser puis renonça et continua sur les coudes. *Océa.* Où étaient nos alliés ? Le panorama du désastre s'offrait à mes yeux. Tout était malheur. Il n'y avait rien pour nous aider. J'articulai au jugé : « Souviens-toi… de la gaîté… du Cerf. De nos jeux… dans la clairière. Du soleil qui faisait briller les feuilles et du ruisseau tranquille. » Je ne savais pas s'il m'entendait, mais les mots me venaient plus facilement. « Souviens-toi de la joie et de l'insouciance, de la profondeur azur du ciel. Souviens-toi de ceux qui t'aiment. Souviens-toi de la beauté… Eïvan, souviens-toi du velours rose des mussaendas, de la puissance des mahoganys, de l'admiration de tes disciples. » Il s'assit sur le sol et leva lentement la tête pour me regarder. Encouragée, j'évoquai avec ferveur tous les moments vibrants que nous avions connus, les gestes d'amour et les rires. Une fêlure de lumière commença à apparaître sur le sol gris, comme une faille tectonique, et elle s'ouvrit jusqu'au dôme enfumé. La forme d'un visage s'épanouit sur la paroi sale. « Enfin… Merci, jeune dame. Ça fait trois jours que j'essaie de t'atteindre, Eïvan. Es-tu toujours aussi fermé ? » Bouche bée, le guérisseur se tourna vers la voix douce. Une vieille femme aux cheveux tout blancs le contemplait, son visage rond plein de bonté. « Qui… », demanda-t-il, abasourdi, mais des figures de mourants se mirent à éclore autour de la vieille femme, grimaçant et insultant, et à nouveau il perdit pied. « Ne leur prête pas attention. Regarde-moi », conseilla l'ancêtre. Elle irradiait une autorité calme. Eïvan reporta son regard sur elle, s'y accrochant comme à un tronc dans les rapides. « Voilà… Je suis la Chouri de mon époque. Tu es demeuré célèbre aux Monastères, tu sais. Toi et ton magnifique reflet. » Ses yeux bruns lui souriaient avec chaleur. « Ton cauchemar est si dense que je n'arrive pas à te récupérer entre les mondes. Il faut que tu sortes. Tu ne peux pas rester ici. Tu vas perdre la raison, et mourir.

— Peux pas… sortir… », bégaya Eïvan. Il se remit péniblement sur ses pieds. Les visages des mourants montraient les dents, invectivaient. Mais des silhouettes plus claires apparaissaient derrière la paroi.

« Tu ne peux pas, confirma-t-elle. Mais tu peux les laisser entrer. »

Eïvan les considéra, perplexe. Les formes lumineuses se rapprochèrent. Une immense vague d'amour nous frappa alors, chaude, bienfaisante, aussi incongrue que le feu dans la neige.

Était-ce Océa ? La déesse venait-elle nous chercher ?

Mais ils étaient plusieurs, et ils étaient humains. Je fis quelques pas vers eux, constatant que je marchais plus aisément, que l'emprise pâteuse s'était assouplie. Chacune des silhouettes avait une couleur différente qui teintait le gris uniforme de notre environnement. Et je compris.

Pitro. Rouge rubis, sur ma gauche. Tobal. Beige doré, à côté de son ami. Ayelo, turquoise et lumineux, plus lumineux que les autres, son aura teintant le sol à deux pas de lui. Dan… brun doré, qui posait ses mains sur la paroi, la palpait.

Je ne les avais pas tous rencontrés, mais je savais qui ils étaient, par cette prescience dont nous gratifiait parfois le Lieu de silence. Celle qui brillait comme un soleil était une enseignante des Monastères. Celui dont émanait une lueur argentée avait été le disciple d'Eïvan, tout comme celui dont le bleu nuit pulsait comme un cœur. Ils étaient des dizaines, illuminant le dôme de toutes les couleurs de l'arc-en-ciel, projetant vers Eïvan une tendresse infinie.

Tous, ici, pour lui.

Les alliés.

« Je les ai appelés, expliqua la Chouri. Je les porte dans les bras de mon esprit. Ils ont tous répondu présent. À toi maintenant de leur ouvrir ton cœur. »

Quelques-uns posèrent les mains sur la vitre et je vis leurs paumes brillantes se dessiner.

« Laisse-nous entrer, dit Pitro. Gamin, laisse-nous t'aider.

— Eïvan. Mon maître, murmura Ayelo. Nous sommes venus te chercher. »

Sa voix arracha un hoquet au guérisseur. Leurs rayons, petit à petit, dissipaient la fumée. Je m'approchai d'Ayelo, tendant ma main vers la sienne au travers du gris compact. Lorsque nos paumes se joignirent, je vis en un éclair où il était vraiment. Au camp du Sud, près du lac. Des abris avaient été dressés un peu partout et le général Desportes essayait de nourrir tout le monde. Dans l'attente prolongée, une timide forme de tolérance commençait à poindre entre les camps. Les jeunes Kétas y contribuaient beaucoup. Ils étaient arrivés une semaine plus tôt. Plus de cent chevaux, comme l'avait promis le fils de Sama Antonin. En les voyant débouler à bride abattue, les soldats comme les prisonniers avaient cru qu'il s'agissait de renforts. Le commandant Tad Cramer avait agité sa lancette au visage de son supérieur : « On va voir ce que le Concile pense de votre traîtrise ! » Mais quand les cavaliers avaient atteint le camp, Elzer s'était dressée sur ses étriers : « Je suis Elzer Roch, et ma famille possède la banque de Niro, avait-elle clamé. Nous sommes l'avant-garde de la justice. Nous venons nous opposer aux projets atroces du Concile ! » Encore à cheval, ils avaient forcé la ligne de fantassins aux ordres d'un Jamol sidéré, pour s'enfoncer profondément dans le camp. Cramer avait voulu lancer une escouade pour les récupérer, mais Lee avait révélé l'identité de sa mère. Les jeunes s'étaient mis à scander : « Pas de massacre ! Pas en notre nom ! » jusqu'à ce que le général Desportes reprenne le commandement et fasse reculer ses hommes. « Tuer le fils d'une Vingt-Deux ne sera pas perçu comme un acte très patriotique, commandant », avait raillé Namiel.

Les rebelles kétas s'étaient ainsi installés en plein milieu du camp, avec tentes et montures. Elzer passait beaucoup de temps avec Ayelo, que tout le monde appelait désormais « le guérisseur ». Je les vis assis ensemble dans un coin isolé de l'immense cantonnement. Ils respiraient lentement et leurs cœurs battaient avec nous.

La lumière turquoise d'Ayelo vacilla soudain, me ramenant dans le cauchemar. La fumée sembla se densifier à nouveau. Les parois qui nous emprisonnaient pulsèrent.

« Allez-vous-en, ordonna Eïvan. Emmenez Taena et allez-vous-en. C'est trop dangereux, ici. » Le cauchemar résistait. Les scènes de mort et de souffrance regagnèrent en texture, la boue englua à nouveau mes pieds. Je réprimai un gémissement. « Eïvan, arrête... Ne les repousse pas... Laisse-les entrer !

— Je ne sais pas... comment... faire ! répondit-il, criant presque. Je vous en prie, allez-vous-en. Ne voyez-vous pas que tout est mort en moi ? » Il se prit la tête dans les mains. « Je suis trop fatigué. »

Et je compris qu'il voulait dire : *Je suis trop triste.*

Le fantôme lugubre du Cerf mutilé qui n'existait que dans son esprit traversa le champ de ruines, en boitillant sur le chemin. Le poids de ses cors entraînait sa tête vers le sol. Tout en lui parlait de la fin. Je ne pus retenir mes pleurs : « Ce n'est pas toi... Ce n'est pas à ça que tu ressembles... »

Et Ayelo cria : « Eïvan ne se voit pas ! Montrez-lui son reflet ! » Sa voix résonna dans l'espace confiné. Sa couleur turquoise se mit à tourbillonner d'urgence entre les volutes grises.

Il y eut un instant de confusion. Puis les alliés comprirent et, fébrilement, joignirent leur force. L'image du Cerf apparut dans la fumée. Lentement, la silhouette haute de l'animal transparent se dessina – d'abord sa tête diaphane et ses bois translucides, puis son corps puissant, ses pattes nerveuses. Sa pureté solaire, son ineffable douceur. Il était un peu différent de celui qui m'était familier – plus petit, plus jeune – et je compris pourquoi : ce n'était pas lui, mais une image faite des souvenirs de tous ceux qui avaient eu la chance de le contempler. Eïvan assista à cette apparition bouche bée. Ne s'était-il vraiment jamais vu ? Il avait dû entrapercevoir la vérité de temps à autre, pourtant, ou au moins la sentir. Mais contempler le Cerf tel qu'il nous apparaissait à tous, sa beauté aussi saisissante dans ce décor qu'un lotus dans la boue... c'était autre chose.

« Eh bien..., commenta la vieille femme aux cheveux blancs. Le précédent Chouri n'avait pas menti... » Eïvan se statufia. Ses yeux allèrent du Cerf de cristal à la maîtresse des Monastères. « Observe-le bien, reprit la Chouri. Observe sa douceur et sa vulnérabilité. Sa grâce. Le voilà, ton cœur, guérisseur. Te voilà. » La vieille femme marqua une pause, pour lui permettre d'absorber ses paroles. « Ton reflet n'a pas sauvé le monde, c'est vrai. Mais regarde-le. » Elle sourit avec tendresse : « Peux-tu lui pardonner, Eïvan ? Peux-tu lui accorder cette compassion que, dit-on, tu dispenses si bien aux autres ? »

J'avais souvent vu des patients éclater en sanglots au moment où il trouvait leurs « lignes de poésie », dans les huttes. La question eut exactement le même effet sur lui. *Compassion.* Le mot parut le recentrer, comme une roue qui reprend son axe. Autour de nous, les corps qui parsemaient le paysage s'évanouissaient progressivement. Le faux reflet disparut. Je trouvai comment mêler mes souvenirs du Cerf à ceux des alliés. Il gagna immédiatement en brillance, sa robe translucide touchée par le baiser du soleil comme je l'avais si souvent admiré, sa gaieté enfantine, sa candeur. « C'est bien », approuva la Chouri en plissant les paupières.

« À présent, décide-toi, guérisseur. Tu n'es pas le seul à avoir besoin d'aide, ce soir… Il nous reste peu de temps pour changer le cours des choses, ton action à Numré se dissipe déjà. »

Eïvan en oublia le Cerf. Il ouvrit la bouche de surprise. « Les moines vont intervenir ?

— Le Conseil de la lumière violette en a décidé ainsi, confirma-t-elle. Nous allons amplifier et stabiliser la vibration que tu as fait naître. À condition, bien sûr, que tu nous en laisses le temps… »

Est-ce cela qui le décida ? Ou la chaleur qui nous enveloppa, au moment où toutes les silhouettes posèrent leurs mains sur la vitre ?

« Laisse-nous entrer, insistèrent nos amis. Laisse-nous t'aider… »

Tremblant, Eïvan prit une grande inspiration et porta les mains à son cœur. La paroi se désagrégea. Les alliés formèrent un cercle autour de lui, leurs lumières dessinant un arc-en-ciel que je ne devais jamais oublier. Il nimba chacune de ses respirations d'une lumineuse tendresse. Le guérisseur frémit, les yeux clos, pleurant doucement. « D'accord », murmura-t-il.

L'instant d'après, nous étions de retour sur le pont de pierre. Eïvan me tenait par le bras. Il y avait des pavés sous mes pieds, et des étoiles dans le ciel.

Les heures passées entre les mondes avaient dû affûter mes sens : des rues assoupies de Numré, j'entendis s'élever les murmures des âmes innombrables. Elles hésitaient, bourdonnant d'une poignante aspiration. *Nous ne voulons plus de la haine. Nous ne voulons plus de cette vie-là.* La bonté qu'il avait éveillée se réverbéra dans les voix des centaines de moines qui récitaient ensemble.

La ville, soulagée, poussa un long soupir.

Épilogue

Le soleil se couchait. Lentement, la capitale se préparait pour la nuit, comme les oiseaux se regroupent dans les arbres. Eïvan et moi étions seuls, accoudés au balcon de la sénatrice, à contempler les rayons dorés qui caressaient les toits. Sama avait insisté pour nous cacher tous les quatre dans son palace, en attendant la fin des troubles.

Malgré l'intervention des moines, le revirement miraculeux du Concile n'avait pas duré. En milieu de nuit, le débat sur « l'Épuration » réclamé par le haut représentant avait tourné court, et Mirol Delahousse s'était déjugé : « Je m'excuse auprès de l'assemblée. Vous connaissez ma petite faiblesse… J'en ai un peu abusé, à ma grande honte ! » Il avait déclenché des rires compréhensifs. Dans la salle, bon nombre de ceux qui par la grâce du Cerf avaient retrouvé un peu d'humanité se demandaient à présent ce qui leur avait pris.

Pas de revirement, donc. Mais une suspension, qui durait déjà depuis quatre semaines. L'intervention des moines avait laissé le temps aux trois érudits convoqués d'arriver au palais et de prendre place à la table des sénateurs. Ils avaient immédiatement commencé à étudier les livres. Caper avait observé avec une joie grandissante les regards stupéfaits qu'ils échangeaient, les chuchotements en se passant telle ou telle page, leurs airs catastrophés, aussi, lorsqu'ils levaient la tête vers les Vingt-Deux et l'hémicycle qui attendaient leur verdict. Sama les avait rassurés d'un geste gracieux : « Nous savons ce qu'il y a dans ces ouvrages, messieurs, ne vous en faites pas. Nous attendons juste votre verdict sur leur légitimité. »

Les trois historiens se retirèrent un moment pour délibérer. Ils revinrent, la mine grave. Le plus âgé s'inclina devant la table des Vingt-Deux. « Très estimés Sénateurs, nous craignons, hélas, que ces documents ne soient authentiques. »

Et c'est ainsi que fut votée la suspension du massacre des Lius, après un débat houleux qui dura jusqu'au matin, où des injures, des menaces et même un verre volèrent dans l'agora. Des émissaires sillonnaient désormais le pays à la recherche des autres lignées de Gardiens. Aux dernières nouvelles, on en avait retrouvé deux, qui avaient eux aussi conservé des documents historiques. Les archives de Zanabé, à La Ferté, étaient retournées de fond en comble et chaque antenne du Concile priée de vérifier à quand remontaient ses plus anciens registres. Les sages des Monastères avaient pris la décision de se mêler des affaires profanes pour la première fois depuis deux cents ans. Ils se tenaient prêts à intervenir si l'ordre de massacre était à nouveau prononcé, et avaient envoyé un émissaire avec des textes antiques qui corroboraient les récits du Manoir.

Bien sûr, même si le lien de parenté entre Lius et Kétas finissait par être définitivement établi, rien ne garantissait le retour à la paix. La haine avait trop bien germé, le mal s'était trop profondément enraciné, pour que cessent du jour au lendemain les conflits entre Kétas et Lius. Et ce n'était pas uniquement le fait des Kétas : quatre jours après le Sommet de la nuit, en dépit du contrordre des chefs de la Résistance, un petit groupe mené par Robey avait décidé de faire sauter les ponts. Ils avaient placé les charges en plein midi, pulvérisant la partie interne du pont où Eïvan et moi avions failli succomber aux prédateurs. Des dizaines d'innocents, hommes, femmes et enfants, avaient été tués, mutilés, démembrés. Du sang et de la chair partout, des cris dans les gravats… Des soldats et des civils arrêtèrent la bande avant qu'elle ne fasse sauter un deuxième pont.

Les rebelles furent abattus sur place.

Dans le chaos, la douleur, la révolte qui avaient suivi, il s'en était fallu de peu que l'ordre de massacre soit à nouveau prononcé.

Mais la fragile trêve avait tenu.

Et la paix avait désormais un espoir. Il ne suffisait peut-être que de cela : suffisamment de jours, les uns après les autres, pour que s'éloigne la guerre. Que les jours se transforment en semaines et chaque semaine gagnée pour devenir un mois… Jusqu'au moment où la folie se serait entièrement dissipée.

En contrebas, les carrioles roulaient à toute allure, ramenant leurs occupants chez eux avant le couvre-feu. Tobal et moi avions passé la journée à fureter dans l'incroyable bibliothèque historique de la sénatrice, et Pitro lui réparait ses montants de fenêtres. Eïvan s'occupait des blessés de l'attentat. Son nom commençait déjà à circuler dans Numré. La sénatrice lui organisait des cérémonies dans la ville, sans dire qui il était pour l'instant. C'était un spectacle déroutant que de voir ces Kétas de plus en plus nombreux se rassembler pour l'écouter, sans même relever qu'il ne parlait pas comme eux, reprenant en chœur son mantra : « Qui sommes-nous, nous les pèlerins dans le matin ?… »

Les premiers jours après le cauchemar dans l'espace entre les mondes, il n'avait rien pu faire, à peine parler. « Tu sais, lui confiai-je, au début j'ai cru que ton pouvoir était abîmé… » Il sourit, sans quitter des yeux les rues éclaboussées d'or : « Non, je n'ai rien perdu. Je pense même que je suis encore plus puissant. » Il se tourna vers moi, malicieux : « Tu veux essayer ? »

Je déclinai en riant. Il y avait des rides d'amusement au coin de ses yeux. La tristesse n'avait pas disparu. Mais la fatalité, la pesanteur avait été remplacée par une sérénité douce. La vie se réinstallait en lui, en cercles de plus en plus vastes, en éclats de rire soudains, en étincelles espiègles dans ses yeux noisette. Et dans ce magnétisme irrésistible qu'il pouvait déployer en un claquement de doigts. Eïvan, le magicien du Centre. Nous n'avions pas parlé de ce qui s'était passé cette nuit-là. Les émotions étaient encore trop fraîches, les couleurs trop nettes. J'ignorais ce que signifiait pour lui de vivre sans se sacrifier, et je ne crois pas qu'il le savait lui-même. Quand je me réveillais dans le lit que nous avait prêté la sénatrice, je le surprenais parfois à pleurer. Je ne lui parlais pas. Je passais la main sur sa nuque, doucement. Tous les pleurs ne sont pas à éviter.

Il me dit qu'il souhaitait visiter les Monastères avec moi, rencontrer la Chouri qui nous avait sauvés. Qu'il voulait retourner au camp du Sud, ramener Ayelo et les nôtres à l'Ahmra quand la paix serait signée.

Il me dit, timidement : « Fais quelques pas en arrière, s'il te plaît. » Je reculai, le sourire aux lèvres, m'attendant à une nouvelle taquinerie. Mais il ferma les yeux, posant les mains sur son ventre. Mon souffle s'accéléra quand la brume moirée ondula au vent. Lentement, sa tête noble se dessina, ses bois hauts, ses pattes bien campées sur le sol. Le Cerf se dressa devant moi, splendide. L'amour me submergea, déborda.

Il eut peur en me voyant. Il recula contre la balustrade, les yeux élargis, les flancs pantelants. « Ne bouge pas, souffla Eïvan. Ne dis rien. » Il respirait profondément, les paupières baissées, la main contre sa poitrine.

J'attendis, immobile comme un arbre. Petit à petit, le Cerf cessa de trembler.

Il fit un pas vers moi. Puis un autre. Les lueurs rouges du crépuscule chatoyèrent sur sa robe translucide.

Et quand il baissa la tête pour me contempler, l'innocence de son regard racheta ma vie.

Remerciements

« Avec patience, avec ferveur,
je construis une maison de l'autre côté de la nuit. »
Sohrab Sepehri

Remerciements à ceux qui m'ont aidée durant ce beau voyage.

Thank you, Mary Massaro, for the long walk.

Merci à l'équipe des Murmures Littéraires
À Anne Sophie Monglon
À Michael Roch
Ceux qui ont patienté : la famille, la bande des Bwabwas,
À Samy, Cachou et Titus pour leurs précieux conseils littéraires.

Et merci à mon éditrice, gestionnaire des silences, chercheuse des lignes de force, la magicienne du centre, Élisa Thévenet.

Cet ouvrage a été composé par IGS-CP
à L'Isle-d'Espagnac (16)
et achevé d'imprimer sur Roto-Page
par l'Imprimerie Floch, à Mayenne,
pour le compte de S.N. Éditions Anne Carrière
57, rue Gaston Tessier – 75019 Paris
en octobre 2022

Imprimé en France
Dépôt légal : novembre 2022
N° d'édition : 1089 – N° d'impression : 101396